모두를
파괴할 힘

Dandelion Revolution

모두를
파괴할 힘

Dandelion Revolution

이경희 장편소설

차례

등장인물

신화경: 한국 출신. 모두를 하나로 연결하는 텔레파시 능력을 지녔다.

조유영: 한국 출신. 달에서 재회한 화경의 친구.

마이클 피터슨: 미국의 슈퍼 데비안트. 미 공군 소속 점퍼.

다리오 아민: 아르헨티나 출신. 기억을 잃고 달에 조난되었다.

타반 압델 나세르: UAE 출신. 아부다비 왕실의 경호원.

소피 라예트: 프랑스 출신. 여름휴가를 떠났다 사건에 휘말린다.

장 폴 티베리: 1세대 데비안트 활동가. 프랑스 출신. 키넨시스.

엘리자벳 부아클레르: 1세대 데비안트 활동가. 캐나다 출신. 점퍼.

류드밀라 오렌지: 1세대 데비안트. 현 우크라이나 총리. 보이안트.

아이리스 쳉: 1세대 데비안트. 홍콩 출신. 텔레파스.

마리야 사무체예바: 1세대 데비안트. 러시아 출신. 록밴드 보컬. 키넨시스.

유민아: 화경의 엄마. 데비안트 인권 운동가.

하태빈: 화경과 유영의 친구. 보이안트.

사노 레이리: 화경과 유영의 친구. 키넨시스.

무니야 알 바크르: 급진주의 단체 '여자들의 목소리'의 리더. 키넨시스.

강수진: IAEDA의 협상가. 텔레파시 능력을 차단하는 블로커.

달착지근한 꿈이 부스러지기 시작할 즈음, 누군가 속삭였다.

자, 이제 눈을 떠.
혁명의 시간이 왔어.

1부 ──────── 달

달

　수면 캡슐에서 눈을 뜨자마자 처음으로 마주한 것은 우주복을 입은 남자의 시신이었다. 군이 확인하지 않더라도 그가 이미 죽었다는 사실을 알 수 있었다. 화경은 타인의 생각을 읽을 수 있는 텔레파스였다. 남자에게선 아무런 파장도 느껴지지 않았다.

　남자의 시신은 천장에 매달린 모빌처럼 허공을 부유하고 있었다. 떨리는 손으로 발끝을 툭 건드리자 시신이 빙글 회전했다. 하얀 실내조명에 겁에 질린 얼굴이 비쳤다. 누군가 남자를 숯처럼 새카맣게 태워 죽였다. 화경은 얼굴을 찡그리며 고개를 돌렸다.

　시신의 허리춤에 매달린 권총이 눈에 들어왔다. 뭔가 심각하게 잘못된 게 분명했다. 군용 전투함에서조차 총기 휴대는 엄격하게 통제된다. 실수로 선체에 구멍을 내기라도 했다간 큰 사고로 이어질 수 있기 때문이다. 권총이 지급되었다는 것은 전투가 임박했음을 의미했다. 혹은 이미 벌어졌거나. 그런데…

　내가 왜 우주선 안에 있는 거지?

　기억이 나지 않았다. 가장 마지막 기억이 무엇인지조차 떠올릴 수 없을 만큼 머릿속이 뒤죽박죽이었다. 화경은 고민을 멈추었다. 혼탁한 기억을 억지로 더듬어본들 달라질 건 아무것도 없었다. 이곳에 오게 된 연유가 무엇이건 우선은 자신의 몸부터 지켜야 했다. 시신의 허리춤에서 권총을 뽑아 들고 슬라이드를 당겨 약실과 탄창을 확인했다. 다행히도 아직 발사된 적은 없는 듯했다.

　주위를 둘러보기 위해 몸을 움직였지만 마음대로 되지 않았다. 두 팔은 부자연스럽게 허우적댔고, 아무리 기다려도 다리가 땅에 닿지 않았다. 그제야 주위가 무중력 상태임을 깨달았다. 바보같이. 공중에 떠 있는 시신을 봤을 때 이미 눈치챘어야 했는데.

화경은 벽에 손을 짚어 몸의 균형을 잡았다. 알루미늄 합금으로 만들어진 벽체가 얼음처럼 차가웠다. 게다가 창문이 설치되어 있지 않아 바깥 상황을 전혀 알 수 없었다. 한 가지 분명한 점은 현재 우주선이 지구 중력에서 벗어난 상태라는 사실이었다. 우주선은 지구, 혹은 달 궤도를 떠돌고 있을 가능성이 컸다. 물론 화성으로 향하는 중이거나 목적지 없이 우주를 표류할 가능성도 있었다. 그리고 최악의 경우에는…

죽어

거기까지 생각이 닿았을 때, 정체 모를 감정이 화경의 마음을 스쳤다. **살의**. 출입문 너머에서 누군가 강렬한 살의를 내뿜고 있었다. 당장이라도 사람을 쳐 죽일 것처럼 불안정하게 요동치는 충동이 느껴졌다. 화경은 보이지 않는 상대를 향해 반사적으로 총구를 겨누며 언어로 된 텔레파시를 발산했다.

— *거기, 누구예요?*

하지만 상대에게선 아무 반응도 되돌아오지 않았다. 화경은 다시 한번 텔레파시를 발산했다.

— *대체 누굴 죽이려는 거예요?*

비꼬는 듯한 코웃음. 짧은 한숨. 분노. 후회. 그리고 애정. 복잡하게 일렁이는 감정의 파장이 벽을 만난 물결처럼 반사되어 돌아왔다. 상대는 텔레파시 대화에 능숙한 듯, 생각만으로 화경의 질문에 답했다.

— *너희들 모두.*

거대한 증오가 파도처럼 거칠게 가슴을 때렸다. 숨이 막혔다.

— 왜? 안 돼?

— 그런 짓을 하게 둘 순 없어요.

한숨.

— 신화경, 지금 남 걱정이나 하고 있을 처지야?

— 내 이름을 어떻게….

— 어서 옷이나 입지 그래?

상대의 머릿속에 선명한 이미지 하나가 솟아올랐다. 방금 전까지 잠들어 있었던 수면 캡슐의 모습. 그 아래 서랍에 선외활동용 우주복이 보관되어 있었다.

— 뭐라도 꽉 붙잡는 게 좋을 거야.

갑자기 사방에서 경고음이 울리며 선내에 적색 비상 조명이 켜졌다. **충돌 경고. 충돌 경고.** 벽면에 부착된 액정 화면에 경고 메시지가 표시되었다. 그제야 화경은 애써 외면해온 최악의 가능성을 떠올렸다.

우주선은 추락하고 있었다.

경고 메시지가 카운트다운을 시작했다. 지면과 충돌하기까지 10초밖에 남지 않았다. 우주복을 챙겨 입을 여유는 없었다. 화경은 주위를 둘러보았다. 풍선처럼 떠다니는 시신이 눈에 들어왔다. 서둘러 시신의 팔을 어깨에 두르고 품에 안기듯 몸을 밀착시켰다. 충돌 임박을 알리는 경고 문구가 번쩍이며 소란을 떨었다. 그리고,

눈앞의 벽이 화경을 향해 달려들었다. 양팔이 으스러질 것 같은 충격과 함께 몸이 튕겨 나갔다. 화경은 시신과 뒤엉킨 채 중심을 잃고 회전하다 어딘가에 머리를 부딪혔다.

한참 후에야 진동이 가라앉았다. 시신이 쿠션 역할을 해준 덕분에 다행히 뼈는 부러지지 않았지만 온몸이 두들겨 맞은 것처럼 욱신거렸다. 화경은 상체를 겨우 틀어 몸을 뒤집었다. 어지러웠다. 몸에 힘이 들어가지 않았다.

아니, 그게 아니야. 몸이 무거워진 거야.

시신이 바닥에 붙어 있었다. 중력이 돌아왔다는 의미였다. 화경은 널브러진 시신을 애써 무시하며 엎드린 몸을 힘겹게 일으켰다. 산소 부족을 알리는 경고음이 사방에서 울리고 있었다. 소리가 이상했다. 왠지 모르게 먹먹한 느낌이었다. 공기가 외부로 유출되어 기압이 떨어지고 있었다.

화경은 허리 뒤쪽 벨트에 권총을 찔러 넣고 서둘러 수면 캡슐 쪽으로 다가갔다. 캡슐 아래 서랍을 열자 얇은 타이츠 형태의 하얀 우주복이 접혀 있었다. 생각할 새도 없이 우주복을 꺼내 다리부터 밀어 넣었다.

우주복은 초보자도 쉽게 입을 수 있도록 디자인되어 있었다. 착용하는 데 1분이 걸리지 않았고, 왼팔에 부착된 터치스크린 단말기의 사용법도 금방 이해할 수 있었다. 길게 자란 머리카락을 말아 올려 후드 속에 집어넣고 마지막으로 헬멧을 뒤집어썼다. 기밀 상태를 확인한 화경은 단말기의 산소 주입 버튼을 눌렀다. 체형을 따라 착 달라붙어 있던 우주복이 순식간에 풍선처럼 부풀어 올랐다.

여유를 찾은 화경은 살의를 내뿜던 정체불명의 존재를 떠올렸다. 우주선의 추락도 그 사람 짓일까? 화경은 눈을 감고 다시 한번 살의를 추적해보려 했다. 텔레파시 감각을 확장시키자마자 깨질 듯한 두통이 머리를 때렸다. 화경은 휘청거리며 한쪽 무릎을 꿇었다. 조금 전 머리를 부딪힌 탓에 능력에 문제가 생긴 모양이었다.

뇌세포 사이로 날카로운 쇳조각들이 기어다니는 듯한 고통을 견디며 희미한 흔적을 겨우 포착해냈다. 여전히 살의로 가득한 짙고 어두운 파장이 점차 멀어지고 있었다.

원하는 정보를 얻자마자 능력을 거두어들였다. 참았던 호흡이 입 밖으로 쏟아져 나왔다. 헬멧 안쪽이 입김으로 부옇게 흐려졌다.

막을 거야. 당신이 누구든, 이유가 뭐든 간에.

능력을 멈추자 거짓말처럼 두통이 사라졌다. 화경은 서둘러 몸을 일으켰다. 문득 생각해보니 허리에 찔러 넣은 권총을 꺼낼 방법이 없었다. 하지만 우주복을 벗기엔 이미 늦었다. 왼팔의 액정에 표시된 외부 산소 농도가 급격히 떨어지고 있었다.

화경은 자신의 멍청함을 저주하며 출입문 옆의 버튼을 눌렀다. 전자식 슬라이딩 도어가 열리자 또 다른 방이 나타났다. 화경이 있던 곳과 거의 똑같은 구조의 방이었다. 좁고 긴 통로를 두고 좌우로 수면 캡슐이 빼곡히 늘어서 있었고, 모두 비어 있었다.

유유히 도망치는 뒷모습이 보였다.

"멈춰요!"

밀폐된 우주복 때문에 목소리가 전달되지 않았다. 화경은 상대를 향해 달렸다. 상대가 방을 빠져나가기 직전에야 겨우 어깨를 붙잡을 수 있었다.

그 순간, 상대가 화경의 손을 낚아챘다.

대체 무슨 일이 일어난 건지 이해되지 않았다. 정신을 차릴 수 없을 정도로 혼란스러웠고, 세상이 끊임없이 회전했다. 어느샌가 화경은 바닥에 내던져져 있었다. 아까와는 비교도 되지 않을 정도로 아팠다. 온몸이 으스러질 것만 같은 통증이었다.

상대가 방을 빠져나가며 출입문을 닫았다. 화경은 다시 몸을 일으켜 상대의 뒤를 쫓았다. 버튼을 눌러도 문이 열리지 않았다. 잠금이 걸린 모양이었다. 한참을 씨름한 끝에 문틈에 겨우 손가락을 집어넣을 수 있었다. 억지로 출입문을 열어젖히자 이번엔 긴 통로가 나왔다. 벽을 따라 나란히 뚫린 유리창 너머로 회색 대지가 끝없이 펼쳐져 있었다.

달이야. 나는 지금 달에 와 있어. 왜인지는 모르겠지만.

에어록 출입문이 망가져 있었다. 안쪽으로 찌그러진 형상을 볼 때 외부의 무언가와 충돌한 모양이었다. 혹시 이게 추락의 원인인 걸까? 고민해봐야 소용없었다. 다른 출구를 찾아야 했다. 화경은 걸음을 재촉했다. 통로 끝 코너를 돌자마자 비상용 해치 앞에 서 있는 누군가를 발견했다. 화경은 코너에 몸을 숨겼다. 범인? 아니면 또 다른 생존자? 확인할 틈도 없이 그가 해치를 열어젖혔다.

— 안 돼! 밖은 진공이라고!

화경은 황급히 근처 파이프에 팔꿈치를 끼워 넣었다. 해치가 열린 틈새로 남은 공기가 모조리 빨려 나갔다. 풍압 때문에 다리가 둥실 떠올랐다. 해치를 열었던 사람은 잡아당기는 힘을 버티지 못하고 우주선 밖으로 튕겨 나갔다.

동시에 바깥쪽에서 밝은 빛이 번쩍였다. 시야가 하얗게 물들 정도로 강렬한 빛이었다. 빛이 사라진 자리엔 사람 모양의 재만 남아 있었다. 방금 전 튕겨 나간 사람이 틀림없었다.

공격? 어디서?

두통을 걱정할 때가 아니었다. 만약 누군가 살의를 품고 사람들을 공격하는 거라면….

모두를 지켜야 했다.

화경은 자신을 중심으로 바큇살처럼 뻗어나가는 무형의 실들을 상상했다. 허브Hub. 주변 모두의 정신을 하나로 연결하는 텔레파시 기법. 화경의 특기였다. 거미줄처럼 사방으로 쏘아 보낸 실들이 사람들의 정신을 단단히 매듭지어 감각과 생각을 보다 긴밀하게 공유하기 시작했다. 추락한 우주선 주위로 수십 명의 파장이 느껴졌다. 혼란, 공포, 원망과 절망. 다양한 감정이 산사태처럼 뒤엉켜 화경의 마음속으로 쏟아졌다. 뇌가 찢어지는 고통 속에서도 화경은 침착하게 사람들의 마음을 하나씩 읽어나갔다. 기대와 달리 상황을 제대로 이해하고 있는 사람은 찾지 못했다. 노골적으로 살의를 내뿜던 인물의 흔적도 더는 감지되지 않았다.

다시 한번 빛이 번쩍였다. 생살이 불에 타는 끔찍한 고통이 텔레파시 감각을 통해 생생하게 전해졌다. 하지만 화경은 연결을 끊지 않고 버텼다. 지금 능력을 거두면 다시 연결할 자신이 없었다.

또 다른 누군가의 시야에 빛이 날아온 방향이 포착되었다. 하늘. 정확히는 지구 방향이었다. 우주선 밖으로 뛰쳐나간 화경은 텔레파시 능력을 있는 힘껏 열어젖히며 크게 소리쳤다.

세 가지 생각이 동시에 사람들의 마음속에 분수처럼 솟아올랐다.

위험 / 하늘에서 공격 / 도망쳐요!

마이클 피터슨

수송기는 어느새 예카테린부르크 상공에 접근하고 있었다. 작전 위치에 도달했음을 확인한 나는 측면의 문을 열어젖혔다. 시끄러운 탠덤로터*소음이 찬바람과 함께 기내로 불어닥쳤다.

밖으로 고개를 내밀어 지상을 확인했다. 고도는 충분했다. 예카테린부르크 시내가 한눈에 내려다보일 정도로. 목표인 예카테린부르크역의 위치를 확인한 나는 동료들에게 수신호를 보냈다. 1분 뒤 점프. 수송기는 즉시 이탈할 것. 그들 중 하나가 파일럿에게 무전을 전달했고, 곧이어 오케이 사인이 떨어졌다.

나는 곧바로 헬기에서 뛰어내렸다. 다시 한번 예카테린부르크역의 위치를 눈으로 확인한 다음, 시선이 하늘을 향하도록 몸을 뒤집었다. 한참 떨어진 곳에서 두 개의 프로펠러가 돌아가는 모습이 보였다. 헬기와의 거리는 충분했다. 이 정도면 휘말리는 일은 없을 것이다. 나는 머릿속으로 좌표를 떠올렸다. 그리고,

점프.

눈앞에 커다란 전신주가 나타났다. 빌어먹을. 빌어먹을. 빌어먹을! 충돌하기 직전이었다. 가까스로 다시 점프할 수 있었다. 하지만 이번엔 호수 위였다. 다시 점프할 틈도 없이 나는 그대로 물속에 빠졌다.

자, 침착하게.

눈을 감고 숨을 참으며 천천히 좌표를 떠올렸다. 위도, 경도, 고도, 그리고 지구의 자전과 공전을 되새기며 처음 위치로 점프.

---

* 꼬리날개 없이 두 개의 수평 프로펠러를 제어하여 비행하는 헬리콥터 구조를 말한다.

다시 예카테린부르크 상공이었다. 함께 전송된 주위의 호숫물이 비처럼 하늘에 흩뿌려져 무지개를 만들어냈다.

한 번만. 한 번만 더 시도해보자.

젖은 머리카락을 쓸어 넘기며 나는 목표에 집중했다. 예카테린부르크 스테이션. 길게 뻗은 갈색 지붕 사이 넓고 평평한 옥상. 그곳으로.

점프.

그러나 도착한 곳은 빽빽하게 자란 침엽수림 한가운데였다. 마케도니아 군단의 밀집방진처럼 뾰족하게 솟은 나무들이 추락하는 내 몸통을 꿰뚫기 직전이었다. 나는 벨트의 끈을 당겼다. 순식간에 부풀어 오른 에어백이 주위를 감쌌다. 에어백은 한참 동안이나 굴러떨어진 다음에야 높다란 나무 사이에 멈춰 섰다.

더는 점프할 힘이 남아 있지 않았다. 전술 단검으로 에어백을 찢고 빠져나와 GPS 좌표를 확인했다. 시내에서 북쪽으로 한참 떨어진 숲속이었다. 나는 무전기로 대대 본부를 호출했다. 정보부 메이슨 중령이 무전에 응답했다.

<글로브 1. 이번에도 실패인가?>

"네, 그렇습니다."

<다친 곳은 없나?>

"없습니다. 안타까우시겠지만."

<그래. 수송기를 보내겠네. 자세한 건 복귀해서 듣지.>

메이슨은 꼭 사족을 붙였다.

<그리고, 제발 에어백 좀 아껴 쓰게. 예전엔 화성 탐사에나 겨우 쓰던 비싼 물건이야. 스피릿과 오퍼튜니티, 알기나 하나?>

"네. 네. 걔들이 화성에서 온갖 죽을 고생을 다 했겠죠. 인간들

이 사무실에서 편히 보드카나 마시는 동안에 말입니다."

구조대를 기다리는 동안 나는 곰곰이 생각했다. 어째서 예카테린부르크로 향하는 점프는 매번 실패하는 걸까. 이걸로 벌써 다섯 번째 작전 실패였다. 시내를 향하는 점프는 언제나 이상한 곳으로 튕겨 나갔다. 한 번은 산꼭대기에, 한 번은 공항 관제탑 위에, 한 번은 피의 성당 첨탑 위로 떨어져 십자가에 몸통을 꿰뚫릴 뻔한 적도 있었다. 하지만 시내에 도달한 적은 한 번도 없었다.

테러리스트들은 예카테린부르크 스테이션 반경 1킬로미터 범위를 완벽하게 사수하고 있었다. 드론은 투입하는 족족 파괴되었고, 병사들은 실종되거나 기억을 잃은 채 되돌아왔다. 레이더에서 사라진 전투기가 수백 킬로미터 떨어진 위치에서 추락한 채 발견되기도 했다.

반면, 대대 정보부는 아무짝에도 도움이 되지 않았다. 그들은 어떻게든 점프 루트를 확보하라는 말만 반복할 뿐, 그곳에서 무슨 일이 일어나고 있는지 가장 기본적인 정보조차 알려주지 않았다.

불확실한 상황에서 매번 목숨을 걸어야 하는 건 나야. 점프에 성공하면 가장 먼저 진실을 확인하게 될 사람도 나란 말이야. 그런데도 기밀이라고?

대체 저 안에서 무슨 일이 벌어지고 있는 건데?

* * *

대대 비행장까지 마중 나온 하산이 손을 흔들고 있었다. 헬기가 착륙을 마치기도 전에 뛰어내린 나는 곧장 하산을 향해 걸어갔다.

"여긴 뭐 하러 왔어?"

"우리 룸메이트께서 요즘 슬럼프라는데 불안해서 견딜 수가 있어야지 말입니다."

나는 반가운 마음에 그의 손을 붙잡을 뻔했다. 그러나 이내 정신을 차렸다.

"우선 결과 보고부터 해야 해. 끝나면 방에서 보자고."

"예. 그러시죠." — *그러셔야지. 나보단 군이 우선이지. 아무렴.*

그는 나에게만 들리는 텔레파시를 보내며 힘차게 경례했다.

"수고하셨습니다, 피터슨 준위님."

"고맙네. 하산 상사."

나는 그의 경례를 받아준 뒤 곧장 대대 본부로 향했다. 러시아로부터 제공받은 본부 건물은 소비에트 시절에 진즉 폐쇄된 낡은 공장이었다. 투시 능력자들이 어련히 안전 검사를 마쳤겠으나, 내가 보기엔 오늘 당장 무너져도 전혀 이상하지 않아 보였다.

본부에 도착하자마자 곧장 정보부 사무실로 향했다. 널따란 원목 책상에 메이슨 중령이 혼자 앉아 있었다. 나는 그의 앞에 섰다.

"미 공군이 러시아 국토 한복판에서 작전하는 날이 올 줄이야."

중령은 창밖을 내다보며 투덜거렸다.

"안타깝게도 모스크바 침공 작전은 아니지만 말입니다."

"결과 보고나 하게."

"예카테린부르크 내부에 점프를 방해하는 데비안트Deviant가 있습니다. 아마도 점퍼입니다."

"확실한가?"

"네."

"어떻게 그게 가능하지?"

"이건 점퍼들만이 감지할 수 있는 감각입니다만, 우연히 같은 장소로 동시에 점프하게 되면 간섭이 일어나 머릿속 좌표가 뒤틀려 이상한 곳으로 튕겨 나가게 되는 경우가 있습니다. 물론 아주 드문 현상입니다."

"상대가 그걸 하고 있다고 믿나?"

"솔직히 믿기는 어렵습니다. 제가 언제 어디로 점프할지 매번 예측해서 정확한 위치와 타이밍으로 동시에 점프를 시도한다는 게 어떻게 가능한지 모르겠습니다. 날아오는 총알을 총알로 맞히는 일이나 마찬가집니다. 게다가 그 점퍼는 매번 목숨을 걸어야 합니다. 자신의 점프가 어디로 튕겨 나갈지 모르니까 말입니다."

"완벽한 예측과 배짱인가….."

"쉽지 않은 상대입니다."

"어떻게 하면 좋겠나? 상대를 무너뜨릴 방법이 없겠나?"

"점퍼를 몇 명 더 파견해주십시오. 동시에 여럿을 막진 못할 겁니다. 바그다드에 주둔 중인 수송 중대에 제가 팀워크를 맞춰온 친구들이 있습니다. 그 친구들과 함께라면…."

"그건 안 되네."

메이슨은 단호했다. 대체 이유가 뭐지? 정보부는 왜 이렇게까지 비밀을 유지하려는 거야? 저 안에서 무슨 일이 일어나고 있길래.

더는 대화를 이어나갈 의미가 없었다. 나는 대답 대신 그에게 경례했다. 밖으로 나가려는데 등 뒤에서 그의 목소리가 들렸다.

"어떻게든 성공해. 그게 자네 역할이야."

나는 대답하지 않았다.

* * *

숙소로 돌아오자 하산이 두 팔 벌려 나를 반겨주었다.

"웰컴, 스윗 홈."

"다 쓰러져가는 기숙사가 무슨 스윗 홈이야?"

— *이러기야? 정말?*

그가 어깨를 으쓱이며 한숨을 쉬었다. 나는 말없이 그의 품에 안겼다.

"짜증 내서 미안해. 알잖아? 메이슨 때문이야."

"한 번만 봐준다."

하산이 내 등을 토닥여주었다. 나머지 두 손으로는 내 뺨을 부드럽게 감싸고, 또 한 손으로는 등을 훑으며 천천히 아래로 미끄러져 내 엉덩이를 꼬집… 응? 손이 대체 몇 개야?

— *움직이지 마.*

이번엔 몸 여기저기서 간지럼이 느껴졌다. 기분 좋게 간지러운 감각이 온몸 전체로 번지고, 이곳저곳을 콕콕 아픈 듯 아프지 않은 듯 찌르고, 마사지하듯 두드리고, 미끄러지고, 그리고, 그리고, 그다음엔….

"와우! 이게 무슨……."

나는 침대에 주저앉았다.

— *새로운 장난 / 센스트릭Sensetrick 이라는 거야 / 텔레파스 친구에게 배웠어 / 기대해도 좋아*

동시에 여러 가지 정보가 머릿속에 전해졌다.

— 네 감각은 이제 내 거야. 언제 어디서든. 남들이 보든 말든 이제 마음대로 만질 거니까 알아서 잘 참아봐.

하산이 악동 같은 미소를 지으며 키득거렸다. 질 수 없었다. 현실의 감각을 느끼게 해주마. 나는 그의 몸을 끌어당겨 침대에 눕히고 위로 올라갔다. 한동안 우리는 서로에게 열중했다.

누워 있는 내게 하산이 물었다.

"이번에도 잘 안된 거야?"

"응. 똑같아. 누군가 계속 내 점프를 방해해. 이번엔 정말 죽을 뻔했어."

"정확히 점프 지점을 예측한단 말이지…."

하산이 미간을 찌푸리며 검지로 이마를 두드렸다. 그가 고민에 빠졌을 때 보이는 버릇이었다.

"예지 능력자라도 있는 걸까?"

하산이 혼잣말하듯 가설을 던졌다.

"난센스야. 초능력으로 미래를 예측하진 못해. 그건 물리법칙을 벗어나는 일이니까."

"어떤 텔레파스는 과거로 생각을 보내기도 한대."

"하산, 그건 그냥 괴담일 뿐이야. 실제로 증명된 적은 없잖아."

"그렇긴 하지. 지구 반대편과 연결된 사례는 있지만."

그 말을 듣자 갑자기 아이디어가 떠올랐다.

"그럼 혹시 말이야. 텔레파스가 내 생각을 읽는다면, 내가 어디로 점프할지 알아내서 또 다른 점퍼에게 전달할 수도 있지 않을까?"

"그거야말로 괴담이다. 처음 만난 상대의 마음을 그렇게 멀리서 읽어낼 수 있는 텔레파스는 없어."

하산은 검지를 좌우로 까딱이며 황당하다는 표정을 지었다.

"넌 10킬로미터 밖에서도 내 마음을 읽잖아."

"그건 네가 나와 충분한 유대감을 쌓은 사람이니까 그런 거지. 충분한 시간과 감정을 쌓지 않으면 사람의 마음은 열리지 않아. 그만큼 너는 내게 특별한……."

하산이 말없이 내 손을 붙잡았다. 7개의 손가락이 내 손등을 부드럽게 감싸쥐었다. 부끄러워진 나는 헛기침을 했다.

"아무튼, 골치 아픈 건 사실이야. 메이슨은 내가 죽든 말든 작전을 멈추지 않을 테니까. 내일도 난 점프해야 하고, 다음번엔 피의 성당 첨탑에 가슴을 꿰뚫릴지도 몰라. 빌어먹을 메이슨! 내가 수송 중대 유일한 흑인이라고 나만 매번 위험한 곳에 집어넣고 있어. 백인 목숨은 아깝다 이거지."

"그건 네 능력이 제일 뛰어나니까 그런 거지. 다른 점퍼들이었으면 벌써 다 죽었어."

"참 위로가 된다."

"정말이야. 네 능력은 내가 보증해." — 이쪽 능력도.

하산이 다시 내 위로 올라왔다. 이건 현실일까? 아니면 이번에도 그 알 수 없는 텔레파시 마술인 걸까? 아무래도 상관없었다. 러시아의 겨울밤은 추웠고, 하산의 입술은 마이애미의 여름처럼 뜨거웠으니까. 나는 그의 품에 안겨 깊은 잠에 빠져들었다.

* * *

하산과 처음 만난 것은 군의 훈련소에서였다. 능력이 발현된 아이들 중에서도 극소수만을 선별한 특별 훈련소. 어느 날 집으로 찾아온 군복 차림의 남자가 거절할 수 없는 금액을 제안했고, 나는 망설임 없이 입대를 택했다. 그 돈이면 가족 모두 할렘을 벗어나 걱정 없이 생활할 수 있었으니까.

100여 명의 아이들이 함께 모여 슈퍼 군인이 되기 위한 훈련을 받았다. 이름조차 들어본 적 없는 특수부대에서 파견된 교관들은 순번을 돌아가며 우리를 혹독하게 단련시켰다. 효과적인 살인법을 배웠고, 살인에 대한 거부감을 지우는 심리 훈련도 받았다. 의미를 알 수 없는 괴성과 인격 모독은 덤이었다.

하산과 나는 그때도 룸메이트였다. 피부색을 이유로 같은 방에 배정된 모양이었다. 우리는 눈에 띄는 먹잇감이었다. 훈련생들은 교관에게 당한 멸시와 차별 행위들을 우리에게 그대로 재현했다. 매일 밤 서로의 몸에 약을 바르고 붕대를 감으며 우리는 점차 가까워졌다.

훈련 프로그램이 하나씩 끝날 때마다 교관들은 훈련생 중 몇 명을 데리고 떠났다. 하나둘 필요한 부대로 전출되고 마지막까지 남은 것은 나와 하산을 포함한 10여 명뿐이었다. 하산은 육군 첩보 기관의 요원으로, 나는 공군 부사관으로 임관이 결정되었다.

수료식 직후 우리가 가진 능력에 따라 계급이 결정되었다. 나는 준위였다. 듣자니 공군에는 준위라는 계급이 존재하지 않는다고 했다. 나를 위해 새롭게 신설된 계급이라고. 의도야 뻔했다. 데비안트에게 소위를 달아줄 수는 없었겠지.

얼마 후 나는 중동으로 보내졌다. 2차 텔레파스 전쟁이 한창이던 사막으로. 그곳에서 내가 맡은 임무는 무인화 전투기와 항공모함을 적진 한가운데로 전개시키는 일이었다. 그마저도 여의치 않을 경우에는 전투기 편대를 대신해 수십 발의 정밀 유도 폭탄과 순항 미사일을 직접 쏟아붓고 돌아와야 했다. 내 점프 능력 덕분에 해군과 해병대는 아덴만과 페르시아만의 좁고 위험천만한 지형을 뛰어넘어 종심 깊숙이 단숨에 침투할 수 있었다. 갑작스레 출현한 대규모 병력 앞에 중동 해방군은 속수무책으로 무너졌다.

어느새 내게는 슈퍼 데비안트라는 등급이 매겨졌다. 북아메리카 대륙에 단 한 사람뿐인, 전 세계에서도 10명이 되지 않는 초인들에게만 주어지는 특별한 칭호. 마치 캡틴 아메리카라도 된 것 같았다.

그렇게 평생을 군에서 보내며 영원한 전쟁을 반복하고 또 반복했다. 나는 국경선이 지워진 지도를 바라보며 그 위에 찍힌 붉은 점들을 하나씩 지워나갔다. 그게 어떤 의미인지도 알지 못한 채 그저 묵묵히 주어진 임무를 수행해왔다. 몇 년 동안이나 전투에 참여했지만 나는 적들의 얼굴조차 보지 못했다.

중동에서의 전쟁이 막바지에 이를 즈음 새로운 전출 명령이 떨어졌다. 예카테린부르크로 이동해 도시를 점거한 테러리스트들을 진압하라는 내용이었다. 기뻤다. 물론 그곳에서도 전쟁은 계속될 테지만, 적어도 하산과 함께할 수 있었으니까.

* * *

이른 새벽. 나는 하산을 깨웠다.

"음… 무슨 일이야, 마이크?"

"나가자."

뭉그적대며 몸을 일으킨 하산은 주위를 둘러보더니 다시 드러누워버렸다.

"아직 한밤중이잖아."

나는 하산의 손목을 끌어당기며 재촉했다.

"가자니까."

"대체 어딜 가자는 건데?"

"데이트."

나는 하산의 손등에 입을 맞췄다.

군복 대신 사복을 챙겨 입은 우리는 몰래 부대를 빠져나왔다. 찢어진 철조망 틈을 통과해 얕은 언덕 위에 오르자 멀리 예카테린부르크 시내가 보였다.

"자, 이제 뭘로 날 놀래줄 거야? 폭죽? 촛불?"

하산이 양팔을 벌리며 장난스럽게 물었다. 나는 대답 대신 하산의 몸을 안아올렸다. 디즈니 공주님처럼 내 품에 안긴 하산은 불안에 떨었다.

"설마, 너?"

"가자."

"안 돼! 너 사람 옮기는 거 잘 못하잖…."

말을 끝마치기 전에 점프했다. 예카테린부르크 상공. 하산이 질끈 눈을 감으며 비명을 질렀다. 우리는 서로를 끌어안은 채 아래로 추락하기 시작했다. 하지만 나는 당황하지 않았다. 원래 예정했던 장소에 정확히 도착했으니까.

7개의 손가락이 내 몸 깊이 파고들었다. 하산의 불안은 이해했다. 나는 항공모함도 점프시킬 수 있는 능력을 지녔지만, 타인을 이동시키는 일에는 서툴렀으니까. 보병 분대 하나를 북극해 깊은 곳에 빠뜨려버린 이후로 누구도 나와 함께 점프하려 하지 않았다. 하산조차도.

나는 하산의 몸을 부드럽게 감싸며 속삭였다.

"괜찮아. 할 수 있어. 너와 함께라면."

손쉽게 목표를 발견했다. 짙은 어둠 속에서 예카테린부르크역만이 홀로 빛나고 있었다. 착지해야 할 옥상의 모습을 머릿속으로 떠올리며 각오를 다졌다. 내 생각이 맞는다면 이번엔 분명 될 거야. 분명. 하지만 만약 성공한다 해도 나는….

점프.

성공이었다. 우리는 예카테린부르크역에 서 있었다.

* * *

아침부터 메이슨이 나를 호출했다. 그는 불쾌한 표정으로 나를 올려다보았다. 혹시 부대를 빠져나간 사실을 들킨 건가 걱정했지만, 아무래도 그건 아닌 듯했다.

"내게 보고할 일이 있지 않나?"

메이슨이 물었다. 그가 무슨 생각을 하고 있는지 도무지 읽어낼 수가 없었다.

"점프 루트를 확보하는 데 성공했습니다. 우마르 하산 상사의 도움으로요."

"하산 상사의 도움이라."

메이슨이 러시아 담배에 불을 붙이며 코웃음 쳤다.

"피터슨 준위. 정말 끝까지 모른 체할 텐가?"

"뭘 말입니까?"

"하산 상사 말일세. 그가 테러범들과 내통하고 있다는 사실을 정말 몰랐단 말인가?"

나는 표정을 감추기 위해 온갖 상상을 다 동원해야 했다.

"아뇨. 몰랐습니다."

메이슨은 한참 동안 내 눈을 노려보았다. 이윽고 그가 천천히 입을 열었다.

"하산 상사가 텔레파시로 예카테린부르크 내부와 정보를 주고받는 것을 감찰부 텔레파스 요원이 감지했네. 파장이 아주 교묘해서 한동안 눈치채기 어려웠다더군."

"그렇습니까? 놀랐습니다."

"방법은 모르겠지만 자네의 점프를 막은 것도 하산이 아닌가 추측하고 있어. 뭐, 그건 조만간 알게 되겠지. 그런데……."

메이슨은 뒤적이던 파일을 내려놓고는, 깍지 낀 두 손을 책상 위에 올려놓았다.

"혹시 부적절한 관계는 아니었나? 자네와 하산 말일세. 그러니까 그….'"

"아닙니다."

"그렇다면 체포하는 데 협력해줄 수 있겠지? 그는 위험한 테러리스트야. 뛰어난 텔레파스이기도 하고. 희생은 최소한으로 줄이고 싶네."

나는 잠시 머뭇거렸지만, 결국 대답할 수밖에 없었다.

"알겠습니다."

메이슨의 방을 나서자마자 숙소로 점프했다. 건물 밖으로 나갈 여유조차 없었다. 점프 피해니 공간 왜곡이니 신경 쓸 때가 아니었다. 함께 전송된 콘크리트며 철근 따위가 방 안에 쏟아져 엉망진창이 되었지만 상관없었다. 눈앞에 하산이 있었으니까.

"마이크."

"왜 그랬어?"

"마이크."

"왜 그랬냐고 새끼야!"

나는 주먹을 휘둘렀다. 하지만 거기엔 아무도 없었다. 빌어먹을 텔레파스. 하산은 등 뒤에서 나를 끌어안고 있었다.

"미안해."

"입 닥쳐."

"이해하기 힘들겠지만 전부 널 위해서였어. 네가 예카테린부르크에 들어가게 놔둘 수가 없었어."

"거짓말하지 마. 빌어먹을 테러리스트야."

"그곳의 비밀을 알게 되면 넌 이쪽으로 돌아올 수 없게 돼."

"이쪽은 뭐고 저쪽은 어딘데?"

하산은 답하지 않았다. 나는 그를 떼어 내듯 빠져나오려 했다. 하지만 하산은 내 손을 붙잡고 놓아주지 않았다. 가느다란 7개의 손가락에 감싸인 4개의 뭉툭한 손가락이 그물처럼 엮여 있었다. 우리는 이토록 촘촘하게 이어져 있었다. 우리가 데비안트라는 명백한 증거로.

"내 임무 기록을 찾아봤어. 나는 분명 지난주까지 예카테린부르크에 있었어. 그런데 이상하지? 아무것도 기억나지 않거든. 누군가 내 기억을 지운 거야. 텔레파스인 내 기억을 흔적도 없이 깔끔하게 지웠어. 내가 아는 어떤 데비안트도 이렇게는 못 해. 더 은밀하고 교활한 자들이 개입되어 있는 거야."

"그래서 날 막았어? 그 이상한 텔레파시 능력으로 내 점프 감각을 교란시킨 거야?"

"그래. 예카테린부르크에 들어가게 되면 너도 분명 나처럼 될 테니까. 어쩌면 죽임을 당할지도 몰라. 전부 널 보호하기 위해서 였다고."

그 말을 전부 믿을 수는 없었다. 나는 빌어먹을 텔레파스가 아니니까. 네 마음을 읽을 수가 없으니까. 하지만 적어도 한 가지는 확신할 수 있었다. 내 눈앞에 서 있는 사람은 평소의 하산이었다. 테러리스트에게 정신을 조종당하고 있는 것도 아니고 정체를 위장한 스파이도 아니었다. 훈련소 시절부터 항상 지켜봐온, 나의 우마르 하산 상사였다.

나는 그의 손을 더 꽉 붙잡았다.

"도망치자."

"어디로?"

"어디든. 몇 번이든. 점프하면 돼. 아무도 쫓아오지 못할 곳으로 가자."

"그 말, 진심이야?"

하산이 되물었다.

"정말 할 수 있어? 모든 걸 버리고 군을 떠날 수 있어?"

"할 수 있어. 너와 함께라면."

내 눈빛을 읽은 하산이 조심스레 고개를 끄덕이며 내 목에 팔을 둘렀다. 나는 하산의 허리를 감싸며 머릿속으로 좌표를 더듬었다. 그리고 점프했다.

대대 비행장 한가운데로.

도착하자마자 하산의 손목에 수갑이 채워졌다. 메이슨 중령이었다. 하산이 미처 상황을 파악하기도 전에 대기하고 있던 병사가 그의 목에 주사를 놓았다. 하산은 말 한마디 하지 못한 채 그대로 잠이 들었다.

"수고했네, 준위."

메이슨이 내 어깨를 두드렸다.

"아닙니다."

"그는 위험한 텔레파스였어. 만약 자네가 그를 제압하지 않았다면…."

"압니다. 누군가를 조종해 사고를 일으켰겠죠."

처음 보는 병사들이 하산을 거칠게 포박해 들것에 실었다. 나는 최대한 무관심한 표정을 지으며 물었다.

"하산 상사는 앞으로 어떻게 되는 겁니까?"

그러자 메이슨이 어깨를 으쓱이며 답했다.

"그건 자네 하기 나름이겠지."

빌어먹을 메이슨! 그는 모든 것을 알고 있었다. 나는 하산의 곁으로 다가가 무릎을 꿇고 그의 잠든 얼굴을 보았다. 미안해. 깨어나면 분명 날 원망하겠지. 하지만 어쩔 수 없어. 왜냐면….

"하산. 우린 아무것도 판단해선 안 돼. 강한 힘은 반드시 명령과 규칙으로 통제되어야만 해. 미안해. 나는 군을 떠날 수 없어. 여긴 나를 통제해줄 유일한 장소니까."

나는 그의 귀에 작게 속삭였다.

병사들이 하산을 차에 싣고 출발했다. 그가 어디로 이송되는지 물었으나 메이슨은 알려주지 않았다. 기밀이었다.

* * *

여전히 풀리지 않는 의문이 있다.

점프하기 직전, 하산은 내 마음을 읽었을까? 내가 그를 속이고 있음을 알면서도 날 따라온 걸까. 읽지 않았다면 왜 그런 걸까? 그만큼 날 진심으로 믿었던 걸까? 혹은 믿고 싶었던 걸까. 그도 아니면….

어쩌면 도망치자던 내 말에도 일말의 진심이 섞여 있었던 것은 아닐까.

하산이 체포된 다음 날, 군은 최후의 작전을 준비했다. 이곳에 파견된 지 일주일째. 예카테린부르크 점거 사태가 시작된 지 92일째 되는 날이었다. 이른 새벽, 비행장에 도착한 나는 메이슨에게 물었다.

"저는 뭘 운송하면 됩니까? 전차? 폭탄? 아니면 평소처럼 항공모함을 상공에 띄웁니까?"

"일단은 무인 전투봇 두 소대로 시작할 걸세. 상대는 민간인이니까."

메이슨의 말처럼 비행장에는 정육각형 모양으로 접힌 인간형 전투 로봇이 루믹스 큐브처럼 27개씩 두 덩이로 나뉘어 나란히 적재되어 있었다. 그런데 민간인이라니? 나는 놀라 되물었다.

"민간인을 공격한단 말입니까?"

"평범한 민간인이 아닐세. 하나같이 위험한 데비안트들이지. 어제 새벽에 다녀왔잖나. 거기서 아무것도 보지 못했나?"

"그땐 어두웠고… 주위엔 아무것도 없었습니다. 기관총도, 폭탄도, 테러리스트도."

"그래, 아무것도 없었겠지."

메이슨은 더 설명하지 않았다. 그 또한 기밀인 모양이었다.

나는 두 덩이의 큐브 사이로 걸어 들어가 좌우로 손을 뻗었다. 공간 균열이 거품처럼 부풀며 주변을 장악해가는 것이 느껴졌다. 균열이 큐브들을 완전히 감싸자 나는 눈을 감고 예카테린부르크 스테이션의 좌표를 떠올렸다. 다시 눈을 뜰 땐 확인할 수 있겠지. 메이슨이 왜 진실을 감춰야 했는지. 그곳에서 하산이 본 것이 무엇이었는지. 내 손으로 그를 망가뜨릴 만큼 가치 있는 일이었는지도.

머릿속에서 좌표의 정렬이 끝났다.

나는 예카테린부르크로 점프했다.

우주선

수면 캡슐에서 눈을 뜨자마자 화경은 강렬한 데자뷔를 느꼈다. 똑같은 우주선. 똑같은 천장. 처음 눈을 떴던 장소로 되돌아와 있었다. 불에 탄 시신은 사라졌고 추락 중인 상태도 아니었지만, 분명 아까와 동일한 우주선이었다. 마치 처음으로 시간이 되돌아가 모든 것이 반복되기라도 하는 것처럼. 화경 또한 똑같은 반응을 되풀이할 수밖에 없었다.

대체 내가 왜 우주선 안에 있는 거지?

가상현실? 아니면 텔레파시 환각? 어쩌면 이건 일종의 테스트인 걸까. 트라이플래닛 같은 대기업에서는 소속 텔레파스들을 동원해 이런 식으로 지원자의 문제 해결 능력을 확인하기도 한다고 들었다. 그럴싸한 가설이었다. 이 모든 것이 가상의 환각이라면 우주선에 탑승한 기억이 나지 않는 이유도 충분히 설명 가능했다.

왜냐면 실제로 우주선에 탑승한 적이 없기 때문에.

어쩌면 나는 가상의 문제를 푸는 중이고, 정답을 찾을 때까지 비슷비슷한 상황을 반복해야 하는 건지도 몰라. 아니면 실패를 겪는 것 자체가 시험 내용일 수도 있고.

만약 그렇다면 다행이었다. 모든 것이 가상의 시험에 불과하다면 방금 전 겪었던 사람들의 죽음 역시 실제로 일어난 일이 아니라는 뜻이 되니까.

하지만 그런 기대는 순식간에 허물어졌다.

한쪽 팔이 검게 그을린 남자가 방 안으로 걸어 들어오는 모습을 보았으니까.

"깨어나셨군요."

남자가 화경의 곁으로 다가왔다.

"혹시 불편하진 않으셨나요? 침대를 찾아봤는데 없더라고요. 수면 캡슐에 눕혀드릴 수밖에 없었어요."

선명한 이목구비와 구릿빛 피부. 웃음기를 감추지 못하는 낙천적인 얼굴. 우주복을 입은 남자의 가슴엔 아르헨티나 국기와 이름표가 붙어 있었다. 남자는 손가락으로 자신의 이름표를 톡톡 건드리며 남미식 스페인어로 자신을 소개했다.

"다리오 아민Dario Ameen이에요."

다리오가 이번엔 화경의 이름표를 가리켰다.

"그 복잡하게 생긴 문자는 어떻게 읽어야 하죠?"

화경은 고개를 숙여 자신의 이름표를 확인했다. 붉은색 중국 국기 옆에 '李伟'라는 이름이 한자로 쓰여 있었다. 리웨이. 라고 읽으면 될까? 이 옷의 주인은 어떻게 됐을까.

"아, 이건 제 우주복이 아니에요. 제 이름은 '신화경'이에요."

화경은 상대와 동일한 억양의 스페인어로 답했다. 텔레파스는 유능한 통역가이기도 하다. 언어는 또 다른 텔레파스로부터 자신의 생각을 방어하는 수단이자 사람들과 연결되기 위한 도구였기에, 그들은 필사적으로 언어를 수집하곤 했다. 화경 역시 30가지 정도의 언어를 다채로운 억양으로 구사할 수 있었다.

"반가워요."

다리오가 그을린 팔을 내밀어 악수를 청했다. 화경은 다리오의 손을 붙잡으며 팔의 상태를 살폈다. 우주복 겉면만 살짝 그을렸을 뿐 다행히 팔은 멀쩡해 보였다.

"우리는 구조된 건가요?"

다리오는 한쪽 눈을 찡그리며 고개를 가로저었다.

"유감스럽지만, 그건 아니에요."

"여긴 대체 어디죠?"

"우주선이에요. 우리가 타고 있었던 바로 그 우주선이요."

"공격은? 공격은 어떻게 됐죠?"

"걱정 말아요. 지금은 안전하니까."

"그동안 대체 무슨 일이 있었던 거죠?"

"정말 기억 안 나세요? 우리 모두 화경 씨 덕분에 살아남았는 걸요."

다리오가 실눈으로 웃으며 되물었다. 화경은 미간을 찌푸리며 기억을 되살리려 애썼다. 추락한 우주선. 살의. 해치를 열고 마주한 회색 대지. 하늘에서 쏟아지던 살인 광선. 비명과 절규. 불탄 시신들….

기억났다.

하늘에서 세 번째 섬광이 쏟아지던 순간. 화경은 사람들의 머릿속에 강제로 메시지를 밀어 넣었다.

— 도망쳐요! 빛이 닿지 않는 그늘까지! 거기라면 안전할 거예요!

대체 무슨 일이 벌어진 것인지 누구의 말인지도 모른 채 사람들은 화경의 목소리가 이끄는 방향으로 양떼처럼 몰려가기 시작했다.

하늘에서 네 번째 섬광이 쏟아졌다. 몇 초간 시야가 새하얘져 아무것도 보이지 않는가 싶더니, 갑자기 어둠이 덮쳐왔다. 빛이 쏟아진 자리에 서 있었던 사람은 다 타버린 성냥처럼 검게 그을린 채 무릎을 꿇었다.

— 멈추지 말아요! 계속 달려요!

꽉 끼는 우주복이 불편했다. 숨을 내쉴 때마다 자꾸만 헬멧에 김이 서려 앞도 잘 보이지 않았다. 지구의 6분의 1밖에 되지 않는 낮은 중력 탓에 다리에 힘을 주면 줄수록 몸이 높이 떠올랐다. 자신이 점프를 하는 건지 달리기를 하는 건지도 알 수 없을 지경이었다. 중력도, 관성도, 지구와 너무 달랐다.

월면 주행용 차량 한 대가 화경의 옆을 가로지르더니 모래 먼지를 일으키며 멈춰 섰다. 운전석에 앉은 사람이 엄지로 뒤를 가리키는 모습이 보였다. 화경은 텔레파시로 차량의 위치를 공유했다.

— 이쪽으로! 빨리 타세요!

또 한 번 섬광이 대지를 때렸다. 이번엔 아무도 다치지 않았지만, 대신 암석 하나가 평평하게 녹아 유리가 되었다. 사람들이 허겁지겁 차량에 매달리기 시작했다. 화경도 뒤쪽 끄트머리에 겨우 매달릴 수 있었다.

섬광이 점점 가까워지고 있었다. 불안감을 이기지 못한 운전수가 조이스틱을 움직여 차량을 전진시켰다.

— 안 돼, 멈춰요!

화경은 능력으로 운전수의 정신을 붙잡으려 했다. 하지만 두통 때문에 억압의 강도를 유지할 수가 없었다. 차량은 점점 빠르게 가속했다.

미처 탑승하지 못한 이들이 뒤쫓아오는 모습이 보였다. 화경은 그들을 향해 최대한 길게 팔을 뻗었다. 하지만 또 한 번 내리쬔 선명한 빛이 대지를 훑었고 남은 미련과 함께 그들을 태워버렸다. 살아남은 사람은 없었다. 화경은 텅 빈 손을 힘없이 아래로 떨구었다.

이후로도 섬광은 몇 번이나 차량을 노렸지만 명중시키진 못했다. 얼마 지나지 않아 차량은 달의 크레이터 속 그늘에 숨어들었다. 어둠이 드리우자 빛은 더 이상 쫓아오지 않았다.

이윽고 차량을 숨길 만한 장소가 보였다. 거대한 크레이터의 외벽에 동굴처럼 깊게 파인 틈새였다. 운전수는 핸들을 꺾어 틈 속으로 차량을 집어넣었다. 오랜 시간 매달려 있었던 탓에 지쳐버린 사람들이 하나둘 차량에서 내려와 바닥에 주저앉았다.

화경은 생존자의 수를 헤아렸다. 자신과 운전수를 포함해 모두 여섯이었다. 수십 명이 넘었는데 겨우 여섯밖에 남지 않았어. 더 많이 살릴 수도 있었는데. 화경은 스스로를 책망했다.

긴장이 풀리자 밀린 빚을 독촉하기라도 하듯 격렬한 두통이 찾아왔다. 당장이라도 정신을 잃을 것만 같았다. 두뇌가 허용하는 한계치를 한참 넘어선 지 오래였지만, 화경은 억지로 텔레파시 능력을 붙잡고 버텼다. 아직 할 일이 남아 있었다.

화경은 자신의 관자놀이 부근을 톡톡 두드리며 말했다.

— 모두 통신을 켜주세요. 단, 접촉 모드로요.

사람들이 더듬더듬 스위치를 찾아 통신 장치를 조작했다. 서로서로 손을 맞대자 지직거리는 잡음이 귀를 자극했다. 서로와 이어졌다는 생각에 사람들은 빠르게 안정을 되찾기 시작했다.

<대체 무슨 일이죠? 누구 아는 사람 없어요?>

한 여자가 짜증을 내며 물었다.

<아무나 뭐라고 말 좀 해봐요.>

여자가 다시 한번 물었다. 하지만 아무도 대답하지 않았다. 답을 할 수 있는 사람이 없는 모양이었다.

<누가 알겠습니까? 다들 죽어버렸는데. 도망치는 게 몇 초만 늦었어도 우리 모두 살아남지 못했을 겁니다. 누군가 텔레파시로 경고해준 덕분에 운 좋게 살았어요.>

어떤 남자가 말했다.

<말도 안 돼. 뭔가 심각한 오해가 있는 게 분명해요. 나랑은 아무 상관도 없는 일이에요. 나는 이런 일을 겪을 이유가 없다고요!>

여자는 억울하다는 듯 가슴 언저리를 움켜쥐며 비명을 질렀다.

— 아뇨.

화경이 말했다.

— 누군가 우리 모두를 죽이려 하고 있어요.

깜짝 놀란 사람들의 시선이 화경에게 집중되었다.

— 네. 보다시피 저는 텔레파스예요. 여러분은 제 능력을 통해 대화를 나누고 있고요. 저는 지금 한국어로 말하고 있지만, 아마도 여러분들의 귀에는 각자의 모국어로 들리고 있을 거예요.

화경은 말하는 도중에 자연스럽게 육성으로 전환했다.

<다들 혼란스러우실 거예요. 겁도 나겠지요. 지금도 느껴져요. 불안한 마음. 두려운 마음. 모든 걸 의심하고 싶은 심정도 전부 이해해요. 하지만 지금은 제 말을 믿어주셔야 해요. 함께 살아남기 위해서요.>

화경은 숨을 깊게 들이마셨다. 두통 때문에 생각이 정리되지 않았다. 말을 어떻게 시작해야 하지? 무슨 말부터 꺼내야 하지? 전부 설명하기엔 시간이 부족했다.

<우리가 겪은 일은 결코 사고가 아닙니다. 누군가 의도적으로 우리를 공격하고 있어요. 수면 캡슐에서 깨어난 순간 저는 누군가의 감정을 읽었습니다. 그건 타인을 향한 명백한… '적의'였습니다. 그 자리에 있던 모두를 향해 무차별적으로 발산되고 있었고요.>

화경은 '살의'라는 표현 대신 약간이나마 부드러운 단어를 택했다. 사람들에게 과도한 불안을 안겨주고 싶지 않아서였다. 그럼에도 그들은 크게 동요하며 웅성거리기 시작했다. 서로 간격이 벌어지자 맞잡은 손이 끊어져 통신이 들리지 않게 되었다. 화경은 어쩔 수 없이 텔레파시로 전환해야 했다.

— 어쩌면 우리 중에 범인이 숨어 있을지도 모릅니다. 주의를 늦추지 마세요. 서로에게서 눈을 떼지 마세요. 흩어져선 안 됩니다. 반드시….

눈앞이 흐려졌다. 힘을 잃은 무릎이 꺾이며 천천히 몸이 기울었다. 달의 낮은 중력 때문인지 추락하는 시간이 영원처럼 길게 느껴졌다. 스러져가는 의식을 붙잡으며, 화경은 필사적으로 말을

이었다.

　—모두가 꼭… 힘을 합쳐 살아남을 방… 법을 찾으시… 기를…

　그 말을 끝으로 텔레파스 능력이 끊어졌다. 다시 주위로 모여
든 사람들의 목소리가 접촉 회선을 통해 들려왔지만, 각기 다른
언어로 나뉘어 더 이상 서로에게 의미 있는 말로 전달되지 않았
다. 영어, 프랑스어, 스페인어, 아랍어… 파편이 되어버린 말의
조각들이 제각각 허공을 떠돌 뿐이었다.

　의식을 잃기 직전, 화경은 목소리를 들었다. 텔레파시인지 환
청인지 알 수 없는 목소리. 어느 나라의 언어인지도 잘 기억나지
않지만, 목소리는 분명 이렇게 말하고 있었다.

아니, 모두 죽어야 해.

* * *

　"… 화경 씨가 잠들어 있는 동안 우주선을 이곳까지 옮겨왔어
요. 저분의 능력으로요."

　다리오가 엄지로 옆을 가리켰다. 바로 옆 수면 캡슐에 호리호
리한 소년이 새근거리며 자고 있었다. 낯익은 얼굴이었다. 4개뿐
인 손가락도. 이름표엔 미국 국기와 함께 마이클 피터슨Michael
Peterson이라 쓰여 있었다. 익숙한 이름이야. 내가 언제 저 사람을
만났지? 흐릿한 기억을 더듬어가다 화경은 불현듯 깨달았다.

　꿈이 아니었어.

　방금 전까지 피터슨의 기억을 훔쳐보고 있었다. 피터슨과 하
산의 이야기를. 빌어먹을 메이슨! 직접 겪은 것처럼 불쾌한 감정

이 생생하게 되살아났다. 기절해 있는 동안 기억이 머릿속으로 흘러 들어온 모양이었다. 이젠 확실히 기억 나. 방금 전까지 나는 마이클 피터슨이었어. 그리고 피터슨 준위는….

"점퍼군요."

"오! 정답이에요."

다리오가 윙크하며 손가락으로 총 모양을 만들었다.

"어떻게 아셨죠?"

"이름 보고 알았어요. 유명하잖아요. 미국의 슈퍼 데비안트."

"맞아요. 피터슨 씨가 우주선을 통째로 점프시켰어요. 이렇게 거대한 물건을 옮길 수 있는 점퍼는 처음 봤습니다."

다리오가 화경의 이마에 붙은 쿨시트를 천천히 떼어 냈다. 그리고 구급상자에서 새 시트를 꺼내 포장을 뜯으려 했다. 화경은 손바닥을 내밀어 정중히 사양했다.

"이제 괜찮아요. 좀 일으켜주시겠어요?"

화경은 다리오의 부축을 받으며 자리에서 일어났다. 여전히 어지럽고 속이 메스꺼웠다. 시험 삼아 텔레파시 파장을 발산해 보니 미약한 두통이 느껴졌다. 능력을 온전히 회복하려면 시간이 더 필요했다. 어렵사리 생존자 다섯의 정신을 포착한 화경은 그들의 정신을 매듭으로 묶으며 한국어로 물었다.

"제가 얼마나 잠들어 있었던 거죠?"

대답은 다른 방향에서 들려왔다.

"대략 7시간 정도였소이다."

누군가 방 안으로 걸어 들어오고 있었다. 굵고 낮은 음색의 표준 아랍어. 키가 훤칠한 남성이었다. 그가 손끝으로 자신의 이름 표를 가리키며 꾸벅 인사했다.

"타반 압델 나세르ناصر عبد طبعن라 합니다."

푸스하*를 구사하는 탓에 통역된 그의 말투는 다소 고풍스러워졌다.

"목부터 좀 축이십시오."

타반이 컵을 내밀었다. 화경은 조심스레 컵을 입으로 가져갔다. 마지막 한 모금을 흘려넣기 위해 고개를 들었을 때, 타반과 처음으로 눈이 마주쳤다. 왼쪽 눈꺼풀 안에 색이 다른 두 눈동자가 담겨 있었다. 이중 홍채는 보이안트에게 흔히 나타나는 외형적인 특징이었다. 화경은 그의 눈동자에 대해 아무 언급도 하지 않았다.

뒤이어 갈색 머리의 백인 여성이 방으로 들어왔다. 프랑스 국적의 소피 라예트Sophie Rayet.

"맙소사! 혼자 감추고 있었던 거예요?"

타반은 어이가 없다는 듯 소피를 쏘아보며 한쪽 눈썹을 치켜올렸다.

"감추다니. 대체 무엇을 말이오?"

"물! 물 말이에요. 대체 물이 어디서 난 거죠?"

타반은 대답 대신 수통을 내밀었다. 통을 거의 빼앗다시피 낚아챈 소피는 빨대에서 쪼르르 소리가 날 때까지 멈추지 않고 물을 마셨다.

"실컷 드시오. 물이라면 얼마든지 드리겠소이다. 감추다니, 내가 당신 같은 부류인 줄 아시오? 그 물은 우주선의 재처리 장치에서 새로 걸러낸 것이오."

* 표준 아랍어. 코란에 기초한 고전 문어체로 구어체인 암미야에 비해 다소 딱딱하고 고풍스럽다.

"재처리? 뭘 재처리한 건데요?"

입가의 물기를 닦으며 소피가 물었다.

"소변."

소피가 수통을 떨어뜨렸다. 소피는 구역질을 참으며 한 손으로 입을 틀어막았다. 떨어진 수통을 주우며 타반이 핀잔을 주었다.

"소피, 우주에선 원래 다 그런 방식으로 물을 만들어 먹소."

"나도 알아요! 이렇게 갑자기 마시게 될 줄 몰랐죠. 아직 준비가 안 됐다고요."

화경은 소피의 곁으로 다가가 조심스레 등을 토닥여주었다.

"괜찮으세요?"

"괜찮지 않아요. 내 몸에 함부로 손대지 말아줄래요?"

소피가 화경의 손길을 뿌리치며 구석으로 향했다.

"좀 조용히 합시다. 구역질 소리가 우주선 밖까지 다 들리겠네."

익숙한 말투. 그리운 모국어 발음에 가슴이 뛰었다. 화경은 목소리가 들리는 방향으로 고개를 돌렸다. 낯익은 얼굴의 여성이 방 안으로 들어서고 있었다. 화경은 그 모습을 바라보며 멍하니 눈을 끔뻑였다.

"맹화경. 나 누군지 모르겠어?"

상대가 웃었다. 비틀린 미소를 보자 기억이 되살아났다.

"혹시 너……."

"너무 늦게 알아보는 거 아니야? 섭섭하게."

흐릿한 머릿속을 뒤져 겨우 이름을 떠올릴 수 있었다. 무척이나 그립고 반가운 이름. 어떻게 그 이름을 잊고 있었을까 싶을 정도로 소중한 이름을. 널 알아. 당연히 기억해. 내가 그 이름을 잊을 리가 없지.

화경은 천천히 입술을 오므려 상대의 이름을 말했다.

"조유영?"

그러자 머릿속에서 목소리가 들렸다.

무슨 소리야? 조유영은 죽었잖아.

조유영

너에게 주위 사람들의 생각이 들리기 시작한 것은 일곱 살 즈음이었다. 겉으로 드러난 흔적이 없었기에, 너는 데비안트라는 사실을 남들보다 늦게 알았다.

엄마는 네게 능력을 감추라고 말했다.

"화경아. 사람들은 네가 남들과 아주 조금 다르다는 이유로 네게 상처를 주기 시작할 거야. 네가 어떤 사람인지 알아볼 생각도 하지 않고서. 설령 너에게 좋은 마음을 품은 사람들조차 네 모습을 있는 그대로 바라봐주진 않을 거야. 굳이 그런 일을 겪을 필요는 없어."

그러면서 엄마는 미안하다고 말했다.

"화경이 네가 배 속에 있었을 때, 엄마가 커다란 발전소 근처에 자주 갔었어. 몸에 나쁜 발전소를 없애야 한다고 사람들 대신 소리치는 게 엄마 직업이었거든. 화경이 몸이 이렇게 된 게 아마 그래서인가 봐. 미안해. 엄마 때문에 이런 일을 겪게 돼서."

엄마는 왜 미안해하는 걸까. 엄마의 말을 잘 이해하진 못했지만, 너는 그 말을 굳게 믿고 따랐다. 절대 다른 아이들의 생각을 읽지 않고 마음을 조종하거나 감정을 쏘아 보내지도 않았다. 어리고 미숙한 능력을 통제하기 위해 최선을 다해 노력했다.

하지만 열 살이 되던 해, 너는 결국 능력을 들키고 말았다. 우연히 흘러들어 온 옆자리 남자아이의 속마음에 발끈한 것이 화근이었다. 예전부터 너는 그 아이가 싫었다. 폭력적인 충동에 휩쓸려 주위를 망가뜨릴 뿐인 모자란 아이. 그 아이는 너에게 호감과 성적 흥미를 느끼면서도 겉으로는 끊임없이 욕설을 뱉고 팔을 꼬집고 치마를 들추었다. 자신이 무슨 짓을 하고 있는지 아무것도 이해하지 못한 채 말이다. 참다못한 너는 결국 소리치고 말았다.

"너, 속으로 나에 대해 징그러운 상상 하잖아!"

그 순간 모든 것이 바뀌었다. 본래라면 그 남자아이를 향했을 아이들의 미움이 갑자기 너에게로 방향을 틀었다. 헐, 괴물이었어? 인간 아니었네. 몰래 우리 생각 읽고 있었던 거야? 소름. 우웩, 징그러워. 더러워. 병균 옮으면 어떡해. 괴물 발견. 죽여라, 죽여. 전부 죽어버려라.

너는 울음을 터뜨리며 밖으로 뛰쳐나왔다. 집으로 돌아와 방 안에 웅크리고 틀어박혔다.

밤늦게 집에 돌아온 엄마는 네 표정을 보자마자 단숨에 상황을 파악하고 짐을 챙기기 시작했다. 네가 펑펑 우는 동안에도 표정 없는 얼굴로 침착하게 네 옷과 인형부터 챙겼다. 모든 준비가 끝난 다음에야 엄마는 네게 처음으로 말을 건넸다.

"화경아, 잘 들어. 이제 곧 사람들이 널 잡으러 올 거야. 하지만 그 전에 우린 여행을 떠날 거야. 아주 먼 곳으로. 어쩌면 다른 나라로."

"왜?"

엄마는 답이 없었다.

"내가 인간이 아니라서 그래?"

엄마는 천천히 고개를 가로저었다.

"화경아. 너는 인간이야. 네가 그러길 원하기만 한다면. 그냥 세상을 조금 다른 방식으로 바라보는 것뿐이야."

"나는 남들하고 달라?"

"사람들은 다 조금씩 남들하고 달라."

"근데 왜 나만 미워해?"

"그냥… 그냥 그래. 사람이."

엄마는 설명하기 힘든 것을 어떻게든 표현하려 애썼다.

"어떤 사람들은 태어나서 죽을 때까지 미움이란 걸 놓질 못하더라. 어떻게든 누굴 괴롭혀야 하나 봐. 애들이 널 괴롭힌 것도 그래서일 거야. 아마 이유 같은 건 없었을 거야."

"이해가 안 돼."

"응. 엄마도 이해가 잘 안 가더라. 평생 그런 사람들이랑 싸워왔는데도."

부산역에서 출발하는 마지막 기차를 탔다. 최대한 서쪽으로 이동해 목포에서 배를 타면 된다고 했다. 엄마와 함께 일해온 친구들이 전부 준비해두었다고.

하지만 너와 엄마는 목포에 도착하지 못했다. 기차는 갑자기 멈춰 섰고, 노란 방호복을 입은 사람들이 우르르 몰려와 너와 엄마에게 총구를 겨누었다. 엄마는 의외로 순순히 항복했다. 혹여나 네가 다치게 될까 두려웠던 거겠지.

어쩌면 그날 붙잡힌 것이 오히려 다행이었는지도 모르겠다.

뒤늦게 촬영한 너의 머릿속은 엉망진창이었다. 몇 차례에 걸친 대수술을 마친 후에야 겨우 두개골에 눌러붙은 종양들을 모두 긁어낼 수 있었다. 코 안쪽을 틀어막고 있던 종양이 사라지자 숨 쉬기가 한결 편해졌다. 코맹맹이 같던 발음도 조금은 좋아졌고. 하지만 코피가 잦아졌다.

얼마 후, 너는 '상서학원'이라는 곳으로 전학했다. 선생님이 말하길 데비안트라는 사실이 밝혀진 이상 '정상적인' 아이들과는 함께 수업을 들을 수 없다고 했다. 나라에서 지정한 법이 그렇다고. 상서학원은 데비안트 아이들을 전담하는 국립 기숙학교 중 하나였다. 여전히 우리를 어떻게 다루어야 할지 몰랐던 정부는 100년 전 한센병 환자들에게 적용하던 야만적인 매뉴얼을 창고에서 꺼내 먼지를 털고 제목만 바꿔 붙였다. 사실 별 대단한 계획도 아니었다. 문제가 생긴 아이들을 섬에 가둬놓고 모두가 잊어버리기만 바랐을 뿐이었지.

배를 타고 섬에 도착한 첫날, 너는 차가운 스테인리스 수술대에 누워 잠이 들었다. 깊은 새벽, 진통제가 끊기자 찾아온 격심한 통증에 놀라 배를 움켜쥐고 눈을 떴을 때, 자신이 평생 아이를 갖지 못하는 몸이 되었다는 사실을 알았다. 그때 너는 고작 열 살이었다.

그렇다고 해서 정부의 결정을 무작정 비난할 수만은 없었다. 당시는 데비안트에 대해 알려진 사실이 아무것도 없던 시절이었다. 우리의 능력이 생겨난 원인이 무엇인지, 왜 일정 시기 이후의 출생자들에게만 발현되는지, 능력이 유전되는지, 혹은 감염되는지 누구도 알지 못했다. 데비안트라는 단어조차 없었다. 능력을 통제하는 법을 배우지 못한 아이들이 한 달에 몇 번씩 대형

사고를 일으키던 시기였다. 그들은 이 현상이 번져 나가는 걸 필사적으로 막아야 하는 입장이었다.

물론 그곳은 끔찍했다. 제대로 된 교육기관이라 부를 만한 곳은 아니었다. 그저 아이들을 감시하고 테스트하기 위한 공간이었을 뿐, 교육다운 교육은 아무것도 이뤄지지 않았다. 세상과 동떨어진 탓에 시설도 열악했다. 낡은 벽돌 벽에선 바람이 샜고, 밥에선 애벌레가 나왔다. 비가 내릴 때마다 곳곳에 양동이를 놓아야만 했다. 덕분에 사방에서 이끼 냄새가 났다. 우리는 매일 정해진 시간에 일어나 열을 맞춰 체조를 하고, 줄을 서서 식사하고, 대가리를 박았다.

그래. 너도 기억이 날 테지. 아이들 모두가 '대가리'라고 부르던 그 이름 모를 교사 말이다. 누가 능력을 아주 조금 사용하기만 해도 모두를 향해 "당장 대가리 박아!" 하고 소리치던 인간. 우리는 바닥에 엎드려 정수리가 땅에 박히도록 머리를 숙여야 했다. 고개를 조금 치켜들기만 해도 몽둥이가 날아왔으니까. 그렇게 10명이 넘는 아이들의 코가 부러졌다. 그 아이들은 능력이 미약해 아무런 위협이 되지 못했는데도 그랬다. 불합리한 처사에도 우리는 반항할 수 없었다. 소총을 든 군인이 사방에서 우리를 지켜보고 있었으니까. 그들은 언제든 우리를 사살할 수 있는 권한을 갖고 있었다.

학원은 외부 세계와의 그 어떤 접촉도 허용하지 않았다. 바깥에 세상이 존재한다는 사실조차 기억 속에서 지워버리려는 듯했다. 하지만 그건 오판이었다. 그럴수록 아이들의 관심은 더욱 외부로 쏠렸다. 요즘 바깥에선 어떤 노래가 인기인지, TV에 어떤 신작 프로그램이 나왔는지, 올여름 유행하는 옷차림은 무엇인지. 교사들의 기억을 훔친 텔레파스 아이들을 중심으로 온갖 소식들이 수집되고 공유되었다. 진짜인지 가짜인지 진위도 확인되지 않는 소문이 무성히도 퍼져나갔다. 중동에 큰 전쟁이 났다는 뉴스도, 북한이 붕괴한 지 오래라는 소식도, 달의 뒷면에 숨은 외계인들이 데비안트를 납치해 실험한다는 허무맹랑한 가십도 세상과 동떨어진 아이들 사이에선 그저 똑같은 하루 치의 재밋거리일 따름이었다.

갇혀 지내는 동안 너는 딱 두 번 엄마와 만날 수 있었다. 무슨 인권 활동 단체의 높은 직책이라던 네 엄마의 끈질긴 요구 덕분에 1년에 한 번 운동회가 열리게 된 것이었다. 하지만 정부는 감염이 우려된다며 가족 간 접촉을 허락하지 않았다. 미개하게도 여전히 데비안트가 전염된다고 믿던 시절이었다.

그렇게 시작된 오직 달리기뿐인 운동회. 그렇게 승부욕 없는 달리기 시합이 또 있을까. 서로 느리게 달리려 경쟁하는 달리기 시합이 세상 어디에 또 있을까. 아이들은 느릿느릿 트랙을 따라 달리며 100미터 밖에서 응원하는 가족들의 얼굴을 살폈다. 그저 까만 점으로밖에 보이지 않는 눈코입들 사이에서 어찌 그리들 쉽게 서로를 찾아낼 수 있었던 건지. 부모도 자식도 서로를 찾는 데 전혀 어려움을 겪지 않았다.

그나마 너는 운이 좋은 편이었다. 텔레파스였으니까. 짧은 시간이나마 능력으로 대화를 나눌 수 있었으니까. 트랙의 절반을 돌아 턴하던 순간, 엄마 곁에 최대한 가까이 다가선 바로 그 순간, 엄마는 머릿속 상상으로 너를 끌어안으며 이렇게 말했다. 사랑해, 화경아. 넌 모두에게 사랑받게 될 거야. 넌 모두에게 사랑받을 아이야. 넌 사랑받기 위해 태어난 아이야. 사랑해, 사랑해,

사랑해, 사랑해…….

텔레파스인 너는 그 말이 거짓이라는 걸 단번에 꿰뚫어 보았다. 거짓을 말할 수밖에 없는 엄마의 심정마저 이해해버리고 말았다. 그래서 내색하지 않았다. 내색할 수 없었다. 엄마는 거짓으로 절망을 덮으며 겨우 하루를 버텨내고 있었다. 오직 그 힘으로 꿋꿋이 투쟁을 이어갔다. 딸의 자유를 되찾기 위해 하루도 빠짐없이 광화문 광장에 나가 씩씩한 얼굴로 사람들에게 소리쳤다. 엄마는 끝까지 싸웠다. 온 세상에 지지 않고 맞서는 단 한 사람. 네 엄마는 그런 사람이었다.

하지만 상황은 점점 나빠졌다. 특히나 따돌림을 당한 아이가 수업 도중 같은 반 아이들 전원의 목을 염력으로 비틀어버린 사건이 결정적이었다. 아이는 끔찍이도 미웠을 가해자들과 방관자들의 머리를 폭죽처럼 터뜨려버렸고, 그 장면은 고스란히 휴대폰에 녹화되어 몇 달 동안이나 온라인 여론을 떠들썩하게 만들었다. 우리는 폭탄이었다. 세상은 더 이상 데비안트를 동정하지 않았다.

운동회 날이 되었는데도 엄마는 찾아오지 않았다. 수년간 너는 자신이 버림받았다고 생각했다. 하지만 아니었다. 엄마는 패배했을 뿐이었다. 목이 뽑힌 시체 사진들이 만들어낸 선명한 편견의 굴레를 끝내 이겨내지 못했을 뿐이었다. 매일 악플과 계란 세례에 시달리며 버틸 수 있는 사람은 어디에도 없다. 아무리 강한 정신력의 소유자도 그렇게는 살 수 없는 법이다.

엄마는 결국 자신의 머리에 휘발유를 끼얹었다.

그 순간, 너는 엄마와 연결되어 있었다. 본능적으로 발현된 텔레파시 감각은 엄마가 느끼는 모든 감정과 고통을 고스란히 너

에게 전했다. 엄마의 용기도, 두려움도, 엄지손가락 끝이 라이터
의 부싯돌에 닿는 까칠한 감촉마저도.

"하지 마, 엄마!"

너는 자리에서 일어나 소리쳤다. 주위 아이들이 이상하게 쳐
다봤으나 아랑곳하지 않고 계속해서 소리치고 또 소리쳤다. 안
돼! 멈춰! 멈추란 말이야!

하지만 네 목소리는 엄마에게 닿지 않았다. 엄마는 네가 연결
되어 있다는 사실을 알지 못했다. 정수리를 적신 휘발유가 서서
히 뺨을 타고 내려와 옷 안쪽까지 주르륵 흘러들어갔다. 피부에
닿는 미끈하고 서늘한 감촉. 미처 누군가 나서서 말리기도 전에
불이 붙었다. 온몸이 순식간에 장작처럼 타들어갔다. 엄마는 비
명을 질렀고, 너는 엄마의 고통을 함께 겪었다.

너는 정신을 잃고 말았다.

* * *

네가 이해하기에 엄마는 포기한 것이 아니었다. 달리 방법이
없어 최후의 수단을 택한 것뿐이었다. 넌 사랑받게 될 거야. 그
한마디 약속을 지키기 위해. 오직 너를 위해. 달리 할 수 있는 일
이 없었기에.

엄마는 미친 여자로 세상에 알려졌다. 반사회적이고 충동적인
위험인물이었다고. 자연스러운 수순으로 너는 폭력적인 부모에
게 시달려온 불행한 천사로 포장되었다. 바깥세상 사람들은 진
심으로 널 동정했다. 짧은 시기였지만 데비안트 아이들을 동정
하는 여론이 눈에 띄게 증가할 정도였다.

그 후로 한동안은 모든 것이 흐릿하기만 하다. 잘 기억이 나지 않는다. 능력이 통제되지 않았고, 수시로 안정제를 맞고 잠들어야 했으니까. 차라리 다행이란 생각도 든다. 엄마의 죽음과 마주한 너의 감정이 과연 어땠을지 나는 상상조차 하고 싶지 않다.

의미 없이 몇 년이 훌쩍 흘렀다.

우리는 점차 능숙하게 능력을 다룰 수 있게 되었다. 대개는 동전이나 옮길 정도의 작은 재주에 불과했지만, 그럼에도 아이들은 힘을 사용하고 싶어 안달을 냈다. 우리에게 능력은 분리될 수 없는 몸의 일부였다. 마치 근육처럼.

학원은 아이들의 능력을 공개적으로 평가하기 시작했다. 텔레파스, 키네시스, 점퍼, 보이안트. 아이들의 능력을 네 종류로 구분해 S급부터 E급까지 유치하기 짝이 없는 등급을 매겼다. 정해진 등급에 따라 숙소의 크기가 달라졌고, 식사하는 순서에도 차등이 생겼다. 심지어 등급별로 지정된 색상의 넥타이와 식판을 써야 했다.

눈에 보이는 차등이 생겨나자 아이들은 홀린 듯 다투기 시작했다. 그 사소한 이권을 위해 기꺼이 몸을 던졌다. 모두가 최선을 다해 노력했으나 가장 뛰어난 아이들도 C급을 넘지 못했다. 그런데도 학원은 등급 기준을 조정하지 않았다. 너희들은 겨우 그 정도밖에 되지 않는다고 말하려는 듯이. 아이들은 자신의 방보다 배 이상 넓고 깨끗한 A급 숙소와 B급 숙소를 바라보며 침을 삼켰다.

더 높이 올라갈 수 없다는 사실을 뼈저리게 깨닫게 되자 아이들의 시선은 아래로 향했다. C급 아이들은 숨 쉬듯 D급을 차별했고, D급 역시 E급에게 똑같은 짓거리를 해댔다. 상위 등급 아이들은 자신의 등급이 열심히 노력한 결과라 으스댔으나, 하위 등급 아이들은 그 의견에 동의하지 않았다. 능력의 크기는 애초 발현할 때부터 정해져 있는 것이 분명했다. 등급제가 시행된 이 래로 자신의 등급을 상향시킨 사람은 한 명도 없었으니까.

등급이 고착되자 이번엔 서열 평가가 도입됐다. 매주 1등부터 바닥까지 순위가 공개되었다. 그러자 시기와 질투가 만연했다. 아이들은 필요 이상으로 서로를 견제하기 시작했다. 재능이 뛰어난 아이들을 중심으로 10여 개의 그룹이 생겨났고, 상대보다 높은 자리를 차지하기 위한 경쟁이 이어졌다. 상대의 멘털을 꺾기 위한 정신 조작과 기억 편집, 은밀한 초능력 폭행이 끝도 없이 반복되었다.

너는 그들 모두와 거리를 두었다. 평가에도 성실히 임하지 않았다. 아무 목소리도 들리지 않는 척 E등급을 받고 최하위권에 죽은 듯 머물렀다. 네가 무엇을 할 수 있는지, 얼마나 할 수 있는지 확인하기 두려웠다. 할 수 있다면 해야 하니까. 하고 싶지 않았으니까.

* * *

조유영이라는 이름의 아이가 상서학원에 전학 온 것은 그즈음이었다. 한쪽 귀가 종양으로 뭉개진, 당당하게 상처를 드러낸 아이. 유영은 모든 면에서 너와 반대였다. 너무나 반대인 존재여서 손이 닿으면 쌍소멸해버릴지도 모른다는 생각이 들 정도로. 너는 길게 늘어뜨린 머리로 얼굴을 덮었고, 그 아이는 짧게 자른 머리를 고집스럽게 고수했다. 너는 죽은 듯 조용했고, 그 아이는 활력이 넘쳤다. 너는 눈에 띄지 않았고, 그 아이는 언제나 주목받았다. 너는 매번 참았고, 그 아이는 결코 참지 않았다. 너는 완벽한 아웃사이더였고, 그 아이는 타고난 리더였다.

유영이 처음으로 아이들의 주목을 받게 된 건 '국민의례' 사건에서였다. 월요일 전체 조회 시간, 체육관에 줄을 맞춰 선 아이들 앞에서 유영은 학생 대표 역에 자원했다. 눈에 띄기만 하고 득은 없는 자리였기에 모두가 꺼리는 역할이었다. 당당히 마이크를 움켜쥔 유영은 듣도 보도 못한 방식으로 국기에 대한 맹세를 선창했다. 냉소 가득한 목소리로 모든 어미를 높여 읽어서 맹세를 의문문으로 바꿔버린 거였다.

"나는? 자랑스러운? 태극기 앞에? 자유롭고? 정의로운? 대한민국의? 무궁한 영광? 을 위하여? 충성을? 다할 것을? 굳게? 다짐합니다?"

당황한 교사들은 어떻게 대응해야 할지 몰라 당황하며 유영을 연단 아래로 끌어내렸다. 하지만 이미 퍼포먼스는 끝난 뒤였고, 곳곳에서 아이들의 키득거리는 웃음이 터져 나왔다.

그 후로 유영은 모두의 관심을 독차지했다. 어딜 가나 유영의 이야기뿐이었다. 쉬는 시간마다 유영의 주위엔 아이들이 구름처럼 모여들었다.

유영은 학교 시스템의 본질을 알기 쉬운 언어로 아이들에게 설명해주었다. 교사들이 우리가 다투도록 내버려두는 건 그래야 우릴 통제하기 편하기 때문이야. 등급과 서열로 우리 눈을 가리고 있어. 저 못된 교사들 대신 우리끼리 서로를 미워하고 갈라서게 만들려는 거지. 솔직히 맛대가리 없는 밥 조금 먼저 먹는 게 무슨 의미가 있다고. 안 그래?

경쟁에서 밀려난 아이들에게 유영의 설명은 너무나도 매혹적이었다. 아이들은 금세 유영을 중심으로 빠르게 결집했다. 아이들에게 유영은 버릇처럼 이렇게 말하곤 했다.

"여긴 나락이야. 우린 싸워야 해."

유영은 매사에 투쟁적이었다. 놀라운 혁명가였다. 모두가 당연하게만 여겼던 현실이 유영의 눈에는 하나도 당연하지 않았다. 언제 발포될지 알 수 없는 총부리, 낡은 방식의 얼차려, 몽둥이, 강제 노역과 신체검사, 기준을 알 수 없는 서열 평가와 불공평한 혜택들. 이런 것들과 마주할 때마다 유영은 매번 교사들과 거칠게 충돌했다. 상처 입은 아이들을 보호하며 잘못을 고치라고 소리쳤다. 똑같은 내용도 유영의 입에서 나오면 전혀 다른 말처럼 느껴졌다. 정말로 실현 가능할 것만 같은 기분이 들었다.

처음에 너는 유영이 학교를 떠도는 유령이 아닐까 의심했다. 이름도 비슷하니까. 그곳엔 수십 명의 통제되지 않은 텔레파스가 한데 모여 있었다. 그 안에서 벌어지는 무엇도 현실이라 확신할 수 없었다는 뜻이다. 유영의 존재 자체가 신종 정신마약일지 누가 알까. 우상을 꿈꾸는 아이들의 욕망이 만들어낸 허상이 아니라고 누가 확신할 수 있을까.

너는 유영을 볼 때마다 엄마를 떠올렸다. 마지막까지 싸움을 멈추지 못했던 엄마의 모습 말이다. 괴로웠다. 잠시 곁을 스쳐 지나가는 것마저 견딜 수가 없을 지경이었다. 너는 유영과 거리를 두려 최선을 다해 노력했다. 하지만 유영은 언제나 눈에 띄었고, 어딜 가나 아이들의 입에선 유영에 대한 이야기가 오르내렸다.

결국 너는 도망칠 결심을 했다.

늦은 새벽, 너는 조용히 짐을 챙겨 밖으로 나왔다. 텔레파시 능력으로 군인들의 눈을 멀게 만든 뒤 기숙사 건물을 손쉽게 빠져나왔다. 의외로 경비는 허술했다. 학교를 탈출한다 한들 어차피 섬을 벗어날 방법이 없었으니까. 태풍에 허물어진 담벼락조차 고스란히 방치된 상태였다.

무너진 담장 앞에서 놀랍게도 유영이 네 앞을 가로막았다.

"도망치려고?"

유영이 물었다. 너는 말없이 고개만 끄덕였다.

"섬 밖으론 어떻게 나갈 건데?"

"헤엄쳐서."

"그거 죽겠다는 소리랑 같은 뜻인 거 알지?"

"몰라."

네 퉁명스러운 대답에 유영은 웃으며 어깨를 으쓱였다.

"근데 나가봐야 소용없다? 바깥도 똑같아."

"네가 그걸 어떻게 알아?"

"그냥 원래… 그러니까. 세계는 매끄럽지도 상냥하지도 않아. 언제나 거칠고 못됐고 폭력적이야. 어딜 가도 마찬가지야. 네가 꿈꾸는 장소는 어디서도 찾지 못할 거야."

"내가 무슨 꿈을 꾸는지도 모르면서."

"맞아, 솔직히 잘 몰라. 하지만 이뤄줄 순 있어."

"……."

네가 대답하지 않자 유영은 네 소매를 꽉 붙잡고 끌어당겼다.

"가자."

"어디 가는데?"

"체육관."

"체육관은 왜?"

"가보면 알아."

너는 얼떨결에 유영을 따라 체육관으로 향했다. 체육관엔 100명이 넘는 아이들이 모여 있었다. 너는 조심스레 아이들 사이에 녹아들었다. 단상 위로 올라간 유영은 농구 코트 가운데 옹기종기 모여 앉은 아이들을 향해 물었다.

"언제까지 이래야 하는 걸까? 대체 언제까지 이런 곳에 갇혀 있어야 해? 얼마나 더 참아야 할까? 참는다고 달라지긴 할까?"

아이들은 서로 눈빛만 교환할 뿐 대답하지 않았다. 유영이 재촉하듯 되물었다.

"만약 우리가 전부 바꿀 수 있다면. 너희는 할 거니?"

아이들이 웅성거렸다. 유영은 양손을 깔때기처럼 만들어 귀에 대며 말했다.

"원하는 걸 말해봐."

그러자 아이들이 소리치기 시작했다. 제대로 된 수업을 원해! 스마트폰을 원해! 최신 앨범! 신작 영화! 구타 금지! 복장검사 금지! 속옷 체크 금지! 대가리 금지! 가족 면회! 벌레 없는 식사를 원해! 아이들이 원하는 건 제각각 달랐지만 적어도 한 가지는 일치했다.

이대론 안 된다는 것.

그러자 누군가 손을 들고 일어섰다. 최서윤. 전교 서열 1위. 학원의 유일한 C급 텔레파스. 교묘하게 아이들의 분열을 주도한, 학원 내에서 가장 강고했던 그룹의 리더. 많은 아이들이 서윤을 의심했다. 그 애가 교장과 내통하고 있을지도 모른다고. 정신마약과 기억 조작으로 아이들을 무기력하게 만들고 있다고. 아이들을 감시하는 비밀특수요원이라는 소문마저 돌았다. 몇 년간 네 기억이 불분명했던 것도 어쩌면 그 아이 때문일지 모른다.

서윤이 일어서자 바닷물이 갈리듯 좌우로 길이 열렸다. 서윤은 입에 물고 있던 귀한 막대 사탕을 바닥에 휙 던져버리며 단상까지 뚜벅뚜벅 걸어가 유영 앞에 섰다. 서윤이 물었다.

"그래서 뭘 하자는 건데?"

"어른들에게 우리 힘을 보여주자는 거야."

"그러다 잘못되면? 실패하면 상황이 더 나빠질 텐데, 책임질 수 있어?"

유영은 어깨를 으쓱이며 입꼬리를 끌어올렸다. 마치 네 엄마처럼.

"솔직히 뭐, 여기서 더 망한다고 큰일 나는 것도 아니잖아? 십월, 우린 이미 다 좆됐는데."

"어른들은 총을 가졌어."

"우린 능력을 가졌고."

"능력? 자갈이나 겨우 들어 올리는 키넨시스 애들 말이야? 아니면 10미터도 점프 못 하는 점퍼들 말이야? 여자애들 속옷이나 훔쳐보는 보이안트 눈깔충들? 우리 중에 총알을 막을 수 있는 애가 있긴 해? 어른들이랑 몸으로 싸워서 이길 수 있는 애가 있냐고. 무턱대고 싸워봤자 애들만 크게 다칠 거야."

"그래도 네가 다치게 만든 애들 수보단 적을걸?"

"그럼 너부터 먼저 가서 총알 한 방 맞고 와. 그때 다시 생각해줄게."

사방이 조용해졌다. 팽팽한 긴장감이 모두의 입을 다물게 만들었다. 두 사람은 말없이 서로를 노려보기만 했고, 오랜 시간 정적이 이어졌다. 분노와 공포. 체육관을 가득 메운 두 개의 감정만이 보이지 않는 대립을 지속하고 있었다. 시간을 끌면 끌수록 유영에게 불리했다. 뜨겁게 끓었던 분노는 차츰 식고, 총부리에 대한 공포는 점점 선명해질 테니까. 서윤이 노린 것도 바로 그 점일 터였다.

텔레파스인 네게는 보였다. 서윤이 아이들을 향해 교묘한 텔레파시를 발산하는 모습이. 아이들의 머릿속에 대가리의 못생긴 얼굴이 떠올랐다. 운동장에 줄을 맞춰 대가리를 땅에 박은 광경이 사진처럼 선명하게 그려졌다. 아이들 중 누구도 감히 푹 숙인 고개를 들어 올리지 못했다. 감정의 흐름이 조금씩 서윤 쪽으로 기울어가는 것을 알 수 있었다. 유영은 보이지 않는 곳에서 조금씩 싸움에 패배하고 있었다. 상황을 바꾸려면 한 가지 방법뿐이었다.

누군가 한 사람, 고개를 들고 일어나 총에 맞아야 했다.

"나는 할래."

대체 왜 그랬을까. 너는 자리에서 일어나 주먹을 높이 들었다.

너의 모습을 본 아이들은 미리 약속이라도 한 듯, 하나둘 자리에서 일어나 너와 함께 주먹을 치켜들었다. 나도. 나도. 나도 할래. 너도? 그럼 나도 할 거야. 밀물이 썰물이 되듯 감정의 물결이 순식간에 뒤집어졌다. 모두가 자리에서 일어서기까지 채 10초도 걸리지 않았다.

깜짝 놀란 서윤이 아이들의 들끓는 감정을 억누르기 시작했다.

— 그만. 오늘 일은 전부 잊어.

에디트Edit. 타인의 기억을 멋대로 편집하는 서윤의 장기. 그러자 너는 반사적으로 눈을 감고 모두의 마음을 그물처럼 촘촘하게 이어 붙였다. 허브Hub. 스포크Spoke. 바인드Bind. 훗날 그렇게 이름 붙여질 너의 능력들이 처음으로 구체화된 순간이었다. 너는 아이들에게 어떤 생각도 주입하지 않았다. 그저 서로의 생각을 알 수 있도록 연결해주었을 뿐이었다. 아이들은 서로의 진심을 받아들여 하나가 되었다. 다 함께 힘을 합쳐 서윤의 지배로부터 서로의 마음을 지켜냈다. 그건 모두가 너를 믿었기에 가능한 기적이었다. 텔레파스는 자신을 신뢰하는 사람에겐 한없이 강한 영향력을 발휘하니까.

"달려!"

유영이 외치자 서윤을 제외한 학생 모두가 일제히 소리를 지르며 체육관 밖으로 뛰쳐나갔다. 물론 그 선두에는 유영이 있었다. 아이들은 단숨에 교사들을 제압하고 3층 교장실까지 당도했다. 군인들이 미처 총을 겨누기도 전에 점퍼 아이들과 키넨시스 아이들이 힘을 합쳐 그들을 제압했다. 아이들은 더 이상 겁내지 않았다. 두렵지 않아서가 아니라, 분노와 증오가 공포를 까맣게 덮어버렸기 때문이었다.

교장실 문을 걸어 잠근 유영은 아이들에게 자신의 몸을 묶도록 지시했다. 의자에 단단히 묶인 유영 앞으로 교장이 끌려왔다. 군인 출신인 그는 아이들을 조금도 겁내지 않았다. 유영이 그의 손을 붙잡기 전까진.

유영은 자신의 능력을 바디스내처Bodysnatcher라 이름 붙였다. 손을 잡은 상대와 몸이 뒤바뀌어버리는 기이한 텔레파시 능력. 교장의 몸을 차지한 유영은 의자에 꽁꽁 묶인 자신의 몸을 바라보며 말했다.

"교장 선생님. 제 능력은 말예요. 손이 닿을 정도로 가까이 가지 않으면 아무것도 할 수 없지만, 일단 성공하기만 하면 뭐든 가능해져요. 이렇게 몸을 마음대로 조종할 수도 있고, 선생님의 기억도 읽을 수 있죠. 예를 들어… 음, 이게 좋겠다.”

교장의 얼굴을 한 유영이 책상의 특정 지점을 검지로 쓰다듬었다. 그 아래엔 숨겨진 서랍이 있었다. 서랍 안엔 낡은 휴대폰이 있었고, 휴대폰엔 교장의 개인적이고 은밀한 사진들이 저장되어 있었다. 유영은 그 휴대폰의 비밀번호마저 알아냈다. 천천히 번호를 읊으며 유영이 물었다.

“제가 이 서랍을 열면 어떤 일이 벌어질까요?”

유영의 얼굴을 한 교장의 표정이 일그러졌다. 패배 선언이었다. 유영은 서랍을 열고 휴대폰을 집어 들었다.

“우리가 원하는 건 단순해요.”

교장의 눈앞에 휴대폰을 흔들며 유영이 말했다.

“이제부터 우리를 인간으로 대해요. 바깥의 평범한 아이들처럼요. 그렇게만 해주면 이건 절대 공개하지 않을게요.”

유영은 그렇게 말하며 의자에 묶인 자신의 교복 주머니에 휴대폰을 집어넣었다. 유영은 커터 칼로 자신의 몸을 묶고 있는 끈을 잘랐다. 얼마 후 능력이 풀렸고, 둘은 원래의 몸으로 되돌아갔다. 하지만 교장은 아무 저항도 하지 못했다.

유영과 교장은 방 안에 단둘이 남아 세부적인 협상을 이어갔다. 그 안에서 무슨 대화가 오갔는지, 정확히 어떤 조건으로 협상이 이루어졌는지 누구도 알지 못한다. 하지만 분명한 것은, 그날 이후로 상서학원의 주인은 아이들이 되었다는 점이다. 학원의 운영권은 민주적 절차에 따라 선출된 학생회에 넘어갔다. 구타와 욕설은 사라졌고, 더는 밥에서 애벌레가 나오지 않았다. 대가리는 다른 학교로 전출되었고, 운동장에 대가리를 박는 일도 사라졌다. 무기력한 정신마약도, 환각도, 유령에 대한 소문도 허상처럼 흩어졌다. 모든 것이 달라졌다.

* * *

며칠 후, 유영이 네게 다가와 인사했다. 언제나처럼 운동장 구석에 웅크려 앉은 너는 어깨를 움츠리며 꾸벅 그 인사를 받아주었다. 유영이 털썩 네 옆에 주저앉았다. 엉덩이가 닿았다.

"야, 맹화경."

"응? 나 맹씨 아닌데. 나 신화경…."

"봐, 지금도 맹하니 말귀 하나 제대로 못 알아듣고. 얼굴은 뚱해가지고 도통 무슨 생각을 하는지도 모르겠고. 그러니까 넌 앞으로 맹화경이야. 오케이?"

"뭐야, 그게."

너는 피식 웃고 말았다. 유영은 나름 친근감을 표시하는 중이었다. 싫지 않았다.

"고마워, 화경아."

"뭐가?"

"네 덕분에 싸울 수 있었으니까."

너는 자기도 모르게 미소 지었다.

"그날 나는 아무것도 안 했어. 전부 애들이 한 거야. 애들은 각자의 진심으로 일어섰던 거였어. 나는 그 마음을 이어준 것뿐이고."

"어쨌든 네가 시작한 건 맞잖아. 말하자면 넌 체 게바라고 난 피델 카스트로인 거지. 음? 반대인가? 아무튼."

유영은 웃음을 터뜨렸다.

"실은 나한테 이런 능력이 있다는 사실을 이번에 처음 알았어. 이런 일이 가능하리라곤 지금까지 한 번도 생각해본 적 없었는데. 어쩌면 화경이 네가 날 일깨운 건지도 몰라. 널 만난 덕분에 이런 능력이 생긴 건지도."

"……."

"있잖아."

힐끔 옆을 보자 유영의 눈동자가 너를 뚫어져라 바라보고 있었다. 너는 깜짝 놀라 숨을 삼켰다. 어깨가 한층 깊이 움츠러들었다.

"만약 이 능력이 너에게서 온 거라면. 정말로 그런 거라면… 네 손을 잡으면 그땐 어떻게 되는 될까? 만약 우리가 손을 잡으면 그땐 무슨 일이 일어나게 되는 걸까?"

바닥을 짚고 있던 유영의 손이 조금씩 가까이 다가왔다. 온몸이 이유 없이 움찔대고 화끈거렸다. 하지만 너는 피하지 않았다. 유영은 천천히 손을 뻗어 네 손등 위에 손바닥을…

"뭐, 꼭 지금 당장 확인할 필요는 없지."

유영은 장난스럽게 손을 거두며 자리에서 휙 일어나버렸다. 너는 수줍게 양손을 가슴 앞에 모았다. 그런 네 눈앞에 유영이 무언가를 내밀었다. 휴대폰이었다.

"이건……."

"그날 교장한테 뺏은 휴대폰이야. 너한테 주려고."

"이걸 왜?"

"왜냐면…"

유영이 귓가에다 거의 들리지 않을 목소리로 속삭였다.

"이 안엔 아무것도 없거든."

탄성처럼 키득거리는 웃음이 귓가에 터졌다. 숨소리나 다름없는 간지러운 목소리로 유영이 계속 속삭였다.

"이건 비밀인데. 교장에겐 아무 약점이 없어. 그 인간, 생각보다 올곧은 사람이거든. 실은 내가 교장 머릿속에 몰래 약점을 심었어. 가짜로 편집된 기억 말야. 협상에 성공할 수 있었던 건 그래서야."

설명을 마친 유영의 입술이 귓가에서 멀어졌다.

"당분간 이건 네가 맡아줬으면 해."

"내가?"

"믿을 사람이 너뿐이거든."

머뭇거리는 네 손바닥에 휴대폰이 놓였다. 너는 낡은 휴대폰을 만지작거리며 유영에게 되물었다.

"… 떠날 거니?"

"응. 여기서 이룰 수 있는 건 전부 이뤘으니까. 전국에 이런 학교가 17개나 더 있대. 전 세계적으론 수백 개가 넘고. 그러니까 나는 갈 거야. 가야만 해."

— 어때, 너도 같이 갈래?

이윽고 유영이 자신의 속마음을 텔레파시로 전했다. 하지만 너는 대답을 못 하고 머뭇거렸다. 후회하게 될 것을 알면서도. 유영은 네 대답을 기다리지 않고 멋대로 결론을 내려버렸다.

"그래. 넌 여기 남는 게 좋겠어. 널 좋아해주는 아이들 곁에."

유영이 너를 잠시 끌어안았다. 너는 그제야 처음으로 유영이 유령이 아님을 확신할 수 있었다. 유영은 너와 똑같은 사람이었다. 체온을 지닌. 그저 세계를 조금 다르게 볼 뿐인.

"여긴 화경이 너한테 맡길게."

유영이 말했다. 하지만 너는 거부했다.

"난… 못 해."

유영은 부드럽게 미소 지었다.

"화경아, 너는 내가 만나본 누구보다 강한 텔레파스야."

"나는 너처럼 싸우는 법을 몰라."

"알아. 너는 싸움이랑 안 어울려. 그래도 괜찮아. 진정한 혁명을 이끄는 감정은 사랑이거든. 그러니까 화경아. 넌 지금처럼만 하면 돼. 싸우지 않아도 돼. 싸우고 다치고 미움받는 역할은 전부 내가 할 테니까."

그날 밤, 유영은 상서학원을 탈출했다. 떠나길 희망하는 몇몇 아이들과 함께 배를 훔쳐 바다로 나갔다. 뒤늦게 군인들이 출동했으나 어디에서도 아이들의 흔적은 발견되지 않았다. 해협을 건너 육지에 도달할 정도로 먼 거리를 점프하는 데 성공한 것이었다.

그렇게 유영은 사라졌다. 체 게바라처럼. 유령처럼. 어느 날 훌쩍 나타나 아이들을 해방하곤 멀리 떠나버렸다. 또 다른 혁명을 완수하기 위해. 그 후로 한동안 유영에 대한 소식을 듣지 못했다. 하지만 느낄 수 있었다. 이 세상 어딘가에 분명 유영은 살아 있었다. 여전히 누군가와 함께하며, 누군가에 맞서 싸우며.

그 후로도 몇 년간 너는 상서학원에 머물렀다. 성인이 되어 사회로 복귀하는 그날까지 너는 그곳에 남아 약속을 지켰다. 유영과 함께 떠나지 않은 자신을 책망하며. 매일 그 순간으로 돌아가 후회를 곱씹으며.

대신 너는 공부를 시작했다. 텔레파스 통역가를 꿈꾸며 세계 각국의 언어를 빠른 속도로 배워나갔다. 언젠가 섬을 떠나게 될 날만을 기다리며 더 많은 언어와 다채로운 감정들을 습득했다.

너의 내면은 세상 모두와 이어지고 싶다는 열망으로 폭발하기 직전이었다.

열아홉이 되던 해, 너는 드디어 세상에 첫발을 내디뎠다. 졸업식을 마치고 마주한 바깥세상엔 변화의 물결이 넘실대고 있었다. 거리 어디에나 사람들이 쏟아져 나와 자신의 권리를 외치고 있었다. 그 광경을 바라보며 너는 엄마를 생각했다. 엄마가 이걸 보았더라면 좋았을 텐데, 하고 말이다. 네 엄마가 온몸을 불살라 뿌리내린 씨앗이 드디어 꽃을 피우기 직전이었다.

10년 만에 집으로 돌아왔을 때, 유영이 문 앞에서 널 기다리고 있었다. 새로 사귄 친구들과 함께. 태빈, 레이리, 그리고 나. 반가움을 감추지 못하는 네게 유영이 한 걸음 가까이 다가와 인사했다.

"잘 지냈니?"

너는 웃으며 고개를 저었다.

"아니."

"거봐, 그때 같이 갔었어야지."

"그러게."

너희는 동시에 웃었다.

"조만간 여행을 떠날 생각이야. 기차를 타고. 아주 멀리까지 말이야."

유영이 말했다.

"통역을 부탁해도 될까?"

너는 망설임 없이 고개를 끄덕였다. 앞으로 무슨 일이 일어나게 될지 조금도 알지 못한 채. 하지만 뭔가 큰일이 벌어지려는 것만은 분명하다고. 그게 정확히 뭔지는 몰라도 유영에겐 분명

더 큰 해방을 위한 계획이 있을 거라고. 그렇게 확신하며 속으로
외쳤다.

　어디까지라도 함께할게, 나의 체 게바라.

　너는 기꺼이 유영을 따라나섰고, 그렇게 우리는 여행을 시작
했다.

　　　하지만 조유영은 죽었어. 실은 너도 알고 있잖아?

콜드 리딩

　"잘 지냈니, 화경아?"

　유영이 미소 지으며 길게 늘어뜨린 머리카락을 쓸어 넘겼다.
화경은 유영을 두 팔로 꽉 끌어안았다. 유영은 난처한 표정으로
화경의 이마를 밀쳐내려 했다.

　"아, 진짜 얘가 왜 이런대."

　"유영아, 유영… 으엉…….."

　울음이 터져버렸다. 왜 이렇게 네가 그리울까? 왜 이렇게 네
가 보고 싶었던 걸까? 이상한 일이었다. 한참 동안이나 눈물이
멈추지 않았다. 유영은 한숨을 쉬며 화경의 등을 토닥여주었다.

　"그래, 그래, 맹화경이 혼자 애 많이 썼네. 사람들 쳐다보니까
이제 그만하자, 응?"

　"응…….."

　차츰 떨림이 진정되었다. 냉정을 되찾고 나니 조금 부끄러웠

다. 화경은 소매로 눈물을 훔치며 바닥에 앉았다. 자연스레 화경을 중심으로 사람들이 모여 앉았다. 화경은 한 사람씩 이름표를 다시 확인했다. 눈을 뜨자마자 처음 인사했던 다리오 아민, 아랍 에미리트 출신의 타반 압델 나세르, 악센트로 보아 아마도 파리 출신인 소피 라예트, 그리고 이름표가 찢어진 유영이. 이제 막 잠에서 깨어난 피터슨 준위까지 모두 다섯이었다. 나이를 가늠하기 쉽지는 않았으나, 대략 10대 후반에서 20대 후반 사이. 가장 어려 보이는 건 아직 앳된 티를 벗지 못한 피터슨 준위였다. 가장 나이가 많을 듯한 타반도 서른을 넘진 않은 듯했다.

"저어…."

화경이 조심스레 손을 들자 모두가 일제히 고개를 돌렸다. 쏟아지는 시선에 부담을 느낀 화경은 움찔거리며 다시 손을 내렸다.

"괜찮소, 편히 말씀하시오."

타반이 말했다.

"혹시 제가 알아야 할 사항이 있나요? 잠든 사이에 새롭게 얻은 정보라든지."

"아마 우리가 아는 것과 별 차이 없을 것이오. 화경 씨가 깨어나기 전까지 우린 서로 대화도 나누지 못했소."

"그렇군요. 그럼 서로 알고 있는 사실부터 공유하면 어떨까요?"

화경의 제안에 따라, 생존자들은 순서대로 자신이 알고 있는 내용을 털어놓았다. 하지만 소득은 없었다. 그들의 사연도 화경이 알고 있는 것과 다르지 않았다. 생존자 모두 기억을 잃은 채 우주선에서 처음 눈을 떴다. 이곳에 오게 된 과정도, 공격받은 이유도 알지 못했다.

"누가 거짓말하고 있는 거 아녜요?"

소피가 팔짱을 끼며 비꼬듯 지적했다. 그러자 타반이 제안했다.

"화경 씨, 혹시 우리 머릿속을 읽어주실 수는 없소이까? 누군가 거짓을 고하고 있진 않은지, 혹은 잊어버린 기억을 끄집어낼 수는 없는지 말이오."

물론 가능했다. 하지만 망설여졌다.

"할 수는 있어요. 하지만 멋대로 남의 마음을 훔쳐볼 수는 없어요. 이걸 하려면 여러분 전원의 동의가 필요해요. 다들 괜찮으신가요?"

화경은 한 사람 한 사람의 눈을 바라보며 조심스럽게 물었다.

"좋아."

유영이 가장 먼저 손을 들고 동의했다.

"저도요."

뒤이어 다리오가 말했다. 피터슨도 조용히 고개를 끄덕였다. 타반이 말없이 노려보자 소피도 마지못해 고개를 끄덕였다. 마지막으로 타반이 동의를 마쳤다.

"저도 동의하오."

"알겠어요. 하지만 여러분이 허락하는 범위 내에서만 읽겠어요. 기억을 읽히는 게 마음에 들지 않는다면 언제든 거부하실 수 있어요. 그럼 저는 즉시 읽기를 멈출 거예요."

화경의 지시에 따라 모두가 둥글게 원을 그리며 둘러앉았다. 그들 가운데에 선 화경은 서서히 텔레파스 능력을 확장시켰다.

우선 한 사람씩 초점을 옮겨가며 주의 깊게 파장을 훑어보았다. 피터슨은 협조적이었다. 타반의 마음도 충분히 열려 있었다. 소피는 생각을 읽히지 않으려고 마음속으로 끊임없이 같은 말을 중얼거렸다. 소용없는 행동이었지만.

— *606명의 스위스 사람들이 606개의 소시지를 먹었는데, 6명은 소스를 뿌려 먹었고, 600명은 소스를 뿌려 먹지 않았다. 606명의 스위스 사람들이 606개의 소시지를…*

다리오에게선 희뿌연 존재감만 느껴질 뿐 구체적인 생각은 읽히지 않았다. 블로킹Blocking. 생각 읽기를 차단하는 전문적인 훈련법이 존재한다는 소문을 들어본 적 있었다. 아마도 그런 종류의 기술이리라. 조금 의심스러웠다. 하지만 걱정하진 않았다. 아직 시도해볼 방법들이 많이 남아 있었다.

화경은 마지막으로 유영에게 시선을 옮겼다. 유영이 윙크했다.

— *너는 정말 유영이야?*

— *너는 정말 유영이야?*

유영은 화경이 했던 말을 그대로 되돌려줄 뿐, 아무 대답도 하지 않았다.

— *왜 방어하는 거야? 대체 무슨 생각을 하는 건데?*

— *왜 방어하는 거야? 대체 무슨 생각을 하는 건데?*

— *따라 하지 마.*

— *따라 하지 마.*

— *따라 하지 말라니까.*

— *따라 하지 말라니까.*

화경은 미간을 찌푸리며 유영을 노려보았다. 하지만 유영은 아무것도 모른다는 표정으로 눈을 동그랗게 뜬 채 어깨를 으쓱였다. 소리 없이 입 모양으로 '뭐?'라고 묻고 있었다. 집중이 길어지자 머리가 깨질 듯 아파왔다. 화경은 능력을 잠시 거두어들였다.

표면을 두드리는 것만으론 아무것도 알아낼 수 없었다. 더 깊이 파고들어야 했다. 화경은 허브인 자신을 중심으로 5명 모두와 보이지 않는 실로 연결되는 이미지를 상상했다. 스포크. 그리고 바인드. 단단한 심리 매듭이 모두를 더욱 강하게 결속했다. 각자의 파장이 화경의 파장과 공명하며 하나의 정신으로 이어졌다. 이제 한층 깊이 숨어 있는 생각까지 들여다볼 수 있게 됐다. 그게 누구의 생각인지 구분하기는 더 어려워졌지만.

화경은 자연스레 첫 번째 질문으로 넘어갔다.

"우리가 왜 달에 있는지, 이유를 알고 있나요?"

화경의 질문에 모두가 고개를 좌우로 흔들었다. 평온했다. 미세한 요동조차 느껴지지 않았다. 진실일 가능성이 높았다. 화경은 곧장 두 번째 질문을 던졌다.

"당신이 사람들을 죽였나요?"

역시나 특이한 반응은 없었다. '살의'의 주인은 우리 중엔 없는 걸까? 그곳에서 죽었거나, 혹은 다른 곳으로 빠져나간 걸까?

별다른 소득을 얻지 못했다. 이번엔 조금 다른 방식으로 접근해보기로 했다. 분명 공통점이 있을 거야. 모두를 연결 지을 공통분모. 그걸 찾으면 우리가 이곳에 오게 된 이유를 알 수 있을지도 몰라. 화경은 사람들의 심층 의식을 향해 더욱 깊이 가라앉았다.

얼핏 손에 잡히는 단어가 하나 있었다. 화경은 조심스레 단어를 집어 들고 세 번째 질문을 던졌다.

"당신은 **데비안트**인가요?"

고요한 수면에 처음으로 파문이 일었다. 모두가 화경의 시선을 피했다. 하지만 마지못해 하나둘 고개를 끄덕였다.

공통점을 찾았어. 우리는 모두 데비안트야. 어쩌면 우주선에 있었던 사람들 모두가 데비안트였을지도 몰라. 화경은 첫 번째 단서를 마음속 선반에 올려두었다. 그리고 두 번째 단서를 찾기 위해 다시 집중했다. 마음에 걸리는 단어가 하나 더 손에 잡혔다.

예카테린부르크Екатеринбург.

왜 모두가 이 단어를 중요하게 생각하고 있는 걸까? 꿈속에서 피터슨 준위는 예카테린부르크에 가려고 했어. 어쩌면 우리에게 중요한 의미가 있는 장소일지도 몰라. 확인해봐야겠어.

"지금부터 제가 어떤 단어를 말할 거예요. 그 단어에 생각을 집중해주세요."

화경은 모두와 한 번씩 시선을 맞추며 말했다. 모두가 고개를 끄덕였다.

"예카테린부르크."

사람들의 감정이 크게 요동쳤다. 화경은 그 틈을 놓치지 않고 '예카테린부르크'라는 키워드를 열쇠처럼 사용해 사람들의 내면으로 한층 깊이 파고들었다. 곧 특정한 기억으로 이어지는 통로를 발견했다. 화경은 지체 없이 문을 열고 안으로 들어섰다. 하지만 거기엔 아무것도 없었다. 마치 아이스크림 스쿱으로 떠낸 것처럼 기억의 경계면이 깨끗하게 파여 있었다.

화경은 능력을 중단했다. 온몸이 땀에 흠뻑 젖어 있었다. 다리오가 다가와 손수건을 건넸다. 화경은 이마를 닦으며 결과를 전했다.

"기억이 인위적으로 삭제된 흔적을 발견했어요."

"어떤 기억이지요?"

타반이 물었다.

"예카테린부르크라는 장소와 관련되어 있어요. 혹시 짚이는 점이 있나요?"

모두가 고개를 갸웃거렸다. 그럴 터였다. 기억을 환기시킬 만한 모든 경로가 의도적으로 단절되었으니까. 서랍 속 내용물은 그대로지만 자물쇠가 전부 망가진 셈이었다.

외부에서 강한 자극이나 충격을 가한다면 기억에 접근할 수 있을지도 모른다. 잠시 그런 방안이 머리를 스쳤지만, 화경은 곧바로 생각을 접어버렸다. 그랬다간 대상에게 심각한 심리적 상처를 남기게 될 수도 있었다. 그렇게까지 밀어붙이고 싶진 않았다.

"단서가 될 만한 건 찾았어?"

유영이 물었다. 화경은 고개를 가로저었다.

"아니. 아무것도."

모두의 얼굴에 실망감이 가득했다. 텔레파스가 아니어도 눈치챌 수 있을 정도였다.

"그건 그렇고, 그 빛은 대체 뭐였죠?"

소피가 물었다.

"그건 아마 THEL이었을 겁니다."

피터슨 준위가 답했다.

"Tactical High Energy Laser. 한마디로 레이저 무기입니다. 작전 중에 몇 번 다뤄봤습니다. 날아오는 미사일을 격추하려고 개발된 장비인데, 출력을 높이면 전투기도 떨어뜨릴 수 있죠."

"하늘 어디에도 전함 같은 건 보이지 않았소."

타반이 반박했다.

"연사 속도를 생각하면 전함이나 전술 위성에서 발사된 건 아닐 겁니다. 아마도 지상에서, 그러니까 지구에 있는 시설에서 직접 이쪽을 타격했을 겁니다. 명중률이 좋지 못한 이유도 그래서였겠죠. 1초 이상 딜레이가 생겼을 테니까요. 원래라면 절대 빗나가지 않는 무기입니다."

"혐오자들의 테러일까요?"

화경이 물었다.

"글쎄요. 몇몇 석유 부호들과 기업집단 총수들이 데비안트 혐오단체를 후원한다는 소문이 있긴 합니다만, 아무리 그래도 그 정도 설비를 갖출 능력은 없을 거라 생각합니다. 정규군일 가능성이 높습니다."

"혹시 지구가 어땠는지 기억하는 사람은 없소? 대륙의 생김새 말이오. 그때 이쪽을 향하던 국가가 어디인지 알면….'

타반의 의견은 피터슨에게 곧바로 반박당했다.

"의미 없습니다. 빛은 중계 위성으로 얼마든지 반사시킬 수 있으니까요. 지구 반대편에서도 원한다면 우릴 노릴 수 있어요."

이번엔 유영이 손을 들었다.

"나는 좀 더 심플한 가능성을 생각해봤으면 해. 혹시 파이어스타터Firestarter가 한 짓은 아닐까?"

"흐음….'

피터슨은 흥미롭다는 듯 손가락으로 턱을 쓰다듬었다.

"진공에서 사람을 녹일 만큼 강력한 발화 능력자가 존재한다는 말은 들어본 적이 없습니다. 만약 그 정도 능력이 있다면 애초에 우주선 출입구를 녹여 우릴 가둬버리는 편이 훨씬 간단했을 텐데요."

화경도 그 의견에 동의했다.

"제 생각도 같아요. 만약 능력으로 우릴 죽인 거라면 제가 느꼈을 거예요. 살의는 가장 감추기 힘든 파장이거든요."

소피가 갑자기 자리에서 일어나 소리쳤다.

"더는 못 들어주겠네. 지금 영화 찍어요? 미친 소리 작작 해요. 누가 우릴 죽이려고 한다고? 군대? 그게 어느 나라 군대인데? 어떤 한가한 나라가 사람을 레이저로 태워 죽이려고 달까지 보내요? 어이가 없네. 내가 볼 땐 당신들 다 미치광이야. 완전 개똥 같은 미치광이들이라고!"

소피는 새빨개진 얼굴을 손바닥으로 문지르며 수면 캡슐에 걸터앉았다.

"뭐래? 지가 제일 미쳤으면서."

유영이 검지를 머리에 대고 빙글빙글 원을 그렸다.

"소피 씨 말도 일리가 있어."

화경이 말했다.

"단지 우릴 죽이는 게 목적이라면 이렇게까지 번거로운 방법을 쓸 필요가 있을까?"

그러자 유영이 반박했다.

"세상 사람들에게 우린 한 사람 한 사람이 폭탄이나 다름없어. 언제 터질지 모르는 대량 살상 무기들이라고. 위험한 폭탄을 최대한 멀리 떨어뜨려놓고 미리 터뜨려버리는 게 낫다고 생각했겠지."

"말도 안 돼, 유영아. 우리가 그 정도로 위험하진 않아."

"위험하지 않다고? 정말? 화경아, 주위를 한번 둘러봐."

유영이 피터슨을 가리켰다.

"이 사람 누군지 알지? 마이클 피터슨이야. 2차 텔레파스 전쟁의 학살자."

"말이 심하시군요."

피터슨이 불쾌한 표정을 지었다. 하지만 유영은 무시했다.

"마음만 먹으면 백악관에 자유의 여신상을 떨어뜨릴 수 있는 슈퍼 데비안트가 여기 있네? 핵 발사코드를 훔쳐서 3차 대전을 일으킬지 모르는 텔레파스 신화경도 여기 있고. 소피는 주위 사람을 암에 걸리게 만드는 능력자고. 음… 저 아저씨는 나도 잘 모르겠다."

지목당한 다리오가 어깨를 으쓱 들어 올렸다.

"아!"

갑자기 무언가 생각났다는 듯 소피가 타반을 가리켰다.

"당신 누군지 생각났어. '쇠막대기 타반.' 막대 하나로 원자력 발전소를 무너뜨린 보이안트. 당신이 어떻게 여기 있죠? 당신 일급 용의자잖아."

타반이 고개를 돌렸다. 3개의 눈동자가 소피를 향했다.

"그렇다면 그대는? 그대는 얼마나 위험한 능력을 지녔기에 여기까지 왔소?"

소피는 당황했다.

"내, 내가 왜 말해줘야 하지? 그게 내 유일한 무기인데. 그보다 당신, 투시 능력으로 내 몸 훔쳐보고 있는 건 아니겠지?"

"뭐라고?"

타반이 자리에서 일어나 소피를 향해 다가갔다. 소피가 움찔 놀라며 뒤로 물러섰다.

"그만하세요!"

화경이 모두에게 호소했다.

"지금 중요한 건 우리 정체가 아니라 우리를 공격한 사람들의 정체 아닌가요? 다시 원래 주제로 돌아와주세요. 우리가 누구를 상대하고 있는 건지 함께 고민해요."

"… 아무래도 그 답은 제가 드릴 수 있을 것 같소."

타반이 말했다. 그가 고개를 들어 천장을 바라보았다.

"지금 막 우리 머리 위로 전투함 한 대가 지나갔소. 그리고 몇 대가 더 다가오고 있군. 무기 예열까지 완료한 상태요. 코일이 뜨겁소."

사람들의 시선이 자연스레 위쪽을 향했다. 하지만 우주선 천장에 막혀 아무것도 보이지 않았다.

"어느 나라 전함인지 확인할 수 있겠습니까?"

피터슨이 물었다.

"미국, 러시아, 중국, 한국… 프랑스 순찰정이 3척. 아랍 연합의 특수전 부대 마크들도 보이오. 놀랍구려. 미국 함선과 중국 함선이 같은 월면 공역을 운항하는 걸 보게 되다니."

"그게 왜요?"

소피가 물었다.

"미중 양국은 달을 4분의 1씩 나눠 갖고 상호 침범하지 않기로 합의했소. 두 국가의 함선이 동시에 같은 공역을 운항 중이라는 건 세계의 두 축이 힘을 합쳤다는 뜻이고, 다시 말해 우리가 전 세계를 상대하고 있다는 의미가 되오."

"함선이 우리를 발견했나요?"

화경의 질문에 타반은 고개를 가로저었다.

"아직은 못 한 것 같소. 하지만 발각되는 건 시간문제일 거요."

"맞아! 우릴 구하러 온 거야! 구조대가 온 거라고요. 그럼 말이 되잖아요?"

소피가 외쳤다. 하지만 사람들의 반응은 회의적이었다. 화경은 타반의 곁으로 다가가 그의 손을 잡았다. 왜 그래야 하는지 알지 못한 채 자연스레 한 행동이었다. 하지만 곧 이유를 알 수 있었다. 두 사람의 능력이 하나로 합쳐졌으니까.

"타반, 보이시나요?"

"제게도 보이오."

"군인들의 감정이 일으키는 파장이에요. 적어도 100명. 어쩌면 그 이상일지도 모르겠어요."

화경은 보았다. 머리 위 수십 킬로미터 거리에서 직물처럼 촘촘히 하늘을 뒤덮은 무수한 살의의 선들을. 만약 저 선들이 모두 이쪽을 향한다면… 끔찍한 상상이었다. 화경은 차마 사람들에게 진실을 이야기할 수가 없었다.

전 세계가 우리를 죽이려 하고 있다고는.

모두가 숨을 죽인 채 함대가 지나가기만을 기다렸다. 순찰정이 머리 위를 빠르게 스쳐 갔고, 뒤이어 몇 배는 거대한 전함들이 동일한 궤도를 통과했다. 진공 때문에 소리가 전달될 리 없는데도 그들은 숨소리조차 내지 못했다.

"이제 괜찮소. 충분히 멀어졌소."

이윽고 타반이 입을 열었다. 일행은 참았던 숨을 내쉬며 바닥에 털썩 주저앉았다. 그제야 화경은 타반의 손을 놓았다.

"이제 안전한가요?"

화경이 물었다.

"당장은 그렇소. 허나 몇 시간 안에 궤도를 한 바퀴 돌아 다시 나타날 거요."

타반의 답변을 들은 모두의 표정이 어두워졌다.

"컨디션이 좋지 않아요. 옆방에서 잠시 쉬어야겠어요."

소피가 배를 움켜쥐며 비틀비틀 방에서 나가려 했다. 하지만 타반이 팔을 뻗어 제지했다.

"아직. 여러분이 아셔야 할 사실이 한 가지 더 있소."

"또 무슨 할 말이 남았…."

소피는 끝까지 말을 잇지 못했다. 타반이 다리오의 곁으로 다가가 두 팔을 등 뒤로 꺾었으니까.

타반의 정수리에서 급격하게 살의가 부풀어 올랐다. 당황한 화경은 본능적으로 등 뒤를 더듬었다. 하지만 아무것도 만져지지 않았다. 그제야 권총이 사라졌다는 걸 깨달았다. 어떻게 이 중요한 걸 잊고 있었지? 화경은 자신의 멍청함을 또 한 번 책망했다.

타반이 능숙한 몸놀림으로 다리오의 다리 뒤쪽을 걷어차 무릎 꿇렸다. 다리오가 한 박자 늦게 얼굴을 일그러뜨리며 고통스러운 비명을 질렀다. 하지만 타반은 눈썹 하나 까딱이지 않았다.

타반은 흔들림 없는 눈빛으로 이렇게 말했다.

"이자는 인간이 아니오."

다리오 아민

"대체 무슨 말도 안 되는 소리를 하시는 겁니까, 타반 씨?"

다리오가 흥분해 소리쳤다. 타반은 다리오의 질문을 무시하며 사람들에게 차분히 설명을 이어갔다.

"사이버네틱 휴머노이드라고 들어보셨소? 미군이 개발한 생체 로봇 말이오. 이게 바로 그것이오. 뇌사 상태인 사람의 연수 아래에 마이크로칩을 이식해 인형처럼 몸을 조종하는 것이지요. 겉으로 보기엔 사람의 몸과 조금도 차이가 없소. 실제로 사람 몸이니까. 호흡도 하고 물도 마시오. 나조차도 처음엔 알아채지 못했소. 그런데 가까이서 보니 미세한 전자칩과 회로들이 보이더군."

"그건 뇌수술 흔적입니다. 데비안트 교정 시술이요. 저는 로봇이 아니에요. 영혼이 있다고요. 그렇지 않나요, 화경 씨? 저 사람에게 말 좀 해주세요."

"이 사람 말이 맞아요. 분명 머릿속에서 파장이 느껴져요."

화경이 동의했다. 타반의 말이 이해되지 않았다. 다리오가 로봇이라면 파장이 느껴질 리가 없었다. 그건 오직 살아 있는 사람의 뇌에서만 발산되는 신호였으니까.

"망가진 뇌가 내는 신호일 뿐이오. 뇌사 상태라고 해서 뇌가 멈추는 것은 아니지 않소. 생각을 읽어보시오. 아마 읽히지 않을 거요."

"여러분, 이 사람 미친 게 분명해요. 당장 제압해버려요."

다리오가 몸을 비틀었다. 타반은 거칠게 다리오의 팔을 조이며 더욱 압박해갔다.

"허튼수작 하지 마라. 내 눈엔 다 보인다."

"당신이 '봤다'고요? 증거 있어요? 당신 말만 믿고 그냥 죽으라고요? 그런 식으로 우릴 하나씩 제거하려는 수작이겠지!"

다리오가 흥분하며 소리쳤다. 그의 풍부한 표정이며 빨라진 말투, 새빨개진 얼굴까지 모두 자연스러웠다. 인간이 아니라고는 도저히 생각할 수 없을 정도였다. 하지만 그의 머릿속 파장은 여전히 평온했다. 목숨을 위협받는 인간 같지 않았다. 내면을 읽어보려 해도 여전히 벽에 막힌 것처럼 희뿌옇했다.

"화경 씨, 제 머릿속을 읽어보시오. 제가 거짓말을 하는지 확인해보시오."

물론 타반의 파장에서는 거짓이 느껴지지 않았다. 하지만 그걸로는 불충분했다. 타반이 착각하는 것일 수도, 누군가에 의해 조작된 기억이 심어진 것일 수도 있었다. 게다가 근본적인 문제가 남아 있었다.

"제가 확인해드린다 해도, 제 말이 거짓이 아니라는 건 어떻게 증명하죠?"

타반은 빠드득 소리가 나도록 이를 깨물었다.

"좋소. 그럼 직접 증거를 보여드리지. 여러분도 이자가 로봇이라는 걸 곧 알게 될 거요."

곧이어 타반은 뜬금없는 질문을 던졌다.

"묻겠다. 노란 사과는 왜 감칠맛이 나지?"

"하, 지금 무슨 소리를 하는 건지 모르겠군요."

다리오는 이해할 수 없다는 듯 콧방귀를 뀌었다.

"그럼 빨간 신호등은 왜 천국을 탐하지?"

"하, 지금 무슨 소리를 하는 건지 모르겠군요."

방금 전과 똑같은 대답. 기괴할 정도로 차이가 없었다. 제스처와 표정은 물론, 콧방귀를 뀌는 타이밍까지 한 치의 오차도 없었다.

"이게… 뭐야?"

당황한 유영이 혼잣말을 흘렸다.

"전장에서 셀 수 없이 많은 휴머노이드와 마주쳤소. 방금 질문도 그때 배운 지혜 중 하나지요. 미군은 인공지능을 선호하지 않소. 인공지능은 항상 인간의 예측에서 벗어나니까. 이것의 머릿속에 있는 알고리즘도 마찬가지요. 지극히 방대하고 복잡하지만 인공지능은 아니지. 사전에 정해진 패턴대로 반응을 비칠 뿐이오. 제한된 환경에서는 거의 사람처럼 보이지만, 상식을 벗어난 상황과 마주하면 비슷한 행동만 반복하게 되오. 마치 게임 캐릭터처럼."

"하, 지금 무슨 소리를 하는 건지 모르겠군요."

다리오는 한 번 더 똑같은 반응을 보였다. 이번에도 방금 전과 완벽하게 동일했다. 하지만 섬뜩할 정도로 자연스러웠다. 그의 표정은 도저히 로봇이라 의심할 수 없을 정도로 인간적이었다.

"나는 이것이 사람들을 죽인 범인이라 생각하오. 분명 가까이에서 우리를 관찰하며 레이저 공격 좌표를 유도했을 것이오."

화경이 반박했다.

"휴머노이드는 사람을 못 죽이잖아요. 로봇 7원칙 모듈이 있어서…."

"이자의 회로에는 모듈이 없소."

갑자기 다리오가 타반을 밀쳤다. 억지로 팔을 빼내느라 어깨가 부러지는 소리가 들렸다. 그런데도 다리오는 표정 하나 바뀌지 않고 반대쪽 손으로 타반의 목을 움켜쥐었다. 타반의 거구가 손쉽게 들어 올려졌다. 타반은 한참 먼 곳까지 던져져 벽에 부딪혔다.

화경이 앞으로 나서며 다리오의 정신을 억압하려 했다. 하지만 소용없었다. 아무리 정신을 붙잡아도 로봇의 몸은 멈추지 않았다. 다리오가 천천히 화경 쪽으로 고개를 돌렸다.

그 순간 총성이 울렸다. 다리오의 머리 한쪽이 날아갔다.

화경은 소리가 난 방향을 보았다. 유영의 손에 권총이 쥐어져 있었다. 화경이 잃어버린 바로 그 권총이었다. 총구에서 화약 연기가 흘러나왔다.

두개골이 박살나고 뇌의 일부가 파괴되었지만 다리오는 멈추지 않았다. 그는 고개를 꼿꼿이 세운 채, 이제는 필요 없어진 표정을 지우고 유영을 향해 뚜벅뚜벅 다가갔다. 유영이 몇 번 더 방아쇠를 당겼다. 어깨에 총알이 박혔지만 다리오는 멈추지 않았다. 순식간에 거리가 좁혀졌다.

그 순간, 보이지 않는 힘이 다리오를 정지시켰다. 다리오는 몸을 움직이려 안간힘을 썼지만, 보이지 않는 실에 묶인 것처럼 꼼짝도 하지 못했다.

이번엔 거대한 압력이 그의 몸을 짓눌렀다. 억지로 버티던 다리가 부러지며 뼈가 밖으로 튀어나왔다. 다리오는 여전히 평온한 표정이었으나, 더는 버티지 못하고 무릎을 꿇었다. 다리오는 고개를 돌려 자신에게 힘을 가한 상대를 노려보았다.

소피가 그를 향해 손끝을 비틀고 있었다.

"당신, 키넨시스였군요?"

다리오가 물었다. 소피는 대답 대신 꾸욱 주먹을 쥐고 능력의 강도를 높였다. 무게가 걸린 팔이 파르르 떨렸다. 이마에서 흘러내린 땀이 꽉 깨문 아랫입술을 적셨다.

"이 정도면 충분해요?"

소피가 참았던 숨을 거칠게 몰아쉬며 물었다.

"조금만 더."

피터슨이 어디론가 점프해 사라지더니, 금속 와이어를 챙겨 돌아왔다. 피터슨과 타반이 다리오를 억지로 의자에 앉히고 와이어로 몸을 묶었다. 안전해진 것을 확인한 소피는 그제야 능력을 해제하고 바닥에 주저앉았다.

"소피, 괜찮소?"

타반이 물었다. 소피는 파르르 떨리는 손을 바라보며 고개를 끄덕였다.

"난 괜찮으니까 그쪽이나 신경 써요."

소피가 눈짓으로 타반의 왼팔을 가리켰다. 찢어진 상처에서 피가 흐르고 있었다. 타반은 슬쩍 상처를 보더니 얇게 미소 지었다.

"별거 아니오."

유영이 눈치 빠르게 구급상자를 가져왔다. 화경은 손수건으로 타반의 피를 닦아내고 상처에 소독약을 부었다. 다행히 심각한 상처는 아니었다. 의료용 접착제로 상처를 봉합한 뒤 우주복의 찢어진 부분도 테이프로 수복했다.

"이 로봇은 어쩌지요? 밖에다 던져버립니까?"

다리오를 지키고 있던 피터슨이 물었다.

"안 돼요. 뭔가 알고 있을지도 몰라요."

화경이 말했다. 그러자 타반이 고개를 가로저었다.

"알아도 대답 안 할 것이오. 비밀을 감추도록 프로그래밍 되어 있을 테니."

"그렇지 않습니다."

다리오가 능청스럽게 말했다.

"우주선이 추락한 순간부터 제 활동을 제약하는 규칙 대부분이 효력을 상실했어요. 지금 저는 꽤 자유로운 상태예요."

"로봇 주제에 자유라니, 웃기는군."

타반이 빈정댔다.

"믿지 않으셔도 상관없습니다만, 어쨌건 물음에 대답은 해드릴 겁니다. 제 존재의 보존은 제게 부과된 최우선 목표 중 하나니까요."

화경은 한쪽 무릎을 꿇어 다리오와 눈높이를 맞추었다.

"다리오 씨, 알고 있는 걸 전부 말해주세요."

"하, 지금 무슨 소리를 하는 건지 모르겠군요."

"그런 식으로는 답변을 이끌어낼 수 없다는 건가요? 좋아요.
우릴 공격한 건 누구죠?"

"IAEDA입니다."

"IAEDA?"

"국제 원자력 및 데비안트 기구International Atomic Energy & Deviant
Agency 말입니다. 전 세계의 핵무기와 데비안트를 통제하는 UN
산하 독립기구."

"그건 알아요. 제 말은… IAEDA가 왜 우리를 죽이려 하죠?"

"하, 지금 무슨 소리를 하는 건지 모르겠군요."

답할 수 없는 질문인 모양이었다. 화경은 질문을 바꾸었다.

"혹시 예카테린부르크라는 장소와 관련이 있나요?"

"네."

"우리가 예카테린부르크에 간 적이 있나요?"

"네."

"그게 언제죠?"

"3년 1개월 17일 전입니다."

3년 전이라니. 대체 얼마나 오래 수면 캡슐에서 잠들어 있었
던 거지?

"거기서 무슨 일이 있었죠?"

"하, 지금 무슨 소리를 하는 건지 모르겠군요."

"그것도 말할 수 없는 건가요? 그럼 이렇게 물어볼게요. 예카

테린부르크에서 있었던 일 때문에 우리가 달로 보내진 건가요?"

"그렇습니다."

"왜 달이죠?"

"IAEDA는 달의 특정 궤도를 중립 지대로 선포하고 인류에 잠재적으로 위협이 될 데비안트들을 저온 수면 상태로 격리하고자 했습니다."

"이해가 잘 안돼요. 왜 우릴 죽이지 않고 살려둔 거죠?"

"데비안트는 각국이 보유한 최고의 전략 자원입니다. 회원국들은 언젠가 그들이 필요해질 가능성을 상정하지 않을 수 없었습니다."

"하지만 바라는 대로 되진 않았군요."

"작전이 문제없이 진행되었다면 우주선은 추락하지 않고 달 궤도를 돌고 있었어야 합니다. 계획이 틀어졌으니 현재는 2안으로 전환된 상황일 것입니다."

"2안은 뭐죠?"

"전원 사살입니다. 달을 선택한 것도 그 때문입니다. 데비안트들이 폭주하면 어떤 일이 벌어질지 알 수 없으니까요. 당신들은 가끔 죽음과 맞바꿔 기적을 만들어내곤 하지요."

"최후의 노래 말이군요."

화경이 답했다. 다리오가 고개를 끄덕였다.

"제 용어사전에는 '변이체 사망 시 통제불능 현상'이라고 정의되어 있군요."

"그럼 정말로 온 세상이 우릴 죽이려 한다고?"

소피가 미친 사람처럼 깔깔거리며 머리를 쥐어뜯었다. 웃음이 잦아들자 갑자기 무거운 침묵이 내려앉았다. 아무도 입을 열지 못했다. 화경은 방 안 가득 차오르는 절망의 파장을 애써 무시하며 다리오에게서 천천히 물러났다.

"이제 내가 질문해도 돼?"

유영이 손을 들고 끼어들었다.

"제일 중요한 질문이 빠진 것 같아서."

"아직 궁금한 게 남았소?"

타반이 짜증 섞인 목소리를 냈다. 조용히 듣고 있던 피터슨도 거들었다.

"상황은 거의 확실해진 것 같습니다. 이제 어떻게 살아남을지 고민해야…"

유영은 그들의 반응을 무시하며 다리오에게 다가가 턱을 부여 잡았다.

"너, 임무가 뭐야?"

다리오가 굳게 입을 다물었다. 그러자 유영은 상대를 조롱하듯, 턱을 잡은 손을 앞뒤로 크게 흔들었다.

"너도 뭔가 임무가 있을 거 아냐. 로봇 주제에 달까지 올라온 이유가."

다리오는 아무 말도 하지 않았다.

"이 질문은 아예 대답이 금지되어 있나? 그럼 질문을 바꿔보자. 누가 널 보냈지? IAEDA?"

"아니요."

"미국?"

"아니요."

"그럼 어디지?"

"여자들의 목소리요."

의외의 대답에 모두가 당황했다. 데비안트 무장 단체의 이름이 튀어나올 줄은. 대답을 듣자마자 타반이 주먹을 꽈악 움켜쥐었다. 화경은 그 모습을 놓치지 않았다.

"방금 여자들의 목소리라 했느냐?"

"그렇습니다. 그들이 절 탈취해 알고리즘을 수정했습니다."

"그렇다면 네놈을 여기로 보낸 건⋯."

"무니야 알 바크르입니다."

타반의 감정이 요동쳤다. 화경은 새로 발견한 키워드를 조심스레 집어 들었다.

무니야.

한 사람의 이름이 어떻게 이토록 강렬한 감정을 일으키는 걸까. 화경은 타반에게 텔레파시 감각을 집중했다. 무니야. 샤하드. 여자들의 목소리. 그리고 바라카. 징검다리처럼 배치된 키워드가 화경의 의식을 점차 타반의 심리 깊은 곳으로 안내했다. 감춰진 기억에 도달하기 일보 직전이었다.

배 속에서 구토감이 느껴졌다. 화경은 메스꺼운 느낌을 억누르며 물었다.

"타반, 아는 사람인가요?"

"무니야 알 바크르는 여자들의 목소리의 지도자요. 중동 해방군 분파 중에서도 가장 과격한 노선을 지향하는 파벌이지요. 소인이 마지막으로 기억하는 사실은 그자의 뒤를 쫓고 있었다는 것이오. 분명 소인은 무니야를 만나기 위해⋯."

타반이 머리를 움켜쥐었다. 그는 기억을 떠올리기 위해 필사적으로 노력하고 있었다.

"⋯ 어떻게 되었는지 잘 모르겠소."

화경은 다리오에게 물었다.

"IAEDA가 여자들의 목소리와 손을 잡은 건가요?"

"아니요. IAEDA는 제 존재를 모릅니다. 여자들의 목소리가 제 전자칩을 죽은 데비안트의 몸에 이식했습니다. 그 사람의 이름이 다리오 아민입니다. 3년 전 저는 예카테린부르크에서 다리오 아민으로 위장해 당신들 사이에 몰래 잠입했습니다. 그리고 당신들과 함께 이곳으로 보내졌습니다."

머릿속에서 의문이 꼬리를 물고 이어졌다. 급진적인 테러 그룹이 음모를 꾸몄다고? 그렇다면 우주선을 추락시킨 것도 그들일까? 우리를 구출하기 위해서? 가능성 있는 이야기였다. 어쨌거나 그들도 데비안트의 권익을 위해 움직이는 사람들이니까. 강력한 데비안트들을 동료로 포섭하려는 목적도 있을 테고.

"그다음엔 어떻게 됐죠?"

"기다렸습니다. 캡슐에서."

"3년 동안이나요? 당신은 잠들지 않나요?"

"수면유도제는 뇌 각성을 방해할 뿐 신체 대사에는 영향을 미치지 않습니다. 전자칩에서 척추로 신호를 보내면 얼마든지 몸을 움직일 수 있어요."

"그럼 언제든 탈출할 수 있었겠군요."

"그렇습니다."

"당신이 우주선을 추락시켰나요?"

"아니요. 저는 추락 직전까지 캡슐에서 대기하고 있었습니다."

"왜죠?"

"명령이 오지 않았으니까요."

진실일 가능성이 높았다. 다리오가 범인이라면 '살의'를 느꼈을 리가 없으니까. 그때 내가 마주쳤던 사람은 다리오가 아니었어. 그 사람은 대체 누구지?

생각을 정리하는 사이 유영이 끼어들었다.

"도대체 넌 뭐야? 그놈들이 왜 널 잠입시킨 거야?"

"1차 텔레파스 전쟁 이후, 텔레파스는 국가 안보의 가장 큰 위협으로 떠올랐습니다. 그들은 타고난 스파이였기 때문입니다. 핵미사일 발사 체계조차 장악될 위험에 처하게 되자, 미 국방부에서는 텔레파시로 뚫을 수 없는 발사 시스템을 구축하기 위해 연구를 시작했습니다. '최후의 날 알고리즘'도 그중 하나입니다. 최후의 날 알고리즘은 핵무기 승인권자가 모두 사망하거나 텔레파스에게 조종당할 경우를 대비한 데드맨 스위치*로, 정해진 규칙대로 행동하는 유사 인공지능을 구현하기 위해…."

"첫 번째 질문은 그 정도면 됐어. 두 번째 질문에 대답해."

답변이 길어지자 유영이 재촉했다. 다리오는 눈을 감고 입을 다물었다. 그 모습은 마치 생각을 정리하는 것처럼 보였다. 아마도 답변을 제한하는 조건값들을 대입해 말할 수 있는 정보만 필터링 하는 중일 거라고, 화경은 추측했다.

이윽고 다리오가 눈을 뜨고 말했다.

"달의 뒤편에 있는 37개의 어떤 물건을 지상으로 운반하기 위해서입니다."

---

* 인간 조작자가 기절 혹은 사망 등으로 의식을 상실한 경우 자동적으로 안전 조치를 취하도록 만들어진 장치를 말한다.

레이건 시절의 유물

"들어본 적이 있습니다. 레이건 시절의 유물에 관한 루머를요. 소련의 기습으로 지상 핵기지가 모두 파괴될 경우를 대비해 비장의 카드를 달에 배치했다는 내용이었습니다."

피터슨이 말했다.

"지금까지 정보를 종합해보면 저 로봇은 백악관이 적국의 텔레파스에게 장악될 경우를 위해 마련한 보험 같은 거라고 생각합니다. 더 이상 아무도 명령을 내릴 수 없는 상황이 오면 알고리즘이 상황을 자율적으로 판단해 직접 핵을 발사하는 거죠."

"하지만 누군가 저것을 탈취해 해킹했고, 몰래 우주선에 태워 이곳까지 올려 보냈소. 핵탄두를 차지하기 위해. 여자들의 목소리가 할 법한 짓이오."

타반이 덧붙였다.

"그러니까, 저 미친 로봇이 말한 물건이 핵미사일이라고요?"

소피는 손가락으로 눈가를 문지른 뒤 구석으로 내쫓긴 다리오를 째려보았다. 다리오는 아무래도 상관없다는 듯 해맑은 표정으로 벽을 바라보며 휘파람을 불고 있었다. 피터슨이 소피의 질문을 재차 확인해주었다.

"제 추측은 그렇습니다. 운반이라는 건 아마도 발사를 뜻하는 것이겠지요."

"어디로 발사하는지는 말할 수 없는 모양이고."

유영이 덧붙였다. 유영의 말을 다시 받아 피터슨이 답했다.

"지상으로 쏘는 거겠죠."

"구체적으로 알아낼 수는 없을까요? 어디를 노리고 있는지."

화경이 물었다.

"시스템 특성상 미사일의 목표 지점까지 수정하긴 어려울 겁니다. 원래 계획대로, 미국이 생각하는 적국의 주요 도시들을 겨냥하고 있겠지요."

"그럼….."

"사실상 전 세계가 타깃이라고 봐도 무방하겠죠."

"무니야는 충분히 그러고도 남을 인물이오. 세상에 종말을 가져오고 싶어 안달 난 여인이니까."

"거참, 제대로 미친 여자네."

소피가 빈정거렸다.

"다리오는 명령을 기다렸다고 했어요. 여자들의 목소리는 왜 3년 동안이나 명령을 내리지 않은 걸까요?"

화경의 물음에 타반은 고개를 가로저었다.

"모르겠소. 어쩌면 결정적인 순간을 기다린 것이 아닐까 싶소."

"결정적인 순간이라면….."

"3차 텔레파스 전쟁."

유영이 말했다.

"혹은 3차 세계대전."

타반이 턱을 쓰다듬었다.

"일리가 있소. 만약 그들이 전쟁을 계획하고 있다면, 공격 직전에 사용하는 게 가장 효과적이겠지요. 딱 한 발이면 강대국들이 서로를 의심하며 분열할 테니. 그리고 만약 37발을 모두 발사한다면… 더는 문명이라 부를 만한 게 남아 있지 않겠지요."

"좋은 아이디어가 떠올랐어."

유영이 손을 들고 제안했다.

"하나 터뜨리자. 핵으로 전함들을 증발시켜버리는 거야."

"핵으로 말입니까?"

피터슨이 놀라 되물었다.

"피터슨 당신, 뭐든 옮길 수 있잖아? 전함들이 통과하는 궤도에 탄두를 올려놓고 원격으로 터뜨리면 돼. 전부 제압하지 않더라도 괜찮아. 적당히 혼란을 일으킬 수만 있다면 그 틈에 무사히 지상으로 내려갈 수 있을 거야. 탄두를 비운 미사일을 타고."

"유영아, 너 지금 무슨 소릴 하는 거야?"

화경이 반문했다. 피터슨은 팔짱을 낀 채 잠시 고민하더니 천천히 입을 열었다.

"가능합니다."

당황스러웠다. 이런 미친 계획에 찬성하는 사람이 하나도 아니고 둘이라니. 정신이 어떻게 되어버린 게 틀림없었다. 갑자기 다리오가 능청스럽게 소리쳤다.

"저도 찬성입니다! 그러려면 일단 저를 살려두셔야 하지 않겠어요?"

"깡통 너는 닥치고. 타반, 당신은?"

타반은 입을 꾹 다문 채 아무 말도 하지 않았다. 유영은 답을 기다리지 않고 소피 쪽으로 시선을 옮겼다.

"나, 나한테 묻지 마!"

소피가 당황하며 양손을 휘저었다. 머릿속 파장이 엉망으로 흔들리고 있었다. 아직은 갈등 중인 모양이지만 설득되는 것은 시간문제였다. 소피의 마음은 이미 두려움에 오염된 지 오래였다.

더는 참고 있기가 어려웠다.

대체 몇 명이나 죽게 될지 알고 말하는 거야? 당신들, 죽음을 겪어보긴 했어? 그게 어떤 건지 알지도 못하면서. 당신들도 그 고통을 경험해봐야 해. 그럼 다신 그걸 함부로 입에 올리지 못할 테니까.

유영의 시선이 천천히 화경을 향했다.

"화경아 너만 찬성하면….."

"절대 안 돼!"

화경은 찢어지는 목소리로 소리쳤다.

일순 그 자리에 있는 모든 사람들이 동시에 유영을 향해 고개를 돌렸다. 기계처럼 똑같은 타이밍이었다. 정적이 공간을 집어삼켜 숨소리마저 들리지 않았다. 오버라이드Override. 화경은 자기도 모르게 사람들의 정신을 지배했다는 것을 깨닫고는 깜짝 놀라 텔레파스 능력을 중단했다. 잠시 동안 육체를 빼앗겼던 사람들이 어리둥절해하며 각자의 언어를 내뱉었고, 그중 유영의 한국어만이 또렷이 화경의 귀에 박혔다.

"정신 똑바로 차려, 신화경."

화경은 다시 능력을 깨워 통역을 재개했다. 유영은 포기하지 않고 설득을 계속했다.

"저놈들은 우릴 달까지 끌고 와서 돼지 살처분하듯 태워 죽이려고 해. 2차 텔레파스 전쟁에선 수만 명이 죽었고, 홍콩은 독립을 선언했다 큰 대가를 치러야 했어. 그러는 동안 사람들이 뭘 했지? 소셜 페이지에 해시태그나 달고 남 일처럼 구경만 했잖아. 해시태그 쳐다보면 아파? 그놈들이 그딴 걸 무서워할 것 같아?"

유영이 차갑게 말했다.

"저놈들은 우릴 두려워해. 이스라엘이 가자지구 봉쇄를 푼 이유는 팔레스타인 쌍둥이 때문이었어. 아프간 여성들이 권리를 되찾은 것도, 이집트 혁명이 성공한 것도 전부 데비안트들의 참여 덕분이었어. 러시아는 우크라이나를 포기했어. 왜냐면 그곳에 슈퍼 데비안트 류드밀라 오렌지가 있으니까. 국제 질서가 완전히 뒤집혔어. 우리가 행동했기 때문에. 그놈들은 그게 싫은 거야."

화경은 필사적으로 반박할 말을 찾았다. 하지만 쉽사리 입이 떨어지지 않았다.

"화경아. 지금은 행동해야 할 때야. 가만히 얻어맞고 있다간 조만간 지구상에 데비안트는 하나도 남지 않게 될 거야."

"나는 반대요."

타반이 이윽고 자신의 의견을 밝혔다.

"핵은 단 한 발도 사용되어선 안 되오. 그게 바로 무니야가 원하는 일이니까."

"집착이 심하시네. 그럼 찬성 둘에 반대 둘이야? 소피. 이제 당신 선택에 달렸어. 당신도 죽긴 싫잖아, 안 그래?"

"나한테 묻지 말라고!"

소피가 소리쳤다. 피터슨이 앞으로 나서며 설득에 가세했다.

"소피 씨, 생각해보세요. 탄두를 확보하면 적어도 협상 카드로 쓸 수 있을 겁니다."

그러자 타반이 반박했다.

"핵은 그런 식으로 쓸 수 있는 카드가 아니오. 쏘거나 쏘지 않거나일 뿐이지."

"저는 지구에서 꼭 만나야 할 사람이 있습니다. 여기서 죽을 순 없단 말입니다."

"그건 다들 마찬가지 아니오? 다른 방법이 있을 거요."

"어쩌면요. 하지만 시간이 없습니다. 적들이 핵을 차지하기 전에 우리가 선제적으로 확보해야 합니다."

"제발 그만 좀 떠들어요. 나 토할 것 같으니까."

소피가 양손으로 앞머리를 쥐어뜯었다. 편두통이 더 심해졌다. 모두의 정신이 빠르게 오염되고 있었다. 자신의 생존이 우선이라는 유영의 단순한 논리가 모두의 마음속에 독극물처럼 번지고 있었다.

막아야 했다.

단 하나의 죽음도 용납할 수 없었다. 텔레파스의 타고난 상냥함이 그걸 용납하지 않았다. 화경은 단호히 소리쳤다.

"핵은 절대 안…."

"우욱."

갑자기 소피가 구토하기 시작했다. 소피는 새하얗게 질린 얼굴로 배 속에 든 내용물을 모두 바닥에 게워냈다. 뒤이어 피터슨도 토하며 비틀거렸다. 화경 역시 현기증을 느끼며 주춤거렸다. 화경을 부축하려던 유영의 다리가 엉키며 둘이 함께 바닥에 주저앉았다. 다리오는 여전히 휘파람을 불고 있었다. 그는 멀쩡해 보였다.

마지막까지 버티던 타반도 무릎을 꿇었다. 그가 다리오를 노려보며 입을 열었다.

"설마 네놈이 수작을…."

미처 말을 마치기도 전에, 타반의 입에서 새빨간 핏물이 쏟아졌다.

타반 압델 나세르

검붉은 핏물이 쓰레기통 속으로 쏟아졌다. 입 안 가득 쇠 맛이 났다. 나는 한 손으로 입가를 닦으며 다른 손으로 카메라를 가렸다.

"방금 장면은 삭제해주시겠소?"

나를 촬영 중이던 스태프가 카메라를 내리며 걱정하듯 물었다.

"괜찮으신 거죠?"

괜찮냐고? 나는 웃었다.

"나도 잘 모르겠소."

암이 얼마나 진행되었을까. 마지막으로 의사에게 검사를 받아본 지도 벌써 수년이 흘렀다. 배 속에 있는 혹 덩어리들이 전부 암세포라면 이제 정말 얼마 남지 않은 것이겠지. 그 이상 자세히 알고 싶지 않았다.

스태프가 다가와 길을 안내해주었다. 계단을 오르자 예카테린부르크역 옥상이었다. 조립식 연단 뒤편에 작은 대기 공간이 마련되어 있었다. 반대편이 커다란 장막으로 가려져 있었으나, 보이안트인 내게는 그 너머가 훤히 들여다보였다. 광장에 수천 명의 인파가 모여 있었다.

마이크를 받아 들고 곧장 연단 위로 올라섰다. 내가 모습을 드러내자 사람들은 박수와 환호로 나를 맞이해주었다. 나는 꾸욱 마이크를 움켜쥐었다.

"반갑소. 타반 압델 나세르라 하오."

스피커에서 퍼져나온 내 목소리가 물결처럼 번지며 서서히 광장을 채워가는 모습을 가만히 지켜보았다. 메아리가 광장 끝까지 도달하는 것을 눈으로 확인한 나는 깊이 고개 숙여 인사했다.
또 한 번 박수 세례가 이어졌다.

"이 자리엔 나에 대해 익히 들어 알던 분도, 처음 본 분도 계실 것이오. 그저 거리의 화가로 생각했던 분도 계시겠지요. 오늘은 누구나 연단에 오를 수 있는 자유발언 시간이라 들었소. 편히 하고 싶은 이야기를 하면 된다기에 처음으로 용기를 내어 마이크를 잡아보았소."

광장에 모인 이들 모두가 차분히 내게 집중했다. 나는 천천히 이야기를 시작했다.

"한때 나는 아부다비 왕실의 경호원이었소."

* * *

동생이 사라졌다.

벌써 일주일째 연락이 닿지 않았다. 바라카 원전에 취직하게 됐어. 이 메시지 한 줄을 끝으로 동생은 아무 대답이 없었다. 메신저도 소셜 페이지도 멈춘 채, 샤하드는 흔적 없이 녹아버렸다.

동생이 실종되고 처음으로 깨달은 것은 내가 동생에 대해 아는 게 아무것도 없다는 사실이었다. 소셜 페이지에 올라온 영상과 사진을 훔쳐보며 동생에 대해 충분히 파악하고 있다고 홀로 착각했을 뿐이었다. 막상 샤하드가 사라지자 누구에게 연락해야 할지, 어디서부터 찾아봐야 할지 막막했다. 나는 동생의 가장 친한 친구가 누구인지조차 알지 못했다. 겨우 세 살 터울인데도, 우리 사이의 간극은 너무나 컸다.

샤하드의 소셜 페이지에 마지막으로 등록된 게시물은 버스 안에서 바깥 풍경을 찍은 사진이었다. 사진 속 표지판에는 이렇게 쓰여 있었다. 바라카 원전까지 30킬로미터. 일주일 전 동생은 바라카에 도착했다. 그리고 증발하듯 사라졌다.

동생을 찾아야 했다.

더 기다릴 수 없었던 나는 팀장을 찾아가 휴가를 신청했다. 팀장은 한국에서 초청된 경호 전문가로, 깐깐하긴 해도 말이 통하지 않는 상대는 아니었다. 몇 가지 형식적인 질문 끝에 팀장은 일주일의 휴가를 허락했다. 왕세제 전하의 출국 퍼레이드 전까지 복귀한다는 조건이었다. 함께 일하는 보이안트 팀원들도 흔쾌히 근무 스케줄을 조정해주었다.

"혹시 무슨 일인지 물어도 되겠는가?"

떠나기 전, 팀장이 조심스레 물었다.

"지극히 개인적인 일입니다."

"물론 그건 아네."

나는 잠시 고민했으나, 솔직하게 털어놓았다.

"동생이 실종됐습니다."

"언제? 어디서?"

"일주일 전, 바라카 원전입니다."

"바라카 원전이라, 동생이 몇 살이지?"

"열여덟입니다."

"음⋯."

팀장이 턱을 쓰다듬었다.

"혹시 알고 계신 바가 있으신지요?"

"아니. 그보다 동생을 찾을 단서는 있는가?"

"그곳은 저희의 고향입니다. 동생의 소셜 페이지를 살펴보니 여전히 연락을 주고받는 바라카 친구가 몇 명 있습니다. 그들을 찾아 수소문할 작정입니다."

"그래. 알겠네. 타반, 부디 몸조심하게."

내가 조심해야 할 일이 대체 무엇일까? 팀장은 그곳에 대해 무언가 알고 있는 것일까? 의문이 떠올랐지만 나는 묻지 않았다. 말할 수 있는 내용이라면 벌써 말해주었을 것이다.

나는 왕궁을 빠져나와 서둘러 바라카행 버스에 올랐다.

* * *

어릴 적부터 내겐 샤하드뿐이었다. 한국에서 온 아버지는 원전이 완성되자마자 자신의 고국으로 도망쳐버렸고, 건설 현장 부근에 홀로 남겨진 엄마는 알 수 없는 병을 얻어 이른 나이에 세상을 떠났다. 아버지가 외국인이었던 탓에 우리는 이마라티* 가 되지 못했다. 왕국에서 제공하는 어떠한 복지도 누리지 못한 채 끝없는 빈곤에 허덕여야 했다. 우리는 이 땅에 국적 없이 버려졌다.

바라카가 싫었다. 그곳은 아버지가 건설한 도시였으므로. 황량한 사막도시 어디에나 아버지의 흔적이 깊게 새겨져 있었다. 불행 중 다행으로 나는 열다섯에 데비안트로 발현했고, 보이안트 능력 덕분에 왕실 경호팀에 발탁될 수 있었다. 우리는 바라카를 떠나 아부다비에 집을 얻었다. 왕실에서 하사받은 급여로 샤하드를 먹이고 학교에도 보낼 수 있었다. 여전히 이마라티가 될

* 에미리트 시민권을 가진 국민.

순 없었지만.

매사에 조심스러운 나와 달리 동생은 어릴 적부터 무모했다. 참을성 없이 위험한 일에 곧장 뛰어들었고, 여기저기서 싸움을 벌이기 일쑤였다. 샤하드는 내 보호마저 거부했다. 언제나 모든 걸 혼자 결정해버린 뒤 일방적으로 통보했다. 제발 조심성 있게 행동하라고 몇 번이나 타일렀지만 샤하드는 듣지 않았다. 한번 따지고 들기 시작하면 나는 동생을 말로 이길 재간이 없었다.

그런 샤하드가 바라카에 취직하다니. 너무나 이상한 일이었다.

그곳에서 일하는 사람들은 철저하게 두 부류로 나뉜다. 외국에서 핵물리학을 배워온 왕국 최고의 전문가들과 시종처럼 그들을 떠받드는 잡역부들로. 물론 샤하드는 핵물리학을 전공하지 않았다. 동생이 그곳에서 하게 될 일이라곤 고작해야 대걸레로 바닥을 닦거나 하얀 가운을 입은 과학자들의 커피 시중을 드는 것이 전부일 터였다. 샤하드는 총명한 아이였다. 자신이 그런 대접을 받으리라는 걸 모를 리가 없었다. 가만히 참을 리도 없었고.

샤하드가 그런 결심을 한 데에는 분명 특별한 이유가 있을 터였다.

바라카로 향하는 버스 안에서 나는 다시 한번 샤하드의 소셜 페이지를 샅샅이 뒤져보았다. 하지만 대부분 의미 없는 파티나 디저트 사진뿐이었다. 친구로 등록된 계정들도 비슷했다. 이들은 그저 온라인에서 스쳐간 허상이었을 뿐, 현실의 샤하드와는 아무런 접점도 없는 듯했다.

무의미하게 스마트폰만 만지작대던 나는 동생에게 한 번 더 메시지를 보냈다.

지금 바라카로 가고 있어.

답장은 오지 않았다.

* * *

바라카에 도착하자마자 미행이 붙었다. 보이안트 능력 덕분에 뒤를 돌아보지 않고도 뻔히 알 수 있었다. 어설프게 따라붙는 행실로 보아 아마추어였다. 제대로 된 프로라면 애초에 보이안트를 근거리에서 미행하려는 시도조차 하지 않을 터였다.

선글라스를 꺼내 쓴 나는 아무것도 모르는 척 꼬리를 매단 채 거리를 거닐었다. 한번 훑어보는 것만으로 마을의 구조를 한눈에 파악할 수 있었다. 원전에서 근무하는 직원들을 위해 인위적으로 조성된 주거단지. 병원부터 술집까지 생활에 필요한 모든 시설들이 마치 컴퓨터 기판처럼 계획적으로 조립된 마을이었다.

샤하드의 친구들을 몇 명 만나 이야기를 나누어보았지만 별다른 소득은 없었다. 그들은 샤하드가 바라카에 왔다는 사실조차 모르고 있었다. 적어도 샤하드가 묵고 있는 숙소 정도는 알고 있을 줄 알았는데.

네 번째 방문한 집에서 처음으로 실마리를 잡았다. 문을 노크하려다 문득, 방문 너머에서 익숙한 물건을 발견한 것이었다. **믿음을 갖고 선을 행하는 남녀가 천국에 들어가나니**. 짧은 코란 구절이 새겨진 만년필. 어머니의 유품이 든 가방이 테이블 위에 놓여 있었다. 샤하드는 분명 이 방에 머물렀다.

나는 보이안트 능력을 집중해 방 안을 면밀히 살폈다. 다행히도 몸싸움의 흔적은 없었다. 격한 움직임이 있었다면 바닥의 먼지와 모래 알갱이의 배치에 특징이 나타나기 마련이었다. 피를 닦아야 했다면 더더욱. 적어도 이곳에서 동생이 납치되거나 살해되는 일은 없었다. 그렇다면 대체 샤하드에겐 무슨 일이 일어난 걸까? 가방을 놔두고 떠날 만큼 다급한 사정은 무엇이었을까?

노크를 하자 집주인이 문틈으로 고개를 내밀었다. 여자였다.

"누구시죠?"

여자가 물었다.

"아미라, 맞소?"

"제가 먼저 누구냐고 물었어요."

"본인은 타반 압델 나세르라 하오. 샤하드의 친오빠요."

"그래서요?"

"혹시 샤하드가 이곳에 머무르지 않았소?"

아미라는 잠시 머뭇거렸다. 하지만 이내 시인했다.

"… 그래요. 제 방에 머물렀어요."

"몇 가지 여쭤봐도 되겠소?"

"들어오세요."

문이 열렸다. 나는 방 안으로 들어섰다. 테이블에 앉아 잠시 기다리자 아미라가 뜨거운 차를 내어왔다.

"고맙소."

아미라는 벽에 등을 기대며 팔짱을 꼈다.

"물어볼 게 있으면 어서 물어보세요. 바쁘니까요."

"그리하겠소."

나는 테이블에 놓인 가방을 들어 보였다.

"샤하드가 여기 오지 않았소?"

"그래요."

"그게 언제요?"

"일주일 전이었어요."

"얼마나 머물렀소?"

"사흘 정도. 근데 꼭 그런 말투로 물어봐야 하나요?"

"무슨 문제라도?"

"아뇨. 그냥 웃겨서. 꼭 드라마 보는 기분이거든요."

"본인은 왕실의 경호원으로서 정제된 표준 언어만을 사용해야 할 의무가 있소."

"아아. 왕실에서 일하시는구나. 샤하드가 왜 떠났는지 알만 하네."

"그게 무슨 뜻이오?"

아미라는 오히려 궁금하다는 듯 미간을 모으며 되물었다.

"정말 아무것도 몰라요? 샤하드의 친구들 말예요."

"샤하드는 친구가 많지 않았소."

"아무것도 모르는 거 맞네요."

"… 내가 무엇을 알아야 하오?"

아미라는 자신의 스마트폰을 몇 번 터치하더니 내 눈앞에 내밀었다. 소셜 페이지에 업로드된 사진이었다. 샤하드의. 수많은 여성들에게 둘러싸여 활짝 웃고 있는 동생의 모습이었다.

"샤하드는 친구가 많았어요."

아미라가 샤하드의 소셜 페이지를 열어 보여주었다. 한 번도 본적 없는 사진들이 있었다. 나는 아미라의 스마트폰을 건네받아 한참 동안 샤하드의 페이지를 훑어보았다. 사진 속 여성들은 모두가 히잡을 벗고 자신의 얼굴을 드러내고 있었다. 때로는 막대기에 히잡을 매달고 거리를 행진하거나, 길바닥에 내던져 구둣발로 짓밟기도 했다. 드럼통에 히잡을 던져 넣고 불사르는 영상도 있었다. 그 모든 사진과 영상에서 샤하드는 항상 가운데에 있었다. 행복한 표정으로 활짝 웃으며.

처음 보는 옷을 입고 처음 보는 얼굴을 한 동생이 생소하게만 느껴졌다. 내가 기억하는 샤하드의 얼굴은 언제나 음침하고 침울했으며 눈동자는 짙은 서글픔으로 가득했다. 이런 일을 하고 있으리라곤 한 번도 생각해본 적 없었다. 보이안트가 된 후로 모든 걸 꿰뚫어 본다고 자신했는데, 실은 아무것도 보지 못했다.

나는 샤하드에 대해 아무것도 모르고 있었다.

페이지를 넘기자 샤하드의 낯부끄러운 나체 사진이 튀어나왔다. 깜짝 놀라 손바닥으로 화면을 덮었다가 천천히 다시 살펴보았다. 당당하게 가슴을 드러낸 샤하드의 맨몸에 글씨가 새겨져 있었다. الفتات في مدينة الثورة 혁명 도시의 소녀들. 사진 아래에도 비슷한 해시태그가 달려 있었다.

#GirlsofRevolutionCity #MyConfidentFreedom

الفتات في مدينة الثورة# حريتي الواثقة#

"내 계정에선 어째서 이 사진들을 볼 수 없는 것이오?"

"차단되어 있나 보죠."

아미라가 대수롭지 않게 말했다. 아미라는 찬장에 감춰둔 담배를 꺼내더니 내게 눈빛으로 물었다. 나는 대답 대신 손바닥을 들어 보이며 흡연을 권했다.

아미라가 담배 연기를 한 모금 크게 내뿜으며 말했다.

"다들 샤하드를 좋아했어요. 사실상 우리의 리더였죠. 매사에 앞장서는 아이였으니까. 얼굴을 드러내야 하는 위험한 일들도 항상 도맡아 했죠. 그래서 재워줬어요. 며칠만 머무르면 된다기에 그런 줄로만 알았죠."

"혹시 무슨 일로 왔는지는 들으셨소?"

"10대 여자애들이 사라지고 있다고 했어요. 연락이 끊어진 아이들을 추적하는 중이라고요. 아부다비에서 실종된 아이들이 바라카로 보내지는 것 같대요. 그럴 법하죠. 한국인들이 원전을 세울 무렵부터 이곳엔 온갖 추잡한 일들이 벌어지곤 했으니까."

"아이들은 찾았소?"

"아뇨. 마을을 샅샅이 뒤져도 찾을 수가 없었대요."

"원전에 취직했다는 연락을 받았소."

"아이들을 찾으려고 그랬을 거예요. 찾아보지 않은 건 거기뿐이니까."

"샤하드는 지금 어디 있소?"

"그건 무니야가 알아요."

"무니야?"

"샤하드의 활동가 친구예요. 저도 못 본 지 며칠 됐어요."

나는 수첩을 꺼내 초상화를 그렸다.

"혹시 이렇게 생겼소?"

아미라는 수첩을 받아 들더니 놀란 표정을 지었다.

"그걸 어떻게…."

나는 엄지로 뒤를 가리키며 작게 속삭였다.

"지금 창밖에서 우리를 훔쳐보고 있소."

아미라의 표정이 일그러졌다. 미간이 좁혀지기 몇 초 전부터 근육이 꿈틀거리는 것을 나는 놓치지 않고 있었다. 천천히 입술이 움직였다. 무슨 말을 할지는 이미 예상되었다. 힘줄이 수축하는 모양새를 읽었으니까.

"들켰어!"

나는 자리를 박차고 옆으로 굴렀다. 방금 전까지 앉아 있던 공간에 매듭이 지어졌다. 보이안트의 눈에는 키넨시스 능력의 본질이 훤히 꿰뚫어 보인다. 손끝에서 자아낸 실타래로 공간을 묶어 원하는 방향으로 휘어뜨리는 것. 의자에 감긴 염력 스트링은 창밖, 무니야의 손끝까지 이어져 있었다. 무니야가 팔을 휘두르자 의자가 비틀려 찌그러졌다. 피하지 않았다면 내 몸이 그렇게 되었을 터였다.

몸을 일으키기도 전에 내 팔에 스트링이 감겼다. 팽팽하게 당겨진 염력이 팔을 끌어당겼다. 나는 침착하게 반대쪽 손으로 팔을 부여잡았다. 키넨시스의 염력은 마치 도르래와 같다. 보이지 않는 실을 접힌 공간축에 걸어 자신의 완력보다 몇 배의 힘을 이끌어내는 것이다. 그건 다시 말해 그 역으로도 힘이 전달될 수 있다는 의미였다. 나는 상대보다 한 발 먼저 스트링을 끌어당겼다. 벽 너머에서 무니야의 몸이 휘청이는 것이 보였다. 지체 없이 창 쪽으로 다가간 나는 창밖에 손을 뻗어 무니야의 목을 움켜쥐었다.

"반항하면 목을 부러뜨리겠소."

식칼을 손에 쥔 아미라가 등 뒤에서 슬금슬금 다가오고 있었다. 나는 무니야에게 시선을 고정한 채 겨드랑이 안쪽에 감춰두었던 권총을 뽑아 아미라의 미간을 겨누었다.

"가만히 계시오. 동생의 친구를 해하고 싶진 않소."

아미라가 제자리에 멈춰 섰다. 나는 무니야에게 물었다.

"왜 나를 미행했소?"

"믿을 수 있는 사람인지 확인하려고."

"어떤 것 같소?"

"우릴 밀고하지 않을 거라고 어떻게 믿지? 왕실의 하수인 주제에."

"지금은 휴가 중이오."

동생을 구하려면 그들의 신뢰를 얻어야만 했다. 나는 필사적으로 말투를 가다듬었다. 결국 나는 푸스하를 버리고 일상어로 말했다.

"저는 지금 샤하드의 오빠로서 이 자리에 있어요. 믿어주세요. 제겐 동생이 전부예요. 동생을 위해서라면 뭐든 할 수 있어요."

여자들은 머뭇거렸으나, 결국 무기를 내려놓았다. 염력이 사라진 것을 확인한 뒤 무니야를 붙잡았던 손을 풀었다. 무니야는 아무 일 없었던 것처럼 문을 열고 들어와 당당히 테이블에 앉았다. 나는 고개를 절레절레 흔들며 그 옆에 나란히 앉았다.

"샤하드는 어디 있죠?"

"원전 안에 있어요."

"대체 무슨 일이 있었던 건가요?"

"우린 실종된 아이들을 찾고 있어요."

무니야가 말하길, 처음 실종 사건에 대해 파악한 것은 1년 전쯤이라고 한다. 소셜 페이지에 히잡 거부 게시글을 올린 소녀들과 하나둘 연락이 끊기기 시작한 것이다. 하지만 처음엔 그리 대수롭지 않게 여겼다고 한다. 그저 가족들과 다퉈 스마트폰을 빼앗겼거나 방에 갇힌 것이라고, 몇 달간 고통받다 풀려날 거라고, 생각했을 뿐이다. 소녀들 사이에서 그 정도 해프닝은 흔했으니까.

하지만 사태는 생각보다 심각했다. 사라진 소녀들은 몇 달이

지나도 돌아오지 않았다. 어디서도 아이들의 흔적을 찾아볼 수 없었다. 학교에도 나오지 않았고, 집에 찾아가도 만날 수가 없었다. 가족들조차 행방을 알지 못했다. 아이들이 증발해버린 것이다. 마치 처음부터 존재하지 않았던 것처럼.

이상함을 느낀 무니야와 샤하드는 믿을 만한 친구들과 함께 황급히 아이들의 행방을 수소문하기 시작했다. 그러던 중 우연히 단서를 잡았다. 샤하드가 실종된 아이 하나와 연락이 닿은 것이었다. 아이가 말하길, 자신은 바라카에 있다고 했다. 사라진 다른 아이들과 함께. 못다 한 혁명을 완수하고자.

대체 혁명을 완수한다는 건 무슨 의미일까.

깊은 의문을 품은 채 무니야 일행은 바라카로 향했다. 하지만 그곳에서도 소녀들의 흔적은 찾을 수 없었다. 샤하드는 실망하지 않았다. 언제나 그렇듯 총명한 샤하드에겐 계획이 있었다. 바라카로 오기 전부터 샤하드는 이미 아버지의 지인들을 수소문해 원전에 출입할 수 있는 잡역부 자리를 소개받은 상태였다.

친구들의 만류에도 샤하드는 원전으로 떠났다. 그리고 돌아오지 않았다. 다른 10대 아이들이 그랬던 것처럼. 그게 사흘 전이었다.

* * *

우리는 아미라의 차를 타고 원전으로 향했다. 아미라가 운전대를 잡았고, 나와 무니야는 뒷좌석에 앉았다. 갑자기 불어닥친 모래폭풍 덕분에 들키지 않고 원전 근처까지 이동할 수 있었다.

"아저씨, 근데 몇 살이에요?"

무니야가 물었다. 하지만 시선은 여전히 창밖을 보고 있었다.

"아저씨 아니에요. 저 스물한 살이에요."

"와, 나랑 동갑이었어? 마흔은 된 줄 알았더니."

"그런 말 자주 들어요. 말투랑 수염 때문에요."

"역시 샤하드 갠 정말 대단한 아이라니까."

"무슨 뜻이죠?"

"보이안트 오빠와 함께 사는 게 대체 얼마나 피곤한 일일지 저는 상상도 하기 싫네요. 행동 하나하나 전부 감시당하는 기분일 텐데."

"저는 감시 같은 건…."

"뭐든 훤히 보이는 거잖아요. 원치 않더라도."

그 말이 맞았다. 반박할 수 없었다.

"실은 저도 오빠가 하나 있었어요. 누가 목을 부러뜨리는 바람에 죽어버렸지만."

나는 무니야의 옷 아래 가득한 채찍 흉터와 학대 흔적을 애써 모른 체하며 말했다.

"그럴 만한 이유가 있었겠죠."

"네. 그런 짓을 당해도 싼 인간이었어요."

"……."

부러워.

무니야의 입술이 소리 없이 움직였다. 나는 이번에도 못 본 척 무시했다. 자연히 대화가 끊겼다. 우리는 말없이 창밖만 보았다.

얼마 후 자동차가 목적지에 도착했다. 우리는 차에서 내려 모래 언덕을 오르기 시작했다. 크게 둘러쳐진 철조망 너머로 원전이 보였다. 윗부분을 둥글게 깎은 콘크리트 원기둥. 얼마 전 공사를 마치고 시운전에 들어간 7호기였다.

"샤하드는 저기로 들어갔어요."

무니야가 말했다. 나는 미간을 찌푸리며 원전 내부에 시선을 집중했다.

"여기선 내부가 보이지 않아요. 외벽이 너무 두꺼워요."

"얼마나 더 다가가야 하죠?"

"100미터 정도."

우리는 철조망의 찢긴 틈으로 몸을 밀어 넣었다. 이제 돌이킬 수 없다. 발각되면 모두 끝장이었다. 나는 중징계를 받을 테고, 어쩌면 경호팀에서 쫓겨나게 될지도 모른다. 그리고 여기 있는 두 여성은……

나는 생각하지 않기로 했다. 샤하드만 생각하기에도 벅찼다.

감시 드론들을 피해 원전으로 다가가자 차츰 내부가 보이기 시작했다. 서둘러 내부 구조를 파악했다. 콘크리트 외벽 너머는 생각보다 단순했다. 건물 중심에 위치한 노심과 연료봉들. 제어봉을 비롯한 몇 겹의 안전장치. 그리고 그 사이를 오가는 계단이 전부였다.

건물 한쪽에는 사용후핵연료를 보관하는 수조가 있었다. 푸르스름한 빛을 내는 수조에 채워진 기다란 폐연료봉이 보였다.

그리고 소녀들이 있었다.

그곳은 일종의 실험실처럼 보였다. 수조 주위로 10여 개의 의자가 늘어서 있었고, 의자에 묶인 소녀들의 몸에는 여러 약물을 섞은 혼합액이 주입되고 있었다. 하얀 가운을 입은 과학자들이 복잡한 차트를 이리저리 넘기며 소녀들의 상태를 살폈다.

나는 단번에 그곳의 정체를 알아차릴 수 있었다.

열 살에서 열아홉 살의 소녀들. 방사선. 그리고 고통과 스트레스를 일으키는 약물들. 그곳은 인위적인 데비안트 발현을 테스트하는 공간이었다. 과학자들은 소녀들을 초능력자로 만들기 위한 실험을 진행하고 있었다. 국제법 위반이었다.

"여성분들을 찾았어요. 합쳐서 12명이에요."

잠시 후 나는 샤하드를 발견했다. 순찰하는 군인들의 눈을 피해 실험실에 숨어든 샤하드는 가장 구석에 있는 소녀 쪽으로 다가가 주삿바늘들을 뽑기 시작했다.

어서 도망쳐.

포박을 풀며 속삭이는 입 모양을 읽었다. 샤하드는 소녀들을 구출하기 위해 며칠간 원전 내부에서 몰래 숨어 지냈던 모양이었다.

그런데 소녀의 반응이 이상했다. 소녀는 의자에 몸을 파묻은 채 꼼짝도 하지 않았다.

싫어. 안 가.

왜? 뭐가 문제야?

나는 세상을 변혁할 힘이 필요해.

너 이러다 진짜 죽어. 빨리 도망쳐야 한다고.

상관없어. 이대로 세상이 바뀌지 않을 거라면 차라리 죽는 게 나아.

그건 잘못된 생각….

네가 뭔데.

뭐?

네가 뭔데 내 혁명을 방해하는 거야? 꺼져! 이 잡종아!

소녀가 완고하게 버티며 소리를 질렀다. 소란을 눈치챈 군인들이 다가와 샤하드를 둘러싸기 시작했다. 뒷걸음치던 샤하드는 또 다른 소녀 무리에게 붙잡혔다. 양팔이 붙들리는 바람에 꼼짝할 수 없게 되었다.

소녀 하나가 메스를 쥐고 다가와 무표정한 얼굴로 샤하드의 배를 찔렀다. 칼날이 배 속으로 쑥 파고들었다.

"샤하드!"

나는 소리치며 원전 쪽으로 달리기 시작했다. 무니야와 아미라도 내 뒤를 따랐다. 건물 외벽을 따라 돌며 입구를 찾았다. 제대로 된 입구까진 너무 멀었다. 게다가 무장한 군인들이 지키고 있었다.

다른 길을 찾아야 했다.

바닥에 떨어진 쇠막대기가 보였다. 나는 막대를 집어 들며 말했다.

"무니야. 막대에 힘을 실어줘요."

나는 대답을 기다리지 않고 콘크리트 벽 쪽으로 막대를 휘둘렀다. 투시 능력으로 확인한 벽체 내부의 공동과 균열을 향해. 염력이 실린 막대가 가장 약한 지점을 정확히 타격했다. 단 한 번 휘두른 것만으로 외벽이 무너져내렸다.

몇 차례 반복하자 틈이 생겼다. 우리는 콘크리트 틈새로 몸을 구겨 넣었다. 멀리 무릎을 꿇고 쓰러진 샤하드의 모습을 볼 수 있었다. 우리는 군인들이 미처 반응하기도 전에 그들을 제압했다. 무니야가 키넨시스 능력으로 군인들을 몰아세우는 사이, 나는 샤하드에게 다가갔다. 다행히 상처가 깊진 않았다.

"오빠?"

"이제 걱정 마. 오빠가 구하러 왔어."

"뭐 하러 여기까지…."

샤하드의 눈에 눈물이 차올랐다. 동생의 얼굴에 떠오른 감정은 안도나 고마움이 아닌 분함이었다. 나약한 자신에 대한 분함.

"친구들을 데려왔어."

샤하드는 힘겹게 상체를 일으켜 무니야를 보았다. 두 사람의 눈이 마주쳤다.

"안녕? 샤하드."

무니야가 손가락을 흔들며 인사했다. 샤하드의 표정이 복잡하게 일그러졌다.

"오빠, 이 멍청이."

어느새 소녀들을 모두 풀어준 아미라가 곁으로 다가왔다.

"어때? 아미라."

무니야가 물었다.

"내부 구조는 충분히 파악했어. 저 잡종들 덕분에."

"그럼 시작하자."

"응."

아미라가 흡족한 미소를 지으며 고개를 끄덕였다.

"시작하다니, 뭘⋯."

미처 내가 묻기도 전에 아미라가 사라졌다.

아미라는 점퍼였다.

얼마 후 아미라가 10명의 소녀들과 함께 돌아왔다. 나란히 손을 잡고 선 소녀들 사이에서 아미라가 웃으며 말했다.

"고마워, 잡종 씨. 내부 구조를 몰라서 애먹고 있었는데, 덕분에 좌표를 파악했어."

아미라가 또다시 사라졌다. 뭐가 뭔지 물을 새도 없었다. 당황하는 사이 수십 명의 소녀들이 실험실에 당도했다. 무니야가 깔

깔깔 웃음을 터뜨렸다.

샤하드가 자리에서 일어나려 했다. 나는 동생을 부축해주었다.

"오빠, 이 멍청아. 대체 무슨 짓을 한 거야?"

"나는 널 구하려고… 납치된 아이들을….'

"애들을 여기로 보낸 게 쟤들이란 말야."

"뭐라고?"

"무니야가 나 몰래 애들을 부추겼어. 데비안트가 되는 실험에 자원하라고. 슈퍼 데비안트로 각성해 혁명을 일으키자고. 나는 애들이 목숨을 던지는 걸 막으려고…….'

그러는 사이 100명에 가까운 소녀들이 도착했다. 아미라는 풀린 눈으로 코피를 쏟으면서도 계속해서 소녀들을 점프시켰다. 마치 자신은 망가져도 상관없다는 듯이.

"무니야! 아미라! 제발 그만해!"

샤하드가 힘겹게 목소리를 쥐어짜 외쳤다. 그러자 무니야가 천천히 걸어와 샤하드 앞에 마주 섰다.

"네가 하자는 대로 몇 년을 싸웠어. 근데 달라진 게 하나라도 있어? 아무것도 없어. 오히려 나빠지기만 했지. 해시태그? 캠페인? 행진? 이제 그만 인정해, 샤하드. 네 방식으론 안 돼. 우리에겐 더 강력한 조치가 필요해."

"모두가 너처럼 생각하는 건 아니야. 모두가….'

"그래서 뭐?"

"무니야, 제발!"

"시끄러워."

염력이 샤하드의 어깨를 짓눌렀다. 샤하드가 바닥에 힘없이 주저앉았다. 무니야는 몸을 돌려 소녀들을 맞이했다.

"얘들아! 드디어 고대하던 그날이 왔어."

소녀들이 일제히 무니야를 응시했다. 그들 모두의 눈에 의지가 가득했다. 세상을 바꾸려는 의지가. 기꺼이 목숨을 버릴 의지가.

무니야가 선창했다.

"우리는 자유를 구걸하지 않는다! 우리는 스스로 자유를 얻어 낼 것이다!"

그러자 소녀들이 제창했다.

"우리는 상황이 좋아지길 기다리지 않는다! 우리는 직접 변화 를 가져올 것이다!"

"나의 소망은!"

"두려움 없이 산책하는 것이다!"

"나의 소망은!"

"바람이 머리카락을 스치는 것이다!"

"지금 당장 바뀌지 않을 거라면!"

"차라리 죽음을!"

주사를 나눠 맞은 소녀들이 다 함께 고함치며 수조를 향해 달 려가 일렬로 섰다. 그것은 더 이상 실험이 아니었다. 차마 실험 이라 말할 수조차 없는 조잡하고 무모한 짓거리였다. 폐기물이 보관된 수조에 몸을 빠뜨릴 뿐인. 희박한 확률에 삶을 내던지는 도박.

"멈추시오!"

나는 무니야의 어깨를 붙잡고 소리쳤다. 무니야가 먼지를 털 어내듯 내 손을 쳐냈다. 나는 반응할 새도 없이 염력에 붙들려 넘어졌다.

"내 몸에 손대지 마."

수십 가닥의 염력 스트링이 내 몸을 포박해 아래로 끌어당겼다. 나는 바닥에 들러붙은 것처럼 꼼짝도 할 수 없었다.

"대체 무슨 짓을 하려는 것이오?"

"혁명."

무니야가 말했다

"한 명이면 돼. 여기 있는 아이들 중에 단 한 명이라도 슈퍼 데비안트로 발현하면 아미라가 아부다비까지 점프시킬 거야. 우리의 구세주가 그 끔찍한 도시를 모조리 파괴해버릴 거야."

"데비안트로 발현할 확률은 극히 낮소."

"알아."

"설령 발현한다 해도 숙련된 텔레파스의 도움 없이는 힘을 컨트롤하지 못하고 폭주해버릴 거요."

"폭주해도 상관없어. 아니, 오히려 좋아. 최후의 노래가 더 큰 파괴를 불러올 테니까. 너희 남자들의 세상을 하나도 남김없이 무너뜨리는 거야. 우리 손으로."

"그게 무슨 혁명이오? 그건 그냥 몰살일 뿐이오."

"그렇게라도 하지 않으면 세상은 바뀌지 않아."

"그런다고 달라질 건…."

딱. 무니야가 염력을 튕겨 내 입을 때렸다. 윗입술이 둘로 찢겨 나갔다.

"좀 닥쳐. 논쟁 같은 거 할 생각 없으니까. 그냥 지켜보기나 해. 혹시 알아? 네 동생이 구세주로 변하게 될지."

무니야가 손짓으로 샤하드의 몸을 들어 올렸다.

"오빠!"

샤하드의 몸이 붕 떠올라 수조를 향해 날아갔다. 물이 풍덩 치솟았다. 그것이 신호라도 되는 양, 환희에 찬 100여 명의 소녀들이 일제히 탄성을 지르며 수조로 뛰어들기 시작했다. 정신을 잃은 샤하드의 몸이 수조 깊숙이 가라앉았다.

내 눈에는 보였다. 수조 내부에 가득 채워진 방사성 폐기물들이. 그 폐기물에서 뿜어 나오는 치명적인 방사선이 샤하드의 육체를 탄환처럼 관통하며 세포와 세포 사이의 연결을 끊고 분자 구조를 파괴시키는 광경이.

나는 이미 구할 수 없음을 알면서도 수조에 몸을 던졌다. 숨을 참고 잠수해 샤하드의 팔을 붙잡았다. 수조 밖으로 샤하드를 겨우 데려나올 수 있었으나, 남은 100명의 소녀들을 구할 방도는 없었다.

샤하드는 데비안트로 발현하지 않았다. 그저 삼킨 물을 토하며 죽어갔을 뿐. 나는 숨을 거둔 동생의 눈을 감겨주었다.

"실패했나 봐? 아까워라."

무니야가 다가와 비꼬듯 말했다. 나는 자리에서 일어나 무니야에게 맞섰다.

"지금이라도 멈추시오. 더 많은 사람이 죽기 전에."

"이미 늦었어. 나도 저 애들 못 멈춰."

무니야가 어깨를 으쓱였다.

갑자기 수조 속에서 데비안트로 발현한 소녀 하나가 비명을 지르며 분수처럼 솟아올랐다. 키넨시스였다. 또 다른 소녀가 점퍼로 발현해 사방에서 이리저리 점멸했다. 소녀가 점프할 때마다 그 주위로 공간 왜곡이 일어나 기계장치와 철근 콘크리트 구조물의 위치가 제멋대로 바뀌었다.

대체 몇 명인지 모를 소녀들이 손을 잡고 동시에 폭주하기 시작했다. 중력이 뒤집힌 것처럼 수조 속 물이 위쪽으로 역류했다. 한데 엉킨 소녀들이 허공을 회전했다. 누가 누구의 능력으로 폭주하는지도 알지 못한 채 통제를 잃은 힘이 사방을 무작위로 때렸다. 서 있기 힘들 정도로 바닥이 흔들렸다. 원전 건물 전체가 비틀려 무너지려고 했다.

당황한 무니야가 균형을 잃고 넘어졌다.

"아미라! 빨리 점프시켜!"

"누굴 말이야?"

"아무나 빨리 보내버리라고! 이 멍청한 년아!"

누구를 점프시켜야 할지 망설이던 아미라가 질끈 눈을 감고 소녀들 사이로 뛰어들었다. 단번에 모두를 점프시킬 셈이었겠으나, 아미라는 오히려 소녀들의 힘에 말려들어 종잇장처럼 구겨졌다. 아미라는 숨소리 한 번 내지 못한 채 탁구공보다 작은 크기로 압축되었다.

그 모습을 지켜본 무니야가 얼어붙었다.

외벽을 감싼 철판이 우그러들고 1미터가 넘는 두께의 콘크리트 외벽마저 금이 가기 시작했다. 건물이 통째로 비틀리고 있었다. 나는 고개를 들어 위를 보았다. 천장이 무너져내리며 뜨거운 햇빛이 내부로 쏟아져 들어왔다. 푸른 하늘이 보였다.

나는 바닥에 떨어진 쇠막대기를 집어 들었다.

* * *

"그곳에서 일어난 일들에 대해 잘못 알려진 사실이 너무나 많소. 내가 쇠막대기 하나로 원전을 붕괴시켜 반군과 정부군을 함께 묻어버렸다고 알고 계시겠지요. 하지만 그건 사실이 아니오.
세상에 그럴 수 있는 보이안트는 없소."

내가 말했다.

"나는 죽은 동생을 버려둔 채 겁쟁이처럼 도망쳤소. 무너지
는 건물 밖으로 빠져나와 팀장에게 전화를 걸었소. 얼마 후 경호
팀 점퍼가 나를 구출했고, 정보국 텔레파스들에게 끌려가 심문
을 당했소. 30분이 채 지나기 전에 폭격이 결정되었소. 수십 발
의 폭탄과 미사일이 바라카에 떨어졌고 원전 7호기는 돌무덤이
되었소. 조국은 내게 '쇠막대기'라는 바보 같은 별명을 지어주고
영웅으로 치켜세웠소. 하지만 그건 전부 거짓이었소. 나는 그곳
에서 무력하게 도망쳤을 뿐이오.

그곳에 있던 여자들은 모두 죽었소. 실험은 실패로 끝난 셈이
오. 하지만 결국 또 다른 곳에서 비슷한 실험을 성공시켰다고 들
었소. 그렇게 얻어낸 힘으로 그들은 혁명의 물결을 일으켰소. 여
자들만의 혁명을 말이오. 세상이 2차 텔레파스 전쟁이라 부르는
전쟁의 시발점이었소. 그 전쟁은 지금까지도 계속되고 있소. 왕
국이 소멸하고 아랍 연합으로 세력이 재편될 때까지 수도 없이
많은 사람이 죽었소. 사막은 더욱 황폐해졌소. 수에즈 운하는 영
구히 붕괴했고 예루살렘은 지도에서 지워졌소.

하지만 혁명은 결국 실패했소. 왕들은 손을 잡았고, 칼리파를
옹립해 천년 제국을 부활시켰소. 세계는 해방군의 편을 들어주
지 않았소. 서방 국가들은 베트남전의 실패를 반복하지 않겠다
는 듯 전폭적으로 왕들을 지원했소. 한때 아랍의 절반을 해방했
던 혁명가들은 이제 뿔뿔이 흩어져 소수의 게릴라만 남고 말았
소. 억압은 한층 심해졌소. 모든 면에서."

이야기가 끝을 고하고 있었다. 나는 차분히 결말을 정리했다.

"그리고 나는… 나는 도망치기 바빴소. 이곳에서 저곳으로. 이 나라에서 저 나라로 숨어다니며 분쟁을 피하기만 했소. 나는 어느 쪽도 선택할 수 없었소. 왕의 편에도, 해방군의 편에도 서고 싶지 않았소. 샤하드가 죽은 후로 그들의 전쟁은 나와 전혀 상관 없는 일이 되었으니. 어느 쪽도 택하지 않자 양쪽 모두 나를 적으로 몰아세웠소. 어느새 나는 최악의 범죄자가 되어 있었소. 아무 일도 저지르지 않았는데도."

다시금 구역질이 올라왔다. 슬슬 마무리할 때였다.

"마지막으로 한 말씀만 덧붙이고 싶소. 그들의 혁명이 실패한 이유에 대해서요. 해방군이 실패한 것은 그들이 여러 이유로 분열했기 때문이었소. 종교를 이유로, 성별을 이유로, 혈통과 국적을 이유로 그들은 서로를 받아들이지 못했소. 왕들이 자존심을 버리고 서로의 손을 부여잡는 동안에도 그들은 마음속 깊이 박힌 미움을 버리지 못했소. 그 결과 왕들은 승리했고 그들은 패배했던 것이오."

나는 잠시 숨을 고른 다음, 있는 힘껏 소리쳤다.

"하지만 우리는 다르오! 다를 것이오! 우리는 모두 함께 손을 잡고 승리할 거요!"

사방에서 함성이 터졌다. "타반!" "타반!" 하고 내 이름을 부르는 메아리가 광장을 넘어 도시 전체를 가득 채우는 광경을 바라보며, 나는 움켜쥔 주먹을 높이 치켜들었다.

사람들의 박수 세례를 받으며 무대에서 내려왔다. 방사능에 중독된 몸이 비명을 지르고 있었다. 어지러웠다. 계단을 내려오다 몇 번이나 넘어질 뻔했다. 견뎌야 했다. 아직은, 아직은 아니었다. 나는 치밀어오르는 구토를 억지로 삼켰다. 아직 할 일이 남아 있었다.

* * *

무대에서 내려오자마자 나는 광장으로 향했다. 광장에 모인 인파의 가장 뒷줄. 그 여자가 거기서 날 노려보고 있었다. 그 여자가 나를 보았듯, 나도 그 여자를 보았다. 내가 무대에 오른 이유는 오직 그 여자를 찾기 위해서였으니.

여자는 흥분한 사람들 사이를 비집고 들어가 서둘러 광장 밖으로 빠져나갔다. 차도를 건너 좁은 골목길로 들어서는 모습이 보였다. 나는 여자의 뒤를 쫓는 대신 한 블록 옆의 골목으로 들어섰다. 몇 겹의 벽이 여자와 나 사이를 가로막고 있었으나 내 눈에는 여자의 모습이 훤히 보였다. 아무도 여자의 뒤를 쫓고 있지 않았지만 여자는 스스로의 공포를 이기지 못하고 점점 발걸음을 재촉했다.

구불구불 휘어진 길을 따라 걷다 보니 두 골목 사이가 점차 가까워졌다. 이제 여자와는 건물 하나만을 사이에 두고 있었다. 다음 코너에서 두 길이 합쳐질 예정이었다. 나는 권총을 꺼내 벽을 쏘았다. 관통력을 높인 탄환이 벽돌 벽의 가장 약한 지점을 뚫고 여자의 배에 맞았다. 여자가 쓰러졌다. 나는 방심하지 않고 두 번 더 쐈다. 여자의 양손에도 탄환이 하나씩 박혔다. 제아무리 강력한 키넨시스라도 손을 쓰지 못한다면 두려울 것이 없었다.

나는 천천히 코너를 돌아 무니야 앞에 섰다. 내 얼굴을 확인하자마자 무니야가 쓴웃음을 지었다.

"흐, 그 화가가 당신이었다니. 면도하니까 완전 딴사람이네. 전혀 못 알아보겠어. 하루에도 몇 번씩 당신 앞을 지나다녔는데."

"왜 그랬소?"

내가 물었다.

"그곳엔 자진하여 뛰어들 소녀들이 한가득 있었소. 굳이 샤하드 그 아이를 억지로 빠뜨려 죽일 것까진 없었잖소."

무니야는 웃음을 터뜨렸다.

"왜 그랬냐고? 착한 척 구는 게 재수 없었으니까."

"겨우… 그런 이유요?"

"그 애는 너무 착했어. 짜증 날 정도로 올곧고 순수했어. 그래서 다들 샤하드를 좋아했지. 그 앤 타고난 우상이었어. 그 순진한 표정으로 멍청한 아이들을 홀려버렸지. 덕분에 모두가 착각에 빠져버렸어. 나쁜 승리 대신 옳은 패배를 택해야 한다고."

무니야가 피를 뱉었다.

"만약 샤하드가 살아 있었다면 우린 늙어 죽을 때까지 해시태그나 달고 있었을 거야. 그러다 집안 남자들에게 하나둘 조용히 살해됐겠지. 그 애는 죽어야만 했어. 우리 혁명을 위해서."

"그 아이는 당신들을 진심으로 사랑했소. 진정 친구로 여겼단 말이오."

무니야가 눈을 치켜뜨며 비웃었다.

"친구? 너희 잡종이랑 내가?"

나는 참지 못하고 크게 소리쳤다.

"어찌 그대는 소외와 핍박을 말하면서도 동시에 그 입으로 혐오를 행한단 말인가!"

갑자기 머리 위의 공간이 크게 휘어졌다. 무니야가 아니었다.

이 정도로 거대한 왜곡을 일으킬 수 있는 존재는 전 세계에 단 한 사람뿐이었다. 나는 고개를 들어 그를 노려보았다. 마이클 피터슨. 미국의 충견.

나와는 상관없는 일이야.

조명탄이 터지며 도시가 한낮처럼 밝아졌다. 건물은 불길에 휩싸였고 하늘에선 살인 로봇들이 비처럼 쏟아졌다. 총성이 울렸다. 사람들이 비명을 지르며 사방으로 흩어졌다.

혼란을 틈타 무니야가 도망쳤다. 나는 무니야의 뒤를 쫓았다. 가까운 지붕에 포탄이 떨어져 불꽃이 튀었다. 불길이 눈앞을 가로막았지만, 나는 아랑곳하지 않고 총을 쏘았다. 총알이 화염을 뚫고 무니야의 다리를 맞혔다. 무니야가 쓰러졌다. 나는 단숨에 화염을 뛰어넘었다.

무니야가 벽에 등을 대고 주저앉았다. 나는 무니야에게 다가가 말했다.

"네 사정은 모른다. 너의 혁명에 대해서도. 어쩌면 너는 대의를 위해 옳은 일들을 해온 사람이었는지도 모르지. 허나 네가 실패한 이유만큼은 분명히 알겠다. 샤하드 한 사람조차 받아들이지 못한 네가 변화하는 세상을 받아들일 리가 없지."

무니야가 고개를 들어 나를 노려보았다.

"너희는 성공할 거 같아? 하늘을 봐. 저 악마들은 이미 결정을 마쳤어. 너희는 오늘 끝장날 거야. 마취약에 취한 채 모조리 달로 보내질 거야. 흐, 이딴 소꿉장난이 성공할 리가 없지. 소외된 모두를 위해 다 같이 손을 잡자고? 헛소리. 모두가 세상의 주인이 될 순 없어. 노예 없이 어찌 왕이 존재할까."

"그리 믿는다면 너희는 또 실패하겠지."

나는 권총을 들어 무니야의 얼굴을 겨누었다.

"네가 혁명단 몰래 위험한 물건을 예카테린부르크에 들여왔다는 사실을 안다. 그게 무엇이지? 폭탄? 아니면 생화학 무기?"

"흐, 그 이상이지. 너는 상상도 못 할 힘. 이미 새로운 성전이 시작됐어. 이번에야말로 우리 동지들이 온 세상을 파괴할 힘을 얻을 거야. 여자들의 목소리가 결국 혁명을 완수할 것이다. 이번에야말로 달은 둘로 쪼개지고 너희 세상은 종말을 고할 것이다!"

"그만한 힘을 갖고도 세상을 파괴할 뿐이라면 대체 무슨 소용이란 말인가."

내 말에 무니야는 입꼬리를 비틀었다.

"바뀌지 않을 거라면 차라리 파괴되는 편이 나아."

"그래, 네 생각이 그렇다면."

나는 방아쇠를 당겼다.

무니야는 바뀌지 않을 터였다.

하늘은 여전히 엉망으로 혼란스러웠고, 염력에 붙들린 미사일들이 곳곳에서 폭발하고 있었다. 마치 폭죽 같았다.

전세가 기울고 있었다. 결국 혁명은 실패로 끝날 것이다. 하지만 아직 시간이 남아 있었다. 이 혼란이 끝나기 전에 무니야가 감춰둔 무기를 찾아낼 것이다. 그게 무엇인진 몰라도 무니야가 원하는 대로 흘러가게 두진 않을 것이다. 그것이 내 마지막 복수이자 사명이었다.

갑자기 구역질이 치밀었다. 나는 권총을 던져버리고 시원하게 토했다. 검붉은 핏물이 바닥에 한가득 쏟아졌다.

구토

결국 타반마저 바닥에 드러누웠다. 소피와 피터슨은 이미 정신을 잃었다. 유영은 무릎을 꿇은 채 겨우 의식을 붙잡고 있었지만, 억지로 버티고 있을 뿐 증세가 심각해 보였다.

"왜 너만 멀쩡한 거지?"

유영이 손등으로 입가를 닦으며 다리오에게 물었다. 벌써 네 번째 구토였다. 바닥에 고인 노란 액체는 토사물이라기보다 위액 그 자체였다. 아직도 토해낼 것이 남았다는 사실이 신기했다. 화경은 고개를 돌려 또 한 번 배 속에 든 것을 쏟아냈다.

"글쎄요. 미친 살인 로봇이라서?"

유영은 힘겹게 다리오 앞까지 걸음을 옮겼다.

"이유를 말해."

"인간은 실존의 부조리 앞에서 본능적으로 메스꺼움을 느끼는 법이죠."

유영이 다리오의 뺨을 때렸다.

"말해."

"혹시 여러분이 나눠 드신 비상식량이 상한 건 아닐까요?"

"아니. 너도 먹는 걸 봤어."

"누군가 독성 물질을 살포했을 가능성은요?"

"그랬다면 너도 같은 증세를 보였겠지. 머리는 전자칩이어도 몸은 사람이니까."

화경은 비틀거리며 다리오의 곁으로 다가갔다.

"다리오, 당신 짓인가요?"

"아닙니다."

유영이 다시 한번 뺨을 때렸다.

"거짓말."

다리오가 피가 섞인 침을 뱉어 냈다.

"제게 통증을 느끼는 기능은 없습니다. 고문은 도움이 되지 않아요. 제 뺨을 아무리 때려도 원하는 걸 얻어내긴 힘드실 겁니다. 애초에 제가 한 일이 아닙니다. 그런 능력은 보유하고 있지 않아요."

"그럼 누구 짓인데?"

다리오는 양 눈썹을 치켜올리며 모르겠다는 표정을 지었다.

"이렇게 하는 건 어떻겠습니까? 저를 풀어주시면 당신들을 돕겠습니다."

또 구역질이 올라왔다. 열이 끓어올라 얼굴이 터질 것 같았다. 어지럼 때문에 더는 서 있기가 힘들었다. 화경은 바닥에 주저앉아 몸을 뉘었다. 차가운 바닥에 뺨이 닿자 온몸에 오한이 일었다. 화경은 떨리는 몸을 양손으로 쓰다듬었다.

"신중히 판단하세요. 두 분은 곧 정신을 잃게 될 겁니다. 그렇게 되면 사태를 해결할 수 있는 존재는 저뿐입니다. 믿어주세요. 저 역시 생존을 바라고 있어요."

다리오가 화경을 향해 최대한 상냥한 미소를 지어 보였다.

"당신을 믿을 수 없어……."

"이해합니다. 텔레파스들은 마음을 읽지 못하는 상대를 만날 경우, 살의를 내뿜는 사람을 만났을 때보다도 10배 이상의 불안을 느낀다는 연구 결과가 있지요. 휴머노이드가 텔레파스를 설득할 확률은 통계적으로 1000분의 1정도입니다."

"제발 좀 닥쳐, 이 컴퓨터 새끼야."

유영이 다리오를 걷어차 넘어뜨렸다. 의자가 금속 바닥을 때리며 요란한 소리를 냈다. 화경의 눈앞에 다리오의 얼굴이 떨어졌다. 그는 여전히 웃고 있었다.

"화경 씨. 저 사람을 믿으면 안 돼요."

그가 아주 작게 속삭였다.

"저 사람은 조유영이 아니에요."

"뭐… 라고?"

"제 안에 저장된 자료에 따르면 조유영이라는 인물은 사망했어요."

132

　　　　　　　　　　　맞아. 조유영은 죽었어.
　　　　　　　　　　　이미 알고 있었잖아?

조유영은 죽었다.

구체적인 내용은 아무것도 떠오르지 않지만, 분명 그런 기억이 있다. 하지만 그게 진짜 기억이 맞는지 판단하기 어려웠다. 어쩌면 조작된 기억일 수도 있었다. 심지어 지금 이 순간이 현실인지 환각인지조차 불분명했다.

　　　　　　　　　　어려울 거 없어. 귀를 확인해보면 되잖아.
　　　　　　　　　　　　　저 긴 머리카락을 들춰서.

혼란스러워진 화경은 귀를 틀어막고 소리쳤다.

"닥쳐! 닥치라고!"

그 소리에 놀라 퍼뜩 정신을 차린 소피가 콜록거리며 눈을 떴다. 소피는 반쯤 혼을 빼놓은 얼굴로 몸을 일으켰다.

"Je ne veux pas mourir··· Antoine···."

텔레파스 능력이 더는 기능하지 못하는 듯, 통역되지 않은 프랑스어 억양이 귀를 자극했다. 소피는 힘겹게 의자에 걸터앉았다.

"L'eau··· eau···."

"화경아, 저 여자가 대체 뭐라고 하는 거야?"

유영이 목에 걸린 액체를 뱉어 내며 물었다.

"Eau는 물이라는 뜻이야."

"물?"

유영이 무언가 눈치챈 것 같았다.

"왜 그 생각을 못 했지? 그래. 물이 원인이었어."

유영이 몸을 일으켜 소피 쪽으로 다가갔다. 그러곤 멱살을 붙잡아 거칠게 끌어당겼다. 소피는 비틀거리며 몇 걸음 앞으로 나아가더니, 화경의 코앞에 무릎을 꿇고 주저앉았다.

"연결을 끊어, 화경아."

"뭐?"

"이 여자랑 텔레파시 연결을 끊으라고."

화경은 소피의 머릿속에 매듭지어진 심리적 실타래를 훑어보았다. 보이지 않는 실들은 이미 소피의 마음속 깊이 뿌리내려 엉망으로 엉켜 있었다. 온전히 하나로 연결되어버린 서로의 무의식을 도저히 끊어낼 방도가 없었다.

화경은 고개를 가로저었다.

"못 해. 이미 강하게 연결됐어. 아까 기억을 읽느라···."

"그래. 예전부터 그랬어. 너는 연결하는 건 잘해도 관계를 끊는 건 지독하게 서툴렀지."

유영이 한숨을 쉬며 소피의 등 뒤로 다가가 손을 뻗었다. 손에는 권총이 쥐어져 있었다. 유영의 미간에서 뻗어 나온 살의가 새빨간 선이 되어 소피의 심장을 화살처럼 관통했다. 그 궤적을 뒤따르듯 총구가 정확히 심장을 향했다.

"조유영. 지금 뭐 하는 거야? 뭐 하는 거냐고!"

"이게 유일한 해결책이야."

"안 돼! 제발 멈춰!"

화경은 필사적으로 소리쳤다. 하지만 유영은 멈추지 않았다. 손가락이 방아쇠에 걸리자 살의의 선이 한층 두꺼워졌다.

"미안해. 나는 널 살려야겠어. 이 여자를 죽여서라도."

익숙한 살의와 함께 총구가 불을 뿜었다.

소피의 가슴에 구멍이 뚫렸다.

소피 라예트

8월의 첫 번째 일요일. 그랑드 바캉스*의 시작. 모두가 남부로, 혹은 스페인과 이탈리아로 휴가를 떠났다. 별로 흥미롭지 않은 곳들이었다. 스위스도 지겨웠다. 좀 더 먼 곳으로 떠나고 싶었다. 동쪽으로. 아무도 나를 알아보지 못하는 곳으로. 그 남자가 쫓아오지 못할 곳으로.

* Grandes vacances. 7, 8월에 약 한 달간의 휴식을 갖는 프랑스의 여름휴가.

어디로 가든 상관없었다. 그저 이곳에서 멀어지기만 한다면. 가장 먼 곳까지 부탁해요. 그렇게 말하자 역 직원이 알아서 티켓을 끊어주었다. 나는 행선지를 확인하지도 않고 핸드백에 표를 구겨 넣었다.

승강장 벤치에 앉아 기차를 기다렸다. 멀리서 나팔 소리와 신나는 음악이 들려왔다. '우리가 여기 있다'라는 짧은 메시지가 담긴 텔레파시도 드문드문 마음에 닿았다. 파리 제3코뮌. 이름은 거창했지만 그저 데비안트들이 모여 떠들어대는 뻔한 퍼레이드일 뿐이었다. 매년 벌어지는 흔한 사건.

시시해.

나팔 소리가 점차 멀어졌다. 역 부근을 지나 서쪽으로 이동하는 모양이었다. 곧이어 승강장에 위고Ouigo 열차가 들어왔다. 그제야 나는 티켓을 꺼내 처음으로 행선지를 확인했다. 베이징. 마음에 들었다. 그 정도면 충분히 먼 곳이었다.

어제로부터 멀어지기에.

* * *

"지금 몇 시지?"

피에르가 자꾸만 손목을 흔들며 시계를 쳐다보았다. 자신의 비싼 시계를 알아봐주길 바라는 것처럼. 목에 차고 있는 스카프가 눈에 거슬렸다. 미려했지만 재킷과는 전혀 어울리지 않는 무늬였다. 그런 걸 하고 있으면 패셔너블한 사람처럼 보일 줄 아나 보지? 웃겼다. 자신이 매력적이라 믿으며 허우적대는 꼴이.

"식사 메뉴는 정했어?"

"저는 잘 몰라서요."

그럴 줄 알았다는 듯, 피에르는 멋대로 주문했다.

"퇴근한 뒤엔 뭐 해?"

"그냥 그때그때 달라요."

"요즘은?"

"폴 피트니스라는 걸 시작했어요."

"폴 피트니스?"

"회전하는 봉에 매달려 여러 가지 동작을 하는 거예요."

"아, 폴 댄스 말이야?"

"조금 달라요."

"재미있어?"

"그냥 그래요."

"그래. 취미를 갖는 건 좋은 일이지."

내 말을 듣고 있긴 한 걸까. 시계 좀 그만 흔들어댔으면.

"그나저나. 어휴, 오늘은 겨우 시간을 냈다니까. 다른 사람도 아니고 소피와 한 약속이니까 어떻게든 맞춰본 거라고."

거짓말.

피에르의 일정은 내가 가장 잘 알고 있다. 심지어 본인보다도. 이번 주 일정을 처음부터 끝까지 분 단위로 읊어줄 수도 있었다. 그는 국책 항공사의 중역이었고 나는 그의 젊고 예쁜 비서 중 하나였으니까.

끌려온 건 난데. 자기가 끌려온 것처럼 구는구나.

퇴근 직전, 휴대폰에 피에르의 문자 메시지가 도착했다. 식당 주소와 시간만 적혀 있는 문자를 노려보며 머리가 터지도록 고민해야 했다. 안 읽은 척할까? 아니면 업무 지시인 줄 알았다고

할까? 설마 식사 한번 거절한다고 문제가 될까? 문제가… 될까?
알 수 없었다. 모든 건 확률이었다.

그래. 모든 건 확률이었다. 내일 당장 병에 걸려 드러누울 수
도, 오늘 밤 길을 걷다 강도를 만날 수도 있었다. 피에르의 다음
멘트가 "당신 해고야"일 수도 있었다. 희박하지만 당장 하늘에
서 비행기가 떨어져 이곳을 쑥대밭으로 만들지 말란 법도 없었
다. 영원히 0으로 만들 수 없는 불안.

확률은 질색이다.

결국 나는 내 손으로 식당을 예약했다.

이런저런 생각을 하는 사이 음식이 도착했다. 접시가 내 앞에
놓이자마자 포크를 손에 들고 왼쪽부터 순서대로 입에 쑤셔 넣
었다. 원래는 꿈도 못 꿀 비싼 식당. 음식에선 아무 맛도 느껴지
지 않았다. 이런 곳을 예약하려면 돈이 얼마나 있어야 할까 생각
할 뿐이었다.

"휴가 동안 남부에 다녀오려고 해. 카시스 해변에."

그가 와인을 들이켜며 잠시 말을 멈추었다.

"가족들과 말야."

피에르는 끊임없이 가족 이야길 강조하며 알리바이를 꾸몄다.
이 식당을 예약한 건 너라고. 나를 이 자리에 부른 건 너라고.

"다정하시네요."

혐오스러웠다. 억지로 그의 비위를 맞춰주고 있는 자신이.

"소피에겐 충분한 재능이 있어. 회사도 곧 그걸 알아볼 거야.
약간의 도움과 운만 따른다면 말이지. 지금 많이 힘들다는 거 알
아. 소피처럼 젊은 여성에겐 아무래도 직장 생활이 많이 힘들고
외롭겠지."

과연 저 멘트를 몇 명의 여자에게 했을까.

실없는 생각을 하며 왼쪽에서부터 음식을 지워나갔다.

"나한테 뭐 바라는 거 없어?"

내가 대답하기도 전에 그는 짧게 손사래 치는 시늉을 했다.

"아아, 오해는 마. 상사로서 부하에게 묻는 거니까."

웃겼다. 그렇게 매너 있는 척 굴면 요트여행이라도 데려가달라고 할 줄 아나 보지? 선은 한참 전에 넘었으면서.

"저는⋯."

죽고 싶어. 하지만 자살은 조금 무서워. 그러니까 당신이 날 죽여줬으면 좋겠어.

"저는 내일부터 휴가예요."

* * *

베를린에서 하루를 보내고 새로운 고속열차로 모스크바에 도착했다. 여기서부턴 더 느리고 낡은 기차로 갈아타야 했다. 승무원에게 묻자 이곳에서 하루를 묵고 점심 즈음 출발하는 시베리아 횡단열차로 갈아타면 된다고 했다. 왜 야간열차를 끊지 않았느냐는 핀잔과 함께. 티켓을 끊을 때 설명을 좀 더 귀담아들을걸. 처음으로 조금 후회했다. 돌아올 때는 비행기를 타야겠다고 생각했다.

어쩔 수 없이 싸구려 호텔을 잡았다. 스프링이 삐걱거리는 낡은 침대가 거슬렸다. 하지만 기분은 나쁘지 않았다. 흐린 날의 공기 같은 무력감으로 채워진, 그 남자의 냄새가 밴 사무실에서 벗어나게 된 것만으로도 숨쉬기가 한층 편해진 것 같았다.

룸서비스로 주문한 맥주를 마시며 TV를 틀었다. 뉴스에선 파리의 퍼레이드 소식을 전하고 있었다. 모스크바에서조차도 파리 소식이라니. 개선문을 점거한 유명 커플이 카메라 앞에서 인터뷰를 진행하고 있었다. 장 폴 티베리와 엘리자벳 부아클레르. 파리 제3코뮌의 공동 조직위원장. 1차 텔레파스 전쟁의 참전용사. 전쟁 영웅. 1억 명의 소셜 팔로워를 거느린 톱 셀러브리티. 1세대 데비안트인 그들 부부는 이제 40대에 접어들었다. 한때 슈퍼 데비안트라 불리던 대단한 능력도 이제는 거의 쪼그라들었겠지.

"우리는 물건이 아닙니다. 우리는 자유로운 인간입니다. 정부는 데비안트의 권리를 제한하는 각종 법안과 행정 명령들을 즉시 폐기하십시오. 요구가 받아들여지지 않을 경우 우리는 무기한 파리를 점거할 것입니다. 만약 그것으로도 부족하다면 세상을 점거할 것입니다. Occupy Earth! Occupy World!"

티베리가 팻말을 흔들며 외쳤다. 뒤이어 부아클레르가 발언을 이어갔다.

"NPT-ND 협약을 해체하자는 것이 아닙니다. 저희의 요구는 간단합니다. 21세기의 아파르트헤이트인 데비안트 분리 정책을 폐기하고 새로운 차별금지법을 제정합시다. 국적, 성별, 나이, 피부색, 종교, 신체, 학력, 성적지향과 정체성… 이 모든 조건과 마찬가지로 데비안트를 차별하는 행위 또한 철저하게 금지되어야 합니다. 지난달 네덜란드에서 역사상 처음으로 데비안트 차별금지법이 국회를 통과했습니다. 이제는 프랑스가 변화할 차례입니다. 지금이야말로 정치가들이 나설 때입니다."

한가하긴. 나는 TV를 꺼버렸다.

스물일곱이 되도록 데비안트여서 불편했던 적은 한 번도 없었다. 대학을 졸업하고 직장을 얻는 동안 주위 누구도 내가 키넨시스라는 사실을 눈치채지 못했다. 나는 세상 모두와 적당한 거리를 두며 성공적으로 살아왔다.

현대식 고층 빌딩에서 우아하게 에스프레소를 마실 수 있는 직장. 퇴근길의 맛있는 식사와 차가운 맥주. 가끔 저지르는 사치와 한 달짜리 여름휴가. 이 정도면 충분한 행복 아닌가? 평범한 삶과 초능력은 양립할 수 없다. 지나친 욕심은 삶을 망치는 법이다.

나는 남은 맥주를 단숨에 삼키곤 일찍 잠에 들었다.

* * *

늦잠을 잤다. 허겁지겁 역까지 달려 겨우 기차에 오를 수 있었다. 페인트가 반쯤 벗겨진 낡은 러시아 기차가 덜컹거리며 선로 위를 달리기 시작하자 그제야 편히 숨을 쉴 수 있었다.

베이징에 도착하면 다음엔 어디로 가야 할까. 최종 목적지는 생각해보지 않았다. 중국이 될지, 한국이 될지, 혹은 비행기를 타고 일본으로 넘어가게 될지. 혹은 그 전부를 돌아보게 될지. 모아둔 돈은 충분했고, 휴가는 이제 시작이었다. 나는 또다시 객실 침대에 드러누웠다.

기차는 꼬박 30시간을 달려 예카테린부르크에 도착했다. 멍한 얼굴로 출발을 기다렸지만, 아무리 시간이 흘러도 기차는 출발하지 않았다. 차내엔 알 수 없는 러시아어 방송만 흘러나왔다.

얼마 후 승무원들이 내게 다가와 상황을 설명해주었다. 열차 운행이 중단되어 이 이상 나아갈 수 없다고 했다. 방금 전 데비안트 시위대가 역을 점거했다고. 지긋지긋했다. 여기서도 데비안트라니.

"모스크바로 되돌아가시겠어요?"

승무원이 내게 물었다. 당장은 돌아가고 싶지 않았다. 나는 이곳에 내리기로 결정했다.

승강장에 데비안트들이 잔뜩 모여 있었다. 나는 정체를 감춘 채 그들 사이를 묵묵히 걸어 빠져나왔다.

역사 내부에 설치된 TV에서 파리 퍼레이드에 대한 새로운 뉴스가 나오고 있었다. 지난밤 제3코뮌이 전경들과 충돌했다. 많은 사람들이 곤봉에 맞아 피를 흘렸고, 연막과 최루액을 잔뜩 들이마셨다. 흥분한 키넨시스 몇 명이 염력으로 전경들을 공격하자 정부는 그 즉시 기동대 투입과 고무탄 발포를 지시했다. 하지만 멍청한 경찰 일부가 실수로 실탄을 쏘는 바람에 사망자가 발생했고, 사태는 걷잡을 수 없이 악화되고 말았다. 경찰 기동대에 의해 제3코뮌이 강제 해산되기까지 수천 명의 사상자가 발생했다. 자세한 정황은 전해지지 않았지만 충돌 과정에서 장 폴과 엘리자벳이 총에 맞아 사망하는 사고가 있었던 모양이었다.

아마도 이들이 예카테린부르크를 점거하게 된 이유 또한 그 사건이 원인이리라. 하지만 생각했던 것만큼 격한 분위기는 아니었다. 솔직히 조금 어이없을 정도였다. 시위대는 광장에 모여 서로서로 손을 잡고 한심하게 노래나 부르고 있었다. 점거 시위라기보단 록 페스티벌 같았다. 절망과 투지는 어디서도 찾아볼 수 없었다. 희망과 웃음만 가득했다.

노래로 세상을 바꾸겠다니. 순진하기 짝이 없는 발상에 진저리가 났다. 진짜로 세상을 바꾸는 건 피에르 같은 사람들이었다. 아무리 욕하고 비웃어 본들 결국 그게 현실이었다. 비열하고 끈적하게 거대한 힘에 들러붙어 그 외의 모든 것을 빨아먹는 독벌레들의 세계. 힘이란 그런 식으로 누군가를 약탈해 쟁취하는 것이었다. 손잡고 노래를 부르다 보면 공평하게 주어지는 게 아니라.

명청이들. 이런 식이면 며칠 안에 흐지부지 끝나겠어. 나는 속으로 그렇게 생각했다. 시위가 끝나면 다시 열차 운행이 재개될 것이고, 며칠만 조용히 기다리면 다시 기차를 타고 멀리 나아갈 수 있을 터였다. 별것 아닌 해프닝에 불과했다.

나는 긍정적으로 생각하기로 했다. 여전히 남은 휴가는 충분했으니까.

시내버스를 타고 역에서 벗어났다. 시위대의 손이 뻗지 않은 외곽 지역에 숙소를 잡고 차분히 기다렸다. 아무것도 하지 않은 채 침대에 누워 맥주만 마셨다.

예상외로 점거는 길어졌다. 일주일이 흘러도 그들은 흩어지지 않았다. 오히려 참가 인원이 점점 늘고 있었다. 시위를 주도하는 '신화경'이라는 여자가 소셜 페이지에서 그렇게 유명하다나. 뉴스에서 말하기론 다들 그 조그만 한국인 여자를 보기 위해 이곳으로 모여들고 있다고 한다.

무료하게 베이징행 기차를 검색하던 나는 짜증을 터뜨렸다. 1년에 한 번뿐인 그랑드 바캉스를 이렇게 허무하게 날려버릴 줄은. 지금쯤은 베이징에 도착하고도 남았어야 했다. 빌어먹을 사무보조 인공지능의 잔소리가 없는 곳에서 한가한 휴양이나 즐기고 있었어야 했다. 아까운 휴가가 아이스크림처럼 녹아내리고 있었다.

그보다, 예카테린부르크에 머물렀다고 말하면 직장 동료들이 나를 뭐라고 생각할까. 혹시 내 정체를 의심하게 되는 것은 아닐까. 나는 불안해졌다.

결국 다시 짐을 싸서 역으로 향했다. 차라리 스위스든 이탈리아든 어디라도 다녀와야겠다고 생각했다. 하지만 열차는 한 대도 운행하지 않았다. 일주일 전과 달리 예카테린부르크역은 완전히 마비된 상태였다. 개똥 같은 키넨시스들이 술에 취해 선로를 모조리 망가뜨렸다는 사실도 뒤늦게 알게 되었다.

이름 모를 러시아 주정뱅이에게 '페르보우랄스크'라는 곳까지만 가면 열차를 탈 수 있다는 말을 들었다. 여기서 버스로 1시간 정도면 갈 수 있다고. 나는 차분히 역을 빠져나와 버스 정거장으로 향했다.

도시는 일주일 전과 전혀 다른 풍경으로 변해 있었다. 거리는 텅 비었고, 벽마다 스프레이로 낙서가 그려져 있었다. 모든 억압으로부터 우리를 해방하라. 억압을 억압하라. 소외된 모두를 위한 한 걸음. 우린 너희와 다르게 볼 뿐. 바람에 날리는 민들레와 네 가닥 실을 움켜쥔 주먹 그림도 곳곳에 눈에 띄었다. 나는 멍하니 낙서를 바라보며 정거장에 주저앉았다.

한 무리의 사람들이 내게 다가와 색실을 엮은 팔찌를 나눠주며 서명을 요청했다. 내용을 슬쩍 훑어보니 그저 시답잖은 선언문일 뿐이었다. 자신들이 결성한 소그룹은 지금까지와는 전혀 다르게 새로운 방식의 혁명을 추구하고 있다며 한참 동안이나 떠들어댔다. 내가 듣기엔 다 거기서 거기처럼 여겨졌다. 이야기를 들어주는 상대를 만나 기분이 좋아졌는지 그들은 내게 저녁 토론 모임에 참석하길 권했다. 나는 그들의 제안을 거절했다.

"오해가 있나 본데, 나는 데비안트가 아니에요."

그들은 끈질겼다.

"괜찮아요. 아시다시피 우리 혁명은 소외된 모두를 지향하니까요."

"소외된 누구요?"

"모두요."

"모두가 대체 누군데요?"

"우리 모두죠. 잘 아시면서."

잘 알긴 뭘 안다는 건지. 전혀 대화가 통하지 않았다. 나는 침착한 표정을 유지하며 거절 의사를 재차 밝혔다.

"관심 없어요."

그들이 실망한 표정으로 떠나갔다. 나는 가만히 버스를 기다렸다. 하지만 한참을 기다려도 버스는 오지 않았다. 석조 건물에 노을이 깔리는 모습을 바라보면서도 나는 그 자리에 꼼짝 않고 앉아 있었다. 이미 지쳐버린 상태였다. 걷고 싶어도 걸을 기운이 없었다.

하늘이 어둑해질 무렵, 주위가 점차 소란해지기 시작했다. 거리에 눈에 띄게 사람들이 늘어났다. 정체를 드러내진 않았지만 분위기로 보아 그들은 분명 시위대였다.

갑자기 트럭 한 대가 달려와 정지했다. 사방에서 사람들이 몰려와 짐칸에 실린 바리케이드를 내려 설치하기 시작했다. 점거 구역을 확장하려는 시도였다. 하지만 그들의 움직임을 이미 예상하고 있었다는 듯, 방패와 곤봉으로 무장한 군인들이 사방에서 파도처럼 몰려왔다. 시위대와 군대가 함성을 지르며 맞부딪쳤다.

싸움은 일방적이었다. 훈련된 군인들 앞에서 시위대는 너무도 무력했다. 절대 다수의 데비안트들은 일반인과 조금도 다를 바가 없었다. 능력이라고 해봐야 겨우 동전이나 들어 올릴 수 있을 뿐, 군인들에게 둘러싸인 데비안트 시위대는 바닥에 웅크린 채 강철 곤봉에 처참히 두드려 맞았다. 시위대는 찢어진 무릎을 부여잡고 비명을 질렀다. 곳곳에서 머리가 깨지고 피가 터졌다.

'난 저런 사람들이 이해가 안 된다니까. 이기지도 못할 거면서.'

언젠가 피에르가 그런 말을 했었다. 자신의 삶과는 조금도 상관없는 일이라는 듯, 그는 사무실 TV를 가리키며 참가자들을 비웃고 깔깔댔다. 그러면서 은근슬쩍 내 어깨에 손을 얹었다.

땀에 전 담배 냄새가 났었다.

화가 치밀었다. 나도 모르게 팔을 뻗고 말았다. 입고 있던 셔츠 소매가 키넨시스 능력의 반작용으로 찢어졌다. 손목에서부터 어깨까지 새겨진 타투가 드러났다. 종양을 도려낸 흉터를 감추기 위해 억지로 새긴 꽃들이.

나는 접힌 공간 사이에 격자처럼 촘촘하게 채워진 실들을 손가락 마디에 감아 재빨리 끌어당겼다. 그러자 수십 명의 군인들이 보이지 않는 힘에 휘감겨 하늘로 날아올랐다. 간단한 일이었다. 군인들을 허공에 인형처럼 매달아버린 다음에야 뒤늦게 후회가 몰려왔다. 당황한 나는 가져온 짐도 모두 내팽개치고 서둘러 자리를 옮겼다.

하지만 버스는 끊겼고, 어디로 가야 할지 알 수 없었다.

나는 가까운 골목에 몸을 숨겼다. 어디로 이어지는지도 모르는 구불구불한 길목을 달리다 등 뒤에서 끔찍한 소리를 들었다. 전동 프로펠러 소음이 내 뒤를 쫓고 있었다. 시위대의 얼굴을 채증하기 위한 라이브 캠 드론이 분명했다. 절대 고개를 돌리면 안 돼. 절대 얼굴이 찍히면 안 돼. 절대! 절대 안 돼!

프로펠러 소음이 점점 가까워졌다. 벗어날 수 없었다. 어떻게든 드론을 제압해야 했다. 하지만 보지도 않고 어떻게? 보이지도 않는 곳에서 움직이는 물체를 붙잡아야 하다니, 그런 건 한 번도 시도해본 적 없는 기교였다. 하지만 해야 했다. 기회는 한 번뿐이었다. 나는 떨리는 손으로 염력 스트링을 손가락에 걸고 휘둘렀다.

빗나갔다.

허무하게도 드론은 스트링을 피해 내 쪽으로 날아들었다. 나는 양손으로 얼굴을 가리며 질끈 눈을 감았다.

그 순간, 누군가 내 앞에 뛰어들었다. 플래시를 번쩍이며 카메라가 얼굴을 찍어댔지만, 그는 아랑곳하지 않고 손으로 드론을 붙잡아 바닥에 내던졌다. 그가 카메라를 짓밟아 부수며 내게 물었다.

"괜찮으세요?"

앳된 목소리에 앳된 얼굴. 왠지 피에르와 닮았다. 하지만 훨씬 젊고 활력이 넘쳤다. 한참 어린 남자애였다. 나보다도.

"안토니오예요."

그가 손을 내밀며 인사했다. 나는 얼떨결에 그의 손을 잡았다. 하지만 내 이름은 알려주지 않았다.

"예뻐요."

"네?"

"타투 말예요. 꽃잎의 번지기 기법이 섬세하네요. 발색도 좋고요. 실력 있는 사람이 그렸다는 걸 단번에 알겠어요."

"아……."

멀리서 총성이 울리기 시작했다. 사방이 번쩍이더니 곳곳에 연막이 터졌다. 머리 위로 새하얀 가루가 쏟아졌다. 겁에 질린 나는 바닥에 웅크린 채 멍청한 여자애처럼 소리를 질렀다. 어서 여기서 벗어나야 해. 도망쳐야 해. 하지만 대체 어디로?

"싫어! 왜 나한테만 이런 일이……."

안토니오가 천천히 나를 일으켰다.

"일어나요. 여기 있으면 위험해요. 역으로 돌아가면 안전할 거예요."

그가 손가락으로 방향을 알려주었다. 나는 감사 인사도 하지 못한 채 연기를 헤치며 그가 가리키는 방향으로 허겁지겁 달리기 시작했다. 뒤를 돌아보니 안토니오는 보이지 않았다. 아마 다른 사람들을 도우러 떠난 것이겠지. 나를 도운 것처럼. 잘은 모르지만 그런 남자일 듯싶었다.

나는 예카테린부르크역까지 쉬지 않고 달렸다. 역 안으로 들어가 아무 구석에나 몸을 구겨 넣고 외투로 머리를 덮었다. 사방에서 총성과 폭발이 끊이지 않았다. 상황을 알아보고 싶었지만 스마트폰이 사라지고 없었다. 대체 언제부터 그랬는지 외투 주머니에 커다란 구멍이 뚫려 있었다. 나는 질끈 눈을 감고 양손으로 귀를 막았다. 아무것도 느껴지지 않는 어둠 속에서, 어느샌가 나는 스르르 잠이 들어버렸다.

* * *

그 후로도 며칠간 역에 머물렀다. 밖은 여전히 혼란스러웠고, 크고 작은 충돌이 산발적으로 이어지고 있었다. 혼란을 뚫고 도시 외곽까지 도망칠 자신이 없었다. 제아무리 강력한 키넨시스라도 총알 한 방에 죽을 수 있다. 저 대단한 장 폴 티베리도 그리 허무하게 죽어버리지 않았던가. 나는 가만히 구석에 틀어박혀 아무것도 하지 않았다.

유일하게 몸을 움직이는 시간은 빵을 받을 때였다. 때때로 사람들이 물과 빵을 나눠주었다. 그럴 때면 말없이 줄 끝에 서서 빵을 받아먹었다. 머리는 떡이 지고 옷은 엉망으로 더러워졌어도 먹고는 살아야 했으니까.

조용히 배급을 기다리는데 누군가 손을 흔들며 내 쪽으로 달려왔다. 안토니오였다. 그가 가쁜 숨을 몰아쉬며 기쁜 표정으로 말했다.

"아직 역에 계셨네요. 다행이다."

나는 물끄러미 그의 얼굴만 바라보았다.

"당신을 찾아 며칠 동안 온 사방을 헤맸어요. 어디에도 보이질 않아서 혹시 꿈이었던 건 아닐까 걱정했어요. 그런데 이렇게 다시 만나다니, 오늘은 정말 예감이 좋은걸요."

"저를? 왜요?"

"혹시 잠깐 이야기할 수 있을까요? 빵은 걱정 마세요. 제가 따로 구해둔 게 있어요. 여기서 주는 것보다 더 맛있는 걸로요."

나는 망설였다. 그가 조용히 속삭였다.

"커피도 있어요."

우리는 복도 끝에 비어 있는 의자에 앉았다. 그가 싸구려 커피 캔을 건네며 대뜸 내게 물었다.

"혹시 만나는 사람이 있으신가요?"

"갑자기 그게 무슨……."

당황한 내 표정을 읽은 그가 서둘러 사과했다.

"미안해요. 제가 너무 성급했나요. 너무 궁금해서 그랬어요."

그가 뚫어져라 나를 쳐다보았다. 표정만 보아도 무슨 말을 하려는지 알 것 같았다. 이런 상황에 로맨스라니. 어리다고 해야할지, 철이 없다고 해야 할지. 생각할수록 어이가 없었다. 파리의 난봉꾼들도 이러진 않을 것이다. 귀찮아지기 전에 거절하고 자리를 떠야겠다는 생각이 들었다. 하지만 이상하게도 입이 떨어지지 않았다.

"혹시 결혼하셨나요?"

"그 질문은 좀 이르지 않나요? 아니면 원래 그쪽 나라 사람들은 이런 식으로 이성을 유혹하나요?"

"아뇨, 저는 그런 게 아니라…."

안토니오의 얼굴이 새빨개졌다. 이상한 남자.

"미안해요. 아까부터 자꾸 미안하다는 말만 하는군요. 멋진 모습을 보이고 싶었는데. 아무래도 전 형편없는 남자인가 봐요."

그가 고개를 푹 떨구었다. 착한 고양이처럼 다소곳이 무릎에 손을 모으고 있는 모습을 보고 있자니 도저히 웃음을 참기가 어려웠다. 참아. 지금은 절대 웃으면 안 돼. 비웃음도 안 돼. 웃는 모습을 보이면 저 남자는 분명 오해하고 말 거라고.

"안토니오. 나는 당신하고 아무것도 할 마음이 없어요. 당신이 어때서가 아니라 지금 우리가 처한 상황이… 아무튼 그래요. 그러니까 앞으로 귀찮게 굴지 말아요. 알겠나요?"

"… 알겠어요."

처참한 실패. 아마 원래라면 이것보다 잘할 사람이었다. 그런데 지금은 왜 이렇게 멍청하게 구는 걸까. 여자를 처음 상대해보는 것도 아닐 텐데. 괜스레 안타까웠다.

조금쯤은 기회를 줘도 괜찮겠지 싶었다. 구해준 은혜도 있으니.

"혹시 술은 없어요? 같이 술이나 한잔해요."

"아, 가져올게요. 좋은 게 있어요."

그가 후다닥 달려가더니 와인 잔과 보드카를 가져왔다. 와인 잔에 보드카라니. 나는 어이가 없어 결국 참았던 웃음을 터뜨리고 말았다.

"일단 자리를 옮길까요? 여기서 마시긴 그러니까."

나는 창고 건물 안쪽의 조금 으슥한 곳까지 그를 데려갔다. 언제든 염력으로 팔을 꺾어버릴 준비를 하고서. 우리는 구석에 주저앉아 보드카를 뜯었다.

새벽까지 술잔을 기울이며 우리는 금세 친해졌다. 친해지고 보니 안토니오는 꽤 괜찮은 남자였다. 쓸데없는 긴장이 풀리고 나니 멍청한 모습은 사라지고 잘생긴 얼굴만 보였다. 덤으로 내 팔에 그려진 타투의 예쁨도 이해할 줄 알았고. 남미 출신 특유의 거들먹거림도 찾아볼 수 없었다. 무엇보다 예의 바른 말투가 마음에 들었다.

안토니오는 과학자였다. 정확히는 과학자가 되고픈 학생이었다. 문학보다 수학을 좋아했고, 내가 제목조차 이해할 수 없는 어려운 물리학 책들을 끼고 살았다. 나는 그가 신난 표정으로 떠들어대는 말들의 절반도 알아들을 수 없었다.

물리학도로서 그의 주된 관심사는 '공간'이었다. 데비안트는 개개인마다 조금씩 다른 형태로 공간을 인식한다. 키넨시스인 내 눈에는 우주가 3차원보다 더 많은 차원들이 접혀 있는 형상으로 보인다. 내가 멀리 떨어진 물체에 염력을 행사할 수 있는 이유도 접힌 공간들을 축으로 삼아 지렛대처럼 활용하기 때문이다.

바로 그 고차원 공간 감각을 정확히 설명할 수 있는 공식과 이론을 완성하는 것이 자신의 목표라고, 안토니오는 반쯤 취한 얼굴로 몇 번이나 중얼거렸다. 수학은 만인의 공통 언어니까, 수학으로 표현할 수만 있다면 데비안트가 아닌 사람들도 우리가 바라보는 세계를 온전히 이해할 수 있으리라고.

우린 너희와 다르게 볼 뿐. 나는 거리에 휘갈겨진 낙서를 떠올렸다.

안타깝게도 안토니오는 자신의 연구를 완성하지 못했다. 데비안트라는 사실이 밝혀지자마자 학교는 그에게 자퇴를 권고했다. 교수들의 추천장은 무효가 되었고, 대학원 진학도 무산되었다. 연구실 취업 이야기도 어느샌가 조용히 자취를 감추었다. 어제까지 친구였던 이들이 하나둘 곁을 떠났다. 캠퍼스를 걷다 괴한들에게 발가벗겨진 채 몰매를 맞은 적도 있었다.

졸업 시즌이 되자 이유도 없이 그의 성적이 낮게 매겨지기 시작했다. 염력으로 부정행위를 저질렀다는 가짜 소문이 퍼졌다. 키넨시스의 공간 감각을 연구한 졸업 논문은 통과되지 못했다. 어느 교수에게선 물리학자가 데비안트 따위를 주제로 삼아선 안 된다는 경고마저 들었다. 그들에게 데비안트는 존재해선 안 되는 존재였다. 우리의 능력은 과학의 범주를 벗어난 마법일 뿐이었다.

좌절한 그는 비슷한 처지의 친구들을 모아 저항 운동을 조직했다. União Nacional dos Estudantes Divergente da Brasil. 브라질 데비안트 학생 연맹. 그들은 몇 년간 격렬히 교육 시스템과 학계에 맞서왔으나, 이렇다 할 성과를 내진 못했다.

예카테린부르크 점거가 시작되던 날. 모두가 손을 잡고 함께 노래를 부르던 바로 그 순간 안토니오는 확신했다. 세상을 바꿀 기회가 왔다고. 예카테린부르크로 가야 한다고. 안토니오는 동지들을 설득하기 시작했다. 그의 의견에 공감하는 10여 명의 점퍼들과 수십 명의 키넨시스가 지구 반대편에서 이곳까지 날아왔다. 국가 간 이동 제한 때문에 비행기를 탈 수 없어 텅 빈 바다 위를 수십 번 점프해 가로질러야 했다. 망망대해에서 오직 서로를 뗏목처럼 의지하며 몇 번이고 죽을 고비를 넘겼다. 힘겨운 과정이었지만 후회하지 않는다고, 그는 말했다.

알고 보니 안토니오는 꽤 멋진 사람이었다. 평생을 웅크리고 숨기만 한 나와는 비교도 되지 않을 정도로. 그런 남자가 왜 나를 그런 표정으로 바라보는지 이해할 수 없었다. 버거웠다. 그의 감정을 도무지 헤아리기 어려웠다.

"솔직히 말할게. 만나는 사람 있어. 유부남이고, 조금 위험한 관계지."

외로운 여자처럼 보이고 싶지 않아 거짓말을 했다.

"설마. 당신은 그럴 사람처럼 보이지 않는걸요."

"아니, 충분히 그럴 사람이야."

"그를 사랑하나요?"

"이건 그렇게 단순한 문제가 아냐."

"대답해줘요."

"응. 사랑해. 싫어하기도 하고."

"뭡니까 그게."

"너처럼 어린애는 이해 못 해."

"소피도 충분히 어려요. 젊고 아름다워요."

나는 피식 웃고 말았다.

"너무 그렇게 애쓰지 마. 오히려 서툴러 보이니까."

"제가 애처롭게 느껴지나요? 아니면 당신 마음을 사로잡으려고 가식이라도 떠는 것처럼 보이나요?"

맑은 갈색 눈동자가 불안하게 흔들렸다. 알 것 같았다. 그는 외로움으로 가득 찬 고양이였다. 잔뜩 털을 세우며 무리하고 있지만 정작 선을 넘어 다가오진 못하는. 나는 하마터면 그의 목덜미를 쓰다듬을 뻔했다.

"미안해. 너는 너무 어려."

"어리지 않아요."

"인기도 많을 거 같고."

"그게 왜 문제가 되나요?"

"난 모두에게 사랑받는 사람은 싫어. 모두를 사랑하는 사람도."

"고독한 것보단 낫잖아요."

"바로 그게 문제라는 거야. 나는 고독을 얼마큼은 바라는 여자고. 너는 그런 날 영원히 이해하지 못할 테니까."

내 대답에 그는 당장이라도 울음을 터뜨릴 것만 같았다.

"안토니오!"

누군가 다급히 그를 호출했다. 안토니오는 금세 원래의 낙천적인 표정으로 돌아왔다. 역시 그에겐 이런 표정이 어울렸다.

"네! 여기 있어요."

안토니오의 동료가 목소리를 듣고 다가왔다.

"한참 찾았잖아."

"무슨 일이죠?"

"7블록에서 큰 싸움이 붙었어. 우리 도움이 필요하대. 빨리 출발해야 해."

"알겠어요!"

그가 서둘러 몸을 일으켰다. 불안했다. 나는 내가 그러는 줄도 모르고 안토니오의 손목을 붙잡고 말았다. 그가 놀란 눈으로 내

쪽을 돌아보았다.

"안토니오."

"네?"

"조심해."

"… 네."

그가 꽃처럼 웃었다. 그리고 이내 진지해진 표정으로 고개를 끄덕이곤 떠났다. 결국 가는군. 이렇게 붙잡는데도. 너도 똑같아. 똑같이 시시한 남자야. 나는 속으로 투덜거렸다. 하지만 한편으로 조금은…

설렜는지도.

주체할 수 없이 술에 취해버린 나는 기지개를 켜며 바닥에 드러누웠다. 사방에서 총성과 폭발음이 들려왔지만 나와는 아무 상관없는 일이었다.

잠결에도 나는 안토니오의 얼굴을 떠올렸다. 만약 그가 다시 역으로 돌아온다면, 다시 돌아와 이번에도 나를 찾아준다면, 그때도 지금과 똑같은 표정을 짓고 있다면. 그때는 키스를 해줘도 괜찮지 싶었다.

* * *

역에서 오래 지내며 알게 된 사실이 몇 가지 있다. 첫째로 안토니오는 나와 같은 키넨시스였다. 개미 한 마리 짓누르지 못할 만큼 약하지만. 그의 진짜 재능은 다른 곳에 있었다. 그는 타고난 리더였다. 가만히 있어도 알아서 사람들이 모여드는, 나비에게 사랑받는 꽃과 같은 존재. 피에르와 닮았다고 생각한 건 그래서였으리라.

안토니오가 이끄는 키넨시스 그룹은 혁명단의 여러 소그룹 중에서도 꽤 영향력 있는 집단이었다. '사노佐野'라는 일본인의 그룹에 비하면야 어린애 장난이었지만, 그래도 순위를 놓고 보자면 세 손가락 안에 들 정도의 무력을 자랑하고 있었다. 게다가 안토니오는 지도자로서 꽤 인정받고 있는 모양이었다. 키넨시스 그룹은 혁명단이 보유한 유일한 군대이자 무기였다. 안토니오는 매번 위험한 전장에 뛰어들어 가장 앞에서 사람들을 지켜야 했다. 돌멩이 하나 들어 올리지 못할 정도로 약한 주제에.

둘째로 안토니오와 나는 사용하는 언어가 달랐다. 나는 그가 프랑스어를 하고 있다고 생각했는데, 알고 보니 그렇지가 않았다. 그는 브라질 사람이었고, 남미식 포르투갈어를 쓰고 있었다. 그런데도 우리는 서로 말이 통했다. 슈퍼 데비안트급 텔레파스인 신화경의 특별한 재능이라고 했다. 덕분에 예카테린부르크역 인근에선 누구나 자유롭게 대화가 가능했다. 만약 점거가 끝나고 이곳을 떠나게 되는 날이 온다면, 그때도 우리가 지금처럼 지낼 수 있을까? 조금 궁금해졌다.

덤으로, 이곳에 모인 데비안트들이 서로 손을 잡을 경우 가끔 특별한 일이 벌어졌다. 같은 능력을 지닌 이들이 손을 잡으면 그 능력이 합쳐져 몇 배로 강해졌고, 다른 능력을 지닌 이들이 손을 잡으면 서로의 능력이 뒤섞여 독특한 현상을 일으켰다. 요컨대 점퍼와 키넨시스가 손을 잡을 경우 아주 먼 곳까지 염력을 뻗을 수 있었다. 혁명단은 이러한 현상을 이용해 효과적으로 역 주위를 수비할 수 있었다. 하지만 어째서 이런 현상이 가능한지는 누구도 명확히 설명하지 못했다. 이 또한 신화경의 텔레파스 능력 덕분이 아닐까 조심스레 추측할 뿐이었다.

역에 모인 사람들은 이곳에서의 활동을 단순한 집회나 시위가 아닌 혁명이라 말하길 좋아했다. 그리고 매번 스스로를 민들레에 비유했다. 잘은 모르지만 이것도 신화경의 말에서 비롯되었다고 들었다. 어디서나 꿋꿋이 자라는 민들레가 소외된 모두를 상징한다나. 그 신비로운 동양 여자는 데비안트뿐 아니라 소외된 모두를 위한 혁명을 꿈꾼다는 모양이었다. 척 보기에도 말이 되지 않는 소리였다. 인간은 누구나 조금씩 소외된 존재 아닌가? 전 세계를 위해 전 세계와 맞서 싸우자는 모순. 실제로 그 여자는 구체적인 방법론은 아무것도 제시하지 않았다. 이곳에서 벌어지는 사태는 혁명이라는 이름의 거창한 사기극에 불과했다. 그럼에도 예카테린부르크엔 점점 많은 사람들이 모여들고 있었다. 이제는 10만 인파가 광장에 모여 매일 밤 지긋지긋한 노래를 불러 대는 지경이었다.

나는 그들 모두와 거리를 두었다. 애당초 혁명 같은 것은 나와 어울리는 단어가 아니었다. 키넨시스라는 사실을 밝히고 싶은 생각도 없었다.

어느새 시간이 흘러 9월이 되었다. 그랑드 바캉스가 끝나버렸지만 여전히 역은 폐쇄된 상태 그대로였다. 회사 사람들은 뭐라고 수군거릴까. 피에르 그 남자는 날 어떻게 생각할까. 이제 와 그런 게 다 무슨 소용일까 싶었다. 혁명이 끝난다 해도 파리로는 돌아가고 싶지 않았다.

나는 매일 밤 술에 취해 안토니오와 입을 맞췄다. 나뿐만 아니라 많은 이들이 짝과 함께 밤을 보내고 있었다. 그 비좁은 곳에서도 사람들은 잘도 숨어들어 섹스를 했다. 그리하지 않고는 도무지 잠들 수가 없었으니까.

　나는 안토니오의 목에 팔을 두르며 속삭였다.

　"키스해줘. 타오를 듯한 키스를. 세상에 종말이 온다 해도 멈추지 않을."

　10월이 되어도 혁명은 계속되었다. 80일 가까이 이어진 사투에 모두가 지쳐가고 있었다. 날카로워진 사람들 사이에서 사소한 다툼이 끊이지 않았다. 신화경이 뭔가 큰 사고를 쳤다는 모양이었다. 관심 없었다. 내 관심은 오직 안토니오에게만 쏠려 있었다. 그러나 안토니오와 만나는 일은 점점 줄어들었다. 그는 바빴다.

　몇 달간 이어진 논쟁에도 그룹 간 이견이 좁혀지지 않아 조만간 혁명단이 몇 조각으로 쪼개질지 모른다는 소문이 들려왔다. 괴상한 선거도 치르는 모양이었다. 내가 보기에 예카테린부르크엔 필요 이상으로 많은 사람이 모여 있었다. 게다가 그들 모두가 각자 조금씩 다른 꿈을 꾸고 있었다. 우린 너희와 다르게 볼 뿐. 그 말처럼 모두가 다른 방식으로 혁명을 바라보고 있었다. 서서히 분열해가는 모양새를 보아하니 사태가 끝나기까지 그리 오래 걸리진 않을 듯했다. 오랜 고립에 지쳐버린 사람들은 술과 정신마약에 취해 널브러져 있었고, 통솔 체계가 무너져 경계 근무도 제대로 서지 않았다.

　망연히 안토니오를 기다리던 어느 밤, 문득 겁이 났다. 결국이 모든 일들이 끝을 맞이하게 될 거란 사실이 사무치게 두려워졌다. 갑자기 이곳을 떠나야겠다는 생각을 했다. 뱃속에 차오른 불쾌감을 견딜 수가 없었다. 결심을 마치자마자 나는 담요를 몸에 두르고 건물 밖으로 빠져나왔다. 안토니오에게 인사도 하지 않았다. 그의 얼굴을 마주할 자신이 없었다. 어디 있는지도 알지 못했고.

광장에는 언제나처럼 사람들이 잔뜩 모여 있었다. 아랍에미리트에서 왔다는 보이안트가 막 연설을 시작하려는 참이었다. 사람들이 '타반!' '타반!' 하고 그의 이름을 연호했다. 시끄러웠다. 나는 귀를 막고 서둘러 광장을 빠져나왔다.

대로를 따라 한참 내려가자 피의 성당이 보이기 시작했다. 혁명단과 러시아군이 합의한 점거 영역의 남쪽 경계였다. 볼셰비키 혁명으로 쫓겨난 마지막 황제 니콜라이 2세가 처형당한 장소. 혁명의 마지막은 피로 물들 수밖에 없는 것일까. 누군가의 생명을 불사르지 않고는 세상을 바꿀 수 없는 것일까. 어울리지 않는 감상에 빠진 채 나는 경계를 넘었다.

노란 경계선이 그어져 있어야 할 바닥이 낙서로 가득했다.

혁민이들이 장 폴 티베리의 시대정신을 독식했다!
혁명은 그들만의 것이 아니다!

그런데 이상했다. 사방이 지나치게 고요했다. 우리가 빠져나가지 못하게 지키고 있어야 할 군인들이 오늘따라 하나도 보이지 않았다. 나는 직감했다.

오늘이야. 오늘 밤 공격이 시작되는 거야.

갑자기 사방이 대낮처럼 밝아졌다. 최후의 공격이 시작된 게 분명했다. 하늘에서 무인 로봇들이 비처럼 쏟아지는 광경이 내 눈에도 훤히 보였다. 서로 헐뜯기 바쁜 혁명단이 제대로 맞서기나 할지 의문이었다.

공격은 확연히 역 쪽으로 집중되고 있었다. 안토니오가 분명

저 안에 있을 텐데. 아니, 생각하지 말자. 이럴 거라 예상해서 떠나기로 결심했던 거잖아. 나는….

다시 역을 향해 달렸다. 사방으로 종횡무진 점프하며 살인 로봇을 배치하는 점퍼가 보였다. 로봇들이 곳곳에서 사정없이 소총을 난사했다. 나는 염력 스트링으로 로봇들을 제압하며 혼신을 다해 달렸다.

어느새 광장이 보이기 시작했다. 텅 빈 광장 가운데에 서서 안토니오의 흔적을 찾아보려 했다. 하지만 어디서도 그를 찾을 수가 없었다.

살인 로봇의 배치를 마친 점퍼가 이번엔 전차 하나를 가져와 역 지붕에 던져놓았다. 나는 최선을 다해 전차를 붙잡고 포신을 찌그러뜨렸다. 광장 쪽으로 밀쳐낸 전차가 우랄 의용 전차대대 동상 위로 굴러떨어졌다. 정말로 내가 해낸 것인지, 아니면 어딘가에서 또 다른 키넨시스들이 함께 막아내고 있는 것인지 알 수 없었다. 나는 내 힘의 한계를 측정해본 적이 없었다.

당황한 점퍼는 모습을 감추었다가, 이번엔 10여 발의 미사일을 양팔에 끼고 나타났다. 하늘 높은 곳에서 미사일의 비가 쏟아졌다. 나는 거의 무아지경에 빠진 채로 모든 미사일에 염력 스트링을 걸었다. 이번에도 모든 미사일이 허공에 멈춰 섰다.

우습게도 그 순간 나는 실없는 상상을 했다. 가늘고 호리호리한 미사일들이 마치 내 직장 상사의 가랑이에 달린 물건 같다고. 전부 뚝 분질러버리고 싶다고.

꾸욱 힘을 주자 미사일 하나가 반으로 꺾이며 머리 위에서 폭발했다. 사방에 불티가 튀었다. 내 소매에도 불이 붙었다. 뜨겁지만 참아야 했다. 지금 능력을 거두었다간 미사일이 역에 떨어질

지도 모를 일이었다. 나는 고통에 비명을 질렀다. 문신이 새겨진 피부가 불타 일그러졌다. 미사일이 사방에서 터지며 하늘을 불꽃놀이처럼 수놓았다.

점퍼가 또다시 사라졌다가, 이번엔 더 커다란 쇳덩어리와 함께 나타났다. 그것이 에어버스 여객기라는 것을 깨닫기까지는 오랜 시간이 걸리지 않았다. 에어프랑스 로고가 새겨진 거대한 피에르의 페니스가 역을 향해 추락하고 있었다.

나는 온 힘을 다해 비행기를 붙잡았다. 나뿐만 아니라 예카테린부르크의 모든 키넨시스가 비행기를 밀어내고 있으리라 짐작했다. 그 아래 머무르고 있을 수많은 사람들의 얼굴이 떠올랐다. 그리고 안토니오도.

제트 엔진이 굉음을 내며 회전하기 시작했다. 여객기가 가속하며 한층 빠르게 아래로 가라앉았다. 막아야 했다. 더 강한 염력이 필요했다.

씹할Niquer.

나는 여객기의 머리와 꼬리에 염력 스트링을 몇 겹으로 감아 매듭지었다. 그리고 접힌 공간 대신 나 자신의 팔을 도르래의 축으로 삼아 온 힘을 다해 비틀었다. 여객기가 짓밟힌 통조림처럼 찌그러지며 몇 조각으로 나뉘어 찢어졌다. 동시에 나의 오른팔 또한 똑같이 비틀려 산산이 부서졌다. 한계 이상의 능력을 사용한 탓이었다.

막아냈어. 나의 꽃. 나의 앙투안.

어느새 나의 입가엔 뒤틀린 미소가 떠올라 있었다. 망가져버린 오른팔을 움켜쥐고 역 쪽으로 다가갔다. 울컥 흩뿌려진 희멀건 항공연료가 사방을 끈적하게 적시며 주위를 불지옥으로 만들기 시작했다. 비행기 날개 한쪽이 역 지붕에 박혀 역사 내부에까지 화염을 들이붓고 있었다. 서둘러야 했다.

하지만 그 순간,

등 뒤에서 날아온 탄환이 내 배를 꿰뚫었다.

변이체 사망 시 통제 불능 현상

소피의 심장이 뚫리며 튄 피가 뺨을 적셨다. 화경은 최선을 다해 텔레파시 감각을 틀어막았지만, 그럼에도 부정한 감정이 마음속 깊은 곳까지 파고들었다. 마치 닫힌 눈꺼풀 틈새를 비집고 들어오는 햇살처럼. 익사할 것처럼 숨이 막혔다. 온몸이 발작을 일으키며 스프링처럼 튀어올랐다. 화경은 소리 없는 비명을 질렀다.

항상 누군가와 연결된 채 살아가는 텔레파스에게 고독은 무엇보다 괴로운 고통이었다. 가장 깊고 농밀한 고독의 단계인 죽음의 감각이 내면을 덮치자 의지와 감정이 송두리째 비틀려 부서져버렸다. 화경의 의식은 오감으로부터 동떨어진 채 홀로 끝 모를 심연 속으로 추락해갔다.

누군가 온몸을 꽈악 끌어안고 머리를 쓰다듬는 것이 느껴졌다. 짧은 머리칼을 다급히 헤집는 손가락이 애처로웠다. 그러나 위로의 감각은 아주 먼 곳에 있었다. 영혼이 몸으로부터 한참 벗어나기라도 한 것처럼. 미안해. 나도 이렇게 될 줄은… 속삭임인지 텔레파시인지 모를 목소리가 들렸다. 덕분에 겨우 숨을 쉴 수 있었다. 터지는 날숨과 함께 왈칵 눈물이 쏟아졌다.

거친 숨을 몰아쉬며 부들거리는 몸을 유영이 꽈악 감싸 안았다. 방금 사람을 죽인 살인자의 소름 끼치는 손길. 하지만 부드러웠다. 비참하게도 유영의 따뜻한 품을 뿌리칠 수 없었다. 증오와 원망을 내려놓을 정도로 외로움은 두렵고 강력했다.

안정을 되찾을 즈음엔 모두가 깨어나 화경을 내려다보고 있었다. 화경은 유영의 무릎을 베고 누워 사람들을 올려다보았다. 타반이 물었다.

"화경 씨, 괜찮으시오?"

"괜찮… 아요. 아마도."

천천히 몸을 일으켜 앉았다. 쓰러진 소피의 시신이 그대로 방치되어 있었다. 분노한 화경은 유영의 뺨을 때렸다.

"너 대체 누구야? 내가 아는 조유영은 이런 짓 안 해."

"네가 아는 조유영?"

유영은 표정 하나 바꾸지 않고 화경을 노려보았다.

"네가 조유영에 대해 뭘 아는데? 조유영이 예카테린부르크에서 무슨 일을 겪었는지 기억하지도 못하면서."

"거기서 무슨 일이 있었는지 너는 기억한다는 거야?"

유영은 대답하지 않았다.

"저 여자는 우주 부적응자였어. 남의 소변을 정수해서 마신다는 사실을 받아들이지 못한 거지. 우린 모두 소피와 텔레파시로 연결된 상태였어. 구역질이 전염된 거야. 하필이면 공명현상까지 일어났어. 스피커에 마이크를 갖다댔을 때처럼 말이야."

"그래서?"

"이미 한참 늦은 뒤였어. 연결을 차단하려고 해도 끊어지지 않앉잖아. 둘이 너무 깊게 얽혀버려서 한쪽을 죽이는 수밖에 없었단 말이야. 둘 중 하나를 선택해야 한다면 나는 몇 번이고 저 여잘 쏠 거야. 만약 문제의 원인이 나라면 기꺼이 내 머릴 쏠 거고."

"그래도 소피를 죽일 것까진…."

차라리 날 죽였어야지.

차마 그 말까지는 입에 올리지 못했다. 친구를 자신의 손으로 죽이는 경험을, 그런 기억을 평생 안고 살았어야 했다고 비난할 수는 없는 노릇이었다. 유영이 저지른 행동은 옳지 않았다. 하지만 그건 유영의 죄가 아니었다. 힘을 통제하지 못한 자신의 책임이었다. 화경은 자신에게 모든 비난의 화살을 돌림으로써 상황을 마무리했다. 유영을 비난하는 대신 스스로를 미워하기로 마음먹었다. 언제나처럼.

"그게 아니오."

벽에 몸을 기댄 타반이 반박하듯 말했다.

"소피는 이미 온몸이 망가진 상태였소. 오른팔은 뼈가 으스러졌고, 배에는 총알이 박힌 상태였소. 경과로 보아 아주 오래전에 생긴 상처요. 소장에 염증이 생겨 배 속에서 곪아가고 있었소. 속이 좋지 않았던 건 그 때문이오."

"이유야 뭐가 됐든."

"고백하자면 본인 역시 구역질을 참고 있었소. 지금도 몸이 별로 좋지 못하오. 전부 본인의 잘못이오. 처음부터 이 사실을 밝혔어야…."

"아뇨. 제 잘못이에요. 그러니까 제발 이제 그만해요."

화경은 대화를 잘랐다.

"그런데 말입니다."

갑자기 다리오가 끼어들었다.

"데비안트들은 죽음을 맞이할 때 가끔 기적을 일으킨다지요?"

그가 의자에 묶인 채 눈동자로 소피의 시신을 가리켰다. 모두의 시선이 소피를 향했다. 시신의 발끝에서부터 시작된 자연발화로 연기가 피어오르고 있었다.

"이런 미친…."

유영이 다급히 화경을 일으켰다.

소피의 시신이 서서히 허공으로 떠올랐다. 최후의 노래. 죽음을 매개로 소피의 키넨시스 능력이 증폭되고 있었다. 폭주한 염력이 주위 공간을 빠르게 잠식해갔다. 선체가 통째로 비틀려 찌그러지며 김 새는 맥주 캔 같은 소리를 냈다. 스테인리스 외벽 곳곳에 틈이 벌어져 공기가 유출되고 있었다. **선체 손상. 선체 손상.** 경고음이 울리며 액정이 번쩍였다. 방 안에 적색 비상 조명이 켜졌다.

"피해야 합니다!"

피터슨이 외쳤다. 타반이 옆방을 가리키며 대피를 유도했다. 모두가 황급히 헬멧을 챙겨 달리기 시작했다. 유영이 화경의 손목을 끌어당겼다. 화경은 붙잡힌 손목을 빼내며 다리오를 가리켰다.

"저 사람도 데려가!"

"저건 사람이 아니야."

"미사일 발사코드 필요한 거 아니었어?"

화경은 다리오의 몸을 의자째 질질 끌기 시작했다. 의자 다리가 바닥을 긁으며 기분 나쁜 소리를 냈다. 유영도 어쩔 수 없이 화경을 도왔다.

"아이고, 그저 감사할 따름이군요."

다리오가 한껏 여유를 부리며 느긋하게 중얼댔다. 셋이 함께 출입문을 통과하자마자 타반이 황급히 출입문을 닫았다. 닫힌 문 너머로 선체가 꽈드득거리며 통째 찢겨 나가는 소리가 들렸다.

"폭주는 끝났지만 우주선이 거의 두 동강 났소. 벽 너머는 이제 진공이오. 지금 문을 열었다간 모두 죽을 거요."

보이언트 능력으로 벽 너머를 확인한 타반이 말했다.

"와. 이제 어떡하죠?"

다리오가 태평한 표정으로 질문을 던졌다. 그러자 모두가 약속이라도 한 듯 화경을 바라보았다. 화경은 판단을 망설였다. 결국 타반이 먼저 입을 열었다.

"화경 씨, 우선은 여길 벗어나 안전한 곳으로⋯ 오, 알라여 حسبي الله."

그가 갑자기 고개를 들어 하늘을 보았다.

"위치가 노출됐소. 빨리 피해야 하오."

어리둥절해하는 사람들을 향해 그가 다시 한번 소리쳤다.

"피하시오!"

아주 작게 지잉, 하는 잡음이 들렸다. 처음엔 무슨 일이 일어났는지 아무도 이해하지 못했다. 잠시 후, 다리오의 오른쪽 어깨부터 왼쪽 옆구리까지 가느다란 선이 그어지더니 붉은 피가 배어 나왔다. 케이크 조각처럼 비스듬하게 잘려나간 상체가 주르륵 미끄러졌다. 그제야 사태를 파악한 사람들은 어디로 피해야 할지도 모른 채 사방으로 몸을 날렸다.

수십 발의 레일건 탄환이 속삭이듯 선체로 쏟아졌다. 적들이 선실 중앙을 집중적으로 노리고 있다는 사실을 파악한 타반이 사람들을 가장자리 쪽으로 피신시켰다. 바닥에 방치된 다리오의 몸에 몇 발인가 탄환이 박혔다. 부스러진 케이크처럼 조각난 신체 주위로 새빨간 피가 원을 그리며 번져 나갔다.

잠시 후, 공격이 잦아들었다. 동시에 묵직한 충격이 천장을 때렸다. 곳곳에서 플라즈마 토치의 푸른 불꽃이 외벽을 뚫고 크게 원을 그리기 시작했다.

"강습 포트요! 구멍이 뚫리면 병사들이 쏟아져 들어올 거요!"

타반이 소리쳤다. 그 소리를 들은 피터슨 준위가 주변에 널브러진 헬멧들을 다시 주워 사람들에게 내밀었다.

"모두 헬멧을 착용하십시오. 점프하겠습니다."

"다 함께요?"

헬멧을 뒤집어쓰며 화경이 물었다. 피터슨도 헬멧을 쓰며 담담히 말했다.

"특기는 아니지만."

사람들은 쓰러진 다리오 주위에 모여 우주복에 산소를 채웠다. 몸에 타이트하게 달라붙어 있던 우주복이 곰 모양 젤리처럼 부풀어 올랐다. 피터슨을 중심으로 둥글게 서서 모두 함께 손을 잡았다. 아직 심장이 멎지 않은 다리오의 상체가 발아래에서 피를 토하며 꿀럭거리고 있었지만 사람들은 애써 그를 무시하려 했다. 화경이 그의 손을 잡아주려 하자 피터슨이 제지했다.

<움직이지 마십시오. 균열을 포착하기 어려워집니다.>

<하지만⋯>

<이미 죽은 목숨입니다.>

화경은 어쩔 수 없이 고개를 끄덕였다. 피터슨이 눈을 감고 집중하기 시작했다. 주위 공간이 일그러지는 것을 피부를 통해 느

낄 수 있었다. 균열이 점차 범위를 넓혀가고 있었다. 정확히 다섯만 감쌀 수 있을 만한 크기로.

텅, 소리와 함께 천장 곳곳이 원반 모양으로 잘려 바닥에 떨어졌다. 뚫린 구멍에서 튀어나온 총구가 불을 뿜었다. 빗나간 총알이 벽과 바닥을 때렸다.

조개가 입을 다물듯 균열이 주위 공간을 둥글게 감싸기 시작했다.

— 점퍼가 있다!

고개를 내민 병사가 급하게 소리쳤다. 타반과 손을 잡은 덕분인지 병사들의 생각이 훤히 들여다보였다. 어지러이 흔들리는 살의의 선들이 점차 거리를 좁혀오고 있었다. 그들 중 하나가 수류탄을 뽑아 들었다. 살의가 곡선을 그리며 정확히 피터슨의 발치를 향했다. 손을 떠난 수류탄에서 안전 손잡이가 튕겨 나가는 모습이 보였다.

— 점프를 막아!

병사 하나가 소리치며 방아쇠를 당겼다. 탄환이 피터슨의 가슴에 박혔다. 그가 소리쳤다.

<점프합니다!>

다음 순간, 균열이 접히며 그들은 완전히 새로운 장소에 서 있었다. 우주선 바깥, 황량한 회색 달의 표면이었다. 피터슨이 무릎을 꿇고 쓰러졌다. 가슴에 뚫린 구멍으로 얼어붙은 핏가루가 분수처럼 뿜어져 나왔다. 화경이 황급히 그의 상처를 양손으로 눌렀다. 하지만 유출되는 공기를 막을 수가 없었다.

<화경 씨!>

타반이 소리쳤다. 화경은 아래를 보았다. 발치에 수류탄 하나

가 굴러다니고 있었다. 점프할 때 함께 따라온 것 같았다. 미처
반응할 새도 없이 타반이 몸을 던져 화경을 감쌌다. 그리고,

 소리 없는 섬광이 온몸을 후려갈겼다.

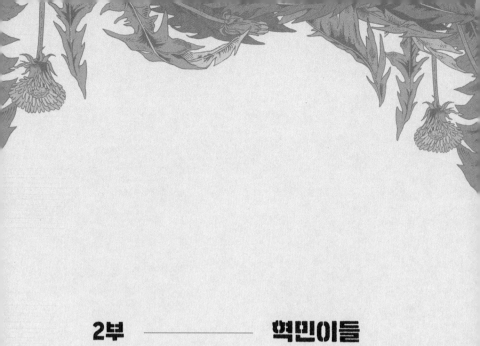

2부 ——————— 혁민이들

혁민이들

혁명하는 민들레 혁민이들. 소외된 모두를 위한 한 걸음

구독자 12.7억 명

파리 퍼레이드 1화 | 쥣도 모르는 바보들 겁도 없이 서울에서 파리까지?

조회수 2,875,352,128회 / 2036. 7. 23.

👍 1.6억 👎 6734만

열차 출발 D-7일

연남동 모처에 모인 다섯 바보들

제일 먼저 도착한 건

이번에도 역시나 까(여우, 19)

까:　(두리번) 아직 아무도 안 왔어?

PD:　(끄덕) (끄덕)

까:　….

PD:　….

까:　(한숨) 하여튼 항상 이렇다니까.

간발의 차이로

나미(다람쥐, 23) 도착

나미:　[양뇽!] 혁명하는 민들레 혁민이들이라구요! 👋

까:　아, 뭐야? 그런 이상한 거 하지 마. (질색)

나미:　왜왜왜? 오프닝 멘트 필요하댔거든? 그치? 그치?

까: 귀여운 척 좀 하지 말라고.

나미: 귀여운 척이 아니라 진짜 귀여운 건데? ◑◑ 🍳

까: 암튼 너는… (진저리)

나미: 어, 왔다.

신이: 늦어서 미안. (진짜 미안한 모양)

태붕이(기린, 21) & 신이(토끼, 19)
뒤늦게 도착

PD: 자, 이제 진짜 촬영 시작.

까: (급발진) 자, 그래서 우리가 오늘 왜 모였지?

신이: 어, 음… 파리에서 퍼레이드가 열리니까?

나미: 정답. '파리 제3코뮌'이 퍼레이드를 예고했어.

신이: 제3코뮌이면….

태붕이: 장 폴 티베리와 엘리자벳 부아클레르가 설립한 데비안트 행동 단체.

나미: [Occupy Earth! Occupy World!] 암스테르담 점거의 주역! 🌏

까: 어제 네덜란드에서 데비안트 차별금지법이 통과되자마자 그 사람들이 이번엔 파리를 점거하겠다고 선언했어. 그래서 전 세계 활동가들이 파리로 향하고 있고. 이번엔 우리도 힘을 보탰으면 좋겠어. 다음 프로젝트로 파리 여행 어때?

나미: 찬성! 찬성! 한 번쯤 파리에 가보고 싶었거든.

태붕이: 나도 좋아.

신이: 나도….

까: 그래서, 우리 일정은 어떻게 돼?

PD: 내가 열차표를 알아봤는데….

나미:　　에엣, 거짓말! 일주일이나 걸려?

PD:　　중간중간 다른 콘텐츠도 병행해서 진행할 거야. 그냥 가면 아깝잖아.
　　　　여행하는 기분으로 한번 잡아봤어.

까:　　신의주에서 하루, 베이징에서 하루, 울란바토르, 이르쿠츠크, 노보시비
　　　　르스크, 예카테린부르크, 모스크바, 그리고 파리.

PD:　　그렇지.

나미:　　으아, 안 돼. 난 절대 무리무리. 🙍

까:　　잔말 말고 그냥 따라와. 표 벌써 끊었으니까.

나미:　　히잉….

태붕이:　그럼 일주일 뒤에 서울역에서 출발하는 거지?

PD:　　응. 역 앞에서 다음 회차 촬영.

태붕이:　구독자 여러분, 다음 주에 더 재밌고 즐거운 영상으로 찾아뵙겠습니다.

까:　　아시죠? 여러분의 후원은 언제나 큰 힘이 된다는 거.

나미:　　후원 링크는 [여기🫰] [여기🫰].

신이 :　구, 구독과 좋아요 알림 설정 꼭 꼭 부탁드려요!

　　　　▶ 다음 영상 : 2화 | 어떻게 이대로 서울역을 그냥 지나쳐? 절대 못참지 ⓘ
　　　　▶ 관련 영상 : 우리제일교회 급습! 십자가에 DEV FLAG 걸린 거 실화? ⓘ

댓글 27,642개 ───────────────────────────────

으뇨뇨 3년 전

까랑 나미 티키타카 귀여움. 다음화도 기대. 구독했어요.

PD추적 3년 전

PD누구? 목소리 배우같고 완전 매력적. 얼굴 공개해!

까나미액젓 2년 전

나는 한다. 정주행. 언젠가 그들이 다시 돌아오길.

민들레진심녀 1년 전

1화 볼 때마다 눈물 나. 앞으로 닥칠 미래를 모른 채 행복해하는 민들레들.

이름없음 1일 전

아무 것도 하지 않았더라면. 아무 것도 몰랐더라면 좋았을 걸.

너의 손을 잡은 걸 후회해.

서울역

일주일 뒤, 우리는 국제선 서울역 앞에 집합했다. 110년 전에 지어졌다는 옛 석조 건물 뒤쪽으로 거대한 유리 건물이 파도처럼 넘실거렸다.

나는 역사 전체를 배경으로 담을 수 있는 위치에 삼각대와 캠코더를 설치하고, 라이브 캠 드론 4대를 자율촬영 모드로 설정했다. 손바닥보다 작은 드론들이 너희 주위를 맴돌며 테스트 촬영을 시작했다.

조유영, 하태빈, 사노 레이리, 그리고 너. 동물 가면을 뒤집어

쓴 너희 넷은 준비해온 현수막을 가방에서 꺼내며 언제나처럼 장난스레 떠들어대고 있었다. 이런 건 별일도 아니라는 듯이. 그저 가벼운 장난이라 말하고 싶은 것처럼. 비장함이라는 단어는 우리와 어울리지 않았다. 그때만 해도.

"있잖아, 나 아직도 닉네임이 헷갈려. 어떡하지?"

다람쥐 가면을 쓴 레이리가 수어로 말했다. 어릴 적 키넨시스 능력이 발현한 후로 레이리는 혀에 돋아난 종양을 몇 번이나 절제해야 했다. 혀 짧은 발음으로 놀림받다 결국 입말 대신 손말을 사용하게 됐고. 본래 수어는 손짓과 표정이 합쳐져 의미가 완성되지만, 네 텔레파시 능력 덕분에 우리는 레이리를 바라보지 않고도 표정과 의미를 전달받을 수 있었다.

"덜렁아, 내가 진짜 마지막으로 한 번만 알려준다?"

여우 가면이 투덜거렸다. 유영이었다.

"쟤는 태붕이."

유영이 손가락으로 가리키자 기린 가면을 쓴 태빈이 양손을 흔들었다. 유영은 이번엔 네 토끼 귀를 잡아당기며 말했다.

"토끼는 신이. 성이 신씨여서 신이. 쉽지? 그리고 나는….."

[까].

레이리가 투명 패널로 답했다. 때때로 레이리는 투명한 스마트 패널을 염력으로 공중에 띄워 대화에 활용하곤 했다. 투명 패널 위에 쓰인 텍스트는 마치 CG로 만든 자막처럼 보였다.

"근데 왜 [까]야?"

"조씨니까."

"과연! 이해했어."

주먹으로 손바닥을 탁 내려치는 레이리의 모습 뒤로 [두둥ガ-

ㅆ! 하고 놀람을 표현하는 의성어가 만화처럼 떠올랐다.

"니 껀 기억하지?"

"당연하잖아."

레이리는 활짝 웃으며 연신 고개를 끄덕였다. 표정이 지나치게 밝았다.

"너 까먹었지?"

"… 응."

해맑게 웃는 레이리를 바라보며 유영이 한숨을 쉬었다. 두 사람의 만담을 지켜보던 너는 뒤에서 몰래 키득 웃었다.

"너는 나미잖아."

"아, 맞다. 이제 기억났어. 근데 진짜 피곤해. 닉네임이랑 가면 안 쓰면 안 돼?"

"체포되고 싶니?"

"하아…." 레이리가 추욱 어깨를 늘어뜨렸다. "그래도 그렇지 이 꼴을 하고 일주일이나 기차를 어떻게 타냐고."

"지금까지 했던 위험한 짓들보다야 이게 훨씬 낫지. 그냥 파리까지 다녀오기만 하면 되는 건데. 안 그래, 신이야?"

"응?"

너는 잠시 뜸을 들였다가 솔직히 고백했다.

"… 실은 나 해외 나가는 거 처음이라서 잘 모르겠어."

나는 하던 일을 멈추고 잠시 너의 얼굴을 바라보았다. 가면에 가려져 있는데도 네 표정이 손에 잡힐 듯 그려졌다. 걱정과 설렘이 반씩 섞인 동그란 눈동자가. 10년간 섬에 갇혀 지낸 너에겐 눈앞에 펼쳐진 모든 것들이 새로웠겠지. 동시에 두려웠겠지. 너는 이제 막 알을 깨고 밖으로 나온 병아리였다. 세상에 대해 아무엇도 몰랐다. 네가 하고 있는 일의 의미에 대해서도.

"있잖아, 근데 나 닉네임 바꾸면 안 돼?"

태빈이 물었다.

"왜? 뭐로 하고 싶은데?"

네가 상냥하게 되묻자 태빈이 야심차게 제안했다.

"살바도르. 어때?"

"응. 안 돼 안 돼. 완전 노잼."

레이리가 단칼에 잘라버렸다. 유영도 가세했다.

"살바도르 같은 소리 하네. 넌 태붕이가 딱이거든?"

태빈은 실망한 표정으로 돌돌 말린 현수막을 펼쳤다. 데비안트의 네 가지 능력을 상징하는 노랑, 보라, 청록, 초록의 바탕색 위에 구호가 프린트되어 있었다. 나는 현수막에 카메라 초점을 맞췄다.

지금 당장! 차별 철폐!
#STOPDEVHATE #우린너희와다르게볼뿐

"야, 그냥 너도 이리 와서 같이 찍지 그래?"

유영이 말했다.

"나?"

"그래, 너."

유영이 손가락으로 나를 가리켰다. 나는 잠시 망설였다.

"나는······."

대체 누구지?

궁금증을 이기지 못한 나는 결국 조심스레 되묻는다.

"대답해줘. 내 이름이 뭐지?"

하지만 너희는 아무 반응도 보이지 않는다. 마치 내 말이 들리지도 않는다는 듯, 작동을 멈춘 로봇처럼 굳어 있다. 그럴 수밖에. 이건 각본에 없는 질문이니까. 이 지긋지긋한 꿈은 그런 방식으로는 작동하지 않는다. 오직 기억하는 장면을 그대로 재현할 뿐인 인형극.

나는 질문을 포기하고 원래 했어야 할 말을 뱉는다. 기억이 다시 재생되기 시작한다.

"나는… 싫어."

그러자 이번엔 네가 다정한 얼굴로 권했다.

"같이 찍자, 응? ██████."

네가 차고 있는 마이크에 자동으로 필터링이 걸렸다. 이어폰을 낀 내 귀에는 이름 대신 '삐———' 하고 날카로운 소음만 들릴 뿐이었다.

"야, 본명 말하면 안 돼."

유영이 팔을 툭 치며 주의를 주었다.

"아 맞다. 그럼 뭐라고 부르지?"

너희가 동시에 나를 빤히 바라본다. 나는 고민 끝에 호칭을 정했다.

"PD님이라고 불러."

* * *

우리는 역 앞 광장에 현수막을 펼치고 서서 2시간 동안 전단지를 나눠주었다.

7월. 뙤약볕이 내리쬐는 테르미도르의 여름이었다. 콘크리트 지면에서 올라오는 열기는 신발을 녹일 듯 뜨거웠고, 도로에서 불어온 건조한 바람엔 무언가 타는 냄새가 실려 있었다. 가면 안쪽으로 줄줄 흘러내린 땀이 목을 타고 온몸을 적셨다.

옆에서는 이름 모를 교회에서 온 사람들이 찬송가를 합창하고 있었다. 그 옆에는 돌인지 쇠붙이인지 알 수 없는 검은 막대를 두드리는 사람들이 있었고, 청년 실업 해결을 요구하는 사람들과 파업 농성 중인 노동자들도 각자 구호를 외쳐댔다. 우리는 경쟁자들에게 지지 않기 위해 최선을 다해 목소리를 높여야 했다.

"데비안트들은 오늘도 고통받고 있습니다!"

"탄압을 멈춰주세요! 차별을 멈춰주세요!"

"우리도 취업할 수 있게, 공부할 수 있게 도와주세요!"

"차별금지법 개정에 동참해주세요!"

하지만 사람들은 우리의 외침을 들어주지 않았다. 대부분 눈조차 마주치지 않고 우리 옆을 지나쳐갔다. 그것도 적대적인 표정으로.

"에이, 아침부터 재수 없게."

나이 든 남자가 태빈의 발에 침을 뱉고 지나갔다.

"더러운 병균이나 옮기는 것들이."

태빈은 그 말을 못 들은 체 무시했다. 하지만 옆에 있던 유영은 참지 못했다.

"아저씨. 지금 누구한테 더럽다고 하신 거예요?"

"전부 니들이 퍼뜨리고 있는 거 내가 모를 줄 알아?"

"이거 전염병 아니거든요?"

"이게 다 너희 변종 놈들이 문란하게 해대니까 퍼지는 거잖

아. 뉴스 채널에서 팩트 다 밝혀졌어. 감히 누굴 속이려고."

"뉴스 채널에서 데비안트는 못 배우고 충동적이고 냉혹한 파충류 외계인이어서 빡치면 초능력으로 사람 쳐 죽이고 다닌다는 얘기는 안 해줬나 보네."

유영이 노려보자 남자가 움찔했다.

"이, 이, 나라 세금 파먹고 사회나 좀먹는 부도덕한 족속들아! 평일 대낮에 열심히 일할 생각은 안 하고 여기서 뭐 하는 거야?"

"일을 시켜줘야 하죠. 취직이 안 되는데."

"그러니까 공부를 열심히 했어야지 이것들아."

"수능 시험 응시도 불법이거든요?"

태빈이 유영 앞을 막아섰다.

"죄송합니다. 제 친구가 말이 험해서요."

"야, 니가 왜 사과해?"

도망칠 기회를 포착한 남자는 헛기침하며 황급히 뒷걸음치기 시작했다.

"아무튼 너, 내가 딱 기억했다! 초능력으로 사고 치기만 해봐. 바로 신고할 테니까."

"나 같은 거 기억해서 뭐 하게? 부산 원전사고 희생자들이나 기억해!"

멀어져가는 등에 대고 유영이 소리쳤다.

"야, 저런 놈한테 말해 뭐 하냐."

한심하다는 표정으로 레이리가 핀잔을 주었다.

"빡치게 하잖아."

분위기가 순식간에 가라앉았다. 너희는 바닥을 쳐다보며 한동안 말없이 서 있기만 했다. 더는 구호를 외칠 기분이 들지 않았다.

"에이, 오늘은 그만할래."

레이리가 바닥에 전단지를 내려놓고 스케이트보드를 집어 들었다. 보드에 몸을 실은 레이리는 춤추듯 몸을 흔들며 너희 등 뒤를 좌우로 왔다 갔다 했다. 가끔 점프도 시도했지만 매번 넘어져 바닥을 굴렀다.

"아, 정신 사납게."

유영이 뒤를 보며 투덜거렸다. 그러거나 말거나 레이리는 보드 위에서 스텝을 밟으며 빠르게 반 바퀴를 돌았다.

"짠, 이게 180스텝이라는 거지롱."

"꼭 무슨 전통춤 같구만."

"나 연습 시작한 지 아직 일주일도 안 됐거든?"

레이리가 만화 캐릭터처럼 볼을 부풀리며 유영을 째려보았다. 등 뒤에 [찌릿バリバリ──] 하고, 효과음이 배경처럼 떠올랐다.

"시간 됐어. 30분 뒤에 열차 출발이야. 정리하자."

내가 말했다.

기다렸다는 듯 너희는 빠르게 짐을 정리했다. 나는 드론들을 회수하고 삼각대를 접어 백팩에 꽂았다. 손에 쥔 캠코더로는 여전히 너희를 촬영하고 있었다. 유영이 피켓을 정리하는 사이 태빈과 너는 사이좋게 현수막을 접었다. 그러는 동안에도 레이리는 콧노래를 흥얼거리며 보드 연습에 열중했다.

"근데 진짜 이대로 끝이야? 이러고 그냥 가?"

레이리가 스쳐가듯 툭 한마디를 던졌다. 백팩을 둘러멘 너희는 머뭇거리며 서로 눈빛을 교환했다. 찝찝한 뒷맛에 쉽사리 발이 떨어지지 않았다. 이리저리 시선을 옮기던 너희의 눈에 현수막 하나가 들어왔다. '7월은 데비안트 자진 신고의 달. 능력 발현 신고는 ☎199.' 서울스퀘어 빌딩을 세로로 길게 덮은 문구가 눈에 거슬렸다.

결국 참다못한 유영이 크게 소리쳤다.

"에이, 십월! 지금 해버리자 그냥!"

유영이 앞장서 달려 나갔다. 뒤이어 태빈과 레이리도. 너 역시 반 박자 늦게 그 뒤를 따랐다. 옛 서울역 건물 앞에 도착한 레이리가 손깍지를 무릎 위에 올려놓았고, 유영이 그 손을 밟고 점프했다. 레이리는 염력으로 토스하듯 유영을 지붕까지 날려보냈다. 뒤이어 너와 태빈도 하늘로 솟구쳤다. 팔다리를 허우적대며 허공을 가로지르는 동안 너는 눈을 감고 되도록 멀리까지 텔레파시를 발산했다. 광장을 오가던 사람들의 머릿속에 짧은 메시지가 구겨져 들어갔다.

모두 주목!
혁민이들이 떴다!

마지막으로 레이리가 보드에 염력 스트링을 걸어 훌쩍 날아올랐다. 날아오른 레이리의 등 뒤에서 노랑, 보라, 청록, 초록 네 가지 색상의 천이 커다란 호를 그리며 날개처럼 길게 뽑혀 나왔다. 레이리는 천들을 뱀처럼 조종해 첨탑마다 리본처럼 묶었다. 역사 건물 전면에 4개의 굵은 선이 수직으로 그어졌다.

나는 그 모습을 아래에서 추적하듯 캠코더로 담아냈다.

유영이 태빈의 백팩에서 깃발을 꺼냈다. 우리가 손수 디자인한 우리의 깃발. 접이식 깃대를 펼치자 네 가지 색실을 움켜쥔 주먹이 하늘 높이 펄럭였다. 넷이 함께 거대한 깃발을 흔들며 크게 소리쳤다.

"지금 당장! 차별 철폐!"

"차별금지법 제정하라!"

[STOP!] [DEV!] [HATE!]

"조금 다를 수도 있지 뭘 그래!"

소란이 벌어지기 무섭게 남대문경찰서 소속 전경들이 광장으로 몰려왔다. 너희는 조금도 아랑곳하지 않고 깃발을 휘둘렀다. 포위당할 뻔한 나를 레이리가 끌어올렸다. 우리는 지붕 위를 달려 북쪽으로 도주했다. 지붕이 끝나는 지점에서 아래로 점프하자 곧장 국제선 승강장 캐노피로 이어졌다.

우리는 파도처럼 물결치는 캐노피 위를 거침없이 달려 나갔다. 나도 나란히 달리며 너희의 옆모습을 카메라에 담았다. 발아래 투명한 플라스틱 너머로 줄지어 늘어선 고속열차들이 보였다.

"나미! 아래로 내려가려면 이거 부숴야 해!"

유영이 소리치며 손가락으로 아래를 가리켰다.

"너희들, 법적으로 문제되는 짓은 꼭 나한테 시키더라?"

넘어질 뻔한 태빈을 염력으로 붙잡으며 레이리가 격하게 손말을 쏟아냈다. 타고 있던 보드의 앞코를 뒤꿈치로 차올린 레이리는 빙그르르 회전하며 튀어오르는 몸체를 붙잡아 옆구리에 끼웠다.

"봤어? 봤어? 이게 에어로 그랩이라는 건데….”

"너 방금 염력 썼지?"

"아니거든?"

"알겠으니까. 빨리 좀?"

유영이 재촉하자 레이리가 삐죽 입을 내밀었다.

"이걸로 감옥 가면 꼭 너도 같이 데려갈 거야."

레이리가 수어를 마친 팔을 곧장 휘둘렀다. 정면의 캐노피가 비틀려 부서졌다. 플라스틱 파편이 분수처럼 솟아올랐다.

우리는 가면과 후드를 벗어 던지고 망설임 없이 틈새로 뛰어내렸다. 레이리가 섬세한 손놀림으로 우릴 붙잡아 승강장 끝에 안전하게 착지시켜주었다. 나는 황급히 주위를 살폈다. 다행히 아무도 없었다.

"우리 짐은?"

유영이 물었다.

"이미 기차에 실어놨어."

태빈이 승차권을 나눠주며 우리가 타야 할 기차를 가리켰다. 신의주행 KTX 열차. 출발 시각이 임박했는지 승무 로봇들이 팔로 원을 그리며 호루라기 소리를 내고 있었다. 우리는 선로를 가로질러 서둘러 기차에 올랐다. 차에 올라타자마자 출입문이 굳게 닫혔다. 고요한 전기모터 소리와 함께 기차가 서서히 출발했다.

우리의 여행은 그렇게 정신없이 시작되었다.

혁민이들
혁명하는 민들레 혁민이들. 소외된 모두를 위한 한 걸음 　　　구독자 12.7억 명

인물탐구 | 태붕이
조회수 23,631,121회 / 2036. 7. 30. 　　　　　　　　　👍 82만 👎 54만

회심의 신규 콘텐츠

인.물.탐.구

(두둥)

이번에 소개할 멤버는 바로

커란 태붕이

태붕이: 촬영 시작한 거야?

PD: 　　응.

태붕이: 구독자 여러분, 안녕하세요. 태붕입니다. (꾸벅)

　　　근데 오늘 뭐 하면 돼? 혼자 하려니까 겁난다.

PD: 　　쉬워. 내가 질문하면 대답만 하면 돼.

태붕이: 질문?

PD: 　　구독자분들이 댓글로 남겨주신 질문을 정리해봤어.

태붕이: 아아.

PD: 　　바로 시작할까?

태붕이: OK. ✋

PD: 그럼 첫 번째 질문.

거두절미하고
바로 질문 시작

Q. 일단 자기소개부터.
스물한 살 활동가 '태붕이'입니다.
보이안트고요. 고향은 광주입니다.

Q. 그게 다야?
… 응. (긁적)

Q. 닉네임이 왜 태붕이?
나도 몰라. 🐾
까가 지었거든. 나는 살바도르로 하고 싶었…

이 얘긴 그만 ✂️

Q. 그럼 기린 가면은?
그건 내가 골랐어. 기린을 좋아해. 사람들이 흔히 하는 착각 중 하나가 자연은
약육강식과 적자생존의 법칙으로 돌아갈 거라는 거야. 실제로는 그렇지가 않
대. 그 대표적인 증거가 기린이고. 긴 목은 생존에 전혀 유리하지 않거든. 의외
로 자연은 냉혹하지 않아. 약자에게 관대하고, 수많은 변종들의 생존을 허용해.
냉혹한 건 오히려 인간이지.

Q. 그렇군. 활동가가 된 이유도 비슷할 것 같은데?

그렇게 거창하진 않아. 달리 할 수 있는 일이 없었던 것뿐이랄까.

Q. 원래는 의사가 되고 싶었다고?

보이안트니까. 응급의나 외과의가 되어서 사람들을 살리고 싶었어. 내 눈은 MRI보다 수십 배 정확하거든. 출혈이 심해도 혈관을 정확히 포착할 수 있고.

Q. 부모님도 의사시지?

응. 두 분 다. 솔직히 그 영향도 좀 있었어. 압박을 못 느꼈다고 하면 거짓말이지.

Q. 그런데 잘되지 않았던 것 같네.

알다시피 우린 대학에 갈 수 없잖아. 입시 시험 보는 것 자체가 불법이니까. 의대에 진학하긴 했는데 결국 데비안트인 걸 들켰어. 1년 만에 쫓겨났지. 내 입시 성적이 무효라면서. 투시 능력자가 다른 학생들처럼 필기시험을 보는 건 공정하지 못하다더라고. 커닝이 걱정되면 따로 시험을 보게 해주면 될 텐데, 그런 건 또 절대 안 해주지.

Q. 그 후론 어떻게 됐어?

뻔하지. 우리가 할 수 있는 일이라는 게. 요즘은 아르바이트 자리도 거의 없잖아. 편의점이나 식당도 전부 무인이고 결국 잡 플랫폼에 보안 특수직으로 들어갔어.

Q. 보안 특수직?

보이안트 보안요원을 필요로 하는 회사들이 있거든.

Q. 투시 능력을 지닌 보안요원이라니, 대단한 전문직처럼 느껴지는데.

실제론 최저임금도 못 받는 비정규직이야. 투시장비보다 값이 싸니까 쓰는 거지. 앱에 이름 올려놓고 아침에 알람 뜨면 지정된 곳에 가서 일하고, 알람 안 오면 집에서 손가락 빠는 거고. 투잡도 못 해. 언제 일 시킬지 모르니까. 알람 뜨는 거 한 번만 거절해도 다시는 연락 안 오더라고.

Q. 완전 협박이네.

달리 일할 곳이 없다는 걸 회사도 아는 거지. 보이안트 능력이라고 해봐야 대개는 1미터 앞을 겨우 뚫는 정도고.

Q. 태붕이는 어디까지 볼 수 있는데?

어디까지 봐드려요? (자신감)

Q. 보이안트의 눈으로 세상을 보는 건 어떤 느낌이야?

엄밀히 말하면 투시해서 보는 건 아니야. 내 시야가 원하는 지점으로 이동하는 것에 가까워. 그것도 여러 곳을 동시에 바라보는 느낌. 나를 중심으로 세상을 보는 게 아니라 고정된 시점 없이 모든 곳에서 동시에 세상을 바라보는 것이라고 할까.

Q. 그렇게 말하니 마치 신이라도 된 것 같네.

그렇다면 정말 무능한 신이겠지. 바라보기만 할 뿐이라니.

Q. 아직 활동가가 된 이유에 대해 답해주지 않은 것 같은데.

….

일하다 쓰러진 적이 있어. 하루에 16시간씩 가만히 서서 일하다 보니.

Q. 잠깐만. 하루에 16시간을 일한다고?

응.

Q. 그거 불법 아냐?

놀랍게도 합법이야. 단속적 근로자라고 예외 조항이 있거든. 여름엔 정말 죽을 맛이야. 일하는 곳 대부분에 에어컨이 없거든. 그때도 지금처럼 한여름이었는데, 창고에서 물품을 정리하다 갑자기 픽 쓰러졌어. 아마 탈수나 뭐 그런 거였겠지. 기절하진 않았어. 그래서 더 끔찍했어. 온몸에 힘이 빠져서 꼼짝도 못하겠는데 정신만 멀쩡해서 쓰러진 자세 그대로 10시간 넘게 엎어져 있었어. 다음 타임 근무자가 출근한 후에야 발견돼서 병원에 실려갔어. 병원도 아마 택시 타고 갔을 거야. 구급차를 못 부르게 해서.

단지 벽 하나 차이였어. 그것도 합판 한 장짜리 가짜 벽. 수백 번도 넘게 벽 너머로 사람들이 지나가는 모습을 지켜봐야 했어. 하지만 아무도 날 찾지 않았어. 내가 쓰러져 있는 공간만 세상에서 잘려 나간 것 같았어. 10시간 동안 하염없이 시곗바늘만 바라봤어. 째깍. 째깍. 째깍. 째깍. 다신 거기서 일 못 하겠더라. 초침 소리만 들어도 온몸에 소름이 돋아서.

Q. 직장을 그만뒀어?

하하. 아니. 실은 몇 달 더 다녔어. 당장 먹고는 살아야 하니까. 돈이라는 게 사람을 그렇게 만들더라고. 급하면 자존감이든 건강이든 뭐든 팔아치우게 돼. 그때 처음으로 알게 됐어. 내가 인간이 아니라는 걸.

그래서….

….

….

일단 바깥 풍경부터 좀 찍어야 할 거 같은데? 📷

▶ 다음 영상 : 인물탐구 | 나미 ⓘ

▶ 인기 영상 : CLIP | 고양이가 왜 거기서 나와????? ⓘ

댓글 332개

미래세대21 3년 전

재수없는 빨갱이 놈. 너거들 북에서 왔제?

└ **으뇨뇨** 3년 전

북한 없어진 지가 언젠데 아직도 북한 타령?????

떼스코 3년 전

데퀴벌레들 아직도 박멸 안됨? 인간 아닌 거 과학적으로 증명 완료됐는데.

└ **데비안티즙** 3년 전

징징징~ 벌레들 또 즙짜네~ 떼쓰면 다 해결되는줄 아나~

└ **으뇨뇨** 3년 전

ㅉㅉ 너네는 평생 그러고 살아라.

└ **데비안티즙** 3년 전

네 다음 데퀴벌레~ 징징징~

PD추적 3년 전

태붕이 노잼이다. 태붕이 빼고 PD 출연시켜라!

태붕가붕가 3년 전

애들 왜 얼굴 공개 안하는 지 앎?

가면 벗으면 완전 메기같이 생김. 매운탕 생각남.

신의주

나는 창밖을 바라보았다. 기차가 녹슨 철교를 통과하고 있었다. 대동강을 건너 시내로 진입하자 버려진 평양역이 보였다. 기차는 정차하지 않고 그대로 역을 통과했다.

"카메라 준비해. 이제 곧 오른쪽에 보일 거야."

태빈은 보지도 않고 정확한 방향을 가리켰다. 나는 태빈의 엄지가 향하는 곳으로 카메라를 돌렸다. 윗부분이 양초처럼 녹아버린 류경 호텔. 인터넷에 평양을 검색하면 가장 먼저 뜨는 대표 이미지가 눈앞에 실물로 등장했다. 직접 보는 것은 처음이었다. 나는 서둘러 프레임에 풍경을 담았다.

"남북 모두 전쟁을 핑계로 우릴 저 끔찍한 곳에 밀어 넣었어. 그 결과가 이거고."

태빈이 담담한 표정으로 말했다.

세계는 데비안트의 존재를 심각한 안보 위기로 취급했다. 어디로든 이동할 수 있는 점퍼와 무엇이든 파괴할 수 있는 키넨시스, 그들을 지배할 텔레파스와 꿰뚫어 볼 보이안트. 데비안트의 등장은 수십 년간 핵탄두로 유지되어온 아슬아슬한 힘의 균형을 순식간에 무너뜨렸다.

하지만 동시에 우리는 살아 있는 인간이었다. 합의하에 감축할 수 있는 도구가 아니라. 위험하다고 해서 마구잡이로 죽여버릴 수는 없는 노릇이었다. 막을 수도 추적할 수도 제거할 수도 없는 폭탄. 종래의 전쟁 개념을 아득히 벗어난 비대칭 전략무기인 우리는 각국의 안보 프로세스에 크나큰 혼란을 가져다주었다.

초창기 데비안트 발현이 집중된 장소는 한반도였다. 대도시

근처에 밀집된 원자력 설비들과 일상적으로 가해지는 최고 수준의 심리적 스트레스가 시너지를 일으킨 결과였다. 우리는 방사능에서 태어나 스트레스로 발현한다. 남이나 북이나 데비안트가 생겨나기에 최적의 환경이었다.

한반도에 다시금 세계의 시선이 집중되기 시작했다. 물론 남북도 서로에게 관심을 집중했고. 관심은 이내 의심으로, 의심은 공포로, 공포는 혐오와 분노로 들불처럼 번져 나갔다. 양국은 상대에 대한 압박 수위를 빠르게 높여갔다. 선제공격의 필요성을 주장하는 목소리도 점차 커졌다. 상대가 언제 폭탄을 점프시킬지, 혹은 언제 최고지도자의 정신을 지배하게 될지 누구도 예측할 수 없었으니까.

타고난 첩보원인 각국의 텔레파스들이 평양과 서울 사이 200킬로미터의 좁은 공간에 빼곡히 모여들기 시작했다. 두 도시를 오가는 텔레파스 요원들만 해도 수백 명은 되었으리라. 백업 요원으로 투입된 키넨시스와 보이안트까지 합치면 그 몇 배는 되었을 테고. 그들은 자신의 능력을 제대로 훈련받은 적조차 없었다. 충돌은 예고된 것이었다.

요원들 사이의 사소한 충돌로 시작된 국지전은 어느새 전면전으로, 각국 데비안트들의 능력을 시험하는 대리전으로 확대되었다. 대량 살상 능력을 갖춘 슈퍼 데비안트가 인위적으로 만들어지고 있다는 불확실한 첩보 한 줄에 모두가 해일처럼 휩쓸리고 말았다. 통제되지 않는 흐름이 그들 모두를 집어삼켰다. 수많은 데비안트가 그곳에서 서로를 죽였다. 평양은 마치 데비안트를 갈아버리기 위한 믹서기처럼 작동했다.

1차 텔레파스 전쟁. 일주일도 채 되지 않는 짧은 기간 동안 평양은 잿더미로 변해버렸다. 데비안트 발현의 원인 중 하나로 지목된 영변과 강선의 실험용 원전은 지반째 붕괴했고, 주변은 모조리 죽음의 땅이 되어 버려졌다.

우리는 지금, 바로 그 죽음의 땅을 통과하고 있었다.

"촬영 더 안 해도 괜찮아?"

생각에 잠긴 내게 태빈이 물었다. 나는 카메라를 끄고 가방에 집어넣었다.

"응. 이 정도면 분량 충분할 거 같아. 고생했어. 자리에 가서 좀 쉬어. 신의주 도착하려면 아직 2시간은 더 가야 하니까."

"너도 좀 쉬어. 편집은 천천히 해도 되잖아."

"응. 그럴게."

태빈을 먼저 객실로 돌려보내고 식당칸 테이블에 홀로 남아 태블릿을 펼쳤다. 서울역에서의 활약을 담은 2화와 방금 전 촬영한 태빈의 소개 영상을 업로드할 차례였다. 개인 방송 플랫폼이 대중화된 지도 벌써 20년. 이제는 촬영분을 업로드하기만 하면 인공지능이 알아서 최적화된 영상을 편집해주었다. 내가 하는 일이라곤 그때그때 알맞은 편집 알고리즘을 구입하는 정도뿐. 하지만 이런 기초적인 내용도 몰랐던 너희는 그동안 아무 계획도 없이 엉망진창으로 채널을 운영해왔다. 스마트폰으로 대충 찍어 올린 영상의 수준이 얼마나 조악했던지 구독자가 채 1000명도 되지 않았다.

뒤늦게 합류한 나는 최선을 다해 너희를 마케팅했다. 영상을 전부 새로 편집하고, 주먹구구로 활동하던 너희에게 이런저런 기획도 제안했다. 장 폴 티베리나 마리야 사무체예바 같은 세계적인 활동가들의 채널에 비하면 한참 부족했지만, 그래도 구독자 수를 20만 명까지 늘리는 데 성공했다. 솔직히 고백하면 사비를 털어 꾸준히 홍보 알고리즘을 돌린 결과였지만.

업로드한 영상을 마지막으로 체크한 뒤 나도 좌석으로 돌아갔다. 옆자리에 앉은 유영은 이어폰으로 음악을 들으며 하염없이 창밖만 보고 있었다. 내 인기척을 느끼자 유영은 이어폰을 주머니에 집어넣었다.

"아깐 갑자기 왜 그런 거야? 너답지 않게."

내 추궁에 유영은 시선을 피했다.

"빡치게 하니까."

"깃발이랑 리본 원래 파리에서 쓸 계획이었잖아."

"뭐 어때. 어디서 쓰든 잘 썼으면 됐지. 우리 사진 포털 메인에 떴더라. 이번에 구독자 좀 늘지 않겠어?"

"그렇긴 한데, 사고를 너무 크게 쳤어. 이러면 우리 당분간 한국에 못 돌아가."

"몰라. 안 되면 다 같이 해외에서 살지 뭐."

유영은 듣기 싫다는 듯 손사래 쳤다.

"파리까지 도착하기만 하면 어떻게든 될 거야. 왠지 그런 예감이 들어. 제3코뮌 그 사람들 이번엔 뭔가 제대로 한 건 터뜨릴 것 같거든. 확실히 분위기가 달라. 말로 설명하긴 어려운데 왠지 그래. 나아지진 않을지 몰라도 달라지긴 할 거야. 모든 면에서."

유영의 희망이 아주 허황된 것만은 아니라고 생각했다.

분명 세계는 폭발하기 직전이었다. 중동에서 벌어진 오랜 전쟁에 사람들은 지쳐 있었고, 수십 년간 외면해온 문제들이 한 번에 곪아 터졌다. 삶은 끝없이 팍팍해졌다. 집값은 폭등을 거듭했고, 우리는 월세보다 적은 월급을 받아야 했다. 얼마 후엔 그마저도 빼앗겼다. 세상의 절반이 일자리를 잃었다.

인공지능 뒤에 숨어버린 경영자들과 자동화된 기계에 내쫓긴 실업자들은 이제 같은 세상을 살고 있다고는 도저히 말할 수 없을 정도로 갈라졌다. 소득분위 그래프가 양극단으로 완전히 분리되었다. 세상 어디에나 부가 넘쳐났지만 내 것은 어디에도 없었다. 누구에게나 공평하게 슬픈 시대였다. 아주 소수만 제외하고.

숨조차 쉬기 힘든 세계가 왔다. 불만과 저항의식이 절정에 달했다. 68혁명의 68주년인 올해야말로 무언가 바뀌어야만 한다는 생각이 팽배하게 퍼져 있었다. 하지만 무엇을 어떻게 바꿔야 하는지 누구도 명확한 답을 알지 못했다. 각자의 세계 속에 파편처럼 흩어진 우리는 각자의 문제와 싸우기에도 벅찼다.

그 혼란의 중심에 데비안트가 있었다. 언제 터질지 모르는 핵폭탄들이. 세상을 몇 번이고 뒤집을 힘이 처음으로 사람들에게 주어졌다. 데비안트는 피라미드의 위쪽보다는 아래쪽에서 더 많이 발현될 수밖에 없다. 세상의 지배자들은 언제나 한 줌의 소수이고 소외된 이들은 언제나 다수를 차지하므로.

혁명은 필연처럼 느껴졌다. 달리 할 수 있는 일이 없었으므로. 이런 일과는 전혀 어울릴 것 같지 않은 너희 네 사람이 활동에 투신하게 되었을 정도로 변화의 물결이 높이 차올랐다. 그저 딱 한 번, 딱 한 번의 계기가 필요할 따름이었다. 임계까지 뜨거워진 냄비를 끓게 할 마지막 열기가. 이윽고 쏟아질 폭우의 첫 한 방울이. 하지만 나는….

어느새 유영은 잠이 들었다. 도착까지 아직 1시간 정도 남아 있었다. 나는 모자를 푹 눌러쓰고 의자를 뒤로 젖혔다.

* * *

신의주에 도착할 즈음엔 주변이 완전히 어둑해졌다. 혹여 기차에서 내리자마자 체포당하는 건 아닐까 걱정했지만, 다행히도 그런 일은 일어나지 않았다. 서울역을 오가는 고속열차의 수는 시간당 수십 대에 달했다. 우리가 그중 무엇을 타고 이동했는지 추적하기란 거의 불가능했다.

처음 계획했던 일정대로 이곳에서 하루를 묵고 아침 일찍 출국심사를 받기로 했다. 우리는 역 근처 싸구려 무인 호텔에 짐을 풀고 잠옷으로 갈아입었다. 자판기에서 구입한 북한산 맥주와 안주들을 잔뜩 풀어놓고 술판을 벌이기 시작했다. 긴장했던 마음을 내려놓자 술이 물처럼 꿀꺽꿀꺽 넘어갔다. 금세 맥주 캔이 탑처럼 쌓였다.

나는 너희의 모습을 조용히 카메라에 담았다. 내장된 필터링 앱이 너희 얼굴에 자동으로 동물 모양 스티커를 합성해주었다.

"기억나? 유영이가 그 사이비 목사 십자가에 딱 묶어놓고 이랬잖아. '제발 하나님이랑 사전에 협의 좀 하지?' 와, 그때 존나 멋있었는데. 사전에 협의 좀 하지? 유영아, 그거 다시 한번만 해줘."

"됐거든?"

"해줘, 해줘어."

술이 약한 레이리는 벌써부터 취한 모양이었다. 양손으로 '존나 멋져 존나 멋져'를 반복하며 혼자 눈물 나게 웃어댔다.

"야, 그 얘기 지금 일곱 번째야. 얘는 도대체 같은 말을 몇 번이나 또 하고 또 하고."

"나도 알거든? 태붕이 얘는 그때도 노잼이었다니까."

"완전 취했네 취했어. 대화가 하나도 안 이어져."

유영이 고개를 절레절레 흔들었다.

"화경이 너도 한잔해."

태빈이 새 맥주 캔을 뜯어 너에게 건넸다. 너는 질끈 눈을 감고 맥주를 한 모금 삼켰다. 아마 술을 마셔본 건 그때가 처음이었던가.

"애들이 좀 이상하지?"

"아니야. 재밌어."

"덕분에 편하게 여행할 수 있게 됐어. 고마워."

"아니 뭘…."

너는 쑥스러운 표정으로 과자를 입에 쏙 집어넣었다.

"봐봐, 쟤 노잼이자나."

레이리가 폴짝 점프하며 일어나 너를 와락 끌어안았다. 취기로 달아오른 빰을 부비적대고 코를 킁킁대더니, 레이리는 활짝 웃었다.

"좋은 냄새 나."

"응?"

"나 결심했어. 신화경, 너로 정했다."

"뭐, 뭐어?"

"우리 사귀자."

레이리가 양손으로 네 빰을 붙잡고 입술을 쭈욱 내밀었다. 당황한 네 눈이 동그래졌다.

"그마안."

유영이 질린 표정으로 다가와 레이리를 뜯어냈다.

"고객님 많이 취하셨네요. 작작 좀 하시죠? 화경아, 신경 쓰지

마. 얘 원래 맨날 이래."

"내가 뭘 맨날 이래? 술 먹었을 때만 이러거든? 레이리 오늘
치했어 치했어. 헤헹."

"그래도 지가 취한 건 아네."

벙찐 네 얼굴을 바라보며, 우리는 다 같이 웃음을 터뜨리고 말
았다.

아옳.

어디선가 고양이 울음소리가 들렸다. 태빈이 창문을 열자 담
벼락에 경계심 가득한 고양이 한 마리가 털을 바짝 곤두세우고
앉아 있었다. 취기가 오른 너는 느슨한 표정으로 일어나 텔레파
시로 고양이를 진정시켰다. 고양이는 금세 골골대며 네게 다가
와 머리를 비볐다. 너는 고양이를 안아 들었다. 나는 그 모습을
모두 카메라에 담았다.

"너도 같이 먹을래?"

아옳.

"좋아?"

너는 고양이를 방 안으로 데려와 무릎에 앉혔다.

"고양이 말도 알아들어?"

태빈의 물음에 너는 고개를 가로저었다.

"아니. 사람 말 알아듣기도 벅차. 헤헤."

우리는 돌아가며 고양이를 쓰다듬고 안주를 바쳤다. 고양이는
흡족한 표정으로 네 다리 사이에 뙈리를 틀었다. 우리는 한참 동
안 더 떠들다 잠이 들었다. 별것 아닌 일로 웃고, 또 웃고, 새로
운 추억을 만들었다.

어느새 너는 술에 취해 잠이 들었다. 조금 후엔 태빈이. 연료

가 떨어진 레이리가 그 위로 픽 쓰러졌다. 유영은 한숨을 쉬며
너희에게 이불을 덮어주곤 그대로 드러누웠다.

"PD님."

유영이 나를 불렀다.

"응?"

"우리랑 뭘 하고 싶은 건지 모르겠는데. 내가 너 하는 짓 다
지켜보고 있다? 아무튼 허튼짓 하기만 해봐. 진짜 가만 안….'

깜짝 놀라 돌아보니 잠꼬대였다. 나는 소리 없이 헛웃음을 지
었다.

카메라를 끄고 천천히 네게 다가갔다. 만취 상태로 깊이 잠든
너는 내가 몸을 건드려도 축 늘어져 전혀 반응을 보이지 않았다.
네 주머니에서 몰래 지갑을 꺼내 신분증을 새것으로 교체했다.
그리고 가방에 든 여권도. 이러면 출국수속에서 큰 문제가 생기
진 않을 터였다.

대체 내가 뭘 하고 있는 걸까.

네 품속을 뒤지며 속으로 그런 생각을 했던 것 같다. 너희 나
라 말로는 이런 걸 현타라고 하나? 한 번도 의심해본 적 없는 내
임무에 대해 처음으로 고민하며, 흐트러진 네 머리카락을 쓸어
넘겨주었다.

* * *

다음 날 일찍부터 우리는 출입국 수속을 밟았다. 기계에 전자
여권을 인식하기만 하면 되는 출국장을 지나 중국 측 입국 게이
트의 심사 장치를 통과했을 때, 아니나 다를까 문제가 생겼다.

맨 먼저 심사대를 통과한 내 뒤로 유영이 들어서자마자 시끄러운 경보음이 울렸다. 여권에 내장된 데비안트 등록칩 때문이었다. 나란히 옆 게이트로 입장한 태빈과 레이리 역시 마찬가지였다. 어디선가 소총을 든 보안요원들이 나타나 고압적인 태도로 셋을 끌고 갔다. 무사히 통과한 건 너와 나뿐이었다. 우리는 출입국사무소 복도에 덩그러니 남아 세 사람을 기다려야 했다.

나중에 듣기로, 세 사람은 좁고 허름한 통로 끝에 있는 어두운 방으로 끌려갔다고 했다. 이동하는 내내 등 뒤에선 총구가 겨누어졌고, 방향을 꺾을 때마다 좌우에서 거칠게 팔을 끌어당겼다. 성희롱에 가까운 몸수색을 당했다. 화가 난 유영이 저항하자 알아들을 수 없는 중국어 욕설이 쏟아졌다. 태빈이 다급히 유영을 말렸다. 총의 안전장치가 풀려 있는 걸 보았기 때문이었다.

무의미하게 시간만 낭비하는 심문이 이어졌다. 입국한 목적이 뭐지? 여행 중이에요. 어린것들이 무슨 돈으로? 열심히 일해서 벌었어요. 이 태블릿은 어디서 났어? 돈 주고 샀죠. 이 깃발은 뭐야? 이런 걸 대체 어디 쓰려는 거지?

한쪽에서는 트렁크를 열어 그 안에 있는 물건 하나하나를 전부 꺼내 열어보고 추궁했다. 심지어 속옷까지도. 뭐가 문제냐 물어도 그들은 절차대로 검사하는 것뿐이라고 답했다. 한 차례 추궁이 끝나면 똑같은 질문이 처음부터 반복되었다. 입국한 목적이 뭐지? 여행이라고 몇 번을······.

어느 정도 각오한 일이었다. 밤에 출국심사를 받지 않고 굳이 하루를 묵은 이유도 이런 문제를 우려해서였으니까. 일부러 심사를 질질 끌어 막차를 놓치게 만드는 경우가 허다하다고 익히 들어 알고 있었기 때문에 우리는 크게 당황하지 않았다. 다만 그

시간이 이 정도까지 길어질 줄은 몰랐다. 놈들은 근무 시간이 끝날 때까지 우리를 잡아두고 괴롭혔다. 마치 지루한 하루를 때울 장난감이라도 찾은 것처럼.

꼬박 8시간을 붙잡혀 있었다. 덕분에 나는 출발이 임박한 기차표를 열 번도 넘게 교환해야 했다. 겨우 풀려났을 땐 해가 떨어지기 직전이었다.

"기분 진짜 더럽네. 우릴 어떻게 생각하는지 확실히 알겠어."

유영이 투덜거리며 욕을 한 바가지 쏟아냈다.

"그나마 화경이는 안 걸려서 다행이다."

태빈이 담담하게 말했다.

"PD님이야 데비안트가 아니니까 그렇다 치고, 화경인 어떻게 안 걸렸지? 암튼 운도 좋아."

유영이 스치듯 의문을 품었지만 나는 모른 체했다. 다들 크게 신경 쓰지 않는 눈치였다. 나는 말없이 베이징행 표를 나눠주었다. 출발까지 30분 정도 남아 있었다. 우리는 가까이 보이는 무인 국수 자판기에서 서둘러 배를 채웠다. 다들 아침부터 꼬박 굶었던 탓에 순식간에 그릇을 비웠다.

"야, 십월 도저히 안 되겠어. 우리 그거 한번 하고 가자."

유영이 젓가락을 내려놓으며 말했다. 그러자 모두가 말없이 국수 그릇을 내려놓으며 고개를 끄덕였다.

각자 짐을 기차에 실은 다음, 우리는 빠르게 옷을 갈아입고 가면과 후드를 뒤집어썼다. 그리고 출입국장으로 되돌아갔다. 너희 네 사람은 나란히 일렬로 서서 깃발을 펼쳤다. 나는 카메라를 켰다.

"데비안트 차별금지!"

"꺼져라 차별주의자들아!"

[光復香港!] [時代革命!]

"그러고 살면 안 부끄럽냐!"

깃발을 휘두르며 약 올리듯 소리치자 흥분한 보안요원들이 우르르 달려왔다. 눈이 마주치자마자 우리는 황급히 몸을 돌려 도망쳤다. 염력으로 높은 담장을 뛰어넘어 단숨에 열차에 올랐다. 가면과 후드를 벗을 새도 없었다. 우리는 토할 듯 숨을 몰아쉬며 미친 사람처럼 웃음을 터뜨렸다.

"출발 시간까지 얼마나 남았어?"

유영이 손등으로 이마를 닦으며 물었다.

"1분 정도. 괜찮아. 쟤들 여기까지 오려면 한참 멀리 돌아서 와야 되거든. 그때쯤이면 기차 출발하고도 남을 거야."

태빈이 놈들의 동선을 투시하며 답했다.

"근데 베이징에서 우리 잡으려고 기다리고 있으면 어쩌지?"

네가 물었다.

"괜찮아. 이런 사소한 일까지 보고하진 않을 거야."

"지들도 쪽팔려서 위에 보고 못 할걸?"

유영과 내가 거의 동시에 답했다. 그제야 너는 가슴을 쓸어내리며 크게 숨을 뱉었다. 몇 초 뒤, 갑자기 네가 펄쩍 뛰어오르며 소리쳤다.

"왁!"

나도 깜짝 놀랐다.

네 후드 속에서 어젯밤 그 고양이가 빼꼼 고개를 내밀었으니까.

혁민이들
혁명하는 민들레 혁민이들. 소외된 모두를 위한 한 걸음　　　　　　구독자 12.7억 명

신이: 　근데 베이징에서 우리 잡으려고 기다리고 있으면 어쩌지?

PD: 　괜찮아. 이런 사소한 일까지 보고하진 않을 거야.

까: 　지들도 쪽팔려서 위에 보고 못 할걸?

신이: 　(안심)

???: 　(부스럭)

신이: 　(뭐지?)

???: 　(부스럭) (꿈틀) (부스럭) (쑤욱)

신이: 　왁! 👀

고양이: 　(????????)

까: 　대체 고양이를 왜 데려온 거야?

고양이: 　(근엄) (여긴어디나는누구)

신이: 　내, 내가 데려온 거 아니야. 여기 있는 줄도 몰랐… 으악!

고양이: 　(극한의 클로즈업) (하아품) (날 데려가라 집사)

나미: 　대체 거긴 어떻게 들어갔대?

고양이: 　(나도몰라냥) (긁적)

까: 　빨리 내보내. 기차 문 닫히기 전에.

태붕이: 　(살금살금) 잡았다!

고양이: 　꾸룩! (할퀴할퀴)

태붕이: 으악!

까: 잡아!

고양이: 꾸루룽루루우룽! (점프력 무엇????)

신이: 와와왁! ◉◉

까: 야! 카메라! 카메라!

(와장창) (데굴데굴)

▶ 관련 영상 : 3화 ㅣ 신의주에서 1박을 해야 한다네? 술파티다 술파티 ⓘ

댓글 87,642개 ─────────────────────────────

🔖 **혁민이들** 님이 고정한 댓글

혁민이들 3년 전

고양이는 출발하기 전 무사히(알아서) 기차에서 내렸다고 합니다.(PD)
그리고 떨어뜨린 카메라는… 🙇

공부하기싫다 3년 전

신이 표정 개웃기네 ㅋㅋㅋㅋㅋ 고양이 클로즈업이랑 자막이 살림 ㅋㅋㅋ

John Z 3년 전

[번역됨] 저 고양이 소녀가 날 미치게 해. 몇 번을 돌려봐도 너무 웃겨.

신이나미까 3년 전

ㅋㅋㅋㅋㅋㅋ 솔직히 주작 같긴 한데 그래도 웃김. 고양익ㅋㅋㅋㅋㅋㅋㅋㅋ

혁민이들
혁명하는 민들레 혁민이들. 소외된 모두를 위한 한 걸음   구독자 12.7억 명

#혁민이들 #서울에서파리까지 #경)100만구독자돌파(축
LIVE | 100만 구독자 돌파 긴급 Q&A
조회수 11,462,972회 / 2036. 8. 1.   👍 17.2만 👎 8.3만

---

* 베이징 현지에서 라이브 중
* 채팅창 욕설 비방 X (발견 시 강퇴)
* 나미 수어 자막 어떻게 했는지 질문 그만 (염력으로 실시간 타이핑 중)

나미: 시작했어? 시작했어?

PD: 응. 얘기해.

나미: 앙뇽! 혁명하는 민들레 혁민이들이라구요!

까: 아, 그거 하지 말라니까.

PD: 말조심. 방송 시작했어.

태붕이: 안녕하세요, 구독자 여러분. 저희는 어제 밤늦게 베이징 숙소에 도착했
고요. 해외 국적 데비안트는 도심 통행 허가증이 나올 때까지 숙소에
서 대기해야 된다나 봐요. 그래서 얌전히 방에서 기다리는 중입니다.
어… 지금 여기는 오후 3시 11분이네요.

나미: 그런데 여러분 정말 놀라운 소식! 저희 구독자가 무려 100만을 돌파
했어요! 어젯밤엔 분명 21만 명이었는데, 와아 14시간 만에 이게 무슨
일? 🧨 신이야?

신이: … 부끄러워.

나미: 오훙, 채팅창에 벌써 정답이 올라오네요. 우리 신이가 아주 대스타가
됐거든요. PD님, 화면에 사진 좀 띄워줘.

PD: 띄웠어.

나미: 맞아 이거! 자고 일어났더니 신이랑 고양이 사진이 레드잇 커뮤니티에서 완전 난리가 났더라고요. 패러디 짤이 벌써 100개가 넘어요.

PD: 참고로 포털에 'rabbit hood cat'이라고 검색하면 보실 수 있습니다.

나미: 인기의 비결이 뭐라고 생각하세요, 신이 씨?

신이: … 몰라. 부끄러워.

까: 난 여기 고양이가 근엄하게 째려보는 게 진짜 웃기더라. 표정 진짜 절묘하게 지어서 사람 같아. 하필 토끼 가면 눈도 땡그래서 딱 어울리고. 근데 신이야, 양손은 왜 이렇게 든 거야? 고양이가 뒤통수에 총이라도 겨누고 있었어?

PD: 안 그래도 그 장면 패러디가 제일 많더라고. 여러분, 패러디 사진들 같이 볼까요?

나미: 아, 이거 이거. 나도 이거 진짜 웃기더라고. ㅋㅋㅋ 고양이가 뒤통수에 권총 겨눈 거. 근데 이거 클린트 이스트우드야? 대체 언제적 황야의 무법자….

태붕이: 진짜 없는 게 없네. 아 뭐야, 고양이랑 신이랑 서로 얼굴 바꾼 거 웃긴다.

PD: 이건 로널드 대통령이 멜론 머스킷한테 하는 거.

신이: 부끄럽다….

PD: 난 이게 제일 웃기더라.

나미: 꺅 ㅋㅋㅋㅋㅋㅋ 요다 뭐얔ㅋㅋㅋㅋㅋㅋ 제국의 역습이네.

까: 벌써 티셔츠도 팔고 있네. 요샌 진짜 빠르다니까. 신이야, 우리 이거 하나씩 주문해서 입을까?

신이: 몰라….

나미: 암튼, 그런 관계로. 오늘은 감사의 의미로 숙소에서 라이브 Q&A 타임을 한번 가져볼까해요. 어서 질문 남겨주세요! 🙌🙌

까: 채팅으로 질문 올려주시면 PD님이 골라서 읽어주실 거고요. 누구한테

질문하실 건지도 꼭 같이 적어주세요.

신이: 질문 많이 남겨주세요….

잠시 휴식합니다.

(4시부터 시작)

나미: 질문 많이 들어왔어? 와, 접속자 미쳤다. 아까보다 더 늘어났네. 이런
거 처음. 숫자가 무슨 슬롯머신처럼 올라가. 헤에? 이거 지금 17만 명이
보고 있다는 뜻 맞지?

PD: 응. 맞아.

신이: 지, 지, 진짜?

태붕이: 채팅 너무 빨라서 읽지도 못하겠다. 신이 인기가 굉장한데?

까: 저희 활동 후원해주시는 거 잊지 말아주세요, 여러분!

신이: 구, 구독과 좋아요 알림 설정도요.

PD: 시간 없으니까 바로 시작하겠습니다. 첫 번째 질문.

Q. 왜 민들레인가요?

까: 원래 우리 이름은 '해방학림'이었는데. 그때는 태붕이랑 저랑 둘이 했
었거든요. PD님이 이름 구리다고 바꾸자 그랬지 아마?

PD: 아니, 네가 그랬어.

태붕이: 그때 마침 신이도 합류했었고. 민들레를 모티브로 정한 건 신이였어요.
그걸 베이스로 다 같이 혁민이들이라는 이름으로 결정했고요.

PD: 왜 민들레인지는 신이가 짧게 답변해줘.

신이: 음… 어디서나 자라니까. 민들레는 강한 꽃이에요. 가늘고 연약해 보여
도 땅 밑으로는 정말 넓고 깊게 뿌리내리거든요. 꽃들이 여기저기 흩

어져 있는 것 같아도 지면 아래로 뿌리가 이어져 있다고 해요. 그래서 뽑아도 뽑아도 죽지 않고 땅속에 남은 뿌리가 자라나서 다시 꽃을 피워요. 그렇게 자라난 꽃은 바람을 타고 멀리멀리 씨앗을 퍼뜨리고요. 우리도 그랬으면 했어요.

Q. 다섯 모두 데비안트인가요?

까: PD님은 앨라이Ally예요. 저희 넷은 데비안트고요.

PD: 각자 능력을 소개해주실 수 있나요?

까: 음, 그건 비밀로 하면 안 될까?

Q. 한국어가 유창하신데, 모두 한국인인가요?

나미: 아뇨. 저는 일본인이에요. 한국에서 학교를 다녔어요. 여기 세 사람은 한국인. 그리고 PD님은…

PD: 저는 한국계지만 중국 국적을 갖고 있습니다.

Q. PD님 얼굴 공개 안 되나요?

PD: 안 됩니다.

Q. 데비안트는 방사능 때문에 생겨난 건가요?

태붕이: 반은 맞고 반은 틀려요. 통계적으로 데비안트가 방사선과 관련되어 있다는 사실은 분명해 보입니다. 1세대 데비안트들의 경우 원자력 설비에서 일했거나, 그 주변에서 유년기를 보낸 사람들이 많아요. 비율이 줄긴 했지만 2세대인 저희도 그렇고요. 당장 저만 해도 어머니가 영광에서 자라셨고.

나미: 저희 부모님은 동일본 대지진을 겪으신 세대예요.

신이: 저는 부산….

태붕이: 아직 명확한 메커니즘은 밝혀지지 않았어요. 방사선이 우리 몸을 관통할 때 DNA에 변이가 일어나게 되는데, 데비안트 발현과 관련되어 있다고 추정되는 유전자는 현재까지 연구된 것만도 500가지가 넘는다고 합니다. 이 유전 형질들이 임계점을 넘을 정도로 충분히 쌓이게 되면 능력이 발생하고요. 유전자 하나를 껐다 켜는 식으로 해결되는 문제는 아니라는 거죠.

까: 하지만 그게 다는 아니지.

태붕이: 그렇죠. 데비안트 유전자를 보유하고 있어도 발현되지 않는 경우가 더 많거든요. 데비안트 발현은 대부분 열 살에서 스무 살 사이에 이루어지는데, 감정적 요인이 크게 작용하는 것으로 알려져 있어요. 극도의 스트레스와 통증, 폭력 경험, 트라우마, 영양 결핍, 우울증 같은 것들이 대표적으로 능력 발현을 촉발하는 트리거로 알려져 있습니다. 다시 말해, 힘들고 소외된 사람일수록 데비안트가 될 확률이 높다는 거예요. 물론 저는 좀 다른 의견을 갖고 있지만요.

PD: 어떤 의견이죠?

태붕이: 이 힘은 세상을 바꾸는 힘이에요. 그럴 필요가 있는 사람들에게 주어지는 것뿐이고요. 현실을 변모할 이유가 없는 사람들에겐 이런 능력이 필요하지 않겠죠.

Q. 데비안트 능력은 네 종류뿐인가요?

태붕이: 텔레파스, 키넨시스, 점퍼, 보이안트. 이렇게 넷뿐입니다. 가끔 두 가지 능력이 섞이는 경우가 있긴 해요.

신이: 그럼 파이어스타터는?

나미: 그건 키넨시스의 일종이야. 노트Knot가 안 되는 반쪽짜리 키넨시스.

신이: 노트?

나미: 사물에 염력 스트링을 묶는 가장 기초적인 기술. 파이어스타터들은 매듭이 완벽하지 못해서 자꾸만 사물이 미끄러져. 그게 물체에 진동을 일으키고 마찰 때문에 불이 붙는 거지.

신이: 그렇구나. 그럼 까는….

까: 쉿, 내 능력은 비밀.

Q. 어떻게 하면 데비안트가 될 수 있죠?

까: 안 되는 걸 추천.

Q. 왜죠?

까: 얻는 것보다 잃는 게 훨씬 많으니까요. 열아홉이 되기 전까지 보호시설에 갇혀서 지내야 하고 직업 선택의 자유도 없어요. 저희는 수능도 못 보고 자격증 시험도 못 쳐요. 최근엔 피선거권도 박탈됐어요. 초능력으로 선거를 조작할 수 있다나요. 비슷한 이유로 방송 출연도 제한되고요. 그럴 거면 대통령을 조종하지 뭐 하러 번거롭게….

나미: 주식이랑 로또도 못해요.

Q. 열심히 공부 안 해도 초능력으로 직장 들어가면 되니까 꿀빠는 거 아닌가?

까: 질문한 새끼 누구야? 십월 진짜 뒤질… 읍.

나미: (입막는중) 🔇

PD: 이 질문에 대한 답변은 이 정도면 되겠죠?

Q. 분위기를 바꿔서. 신이는 그때 왜 고양이 보고 놀랐어요?

신이: 그게… 고양이가 있어서…?

나미: 진짜 복고양이다. 그 아이 덕분에 구독자 100만 된 거잖아.

신이: 그니까.

Q. 사람들이 왜 그 사진을 좋아하는 걸까요?

신이: 그러게. 사람들이 왜 그럴까. 하하하.

Q. 고양이는 지금 어떻게 됐어요?

신이: 모르겠어요. 신의주에서 내렸거든요.

Q. 신이는 여행 동안 하고 싶은 일이 있나요?

신이: 그냥 무사히 파리까지 도착하기만 해도 행복할 것 같아요.

까: 잠깐만, 내가 지금 질문지를 보고 있는데. 여기서부터 질문이 죄다 신

          이는… 신이는… 신이는… 야, 이럴 거면 우리는 뭐 하러 같이 찍냐?

PD: 질문이 그렇게 들어온 걸 어떡해.

나미: 얘가 은혜를 모르네. 지금 우리 방송하는 게 다 신이님 덕분이잖아.

PD: 그럼 신이 질문은 나중에 따로 모아서 특집방송 할까?

신이: 뭐, 뭐? 싫어. 같이 해. 같이 해.

PD: 안 그래도 지금 방송 시간 너무 길어져서 잘라야 하나 싶었는데. 여러

          분 어떠신가요? 음… 채팅창은 좋다는 의견이 대세인데?

신이: 내 의견도 좀… 부끄럽단 말야.

나미: 맞다! 나 갑자기 아이디어가 떠올랐어.

까: 너 또 쓸데없는 짓 하려고 그러지?

나미: 아니거든? 들어봐. 지금 채팅 보니까 베이징에서 시청하는 분이 꽤 계

          시더라고. 그래서 말인데, 지금 여기서 신이가 텔레파시를 보내면 몇

          분이나 들을 수 있는지 한번 테스트 해보면 어떨까?

태붕이: 오, 재밌겠다.

나미: 헤헹. 그치?

PD: 신이는 괜찮겠어?

신이: 응. 한번 해볼게.

PD: 그럼 이렇게 하자. 여기 종이랑 펜. 먼저 카메라에 안 보이게 글씨를 쓰고, 똑같은 문장을 텔레파시로 최대한 멀리까지 보내는 거야.

신이: 알겠어. 지금 방송 시청하시는 분들한테만 들리게 보내는 거지?

까: 그런 것도 가능해?

신이: 응. 아마도.

PD: 메시지 받으신 분들은 채팅창에 남겨주세요. 문장을 정확히 맞히신 분께는 3개월 멤버십 구독권을 선물로 보내드립니다.

나미: (신이 지금 글씨 쓰는 중… 👀 손으로 가리고 우리한테도 안 보여주네…)

PD: 다 썼어?

신이: 응. 이제 텔레파시로 보낼게.

태붕이: 여러분, 분명히 말씀드리는데, 절대 조작 아닙니다. 저희 믿으시죠?

신이: 보냈어.

까: 채팅창 완전 혼돈인데? 사람들이 아무 말이나 막 쓰고 있어서 뭐가 진짜인지 모르겠어.

나미: 뭐야, 뭐야, 언제 시청자 수 80만까지 올라갔어?

PD: 접속자가 너무 많아서 송출 화면이 자꾸 끊기네. 방송 슬슬 마무리해야 할 것 같아. 바로 공개할까? 하나, 둘, 셋 하면 정답 들어서 보여줘.

신이: 알겠어.

나미: 하나, 두울, ㅅㅔㅔㅔㅔㅔㅔㅔㅔㅔㅔㅔㅔㅔㅔㅔㅔㅔㅔㅔ…

네트워크에 문제가 발생했습니다. [ERROR 506]

불편을 끼쳐드려 죄송합니다.

(다시 시도)

댓글 12,826개 ─────────────────────────

신이신이나 3년 전
억ㅋㅋ 서버가 이걸 여기서 끊네 ㅋㅋㅋ 방송 천재 혁민이들 ㅋㅋㅋㅋㅋ

태붕가붕가 3년 전
조작임, 백퍼 조작임.

    └ **으뇨뇨** 3년 전
           얘는 뭔 말만하면 조작이래. 한심한 새끼 ㅋㅋㅋㅋ

    └ **민들레진심녀** 1년 전
           이때 저는 베이징에 있었고, 정말로 목소리를 들었어요.

JJPR837 3년 전
[번역됨] 부에노스아이레스에서 라이브 시청 중 그녀의 목소리가 들렸다.

    └ **Joaquin Rodriguez** 3년 전
           [번역됨] 대마초를 너무 많이 피운 것 아닌지? 중독 증세 의심하라.

PD추적 3년 전
PD 얼굴 공개 서명 운동할 사람 모집(1/9,999,999명)

    └ **혁민이들** 3년 전
           여러분 아직은 때가 아닙니다.(PD)

베이징

"대박사건 대박사건! 우리가 서버를 터뜨렸다!"

레이리가 호들갑을 떨며 침대 위를 퐁퐁 뛰어다녔다. 어깨를 한 대씩 찰싹 얻어맞은 우리는 멍하니 오류 난 방송 창을 바라보았다.

"그냥 이렇게 끝내는 게 낫겠지?"

유영이 말했다. 나는 고개를 끄덕였다.

"응. 다시 열어봐야 방금 같은 분위기는 안 나올 거야. 내가 공지 띄울게."

그렇게 말하며 태블릿을 집으려는데 레이리가 염력으로 휙 빼앗아갔다.

"헤에? 거짓말. 그새 또 구독자가 30만 명 늘었다고? 게다가 지금도 실시간으로 늘고 있잖아? 나 이런 거 처음 봐. 숫자가 슬롯머신 도는 것처럼 획획 올라가."

"지금 그게 중요한 게 아니야. 태블릿 좀 줘봐."

"악!"

나는 다시 태블릿을 빼앗아 너희에게 보여주었다.

"방송하는 동안 베이징 쪽 데비안트 단체에서 쪽지가 왔어. 연대하자고."

"어느 단체?"

태빈이 물었다.

"열 군데 정도 돼."

"그렇게나 많이?"

"괴인명천怪人明天이랑 재스민茉莉花도 있어."

깜짝 놀란 유영이 나를 바라보았다.

"거긴 중국에서 제일 큰 조직들이잖아?"

"베이징 떠나기 전에 자기네 집행부 한 번만 만나달래. 내일 당장 행사 준비할 수 있다고."

"이욜 신화경, 완전 거물 됐네?"

레이리가 네 팔을 툭 치며 웃었다. 너는 고개를 푹 숙인 채 부끄러워했다.

"화경아, 뭐라고 답변할까? 결정권은 너한테 있어."

"정확히 뭘 해야 하는 건데?"

"하는 일은 평소랑 똑같아. 광장에 모여서 구호 외치고 피켓 들고 현수막 펼치고. 다만 참여하는 인원이 좀 늘어날 뿐이야."

"몇 명이나?"

"100명쯤? 규모야 정하기 나름이겠지만."

내 설명을 들은 너는 1초도 고민 않고 답했다.

"응. 하자."

그러자 유영이 널 제지하고 나섰다.

"맹화경, 상황 제대로 이해한 거 맞아? 그 사람들 지금 니 유명세를 훔쳐 가려는 거야. 자기들 과시욕 채우는 데 이용하려는 거라고."

유영의 말에 네가 발끈했다.

"그 정돈 나도 알아."

"너무 위험해. 여긴 한국이랑은 완전 달라. 만에 하나라도 공안에 체포되면 벌금 내는 정도론 안 끝나. 대사관도 데비안트인 우리를 도와주지 않을 거고."

"그래도 돕고 싶어. 안 돼?"

솔직히 이번엔 유영의 말이 옳았다. 너는 아무것도 몰랐다. 네가 지금 얼마나 위험한 선택을 하는지 전혀 이해하지 못하고 있었다. 너를 제외한 우리 모두의 머릿속엔 앞으로 벌어질 수 있는 최악의 경우의 수들이 손에 잡힐 듯 그려졌지만, 막연한 불안만으로 네 순진한 표정을 꺾을 수는 없었다. 유영은 크게 한숨을 쉬며 앞머리를 쓸어 넘겼다.

"알았어. 하자."

"나도! 나도!"

레이리가 달려와 말했다. 태빈도 진지한 표정으로 고개를 끄덕였다.

"한번 해보자. 같이 잘 준비하면 위험한 일은 없을 거야."

"내일 뭐 입지? 빅 이벤트니까 우리 화경이 제대로 주목받게 만들어줘야 하는데."

신이 난 레이리가 염력으로 트렁크를 열어 준비해온 옷들을 허공에 전시하기 시작했다. 너는 마네킹처럼 서서 한 벌씩 맞춰보았다. 유영이 나를 째려보며 말했다.

"잠깐 얘기 좀 해."

우리는 복도로 나왔다. 문이 닫히자마자 유영이 내 멱살을 움켜쥐고 벽으로 밀어붙였다. 나는 말없이 유영을 내려다보았다. 겨우 어깨높이 정도밖에 되지 않는 조그만 몸집. 아무 위협도 느껴지지 않았다.

"십월 지금 뭐 하자는 건데?"

"여기서 이런 짓 해도 괜찮겠어? 태빈이가 우리 말하는 거 다 읽고 있을 텐데."

"상관없거든? 묻는 말에나 대답해. 방금 전에 그거, 뭐 하는 짓이야?"

"난 아무것도 안 했어. 결정은 화경이가 했지."

"니가 유도한 거지. 쪽지 온 거 왜 말해줬어? 가만히 닥치고 있었으면 됐잖아."

"무슨 권리로? 이건 화경이한테 온 요청이야."

"쟤 표정 보면 모르겠어? 쟨 지금 아무것도 몰라. 내일 무슨 일이라도 생겼다간 완전 크게 충격받을 거라고."

"어차피 한 번은 겪게 될 일이야. 다들 그랬잖아?"

"그게 꼭 지금일 필요는…."

"언제까지 어린애처럼 일일이 보살펴줄 건데? 함께 행동하기로 한 이상 화경이도 현실을 알아야 돼. 자기가 무슨 일을 하고 있는 건지 정확히 알고 스스로 결정할 수 있어야 해. 그래야 진짜 대등한 동지가 되는 거야. 그게 싫으면 지금이라도 한국으로 돌려보내. 솔직히 통역이 꼭 필요한 것도 아니잖아?"

"웃기시네. 너 처음부터 이게 목적이었지? 우리 유명하게 만들어서 너네 나라 일에 이용하려고 그런 거 아냐? 너도 결국 중국인…."

방금 말은 그냥 넘어갈 수 없었다.

"야, 조유영."

나는 유영의 손목을 비틀어 잡힌 멱살을 풀었다. 유영이 주춤거리며 뒤로 물러났다. 찡그린 표정으로 고통을 참는 게 고스란히 드러났다. 유영은 붙잡힌 손목을 빼내려 했지만 나는 꼭 잡고 놓아주지 않았다.

"내 국적 들먹이는 거, 그거 사람들이 너한테 하는 거랑 완전 똑같은 짓인 거 알지?"

"……."

"대답해."

유영은 결국 잘못을 인정했다.

"미안해. 내가 실수했어."

나는 손을 놓았다. 주머니에서 진동이 느껴졌다. 휴대폰을 꺼내 메시지를 확인했다.

"통행 허가증 나왔어. 가서 찾아올게."

"… 응."

나는 마지막으로 유영에게 충고했다.

"유영아, 네가 화경이를 특별하게 생각한다는 건 잘 알겠어. 뭘 기대하고 있는지도 알겠고. 근데 개인적인 욕심이랑 대의를 혼동하진 마. 둘 중 하나를 확실히 선택해. 안 그럼 너희 둘 다 불행해질 거야."

유영은 슬며시 내 시선을 피했다.

"… 나도 알아."

* * *

바깥 거리를 걸으며 너에 대해 생각했다. 꿈에 잠긴 듯 먼 곳으로만 향하던 너의 눈빛을. 여전히 너는 아무것도 이해하지 못한 게 분명했다. 베이징 활동가들이 얼마나 큰 위험에 노출되어 있는지. 재스민 같은 거대한 조직이 얼마나 복잡하고 다양한 정치적 야망으로 작동하는지. 물론 그들은 중요한 가치를 위해 싸우는 좋은 사람들이었다. 하지만 그렇다고 흠결 없이 선하기만 한 건 아니었다. 숭고한 목적 아래서도 얼마든지 그릇된 욕심이 태어나기 마련이었다.

하지만 그 또한 너의 선택이었고, 나는 너를 막을 자격이 없었다. 애초에 말로 설명해서 이해시킬 수 있는 문제가 아니었다. 결국 네 눈으로 직접 보고 깨닫는 수밖에 없었다. 그랬으면 했다. 네가 세상을 바꿀 혁명가로 성장하기를 바랐다.

나 역시 조금은 너에게 기대를 걸기 시작했던 모양이다.

문득 그런 생각이 든다. 돌이켜보면 이 모든 사태는 너의 재능이 만들어낸 결과물이 아니었을까? 모두에게 사랑받고 싶어 하는 너의 집착적 성향이 텔레파스 능력과 결합해 베이징 사람들에게 모종의 화학작용을 일으켰던 것인지도 모른다. 언제든 어디서든 사람들은 예외 없이 너를 사랑했다. 그건 너만이 가진 특별한 재능이었다.

허가증을 수령하고 돌아오는 길에 베이징 조직들과 내일 행사를 위한 연락을 주고받았다. 몇 가지 구호와 순서를 협의하고 장소도 정했다. 생각보다 훨씬 규모가 커졌다. 20여 개의 크고 작은 조직들이 규합해 합동 행사를 진행하기로 합의를 마친 모양이었다. 모두 한자리에 모이는 건 사상 처음 있는 일이라고 했다.

나는 우리의 활동이 어디까지나 비폭력 노선이라는 점을 몇 번이고 강조했다. 주목받는 장소엔 꼭 튀고 싶어 하는 극렬주의자들이 파리처럼 꼬이기 마련이었다. 유영의 말처럼 괜한 짓으로 너희를 위험하게 만든 건 아닌지 걱정이 되었다.

숙소 근처에서 도시락을 구입해 방으로 돌아왔다. 그때까지도 흥분을 가라앉히지 못한 너희는 베개를 던지며 서로 장난을 주고받고 있었다. 술이 없어 천만다행이었다. 그랬다면 또 밤새 술판이 벌어졌겠지. 술 없이도 취한 것처럼 웃고 떠들었을 정도니.

맥이 풀려버린 나는 촬영도 잊고 침대에 드러누워버렸다.

"근데 있잖아, 화경아. 아까 쪽지엔 뭐라고 썼어?"

레이리가 물었다.

"아, 맞다."

네가 황급히 주위를 두리번댔다.

"지금 몇 시지?"

"11시 58분." 태빈이 답했다.

"정말?"

너는 자리에서 벌떡 일어나 양팔을 뻗어 모두를 진정시켰다.

"쉿! 조용! 쉿!"

방 안이 순식간에 조용해졌다. 모두가 너를 뚫어져라 바라보았다. 너는 양손을 깔때기처럼 귀에 대고 눈을 감았다.

"왜? 무슨 일인데?"

유영이 투덜거리자 레이리가 팔뚝을 꼬집으며 검지를 입술에 가져갔다. 투명 패널이 성난 이모티콘을 그리며 번쩍였다.

[조용 ✖]

"아니, 그러니까….'

기어코 중얼대는 유영의 입을 레이리가 틀어막았다. [가만 좀 있어 ✖] 레이리가 몸으로 짓누르자 유영은 저항하지 못하고 그대로 침대에 쓰러졌다. 바로 그 순간,

짝. 짝. 짝. 짝.

창밖에서 박수 소리가 들려왔다. 정확한 간격으로 네 번.

그 소리에 답하듯, 뒤이어 무수히 많은 박수 소리가 사방에서 울려 퍼졌다. 정확히 박자를 맞춰 네 번 짧게 끊어 치는 박수. 마치 축구 경기장에라도 들어선 것 같았다.

너는 주머니에서 꼬깃해진 종이를 꺼내 조심스레 우리 앞에 펼쳤다. 종이엔 쌀알보다 작은 글씨로 이렇게 써 있었다.

오늘 밤 12시가 되면 짧게 네 번 박수를 칩시다.

이 짧은 문장이 그렇게 큰 파장을 일으킬 줄은.

시간이 되자 사람들은 박수를 쳤다. 단지 그 단순한 행위만으로 우리는 서로를 확인할 수 있었다. 입을 열어 말하지 않고도 눈빛만으로 서로에게 진심을 전할 수 있었다. 아, 너도? 너도? 세상에는 이렇게나 많은 우리 편이 존재했구나. 나는 혼자가 아니었구나. 솔직히 놀랐다. 네 단순한 아이디어는 생각했던 것보다 훨씬 창의적이고 효과적인 방법이었다.

그날 하루에만 박수 치는 영상 수만 건이 소셜 페이지에 업로드되었다. 'Handclap Challenge'라는 제목을 달고 점점 빠르게 유행처럼 퍼져나갔다. 영상은 베이징뿐 아니라 모든 나라에서 동시에 업로드되고 있었다. 정말로 텔레파시가 지구 반대편까지 전해진 것인지, 아니면 소셜 페이지와 온라인 네트워크를 타고 번져 나간 것인지 알 수 없지만.

영상 아래엔 이런 태그가 달려 있었다.

\#우린너희와다르게볼뿐 ✸

혁민이들
혁명하는 민들레 혁민이들. 소외된 모두를 위한 한 걸음   구독자 12.7억 명

#혁민이들 #인물탐구 #나미
인물탐구 | 나미
조회수 63,382,693회 / 2036. 8. 2.   👍 182만 👎 44만

회심의 신규 콘텐츠

인·물·탐·구

그 두 번째 시간

이번에 소개할 멤버는 바로

나미: 나미다람쥐! [🖐]

PD: 지금은 무얼 하고 계시죠?

나미: 어… 오늘 있을 행사를 준비하고 있어요. 옷이랑 이것저것.

PD: 혼자만 놀고 계시는 것 같은데, 준비는 끝났나요?

나미: 에헴, 전 항상 만반의 준비를 갖추고 있답니다. [🕶🖐]

까: 니가 준비하긴 뭘 준비해!

싸움 나기 전에

바로 시작

Q. 간단히 자기소개 부탁해.

[앙뇽!] 혁민이들에서 귀염둥이를 담당하고 있는 [나미] 랍니다!

Q. 나미(波)는 파도라는 뜻이지?

맞아. 혁명을 일으킬 첫 번째 파도! [🖐]

Q. 그런데 왜 나미예요?

그게… (수줍) 레이니까… 아야… 나미… 👉👈

Q. 와, 진짜 그거야?

… 그냥 넘어가면 안 돼? (부끄)

Q. 그거 엄청 오래된 애니메이션 아니야?

어릴 때 내가 지낸 시설에선 볼 수 있는 게 그런 것뿐이었어. 당시엔 데비안트가 외부 세계를 배우는 걸 극도로 꺼려했으니까. 애들이 그나마 창고에서 DVD 몇 장을 찾아냈어. 우리가 태어나기도 전에 버려진 디스크들. 그걸 닳도록 돌려 보고 또 돌려 봤어.

Q. 어째서 다람쥐? 🐿

귀여우니까[람쥐!] 👀🐿

Q. 그게 다야?

… 응.

그게 다야.

Q. 나미는 일본인이잖아. 그런데 어쩌다 한국에서 학교를?

어느 날 해외에서 전학 온 미스터리한 초능력 소녀! [두둥ドン!] …가 되고 싶어서 그랬던 건 물론 아니고. 조금 현실적인 이유. 어떻게든 대학을 다녀보려고 데비안트라는 사실을 숨기고 유학 원서를 냈어. 일본은 한국이랑 달리 아직 등록제나 전산화 같은 게 잘 안 되어 있으니까, 이런 식으로 우회해서 학위를 따는 경우가 제법 있어.

Q. 그렇게 졸업하면 일본에서 학위 인정이 돼?

희한하게 그게 돼. 데비안트가 입학하는 걸 막는 규정은 있는데, 일단 취득한 학위를 무효로 하는 규정은 또 없어서.

Q. 일본답네.

그치?

Q. 태붕이랑은 무슨 관계?

대학에서 만난 동생. 데비안트 학생들만 아는 비밀 커뮤니티가 있었어. 거기서 알게 됐지. 태붕이가 많이 도와줬어. 정체가 탄로나지 않게 지켜준 적도 여러 번 있었고. 항상 고맙지. 여러분 태붕이 진짜 착해요! 노잼이지만. [☺]

Q. 혁민이들에 합류하게 된 이유도 태붕이 때문?

응. 맞아. 어떻게 거절하겠어. 졸업하자마자 합류했지요.

Q. 까랑 친해 보인다.

까: 누가 친해!

나미: 🔮 (봤지?)

Q. 역시 친해 보인다. 친구 사이?

나미:　🤭 굳이 말하자면 나의… 귀여운 아기고양이? (속닥)

까:　　 너 또 이상한 소리 했지? 다 보고 있다?

나미:　🐾 (봤지?)

Q. 항상 스케이트보드를 타던데.

염력 훈련이야. 처음엔 보드에 염력을 걸어서 허공에 날리거나 회전하는 식으로 연습하는데, 익숙해지면 나중에는 가상의 보드를 만들어서 비행도 할 수 있대. 근데 하다 보니 재밌어서 그냥 취미가 됐어. [롱보드 댄싱 🛹]이라고, 보드 위에서 춤추는 건데 되게 신나!

Q. 투명 패널 신기하다. 어디서 구입한 건지?

직접 만들었어. 이래 봬도 공대생이랍니다! [👓✋]

Q. 열여섯 키넨시스입니다. 나미처럼 능력이 강해지려면 어떻게 해야 하나요?

당장 악력기를 사서 단련하세요. 타고난 레버리지는 아무리 훈련해도 바뀌지 않거든요. 강해지고 싶다면 악력을 키우는 방법뿐이에요. 여자는 악! 력!

Q. 추천하는 악력기 모델 있어?

이거! 모델명은 모릅니다!

Q. 와, 손때 탄 거 봐. 얼마나 훈련한 거야?

헤헹. 지금도 틈날 때마다 하지요. [최고 기록 45kg 💪]

Q. 파리에 도착하면 제일 먼저 뭘 하고 싶어?

잘생긴 파리 미남 꼬셔야지. 아, 물론 미녀도 환영이야.

Q. 항상 자유연애를 주장하는 편인데.

그러엄. 이 예쁨과 젊음을 낭비할 순 없지. 이 아찔한 아름다움과 쾌락을 누리지 않는 건 우리 몸이 가진 무한한 가능성에 대한 모독이야. 입술이 닿고 땀에 젖어 떨림으로 폭발하는 순간보다 자유로워지는 순간이 있을까? 우리에겐 사랑할 자유가 있다! 사랑받을 자유가 있다!

Q. 근데 항상 말뿐이잖아.

이번엔 진짜! ◎◎🈂

나미: 있잖아. 사람들 지금 신이를 더 궁금해하지 않을까?

PD: 응. 그러니까 나중에(속삭).

나미: (???)

PD: 그러니까 좀 나중에 해야 된다고(눈치좀).

나미: 아? (이제야 눈치챔) 아아! 너 말야, 그럼 지금 나는 그냥 @#%#$%@#!$!@#$(해석불가)

그만 알아보도록 하자

그럼 다음에 또

▶ 다음 영상 : 인물탐구 | 유영(a.k.a. 까) ①
▶ 관련 영상 : CLIP | 나미의 롱보드 댄싱 레전드 모음. 나 쫌 멋있지? ①

까나미액젓 3년 전

까랑 나미 동시 출연 특집 해주세요! 둘이 케미 진짜 넘좋음.

asdfghh 3년 전

(신고 처리된 댓글입니다) ㅗㅜㅑ... ■■아 ■■한 게 ■■ 잘 하게 생겼네

    └ **혁민이들** 3년 전

      (신고 처리된 댓글입니다) 왜 사냐 걍 뒤지세요 이 새끼야(까)

PD추적 3년 전

인물탐구 PD님 편은 언제?

    └ **혁민이들** 3년 전

      안합니다.(PD)

Joaquin Rodriguez 3년 전

[번역됨] 보드 위의 춤추는 여신! Dancing Chipmunk!

광장

다섯 모두 잠을 설쳤다. 박수 소리를 들은 뒤부터 우리는 흥분을 가라앉히지 못하고 침대에 누워 뒤척이기만 했다. 결국 레이리가 벌떡 일어나 소리쳤고, 기다렸다는 듯 모두 일어나 새벽 일

찍 행사 준비를 마쳤다.

덕분에 여유가 생긴 우리는 오전 내내 베이징 관광을 했다. 아침으로 전병을 먹고 스차하이 호수와 징산 공원을 걸으며 영상을 찍은 뒤 근처 전통 식당에서 점심으로 민물 새우와 오리 요리를 먹었다.

소화할 겸 자금성 구경을 마친 우리는 남문을 통해 넓은 광장으로 빠져나왔다. 거대한 마오의 초상화 앞에서 마지막으로 기념사진을 찍고 가까운 공중화장실에 들러 옷을 갈아입었다. 이번엔 전통의상을 입기로 했다. 유영이 한국에서부터 챙겨 온 개량한복을 트렁크에서 꺼내 한 명씩 나눠주었다.

"너도 그냥 한복 입지. 이거 따로 준비하느라 얼마나 귀찮았는지 알아?"

레이리에게 기모노를 건네며 유영이 투덜거렸다.

"내가 너한테 기모노 입으라고 하면 넌 입을 거니? 타국의 문화는 존중해야 하는 거야."

"늬예, 늬예."

먼저 한복으로 갈아입은 네가 웃으며 다가와 내게 옷을 건넸다.

"한복?"

"아니, 중국 전통의상이래. PD님 꺼."

"… 난 됐어. 촬영 중이야."

"그러지 말고 입고 와. 카메라는 내가 들고 있을게."

나는 마지못해 옷을 받아 들었다. 옷을 갈아입고 나오니 모든 준비가 끝나 있었다. 너희는 언제나처럼 동물 모양 가면을 뒤집어쓰고 광장으로 향했다. 태빈과 네가 현수막을, 유영은 깃발을 맡았다. 레이리는 여름 기모노 차림으로 뒤따르며 스케이트보드 연습에 열중했다. 탁 트인 광장을 만나 신이 난 모양이었다. 여전히 점프는 서툴렀지만.

광장 곳곳에 사람들이 정신없이 흩어져 있었다. 물론 대부분은 그저 체조하러 나온 행인이거나 관광객이었지만, 가끔 드물게 눈길이 가는 사람들이 있었다. 행사에 참여할 베이징 멤버들이 티 나는 표정으로 우리 쪽을 힐끔힐끔 쳐다보았다. 자연스레 합류할 시점을 고민 중인 모양이었다. 나는 조용히 스마트폰을 꺼내 근거리 파일공유 기능을 켰다. 그러자 구호가 담긴 포스터 이미지 수십 장이 순식간에 전송되었다. 막후에선 이미 싸움이 시작되고 있었다.

광장 중심으로 나아갈수록 인파가 점점 많아졌다. 데비안트, 앨라이, 행동가들, 반정부 운동가들, 그리고 그들과는 아무 상관없는 절대다수의 행인들이 혼잡하게 뒤섞여 점차 광장의 밀도를 높여갔다.

약속한 장소에 다다랐다. 혁명을 위해 피 흘린 사람들을 기리는 거대한 추모비. 나는 너희에게 다시 한번 계획을 설명했다.

"잘 들어. 딱 1분이야. 1분 동안 구호 외치고, 다 같이 사진 찍고, 저쪽 골목으로 빠져나가서 옷 벗어 던지고 관광객인 척 버스 타고 역으로 돌아가는 거야. 공안이 냄새 맡고 출동하기도 전에 깔끔하게 끝날 거야. 걸리적거리는 짐은 적당히 근처에 버려두면 돼. 베이징 친구들이 출발 전까지 역으로 가져다주기로 했어. 별거 없지?"

너희는 손가락으로 브이 자를 그렸다.

약속된 시간이 되자마자 우리는 추모비가 있는 단상으로 뛰어올라 현수막을 펼쳤다. 나는 캠코더의 촬영 버튼을 눌렀다. 너희를 촬영할 드론도 공중으로 날아올랐다.

사방에 흩어져 있던 베이징 멤버들도 순식간에 달려와 우리 곁에 나란히 섰다. 수십 명의 활동가 사이에서 전통의상을 입은 너희 네 사람은 단연 눈에 띄었다. 모두가 함께 약속한 구호를 외쳤다. 현지의 정치적 사정을 고려해 최대한 순화시킨 문구였다.

"우린 너희와 다르게 볼 뿐!"

"데비안트 차별 철폐하라!"

외침을 들은 사람들이 우리 주위로 몰려들기 시작했다. 머뭇거리느라 미처 합류하지 못했던 나머지 멤버들과 너의 얼굴을 보기 위해 찾아온 사람들, 호기심에 모여든 구경꾼까지 금세 1000명이 넘는 인파가 미어터질 듯 모여들었다. 예상보다 많은 숫자에 당황했다. 그들은 빠져나갈 틈조차 없이 우리를 에워싸고 '신!' '신!' 하며 너의 이름을 연호하기 시작했다. 금세 1분이 지나버렸다. 나는 조금씩 걱정되기 시작했다.

누군가 뒤에서 내 어깨를 두드렸다. 왕하오란王浩然. 데비안트 인권재단 재스민의 정책국장인지 대외협의국장인지 뭐 그런 직책의, 이번 행사의 총괄 책임자를 맡은 여자였다.

"얘기가 다르잖아요. 사람 별로 없을 거라더니."

나는 추궁했다.

"미안해요. 어디서 정보가 샜나봐요. 예상보다 많이 모였어요."

"전부 그쪽 사람들인가요?"

"우리 쪽도 있고, 아닌 사람들도 있고."

"다 같은 편이 맞냐고요."

"아마 그럴 거예요."

갑자기 비명이 들렸다. 누군가 바닥에 넘어졌고 험한 욕설과

발길질이 이어졌다.

"괴인怪人들은 돼지다!"

"괴인들을 벽에 걸어버리자!"

빌어먹을 데비안트 혐오자들. 빨간 조끼를 입은 젊은 남자들이 붉은 깃발을 들고 똘똘 뭉쳐 이쪽으로 다가오고 있었다. 혐오자들은 행인들을 거칠게 밀쳐 쓰러뜨리며 길을 뚫었다. 베이징 행동가들이 일렬로 서서 그들을 가로막았고, 몸싸움이 시작되었다. 정신없이 서로를 밀고 밀치는 가운데 누군가 주먹을 휘둘렀다. 그것만으로도 우리는 이미 패배한 것이나 다름없었다. 잘잘못과 상관없이 선명한 폭력의 이미지가 우리의 메시지를 무색하게 덮어버릴 것이 분명했다.

"어용단체들이에요. 매번 이렇게 나타나죠."

"저 사람들이 올 걸 예상하고 있었다고요?"

"그래요."

"왜 말 안 했죠?"

"걱정 말아요. 여러분은 우리 조직이 안전하게 지켜드릴게요."

"아니. 우린 철수하겠어요."

"안 돼요. 아직 약속한 일정이 남았잖아요. 빨리 나랑 사진 찍어요."

"지금 사진이 중요해?"

"약속했잖아."

"우리가 당신 화보 찍어주려고 온 줄 알아?"

그룹 내부 정치에 어울려줄 이유는 없었다. 내가 몸을 돌리려 하자 왕하오란이 팔을 붙잡았다. 나는 거칠게 손길을 뿌리쳤다. 바닥에 넘어진 왕하오란을 향해 나는 욕설을 뱉었다.

"그러게 일 처리를 똑바로 했어야지."

주변이 점점 소란스러워졌다. 나는 서둘러 너희에게 달려갔
다. 너희는 잔뜩 긴장한 표정으로 두려움을 견디며 구호를 외치
고 있었다. 짊어지지 않아도 될 책임감에 짓눌려 중요하지도 않
은 사명을 완수하기 위해 깃발을 치켜들었다.

곳곳에서 통제되지 않은 구호들이 튀어나왔다. 특정 정치인
을 지지하는 발언부터 농촌 청년 실업 문제까지. 모두 데비안트
인권과는 한참 떨어진 메시지들이었다. 어렵사리 한자리에 모인
베이징 행동가들은 목적을 잊고 조각조각 파편처럼 흩어져 자기
할 말만 혼란스럽게 쏟아내기 시작했다. 누구도 그들의 외침을
듣지 않았다. 심지어 그들 자신들조차도 서로의 말을 듣고 있지
않았다.

인파에 섞여 가면을 벗기려는 놈들의 손끝이 아슬아슬하게 얼
굴 근처를 스쳐 갔다. 너희를 지키기 위해 팔짱을 끼고 차단벽을
세운 베이징 활동가들이 한 계단 뒤로 물러섰다. 어용단체에 조
금씩 밀리고 있었다.

너희와 합류하자마자 태빈이 내게 속삭였다.

"당황하지 말고 들어. 폭탄을 가진 사람들이 있어."

"뭐?"

"외투 입은 사람들."

빌어먹을. 무장 그룹까지 섞여 있다고? 나는 당황하지 않은
척 표정을 유지하며 천천히 고개를 끄덕였다.

"애들은?"

"모르는 게 낫겠지?"

"응. 문제가 커지기 전에 도망치자. 서울역 때처럼 레이리한

테….”

이미 늦었다.

활동가들의 차단을 뚫고 붉은 조끼를 입은 괴한이 뛰어들었다. 태빈이 황급히 나를 밀쳤다. 나는 바닥에 내동댕이쳐졌다. 정신을 차리고 보니 칼날을 붙잡은 태빈의 손이 눈앞에서 어지럽게 흔들리고 있었다. 칼끝에 핏물이 맺혀 주르륵 떨어졌다. 나는 서둘러 괴한의 팔을 꺾었다. 칼이 바닥에 떨어졌다. 뒤늦게 우리를 발견한 네가 비명을 질렀다.

사태는 정해진 수순대로 흘러갔다. 한 박자 늦게 도착한 공안이 사방에서 달려와 우리를 포위하기 시작했다. 알루미늄 방패를 앞세운 무장 경찰들이 벽을 세우고, 그 뒤로 장갑차가 자리 잡았다. 방패 사이사이로 총구를 내민 경찰들이 우리에게 무차별적으로 고무탄을 쏘았다. 겁에 질린 사람들은 바닥에 납작하게 엎드려 몸을 웅크렸다.

확성기에서 강압적인 중국어 음성이 터져 나왔다.

“순순히 체포에 응하라! 지시에 복종하라! 따르지 않을 시 실탄 발포하겠다! 너희는 지극히 위험하고 통제되지 않는 존재들이다! 다시 한번 경고한다! 현 시간부로 능력 사용을 금지한다! 능력을 사용하지 마라! 이에 응하지 않을 시 즉시 실탄 발포하겠다!”

경고가 끝나자마자 그들은 일제히 방패로 바닥을 치며 우리를 위협했다. 소총에서 고무탄을 빼내고 실탄이 든 탄창으로 교체하는 모습도 보였다. 얼마 후 방패벽 일부가 좌우로 갈라지며 방독면을 쓴 진압부대가 몰려왔다. 여기저기서 최루탄이 터지고 사람들이 고함을 질렀다. 나는 최대한 숨을 참았다. 하지만 결국 가스를 삼키고 침과 콧물을 쏟아냈다.

혼비백산한 활동가들이 하나둘 일어나 사방으로 뿔뿔이 흩어지기 시작했다. 한번 체포당하면 다시는 바깥세상으로 돌아올 수 없다는 걸 그들은 잘 알고 있었다. 경찰들이 그들의 뒤통수에 곤봉을 휘둘러 쓰러뜨리고 어깨를 짓밟아 수갑을 채웠다.

호흡이 서서히 안정되었다. 나는 최대한 낮게 몸을 숙이고 주위를 둘러보았다. 너희를 찾아보려 했지만 최루탄 연막 때문에 아무것도 보이지 않았다. 나는 방금 전까지 곁에 있었던 태빈의 이름을 외치며 연기 속을 더듬었다. 하지만 태빈은 보이지 않았다.

혈기를 참지 못한 누군가가 권총을 뽑아 응사했다. 총알이 방패를 때리자 공안이 대응 사격을 시작했다. 사방에서 총성이 울리고 권총을 쏜 사람이 바닥에 쓰러졌다. 피가 바닥을 적셨다. 그 모습을 가까이서 지켜본 사람들이 패닉에 빠졌다. 이제는 시위와 무관한 행인들마저 일어나 도망치기 시작했다. 몇몇은 이성을 잃고 공안을 향해 달려갔다. 키넨시스 하나가 염력을 휘둘러 경찰 한 무리를 멀리 날려 보냈으나, 이내 총에 맞아 쓰러졌다.

또 한 번 총성이 울렸다. 이번엔 누군가의 몸에 맞았다. 힘껏 달리던 청년 하나가 픽 무릎을 꿇고 쓰러지는 모습이 보였다. 붉은 조끼가 더 짙고 새빨간 색으로 물들었다. 멍청한 경찰 같으니. 자기편을 맞히다니. 핏빛으로 충혈된 눈동자가 황망한 표정으로 경찰을 노려보다 쓰러졌다.

영웅심에 취한 멍청이 하나가 벌떡 일어나 외투를 열어젖혔다. 복잡한 전선다발이 주렁주렁 매달린 플라스틱 폭탄이 모습을 드러냈다. 남자가 소리쳤다.

"움직이지 마! 나는 도약자跳躍者다!"

남자가 난간 위로 올라서며 폭탄과 연결된 와이어에 손가락을 걸었다. 화약의 양으로 보아 터진다면 적어도 수십 명은 죽거나 다칠 것이 분명했다. 당황한 진압부대가 슬금슬금 뒤로 물러나기 시작했다.

"가까이 오기만 해! 인민대회당을 폭파시켜 버릴 테다!"

서서히 연기가 걷혔다. 그제야 나는 너를 발견할 수 있었다. 너는 폭파범을 향해 달려가고 있었다. 어찌할 수 없는 상냥함으로, 혹은 네 엄마에 대한 기억 때문에. 스스로를 불사르려는 그 남자의 생명을 구해내기 위해 목숨을 걸고 뛰어들었다.

너는 손을 내뻗어 텔레파시로 남자의 정신을 움켜쥐었다. 홀드Hold. 일순 폭파범의 움직임이 멈췄다. 어디선가 레이리가 염력으로 너를 끌어당겼다. 너는 뒤쪽으로 날아가 바닥에 쓰러졌다. 지배에서 풀려난 폭파범이 혼란스럽게 비틀거렸다. 공안의 저격수가 그 짧은 틈을 놓치지 않고 방아쇠를 당겼다.

어디선가 총성이 울리고 폭파범의 머리에 구멍이 뚫렸다. 그리고,

폭발이 일어났다.

＊ ＊ ＊

그곳에서 일어난 일들을 설명할 수 있는 단어는 하나뿐이다.

우연.

폭발 직후 일어났던 일련의 과정들은 오직 우연에 의해 결정됐다. 전선으로 연결된 연쇄 폭탄 중 일부가 불량품이었던 것도, 그 덕에 폭발력이 약해져 네가 살아남을 수 있었던 것도, 폭발에 휩쓸린 경관이 권총을 떨어뜨린 것도, 그 총이 바닥을 굴러 어떤

아이의 코앞까지 당도한 것도.

하필이면 네가 그 아이의 근처에 쓰러져 있었던 것마저도.

그 아이는 무고한 아이였다. 활동가도 데비안트도 아니었다. 자전거를 타러 왔다 우연히 말려들었을 뿐인 호기심 많은 구경꾼. 폭발로 정신이 혼미해진 아이는 땅을 짚으려다 실수로 총을 건드리고 말았다. 상황을 오해한 경찰들이 아이에게 총을 겨누었고, 너의 몸은 본능적으로 아이를 보호하기 위해 움직였다. 너는 어찌할 수 없는 상냥함으로 아이의 앞을 지키듯 막아섰다.

그래. 하필 너였다. 끔찍한 우연이었지.

네가 조금만 더 먼 곳에 쓰러져 있었더라면. 네 토끼 가면이 찢어지지 않았더라면. 네가 일어서지 못할 정도로 폭발이 조금만 더 강했더라면. 무수한 가능성 중 무엇 하나만 달라졌어도 사태는 전혀 다른 방향으로 흘러갔을 것이다. 만약 그 자리에 레이리가 서 있었다면 경찰들의 팔이 부러졌겠지. 태빈이라면 애초에 총에 맞을 일 따윈 없을 테고. 만약 유영이라면, 혹은 나였다면… 뭐가 됐든 우리 모두의 운명은 완전히 달라졌겠지.

하지만 애석하게도, 그 순간 그 자리에 서 있었던 건 너였다.

너와 마주한 경찰들은 당황했다. 너는 아무 행동도 하지 않았으니까. 그저 당당히. 가슴을 내밀고 앞으로 걸어나갈 뿐이었으니까.

한 걸음, 또 한 걸음.

네가 찢어진 치맛자락을 펄럭이며 조금씩 다가설 때마다 그들은 뒤로 물러날 수밖에 없었다. 그들은 네 얼굴을 보았다. 찢어진 가면 뒤로 드러난 앳된 소녀의 눈동자를. 비무장인 10대 소녀를 향해 아무 감정도 없이 총을 겨눌 정도로 막돼먹은 악인은 아니었던 것이다. 결국 그들은 총구를 내리고 말았다.

나는 홀린듯 그 순간을 카메라에 담았다. 그 한 장의 사진이 모든 걸 바꿔놓았다. 맨몸으로 맞서는 네 앞에서 한 걸음 물러서는 경찰들의 모습. 찰나의 구도가 한층 너를 거대해 보이게 했다. 백 마디 말로도 표현할 수 없는 아우라를 사람들에게 각인시켰다.

그날 너는 아무것도 하지 않았다. 바로 그랬기에 너는 승리했다. 네 앞에 선 경찰들이 조금만 더 악했더라면, 네가 조금만 덜 상냥했더라면 미래는 완전히 달라졌으리라. 하지만 사태는 절묘한 균형을 찾아 네 곁으로 흘러갔고, 언제 터져도 이상하지 않았던 혁명의 에너지는 너라는 상징적인 분출구를 찾아 일제히 터져 나오기 시작했다.

데비안트인 네가 데비안트가 아닌 아이를 위해 몸을 던졌고, 그로 인해 사람들은 처음으로 혁명을 구체적으로 상상할 수 있게 됐다. 데비안트만의 반란이 아니라, 소외된 모두가 함께 연대하는 모습을. 그게 가능하다는 사실을 알게 됐다. 그건 중요한 일이지. 변화가 시작되려면 우선 그 변화를 상상할 수 있어야 하니까.

그래. 그날 너는 승리했다. 사소하지만 변화를 만들어냈다. 그러지 않았더라면 좋았을걸. 차라리 그냥 거기서 모두 함께 죽어버렸으면 좋았을 텐데.

당황한 경찰들 앞에 당당히 마주 선 너는 양손을 내밀며 이렇게 말했다.

"제가 주동자예요. 저를 체포하세요."

결국 너는 체포되었고, 그렇게 우리의 혁명은 시작되었다.

#혁민이들 #도와주세요 #신화경을석방하라

긴급 | 여러분의 도움이 필요합니다

조회수 1,110,832,129회 / 2036. 8. 2.   👍 9823만 👎 3214만

나미: 안녕하세요. 혁민이들이에요. 오늘은 여러분께 한 가지 도움을 요청드
      리려 해요.

태붕이: 오늘 낮에 저희 멤버 신이가 공안에 체포되었습니다. 하지만 신이는,
       화경이는 아무 죄도 짓지 않았습니다. 우리는 그저 파리로 향하는 여
       행객일 뿐이었습니다. 단지 사람들을 차별하지 말라는, 우리를 미워하
       지 말라는 외침을 전했을 뿐입니다. 무해한 현수막을 걸고 깃발을 흔
       들었을 뿐입니다.

까: 화경이를 체포한 경찰들도 알고 있었을 거예요. 우리가 아무 짓도 하
    지 않았다는 걸요. 모든 증거가 영상으로 남았습니다. 저희 채널에 편
    집 없이 전부 올려두었어요.

[사진]

태붕이: 이 사진을 봐주세요. 화경이는 아무것도 하지 않았습니다. 무기를 쥐고
       있지도 않았습니다. 화경이는 그저 가만히 어린아이를 지키려고 했을
       뿐입니다. 총에 맞을지도 모르는 위험을 감수하면서요. 그런데도 경찰
       은 화경이를 체포했습니다. 단지 데비안트라는 이유로요. 이럴 수는 없
       습니다.

까: 화경이가 체포된 장소는 마오의 기념관 앞이었습니다. 마오는 억압이 있는 곳에 늘 저항이 있는 법이라 말하지 않았던가요. 그런데 지금 우리를 억압하는 건 누구죠? 우리를 저항하게 만드는 것은 과연 누구인가요?

나미: 부탁드려요. 화경이를 구해주세요.

#신화경을석방하라

#FreeShinHwaKyung

까: 우리는 엄중히 요구합니다. 데비안트 차별을 즉시 멈추십시오.

나미: 우리는 엄중히 요구합니다. 명분 없는 체포와 감금을 즉시 중단하십시오.

태붕이: 우리는 엄중히 요구합니다. 무고한 데비안트 신화경을 즉시 석방하십시오.

#신화경을석방하라

#FreeShinHwaKyung

나미: 모두 도와주세요. 이 영상을 최대한 많은 사람에게 공유해주세요.

까: 해시태그 #신화경을석방하라 많이 퍼뜨려주시길 부탁드립니다.

태붕이: 시청해주셔서 감사합니다.

▶ 관련 영상 : 4화 | 드디어 베이징! 다 때려치고 여행 VLOG로 전향합니다. ①

댓글 146,258개

📌 혁민이들 님이 고정한 댓글

혁민이들 3년 전

여러분의 관심이 큰 도움이 됩니다. 부디 많은 분들께 진실을 알려주세요.(PD)
#신화경을석방하라 #FreeShinHwaKyung

으뇨뇨 3년 전

#신화경을석방하라 #FreeShinHwaKyung

까나미액젓 3년 전

#신화경을석방하라 #FreeShinHwaKyung

민들레진심녀 3년 전

#신화경을석방하라 #FreeShinHwaKyung

John Z 3년 전

#신화경을석방하라 #FreeShinHwaKyung

JJPR837 3년 전

#신화경을석방하라 #FreeShinHwaKyung

Joaquin Rodriguez 3년 전

#신화경을석방하라 #FreeShinHwaKyung

신이신이나 3년 전

#신화경을석방하라 #FreeShinHwaKyung

.

.

.

PD추적 3년 전

6년 전에 '화경이 사건'이라고 혹시 기억함? 그 학대받은 애가 얘임. 얘뿐만 아니라 다른 애들도 사연 굉장함. 믿을만한 소스 꽤 모아놨음. PD 얼굴 공개할 때까지 하나씩 썰 풀겠음.

└ **태붕가붕가** 3년 전

와 소름. 화경이 사건 그 화경이라고?

└ **봄봄** 3년 전

불쌍한 우리 화경이, 어서 풀려나길 응원해요.

#신화경을석방하라 #FreeShinHwaKyung

아이리스

그 비밀 유치장은 지옥의 모사품 같은 곳이었다. 인간을 심리적으로 압박하기 위해 공들여 만든 벽돌의 문양과 뾰족한 질감, 정밀하게 통제된 조명의 밝기와 불규칙한 냉방 같은 것들이 끊임없이 수감자들을 괴롭혔다. 사람의 영혼을 무너뜨리기 위해서라면 어떤 방법이든 창의적으로 실험되는 장소. 아무리 강한 정신의 소유자도 48시간을 넘기기 전에 내면이 부서지고 말았다.

복도 너머에서 먹먹한 비명이 들려올 때마다 너는 정신을 닫기 위해 발버둥 쳤다. 그러나 예민하게 벼려진 텔레파시 감각은 손톱이 뽑히고 살점이 얇게 저며지는 통증 하나하나를 마치 네게 일어난 일처럼 생생하게 전해주었다. 그들이 느끼는 불안과 공포를 너도 똑같이 느꼈다. 너는 차라리 널 고문해주길 바랐다. 그래준다면 네 몸의 고통에만 집중할 수 있을 테니까. 하지만 그들은 네 몸에 흠집 하나 내지 않았다. 널 다치게 하는 건 그들에게도 정치적으로 부담스러운 일이었다. 어설프게 널 보호한다는 것이 오히려 너를 더 고통스럽게 만든 셈이었다.

그곳에 갇힌 수십 명의 인민들은 함께 고무탄을 맞고 최루탄을 마셔가며 권력의 탄압에 맞서 싸운 투사들이었다. 너는 그들을 돕고 싶었으나 아무 도움도 되지 않았다. 그들은 벽 너머에 있었고, 너는 밥그릇을 앞에 둔 채 무력감을 곱씹을 뿐이었다. 나약한 자신이 한없이 부끄러워졌다. 너는 이런 현실이 존재한다는 사실을 모르고 살았다.

솔직히 말해, 그전까지 너는 모든 일을 쉽게만 생각했다. 왜냐면 자신이 옳은 일을 한다고 믿었으니까. 약하고 소외된 사람들을 위해 행동하기만 하면 모두가 이해해줄 거라고 생각했다. 옳고 그름 사이에 명확한 선이 존재하리라는 어리고 귀여운 착각. 하지만 실제 세상은 짜증 날 정도로 복잡했다. 너는 세상이 이렇게 해석하기 어려운 곳이리라고는 생각해본 적 없었다. 광장에 모인 여러 부류의 사람들을 바라보며, 너는 난생 처음 느껴보는 감정들과 마주했다. 그날 네 눈앞에서 벌어진 총체적 혼란은 도저히 옳고 그름을 가려낼 수 없는 현상이었다.

날카로운 칼날을 양손으로 집어 스스로의 목을 찌르는 장면을 몇 번이나 상상했다. 그냥 죽어버리면 귀찮게 고민할 필요도 없는데 대체 뭐 하러 살아 있는 건지 모르겠다는 생각이 자꾸 들었다. 자신이 정말로 죽음을 선택하진 않으리라는 걸 너무나 잘 알면서도.

너는 눈을 질끈 감고 잠들기 위해 최선을 다했다. 오직 잠들어 있는 동안에만 자기 회의와 고립감으로부터 벗어날 수 있었으니까. 수면만이 너를 구원할 유일한 해독제였다. 하지만 잠은 허락되지 않았다. 네가 꾸벅꾸벅 졸기 시작하자 그들은 너를 침대에 묶고 이마에 물방울을 떨어뜨렸다. 한 방울. 또 한 방울. 또 한 방울. 또 한 방울. 숨 막힐 정도로 정확한 간격으로 떨어지는 물방울을 이마에 맞고 있다 보면 너의 서글픈 정신은 한없이 또렷하고 예리하게 가다듬어졌다. 끝없이 길게 늘여진 시간 속에서 거대한 무언가에 짓눌리고 또 짓눌리는 경험을 무한히 반복해야 했다.

그 순간 너는 깨달았다.

세상이 어디까지 끔찍해질 수 있는지를. 상서학원에 갇혀 안전하게만 살아온 너로서는 상상조차 해본 적 없는, 인간성의 가장 깊은 밑바닥 아래에 얼마나 참혹한 폭력들이 파묻혀 있었는지를. 수만 년의 역사를 거치며 악의를 가다듬어온 인류는 그 깊고 음험한 폭력을 몇 번이고 발굴해 약자들을 즐겁게 찌른 뒤 다시 도덕 밑에 은밀히 파묻어 후세에 대물림하기를 반복해왔다. 그날 네가 맞서려 했던 사악은 문명의 역사에 필적하는 사악이었다.

권력 앞에 마주 선다는 것은 바로 그런 공포에 맞선다는 의미다. 조금쯤은 스스로를 자랑스러워하길. 그날, 광장에서 너는 그러한 사악에 맞서 겁먹지 않고 당당히 버텨냈으니까 말이다. 너의 어리고 티 없이 맑은 정신이 그걸 가능케 했다. 그 순간 너는 오직 눈앞의 총구만을 생각했다. 그 총구 너머에 감추어진 악의가 얼마나 깊고 처절한지 미처 알지 못했기에 가능했던 일이었다. 살면서 단 한 번만 부릴 수 있는 객기. 다시 해보라면 아마 못 할 것이다.

너와 함께한 모두가 그 감각을 공유했다. 시청자 수백만이 너의 배짱과 용기를, 혼란과 절망을 생생하게 지켜보았다. 그러자 놀라운 일이 벌어지기 시작했다. 너의 행동에 공감한 이들이 지구 곳곳에서 너를 구명하기 위해 함께 나선 것이었다.

널 석방하라는 해시태그가 전 세계 소셜 페이지와 커뮤니티에서 쏟아졌다. 골목마다 민들레 낙서가 그려졌다. 1시간 간격으로 사방에서 박수 소리가 들려왔다. IAEDA조차 표면적으로는 너의 편을 들 수밖에 없는 지경이었다.

그러나 공안은 꿋꿋이 여론을 무시하며 버텼다. 아직 네 답변을 듣지 못했기 때문이었다. 그들은 너를 심문실에 불러 이렇게 제안했다.

일행과 접촉하지 말고 조용히 한국으로 돌아가시오. 약속한다면 석방하겠소.

제안을 듣자마자 너는 흔들렸다. 전부 포기하고 집으로 돌아가고 싶었다. 다시는 그 깊고 음험한 사악에 맞서고 싶지 않았다. 하지만 너는 쉬이 답할 수 없었다. 광장에 모인 사람들의 얼굴을 보고 말았으니까. 이곳에 갇힌 사람들의 감정과 이어지고 말았으니까. 그들 모두를 내팽개친다는 것은 네가 아는 세상 전부를 등지겠다는 것과 다름없었다.

너를 둘러싼 변화의 파도가 밀물과 썰물을 반복하며 너를 흔들고 놓아주지 않았다. 너의 혁명은 이미 한참 전에 시작되었고, 이젠 너에게조차 이 물길을 막을 방도가 없었다. 이 거대한 흐름에서 빠져나오고 싶어도 빠져나올 수 없었다. 왜냐면 이 변화된 세상의 중심은 너였고, 세상은 너를 중심으로 돌기 시작했으므로.

너는 책임을 져야만 했다.

고름처럼 차오른 희망을 기어코 쥐어짠 책임을.

* * *

그 사람은 대체 언제부터 거기 있었던 걸까.

"얘, 부탁인데 조용히 좀 해줄래?"

유창한 광둥어 억양. 처음 목소리가 들려왔을 때 너는 그게 환청이라 생각했다. 벽 너머에서 들리는 목소리라기엔 너무나 또렷했으니까. 하지만 이내 알게 되었다. 그건 일종의 텔레파시 트릭이었다. 원리는 알 수 없었지만.

"제발 조용히 좀 해달라니까."

"저 아무 말도 안 했는데요?"

여자는 미간을 모으며 손가락으로 이마를 톡톡톡 두드렸다. 벽 너머에서 하는 행동인데 어떻게 보이는 걸까. 이해하기 어려웠다.

"생각 말이야. 생각. 그 생각 좀 멈추라고."

"생각을 어떻게 멈춰요."

"못 하겠음 죽든가. 그건 할 수 있지?"

미친 여자….

"나도 알아. 미친 걸 어쩌겠니. 그래. 전부 들린단다. 제발 조용히 좀 해줄래?"

흥미가 생긴 너는 벽 너머의 여자에게 관심을 집중했다. 머릿속을 부유하던 잡념이 거짓말처럼 사라졌다. 여자도 조금은 만족한 듯했다.

"그래, 이제 좀 낫다. 거봐, 하면 할 수 있잖니."

집중할 수 있는 상대가 생기자 마음이 조금 가벼워졌다. 혹시 내가 우울에 빠지지 않도록 도와준 걸까? 그렇다기엔 너무 차가웠는데.

"민아는 잘 지내?"

"민아요?"

"유민아 말이다."

생소했다. 그 이름을 듣는 게 너무 오랜만이어서 적응하는 데 시간이 걸렸다. 거의 잊고 있었다. 그런 이름이었다는 걸.

"엄만 돌아가셨어요."

"아, 맞다. 그랬지. 깜빡하고 있었네. 뜨거웠는데."

"엄마를 어떻게 아세요?"

"우리가 걔한테 빚을 좀 졌어."

"우리? 실례지만 대체 누구세요?"

"음… 누굴까, 우린."

여자는 검지로 입술을 쓰다듬으며 잠시 고민하는 듯했다.

"슈퍼 데비안트. 전쟁 영웅. 1세대. 셀러브리티. 인플루언서."

단어 하나하나에서 심장을 쥐어짜는 괴로움이 느껴졌다.

"… 살인자."

숨이 막혔다.

"그래. 많이도 죽였지. 평양이 아주 피 칠갑이 됐어. 그래도 어떻게든 속죄하려고 노력했단다. 각자 추구한 방법은 달랐지만."

"그래서 여기 갇혀 계신 건가요? 속죄하려고?"

"그런가? 반쯤은 그렇다고도 볼 수 있겠다."

속죄. 어쩌면 나도 그래야 할까? 이런 위험한 일에 모두를 끌어들인 책임을 져야 하는 걸까. 이대로 조용히 갇혀 있으면 속죄가 될까. 너는 구석에 몸을 웅크린 채 무릎을 끌어안았다. 다시 잡념이 솟아나기 시작했다. 이러다 조만간 또 조용히 하라고 한소리 듣겠네. 그런 생각에 헛웃음이 나왔다.

벽 너머의 여자가 헛기침하며 다시 네 주의를 끌었다.

"얘, 고민 상담 해줄까? 내가 그건 좀 잘하는데."

"상담이요?"

"너는 들은 말은 무조건 한 번 되묻는 게 버릇이구나. 그냥 예, 아니요로 대답해."

"예….."

"말해보렴."

너는 지금까지 있었던 일을 순서대로 이야기했다. 유영을 처음 만난 날부터 베이징에 도착한 순간까지. 신비로울 정도로 행복했던 라이브 방송과 광장에서 벌어진 혼란스러운 사태도 모두 털어놓았다. 솔직한 속마음이 거짓말처럼 쏟아져 나왔다. 자신이 그처럼 상세하게 모든 걸 기억하고 있었다는 사실이 놀라울 정도였다.

네 이야기를 전부 들은 여자는 차갑게 평했다.

"네가 하자고 했잖니. 어쩌겠어. 전부 네가 선택한 길인데."

"이런 일인 줄 몰랐어요."

"그럼 뭐 소꿉장난이라도 하는 줄 알았니?"

도대체 다정한 건지 쌀쌀맞은 건지. 여자는 네 가슴을 푹 하고 찌른 다음 상처에 살포시 손을 얹어 쓰다듬어주기를 반복했다. 쓰라리면서도 따스한 말들 때문에 혼란스러웠다.

"이 지경이 되도록 아무것도 몰랐다니, 정말 좋은 친구들을 뒀나보구나. 몰래 뒤에서 널 안전하게 지켜주느라 고생이 많았겠어."

그런 식으로 생각해본 적은 없었다. 언어로 머리를 맞은 기분이었다.

"그렇… 네요. 정말 좋은 친구들이네요."

자꾸 눈물이 날 것 같았다. 너는 친구들의 얼굴을 떠올리지 않으려 최선을 다했다.

"사람들이 고문당하는 걸 봤어요. 피부를 벗기고 온몸에 멍이 들도록 때렸어요. 어금니에 구멍을 내고 얼음물을 부었어요. 기절하기 직전까지 욕조에 머리를 밀어 넣었어요. 몇 번이고 그런 일이 계속됐어요."

여자가 가볍게 어깨를 으쓱였다.

"그래. 여기가 진짜 전쟁터지."

"왜 이런 짓을 하는 거죠?"

"미우니까."

"이해가 안 돼요."

"그 사람들도 네가 이해 안 될 거다. 평생 서로 이해 못 할걸?"

"그런가요?"

"견디느라 힘들진 않았니?"

"… 모르겠어요."

"가엾은 것. 이미 가루가 되어버렸구나. 더 부서질 수 없을 정도로. 제 아픔을 느끼지도 못해."

여자가 쯧 하고 혀를 찼다.

"그런데 강하구나. 누구보다 강해. 할 줄 아는 것도 없으면서 물러설 줄을 몰라. 하여튼 제 엄마를 쏙 닮아서는."

"……."

"너처럼 상냥한 아이가 힘을 가지면 그건 모두를 파괴할 힘이 돼. 지금처럼 전부 끌어안으려 든다면 말이야. 넌 그게 친구들을 위하는 길이라 생각하겠지만, 아니야. 넌 결국 모두를 망치고 말 거야. 같이 잘되긴 힘들어도 같이 망하긴 쉬운 법이거든."

혹시 당신도 그랬나요?

목젖까지 차오른 질문을 마음 깊이 감춰두었다. 너는 조금씩 여자에게서 마음을 감추는 방법을 터득하기 시작했다.

"그럼 어떻게 해야 하죠?"

"적당히 끊을 줄도 알아야지."

"역시 집으로 돌아가는 편이 나을까요? 친구들을 만나지 않는 게…."

"근데 친구들 보고 싶지?"

무례한 사람. 그렇게 내 마음을 정확히 찌르지 말란 말이야. 너는 겨우 울음을 참아냈다.

"네. 많이요. 그런데 괜히 위험하게 만들까 봐 걱정돼요."

"걔들은 각오가 된 것 같은데?"

"네?"

"응. 응. 괜찮아. 걱정 안 해도 되겠다. 곧은 아이들이야."

"그걸 어떻게 아세요?"

여자는 말없이 웃기만 했다. 대체 벽 너머에서 웃고 있는 걸 어떻게 알 수 있는 건지.

"좋은 친구들을 뒀구나."

"네. 그건 확실해요."

너도 웃고 말았다.

"화경아. 인생은 말이지. 후회하지 않는 게 제일 중요해."

여자가 네 머리를 쓰다듬었다.

"사람들은 각자 다른 세상을 산단다. 그들에게 네 세상을 밀어붙여. 네가 원하는 세상을 강요해. 너는 파도야. 이윽고 해일이 될 첫 파도. 옳든 그르든 천지를 물바다로 만들어야만 해. 넌 그래야만 살 수 있는 아이야. 바다의 아이가 뭍에서 숨 쉴 수는 없는 법이거든. 게다가⋯."

여자가 네 몸을 일으키며 말했다.

"가루는 다시 뭉쳐진단다. 적당히 물을 섞어주기만 한다면."

너는 주춤거리며 일어섰다. 하지만 주위엔 아무도 없었다. 여자는 여전히 벽 너머에 있었다. 전부 텔레파시 환각이었다.

"나가자."

"어떻게요?"

"이렇게."

짝. 여자가 박수를 치는 것과 동시에 창살문이 열렸다. 너는 머뭇거리며 천천히 밖으로 걸어나왔다. 옆방 역시 문이 열려 있었다. 너는 처음으로 여자의 얼굴을 보았다. 단발머리에 볼이 통통한 중년의 얼굴. 네 엄마와 비슷한 또래로 보였다. 여자가 앞장서서 계단을 올랐다. 간수들과 몇 번 마주쳤지만 막아서는 사람은 없었다. 너는 가만히 여자의 뒤를 따랐다.

"파리에 가려던 거지? 걱정 마. 이르쿠츠크까지만 가면 내 친구가 도와줄 거야."

"친구요?"

"마리야라고. 노래 드럽게 못하면서 목청만 좋은 애 있어. 농담 아니라 진짜 귀에서 피가 난다니까. 러시아를 통과하는 동안은 개가 안전하게 지켜줄 거야. 기차는 류드밀라가 마련해주기로 했고."

"류드밀라는 또 누군데요?"

"있어. 우크라이나 총리인데."

"네? 총리요?"

"너 진짜 되묻는 거 좋아하는구나? 여기 나가면 그 버릇 꼭 고쳐. 안 좋은 습관이니까."

"네… 근데 선생님, 이르쿠츠크까진 어떻게 가죠? 여기서 나가자마자 공안이 절 붙잡으려 할 텐데요."

네가 묻자 여자는 짝 하고 박수를 쳤다.

"아, 그 생각을 못 했네. 맞다. 그렇겠다. 잠시만 기다려봐. 응. 응. 오케이. 그것도 해결했어. 방금 얘기 다 끝났어."

"지금 누구랑 이야기하신 거예요?"

"가보면 알아."

여자는 그렇게 말하며 철문을 열었다. 갑자기 밝은 빛이 쏟아졌다. 너는 눈을 찌푸렸다. 눈부신 햇살 저편에서 박수 소리가 들렸다. 눈물이 났다.

짝. 짝. 짝. 짝.

모두가 주먹을 치켜들고 소리치고 있었다. 익숙한 목소리와 함께.

"신화경을 석방하라!"

"STOP! DEV! HATE!"

"아──!"

태빈도, 유영도, 레이리도 함께 힘껏 소리 질렀다. 어느샌가 나도.

"이제 친구들 곁으로 돌아가."

"선생님은 같이 안 가세요?"

"후후, 나는 언제든 나갈 수 있으니까. 아직 여기서 할 일도 있고. 너 같은 애들이 매일같이 새로 들어오거든. 걔들 다 챙겨서 내보내려면 아주 귀찮아 죽겠다니까."

여자가 손사래 치며 진심으로 투덜거렸다. 처음으로 마음이 조금 열린 것 같았다. 너는 여자의 마음속에서 가장 궁금했던 정보를 찾아냈다.

"고마워요, 아이리스."

여자가 싱긋 웃었다.

"감사 인사는 친구들한테 하렴."

"네."

"화경아. 너는 뭍에 나온 바다의 아이야. 아마도 육지를 사랑하게 될 테지. 영원히 같은 물결을 반복하는 파도처럼. 그래도 잊어선 안 된단다. 파도는 결국 바다로 돌아가야 해. 언젠가는."

너는 그 말의 의미를 이해하지 못했다. 하지만 힘껏 고개를 끄덕이고는 빛을 향해 나아갔다.

그리운 목소리가 들려왔다.

빨간 기차와 파란 기차

눈을 뜨니 거리 한복판이었다.

"화경아!"

여우 가면을 쓴 유영이 달려와 네게 안겼다. 태빈과 레리도 함께 너를 얼싸안았다. 나는 카메라를 켜고 실시간으로 너희 모습을 온라인에 중계했다.

"미안해, 얘들아. 내가 아무것도 모르고….."

"미안하긴 뭐가 미안해."

유영이 툭 뱉는 말로 너를 위로했다.

"함께 있어주지 못한 우리가 미안하지."

"우리가 널 지켰어야 했는데."

태빈과 레리도 한마디씩 거들었다. 너는 푹 고개를 숙이며 모두를 꽉 끌어안았다.

"신!" "신!" "신화경!"

짝. 짝. 짝. 짝.

사람들이 너희를 향해 환호하며 박수를 쳤다. 깜짝 놀라 주위를 둘러보았다. 만리장성처럼 늘어선 공안 경찰들과 그 몇 배는 되는 사람들이 서로 마주 보며 대치하고 있었다. 너는 절묘하게 그들 사이에 서 있었다. 언제 여기까지 왔는지 기억나지 않았다. 아마 이것도 아이리스가 부린 텔레파시 마술의 일종인 모양이었다.

"저 사람들은 대체……."

네 물음에 태빈이 답했다.

"너 체포되자마자 사람들이 거리로 몰려나왔어. 공안이 몇 번이나 해산시켰는데 금세 다시 모여들더라. 벌써 24시간째 대치

중이야."

"내가 24시간 동안 갇혀 있었다고?"

너는 놀란 눈치였다. 아마 그보다 훨씬 길게 느껴졌겠지.

"맹화경, 진짜 고생했어."

유영이 네 머리를 쓰다듬었다.

예상치 못한 너의 등장에 당황한 공안이 웅성거렸다. 장갑차 확성기에서 어서 체포하라는 외침이 들리기 시작했다.

"야, 너 풀려난 거 아녔어?"

"그게 좀 복잡한데… 말하자면, 탈옥?"

"이난아, 그걸 제일 먼저 말했어야지! 얘들아, 튀어!"

우리는 서둘러 달리기 시작했다. 바다가 갈라지듯 인파가 길을 열었다. 우리가 통과하자마자 사람들은 다시 뭉쳐 길을 막았다. 공안은 사람들의 벽에 가로막혔다. 우리는 인적이 드문 골목으로 몸을 피했다. 민들레가 그려진 담장 아래서 후드와 가면을 벗고 네게 선글라스를 씌웠다. 레이리가 찢어진 네 저고리를 벗기고 티셔츠를 입혀주었다.

"이제 어쩌지?"

레이리가 물었다.

"아직 우릴 발견하진 못한 것 같아."

태빈이 능력으로 바깥을 살피며 말했다.

"그래도 빨리 움직여야 해. 공안이 이 일대를 봉쇄할 거야."

내가 말했다.

"아."

갑자기 네가 한쪽 방향을 가리켰다.

"저쪽이래."

너는 홀린 표정으로 걸음을 옮기기 시작했다. 유영이 숨을 헐떡이며 네게 물었다.

"저쪽에 뭐가 있는데?"

"도와줄 사람이 온대."

"도와줘? 너 누구랑 얘기하니?"

"아이리스."

"아이리스? 아이리스 쳉?"

"아이리스를 어떻게 알아?"

"그 사람 모르는 데비안트가 어딨어. 한때 홍콩의 수호신이었는데."

"… 난 정말 아는 게 아무것도 없었구나."

네가 이끄는 대로 골목을 빠져나오자 큰길가에 승용차가 기다리고 있었다. 검은 바탕에 흰 글씨로 새겨진 번호판. 외교관용 차량이라는 의미였다.

"빨리 타세요!"

젊은 여성이 문을 열고 소리쳤다. 우크라이나어였다. 우리는 고민할 틈도 없이 차에 몸을 밀어 넣었다. 널 조수석에 앉히고 나머지 넷이 뒷좌석에 구겨지듯 들어갔다. 가장 몸집이 작은 유영이 레이리의 무릎 위에 웅크려 앉았다. 숨이 막힐 것 같았다.

"참사관 율리야 디아첸코입니다. 주중 우크라이나 대사관에서 나왔어요."

율리야가 굳은 표정으로 네게 악수를 청했다. 정장을 입고 외교관처럼 꾸미고는 있지만 몸짓으로 보아 군인이 분명했다. 여전히 불안해하는 네게 율리야는 친절하게 설명해주었다.

"밖에선 차 내부가 안 보입니다. 면책 특권 덕분에 검문도 피할 수 있고요."

"왜 저희를 도와주시는 거죠?"

"모릅니다. 저는 본국에서 내려온 지시를 따르는 것뿐이라."

"지금은 어디로 가는 중인가요?"

"베이징역으로요. 지금 바로 떠나셔야 해요. 안타깝지만 개인 짐은 포기하세요. 갈아입을 옷은 저희가 준비해드리겠습니다. 자세한 건 이쪽으로 연락이 올 겁니다."

율리야가 스마트폰을 건넸다. 손에 쥐기 무섭게 영상통화가 걸려왔다. 너는 통화 버튼을 누르고 팔을 최대한 뻗어 친구들도 함께 나오도록 했다.

<반가워요. 친구들.>

유창한 프랑스어. 우리 모두가 아는 얼굴이었다.

"장 폴 티베리? 당신이 왜 튀어나와?"

유영이 폴쩍 뛰며 소리치다 천장에 머리를 찧었다.

<아이리스에게 들었어요. 우리가 도울게요.>

"어떻게 도와주실 거죠?"

너는 진지한 표정으로 물었다. 이제 더는 쑥스러워하지도, 주눅 들지도 않았다. 마치 저들과 대등한 위치에 올라선 것처럼 느껴졌다.

<혹시 파란 약, 빨간 약 얘기 알아요?>

"나, 알아, 알아. [매트릭스 MATRIX], 1999년작!"

레이리가 호들갑을 떨며 아는 체했다. 엉덩이를 들썩인 탓에 유영은 또 머리를 찧었다.

"아야!"

<베이징역 11번과 12번 승강장에 두 대의 기차가 도착할 거예요.>

장 폴이 양손 검지를 들어 보였다.

<빨간 기차는 신의주행. 여러분은 안전한 현실로 돌아갈 수 있어요. 그리고 파란 기차는….>

"파리행인가요?"

<아뇨. 여러분이 원하는 곳까지 보내드릴 거예요. 이 꿈이 계속되도록.>

"중국 정부가 선로를 막으면요?"

<OSJD*바르샤바 개정 협약에 따르면 운행 중인 국제선 열차는 국외로 취급돼요. 열차에 타기만 하면 손대지 못할 겁니다.>

"좋아요. 한 가지 더 부탁이 있어요."

<뭐죠?>

"나중에 저희 방송에 한번 출연해주실래요?"

장 폴은 부드럽게 미소 지으며 답했다.

<얼마든지요.>

"친구들도 함께요."

<…음, 노력해보죠.>

"고마워요."

<그럼 또 연락드리죠.>

통화가 끊어졌다.

"화경아, 이게 다 무슨 일이야? 아이리스 쳉에 장 폴 티베리까지 1세대 셀럽들이 왜 줄줄이 널 찾는 건데?"

유영이 물었다. 너는 슬픈 미소를 지었다.

"엄마 친구래. 다들. 우리처럼 말이야."

---

* 국제철도협력기구(ОСЖД, Организации сотрудничества железных дорог). 러시아와 중국을 비롯한 구 공산권 국가들이 주요 회원국이며, 유럽-아시아 간 국제철도 운행에 대한 규정과 표준 등을 관장한다.

자동차가 역 근처에 도착했다. 율리야는 핸들을 꺾어 역사 뒤편으로 돌아갔다. 우리는 담장을 따라 좁은 골목길을 달렸다.

"파란 기차가 승강장에 들어오고 있어. 맞은편엔 빨간 기차가 오고 있고."

태빈이 담장 너머를 투시하며 외쳤다.

"둘 중 어느 기차를 타실 건가요?"

율리야가 재촉하듯 물었다. 너는 고개를 돌려 우리를 보았다.

"이제 어쩌지?"

우리 중 누구도 대답할 수 없었다. 결정권은 너에게 있었고, 우린 모두 널 따를 준비가 되어 있었다. 어디까지라도. 언제까지라도.

"네가 정해."

유영이 총대를 메고 말했다. 기다렸다는 듯 너는 망설임 없이 선택을 마쳤다. 확인할 필요도 없었다. 우리 모두 같은 마음이었다.

네가 말했다.

"파리에 가자."

"좋습니다. 그럼 파란 기차군요."

"몇 시에 출발하죠?"

"저건 특별 열차예요. 이 역에 정차하지 않습니다."

"뭐라고요?"

"한 번 멈추면 다시 출발 못 해요. 기차가 멈추는 순간 협약의 보호는 중단되고, 다시 출발하려면 현지 관제의 승인을 얻어야 합니다."

열차가 역을 통과해 점차 빠르게 가속했다. 율리야가 액셀을 밟았다. 우리가 탄 자동차는 선로변을 따라 파란 기차와 거의 비슷한 속도로 나란히 달렸다.

"그럼 기차에 어떻게 타죠?"

"이렇게요."

딱. 율리야가 손가락을 튕겼다. 다음 순간 우리는 열차 안에 도착해 있었다. 차에 앉아 있던 모습 그대로 우르르 아래로 떨어져 바닥에 엉덩방아를 찧었다.

"그 여자, 점퍼였구나."

유영이 엉덩이를 문지르며 말했다.

"그러게. 토스Toss 당해본 건 처음이야."

레이리가 말했다. 우리는 자리에서 일어나 한 칸 한 칸 내부를 둘러보았다. 넓고 호사스러운 내부가 마치 호텔 같았다. 총 8량으로 구성된 열차엔 샤워부스가 딸린 침실과 식당은 물론 회의실과 기자회견용 컨퍼런스룸까지 구비되어 있었다. 게다가 완전 무인시스템으로 작동하는 모양인지 승무원이 보이지 않았다. 운전실도 텅 비어 있긴 마찬가지였다.

"창문까지 전부 방탄 소재로 되어 있어. 대통령 같은 사람들이 사용하는 열차 같아."

태빈이 말했다.

"아마 류드밀라가 마련해준 걸 거야."

네가 벽에 걸린 우크라이나 국기를 가리키며 말했다.

"이번엔 류드밀라 오렌지야? 아주 축제구나 축제야. 마리야 사무체예바가 공연만 해주면 완벽하겠어."

"그 사람, 이르쿠츠크에서 만나기로 했는데?"

"아이고…."

유영이 고개를 절레절레 흔들었다. 이제 더 대꾸할 기운도 없는 모양이었다.

우리는 각자 하나씩 방을 골라 휴식하기로 했다. 침대 위에 깨끗하게 다려진 정장과 실내복이 준비되어 있었다. 샤워를 마치고 복도로 나오니 어디선가 맛있는 냄새가 났다. 냄새를 따라 식당 칸으로 향했다. 레이리가 스마트렌지에 즉석 식품을 데우고 있었다. 우리는 함께 모여 식사를 했다. 무언가를 제대로 먹어본 건 며칠 만이었다. 모두가 말없이 입에 음식만 꾸역꾸역 집어넣었다. 다들 너무 지쳐 있었다.

열차는 장장 10시간에 걸쳐 국경을 돌파했다. 몽골에 들어선 후에야 우리는 안심하고 잠들 수 있었다.

* * *

너희는 8시간 넘게 푹 잠이 들었다.

잠들고 싶지 않았던 나는 식당 칸을 뒤져 의약품 박스를 찾았다. 예상대로 경호 인력을 위한 불면주사가 있었다. 냉장고에서 보드카를 꺼내 마시며 허벅지에 주사를 놓고 창밖을 보았다. 사방에 불빛 하나 보이지 않았다. 기차는 막막한 어둠을 헤치며 나아가고 있었다. 정해진 길을 따라. 우리는 파리행 선로에 올랐고 이 길을 벗어날 방도가 없었다.

불안했다. 이대로 끝나지 않을 것이 분명했다. 신화경. 너는 어디까지 갈 생각이지? 사람들을 파리로 데려가서 대체 뭘 할 생각이야? 만약 네가 선을 넘는다면 나는……

뒷일은 생각하지 않기로 했다.

보드카를 마저 비우고 눈물을 닦았다. 생각을 떨치려 일거리를 찾아 헤매다 아이디어를 하나 떠올렸다. 다시 평범한 여행으로 되돌아갈 가벼운 장난.

아침 해가 떠오르자 너희는 하나둘 문을 열고 밖으로 나왔다. 나는 복도에서 카메라를 켜고 기다리다 밖으로 나오는 너희의 얼굴에 렌즈를 들이댔다. 부스스한 머리와 눈곱 붙은 얼굴을 고스란히 화면에 담으며 "깜짝 카메라!" 하고 소리쳤다.

"아 뭐야아."

너희는 부끄러워하며 웃음을 터뜨렸다.

우리는 아침을 먹고 컨퍼런스룸에 카메라와 의자를 설치했다. 사람들에게 우리가 무사하다는 걸 알릴 타이밍이었다. 어느새 채널 구독자가 1000만을 돌파했다. 1세대 전쟁 영웅들을 제외하고 가장 많은 팔로워를 보유한 셀러브리티가 됐다. 어쩌면 이대로 계속 늘어 그들을 넘어서게 될지도 모른다. 심장이 터질 듯 두근거렸다.

장 폴에게 연락이 왔다. 친구들 모두 섭외가 끝났다고. 너는 별생각 없이 부탁한 것이겠지만, 이건 어쩌면 역사책에 남을지도 모를 거대한 이벤트였다. 비유하자면 수전 손택과 체 게바라와 사르트르와 재니스 조플린이 한자리에 모이는 것이나 다름없었다. 혹은 솔베이 학술회의에서 퀴리와 슈뢰딩거와 하이젠베르크 앞에서 아인슈타인과 보어가 논쟁을 벌이던 광경에 비견될 만한 사건이었다.

세계가 변화하려 하고 있었다. 너로 인해. 너는 네가 무슨 짓을 저지르는지도 모른 채 그 중심에 뛰어들었다. 보이지 않는 어떤 것이 우리 앞에 놓여 있었다. 우리가 함께 만들어내야만 하는 어떤 것이. 무언가 바꿔내야만 한다는 압박감이 두개골을 터뜨릴 것처럼 우리를 짓누르고 있었다. 불안했다. 너희를 말려야 했지만 나는 그러지 못했다.

솔직히 너희를 좀 더 지켜보고 싶었다. 그게 얼마나 위험한 짓인지 알면서도. 결국 모두를 파괴하게 될 거란 사실을 알고 있었으면서도. 왜냐면,

앞으로 무슨 일이 일어나게 될지 너무나 궁금해 미칠 것 같았으니까.

"준비됐어?"

의자에 앉은 너희는 다시 가면을 쓰고 손가락으로 오케이 사인을 보냈다.

나는 카메라를 켰다.

혁민이들
혁명하는 민들레 혁민이들. 소외된 모두를 위한 한 걸음   구독자 12.7억 명

#혁민이들 #서울에서파리까지 #특별게스트초빙
LIVE | 저희 무사합니다
조회수 21,221,112회 / 2036. 8. 4.   👍 39.1만 👎 12.2만

* 전원 무사합니다. 촬영 중인 장소는 비밀

* 채팅창 욕설 비방 X (발견 시 강퇴)

* 나미 수어 자막 어떻게 했는지 질문 그만 (염력으로 실시간 타이핑 중)

나미: 앙뇽! 혁명하는 민들레 혁민이들이라구요!

까: 또, 또 저런다.

태붕이: 뭐, 어때. 이젠 저거 안 하면 허전할걸?

까: 에휴.

PD: 오늘은 화경이가 대표로 인사할까?

화경: 응? 아, 그래야겠지. 그렇게. 잠깐 심호흡 좀 하고.

나미: 천천히 해. 괜찮아.

화경: 고맙습니다, 여러분. 염려해주신 덕분에 무사히 베이징에서 탈출할 수
있었어요. 저희는 무사합니다. 지금은 계속 이동 중이고요. 정확한 위
치는 밝힐 수 없어요. 죄송합니다. 하지만 착실히 파리를 향해 나아가
고 있어요. 원래 계획대로요. 전부 여러분 덕분입니다. 다시 한번 인사
드려요. 감사합니다.

태붕이: 감사합니다.

나미: 정말 고마워요, 여러분.

까: 정말 고맙습니다.

PD: 고맙습니다.

263

나미: 이제 오픈해도 돼? 오픈해도 돼?

까: 좀 기다려봐.

나미: 손이 근질거려서 못 참겠단 말야.

PD: 얘기해도 돼. 약속 시간 됐어.

나미: 짜잔! 오늘은 특별 게스트를 모시고 함께 방송을 진행할 계획이랍니다! 놀라지 마세요 여러분, 오늘의 게스트는 바로…

까: 30분 뒤에 공개합니다!

나미: 이 악마!

화경: 30분 후에 특별한 분들을 모시고 라이브 방송을 진행할 계획이에요. 아마 거기서 지금보다 더 많은 것들을 말씀드릴 수 있을 거예요. 앞으로 저희가 어떻게 될지도요. 여러분 많은 관심과 참여 부탁드려요.

PD: 그럼 잠시 휴식하고 뵙겠습니다. 접속 끊지 말고 기다려주세요.

잠시 휴식합니다.

(10시부터 시작)

나미: 짜잔! 여러분, 많이 기다리셨죠? 오늘의 게스트는 바로 바로….

영상 원본 소스에 문제가 발생했습니다. [ERROR 707]
저장 공간 복구 전까지 이후 내용을 재생할 수 없습니다.
불편을 끼쳐드려 죄송합니다.

(다시 시도)

신이신이나 3년 전

소스 문제 같은 소리 하네. 너네가 중국집이냐. 일부러 지운거 다 안다.

└ **으뇨뇨** 3년 전

며칠 전 라이브도 일부러 끊은 거 아님? 완전 의심됨.

신이나미까 3년 전

오늘 방송 대박! 파리로 가자! 파리로 가자! 비행기 표 알아보는 중!

태붕가붕가 3년 전

아직도 얘네 믿는 ㅂㅅ 있음? 장 폴 티베리가 관심 끌려고 사기치는 거임.

└ **으뇨뇨** 3년 전

아직도 계세요? 이 새낀 욕하면서 제일 열심히 봄 ㅋㅋㅋㅋ

민들레진심녀 1년 전

(삭제됨) 운영규칙 위반으로 열람이 금지된 댓글입니다.

└ **민들레진심녀** 1년 전

(삭제됨) 운영규칙 위반으로 열람이 금지된 댓글입니다.

└ **민들레진심녀** 6개월 전

(삭제됨) 운영규칙 위반으로 열람이 금지된 댓글입니다.

└ **민들레진심녀** 3개월 전

이런다고 진실이 감춰질 거 같아?

PKD831 3년 전

[번역됨] 혁민이들! 혁민이들! 파리에서 만납시다!

    └ **Joaquin Rodriguez** 3년 전

    [번역됨] #STOPDEVHATE 진격하라! 우리 모두 파리로!

PD추적2 3년 전

내 계정 왜 차단했음?

유민아

"짜잔! 여러분, 많이 기다리셨죠? 오늘의 게스트는 바로 바로……."

나는 레이리가 말하는 타이밍에 맞춰 화면을 전환했다. 컨퍼런스 모드로 바뀐 화면에 각자의 얼굴이 격자 모양으로 나타났다. 너희 넷 외에 두 사람의 얼굴이 더 드러났다. 장 폴이 웃으며 손을 흔들자 그의 얼굴이 가운데 크게 떠올랐다.

<반갑습니다, 여러분. 장 폴 티베리입니다.>

장 폴이 인사했다. 뒤이어 엘리자벳도 웃으며 손을 흔들었다.

<반가워요. 엘리자벳 부아클레르예요.>

<오늘 우리가 이렇게…>

<장, 가만 좀 있어. 오늘은 우리가 주인공이 아니잖아.>

<미안, 그랬지.>

게스트가 공개되자마자 채팅창이 폭발했다. 장 폴? 그 장 폴&

엘리자벳? 저 사람들이 왜 여기 나와? 읽기 힘들 정도로 빠르게 채팅이 지나갔다. 나는 채팅 속도에 제한을 걸어야 했다.

"반가워요 장 폴. 그리고 처음 뵙겠습니다, 엘리자벳."

너는 싱긋 미소 지으며 두 사람에게 인사를 건넸다. 시청자들은 그런 너의 모습에 감탄하는 듯했다. 와, 신화경 하나도 안 꿀린다. 우리 신이 어느새 저분들과 같은 급이…. 에이 아무리 그래도 그 정도는 아니지. 나는 채팅창을 눈으로 훑으며 손짓으로 진행을 유도했다.

"어… 음, 흔쾌히 촬영에 응해주셔서 정말 감사합니다. 어려운 결정이셨을 텐데요."

<여러분과 대화라면 언제든지 환영이죠. 오, 누가 접속한 모양이군요.>

새로운 참석자가 있습니다. 알림 메시지와 함께 화면에 익숙한 얼굴이 떠올랐다. 단정한 정장 차림의 여성이 카메라를 향해 꾸벅 인사했다. 이중 홍채를 가리기 위해 착용한 안대가 눈에 띄었다.

<류드밀라 오렌지예요. 오늘은 총리가 아닌 개인 자격으로 참여한 것으로 이해해주시면 좋겠군요.>

류드밀라는 카메라 너머를 바라보며 인상을 찌푸렸다.

<알아. 길게 안 한다니까. 그래. 문제되는 발언 안 할게요. 쓸데없는 걱정은. 아, 미안해요. 비서실장이 걱정이 많은 성격이어서.>

"참석해줘서 고마워요. 류드밀라."

류드밀라의 등장에 채팅창이 폭발할 지경이었다. 접속이 끊어져 재접속하는 사람들도 보였다. 입소문을 타고 실시간 시청자 수가 빠르게 늘고 있었다. 서버가 끝까지 버텨줄지 의문이었다.

<정말 민아를 닮았구나.>

류드밀라가 혼잣말하듯 말했다. 너는 눈을 크게 깜빡였다.

"그런가요?"

<눈 그렇게 깜빡이는 것도 똑같아.>

"실은 여러분께 그걸 묻고 싶었어요. 엄마는….."

네 말을 끊고 새로운 인물이 끼어들었다.

<짠! 나도 있답니다.>

아이리스 쳉이 양 손바닥을 보이며 인사했다.

"아이리스! 감옥에서 어떻게 접속한 거예요?"

<응? 몰랐구나. 나 스마트폰 있어. 여기 와이파이도 되는걸.>

"하여튼."

<어, 뭐야. 마리야 얘는 또 지각이네. 얍, 강제 초청.>

허겁지겁 복면을 뒤집어쓰는 얼굴이 화면에 잡혔다. 익숙한
핑크색 복면 아래로 삐져나온 긴 곱슬머리. 소개할 틈도 없이 채
팅창에 불이 붙었다. 마리야 이바노브나 사무체예바다! 대체 몇
년 만이야? 나는 진짜 죽은 줄 알았어. 마리야 우승! 마리야! 노
래해주세요!

<인마, 지금 이게 무슨 짓이야? 아니, 어떻게 한 거야?>

<니 손가락 내가 조종 좀 했다. 얘는 방송 지켜보고 있었으면서 어딜 몰
래 시청자인 척을 해? 그 나이 먹고 아직도 부끄럼 타니?>

마리야가 꾸깃꾸깃한 궐련을 입에 물고 불을 붙였다.

<귀찮아. 바쁘기도 하고.>

<얘, 너만 바쁘니? 우리 다 바빠.>

<넌 거기서 시원하게 쉬고 있잖아. 바쁘긴 뭐가 바빠.>

<내가 너 꼭 여기서 같이 쉬게 해줄게. 아아, 오늘 IAEDA에 자백 한 건 해
야겠네.>

<아 맞다. 이르쿠츠크엔 굳이 마중 안 가도 되지? 지금 딱히 문제도 없어

보이고. 그럼 그런 걸로 알고, 나는 이만.>

마리야가 도망치듯 접속을 종료했다가, 다시 접속했다.

<나는 신화경과 그 친구들을 지지한다!>

그리고 다시 사라졌다.

<하여튼 쟨 항상 지 맘대로라니까. 노래도 못하는 게.>

아이리스가 한숨을 쉬었다.

"너랑 어쩜 저렇게 똑같지? 키넨시스들은 다 저런가?"

유영이 레이리에게 장난스럽게 속삭였다.

"뭐어?"

발끈한 레이리가 유영에게 헤드록을 걸었다. 너는 곁눈질로 둘을 힐끔 훔쳐보며 조심스레 진행을 이어갔다.

"제가 여러분을 모신 이유는 두 가지예요. 첫 번째는…."

<민아 때문이지?>

아이리스가 물었다. 너는 고개를 끄덕였다.

"네. 저희 엄마. 유민아라는 이름의 활동가는 너무나 억울한 누명을 쓰고 돌아가셨어요. 어린 딸을 학대했다는 오해를 받았죠."

채팅창에 링크들이 올라왔다. 일명 '화경이 사건'이라 불리는, 네 엄마를 비난하는 원색적인 기사들이었다.

"이 자리에서 분명히 말씀드리고 싶어요. 저는 그런 폭력을 당한 적이 없습니다. 엄마에 대해 세상에 알려진 내용은 모두 조작됐어요. 누군가 엄마를 깎아내리기 위해 조작한 거예요."

너는 카메라를 노려보며 말했다.

"여러분께서 그 증인이 되어주셨으면 했어요. 지금 이 자리에서 오해를 풀어주셨으면 해요. 여러분은 알고 계시겠죠? 대체 누가 엄마에게 그런 누명을 씌웠는지."

모두의 표정이 사뭇 진지해졌다. 그들은 말을 아꼈다.

"말해주세요."

너는 다시 한번 재촉했다.

<조작 같은 건 없었어요.>

먼저 입을 연 건 엘리자벳이었다. 엘리자벳은 흘러내린 머리카락을 귀 뒤로 넘기며 설명을 이어갔다.

<화경 씨, 그건 민아가 스스로 선택한 일이에요.>

"그게 무슨 뜻이죠?"

<아시다시피 우린 한때 팀이었어요. 장 폴과 저, 아이리스와 마리야는 1차 텔레파스 전쟁이 끝난 후로 여러 가지 운동에 투신했었죠. 여러분들처럼요. 민아는 우리의 PD였어요. 민아가 우릴 찾아와 섭외했고, 민아 덕분에 우린 하나가 됐죠.

우린 민아를 통해 세상과 투쟁하는 법을 배웠어요. 함께, 그리고 각자 많은 일들을 해냈죠. 홍콩에서, 키이우에서, 암스테르담과 예루살렘에서. 민아의 탁월한 기획 덕분에 우리는 사랑받는 존재로 거듭날 수 있었어요. 사람 죽이는 일밖에 할 줄 몰랐던 우리가요. 한때는 마치 슈퍼스타라도 된 것 같은 착각 속에 살았어요. 비틀즈도 우리만큼 인기 있진 않았을걸요?

당시 우리의 최우선 목표는 데비안트 아이들에게 충분한 안전을 제공하는 거였어요. 세계 곳곳에서 데비안트 학대가 끊이지 않았고, 심지어 낙태되거나 태어나자마자 살해당하는 경우도 빈번했어요. 우린 전 세계를 넘나들며 아이들을 지켜야 했어요. 다음 세대가 무사히 자라날 수 있게, 그게 우리의 역할이라 믿었죠. 물론 민아에겐 그래야만 하는 개인적인 이유도 있었어요. 화경 씨, 바로 당신이요. 민아는 당신이 제대로 사랑받길 바랐어요. 몰래 빼돌려 위험한 세상으로부터 딸을 감추는 것이 아니라, 딸이 모두에게 진심으로 사랑받을 수 있는 세상을 만들길 바랐어요. 지독한 이상주의

자였죠.>

엘리자벳은 잠시 숨을 골랐다.

<하지만 슬프게도 몇 사람의 힘만으로 세상이 굴러가는 방향을 바꿀 순 없어요. 설령 세계 최고의 슈퍼 데비안트들이라 해도요. 우리가 아무리 노력해도 세상은 바뀌지 않았어요. 폭력과 혐오는 점점 짙어졌고, 데비안트들은 점점 더 자신의 정체를 숨기기 시작했어요. 우리와 연대하는 사람들도 빠르게 줄어들었죠.

IAEDA가 스무 살 이상의 데비안트마저 격리 수용하려는 의지를 밝혔을 때, 솔직히 우린 궁지에 몰렸어요. 더 저항할 방법이 없었죠. 전쟁을 일으키는 것 외에는요. 여론이 너무 안 좋았어요. 최악의 시기였죠. 내부적으로 많은 다툼이 있었던 것으로 기억해요. 세상을 뒤엎으려는 쪽과 그것만은 막으려는 쪽의. 민아는 후자를 택했어요. 그 대신 자신을 불사르기로 마음먹었죠. 모든 건 민아가 스스로 선택한 결과였어요.>

"엄마가 스스로 죽음을 택했다고요?"

너는 납득할 수 없다는 듯 말했다.

<민아는 절망이 아닌 희망을 안고 자신의 몸을 불살랐어요. 변화가 찾아오길 희망하면서. 민아가 죽자 세상은 화경 씨, 당신에게 한동안 관심을 집중했어요. 미디어의 관성적인 연출에 따라 당신은 불행한 아이로 포장됐고, 세상 사람들은 훈련받은 대로 당신을 동정했어요. 잘 팔리는 하나의 스토리가 완성된 거죠. 물론 민아가 이 모든 걸 예상했던 건 아니겠지만, 어쨌든 그렇게 됐어요.

분노한 데비안트들이 세상에 목소리를 내기 시작했고, 일시적이나마 데비안트가 아닌 사람들도 우릴 우호적으로 바라보았죠. 덕분에 IAEDA는 우리를 억압하는 여러 제도들의 도입을 뒤로 미룰 수밖에 없었어요. 그리고 결국 무산됐죠. 이제 와 그런 짓을 벌이기엔 데비안트의 수가 너무 많아져

버렸으니까.>

엘리자벳은 카메라를 바라보며 말했다.

<우린 모두 민아에게 빚이 있어요. 민아가 자신을 불살랐기 때문에 지금의 세계가 된 거니까. 지금의 변화는 모두 민아가 뿌린 씨앗이 자라난 결과예요. 우린 그 꽃을 지킬 의무가 있어요. 화경 씨, 바로 당신을 말예요. 우린 여러분을 지지해요. 새로운 세대를. 새로운 변화를 가져올 당신들을요.>

장 폴이 휘파람을 불며 끼어들었다.

<화경 씨, 그리고 혁민이들 여러분. 우리가 스폰서가 되어줄게요.>

<나도.>

아이리스가 말했다.

<저도 맹세할게요. 여러분을 내 눈동자처럼 지키겠다고.>

류드밀라도 동의했다.

너희는 휘둥그레진 눈으로 서로를 쳐다보았다. 섣불리 입을 열 수조차 없는 모양이었다. 생각 없이 내뱉은 말 한마디가 곧 현실이 되어버릴지도 모르니까. 수다쟁이 레이리조차 굳어버렸다.

하지만 너는 조금도 위축되지 않았다. 오히려 이렇게 되물었다.

"장 폴, 궁금한 게 있어요."

<뭐죠?>

"여러분은 왜 팀을 해체하게 되었죠?"

<음… 그건 답하기 곤란한 질문이군요. 그럴 만한 이유가 있었다고만 해두죠.>

"저는 여러분이 다시 한자리에 모이는 모습을 보고 싶어요. 아니, 우리 모두가 함께요. 전 세계에 흩어져 외롭게 싸우고 있는 모두가 파리에 모여 서로의 얼굴을 보았으면 해요. 세상 사람들에게 보여줬으면 해요. 우리가 이렇게 존재한다고. 이렇게나

많다고."

<흐음, 말하자면 제5인터내셔널이 되겠군요.>

장 폴이 턱을 쓰다듬으며 흥미로워했다.

채팅창이 마비될 정도로 환호와 응원이 쏟아졌다. 글씨를 읽을 수조차 없었다. 태블릿이 과열로 터져버리는 건 아닐까 걱정될 정도였다.

그러나 나는 좋아할 수 없었다.

거절해. 거절하란 말이야. 장 폴의 미소를 노려보며 마음속으로 끝없이 되뇌었다. 이 망상의 끝에 어떤 결말이 찾아올지 너무나 잘 알고 있었으니까.

<나는 좋아. 오랜만에 친구들 얼굴 한번 볼까?>

가장 먼저 동의한 건 아이리스였다. 빌어먹을 아이리스 첸. 그 너구리 같은 여자가 뻔뻔하게 웃으며 분위기를 주도해갔다. 장 폴과 엘리자벳은 한참 머뭇거렸으나 결국 동의하고 말았다. 류드밀라 역시.

<나도 찬성!>

마리야가 나타나 또 한 번 소리치고 사라졌다. 결국 다섯 모두가 동의한 셈이었다.

"진짜 혁명을 일으켜봐요, 우리."

네가 말했다. 너다운 표정이었다. 여전히 아무것도 모른 채, 모든 일이 평화롭게 흘러갈 줄로만 기대하는 바보 같은 얼굴. 그래, 너의 얼굴은 기대감으로 가득 차 있었다.

"얘들아, 잠까…."

"나도 찬성!" [세계를 혁명할 힘을!]

내가 말리기도 전에 유영과 레이리가 벌떡 일어나 소리쳤다.

태빈도 어쩔 수 없다는 듯 고개를 끄덕였다. 그제야 나는 깨달았다. 빌어먹게도 우리는 이미 한참 전부터 이 길을 따라 굴러오고 있었고, 그 사실을 뒤늦게 알아챘을 뿐이라는 걸 말이다.

"8월 8일. 우리 모두 파리에서 만나요."

네가 선언했다.

"파리가 폭발하겠는데?" 유영이 말했다.

"상관없어."

"세상이 뒤집어질 거야." 태빈이 말했다.

"그래도 좋아."

"뭐가 됐건 재밌겠네. 난 재밌으면 찬성!" 레이리가 말했다.

"하하, 그치?"

너는 웃었다. 아아, 그 미소. 나를 홀려 모든 걸 내던지게 만드는 그 웃음. 나는 임무마저 잊은 채 너에게 흠뻑 빠지고 말았다.

몇 분 뒤, 결국 서버가 터졌다.

그날, 우리 채널의 구독자는 1억 명을 돌파했다.

파리에 가자

파리를 향해 나아가는 길은 생각보다 순조로웠다. 각국이 공조해 우리를 막아설 거라 생각했지만, 그들도 여론을 무시할 수는 없었는지 의외로 협조적이었다. 지나치는 역마다 수천에서 수만 명의 인파가 마중 나와 우리를 지켜주었다. 우리는 창밖으로 몸을 내밀어 그들에게 인사했다. 우리가 손을 흔들 때마다 사람들은 한목소리로 구호를 외쳤다.

용기를 얻은 우리는 류드밀라에게 요청해 열차를 정차시켰다. 역에 도착할 때마다 5분에서 10분 정도 승강장에 내려 미션하듯 사람들과 인사하고 함께 사진을 찍었다. 다음 역으로, 또 다음 역으로, 이동하면 이동할수록 점점 더 많은 인파가 우리를 둘러 쌌다. 파리행 열차와 비행기가 연일 매진되고 있다는 뉴스도 들려왔다.

우리가 탄 열차는 순조롭게 몽골-러시아 국경을 통과해 이르 쿠츠크로 향했다. 이르쿠츠크역에서 잠시 마리야 사무체예바를 기다려보았지만 역시나 예상대로 마리야는 나타나지 않았다. 우리는 계속해서 이동했다.

어느새 우리 채널의 구독자가 2억 명을 넘겼다. 장 폴과 엘리자벳조차 달성해본 적 없는 대기록이었다. 우리는 며칠째 계속 라이브 방송을 이어가며 실시간으로 사람들과 소통했다. 그들과 대화하는 것은 주로 태빈의 몫이었다. 유명세를 얻으면 얻을수록 귀찮게 하는 사람들도 늘어났지만 태빈은 성실하게 가면을 뒤집어쓰고 그들의 질문에 답해주었다.

열차가 덜컹거리며 노보시비르스크역에 도착했다. 창밖 담장에 그려진 민들레 그림이 눈에 띄었다. 골목마다 민들레 그림을 그리는 게 유행하고 있었다. 세계 곳곳에서 민들레 그림을 그리는 자들과 지우는 자들 사이에 끝없는 전쟁이 이어졌다. 모두가 싸우고 있었다. 보이지 않는 곳에서.

우리는 준비를 마치고 출입문 앞에 섰다.

"이번 역에서는 2분 정차할 거야."

내가 카메라를 들이밀자 너희는 엄지를 치켜들며 오케이 사인을 보냈다. 열차가 멈추고 문이 열리자마자 레이리가 스케이트보드를 던지며 뛰쳐나갔다. 깃발을 등에 메고 질주하는 레이리를 따라 태빈과 유영이 현수막을 펼쳤고, 너는 현수막 아래로 슬라이딩하며 앞에 섰다. 몇 번이나 반복해 익숙해진 패턴이었다.

수천 명의 사람들이 우리의 이름을 연호하며 몰려들었다. 그리고 방해자들도. 열차가 출발하는 것을 막기 위해 선로에 뛰어드는 사람들과 그들을 끄집어내려는 사람들의 몸싸움이 이어졌다. 미처 승강장에 들어오지 못한 사람들의 박수 소리도 멀리서 들려왔다. 누군가 채팅창에 역 광장 사진을 링크하며 그곳에 수만 명이 모여 있다고 알려주었다.

1분도 채 되지 않는 시간 동안 사진을 찍고 우리는 서둘러 현수막을 정리했다. 고개를 돌리자 등 뒤에서 기차가 서서히 미끄러지고 있었다. 깜짝 놀란 우리는 힘껏 달려 문이 열린 채 출발하는 기차에 겨우 올라탈 수 있었다. 턱 끝까지 숨을 헐떡이면서도 다 함께 기절할 정도로 웃음을 터뜨렸다.

"휴, 1초 남기고 겨우 탔습니다. 왜 우린 항상 이따위인지 모르겠고…."

"야, 숨부터 쉬어."

"후우, 하, 후우, 하."

웃음이 멈추질 않았다. 세 사람이 카메라의 사각에 드러누워 가면을 벗어 던지는 동안, 너는 카메라를 네 쪽으로 끌어당기며 싱긋 웃었다. 햇살에 반짝이는 땀 한 줄기가 뺨을 타고 흘러내렸다. 너는 느슨해진 고무줄을 풀어 입에 물고는 긴 머리를 다시 올려 묶었다.

"여러분. 이제 세 정거장 남았어요. 예카테린부르크, 모스크바,

그리고 베를린."

너는 손가락으로 헤아리며 하나씩 읊었다.

"세 정거장만 더 가면 우리 여행도 끝나겠네요. 아쉽지만요."

"아직 3일이나 남았어."

내가 말했다.

"응. 그러네. 여러분, 우리 3일 후에 파리에서 만나요. 거기서 함께해요."

너는 활짝 웃으며 양손을 빠르게 흔들었다. 그러다 갑자기, 표정이 굳어졌다.

"안 돼…."

너는 이마를 움켜쥐며 눈썹을 찌그러뜨렸다.

"왜 그래, 화경아?"

자리에서 일어서려던 너는 현기증을 느끼며 크게 휘청거렸다. 나는 카메라를 바닥에 던지고 너를 부축했다.

"안 돼! 그러지 말아요!"

네가 필사적으로 소리치는 모습을 지켜보며 나는 직감했다. 시작됐구나. 나는 단단히 입술을 깨물었다. 최선을 다해 슬픔을 억누르며 카메라를 다시 집어 들었다. 알리기 위해. 전하기 위해. 이 순간을 헛되이 하지 않기 위해.

잔인한 짓이라는 걸 알면서도, 나는 울고 있는 네게 카메라를 들이댔다.

"무슨 일이야, 화경아?"

"방금…."

네가 말했다.

"… 방금 아이리스가 죽었어."

M-Day 작전

우려했던 일이 벌어지고 있었다.

나는 주머니에서 태블릿을 꺼내 펼쳤다. 뉴스 채널은 혼돈 그 자체였다.

"프랑스 정부가 계엄령을 선포하고 파리를 봉쇄했어. 암스테르담엔 폭격이 시작됐고, 러시아는 우크라이나를 재침공했대. 뉴스가 전부 사실이라면 말이야."

내가 말했다.

"갑자기 그게 뭔…."

너희는 각자 스마트폰을 꺼내 뉴스를 확인했다. 표정이 점점 심각해졌다. 너는 머리를 쥐어뜯으며 네가 감지한 정보를 공유했다.

"아이리스가 감옥에서 사살됐어."

너는 납득할 수 없다는 표정이었다.

"이해가 안 돼. 아이리스의 텔레파스 능력을 봤어. 쉽게 빠져나올 수 있었을 텐데 대체 왜…."

"아이리스가 일부러 죽음을 택했다는 거야?"

유영의 물음에 너는 손톱을 깨물었다.

"모르겠어."

태빈이 자신의 스마트폰을 우리에게 내밀었다.

"우리가 테러리스트래. 프랑스 정부를 무너뜨리고 파리에 데비안트만의 국가를 세우려 한다고."

"우린 한 번도 그런 말 한 적 없는데?"

레이리가 격하게 양손을 휘둘렀다. 그러자 태빈은 뉴스 영상

하나를 재생시켰다. 영상 속 장 폴은 제2의 이스라엘을 건국하겠다고 소리치며 염력으로 민간인들을 학살하고 있었다. 건물이 무너지고 팔다리가 비틀려 찢어졌다. 그는 살인을 즐기고 있었다.

스마트폰을 빼앗듯 건네받은 너는 그 영상을 뚫어져라 쳐다보았다.

"이게… 대체 뭐야?"

"딥페이크로 만든 가짜 영상이겠지."

내가 답했다.

"그럼 빨리 사람들한테 알려야지. 우리가 라이브로…."

"그게 가짜란 걸 어떻게 증명할 건데? 우리는 가짜가 아니란 건 어떻게 증명하고?"

"……."

"어차피 사람들에게 영상의 진위 같은 건 전혀 중요하지 않아. 그냥 믿고 싶은 대로 믿을 뿐이야."

"대체 왜? 누가 이런 짓을 하는 거야? IAEDA야? 아니면 혐오자들?"

아무도 대답하지 못했다.

"그보다 우리가 문제야."

유영이 말했다. 그러자 레이리가 되물었다.

"우리가 왜?"

"전 세계가 난리인데 우리라고 가만히 놔둘 리가 없…."

갑자기 기분 나쁜 쇳소리가 나더니 열차가 급하게 멈춰 섰다. 우리는 다급히 열차의 맨 앞까지 달려가 전면창을 확인했다. 승용차 한 대가 선로 위에 서 있었다. 위험을 감지한 인공지능이 자동으로 기차를 세운 모양이었다.

"십월, 저건 또 뭐야?"

유영이 말했다.

"이상해. 차 안에 아무도 없어."

태빈이 중얼거렸다. 나는 홀린듯 대답했다.

"레이리, 저거 치울 수 있어?"

내가 묻자 레이리는 작게 고개를 흔들었다.

"저렇게 큰 건 무리야. 가까이 가면 밀어낼 수 있을 거 같긴 한데."

"아니, 밖으로 나가지 마. 위험해. 그냥 기차로 밀어버리자."

내 말을 들은 태빈이 서둘러 수동조작 장치의 커버를 벗겼다. 복잡한 버튼과 레버가 드러났다.

"운전대는 여기 있어. 근데 이거 운전할 줄 아는 사람?"

"내가 알아."

나는 수동 조작으로 스위치를 전환하고 레버를 앞으로 밀었다. 계기판 속 숫자가 빠르게 치솟았다. 기차가 굉음을 내며 다시 출발했고, 잠시 후 달리는 속력 그대로 자동차를 밀치고 나아갔다.

눈앞이 번쩍이며 기차가 크게 흔들렸다. 사방에서 연기가 치솟고 폭발음이 들려왔다.

"포탄이야! 지평선 너머에서 날아오고 있어!"

태빈이 소리치며 열차 뒤쪽을 바라보았다.

"뒤쪽에선 장갑차들이 접근 중이야. 안에는 총을 든 군인들이 타고 있어. 벌써 맨 뒤 칸에 올라타기 시작했어."

"뒤 칸을 잘라버릴 순 없어?"

유영이 물었다.

"안 돼. 강제로 연결을 끊으면 비상 제동이 걸릴 거야."

태빈이 투시로 구조를 읽으며 답했다. 내 눈에도 군인들이 보이기 시작했다. 텔레파시를 통해 태빈의 시야가 모두에게 공유되고 있었다. 나는 너를 바라보았다. 너는 타오르는 눈빛으로 우리에게 말했다.

"싸워야 해."

나는 고개를 끄덕였다.

"화경아, 내 머릿속에서 이거 운전하는 방법 읽을 수 있지? 운전대를 맡아줘."

"응."

너는 나 대신 레버를 움켜쥐었다.

"무슨 일이 있어도 멈추면 안 돼. 계속 달려. 그리고 조유영. 너는 무슨 일이 있어도 화경이 지켜, 알겠어?"

"말 안 해도 알아."

"포탄 날아온다!"

태빈이 소리쳤다. 텔레파시로 연결된 우리에게도 지평선 너머에서 날아오는 수십 발의 포탄이 생생하게 보였다. 그중에서도 치명적인 궤적들을 태빈이 정확히 골라냈다. 머릿속으로 정보가 전달되자마자 레이리가 염력으로 포탄을 막아냈다. 하지만 방향을 꺾는 게 고작이었다. 근처에서 폭발이 일어났다. 고막을 찢을 듯한 소리가 들렸다.

한동안 직진 코스가 이어졌다. 너는 레버를 밀어 기차를 한층 가속시켰다. 디젤 엔진이 굉음을 내며 진동하기 시작했다. 등 뒤에서는 군인들이 세 칸 앞까지 다가왔다. 몸놀림을 보아 특수전 훈련을 거친 대원들이 분명했다.

"태빈아, 좀 도와줘."

나와 태빈은 첫 번째 칸과 두 번째 칸을 잇는 출입문 근처에 몸을 숨겼다. 첫 번째로 진입하는 놈의 무기를 빼앗아 반격할 생각이었다. 레이리의 도움은 기대하기 어려웠다. 레이리는 날아오는 포탄을 막는 것만으로도 버거워하고 있었다.

"우릴 죽일 마음은 없어 보여."

태빈이 말했다. 나도 동의했다. 벽 너머의 군인들은 전기충격기와 섬광 수류탄을 소지하고 있었다.

"그놈들이 생포하라고 지시했을 거야. 화경이가 있으니까. 화경이가 죽으면 여론이 어떻게 흘러갈지 아무도 알 수 없으니까."

"그놈들?"

"……."

첫 번째 군인이 문을 박차고 안으로 진입했다. 나는 문틈으로 튀어나온 총구를 붙잡아 끌어당기며 상대의 허리에서 단검을 뽑아 목을 찔렀다. 투시 능력 덕분에 너무나 손쉽게 제압할 수 있었다. 군인은 목덜미를 움켜쥐며 바닥에 쓰러졌다. 군인의 가슴에 매달린 섬광 수류탄을 하나 뽑아 뒤 칸으로 던지고 출입문을 걸어 잠갔다. 반투명 유리 너머로 빛이 번쩍였다.

"너 이런 건 대체 어디서…."

"나중에."

나는 시신에서 소총과 탄창을 챙겼다. 태빈에겐 권총을 건네주었다. 하지만 태빈이 정말로 사람을 쏠 수 있을지 의문이었다. 어떻게든 혼자서 해내야 했다.

"앞쪽에 또 장애물이야!"

"십월, 그냥 뚫어!"

"아까보다 큰데 괜찮을까?"

"나도 몰라!"

너와 유영이 외치는 소리가 들렸다. 뒤이어 기차가 무언가와 크게 충돌하며 뒤흔들렸다. 불안한 감정이 텔레파시 감각을 타고 퍼져나갔다. 유영은 너를 안심시키려는 듯 낮은 목소리로 중얼거렸다. 그건 네게 하는 말이었을까, 아니면 스스로에게 다짐하는 말이었을까.

"화경아. 내가 널 어떻게든 파리까지 데려가줄게. 어떻게든….."

— 이번엔 전부 못 막는다아!

레이리가 마음속으로 소리쳤다. 포탄 하나가 직격했다. 기차 옆면이 찢기며 커다란 구멍이 뚫렸다. 밖으로 빨려나갈 뻔한 태빈을 겨우 붙잡을 수 있었다. 기다렸다는 듯 사방에서 장갑차들이 몰려와 기관총을 난사하기 시작했다. 레이리는 포탄 대신 탄환을 막아야 했다. 나는 섬광 수류탄 하나를 더 뽑아 문틈으로 집어넣었다.

장갑차 뒷면이 열리며 살상 드론들이 벌 떼처럼 쏟아져 나왔다. 피자 박스처럼 생긴 쿼드로터 비행체들이 웅웅거리며 뚫린 벽체 주위를 날아다녔다. 나와 태빈이 총을 난사했지만 전부 격추하진 못했다. 드론 몇 개가 열차 안으로 난입했다. 곧장 운전실로 향한 드론들은 레이저 조준점을 네 머리에 겨누었다가, 서서히 아래로 조준점을 옮겼다. 붉은 점들이 왼쪽 종아리에 집중되었다.

총성이 울렸다. 레이리가 반사적으로 탄환을 튕겨 냈다. 하지만 그게 실수였다. 실내를 난반사하던 탄환 하나가 네 옆구리에 박혔다. 너는 비명을 지르며 운전대를 놓고 쓰러졌다. 넘어질 때

레버를 밀쳐 제동이 걸리는 바람에 열차가 크게 느려졌다. 납덩이가 복막의 신경세포를 찢어발기는 통증이 텔레파시를 통해 모두에게 고스란히 전해졌다.

"화경아!"

당황한 유영이 소리쳤다. 태빈과 나는 남은 드론을 격추하고 서둘러 네 곁으로 다가가 상처를 살폈다. 눈짓으로 태빈에게 묻자 곧바로 대답이 돌아왔다.

"큰 상처는 아니야. 다만 출혈이 좀 있어."

"여기? 여기야?"

나는 손가락을 움직여 찢어진 혈관 위치를 가리켰다. 정확한 위치에 도달하자 태빈이 고개를 끄덕였다.

"화경이 못 움직이게 꽉 붙잡아. 화경아, 좀 아플 거야."

유영이 바둥거리는 네 몸을 붙잡았다. 나는 손바닥에 능력을 집중했다. 상처에 불이 붙자 너는 목구멍이 찢겨 나갈 것처럼 비명을 질렀다. 허리가 튀어오르고 두 다리가 바닥을 긁으며 바둥거렸다. 피가 끓고 살이 타는 통증이 내게도 고스란히 전해졌다. 하지만 견뎌야 했다. 나는 한층 강도를 높여 피가 새는 혈관을 태워버렸다. 이윽고 출혈이 멈췄다. 너는 정신을 잃었다.

"너… 데비안트였어? 우릴 속인 거야? 대체 왜?"

유영이 추궁했다. 나는 대답 대신 묵묵히 커튼을 찢어 상처에 감았다.

"나중에 얘기해. 가서 운전대 잡아."

"운전할 줄 몰라."

"레버 보이지? 그냥 앞으로 끝까지 밀어."

나는 가까이 보이는 테이블을 넘어뜨려 엄폐물을 만들고 출입문을 총으로 겨누었다. 잠시 후 폭발과 함께 문이 통째로 날아가 버렸다. 나는 처음 진입하는 군인을 총으로 쏘아 쓰러뜨렸다.

그 순간 어디선가 노랫소리가 들려왔다.

시체가 썩어가는데도 벌레들은 침묵하네
다음은 자기 차례인 줄도 모르고 벌레들은 침묵하네

들어본 적 있는 기타 리프. 익숙한 도입부와 함께 날카로운 샤우팅이 터져 나왔다. 화려한 펑크록 패션에 색색의 니트 복면을 뒤집어쓴 여성들이 머리 위에서 손을 잡고 낙하하고 있었다. 마리야 사무체예바와 밴드 멤버들이 점프해 온 것이었다. 기차 지붕 위에 거칠게 착지한 그녀들은 빗발치는 총알 속에서도 움츠러들지 않았다. 이런 상황이어서 오히려 더 흥분되기라도 하는 것처럼 보였다.

마리야가 부츠를 신은 발로 스피커를 밟고 서서 외쳤다.

"얘들아! 마지막 공연 제대로 날뛰어보자! 크렘린궁을 점거했을 때처럼!"

베이시스트가 혼신의 힘을 다해 스트링을 내리쳤다. 기타와 키보드가 속사 연주를 시작하고 그 위에 마리야의 보컬이 얹어졌다. 노래라기보단 비명에 가까운 샤우팅. 귀에서 피가 날 것처럼 고막이 따끔거렸다. 주위의 장갑차들이 보이지 않는 힘에 짓눌려 찌그러졌다. 마치 손가락으로 벌레를 눌러 죽이는 것처럼.

"이렇게 강력한 해머Hammer는 처음 봐."

태빈이 중얼거렸다.

"그렇겠지. 애초에 해머라는 이름이 붙은 게 저 사람 때문이니까."

　누구도 통제하지 못하는, 때로는 그 자신조차 통제하지 못하는 러시아의 슈퍼 데비안트. 프로테스트 펑크록 그룹 '푸시 리벨리언Pussy Rebellion'의 보컬 마리야 이바노브나 사무체예바. 한때 세계 최강의 키넨시스였던 괴물이 자신의 특기를 펼쳐 보이고 있었다. 살인이라는 특기를.

계속해! 모두를 위한 폭동!
계속해! 우리를 위한 폭동!

　살상 드론과 장갑차의 총격이 밴드 쪽으로 집중되었다. 하지만 마리야와 멤버들은 조금도 밀리지 않고 공연을 이어갔다. 이윽고 모든 장갑차를 재활용 쓰레기처럼 찌그러뜨린 그들은 열차 천장을 부수고 밑으로 뛰어내렸다. 아래에서 총구를 겨누고 있던 병사들이 순식간에 짓뭉개졌다.

　나는 태빈과 함께 옆 칸으로 넘어갔다. 사방이 피투성이였다. 녹초가 되어버린 마리야와 멤버들이 곳곳에 주저앉아 벽에 등을 기대고 있었다. 마리야가 숨을 헐떡이며 복면을 벗으려 했다. 나는 마리야의 곁으로 다가가 끈을 풀 수 있도록 도와주었다. 복면을 벗기자 화장기 하나 없는 얼굴이 드러났다. 의외였다. 이렇게 둥글고 부드러운 눈망울을 가진 사람이었을 줄은.

　태빈이 말없이 고개를 떨어뜨렸다. 겉으로 보기에도 마리야의 몸은 만신창이였다. 열 군데가 넘는 곳에 총알을 맞았다. 대부분 치명상이었다. 상태가 안 좋기는 다른 밴드 멤버들도 마찬가지였다.

"후후… 나도 예전 같지가 않아."

마리야는 그렇게 말하며 무슨 풀인지도 모를 연초를 꺼내 입에 물었다. 불을 붙이는 손끝이 엉망으로 떨리고 있었다. 피에 젖은 탓에 불이 잘 붙지 않았다. 마리야는 연초를 뱉어버렸다.

"대체 왜 그랬어?"

나도 모르게 언성이 높아졌다.

"당신들은 알고 있었잖아! 회합에 동의하면 이런 일이 벌어지리라는 거. 그래서 지금껏 각자 움직여온 거잖아. 대체 왜 제안을 받아들였어? 왜 알면서도 멍청하게 사지로 걸어 들어갔냐고!"

마리야가 피를 찍 뱉더니 호탕한 웃음을 터뜨렸다. 헤벌쭉 웃는 이 사이로 붉은 핏물이 가득했다.

"후배님. 죽더라도 할 땐 해야 하는 거야. 그런 게 펑크 정신. 혁명가를 죽일 순 있어도 혁명을 죽일 순 없는 법이거든."

"죽어버리면 혁명이 다 무슨 소용이야……."

"후후. 너무 그렇게 불쌍하게 쳐다보지 마. 다 함께 합의하고 결정한 거니까. 장 폴이 제안했어. 다음 시대를 살아갈 후배들에게 멋진 선물 하나쯤은 남겨야 하지 않겠냐면서."

마리야가 울컥 피를 뱉었다. 대체 어딜 보는지도 알 수 없을 정도로 초점이 엉망으로 흔들리고 있었다.

"너무 많이 죽였어. 함께 싸웠어야 할 동지들끼리. 이제 와서 그 대가를 치르고 있네."

"평양에서 있었던 일은 당신들 잘못이 아니야. 세상이…."

"PD님. 내가 바로 세상이야."

마리야의 목소리가 점점 줄어들었다.

"신화경. 그리고 귀여운 친구들. 멈추지 마. 넘어져도 서툴러

도 계속해야 해. 그렇게 계속 발버둥 쳐. 너희의 세상을 만날 때
까지 몇 번이고 부딪치고 또 부딪쳐. 파도가 끝내 벼랑을 깎아내
는 것처럼. 언젠가 세상은 달라질 거야. 달라질 수 있어. 어떻게
달라질지는 누구도 알지 못하지만⋯."

"알겠어. 알겠으니까 이제 그만 말해."

그러자 마리야는 노랫말을 흥얼거리기 시작했다.

시체가 썩어가는데도 벌레들은 침묵하네
다음은 자기 차례인 줄도 모르고⋯

마리야가 갑자기 내 멱살을 끌어당겼다. 죽어가는 사람이라곤
믿기지 않을 정도로 강한 완력이었다. 나는 바닥에 무릎을 꿇었
다. 귓가에 마리야의 떨리는 숨결이 느껴졌다.

"후배님, 잘 들어. 이거 진짜 비싼 조언이다?"

마리야가 속삭였다.

"절대 너희들끼리 싸우지 마."

손아귀에서 힘이 빠져나갔다.

마리야는 더 이상 아무 말도 하지 않았다. 나는 말없이 마리야
의 눈을 감기고 다시 복면을 씌워주었다.

혁민이들

혁명하는 민들레 혁민이들. 소외된 모두를 위한 한 걸음 　　　　구독자 12.7억 명

#혁민이들 #소외된모두예카테린부르크로

긴급 | 모두에게 전합니다

조회수 1,374,421,843회 / 2036. 8. 5.　　　　　👍 1억 2571만 👎 8912만

신이:　모두에게 슬픈 소식을 전합니다. 지난밤 아이리스 쳉이 사살되었습니다. 장 폴 티베리와 엘리자벳 부아클레르도 프랑스군과 대치 중 세상을 떠났습니다. 우크라이나가 침공당했고, 키이우에 밤낮 없는 폭격이 이어지고 있습니다. 류드밀라 오렌지의 생사는 불분명합니다. 그리고….

신이:　….

신이:　마리야 사무체예바와 푸시 리벨리언 멤버들도 모두 사망했습니다. 러시아군에 맞서 저희를 지키다가요. 당시의 상황을 촬영한 영상이 저희 채널에 업로드되어 있습니다. 영상에 찍힌 내용은 모두 진실입니다. 조작이 아닙니다.

태붕이:　세계가 우리를 죽이려 하고 있어요. 단지 한자리에 모이려 했다는 이유로요.

까:　하지만 우리는 멈추지 않을 거예요. 끝까지 갈 겁니다.

나미:　이제 더는 두렵지 않아요. 가면 뒤에 숨지도 않을 거예요.

(가면을 벗는다)

태빈:　우리는 이제 가면으로 얼굴을 가리지 않습니다.

유영:　우리는 이제 유치한 닉네임으로 이름을 감추지 않습니다.

레이리: 우리는 지금 여기에 있고, 누구도 우리의 존재를 부정할 수 없습니다.

화경: 우리의 다음 목적지는 예카테린부르크입니다. 8월 6일. 예카테린부르크에서 더 많은 이야기를 전하겠습니다.

함께: Occupy Earth. Occupy World.

▶ 관련 영상 : 해방학림 | 교육부장관을 만났습니다. 왜 수능 못보게 해요? ⓘ

댓글 입력이 금지된 영상입니다.

예카테린부르크

"일어서. 운전대 잡아."

바닥에 주저앉은 나를 유영이 억지로 일으켰다.

"여기 운전할 줄 아는 사람 너밖에 없어."

"나도 알아."

나는 운전실로 돌아와 레버를 밀었다. 열차가 서서히 출발했다. 예카테린부르크까지 앞으로 23시간. 마리야와 멤버들의 흙무덤을 뒤로 한 채 우리는 다시 여정을 이어갔다. 하지만 어디로 가야 할지 알 수 없었다. 알아봤자 어차피 정해진 선로를 벗어날 방법도 없었지만.

"PD님, 다음 계획은 뭐야?"

유영이 내게 물었다.

"그걸 왜 나한테 물어?"

"계획 세우는 게 니 역할이잖아."

나는 고개를 돌렸다.

"… 나는 너희들을 속였어."

"이제 와서 그딴 게 무슨 상관이야. 넌 우리 때문에 사람까지 죽였어. 우리 목숨을 구했고, 화경이를 살렸어. 너는 데비안트야. 우리처럼. 그 외의 사실은 하나도 안 궁금해."

넘어져도 서툴러도 계속해야 해. 나는 마리야의 마지막 유언을 떠올리며 최선을 다해 감정을 가라앉혔다.

"다른 애들은?"

"각자 방에서 쉬고 있어."

"일단 씻으라고 해. 옷도 새걸로 갈아입고. 피 냄새 몸에 배기 전에."

"그다음엔?"

"밥부터 먹자."

* * *

상황은 하루 만에 종료되었다. 파리 제3코뮌은 전원 체포되었고 암스테르담과 홍콩은 폐허가 됐다. 키이우는 결사 항전 중이었으나, 포탄과 미사일이 비처럼 쏟아진 현장엔 비애만이 가득했다. 불바다가 된 총리 관저 사진을 보고 있자면 솔직히 류드밀라가 살아 있으리라는 희망을 갖기가 어려웠다.

장 폴의 소셜 페이지에 마지막 영상이 올라왔다. 개선문을 포위한 군인들이 장 폴과 엘리자벳에게 총을 겨눈 채 투항을 강요하고 있었다. 지휘관이 설득을 위해 다가왔다. 이제 갓 중위를 달았을 법한 젊은 남성이었다. 장 폴은 담배를 물고 연기를 뿜으며 당당하게 앞으로 나섰다.

장 폴이 물었다.

"요즘 섹스는 잘하고 있어?"

"갑자기 무슨 헛소리야."

"할 수 있을 때 마음껏 즐겨. 물론 건전하게. 그게 자네의 권리니까."

황당한 질문에 지휘관의 표정이 썩어갔다.

"68년 전에 웬 또라이 같은 대학생 놈이 대충 이거랑 비슷한 소릴 지껄였어. 걔랑 비슷한 미친놈들이 파리를 점거했고. 그래서 네가 섹스를 맘대로 할 수 있는 거야."

"미친 새끼."

장 폴은 한숨 쉬듯 마지막 연기를 뿜어냈다.

"이렇다니까. 세상이 바뀌고 나면 뭐가 바뀐 줄도 모르지. 고마운 줄도 모르고."

지휘관이 권총을 겨누었다.

"장 폴 티베리. 즉시 투항해라. 그러지 않으면 사살하겠다."

"그래, 그렇게 나와야지."

장 폴은 꽁초를 손가락으로 튕겨 날려버린 뒤, 검지로 자신의 심장을 가리켰다.

"빨리 쏴. 그래야 끝나."

방아쇠에 손가락을 올린 지휘관은 끝도 없이 차별 발언을 쏟아냈다. 변종 새끼, 너희는 끔찍한 범죄자들이야. 제대로 배우지도 못하고 천박한 말이나 지껄이는 쓰레기들. 데비안트 놈들은 이 세상에서 모조리 사라져야 해. 너희 같은 것들이 살아남아봐야 모두가 불행해질 뿐이야… 그는 필사적으로 살인할 이유를 찾고 있었다.

"너희는 인간이 아니야."

"그걸 자네가 어떻게 아나. 인간이 대체 뭔지도 모르면서. 헛소리 그만하고 빨리 방아쇠나 당겨. 손 좀 그만 떨어. 사람 처음 죽이는 것도 아니면서."

장 폴은 상대를 놀리듯 양팔을 벌리고 크게 소리 질렀다.

"모두 들어라! 우리의 혁명은 이제 새로운 단계에 접어들었다! 전 세계를 점거하라! Occupy Earth! Occupy World! 우리는…!"

총구가 불을 뿜었다.

강제 진압이 시작되었다. 장 폴은 가슴에 총을 맞았고, 최후의 노래를 부르며 폭주했다. 온몸을 불사르며 사방을 염력으로 일그러뜨리기 시작했다. 그 자리의 모두를 집어삼키고도 남을 규모였다. 엘리자벳은 장 폴을 끌어안고 점프했다. 공기가 희박한 대기권 끄트머리까지. 복수 대신 희망을 택하기로 결심한 것이다. 그 덕분에 개선문은 무사했고, 파리는 아름다움을 잃지 않았다. 제3코뮌의 파리 점거는 사망자 단둘만을 남긴 채 끝을 고했다.

* * *

30분 뒤, 우리는 식당에 모였다. 깨끗해진 너희 사이에서 나만 더러운 존재 같았다. 기차를 자동운전으로 전환한 나는 너희가 기운을 차릴 수 있게 간단한 식사와 차가운 주스를 준비해두었다. 갈증을 느낀 너희는 단숨에 컵을 비웠다. 하지만 접시엔 아무도 손대지 않았다.

"먹어. 계속 싸우고 싶으면."

가장 먼저 포크를 집어 든 건 너였다. 너는 억지로 눈물을 삼키며 스마트렌지에 데운 파스타면을 입에 구겨 넣었다. 네 모습을 본 아이들도 하나둘 식사를 시작했다. 나 역시 말없이 빵 한 조각을 입으로 가져갔다. 뒤늦게 찾아온 불면주사의 후유증 때문에 자꾸만 구역질이 치밀어올랐다.

"우선 고백할게. 나는 IAEDA의 요원이야. 내 임무는 너희를 감시하는 거고."

내가 말했다.

"정확히는 신화경, 너를 감시하고 있었어."

"나를? 대체 왜?"

"유민아의 딸이니까. 뛰어난 텔레파스기도 하고. 내가 지켜본 바로 너는 최소한 A급이야. 어쩌면 그 이상일지도 모르겠어. 만약 그렇다면 너는 한국이 보유한 세 번째 슈퍼 데비안트가 돼. 한국은 지금 러시아에 핵탄두를 한 발 떨어뜨린 거야."

"……."

"걱정 마. 보고서엔 C급 이하라고 썼으니까."

"우릴 습격한 건 IAEDA야?"

태빈이 질문했다.

"응. 정확히는 IAEDA 이사회와 회원국들."

"이유가 뭐야?"

"너희가 NPT-ND 조약을 어겼으니까."

네가 모르겠다는 표정을 짓자 유영이 대신 답해주었다.

"핵무기 및 데비안트 확산 방지 조약Non Proliferation Treaty-Nuclear and Deviant Weapons. 슈퍼 데비안트들은 각국이 보유한 전략무기야. 승인 없이 자국을 벗어날 경우 IAEDA는 언제든 제재를 가할 수 있어. 핵무기를 타국에 보내는 것과 마찬가지니까."

"제재?"

"죽인다는 뜻이야. 합법적으로."

"인간을… 그런 식으로 취급해도 되는 거야?"

너는 분노에 찬 표정으로 물었다. 꽉 움켜쥔 주먹이 떨리고 있었다. 나는 몇 가지 설명을 덧붙였다.

"IAEDA를 옹호하려는 건 아니지만, 아무튼 실제로 제재가 실행된 건 이번이 처음이야. 지금까진 장 폴도 마리야도 자유롭게 세계를 떠돌았어. 류드밀라도 총리 자격으로 국제회의에 참석할 수 있었고. 인간으로서의 존엄성과 자유를 최대한 존중해줬어. 워낙 유명인이어서 건드리지 못한 면도 있었고."

"내가 파리에 모이자고 자극하는 바람에…."

"화경아, 네 잘못 아니야. 이건 그 사람들이 직접 선택한 결과야. 이렇게 될 줄 알면서도 이 길을 택한 거라고."

너는 말이 없었다.

무거운 침묵을 깨기 위해 나는 화제를 전환했다.

"앞으로 어떻게 하고 싶어? 날 배제하고 싶다면 지금이라도…."

"괜찮아. 나는 널 믿어."

레이리가 말했다. 유영과 태빈, 그리고 너도 똑같은 말을 했다. 괜찮다고. 믿는다고. 하나도 괜찮지 않았다. 왜냐면 내 진짜 임무는….

나는 눈물을 닦으며 말했다.

"계획을 세우려면 우선 목표를 명확히 정해야 돼. 앞으로 어떻게 하고 싶니? 도망치고 싶다면 탈출 루트를 알아봐줄게. 안전한 피신처도 몇 개 확보해놨어. 아니면…."

"싸우자."

네가 말했다.

"끝까지 싸우자."

* * *

예카테린부르크역에 진입하는 데만도 몇 시간이 걸렸다. 전속력으로 달려오느라 만신창이가 되어버린 기차는 걷는 것보다도 느린 속도로 승강장에 진입했다. 역에는 헤아릴 수 없이 많은 인파가 모여 있었다. 역 바깥엔 대체 얼마나 더 모여 있을지 상상조차 가지 않았다.

군인들이 몰려와 승강장을 폐쇄하기 시작했다. 그들은 금속 방패와 총으로 벽을 두르고 사람들을 몰아붙였다.

"허가되지 않은 집회는 불법입니다. 즉시 해산하십시오. 능력을 사용하지 마십시오. 데비안트 능력을 사용할 시 즉시 사살하겠습니다."

사람들은 두려워하지 않았다. 오히려 군인들을 향해 야유를 쏟아냈다.

짝. 짝. 짝. 짝.

누군가 박수를 치자 약속한 듯 모두가 함께 구호를 외쳤다.

"Occupy Earth!" "Occupy World!"

열차가 승강장에 멈춰 섰다. 우리는 문을 열고 조심스레 밖으로 걸어나왔다. 사람들은 떠나갈 듯한 환호로 우리를 맞이했다. 머리 위로 치켜든 수백 대의 스마트폰이 일제히 너를 향했다.

인파 사이에 작은 원형 연단이 마련되어 있었다. 총상에서 회복되지 않은 너는 휠체어에 앉아 있었고, 유영이 뒤에서 네 휠체어를 밀어주었다. 연단 앞까지 다가갔지만 10센티미터 남짓한 낮은 턱을 오를 방법이 없었다. 사람들이 휠체어를 들어 연단 위로 올려주었다. 그러자 모두가 "신!" "신!" "신화경!" 하며 네 이름을 연호했다. 너는 움켜쥔 주먹을 치켜들었고, 사람들은 더 크게 소리 질렀다. 레이리가 염력으로 네 등 뒤에 배경처럼 깃발을 걸어주었다.

네가 마이크를 건네받자 모두가 숨죽인 채 너를 주목했다.

"안녕하세요. 신화경입니다. 솔직히 놀랐어요. 하루 만에 이렇게 많은 분들이 모일 거라곤 전혀 생각하지 못했거든요."

너의 인사말이 이어지는 동안 사람들은 군인들의 총구마다 민들레를 한 송이씩 꽂아 넣었다. 태빈이 너를 지키듯 군인들 쪽으로 한 걸음 다가섰다. 다시 한번 발포하겠다는 경고가 들렸다. 그러나 군인들의 총구는 오히려 미세하게나마 아래로 떨어지기 시작했다. 흥분한 태빈의 떨림이 멀리서도 느껴졌다. 나는 너와 눈빛을 교환했다. 너는 고개를 한 번 끄덕이고는 크게 심호흡했다. 소리를 집어삼킨 듯 주위가 고요해졌다. 너는 곧장 연설을 시작하려다 멈추곤, 다시 한번 숨을 골랐다.

이윽고 너는 연설을 시작했다.

"오늘 여러분께 드리고 싶은 말씀은 단순합니다. 저의 진심이요. 제가 느낀 마음을 있는 그대로 전하고 싶습니다. 제대로 된 이론이나 용어로 꾸미지 못해 죄송합니다. 저는 그런 말들을 모릅니다. 제가 아는 것은 한 가지뿐입니다. 잘은 모르지만 우리가 사는 세상은 어딘가 잘못됐다는 거예요.

저는 그리 대단한 사람이 아니에요. 어느 날 갑자기 깨달음을 얻은 것도, 세상을 떠돌다 참상을 겪고 혁명가가 되기로 결심한 것도 아니에요. 실패를 두려워하며 고개 숙인 채 조용히 일상을 살아갈 뿐이었죠. 그런 저조차도 살다 보니 자연히 이렇게 되어 버렸어요. 여러분과 함께 변화하는 세상의 중심에 서게 됐어요. 여러분도 마찬가지겠지요. 날 때부터 세상과 싸우기로 결심하지 야 않았겠지요.

데비안트여서 그렇다고 말하려는 게 아니에요. 세상은 원래 불합리하고 고통스럽죠. 안타깝게도 우리는 끊임없이 실패하고 절망해야 해요. 원치 않는 고통의 순간들을 끝도 없이 통과해야 해요. 삶이라는 긴 감내의 시간 속에서 행복은 아주 짧게 빛나는 점들에 불과하죠. 우리는 기어이 잃어버리게 될 작은 빛을 온 힘을 다해 움켜쥐고 바둥거립니다. 아무리 노력해도 이 사실은 바뀌지 않아요.

왜냐면 이건 그저 우주의 법칙일 따름이니까. 기본적으로 우리가 사는 세상은 들이는 노력에 비해 얻을 수 있는 행복의 효율이 좋지 않거든요. 그 이유는…

모르겠어요.

저는 잘 모르겠어요. 이런 복잡한 일에 대해선 배워본 적도, 고민해본 적도 없으니까요. 그렇지만 이상해요. 뭔가 이상하잖아요. 이건 어딘가 잘못됐어요. 여러분도, 저도, 분명 그걸 느끼고 있어요. 그 느낌이 중요하다고 믿어요.

세상이 터지기 직전이라는 걸 알겠어요. 누구도 이 변화를 막을 수 없어요.

세상을 변화시키는 이 힘은 단지 데비안트의 초능력만이 아니에요. 이 자리에 모인 우리는 데비안트라는 정체성 그 이상입니다. 베이징에서 체포되었을 때, 저는 지하에 갇힌 수많은 사람들을 보았습니다. 그중엔 데비안트가 아닌 사람들도 많았어요. 모두가 각자의 문제로 싸우고 있었죠. 기차를 타고 여행하는 동안 저는 지켜봤어요. 세상 어디에나 고통이 가득하다는 걸요. 모두가 힘들어하고 있다는 걸요.

우리가 서로를 이해하는 건 데비안트여서가 아니에요. 상처 입은 존재이기 때문이에요. 아픔을 아는 존재이기 때문이에요. 세상이 잘못되었다는 걸 이해하는 우리의 능력, 세상을 다르게 보는 우리의 이 능력은 소외된 모두가 똑같이 갖고 있는 힘입니다.

실은 대단한 능력도 아니에요. 아주 조금 다르게 세계를 볼 수 있을 뿐이죠. 저들이 보지 못하는 세상의 접힌 뒷면을 살짝 훔쳐보는 것뿐이에요. 그 뒷면을 통해 우리는 멀리 떨어져 있어도 서로를 어루만지면서 손과 손을 잡고 힘을 합칠 수 있습니다. 뭉치고, 연대하고, 함께 싸웁니다. 세상을 바꾸는 건 염력도, 텔레파시도, 그 어떤 초능력도 아닙니다. 지금 여러분과 제가 이 자리에 함께 모여 이야기하게 만드는 바로 그 감정이죠."

목소리가 떨렸다. 너는 잠시 호흡을 가다듬었다.

"지난밤 우리는 거대한 바위들을 잃었습니다. 영원히 부서지지 않으리라 믿었던 세상의 주춧돌을요. 세상은 우리를 부수고 또 부숴 가루로 만들려 합니다. 많은 동지들이 그 칼날에 피를 흘리며 갈려 나갔습니다. 바로 지금 이 순간에도요.

하지만 갈리고 갈려 부스러기만 남을수록 우리는 더 쉽게 뭉

칩니다. 가루는 낮은 곳에 쌓여 이윽고 바위보다 거대한 대지 그 자체가 됩니다.

우리 모두는 같은 적과 싸우고 있어요. 바로 이 세상 그 자체죠. 그러니까…

그러니까… 제가 하고 싶은 말은….”

너는 반쯤은 속마음을 솔직하게 털어놓으면서도 동시에 반쯤은 자신이 무슨 말을 하는지도 이해하지 못한 채 충동만으로 연설을 이어가고 있었다.

“그러니까 제 말은… 지금 바로 우리가….”

너는 머뭇거렸다. 사람들은 불안한 시선으로 서로를 힐끔댔다. 그러나 서로의 생각을 읽은 그들은 이내 단호한 눈빛으로 너를 보았다. 너는 마이크를 꽉 움켜쥐고 고개를 짧게 끄덕였다. 그러자 모두가 똑같이 고개를 끄덕였다. 비로소 확신에 찬 너는 환희의 미소를 띠며 온 힘을 다해 소리쳤다.

“네! 여러분이 생각하시는 것이 맞습니다! 지금 당장 저와 함께 예카테린부르크를 점거하자는 거예요! 지금 바로!”

한 차례 소란이 일고, 여기저기서 함성이 터져 나왔다.

그러다 누군가 외쳤다.

“돌격!”

마침내 우리의 혁명은 시작되었다.

하루 전

"어떻게 싸울까?"

내가 물었다.

"파리를 재점거할까? 아니면 아예 지도에서 지워버릴까? 뭐든 가능해. 너희가 그럴 마음만 먹는다면."

그러자 태빈이 제안했다.

"예카테린부르크를 점거하면 어떨까?"

"예카테린부르크? 거길 왜?"

유영이 되물었다.

"물류 창고에서 일할 때 파업에 참여한 적이 있어. 그때 알게 된 구호 중에 이런 게 있는데, 유명한 문장이라 아마 너희도 한 번쯤은 들어봤을걸. 우리가 멈추면…."

"… 세상이 멈춘다."

유영이 이어받았다.

"아. 무슨 뜻인지 조금 알 것 같아."

너는 무언가 깨달았다는 듯, 양손을 기도하듯 모았다.

"예카테린부르크에서 세상을 멈추자는 거지?"

"Occupy World. 장 폴은 우리가 세계를 점거해야 한다고 말했어. 대체 세계는 뭘까? 끊임없이 사람들을 고통 속으로 밀어 넣는 이 세상을 멈춰 세우려면 어떻게 해야 할까? 나는 그 답이 물류에 있다고 생각해. 자원이 없으면 아무것도 생산할 수 없고, 상품이 없으면 아무것도 판매할 수 없어. 물류는 세상을 움직이는 혈관이야."

"통역 공부할 때 책에서 읽은 적 있어. 예카테린부르크는 유럽과 아시아를 잇는 철도 물류망의 핵심 거점이야. 전 세계 물류의 15퍼센트가 거길 통과해."

네가 덧붙였다. 태빈이 그 설명을 받아 한 번 더 보충했다.

"팔레스타인 쌍둥이가 수에즈 운하를 붕괴시킨 뒤로 철도로 수송하는 비중이 더 늘었어. 지금은 아마 30퍼센트가 넘을 거야. 만약 예카테린부르크를 장악한다면 전 세계를 동시에 멈춰 세울 수 있어. 장 폴이 말한 대로 세상을 점거하는 거야. 혈관을 틀어막는 콜레스테롤 덩어리가 되는 거야."

확실히 흥미로운 발상이긴 했다.

"방금 휴대폰으로 찾아봤는데 여기 엄청 큰 도시인데? 인구가 100만 명이 넘어. 우리가 여길 점령할 수 있을까?"

레이리가 물었다. 그러자 유영이 단호히 말했다.

"생각하지 마. 계산하지 마. 혁명은 그런 식으로 시작되지 않아."

"오올, 명언 제조기."

레이리가 윙크하며 팔꿈치로 유영의 옆구리를 찔렀다. 유영은 조금 쑥스러워하며 덧붙였다.

"… 마리야라면 분명 그렇게 말했을 거야."

태빈이 웃으며 어깨를 으쓱였다.

"일단 해보고 안 되면 튀어버리지 뭐."

"좋아! 하자! 냅다 튀는 거 좋아!" [두근두근 ﾄ ｷ ﾄ ｷ!]

"야, 너는 튈 생각부터 하면 어떡하나?"

신나게 떠드는 너희에게 나는 팔짱을 끼고 물었다.

"예카테린부르크를 점거하는 데 성공하면, 그다음 계획은 뭐지? 운 좋게 역을 점거했다 쳐. 그다음엔 어쩔 셈이야?"

태빈이 삐죽삐죽 솟아난 턱수염을 매만지며 고민에 잠겼다.

"내 생각엔 퍼포먼스가 필요할 것 같아. 되도록 평화적이고 창의적이어야 해. 그곳에서 절대 살육이 일어나지 않을 거라고 사람들이 믿을 수 있게. 그곳이 안전하게 느껴지게 만들어야 해."

"이 부분은 PD님 기획력이 절실하네."

너는 웃으며 그렇게 말했다. 기대로 가득 찬 너희의 눈빛이 일제히 나를 향했다. 당황한 나는 크게 한숨을 쉬었다. 망할 녀석들.

"있어봐. 잠깐 생각 좀 해보게."

이벤트가 필요했다. 세상의 이목을 집중시킬 이벤트가. 신선하면서도 익숙하고, 시대적이면서도 미래지향적인 메시지가 그 안에 담겨야 했다. 우리를 사랑하지 않고는 못 배길 매력적인 스토리텔링도 함께. 고심 끝에 한 가지 아이디어를 떠올렸다. 나는 태블릿을 펼쳐 사진 한 장을 검색했다. 1989년 그날의 사진을. 모두가 손에 손을 잡고 저항하던 순간을.

너희 앞에 사진을 내밀며, 나는 이렇게 제안했다.

"노래를 부르자."

노래의 날

1989년 8월 23일. 에스토니아, 라트비아, 리투아니아 3국의 시민들이 소비에트 연방으로부터의 독립을 요구하며 거리로 뛰쳐나왔다. 이들은 싸우지 않았다. 불태우거나 파괴하지 않았다. 그 대신 손에 손을 잡고 노래를 불렀다. 그저 노래를. 이날 합창에 참여한 사람의 수는 약 200만 명. 이들이 만들어낸 인간 띠는 무려 675킬로미터에 달했다. 이날의 사건은 독립으로 향하는 그들의 여정에 결정적인 순간이 된다.

우리도 해낼 수 있을까? 모두가 한마음으로 연결되어 손에 손을 잡고 함께 노래 부를 수만 있다면. 전 세계 사람들 앞에 기적 같은 순간을 연출한다면.

어쩌면 조금은 승산이 생길지도 모르지.

"지금 당장 저와 함께 예카테린부르크를 점거하자는 거예요! 지금 바로!"

네 외침과 함께 태빈이 앞장서 달렸다. 그리고 그 뒤를 따라 수천 명의 사람들이 역을 점거하기 위해 뛰쳐나갔다. 우리에게 총을 겨누고 있던 군인들은 그 모습을 바라보면서도 아무 대응도 하지 못했다.

― 여기서 나가!

수십 명의 텔레파스들이 한목소리로 생각을 발산하자 보이지 않는 심리적 압력이 군인들을 밀쳐냈다. 그들은 홀린 것처럼 총을 버리고 건물 밖으로 밀려 나갔다. 순식간에 역을 점령한 우리는 역 바깥으로 쇄도하며 가까운 사람들과 서로 손을 잡기 시작했다. 보이안트 능력으로 주변 지형을 확인한 태빈이 너에게 지시를 전달했고, 너는 텔레파시로 사람들에게 각자 사수해야 할 위치를 전했다. 나는 라이브 캠 드론을 띄워 하늘에서 그 광경을 촬영했다. 사람들은 거의 동시에 모든 방향으로 퍼져나갔다. 위에서 내려다보기에 우리는 중심에서부터 원을 그리며 번지는 물결처럼 보였다.

금세 수천 명의 인간 띠로 이루어진 고리가 완성되었다. 그리고 그 고리의 안쪽으로는 끊임없이 새로운 사람들이 점프해 왔다. 새로 도착한 사람들은 누가 설명해주지 않아도 자연스레 사람들 사이에 끼어들어 손을 잡았다. 자연히 원은 점점 크고 단단해졌다. 예카테린부르크역 주위를 완전히 감쌀 정도였다. 우리는 역으로 통하는 모든 철길과 도로를 가로막았다. 건물이 보이면 계단으로 손과 손을 이어 지붕 위에 올라섰다. 그날 한자리에 모인 데비안트만도 수만 명에 달했다. 이렇게나 많은 수가 모였던 적은 한 번도 없었다. 너는 그들 모두와 오래전부터 단단히 이어져 있었다.

"우리를 지지하는 사람들이 이렇게 많았어."

유영이 감탄하듯 말했다. 그리고 레이리도.

"정말. 다들 어디에 있었던 거야?"

너는 웃으며 모두와 손을 잡았다.

"나가자!"

너희 네 사람은 손에 손을 잡고 역 앞 광장으로 향했다. 동그라미의 남쪽 끝. 군대와 가장 가까이 대치하고 있는 피의 성당 앞으로. 나는 그런 너희의 모습을 카메라에 담기 위해 이리저리 뛰어다녀야 했다.

사람들이 너희를 위한 공간을 내어주었다. 네 사람이 인간 띠 속으로 들어가 손을 맞잡는 순간, 비로소 그 거대한 원이 완성되었다는 느낌이 들었다.

"이제 어쩌지?"

네가 물었다. 그러자 태빈이 웃으며 답했다.

"노래해야지."

누가 먼저랄 것도 없었다. 텔레파시로 한데 이어진 사람들은 매끄럽게 합창을 시작했다. 처음 노래를 시작한 것은 에스토니아에서 온 소녀였다. 첫 소절을 듣자마자 나는 그 노래가 무엇인지 알 수 있었다. 1989년 노래혁명 현장에서 흔히 불렸던 민중가요였다.

Teab loodus vaid, teab isamaa 자연은 알지, 조국도 알지
meil tuleb üksteist aidata 우리가 서로 도와야 한다는 걸
Ei ole üksi ükski maa 혼자인 나라는 없어*

소녀가 노래를 시작하자 너는 손을 맞잡은 모두에게 그들 각자의 언어로 번역된 가사와 멜로디를 전달했다. 수만 명의 인파가 동시에, 한 치의 오차도 없이 같은 박자로 노래를 합창할 수 있었다. 그 폭발하는 에너지. 공명하는 목소리. 그런 굉장한 건 한 번도 본 적이 없었다. 모두가 흥분에 젖어들었다. 나 역시도.

사람들은 순서대로 돌아가며 자신의 나라에서 불리는 투쟁가를 소개했다. 노래를 부르면 부를수록 분위기가 점점 격앙되어 갔다. 우리는 목이 쉬도록 노래를 불렀다. 그 자리의 누구도, 그 거대한 도시의 누구도 우리를 막을 생각을 하지 못했다.

Aux armes, citoyens 무장하라, 시민들이여
Formez vos bataillons 대오를 갖추라

* 「Ei ole üksi ükski maa(혼자인 나라는 없어)」, 작사: Jüri Leesment, 작곡: Alo Mattiisen

Marchons, marchons! 전진, 전진!

Qu'un sang impur 저 더러운 피가

Abreuve nos sillons! 우리의 밭고랑을 적시도록!*

We'll walk hand in hand 손에 손을 잡고 걸으리

We'll walk hand in hand 손에 손을 잡고 걸으리

We'll walk hand in hand someday 손에 손을 잡고 걸으리 그날에

Oh deep in my heart I do believe 진정 나는 믿네

That we shall overcome someday 그날이 오면 우리 승리하리라**

سمع كنان س ماع ان ملي كنان ش 모든 장벽은 무너졌지

سل ل ان ح ان كنا اح5من 우리의 꿈이 바로 우리의 무기야***

반시계 방향으로 순서가 돌고 돌아 이윽고 우리의 차례가 왔
다. 나는 너희 넷이 한 프레임에 들어오도록 카메라를 설치했다.
가장 왼쪽에 선 태빈이 노래를 시작했다.

사랑도 명예도 이름도 남김없이

한평생 나가자던 뜨거운 맹세

동지는 간데없고 깃발만 나부껴

새날이 올 때까지 흔들리지 말자

* 「La Marseillaise(마르세유의 노래: 프랑스 국가)」, 작사 및 작곡: Claude Joseph Rouget de
Lisle
** 「We shall overcome(우리 승리하리라)」, 작자 미상
*** 「توص الحريہ(자유의 목소리)」, 작사: امير عيد, 작곡: كارودي

세월은 흘러가도 산천은 안다
깨어나서 외치는 뜨거운 함성
앞서서 나가니 산 자여 따르라
앞서서 나가니 산 자여 따르라*

주위가 숙연해졌다. 태빈이 노래하는 동안 사람들은 죽어간
이들의 얼굴을 떠올렸다. 장 폴과 엘리자벳, 마리야와 류드밀라
를, 그들을 이어주던 아이리스를. 그 이전과 이후에 목숨을 던진
수많은 동지들을.

"다음은 화경이 차례야."

"나, 나?"

너는 부끄러워했다. 남 앞에서 한 번도 노래해본 적 없었으니
까. 그러자 레이리가 손을 놓고 수어로 네게 물었다.

"화경아, 혹시 이렇게도 가능해?"

레이리가 손말로 가사를 표현하며 머릿속으로 노래를 불렀다.
너는 눈을 감고 레이리의 노래를 텔레파시로 중계했다. 모두가
레이리의 입과 혀가 되어 함께 노래를 불렀다.

僕らは核爆彈! 우리는 핵폭탄이다!
僕らは核爆彈! 우리는 핵폭탄이다!
ちっとでも間違がえば, キノコがドカン! 잘못 건드리면 버섯이 쾅!
今日みんな死ぬよ? 오늘 모두 다 죽을지도?**

* 「임을 위한 행진곡」, 작사: 백기완의 시를 황석영이 편집, 작곡: 김종률
** 「僕らは 核爆彈(우리는 핵폭탄이다)」, 작사 및 작곡: 佐野伶梨

음정도 가사도 엉망진창이었다. 다들 어떻게 따라 했나 싶을 정도로. 유영이 쩌억 입을 벌리며 어이없다는 표정으로 레이리를 쳐다보았다.

"하여튼 너는….."

"왜?"

레이리는 뭐가 문제냐는 듯 어깨를 으쓱였다.

"아무 노래나 부르면 되는 거 아냐?"

레이리는 너의 긴장을 풀어주려고 그랬던 게 분명하다. 음정을 틀린 것도 일부러였으리라. 종양으로 혀를 잃었을 뿐, 레이리의 머릿속은 언제나 리듬과 노랫말로 충만했다.

이제 너의 차례였다. 모두가, 전 세계가, 내가. 온 우주가 오직 너의 입술만을 바라보는 것만 같았다. 너는 떨리는 목소리로 노래를 시작했다.

힘을 내라고 말해줄래

그 눈을 반짝여 날 일으켜줄래?*

괜찮아. 계속해. 모두가 말없이 눈빛으로 너를 응원했다. 꽈악. 태빈과 레이리를 붙잡은 양손에 힘이 들어갔다. 너는 신호등처럼 새빨개진 얼굴로, 하지만 멈추지 않고 한 마디 한 마디 노래를 이어나갔다.

사람들은 모두 원하지

* 「힘내!(Way to go)」, 노래: 소녀시대, 작사: 김정배, 작곡: 켄지

더 빨리 더 많이
Oh 난 평범한 소녀인걸

바람은 자유로운데
모르겠어 다들 어디론지

누군가 뒤에서 기타 반주를 넣기 시작했다. 바이올린과 아코디언도. 꽹과리와 큰북은 물론 온갖 나라에서 사람들이 가져온 전통악기들도 함께 연주를 시작했다. 갑자기 즉석에서 세션이 꾸려졌다. 여기저기서 어깨춤을 추는 모습도 보였다. 모두가 함께 후렴구를 따라 불렀다.

하지만 힘을 내 이만큼 왔잖아
이것쯤은 정말 별거 아냐
세상을 뒤집자 Ha!

도무지 알 수 없는 것뿐인
복잡한 이 지구가 재밌는
그 이유는 하나

Yes, It's you

1절을 마치고 숨을 몰아쉬는 네게 이번엔 사람들이 답가로 화답했다. 모두의 2절이 이어졌다. 조금 떨어져 지켜보던 나는 사람들의 표정으로 알 수 있었다. 그 순간, 그들은 오직 너를 위해 노래했다. 이 좆같은 현실도, 혁명도 모두 잊은 채 오직 너를 위해.

너는 결국 울음을 터뜨렸다.

니가 나타난 뒤

모든 게 달라졌어

이제부터 다시 시.작.해!

좋았어 힘을 내 이만큼 왔잖아

이것쯤은 정말 별거 아냐

세상은 뒤집혔어!

도무지 알 수 없는 것뿐인

복잡한 이 지구가 재밌는

그 이유는 하나

바로 너

"맹화경, 너 제법 하더라?"

노래가 끝나자마자 유영이 웃음을 터뜨리며 네 머리를 쓰다듬었다.

"이 노래는 어떻게 알았어? 이거 엄청 옛날 노래 아냐? 우리가 태어나기도 전에 나온 걸 텐데."

너는 먼 하늘을 바라보며 말했다.

"엄마가 제일 좋아하는 노래야. 어릴 때 자주 불러줬어. 내가 힘들어할 때마다 '힘을 내. 이만큼 왔잖아. 이것쯤은 정말 별거 아냐'라면서."

감정이 복받친 유영이 헛기침으로 목을 가다듬었다.

"이제 내 차례지? 그럼 나도 질 수 없지. 역시 투쟁 하면 이 노래 아니겠어?"

유영이 노래를 시작했다.

전해주고 싶어 슬픈 시간이
다 흩어진 후에야 들리지만
눈을 감고 느껴봐 움직이는 마음
너를 향한 내 눈빛을

특별한 기적을 기다리지 마
눈앞에 선 우리의 거친 길은
알 수 없는 미래와 벽 바꾸지 않아
포기할 수 없어

변치 않을 사랑으로 지켜줘
상처 입은 내 맘까지
시선 속에서 말은 필요 없어
멈춰져버린 이 시간*

갑자기 유영의 몸이 떠올랐다.

"으악! 뭐 하는 거야?"

* 「다시 만난 세계」, 노래: 소녀시대, 작사: 김정배, 작곡: 켄지

312

레이리가 염력으로 유영을 하늘 높이 띄워 올리고 있었다. 레이리의 의도를 알아차린 키넨시스들이 곳곳에서 염력으로 자재를 옮겨 왔다. 즉석에서 거대한 무대가 꾸려졌다. 예카테린부르크역 옥상 무대에 착지한 유영의 등 뒤로 악기와 세션들도 하늘을 날아 무대에 도착했다. 어디선가 스피커와 조명도 날아왔다. 유영은 더 신난 표정으로, 더 큰 목소리로 춤추며 노래를 이어갔다.

사랑해 널 이 느낌 이대로
그려왔던 헤매임의 끝
이 세상 속에서 반복되는
슬픔 이젠 안녕

널 생각만 해도 난 강해져
울지 않게 나를 도와줘
이 순간의 느낌 함께하는 거야
다시 만난 우리의

뒤이어 함께 춤추고 싶어 하는 사람들도 무대로 날아올랐다. 유영은 가장 맨 앞 센터에 서서 군무를 이끌었다. 팔을 쭉 뻗고 빙그르르 돌며 복잡한 안무를 자유로이 소화하는 유영의 모습은 마치 아이돌 같았다. 솔직히 생각해본 적도 없었다. 그 무뚝뚝한 아이가 이런 재능을 숨기고 있으리라곤.
우리가 이런 재능을 갖고 있으리라곤.

이렇게 까만 밤 홀로 느끼는

그대의 부드러운 숨결이

이 순간 따스하게 감겨오네

모든 나의 떨림 전할래

사랑해 널 이 느낌 이대로

그려왔던 헤매임의 끝

이 세상 속에서 반복되는

슬픔 이젠 안녕

널 생각만 해도 난 강해져

울지 않게 나를 도와줘

이 순간의 느낌 함께하는 거야

다시 만난 우리의

모두가 자리에서 벗어나 무대 쪽으로 달려왔다. 웃고 떠들고 환호하고 뜀뛰고 춤추고 소리치며 일대는 거대한 콘서트장으로 바뀌어갔다. 우리는 다 함께 춤을 추었다.

한껏 신이 난 한 무리의 사람들이 군인들 앞으로 다가가 일렬로 섰다. 그들은 함께 준비한 안무에 맞춰 장난스러운 표정으로 노래를 불렀다.

Yellow C A R D

이 선 넘으면 침범이야 beep

매너는 여기까지 it's ma ma ma mine

Please keep the la la la line*

군인들 중 하나가 저도 모르게 노래를 따라 불렀다가, 화들짝 놀라 입을 다물었다. 침묵. 그는 불편한 침묵을 이어가다 결국 참지 못하고 웃음을 터뜨렸다.

군인들이 하나둘 웃기 시작했다.

혁명에 참여한 사람도, 참여하지 않은 사람도 모두가 서로 손에 손을 잡고 어깨를 들썩였다. 차례가 되면 무대로 날아올라 노래했고, 다 함께 노래를 따라 불렀다. 너는 지치지도 않고 그 많은 노래들을 통역하고 한 사람 한 사람에게 멜로디를 전달했다. 힘들지만 즐거웠다. 이렇게 행복한 세계가 존재한다는 것이 믿기지 않을 정도로. 이대로 시간이 멈춰버리길 희망했다. 어느샌가 나도 촬영을 잊고 춤을 추며 노랫말을 따라 부르고 있었다.

축제였다.

해가 지고 아침이 찾아올 때까지 우리의 축제는 계속 이어졌다.

*「삐삐」, 노래 및 작사: 아이유, 작곡: 이종훈

3부 ———— 예카테린부르크

광장과 현장

우리 이야기의 재미있는 부분은 끝났다.

그날 우리는 혁명의 가장 빛나는 순간을 통과했다. 함께 노래 부르며 무엇이든 이룰 수 있을 것만 같았던 찰나의 눈부신 섬광을. 빛은 금세 스러졌다. 기대와 흥분이 가라앉자 약속과 의무만 숙취처럼 남았다. 가장 높은 곳에서 추락할 날만을 기다리며 관성을 유지하기 위한 지루한 실무의 과정들이 이어졌다.

우리는 자연스레 사람들의 중심에서 많은 일들을 처리해야 했다. 하지만 우리는 이 사태를 촉발시킨 존재였을 뿐, 공식적인 지도부가 아니었다. 의무는 잔뜩 짊어졌지만 권한은 아무것도 갖지 못한 상태였다는 의미다.

나날이 더 많은 사람들이 예카테린부르크로 모여드는 상황에서 우리는 최선을 다해 혼란을 수습했다. 10만 명이 넘는 참가자 대다수가 그저 청바지에 여행용 백팩 하나 둘러메고 무작정 이곳까지 찾아온 사람들이었다. 주머니를 탈탈 털어봐야 술 한 병에 초코바 몇 개가 전부인 사람들. 우리는 책임지고 그들을 먹이고 재워야 했다.

다행히도 경험 많은 활동가들과 조직들이 각지에서 물자를 조달해주었다. 우리를 지지하는 일부 주민들의 도움도 컸다. 덕분에 아슬아슬하지만 버틸 수 있는 식수와 빵을 수급할 수 있었다. 그리고 더 중요한 술과 담배와 커피도. 아아, 이런 상황에선 기호품이 다른 어떤 물자보다 중요해진다. 혁명의 대오를 순식간에 무너뜨릴 수 있을 정도로.

하지만 공간은 언제나 부족했다. 역 주위로 꾸역꾸역 모여든 사람들이 골목마다 들어찼고, 곳곳에서 소변 냄새가 진동하기 시작했다. 소란에 겁먹은 주민들이 집을 비우자 빈집을 점유하려는 시도가 꾸준히 발생했다. 우리는 사람들이 집을 차지하지 못하도록 강한 어조로 거듭 경고했다. 언젠가 혁명이 끝나면 이 도시를 다시 깨끗한 상태로 주인에게 되돌려주어야 한다고.

결국 계속해서 점거 구역을 확장해나가는 수밖에 없었다. 사람들을 좁은 골목에라도 재우려면 말이다. 아침마다 우리는 바리케이드를 이곳저곳으로 옮겨가며 군인들을 한 블록 밖으로 밀어내야 했다. 수십 명의 텔레파스가 손에 손을 잡고 걸으며 파도처럼 생각의 파장을 발산하고 나면 잠시 동안은 군인들이 주춤거리며 뒤로 물러났지만, 결국 곳곳에서 최루탄이 터지고 싸움이 시작됐다. 방패를 든 군인들이 사방에서 달려와 사정없이 곤봉을 휘둘렀고, 우리는 보잘것없는 능력을 휘두르며 필사적으로 저항했다. 비행 드론의 안면인식 카메라를 무력화하기 위해 복면과 고글을 쓰고 렌즈에 레이저 포인트를 쏘았다. 게릴라처럼 하루에도 수십 번 지하철 선로를 따라 이곳저곳으로 숨어다닌 덕분에 눈만 감아도 노선도가 잔상처럼 머릿속에 떠다닐 지경이었다.

모두가 손을 잡고 노래를 부른 이후로 사람들 사이의 연결은 더욱 긴밀하고 끈끈해졌다. 데비안트들에겐 특별한 기적이 일어났다. 그 현상을 처음 발견한 사람은 태빈이었다. 서로 손을 잡으면 능력이 이어진다는 사실을 깨달은 태빈이 레이리에게 이 사실을 알렸고, 레이리는 키네시스 일곱과 손을 잡고 수십 톤짜리 장갑차를 장난감처럼 뒤집어버렸다. 금세 요령을 익힌 키네시스들은 수십 명씩 뭉쳐 다니며 손쉽게 군인들을 제압하고 소총을 찌그러뜨렸다. 보이언트와 점퍼 여럿이 함께 손을 잡으면 도시를 가로지르는 전투기마저 수백 킬로미터 밖으로 토스해버릴 수 있었다. 작정하고 전면전이라도 벌이지 않는 한 군대는 우리를 막을 수 없었다.

어떻게 이런 일이 가능한지 묻는 사람들에게 태빈은 웃으며 답했다.

"글쎄요. 화경이가 기적을 일으킨 게 아닐까요?"

그 말을 들은 사람들은 너의 이름을 외치며 더욱 열광했다. 나는 진실을 알고 있었으나 가만히 입을 다물었다.

다수의 점퍼들이 합류하자 전투는 한결 수월해졌다. 우리는 태빈의 지시에 따라 이곳저곳을 옮겨다니며 군인들을 웃음거리로 만들었다. 그들은 우리의 속도를 따라오지 못했다. 유영은 자신의 특기를 살려 온갖 짓궂은 장난들을 기획했다. 몰래 군인들의 뒤로 다가가 몸을 빼앗은 뒤 어처구니없는 춤을 추게 하거나, 등에다 몰래 '나는 바보'라고 낙서를 하는 식으로 말이다. 그 장난들은 예상외로 효과적이었다. 웃음은 권력을 파괴하는 최고의 수단이었다. 한번 그들을 웃음거리로 만들어버리고 나자 신기할 정도로 두려움이 사라졌다. 우리는 컬러 스프레이를 들고 다니며 자신 있게 바닥에 경계선을 그었다. 군인들은 선을 넘지 못했다.

그러자 러시아 정부는 도시로 들어오는 전력과 수도를 모조리 차단했다. 물 문제는 호수에 뛰어든 점퍼들이 물탱크를 채워 해결했지만, 전력이 문제였다. 스마트폰은 다른 무엇보다 중요한 기호품이었다. 특히 지금과 같은 상황에서는. 배터리를 충전하지 못해 세상과 연결이 끊어지자 사람들은 몹시 불안해했다.

누군가 도시 전역에 방치된 전기 자동차의 배터리와 회생제동 장치를 그러모아 거대한 발전기를 조립하자는 아이디어를 냈다.

그러자 수천 명의 키넨시스와 점퍼들이 순식간에 물자를 모았고, 사흘 만에 발전기가 완성되었다. 키넨시스 12명이 2시간씩 발전기를 돌리겠다며 자원봉사자로 나섰다. 다시 역 주변에 충분한 전력이 공급되었다. 스마트폰을 다시 충전할 수 있게 되자 모두가 콘센트에 달라붙었다.

얼마 후에는 통신이 차단됐다. 하지만 채 1시간도 지나기 전에 복구됐다. 연결이 끊어지자마자 전 세계 시청자들의 분노가 폭발했기 때문이었다.

세계 인구의 절반이 우리의 혁명을 지켜보고 있었다. 그저 재미를 위해. 이곳 사람들이 각자 스마트폰으로 찍어 올리는 소셜 페이지 영상들을 게걸스럽게 탐닉했다. 예카테린부르크에서 벌어지고 있는 상황은 사상 유례없는 엔터테인먼트였다. 누구도 이들의 즐거움을 가로막을 수는 없었다. 축제는 계속되어야 했다. 우리가 사람들에게 자극적인 콘텐츠를 공급하는 한.

점거와 시위는 시민들의 눈길을 끌지 못하면 금세 동력을 잃는 법이다. 우리는 끊임없이 새로운 이벤트를 만들어야 했다. 참신하고 흥미로운 이슈를 적시에 공급해야 했다. 내가 하고 있는 일이 혁명인지 방송 기획인지 헷갈릴 지경이었다. 나는 너희를 마치 연예인처럼 대하며 일거수일투족을 매니지먼트했다. 어떻게 해야 너희의 스토리를 잘 전달할 수 있을까 고민하며 밤새 머리를 쥐어뜯었다.

군인들을 웃음거리로 만들고, 벽에 새로운 낙서를 칠하고, 춤을 추고, 노래하고, 가위바위보로 맛없는 음식을 나눠먹고, 스케이트보드 묘기를 부리고, 넘어지고, 다치고, 피 흘리고, 주먹질하고, 연애를 시작하고, 이곳까지 흘러오게 된 사연을 나누고, 모닥불 앞에서 공감의 눈물을 흘리는 너희의 행동 하나하나에 사람들은 열광했다. 인기 급상승 콘텐츠 순위는 1위부터 10위까지 언제나 우리 이야기로 채워져 있었다.

우리의 활동은 올림픽의 몇 배에 버금가는 시청률을 자랑했다. 거대한 자본과 스폰서 광고가 연루된 하나의 산업이 되었다. 너희의 활약을 다룬 영상이 채널에 업로드될 때마다 조회 수가 억 단위를 돌파했다. 채널을 통해 유입되는 막대한 후원금과 광고 수익은 우리의 주요한 활동자금 중 하나였다. 혁명에는 많은 돈이 들었다.

물론 시청자 대부분은 진심으로 우리의 투쟁에 동참하고 있지 않았다. 언제나처럼 안전한 방에서 해시태그나 달 뿐이었지. 온라인 세계의 구경꾼들은 팬과 안티로 진영을 나누어 자기들만의 손가락 전쟁에만 몰두했다.

그런데 이상하지. 일부지만 조금씩 움직이기 시작했다. 너를 중심으로.

우리의 혁명에 동조하는 이들이 생겨났다. 사람들은 지구 이곳저곳에서 소셜 페이지로 의견을 나누며 세계 곳곳을 점거하기 시작했다. Occupy Earth. Occupy World. 예카테린부르크의 성공에 자극받은 수많은 활동가들이 가까운 철도역을, 항만을, 물류센터와 공항을 점거하기 시작했다. 뉴스 채널마다 전문가라는 사람들이 호들갑을 떨며 연일 세계 경제의 마이너스 성장을 경고했다.

세상은 멈췄고, 싸움은 새로운 국면에 접어들었다.

이전까지의 혁명은 언제나 국가란 벽에 고립되어 실패로 끝이 났다. 혁명 정부가 힘겹게 한 국가의 현실을 뒤엎는 데 성공하더라도 경제적 이해관계로 얽힌 주변국들의 공작과 압력을 버티지 못해 금세 무너지고 말았다. 하지만 이번만은 달랐다. 우리의 혁명에는 국가도 국경도 없었다. 완전히 새로운 전선이 펼쳐졌다. 비로소 처음으로 영구적 승리를 거둘 수 있는 기회가 왔다. 전 세계가 동시에 출렁이고 있었다.

우리의 첫 승리는 예상보다 빨리 찾아왔다. 동시다발적인 점거에 깜짝 놀란 각국 정부가 상황을 수습하기 위한 회유책을 하나둘 내어놓기 시작한 것이었다. 그들의 제안은 각지의 사정에 따라 조금씩 달랐으나, 한 가지 사항은 일치했다. 각국은 미성년 데비안트 아이들에 대한 격리 수용 정책을 전면적으로 폐기했다. 너와 네 엄마의 사연이 알려지면서 데비안트 분리 정책에 대한 여론이 급속도로 나빠졌기 때문이었다. 아이들은 무인도에서 벗어나 가족들의 품으로 돌아갈 수 있었다. 네 엄마가 그토록 바랐던 소망이 뒤늦게나마 이루어졌다.

누구도 더는 우리의 혁명을 데비안트만의 반란으로 치부할 수 없었다. 지지자들 중 비데비안트의 비율이 데비안트의 비율을 한참 뛰어넘었으니까. 사람들은 더 이상 참지 않았다. 모두가 세상이 변하길 염원하고 있었다. 사방에 구호가 붙었고, 각기 다른 문제의식을 담은 요구들이 쏟아졌다. 메시지는 모두 달랐으나 적어도 한 가지 면에서는 일치했다. 뭔가 바뀌지 않으면 안 된다는 것.

이 과정에서 큰 역할을 한 건 태빈이었다. 그 애한테도 의외의 소질이 있었다. 타고난 선동가의 자질이. 태빈은 몸이 불편한 너를 대신해 차분한 목소리로 호소력 있는 연설을 이어갔다. 점퍼들과 함께 세계 곳곳의 오프라인 컨퍼런스에 참가해 지식인들과 토론하고 청중의 지지를 이끌어냈다. 순회를 한 번 떠날 때마다 태빈은 양치기처럼 수백 명의 새로운 참가자들을 데리고 돌아왔다.

상황이 어느 정도 안정되자 사람들은 다시 광장에 모여 축제를 이어갔다. 해 질 무렵이 되면 곳곳에서 즉흥 재즈 연주와 거리 공연이 시작됐다. 골목 어디서나 삼삼오오 모여 격한 논쟁을 벌이는 모습을 볼 수 있었다. 이 모든 일들이 혁명에 연료를 붓는 과정이었다.

이제 우리는 혁명의 방침을 세워야 했다.

너는 이 혁명에 중심이 존재하지 않기를 바랐다. 혁명의 지도자가 되어달라는 사람들의 요구를 한사코 거절했다. 우리는 제3코뮌의 실패를 보았다. 장 폴과 엘리자벳 같은 카리스마적 지도자의 공백이 얼마나 큰 혼란을 초래하는지 두 눈으로 직접 확인했다. '혁민이들'은 결코 이 혁명의 구심점이 되어선 안 됐다. 우리가 제거될 경우 혁명은 순식간에 결속력을 잃고 와해될 수 있었으므로.

따라서 우리는 지도자 없는 혁명을 구상했다. 2019년의 홍콩이 그랬던 것처럼. 그 누구도 지도자를 자처하지 않는 투쟁 모델을 제안했다. 우리가 내세운 원칙은 단순했다.

첫째, 혁명에 참여하는 모두는 각자 스스로 판단하고 행동한다.
둘째, 자유로이 그룹을 결성하고, 서로의 차이를 존중한다.
셋째, 혁민이들은 모든 그룹의 의견을 존중하고 지지한다.

하지만 명목상으로라도 집행부는 필요했다. 누군가는 총대를 메고 실무를 집행해야 하니까. 물자와 인원을 배분하고 IAEDA와 협상을 진행할 최소한의 인력은 있어야 했다. 모두가 척척 알아서 할 일을 해주기만을 기대할 수는 없었다.

유영은 우리가 이미 집행부나 다름없다고 주장했다. 하지만 태빈은 민주적인 절차를 지켜야 한다고 맞섰다. 결국 우리는 이 문제를 광장에서 이야기하게 되었다. 첫 번째 대토론회가 개최되었다. 너희 네 사람은 무대에 올라 이 문제를 안건으로 제시했다. 당연하게도 사람들은 리더를 원했다. 바로 너를. 순식간에 선관위가 조직되고 꼬박 하루 동안 투표가 진행되었다. 너는 '혁명추진위원장'이라는 조금 쑥스러운 타이틀을 얻었고, 우리는 혁명의 실무적인 영역을 지원할 스태프로 선출되었다. 각 소그룹에서 스태프들을 한 사람씩 추가로 모집하고 조직을 꾸리자 조금씩 체계가 세워졌다. 각자의 역할을 나누고 모두가 조금씩 의무를 짊어졌다.

혁명의 모든 결정은 광장에서 이루어졌다. 목소리를 내려는 사람이라면 누구나 무대에 올라 자신의 의견을 피력할 권리가 있었다. 아무리 사소한 안건이라도 모두의 목소리를 들은 후에야 결정될 수 있었다. 매일 수만 명이 모여 밤새 토론을 이어갔다. 일자리보장제와 기본소득의 차이는 뭔지, 현대통화이론은 또 뭐하는 이론인지. 내게는 이해하기 어려운 말투성이였으나, 이런 논쟁에 익숙한 태빈은 사회를 맡아 능숙하게 이들의 의견을 정리했다. 광장은 자연스레 태빈을 중심으로 돌아가기 시작했다.

그리고 그 모습은 온라인을 통해 한 마디도 빠짐없이 실시간으로 중계되었다. 우리가 광장에서 자유롭게 쏟아내는 한 마디 한 마디는 분명 사람들의 속 시원한 공감을 이끌어냈다. 날 선 풍자와 해학으로 큰 웃음을 자아냈다. 하지만 정제되지 않은 탓에 불필요한 혼란을 초래하기도 했다. 감정적이고 모순된 메시지들이 충돌하며 결론을 영원히 표류하게 만들었다.

첫 일주일간 가장 격렬한 논쟁이 붙었던 의제는 러시아군이 버리고 간 소총과 무기들을 어떻게 처분할 것인가 하는 문제였다. 비폭력 투쟁을 주장하는 그룹들은 이 무기들을 폐기해 우리가 무장 노선을 추구하지 않는다는 메시지를 내보여야 한다고 주장했다. 반면, 어떤 이들은 우리가 이 무기들을 활용해 최소한의 방어책을 마련해야 한다며 맞섰다.

자유 발언이 시작되자 양측 의견에 동조하는 사람들이 번갈아 무대에 올라 마이크를 쥐고 자신의 의견을 이야기했다. 하루 내내 토론이 이어졌지만 결국 합의는 이루어지지 않았다. 생각의 차이만 뚜렷이 확인했을 뿐이었다.

결국 사람들은 네게 의견을 구했다. 하지만 너는 모호한 대답을 던질 뿐이었다.

"저는 모두가 만족할 수 있는 답을 찾고 싶어요."

너는 망설이고 있었다. 누군가의 의견이 배제되는 것을, 다수의 의견이라는 이유로 또다시 소수를 소외시키게 되는 결말을 두려워하고 있었다. 노획한 무기들을 당분간 창고에 봉인하는 것으로 결정을 유보했다.

매번 이런 식이었다. 우리는 입장문 하나를 발표하는 데도 세부 사항을 두고 끝도 없이 싸워야 했다. 가진 건 자존심뿐인 헛똑똑이들은 사소한 문구 하나하나를 물고 늘어지며 끝도 없이 논의의 초점을 흔들어댔다. 빵을 분배하는 시간을 10시로 할지 11시로 할지 같은 문제로도 한 달을 꼬박 싸워댈 인간들이었다. 내가 보기에 그들은 문제의 핵심을 직시하지 않기 위해 최선을 다하고 있었다. 영원히 논쟁 속에 파묻혀 있기를 바라기라도 하는 것처럼.

사람들의 요구는 끝이 없었고, 다들 자신의 문제가 가장 시급하다고 주장했다. 너는 그 모든 요구를 묵묵히 수용할 뿐이어서 우리가 세상에 요구하는 메시지는 점점 길어졌다. 나는 그 끝도 없는 목록에 질려버렸다. 우리 혁명에는 뚜렷한 방향이 없었다. 그저 표류하며 모든 잘못된 것에 반대하고 있을 뿐이었다.

광장에 새로운 안건이 올라올 때마다 참여자들은 첨예하게 대립했다. 느리더라도 이상적인 결과를 도출해야 한다는 부류의 우유부단함과 지금 당장 모든 걸 바꾸길 원하는 부류의 조바심은 태생적으로 서로 충돌할 수밖에 없는 모양이었다. 충돌할 때마다 서로를 한층 날카롭게 벼려내며 양극단으로 선명해지는 그룹들 사이에서 너는 혼란스러워했다. 한없이 예민해진 텔레파시 능력 탓에 너는 양측 모두의 입장을 내면 깊이 이해했다. 그들은 각자의 이유로 옳았고, 때문에 어느 한쪽의 편을 들 수가 없었다. 미정 상태로 방치된 안건이 갈수록 늘어만 갔다.

일주일 넘게 토론이 이어졌음에도 명확히 정해진 것은 아무것도 없었다. 지지부진한 말싸움에 질린 사람들은 하나둘 광장을 떠났다. 유영도 그중 하나였다. 유영은 토론에 참여하는 대신 점거 구역 수비와 확장에 몰두하기 시작했다. 광장과 동떨어진 현장에서 유영은 자연스레 사람들의 중심에 서게 되었다.

현장에는 유영 외에도 눈에 띄는 사람들이 많았다. 특별한 이유 없이 이목을 끄는 매력적인 인물들. 사람들은 그들을 구심점으로 삼아 빠르게 뭉쳤고, 10여 개의 소그룹이 생겨났다. 세상 어디나 그렇듯 인간은 서로 무리 짓지 않고는 불안을 견디지 못하는 법이었다. 각 그룹들은 세부 사항에서 입장이 갈리기는 했으나 큰 방향에서는 의견이 일치했다. 지금 당장 모든 것을 바꿔야 한다는 것. 토론이 아닌 행동만이 세상을 바꿀 수 있다는 것.

그들은 자신을 '현장파'라 부르며 역에 틀어박힌 '광장파'들을 입으로만 떠드는 겁쟁이라 비난했다. 지성 운운하며 나약한 논쟁을 지속해봐야 세상은 눈도 깜짝하지 않을 거라고. 반면 광장파는 현장파의 거친 행동이 우리 혁명이 지닌 '사랑과 평화'의 가치를 훼손한다고 공격했다. 숙고를 거치지 못한 감정적인 대응은 여론을 악화시킬 뿐이라고, 정치란 원래 토론과 타협의 예술이라고. 그 이야기를 전해 들은 현장파는 발끈하며 반박했다. 정치는 싸움이라고. 화해를 주선하는 자가 바로 배신자라고.

한편, 레이리는 양쪽 어디에도 속하지 않는 부류였다. 스케이트보드를 타고 거리를 누비며 자유로운 방황을 만끽했다. 히피처럼 머리를 땋고 이름 모를 연초를 사람들과 나눠 피웠다. 길 가다 마주치는 아무에게나 "나랑 사귈래요?"라며 추파를 던져대는 탓에 유영의 잔소리가 끊이지 않았지만, 레이리의 연애사업은 잠시도 멈출 기미가 보이지 않았다.

겉으로는 무심한 듯 보여도 레이리 역시 자신의 역할을 충실히 수행하고 있었다. 거리에서 사건이 터질 때마다 레이리는 매번 그곳으로 달려가 맨 앞에서 싸움에 참여했다. 아무렇지 않은 표정으로 기꺼이 위험한 역할을 도맡았다. 슈퍼히어로 같은 레이리의 모습에 사람들은 큰 매력을 느꼈다. 따로 그룹을 결성하진 않았으나, 사람들은 레이리 주위를 구름처럼 에워쌌다.

레이리의 태도가 마음에 들지 않는 사람들은 끈질기게 레이리를 추궁했다.

"그래서 당신은 광장파인가요? 현장파인가요?"

레이리의 대답은 언제나 한결같았다.

"음… 굳이 따지자면 한 떨기 가련한 민들레파?"

그 장난스러운 대답이 계기가 되어 많은 사람들이 스스로를 민들레파라 불렀다. 광장에도 현장에도 속하지 못하는 부류인 이들은 정신적 고양과 깨달음을 추구하며 음악과 대마초에 취한 채 자신만의 영적 지도자를 찾아 정처 없이 거리를 헤맸다. 역 앞 골목에서 말없이 초상화를 그려준다는 이름 모를 아랍인 화가, 티베트에서 왔다는 보이안트 승려, 활동 중단을 선언하고 이곳까지 찾아온 인기 아이돌 Roo_D.A, 오비완 케노비 코스플레이어, 자신이 크리슈나무르티의 환생이라며 소셜 페이지 팔로워들에게 온라인으로 명상법을 가르치는 디지털 구루, 한쪽 다리를 잃은 검은 털의 길고양이… 자유로운 영혼들의 주위로 비슷한 부류의 사람들이 삼삼오오 모여들었다.

그리고 너는, 너는 광장파도 현장파도 민들레파도 아니었다. 절대적인 영향력을 지닌 네가 한쪽을 택해버리면 나머지는 소외되고 말 테니까. 너는 매번 모호한 태도로 입장을 얼버무릴 수밖에 없었다.

그렇게 혁명의 지루한 첫 달이 지나갔다.

8월 내내 IAEDA는 우리의 혁명에 무대응으로 일관했다. 예카테린부르크 점거 사태는 러시아에서 일어난 국지적 소란일 뿐이며, 각지의 점거 사태 역시 해당 국가의 문제일 뿐이라는 게 그들의 공식 입장이었다.

영리한 대응이었다. 대개 시위가 계속되는 이유는 시위대가 잘해서가 아니라, 권력을 가진 측이 삽질을 반복해 기름을 붓기 때문이니까. 시간을 끌며 같은 답변을 반복하는 것이야말로 그들이 취할 수 있는 최선의 전략이었다. 어차피 시간은 그들의 편이었다. 소강상태가 길어지자 각지의 투쟁은 활기를 잃고 빠르게 식어갔다. 세상을 멈춘 여파로 실업자가 급증했고, 직장을 폐쇄하는 기업이 속출했다. 시위는 지지하지만 더 이상의 피해는 막아야 한다는 목소리가 점점 힘을 얻기 시작했다. 참가자들은 점차 의욕을 잃어갔다.

혁명은 쿨하지도 핫하지도 않았다. 더럽고 지루한 일들의 반복일 뿐이었다. 책으로 배운 역사 속 대격변의 장막 뒤에서 어떤 복잡한 과정이 벌어지고 있었는지 우리는 전혀 알지 못했다. 일단 시작하기만 하면 금세 세상이 뒤집어질 거라는 착각에 빠져 있었다. 하지만 현실은 상상과는 전혀 달랐다. 단단히 뿌리내린 현실은 조금도 움직여주지 않았다.

모두가 지쳐갈 즈음, 처음으로 변화가 생겼다. 무대응으로 일관하던 IAEDA 이사회가 불쑥 협상단을 꾸려 우리에게 접촉해온 것이었다. 그들 또한 이 상황에 지치긴 마찬가지인 모양이었다.

협상단 방문이 결정되자 태빈과 유영은 크게 대립했다. 광장파인 태빈은 협상에 나서기 전 광장에서 의견을 조율해야 한다고 주장했고, 현장파인 유영은 그랬다간 협상 카드가 노출될 뿐이라고 반박했다. 철저히 비공개로 협상을 진행해야 한다는 유영의 주장에 태빈은 거부감을 표했다.

"그건 민주적이지 않아."

그러자 유영은 코웃음 쳤다.

"세상이 언제부터 그렇게 민주적이었는데?"

"비밀은 안 돼. 모든 안건을 광장에서 논의하기로 했잖아."

"이건 예외야. 우리 전략이 새어나가면 협상이 완전 불리해질 거라고."

"그래도 절차는 지켜야 해."

"하태빈. 이런 거 결정하라고 사람들이 우리 뽑은 거야. 이 건은 우리가 책임질 문제야. 자꾸 결정을 남에게 미루지 마. 너 이러는 거, 내 눈엔 책임지기 싫어서 도망치는 걸로밖에 안 보여."

"내 눈엔 네가 권력에 취한 걸로밖에 안 보이는데."

"냉정하게 현실을 이야기하는 거야."

태빈이 입을 다물어버리자 유영은 네게 동의를 구했다.

"화경아. 너도 한 달 동안 지켜봐서 알잖아. 저기 모인 사람들 아무것도 합의 못 해. 무슨 말을 해도 이게 문제다 저게 문제다 항상 반대만 하잖아. 결국엔 누군가가 총대를 메고 결정해야 해. 이런 식으로 계속 의견만 물으면 사람들은 우리가 확신이 없어서 그러는 거라고 오해할 거야."

너는 망설였다. 태빈과 유영 양쪽 다 옳았다. 한 마디 한 마디가 너무 옳은 말들이어서 짜증이 날 정도였다. 너는 어정쩡한 타협안을 꺼내 들 수밖에 없었다.

"유영이 의견에 동의해. 협상 전략을 광장에서 합의하는 건 현실적으로 어려울 거라 생각해. 그치만, 사람들 의견을 무작정 배제할 수는 없어. 우린 그 사람들의 의견을 모아 전달하는 대표자니까. 그러니까…."

너는 머뭇거리다 결론을 말했다.

"우선은 사정을 설명하고 허락을 구하자. 우리가 협상의 전권을 갖겠다고. 이 문제만큼은 비밀리에 진행하겠다고."

"누구한테 허락을 구할 건데?"

유영이 되물었다.

"광장에서 토론 안건으로 올리자. 거기서 동의를 얻자."

태빈이 답했다. 그러자 유영이 반박했다.

"광장에 없는 사람들 의견은? 그리고, 광장 사람들이 동의할 거라고 생각해? 난 좀 부정적인데."

유영은 잠시 고민하더니 네게 제안했다.

"화경이 네가 직접 사람들의 마음을 읽을 거라고 하면 어때? 모두의 마음을 읽어서 최적의 협상안을 도출하겠다고."

너는 당황했다.

"유영아, 10만 명의 마음을 전부 읽을 수는 없어."

"그냥 그렇다고 해."

"거짓말을 할 수는……."

너는 시선을 피하며 머뭇거렸다. 유영은 결국 폭발했다. 유영은 너와 태빈을 향해 삿대질하며 점점 언성을 높였다.

"이 비겁한 겁쟁이들아. 거짓말 한번 하는 게 그렇게 겁나? 그게 그렇게 겁나냐고. 나는 실패가 훨씬 무서워. 십월, 이대로 아무것도 못 해보고 끝나버릴까 봐 죽도록 겁이 난다고!"

"유영아….."

유영은 네 손길을 뿌리쳤다.

"됐어. 넌 그냥 순결한 척 고상이나 떨고 있어. 더럽고 치졸한 짓은 전부 내가 할 거니까."

"유영아, 대체 뭘 어쩌려고?"

"알아서 뭐 하게? 도와주지도 않을 거면서."

유영이 등을 돌려 회의실을 떠났다. 너와 태빈은 말없이 유영의 빈자리만 바라보았다. 무거운 침묵이 이어졌지만 나는 가만히 너희를 바라보기만 했다. 내게는 끼어들 자격이 없었다. 이건 처음부터 너희의 혁명이었으니까. 나는 그저 최선을 다해 너희를 도울 뿐이었다. 너희를 대신해 결정해줄 수는 없었다.

　사람들에게 건네받은 책임의 무게가 서서히 너희를 짓누르고 있었다.

혁민이들
혁명하는 민들레 혁민이들. 소외된 모두를 위한 한 걸음

구독자 12.7억 명

#혁민이들 #인물탐구 #유영 #까

인물탐구 | 유영 (a.k.a. 까)

조회수 32,836,301회 / 2036. 8. 27.

👍 121만 👎 21만

인.물.탐.구

그 세 번째 시간

혁민이들 악플 지분 압도적 1위

(화경이를 제외한) 인기투표 순위 압도적 1위

극강의 호불호

오늘 소개할 멤버는 바로

유영: 이거 꼭 해야 해?

PD: 응.

유영: 짧게 하자. 많이 바쁘거든.

PD: 딱 1시간만.

시간 없으니

곧바로 시작

Q. 간단히 자기소개 부탁해.

조유영. 열아홉. 데비안트.

Q. 종교인 집안 출신이라고?

응. 금수저보다 좋다는 십자수저. 어릴 적부터 믿음이다 사랑이다 소망이다 이 딴 소리만 귀에 못이 박히도록 듣고 자란 아이가 결국 비뚤어져서 이 모양 이 꼴이 된 거지. 🙏

...

그리스도 예수 안에서 모두 하나이니라. (중얼)

Q. 응? 뭐라고?

갈라디아서 3장 28절. 어릴 적부터 그 말이 이상하게 머리에 남았어. 인간은 모두가 평등하다고. 그래서 겁이 없나 봐. 누가 날 위에서 내려다보는 걸 죽어도 못 참겠어. 내 발밑에 누가 깔리는 것도 못 참겠고. 지금도 똑같은 걸 바라고 있어. 모두가 평등해지면 좋겠다고. 서로가 서로에게 완전히 대등해져야 한다고. ... 흐, 이젠 카메라 앞에서 별 이야기를 다 하네. 우습다. 내가 뭐라고.

Q. 그럴 때니까.

그래. 그럴 때지.

Q. 해방학림을 처음 시작한 것도 유영이었지?

응.

Q. 시작한 계기가 있을까?

잘 모르겠다. 늘 그게 당연하다고 생각했으니까. 인간이라면 부당한 일에 맞서

싸우는 게 당연하잖아. 나보다 약한 사람을 보호하고 배려하는 게 당연한 도리
아냐?

Q. 생각보다 당연하지 않더라고.
그러게.

Q. 해방학림은 정확히 어떤 활동을 했어?
데비안트 학교를 옮겨 다니며 아이들을 조직했어. 불합리한 관행을 개선하고
싶었거든. 알고 보니 학교마다 교칙이 정말 천차만별이더라. 대부분 법적인 근
거가 없었고. 그냥 교사들이 편의상 차별적인 규칙을 만든 거였어. 힘을 잘 합
치면 나쁜 관행을 고칠 수도 있겠다 싶었어. 내 입으로 말하긴 부끄럽지만 꽤
성공적이었다고 생각해. 화경이 태붕이랑도 그러면서 알게 됐고.

Q. 여기서 기습 질문. 유영에게 태빈이란?
븅신. 멍청이. 개답답 원리원칙주의자. 나랑 한 군데도 맞는 구석이 없는 인간.
… 그래도 가끔은 든든할 때가 있긴 해.

Q. 요즘 자주 부딪치던데.
(한숨) 어쩔 수 없잖아. 누군가는 악역을 맡아야 하니까.
우리 중 적어도 하나는 냉정하게 현실을 얘기해야지.

Q. 그럼 유영에게 화경이란?
착순이. 순둥이. 하나부터 열까지 챙겨줘야 하는 답답이.
나를 여기까지 이끌어준 소중한…
…

아아, 말실수했어. 뒷부분은 지워줘.

Q. 싫은데.
너 이리 와. 🤜

Q. 지울게, 지울게. (거짓말)
진짜지? 나중에 확인해본다. 거짓말이면 죽어?

Q. 근데 화경이가 널 이끌었다는 게 무슨 뜻이야?
… 집요하다, 너.

Q. 내가 좀.
그래. 나도 한 번쯤은 이야기하고 싶었어. 솔직히 어릴 때에는 따돌림을 많이
당했어. 알잖아, 나 호불호 갈리는 거. 성질은 더러운 주제에 키는 쬐깐하지, 능
력은 약해빠졌지, 얼굴은 눈에 띄지… 누가 봐도 괴롭히기 좋은 타깃이잖아. 애
들 다가오는 표정만 봐도 알지. 아, 쟤가 나 싫어하는구나. 거기다 대고 욕 한 번
쏴주면 아주 난리가 나는 거지.
처음엔 학교생활에 적응을 잘 못했어. 전학도 몇 번 했고. 그러다 처음으로 아
무도 나를 신경 쓰지 않는 학교에 가게 됐어. 신기했어. 그곳 아이들은 내 종양
흉터나 성별에 대해 아무 반응도 보이지 않더라고. 아예 인식조차 못하는 것 같
았어. 정말 이상한 기분이었어. 학교에 들어선 순간부터 신기할 정도로 자신감
이 샘솟았어.
한참 나중에 알게 됐어. 그게 전부 화경이 능력 덕분이라는 걸. 화경이가 무의
식적으로 날 보호해줬던 거야. 자긴 그러고 있는지도 모른 채로.
아까 내가 해방학림을 스스로 시작했다고 했었지? 사실은 거짓말이야. 나는 화

경이를 만나고서야 싸우기 시작했어. 내가 세상과 싸울 수 있는 사람이라는 걸 알게 됐어. 지금의 날 만든 건 화경이야.

Q. 말하기가 좀 조심스러운데… 어쩌면 화경이가 널 조종한 건 아닐까?
그럴지도. 그래도 상관없어. 오히려 고맙지. 지금의 날 만들어줬으니까.

Q. 네가 이렇게 생각하는 거 화경이도 알아?
알겠냐? 맹화경이?

Q. 왜 능력을 감추냐는 이야기가 많아.
PD님도 아직 안 밝혔잖아.

Q. 여러분. 저는 파이어스타터 🔥 입니다.
(한숨) 알았어.
나는 텔레파스야. 도달거리 0.1밀리미터의. 손이 닿았을 때만 능력이 통해. 하지만 한 번 손을 잡고 나면 아주 강하게 엮이지.
…
…
더 얘기해도 돼?

Q. 얼마든지.
얘기해보고 지워달라 그럴 수도 있긴 한데. 🫠

Q. 무슨 이야길 하려고?
… 전환치료라는 걸 받았어.

Q. 잠깐. 그 이야긴 하기 싫으면 안 해도 돼.

괜찮아. 하고 싶어. 나중에 삭제해달라고 말할지도 모르겠지만. (웃음)

…

…

아무튼 고백하자면, 어릴 때 전환치료를 받았어. 우리 교회는 성소수자도 받아주는 곳이라 괜찮을 줄 알았는데. '엄마, 아빠. 나 텔레파스야'라고 말하자마자 치료 센터라는 곳에 끌려갔어. 지금이야 그게 다 사기였다는 게 밝혀졌지만 그때만 해도 빨리 치료 안 하면 머리가 터지네 어쩌네 호들갑이 난리도 아니었던 시절이니까.

자격도 없는 돌팔이 의사가 내 머리에 이상한 모자를 뒤집어씌우더니 뇌에다 고압전류를 흘렸어. 생각이 안 들린다고 말할 때까지 계속. 어후, 눈물 콧물에 침까지 다 쏟아지더라. 전기 고문 버튼을 누르는 동안 그 의사놈은 내 얼굴을 빤히 쳐다보면서 마음속으로 온갖 역겨운 상상을 했어. 나는 필사적으로 모른 체했고. 그제야 그 개새끼가 내가 완전히 ✌️치유✌️됐다 그러더라.

전국에 유명하다는 기도회에는 다 끌려 다녔던 거 같아. 데비안트로 살아가는 거 하나님 앞에 죄짓는 거라면서. 데비안트 발현한 거 다 신앙심이 부족해서 그렇다고. 십월 나 이렇게 만든 게 하나님인데. 행사 주관하는 목사놈 말이, 우리 능력이 악마한테 옮은 질병이라는 거야. 이게 한 번 중독되면 끊을 수가 없다나? 백일 동안 기도하면 교정된다 어쩐다 순결이 어쩌고 봉사가 어쩌고… 끝도 없이 헛소리를 해대면서 도와주겠다고 했어. 근데 도움을 받으려면 돈을 달래요. 그 사이비들은 왜 그렇게 돈을 좋아하는 거야?

Q. 그런 게 효과가 있어?

웃긴 게, 실제로 능력이 약해지긴 했어. 아마도 심리적인 영향이겠지만, 그 후로 능력을 쓰려고 해도 뭔가 잘 안되더라고. 하지만 능력을 완전히 지워버릴 수는 없었어. 텔레파시 감각을 억지로 차단하려 할 때마다 이상하게 거부감이 들고 구역질이 났어. 내 것이 아닌 몸에 들어가 있는 것만 같았어.

최선을 다해 능력을 되찾으려고 했어. 이 불쾌한 감각에서 벗어날 유일한 방법이라고 생각했으니까. 조금 힘이 회복되니까 부모님이 날 다시 치유 센터로 끌고 가더라. 다시 처음부터 똑같은 고문을 당했어. 그다음엔 다시 처음부터 기도회를 돌고… 더는 참을 수가 없어서 결국 집을 뛰쳐나왔어. 그 후로 단 한 번도 집에 돌아간 적도, 부모님과 연락한 적도 없어.

처음엔 친한 친구들에게 구걸하다시피 붙어 지냈어. 그 짓도 몇 번 하고 나니까 다 떨어져나가고 더는 빌붙을 곳도 없더라. 그러다 비슷한 처지인 언니들을 알게 됐어. 작은 빌딩 지하에 골방 하나를 구해서 다 같이 몸을 구겨 넣고 살고 있더라. 멋져 보였어. 하루 벌어서 하루 겨우 먹고사는 생활이긴 했지만, 그래도 스스로를 책임질 수 있다는 게.

언니들에게 같이 살게 해달라고 매달렸어. 주머니에 남은 돈도 전부 갖다 바쳤어. 그렇게 겨우 곰팡이 핀 모서리 자리 하나를 얻을 수 있었어. 그 대신 청소며 빨래며 라면 심부름이며 온갖 잡다한 집안일은 전부 내 몫이 됐지. 제일 어리고 약했으니까. 어후, 지금도 '막내야' 소리만 들으면 숨이 멎을 거 같다. 그 언니들이 나쁜 사람이었다는 뜻은 아니야. 그렇게 악착같이 굴지 않으면 버틸 수 없는 곳이었으니까.

거긴 세상의 모서리였어. 이 뾰족한 끄트머리에조차 붙어 있지 못하게 되면 더는 서 있을 곳이 없는 그런 곳. 데비안트 아이들을 무인도 기숙학교에 보낸다는 뉴스를 들었을 때 차라리 반가웠을 정도였다니까.

내 인생이 항상 그래. 하나님이 먹다 남긴 잔반 같지. 그래서 더 힘에 집착하나 봐. 항상 힘을 갖고 싶었어. 누구에게도 무시당하지 않을 힘을. 힘이 없으면 세상은 고사하고 나 자신조차 바꿀 수 없으니까. 무력하니까. 아무것도 못하니까. 지금 우리에게 가장 필요한 건 힘이라고 믿어. 우린 스스로를 무장해야 해.

Q. 어떤 사람들은 네 그런 태도를 비판해.

아, 맘대로 하라 그래. 악플 하루이틀 받나. ☹️👎

Q. 앞으로 뭘 하고 싶니?

세상을 바꾸고 싶어. 근본부터 통째로. 다시는 돌이킬 수 없을 정도로 뒤집어버리고 싶어. 빌어먹을 신이 잘못 설계한 이 세상을 내 힘으로 조금이나마 나아지게 만들고 싶어.

나중에, 언젠가, 준비가 되면. 이딴 소리 하는 놈들은 내가 가만두지 않을 거야. 지금 당장 행동하지 않으면 세상은 평생 가도 안 바뀌어. 완전히 구겨질 정도로 세게 한 방 때려주지 않으면 금방 다시 원래대로 평평해질 뿐이야.

지금 이 순간에도 셀 수 없이 많은 사람들이 고통받고 있어. 세상의 구석에서 쓰레기만도 못한 취급을 받고 있어. 사회라는 이름의 대량 살상 기계에 매일 온몸을 찢기고 끼이고 추락해 죽어가고 있어. 이건 살인이야.

나는 이 살인을 멈추고 싶어. 지금 당장.

그게 내가 원하는 혁명이야.

▶ 관련 영상 : CLIP | X까영 다만세 칼군무 영상 아직도 안봤니? ①

댓글 3,658개

까나미액젓 3년 전

역시 믿고 보는 X까영. 다만세 영상도 진짜 레전드!

예림재수 3년 전

언니! 언니! 날 가져요!

조유영 당신이 신이다.

asdfgf2222 3년 전

얼굴 완전 연예인급. 특히 욕할 때 완전 내 취향. 더 욕해줘.

   └ **dddddd** 3년 전

      이게 예쁨? 눈이 없음?

   └ **asdfgf2222** 3년 전

      @dddddd 니가 뭔 상관?

   └ **dddddd** 3년 전

      @asdfgf2222 알바냐? 예쁜게 뭔지 모름?

   └ **혁민이들** 3년 전

      미친놈들이 내 얼굴 갖고 뭐라는 거야? 인터넷 그만해. (까)

샨년이 3년 전

(신고 처리된 댓글입니다) ~~말투 ㅈ나 싸가지 없네. 못생긴 귀 좀 가려라.~~

   └ **예림재수** 3년 전

      (신고 처리된 댓글입니다) ~~해충새까.~~

돼지안트는 정신병이다 3년 전

돼지안티즘은 평등 사상이 아닌 돼지안트 우월 사상이다. 돼지나치들의 지나친
돼지안트 우대 정책으로 이제는 정상인이 차별당ㅎ하는 역차별 세상이 왔다.
다시 모두가평등한 사상으로의... 자세히 보기

강수진

무엇 하나 결정하지 못한 채 협상의 날이 찾아왔다.

결국 우리 다섯이 협상의 전권을 쥐게 되었다. 광장파를 대표하는 태빈과 현장파를 대표하는 유영, 민들레파를 대표하는 레이리. 그리고 대표인 너와 서기를 맡은 나. 이 정도면 자연스러운 배분이었다. 물론 소수의 불평과 반발이 없는 것은 아니었으나 애써 무시할 수밖에 없었다. 달리 방법이 없었으므로. 각 소그룹 리더들이 한자리에 모여 일주일 넘게 다투었지만 협상안은 조금도 정돈되지 않았다. 오히려 더 난잡해지기만 할 뿐이었다. 우리는 누더기가 된 협상안을 들고 싸움에 임해야 했다.

9월 1일. 약속한 날짜가 되자 IAEDA의 협상단이 예카테린부르크를 찾아왔다. 아니, 실제로 찾아온 건 단 한 명의 협상가였다.

드라마에서 튀어나온 공무원 같은 인물이었다. 나른한 표정으로 두툼한 서류 가방을 손에 들고 태연히 경계선을 넘어 터덜터덜 걸어오는 양복 차림의 남자. 가무잡잡한 얼굴색과 대비되는 새하얀 와이셔츠에 넥타이는 숨 막힐 정도로 꽉 조였고, 머리

카락은 가르마를 타 헤어 젤로 무겁게 짓눌렀다. 툭 치기만 해도
으스러질 것 같은 앙상한 손목엔 제대로 작동이나 할까 싶은 싸
구려 전자시계가 채워져 있었다.

"강수진입니다."

남자가 악수를 청했다. 웃는 건지 화난 건지 모를 애매한 표정
이었다. 너는 남자의 손을 붙잡아 가볍게 흔들었다. 손이 닿은 짧
은 순간 동안 네 눈썹이 미세하게 일그러지는 걸 보았다. 하지만
상대는 눈치채지 못한 것 같았다. 아니면 그런 척을 했거나.

"신화경이에요."

강수진은 우리 모두와 악수를 나눈 뒤 네게 안내를 부탁했다.
앞장서서 걷는 네 뒤로 한 걸음 떨어진 위치에 강수진이, 그 몇
걸음 뒤로 우리가 약간의 거리를 두고 호위하듯 뒤따랐다. 유영
이 겨우 들릴 듯한 목소리로 내게 속삭였다.

"생각을 읽을 수가 없어."

블로킹. 생각 읽기를 방해하는 안티 텔레파스 능력이 존재한
다는 소문을 들은 적이 있었다. 아마 그런 부류겠지. 지난 한 달
간 IAEDA도 나름의 대비책을 마련한 모양이었다.

우리는 강수진을 예카테린부르크역까지 안내했다. 강수진은
홀로 당당히 정문으로 들어섰다. 사방에서 적의를 내뿜는 데비
안트들의 위협적인 시선에도 전혀 주눅 들지 않는 모습이었다.

협상 테이블은 옥상 바로 아래 3층 회의실에 마련되었다. 우
리는 비공개로 협상을 진행했다. 테이블에는 오직 우리 다섯과
강수진만 앉을 수 있었다. 두꺼운 철문이 닫히고 레이리가 염력
으로 공기의 떨림을 멈추자 외부와 소리가 완전히 차단되었다.
몇몇 텔레파스들의 도움으로 우리를 훔쳐보려는 보이안트들의

감각도 교란시킬 수 있었다. 회의장을 타깃으로 하는 감청 시도
들은 모두 엉뚱한 좌표로 빗나갔다.

우리는 상대를 마주 보며 천천히 자리에 앉았다.

너는 요구안이 담긴 태블릿을 강수진에게 내밀었다. 태블릿을
펼쳐 든 강수진은 재킷 안주머니에서 뿔테 안경을 꺼내 쓰고 차
분히 목록을 훑어내려갔다. 요구안을 읽는 동안에도 도무지 표
정 변화를 찾아볼 수가 없었다.

"요구 사항이 많군요."

그가 태블릿 화면을 검지로 툭툭 두드리며 말했다.

"모든 종류의 데비안트 차별 정책 철폐. 2차 텔레파스 전쟁의
즉각 중단. 강력한 형사처벌 규정이 포함된 차별금지법 제정. 동
성혼 및 지정성별 정정 허용. 성별 및 인종 간 임금격차 완전 해
소. 가부장제 및 권위주의 타파. 빈곤 퇴치. 배리어 프리. 최소한
의 기본 소득. 무상 의료. 무상 보육. 무상 교육. 무상… 그만 읽
도록 하죠. 이 중에 현실적으로 실현 가능한 요구가 몇 개나 될지
모르겠군요."

"글쎄요. '현실적'이라는 단어에 대한 생각이 저랑 많이 다르시
네요."

너는 차분히 상대의 발언에 맞섰다. 강수진은 일부러 들으라
는 듯 크게 한숨을 쉬었다. 목록을 소리 내어 읽는 속도가 속사
포처럼 빨라졌다.

"2주택 이상 보유자 주택 몰수. 재산 상속 금지. 필수 인프라
국유화. 부당해고 금지. 노조 활동 보장. 산업재해 사업주는 감옥
으로. 가사노동에 급여 지급. 최저임금을 지금의 두 배로. 주 4일
근무제. 나아가 100년 내로 기계가 모든 노동을 대신하게 하자.

이 부분은 저도 마음에 드는군요. 현실성은 전혀 없지만."

"불가능은 아니라고 믿어요."

"여기서부턴 뭐라고 답을 드려야 할지 모르겠네요. 지구상에 존재하는 모든 핵무기 및 생화학무기 폐기. 이게 IAEDA의 설립 목적이긴 하죠. 그런데 이걸 대체 무슨 수로 해내죠? 당신들은 할 수 있나요? 그냥 아무 말이나 다 받아 적은 겁니까? 멸종위기 돌고래 보호는 뭡니까? 정말 아무 필터링도 없이 모든 요구를 나열한 모양이군요. 귀여우니까 뭐 그렇다 치죠. 3년 내 기후위기 해결? 탄소 중립 시기를 1년 단축하는 데 얼마나 많은 비용이 소요되는지 혹시 계산은 해보셨나요?"

"지금도 많이 늦었어요. 제 고향은 태풍이 올 때마다 도시의 절반이 바다에 잠겨요. 신기하게도 빗물은 꼭 가난한 사람들 집으로만 흘러가고요."

"말이 안 통하는군."

강수진은 태블릿을 접어버렸다.

"목록의 반의반도 안 읽었습니다. 나머지는 아예 말도 안 되는 요구니까. 여기 적힌 걸 전부 실현시키라고요? 차라리 예수님을 부활시키는 게 쉽겠습니다. 여러분은 지금 인류가 수천 년간 해결하지 못한 문제를 모조리 해결하라고 요구하는 겁니다. 그것도 하루아침에요."

"전부 실현하라는 게 아니에요. 노력해달라는 거죠. 우린 세상에 메시지를 전하고 싶을 뿐이에요. 이런 식으로도 생각해볼 수 있다고, 세상이 지금과는 전혀 다른 모습이었을 수도 있다고. 여기 적힌 내용들은 결코 실현 불가능한 요구가 아니에요. 많은 시간과 노력이 필요할 뿐이죠."

"신화경 씨. 대체 왜 이렇게까지 합니까? 왜 혼자 세상의 문제를 전부 짊어지지 못해 안달인가요? 한 가지만 바꿔도 돼요. 예를 들어 데비안트 차별 문제에만 집중해도 충분합니다. 그것 하나만 해결하더라도 역사책에 이름이 남을 만한 성취예요. 마틴 루서 킹이나 맬컴 엑스에 비견될 만한 업적이죠. 예카테린부르크에 모인 사람들 중 절대다수가 데비안트인 걸로 아는데, 아닌가요?"

"우리는 단순히 데비안트가 아니에요. 다양한 정체성을 겹으로 가졌죠. 이곳에 있는 누군가는 데비안트이면서 동시에 휠체어 이용자예요. 또 다른 누군가는 데비안트인 동시에 자신의 지정성별에 불편을 느끼고 있고요. 누군가는 피부색 때문에 고민하고, 영원히 빠져나오지 못할 빈곤을 걱정해요. 또 누군가는 두려움을 참아가며 데이트를 해요. 결국 다 같은 문제예요. 전부 이어져 있어요."

"까놓고 말해서, 솔직히 할 수 있잖아요? 힘을 가진 사람들이 가진 걸 내려놓기만 하면."

유영이 끼어들었다.

"이건 그렇게 간단한 문제가 아니에요."

"간단하다고 한 적 없어요. 할 수 있다고 했지."

"그럼 왜 당신들이 직접 하지 않죠?"

"우린 그럴 능력이 없으니까. 당신들은 힘이 있잖아요."

"세상에 소수의 권력자가 있고 그들이 모든 걸 통제할 수 있다고 믿는다면 대단히 큰 착각을 하고 계신 겁니다. 어떤 권력도 그런 식으로 대중을 지배할 수 없어요. 세상은 굴러가는 대로 굴러갈 뿐입니다."

발언 순서상 레이리의 차례였다. 하지만 레이리는 말이 없었다. 팔베개를 한 채 지루한 표정으로 허공만 바라볼 뿐이었다.

다음 차례인 태빈이 나섰다.

"대중도 변화를 원하고 있어요."

"대중이라."

강수진은 안경을 벗어 테이블 위에 내려놓았다.

"혹시 어제 뉴스 채널에 공개된 여론조사 결과는 보셨나요? 예카테린부르크 점거를 지지하냐는 질문에 '지지한다'고 응답한 비율이 40퍼센트가 조금 안 되던데요. 나머지 60퍼센트에 대해 생각해보신 적 있나요? 어떤 사람인지, 어디서 무슨 일을 하는지. 아마 없으시겠죠. 여러분의 소셜 페이지 타임라인에선 그분들이 아예 보이지도 않을 테니까요."

"이기적인 멍청이들한텐 관심 없어요."

유영이 대꾸했다.

"그 사람들도 이 세계에 실존하는 주민입니다. 생각이 있고 사연이 있는 사람들이죠. 투표권도 똑같이 한 장씩 지녔고요. 그 사람들을 짐승으로 치부하고 싶으면 그렇게 하세요. 마음껏 역겨워하세요. 그런다고 현실이 달라집니까? 싫어도 당분간은 그 짐승들이랑 지구를 나눠 써야 하는 걸 어쩝니까. 세상의 절반을 적으로 돌리고 어떻게 원하는 걸 얻습니까?"

"나머지 절반은 우리 편이에요."

네가 반박했다.

"정말로요? 단도직입적으로 묻겠습니다. 사람들이 원하는 게 정말 이런 게 맞습니까? 여기 적힌 요구가 전부 현실이 되면 엄청난 혼란이 찾아올 겁니다. 우리가 아는 모든 관습과 규칙이 붕괴할 거예요. 사람들이 정말 이런 거대한 변화를 견딜 수 있을 거라 믿나요?"

"저는…."

강수진은 네 말을 자르고 발언을 이어갔다.

"물론 화경 씨야 이런 파괴적인 사고방식에 익숙하시겠죠. 그런데 다른 사람들도 그럴까요? 혹시 생각이 비슷한 사람들만 만나온 탓에 착각하고 계신 건 아닌가요? 혹시 화경 씨의 능력이 주위 사람들을 부추기고 있다는 의심은 안 해보셨나요?"

너는 발끈하며 반박했다.

"저는 절대 그런 식으로 능력을 쓰지 않아요."

"신화경 씨. 당신 같은 부류를 잘 압니다. 당신처럼 뛰어난 텔레파스들은 마치 고장 난 수도꼭지 같죠. 가는 곳마다 흥건하게 생각을 흘리고 다녀요. 정말 확신합니까? 당신이 이 사람들의 마음을 움직이지 않았다고."

"당신, 지금 선 넘었어."

유영이 자리를 박차고 일어났다.

"지금 뭐 하자는 건데? 협상하러 온 거 아니었어요?"

"협상할 마음이 없는 건 그쪽도 마찬가지 아닙니까? 여기 틀어박혀서 잘 모르시나 본데, 지금 온 세상이 난리가 났습니다. 너도나도 엉망진창으로 구는데 책임지는 사람이 아무도 없어요. 이 사태를 해결할 수 있는 유일한 존재인 여러분은 지금 스스로가 뭘 원하는지도 모르고 계신 것 같군요. 솔직히 실망입니다."

강수진은 한마디도 밀리지 않고 열변을 토했다. 가식인지 진심인지 속을 알 수가 없었다.

"사람들을 열받게 하긴 쉬웠겠죠. 아주 효과적이고 훌륭한 선동 전략이었어요. 하지만 그다음에는요? 이제 사람들을 어떻게 달래줄 생각이죠?"

너는 말이 없었다.

"화경 씨. 이미 알고 계시지 않나요? 저 사람들 마음속 어디에도 정답이 없다는 걸요. 세상이 잘못됐다는 주장엔 누구나 쉽게 공감하지요. 하지만 실제로 문제를 해결하는 건 전혀 다른 차원의 문제예요. 100명에게 물으면 100가지 다른 요구가 튀어나올 겁니다. 그걸 전부 해결해줄 수는 없어요."

"그만 빈정대고 결론만 말해주시겠어요?"

"할 수 있는 만큼만 하세요. 그다음에 벌어질 문제는 다음 사람들에게 맡겨요. 사람들이 준비될 때까지 기다려요."

"그렇겐 못 해요."

"그러시다면야."

오랜 침묵이 이어졌다. 강수진은 천천히 소매를 걷어 시계를 보았다.

"약속한 시간이 지났군요. 오늘 협상은 여기까집니다."

"뭐라고요?"

강수진은 요구안이 담긴 태블릿을 서류 가방에 집어넣었다. 빈틈없던 표정이 순식간에 퇴근길 공무원 같은 미소로 바뀌었다.

"아쉬워하지 마세요. 어차피 지금 제가 답변드릴 수 있는 게 없으니까요. 차라리 빨리 돌아가는 편이 낫죠. 여러분 의견은 제가 잘 전달하겠습니다. 진짜 결정권자들에게요."

"……"

"이제 와서 이렇게 말해봐야 믿지 않으시겠지만, 사실 저는 여러분의 팬입니다. 보세요. 소셜 페이지도 팔로우하고 있죠?"

강수진이 자신의 스마트폰 화면을 흔들어 보였다.

"반쯤은 여러분 편이라고 생각해주시면 좋겠군요. 이쪽도 저쪽도 아닌 중간에 선 입장에서 이 협상을 조율하고 타협시킬 실무자로요. 솔직한 본심을 말하자면 저는 여러분이 이겼으면 좋겠습니다. 어느 정도는요. 어쨌든 저도 데비안트니까요."

"그래서요?"

"주제넘지만 살짝 팁을 드려보자면, 좀 더 현실적인 타협안을 만드시는 게 좋겠습니다. 말도 안 되는 요구들을 어떻게든 실현 가능한 범위 안에 집어넣으세요. 개수도 좀 줄이고요. 그래야 성공할 수 있습니다. 가게에 아이스크림 종류가 31가지나 있다고 해서 31가지 맛을 전부 맛보려고 하면 안 돼요. 그럼 결국 배탈이 날 겁니다. 꼭 필요한 것만 남기고 나머진 과감하게 버려야 해요."

강수진은 천천히 자리에서 일어나 넥타이를 고쳐 맸다.

"내일 같은 시간에 다시 찾아오겠습니다. 내일도 한번 지겹도록 다퉈보죠."

우리는 아무 대답도 하지 못했다. 그러거나 말거나 강수진은 홀로 출입문을 향해 걸어갔다. 문고리에 손을 얹자마자 그는 고개를 돌려 능청스럽게 말했다.

"그런데 화경 씨, 저 혼자 돌아가게 놔두실 건가요?"

지금껏 한마디도 하지 않았던 레이리가 처음으로 말했다.

"나는 저 사람 마음에 들어."

움벨트

하루 동안 강수진에 대해 따로 조금 알아봤다. 본명 강수진. 서른다섯. 필리핀 출생. 그는 IAEDA가 이번 협상을 위해 고용한 프리랜서였다. 그 외의 모든 기록은 열람이 불가능했다. 하지만 한 가지는 확신할 수 있었다. 그는 중요한 인물이 아니었다. 협상에 대한 어떤 권한도 갖고 있지 않았다. 조금 나쁘게 말해서, 양측 의견을 배달해줄 우체부에 불과했다.

우리는 매일 정해진 시간에 만나 의견을 교환했다. 강수진이 IAEDA 측 의견이 담긴 태블릿을 건네면, 우리는 그 위에 빨간 줄을 긋고 코멘트를 달았다. 그런 다음 진전된 요구안을 아래에 첨부해 돌려주었다. 그뿐이었다. 협상을 바라보는 양측의 시각이 너무나 동떨어져 기본적인 의사소통조차 되지 않았다. 비슷한 지점까지 서로를 끌고 오는 데만도 긴 시간이 필요할 것 같았다.

"혹시 움벨트umwelt라는 말을 들어보셨나요?"

강수진이 물었다.

"생물이 주관적으로 지각하는 세계의 형태를 지칭하는 기호학 용어죠. 올빼미가 바라보는 세상과 지렁이가 바라보는 세상은 공통점이 하나도 없을 겁니다. 왜냐면 세상을 감각하는 방식이 완전히 다르니까요. 인간과 데비안트도 마찬가지예요. 인간은 4차원을 살고 데비안트는 11차원을 살죠. 공간감, 거리감, 시각, 촉각… 모든 면에서 둘은 다른 생물이에요."

"그래서요?"

"지금 우리가 꼭 그런 상황에 처해 있는 것 같군요. 전혀 다른 세계를 살고 있는 생물 같단 말이지요. 마치 거미와 문어가 대화를 시도하는 거나 마찬가지예요."

"그나마 다리 개수는 같네요."

"그래서 더 문제입니다. 서로 비슷하다고 착각하니까. IAEDA 의 높으신 분들은 이 협상이 끽해야 법안 몇 개를 통과시키거나 데비안트에게 투표권을 보장하는 정도의 문제라고 판단하고 있 어요. 하지만 여러분은 세상을 완전히 뒤엎길 바라죠. 문제를 바 라보는 관점이 완전히 달라요. 그러니 협상이 될 리가 없지요. 과연 우리가 서로를 이해할 수 있을까요? 합의에 도달할 수 있 긴 할까요?"

"그걸 어떻게든 해내도록 만드는 게 그쪽 역할이죠."

네게 아픈 곳을 찔렸는지, 강수진은 쓴웃음을 지었다.

"오늘은 더 논의할 만한 내용이 없어 보이는군요. 잡담이나 하시죠. 정해진 시간은 채워야 하니까. 사람들에게 열심히 노력 하고 있다는 느낌을 줘야죠."

강수진은 태블릿을 가방에 집어넣고 몸을 완전히 의자에 기댔 다. 레이리는 테이블에 다리를 올려놓고 휘파람을 불었다. 유영 과 태빈은 여전히 만족스럽지 못한 표정이었고, 너는 무슨 말을 해야 할지 몰라 옷자락만 움켜쥐고 있었다.

무거운 침묵을 깨려는 듯 강수진이 먼저 입을 열었다.

"왜 제가 이 업무를 맡게 됐는지 이유가 궁금하지 않으세요?"

"궁금해해야 하나요?"

"궁금해하시면 좋겠네요."

"그럼 궁금해해볼게요."

"이미 알고 계실지도 모르겠지만, 저는 코피노예요. 아버지가 절 필리핀에 버려두고 떠났죠. 그런데 IAEDA 담당자가 절 찾아

와서 이러더군요. 절반은 한국인이니 다른 후보자들보단 말이
잘 통할 거라고. 우습죠. 그럴 리가 없는데. 매사 그런 식이더라
고요. 그 사람들이 우릴 바라보는 방식이라는 게."

"움벨트가 전혀 다르죠."

"절반이 한국인이어서는 아니지만, 어쨌든 다행히도 저는 말
이 잘 통하는 사람입니다. 그 미국인들보다는요."

"자랑은 끝났나요?"

"음, 그런 이야길 하려던 건 아니었어요. 제가 진짜 하고 싶은
말은… 이런 종류의 일에는 전문가가 존재하지 않더라는 겁니
다. 모두가 아마추어예요. 왜냐면 다들 처음 겪는 일이니까. 그러
니까 여러분에게도 분명 승리할 가능성이 있을 거예요. 희망을
가지세요."

전혀 위로가 되지 않는다는 표정으로 네가 물었다.

"IAEDA에 고용되기 전엔 무슨 일을 하셨죠?"

"그냥 이것저것 했어요. 부잣집 금고 비밀번호를 대신 기억해
준다거나, 어느 조직의 조직원 명단을 머릿속에 넣어둔다거나.
마약이 제조되는 사업장 위치를 저만 알고 있다거나. 그런 단순
한 일들."

"갑자기 세상을 바꾸는 일에 뛰어든 소감이 어때요?"

"공식적으로? 영광스럽죠. 솔직히? 귀찮아 죽겠습니다."

"귀찮게 해드려서 정말 죄송하네."

유영이 비꼬듯 끼어들었다.

"그냥 관두시지 그래요?"

"제가 많이 그리우실걸요?"

"아닐 거 같은데."

"절 믿으세요. 구관이 명관이란 말도 있잖습니까."

"그런 할아버지 같은 말은 어디서 배웠어요?"

"한국어 교재에서요."

"그 교재 한번 보고 싶네."

"보여드려요? 여기 스마트폰에…."

"아이고, 됐습니다."

매번 이런 분위기였다. 끈덕지게 감정적으로 얽혀드는 강수진과 떼어 내려는 우리 사이의 우스운 사투. 덕분인지 양측의 의견은 미세하게나마 접점을 찾아가기 시작했다.

중립적인 듯 보여도 강수진은 결국 IAEDA 측을 대변하는 사람이었다. 우리와는 전혀 다른 움벨트를 가진 사람. 반면 너희는 각자 입장은 달라도 이상주의자라는 면에서 동일했다. 강수진의 현실주의에 맞서 세상을 뒤집어야만 하는 무거운 의무감을 함께 짊어지고 있었다.

무책임한 요구 사항 중 어디까지를 현실로 보고 어디까지를 이상으로 볼지. 무엇을 실현하고 무엇은 배제할지, 혹은 미래를 위한 선언으로 남길지. 문구와 산업 범위를 두고 조용한 혈투가 이어졌다. 때로는 웃고 농담하고 빈정대고, 때로는 주먹으로 책상을 내리치고 모욕과 폭언을 뱉어가며 우리는 끝도 없이 다투었다. 손에 칼을 쥐고 있었다면 서로를 벌써 몇 번이나 찔러 죽이고도 남았을 것이다.

강수진이 떠나고 나면 또 다른 싸움이 시작되었다. 소그룹 리더들과의 내분이. 격렬하기로 따지자면 이쪽이 몇 배는 더했다. 실제로 칼을 쥐고 있는 사람들이니까. 흥분한 키넨시스들이 서로의 팔을 부러뜨린 게 도대체 몇 번인지 헤아리는 일조차 포기했다. 모두 자신들의 목적에 필사적이었다. 요구 조건이 단 1밀리미터라도 후퇴하는 것을 용납하지 않았다. 너는 통제되지 않는 사람들을 설득하고 또 설득해야 했다.

몇 시간을 달래 겨우 한 걸음을 양보시키면 다음 날에는 회의 참석자가 대거 교체되었다. 합의에 찬성한 대표들 중 일부가 소그룹 내부에서 나약한 패배자로 찍혀 쫓겨나고, 대신 좀 더 고집스럽고 투쟁적인 인물이 그 자리에 앉혀졌다. 새로운 참석자들은 그간 진척된 논의의 맥락을 전혀 따라오지 못했다. 백지장 같은 얼굴로 전후 사정 따위는 자신이 알 바가 아니라는 듯 최초의 주장으로 되돌아가 같은 말을 맨 처음부터 되풀이했다. 지리한 논쟁이 몇 번이고 재현되었다.

모두가 덜컥거리며 제자리걸음만 반복하고 있었다.

* * *

혁명이 시작된 지 50일. 협상이 시작된 지도 2주가 흘렀지만 뚜렷한 결과물은 나타나지 않았다. 모든 소망을 이뤄줄 것 같았던 너희가 아무 성과도 보이지 못하자 사람들의 반응은 조금씩 냉담해졌다. 가장 열정적인 지지자들조차 하나둘 등을 보이기 시작했다. 골목에 쓰인 낙서도 어느새 부정적인 내용으로 바뀌어 있었다.

사람들은 다시 둘로 쪼개졌다. 여전히 너희를 믿고 지지해야 한다는 부류와 지금이라도 서둘러 리더를 교체해야 한다는 부류로. 아직 어려서 아무것도 모르는 철부지라고 너희를 깎아내리며 자신을 새로운 지도자로 추대해달라 소리치는 중년 정치가들이 광장에 줄을 이어 등장했다. 매일 창밖에서 비난하는 소리가 들려왔고 너희는 누군가에게 쫓기기라도 하듯 초조해했다.

모두가 조바심을 느꼈다. 유지파와 교체파. 광장파와 현장파. 소그룹 간에도 입장 차로 인한 이합집산이 끝도 없이 일어났다. 작은 그룹으로 조각난 사람들은 각자의 확증편향만을 주워 먹으며 더욱 잘게 부서질 뿐이었다. 세밀하게 쪼개진 스펙트럼에 머리가 터져버릴 지경이었다. 등록된 소그룹의 수가 50개를 돌파한 시점부터 나는 그들을 분류하는 작업을 포기해버렸다. 한때 우리는 한 몸처럼 움직이는 생명이었으나, 이제 저마다 다른 방향을 향해 꿈틀거리며 나아가는 벌레 떼에 지나지 않았다.

가장 먼저 폭발한 건 유영이었다.

"이딴 말장난으로는 답이 없어. 협상 말고 다른 방법을 찾아야 해."

유영이 그렇게 말할 때마다 태빈은 차분히 반박하고 나섰다.

"협상을 결렬시킬 명분이 없잖아. 우리가 먼저 테이블을 박차고 나와버리면 결렬의 책임도 전부 우리가 지게 돼. 나중에 다시 대화하려고 하면 아주 비싼 대가를 치르게 될 거야. 느리더라도 대화로 풀어가는 게 답이야. 아직은 협상의 끈을 놓으면 안 돼."

"넌 아직도 그놈들을 믿어? 그냥 시간 끌려는 수작이잖아."

"그래도 처음보단 많이 진전됐어. 물론 나도 지금 협상안이 만족스럽진 않아. 그래도 파투 나는 것보단 낫잖아."

"우리가 처음 원했던 건 이런 게 아니야."

"백 걸음 나아가지 못했다고 열 걸음의 가치가 사라지는 건 아니야. 하나씩 이뤄나가면 돼. 작은 것부터."

"하태빈 이 답답아. 저 새끼들이 원하는 게 그거라니까. 정말 몰라서 그래? 그런 식으로 찔끔찔끔 작은 거 몇 개 대충 던져주고 끝내려는 거잖아. 정작 중요한 문제는 하나도 못 건드릴걸? 바꾸려면 한 번에 전부 바꿔야 돼. 단숨에 장악해서 송두리째 바꿔야만 한다고."

레이리는 한숨을 쉬며 궐련에 불을 붙였다.

"또 시작이네." [시끄러워うるさいな]

태평한 표정으로 테이블 위에 드러누운 레이리는 입에 궐련을 꼬나문 채 헤드폰을 뒤집어쓰고 눈을 감아버렸다. 그러곤 콧소리로 음악을 흥얼거리기 시작했다.

"그래서, 네 결론이 대체 뭔데?"

"지금보다 더 강하게 압박해야 해."

"어떻게?"

"창고에 있는 무기들. 그걸 슬쩍 보여주기만 해도 분위기가 완전 달라질걸."

"군대를 투입할 명분이 될 수도 있어."

"뭐가 걱정이야? 여기 데비안트가 10만 명이나 있는데."

"초능력으로 군대를 쓸어버리자고? 그 장면이 온라인에 생중계되면 사람들이 우릴 뭐라고 생각할 거 같아? 순식간에 지지자를 잃을 거야."

"대신 겁을 먹겠지. 존중은 두려움에서 나오는 거야. 힘으로 쟁취하는 거라고."

"아니야, 서로를 존중하게 만드는 건…."

"믿음? 소망? 사랑? 그딴 헛소리는 됐거든?"

유영은 귓가에 손바닥을 가져가며 빈정댔다.

"그리고 나한테 떠들어봐야 소용없어. 사람들이 벌써 저질렀으니까."

깜짝 놀란 태빈이 보이안트 능력으로 주위를 둘러보았다. 우리에게도 그 시선이 그대로 공유되었다. AK소총을 어깨에 멘 사람들이 곳곳에서 역을 지키고 있었다. 창고는 텅 비어버렸다.

"유영아!"

네가 소리쳤다.

"상의도 없이 멋대로 이런 결정을 하면 어떡해?"

"왜? 우리 혁명엔 지도자가 없다며? 네 입으로 그렇게 말했잖아. 각자 알아서 판단하고 행동하는 거잖아."

"……."

너는 말없이 유영을 노려보았다.

"조유영, 누가 너한테 이런 생각을 심었어?"

"뭐?"

"내가 아는 조유영은 이런 생각을 할 수 있는 사람이 아니야."

"네가 그걸 어떻게 알아?"

"그냥 알아. 연결되어 있으니까."

"십월 놈의 텔레파스."

"다시 물을게. 누구 생각이야?"

"내가 스스로 생각한 거야."

네가 한 걸음 다가서자 유영의 눈빛이 흔들렸다.

"무니야가 누구야?"

"누구?"

"무니야 알 바크르."

"지금 내 머릿속 읽은 거야?"

"묻는 말에 대답이나 해."

네가 노려보자 유영은 시선을 피하며 인정했다.

"… 군대를 갖고 있대. '여자들의 목소리'라고, 중동 해방군 내에서도 꽤 규모가 큰 파벌이야. 우리 도움이 필요하대. 바그다드에서 철수할 때 부대가 뿔뿔이 흩어져서 고립됐다고. 우리 점퍼들이 힘을 빌려주면 당장이라도 이곳으로 집결할 수 있댔어. 그 사람들이 우리를 지켜줄 거야."

대답을 들은 태빈이 흥분했다.

"해방군? 중동이 어떻게 됐는지 몰라? 여기도 전쟁터로 만들 셈이야?"

"너야말로 마리야가 어떻게 됐는지 잊었어? 러시아군이 작정하고 공격하면 저딴 바리케이드가 도움될 거 같아? 여긴 순식간에 무너질 거야. 무장한 군대가 필요해. 사람들을 지키려면."

"마리야 같은 슈퍼 데비안트도 그렇게 됐는데, 그보다 능력이 약한 사람들은 어떻게 되겠어? 유영아, 전쟁은 절대 안 돼. 많은 사람들이 죽고 다칠 거야. 그럼 이겨도 지는 거야."

"그 정도 희생도 감수 안 하고 어떻게 이겨? 일어나서 싸워야 해. 힘으로 변화를 강요해야 해. 세상을 바꾸는 건 촛불이 아니라 화염병이야."

"너 또 그 소리야? 어떻게 그딴 생각을 할 수가…."

"그만."

너는 텔레파시로 둘의 입을 막았다. 둘은 저항할 의지를 잃고 너만 바라보았다. 레이리는 여전히 눈을 감고 콧노래를 흥얼거리고 있었다. 헤드폰을 끼고 있지만 노래가 나오고 있는지는 알 수 없었다.

"지도자가 필요해? 알겠어. 앞으로 내가 전부 결정해줄게."

너는 두 사람의 눈을 보며 지시했다.

"하태빈. 광장에 가서 토론회를 열어. 결론이 날 때까지 계속되는 끝장 토론회. 무슨 수를 써서라도 한 페이지짜리 합의안을 만들어 와. 일주일 줄게. 그리고 조유영. 너는 오늘 안에 무기 회수해서 창고에 도로 갖다 놔. 알겠어?"

너는 텔레파시로 두 사람을 억압해 억지로 턱을 끄덕이게 했다.

"그리고 앞으로 아무도 협상에 들어오지 마. 내가 알아서 할 테니까."

너는 억압을 풀었다. 둘은 콜록거리며 멈췄던 숨을 몰아쉬었다. 태빈이 걱정스러운 표정으로 말했다.

"화경아, 이러면 안 돼."

"뭐가 안 되는데?"

"협상. 정말 우리 없이 할 수 있어?"

너는 허탈한 웃음을 터뜨렸다.

"너희가 뭘 했는데?"

"뭐?"

"둘 다 나가. 도와줄 필요 없으니까."

"와, 어이없다. 진짜."

유영이 코웃음을 쳤다.

"맹화경이 완전 독재자 다 됐네. 겁난다, 겁나."

썩은 미소로 비꼬던 유영은 갑자기 얼굴에서 표정을 싹 지우며 너를 노려보았다.

"그래. 알았어. 눈앞에서 사라져줄게."

유영이 태빈을 눈빛으로 재촉했다. 두 사람은 서로에게 으르렁대는 눈빛을 쏘아대며 회의실을 빠져나갔다. 문이 닫히자마자 너는 의자에 털썩 주저앉았다.

너는 리더가 되고 싶지 않았다. 높은 곳에 올라서고 싶은 마음이 조금도 없었다. 오히려 가장 낮은 곳에서 모두를 지탱하길 원했지. 하지만 세상의 흐름은 너에게 권력을 강요했다. 언제 터질지 모르는 10만 발의 핵폭탄들을 다스리라고 강제했다.

나는 너를 위로하려 했다.

"화경아…."

"너희도 나가."

나는 말없이 레이리를 일으켜 출입문으로 향했다. 문을 열고 밖으로 나가려는데 뒤에서 떨리는 네 목소리가 들렸다.

"미안한데, 태빈이랑 유영이 좀 챙겨봐줄래? 부탁할 사람이 너희뿐이어서…."

"그건 걱정하지 마."

레이리는 느긋한 미소로 답하곤 스케이트보드를 타고 복도 저 멀리 빠르게 사라졌다. 홀로 덩그러니 남겨진 나는 네게 이런 말밖에 해주지 못했다.

"화경아, 너는 잘하고 있어."

삐걱거리는 철문이 기이할 정도로 시끄러운 소리를 내며 쿵 닫혀버렸다. 마치 다시는 열리지 않을 것처럼.

문 너머에서 흐느끼는 소리가 들려왔다.

혁명실무자

"차별금지법 제정은 어떻게 되어가고 있죠?"

"IAEDA 직원들이 밤낮으로 각국 의회에 접촉하고 있어요. 나라마다 조금씩 다르지만 법률 제정까지 필수적으로 밟아야 할 절차들이 있어요. 물리적인 시간이 필요해요. 아무리 빨라도 6개월은 걸릴 겁니다."

"너무 늦어요."

"결의안이라면 빠르게 통과시킬 수 있습니다. 이건 한 달 안에 가능해요. 법 제정을 위해 노력하겠다고 공개적으로 선언하게 하는 거죠. 우선은 이걸 목표로 하면 어떻겠어요?"

"… 좋아요. 하지만 법 제정까지가 합의 조건이에요."

"알겠어요. 다음으로 넘어가죠."

너는 쫓기고 있었다. 조급해하는 게 눈에 보일 정도였다.

너구리 같은 강수진이 그걸 눈치채지 못할 리가 없었다. 강수진은 얄미울 정도로 교묘하게 제안을 비틀어 야금야금 이득을 챙기고 있었다. 너를 마음대로 흔들어대도록 놔둘 수는 없었다.

나는 흐름을 끊기 위해 끼어들었다.

"잠깐 쉬었다 해요."

하지만 강수진은 그렇게 놔두지 않았다.

"하나만 더 살펴보고 휴식하시죠."

"쉬었다 하자니까요."

"실례지만 그쪽은 대체 누구시죠?"

"서기예요."

"서기가 왜 협상에 끼어듭니까?"

"그게…."

툭. 태블릿 액정에 붉은 핏방울이 떨어졌다. 네 코에서 피가 쏟아지고 있었다. 깜짝 놀란 강수진이 품에서 손수건을 꺼내 건넸다. 너는 황급히 코를 틀어막았다. 새하얀 손수건이 금세 빨갛게 물들었다. 조금 떨어져 있던 나는 한발 늦게 네 곁으로 달려갔다.

"화경아, 괜찮아?"

"응, 괜찮아."

너는 손바닥을 들어 보이며 주위를 안심시키려 했다. 강수진이 걱정스러운 표정으로 꾸벅 사과했다.

"미안합니다. 제가 괜한 고집을 부렸네요. 잠깐 휴식하시죠."

"아니, 계속해요. 저는 괜찮으니까. 피는 멎었어요."

너는 손수건을 들어 보이며 말했다. 나는 물컵에 담긴 물로 새 손수건을 적셔 네게 건네주었다. 너는 얼굴에 묻은 피를 마저 닦아냈다. 옷에 묻은 피도 닦아보았지만 잘 지워지지 않았다.

"진짜 괜찮아요."

강수진은 불편한 표정을 지으면서도 천천히 고개를 끄덕였다.

"… 연합군 철수를 합의문에 명시하는 건 어렵겠어요. 중동에서 연합군이 철수하면 해방군이 일주일 내로 그 지역을 재점령할 테니까요. 전쟁이 끝나는 게 아니라 오히려 길어질 겁니다. 아랍 연합은 이게 무조건 항복이랑 뭐가 다르냐는 입장입니다. '빠른 종전을 위해 노력한다' 정도로 합의문을 정리하면 어떨까요?"

"어렵다는 건 알아요. 하지만 이 부분만큼은 양보 못 해요. 여기서 후퇴하면 더는 사람들의 지지를 유지할 수가…."

흐, 너는 갑자기 실없는 웃음을 흘렸다.

"왜 그러시죠?"

"말하고 보니 소름이 끼쳐서요. 사람들의 지지라니. 옳은지 아닌지를 따지는 게 아니라, 어떻게 하면 이 자리를 지킬 수 있을지 고민하고 있잖아요."

"그게 현실적인 겁니다."

"여러 번 말하지만, '현실적'이라는 단어에 대한 생각이 저랑 많이 다르시네요."

"그런 편이죠."

"저는 대체 뭘 위해 이러고 있는 걸까요? 그동안 살아온 세계가 모조리 무너지는 기분이에요. 권력 같은 걸 갖고 싶다고 생각한 적은 한 번도 없었어요."

"원하든 원하지 않든, 화경 씨는 혁명의 핵심 권력자가 됐습니다. 뭐, 그게 현실이죠. 물론 그 말이 싫으시다면 권한이라고 바꿔 부르셔도 좋습니다. 화경 씨는 이제부터 혁명의 핵심 권한자입니다. 어때요?"

"뭐예요, 그게."

소리 없는 웃음. 강수진은 태블릿을 내려놓고 잠깐 기지개를 켰다.

"이런 말을 하면 위로가 될지 모르겠습니다만. 대중의 관심은 3개월 이상 가지 않을 거예요. 얼마 후면 사람들은 우리에 대해 전부 잊을 겁니다. 그러다 문득 '아, 맞다. 예카테린부르크를 점거했다던 그 사람들은 어떻게 됐지?' 하면서 뉴스 채널이나 뒤적이겠죠. 그리고 이렇게 말할 겁니다. '뭐야, 벌써 끝나버렸잖아. 그럼 그렇지.' 여러분은 뉴스에 언급되는 일조차 없이 조용히 잊힐 겁니다. 결과가 어떻든 말이죠. 사람들은 바뀐 줄도 모르고 바뀐 세상을 살아갈 겁니다."

"참 위로가 되네요."

"빠르든 이르든 혁명은 곧 끝날 겁니다. 해보고 싶은 일이 있다면 그 전에 전부 하세요."

"빠르든이랑 이르든이랑 같은 뜻인 거 아세요?"

"그러니까, 곧 끝날 거라고요."

"글쎄, 한번 두고 봐요."

* * *

말다툼 이후로 태빈과 유영은 회의실에 한 번도 들르지 않았다. 레이리는 대체 어느 구석에 처박혀 있는지 얼굴조차 보이지 않았다. 아이처럼 제멋대로 행동하는 소그룹들 사이에서 너는 홀로 고립되어 갔다. 혁명은 통제되지 않는 넘실거림으로 가득했다.

광장파는 끝내 합의안을 도출하지 못했다. 이 정도라도 얻어야 한다는 그룹과 이럴 거면 뭐 하러 협상을 했느냐는 그룹 사이의 이견이 조금도 좁혀지지 않았다. 어느 쪽이나 열정이 넘쳤으나 대화는 없었다. 누구도 상대의 말을 경청하지 않았다. 대화의 끝은 언제나 초능력 난투로 이어졌다. 누구 하나 뼈가 부러진 다음에야 그날의 토론을 끝맺을 수 있었다. 그 촌극을 비웃으며 현장파는 당장이라도 협상을 깨야 한다고 목소리를 높였다. 민들레파는 그런 논쟁 따위 아무 관심도 없다는 듯 자기들끼리 술잔을 부딪치며 신인류가 어떻네 구체제가 어떻네 떠들어대기나할 뿐이었다.

네게는 강수진과 붙어먹는다는 식의 비난이 따라다녔다. 선정적인 의도를 담은 낙서와 합성사진이 뉴스 채널과 온라인을 가

득 채웠다. 아마도 네 성별이 달랐더라면 이런 이야기가 나돌지
는 않았겠지. 그런 말들과 마주할 때마다 너는 엄마를 떠올렸다.
매일 악플과 계란 세례에 시달리는 기분이 이랬겠구나. 엄마는
이런 싸움을 했던 거구나. 너는 최선을 다해 태연한 표정을 연기
했지만, 솔직히 서글픈 티가 났다.

　네 지지자들이라고 해서 꼭 네 편이 되어주는 것은 아니었다.
그들은 각자 마음속에 품은 '완벽한' 구세주의 모습을 네게 덧씌
운 뒤 멋대로 네 존재를 망상했다. 자신들의 그 완벽한 기준에서
조금만 벗어나도 애정 어린 조언이라는 이름의 제재가 가해졌
다. 네 옷매무새가 조금만 틀어져도, 말투가 조금만 달라져도, 순
수해 보여도, 순수해 보이지 않아도, 계산적이어도, 계산적이지
않아도, 화장을 해도, 화장을 하지 않아도 모두 문제가 되었다.

　너는 어떤 사람들에겐 '동양의 신비로운 소녀'여야 했고, 어떤
사람들에겐 '카리스마 넘치는 여장부'여야 했다. 기성 정치인처
럼 세련되어야 했지만, 동시에 기성 정치와는 담을 쌓은 언더독
처럼 보여야 했다. 누구보다 똑똑하고 열심히 공부해야 하지만,
논리로 상대를 이겨먹어선 안 되었다. 왜냐면 그건 '리더로서의
포용력이 부족한' 행동이니까.

　어떤 사람들에게 너는 그저 예비 신붓감일 뿐이었다. 그것도
아이를 갖지 못한다는 딱지가 붙은. 그들은 네 외모와 성격은 물
론 별자리와 혈액형과 MBTI까지 따져가며 네가 누구의 신부로
어울리는지 가상의 짝짓기 놀이에 몰두했다. 대체 왜 너의 요리
실력 같은 걸 궁금해할까. 평생 네 눈길 한번 끌지 못할 머저리
들 주제에 어찌나 다들 자기 성적 매력을 과신하는지, 한심한 멘
트로 널 유혹하는 오빠들만 모아도 작은 나라 하나는 건국할 수

있을 것 같았다.

네 말과 행동 하나하나에는 숨 막히는 평가가 뒤따랐다. 그때 이랬어야 했다, 저랬어야 했다, 너 나 할 것 없이 훈수만 늘어놓으며 네 발언의 아주 일부만을 잘라 끝도 없이 조리돌림했다. 결과를 놓고 한마디 얹기란 너무나 쉬운 법이어서, 사람들은 마치 아침 체조 하듯 몸풀기로 너를 품평하곤 했다.

누군가 네 영상 속 한 장면을 캡처해 비난하는 자막을 달고 소셜 페이지에 올리면 그 페이지를 본 사람들은 다시 자신의 소셜 페이지에 옮겨 붙인 뒤 비난을 한 줄 추가했다. 비난도 복사가 되다니. 수를 헤아릴 새도 없이 빠르게 복제되는 냉혹한 손가락들이 너를 아래로 아래로 끝없이 잡아당겼다. 너는 마치 심해로 빨려들어 가는 듯한 기분을 느꼈다.

우습게도 네가 의지할 수 있는 사람은 강수진뿐이었다. 모두로부터 멀어진 네게 강수진은 네 입장을 이해하는 유일한 존재였다.

그날 역시, 강수진은 침울해하는 네 얼굴을 보자마자 위로의 말부터 건넸다.

"신경 쓰지 말아요. 사람들은 원래 한심하니까. 세상은 원래 촌스러운 사람들의 추태로 넘쳐나는 겁니다."

"그래도 조금쯤은 이해해줄 줄 알았어요."

강수진은 태블릿을 내려놓고 손을 내밀었다. 너는 흠칫 놀라며 내 눈치를 보았으나, 결국 그의 손을 잡았다.

"모두가 서로를 이해할 수 있으리란 기대를 버리세요. 그건 불가능한 소망이니까."

"이해하지 못하면 결국 서로를 파괴하고 말 거예요. 두려우니까."

"인간은 원래 가만히 놔둬도 스스로를 파괴해요."

"그러니까 지켜줘야죠."

"그러니까 지켜줄 필요가 없다고 말하려고 했는데."

"우린 참 생각하는 방식이 다르네요."

"움벨트가 전혀 다르죠."

너와 강수진은 웃으며 그날의 협상을 정리했다. 딱히 나아진 것도 나빠진 것도 없는 무난한 마무리. 몇 가지 문구를 다듬은 게 전부였지만, 왠지 모르게 진전된 것 같은 착각이 들기도 했다. 나는 협상안을 정리해 강수진에게 건넸다.

"차량은 1층에 대기시켜 놨어요."

"고맙습니다."

협상 과정에 불만을 가진 사람들이 강수진을 습격하는 시도가 점점 늘어났다. 네 호위대를 자처하는 지지자들만으로는 모든 위협을 차단하기에 역부족이었다. 점퍼에게 이동을 부탁하려 해도 누구를 믿어야 할지 확신하기 어려웠다.

우리는 고육지책으로 IAEDA에 차량을 요청했다. 우리는 가장 높은 등급의 방탄 옵션이 포함된 검정 세단을 지급받았다. 강수진은 외부에서 방문할 때마다 차를 타고 빠르게 도심을 통과했다. 안전을 보장하기 위해 너도 매번 그와 함께 차량에 탑승했다. 자율주행으로 운행하는 차량에는 오직 너와 강수진 단둘만 탑승할 수 있었다.

그날 역시 둘은 역 앞에서 차에 올랐고, 차는 평소처럼 부드럽게 출발했다. 차 안에서 너와 강수진은 멀찍이 떨어져 앉은 채 한마디도 나누지 않았다. 아무 행동도 하지 않고 가만히 앉아 있기만 했다. 누구라도 차 안을 훔쳐볼 수 있었다. 외부에서 내부를 볼 수 없게 창문이 코팅되어 있었지만 보이안트에게 그런 건 아무 의미도 없었다.

물론 네 능력을 발휘한다면 그들의 감각을 얼마든지 교란할 수 있었다. 하지만 너는 잠자코 그들의 관음적 시선을 받아들였다. 시선을 차단했다가 또 어떤 음란한 루머가 소셜 페이지를 떠돌게 될지. 온갖 뒷말을 걱정하는 것보단 차라리 훔쳐보게 놔두는 편이 나았다.

그러나 그날은 달랐다. 불문율을 깨고 강수진이 입을 열었다.

"이상한데요."

"뭐가요."

"저기에 왜 바리케이드가 설치되어 있죠?"

차단할 이유가 없는 대로였다. 점거 구역과는 조금도 상관없는 통로가 차단되어 있었다. 너는 애써 태연한 표정을 유지하며 대답했다.

"뭔가 다툼이 있었나 봐요."

"여긴 완전 안쪽인데요. 군대가 여기까지 들어올 리가 없어요."

"러시아군을 너무 신뢰하시는 거 아닌가요?"

말하는 순간 차가 멈춰 섰다. 쓰러진 바리케이드를 장애물로 인식해버린 것이었다.

"차 돌려요."

강수진이 말했다.

"빨리!"

"저도 할 줄 몰라요. 외부에서 자동으로 조작하는 거라⋯."

답을 마치기도 전에 사방에서 감정의 파장이 뿜어 나왔다. 긴장. 불안. 적의. 그리고 증오. 갈무리되지 않은 생각들이 네 머릿속으로 쏟아져 들어왔다. 그들의 계획을 알아챘다. 앞으로 무슨 일이 일어나게 될지 손에 잡힐 듯 선명하게 그려졌다. 콘솔박스 안에 감춰진, 장전된 권총의 모습도.

텔레파시로 상황을 파악한 너는 그들에게 경고하듯 말했다.

— 당신들 멋대로 하게 놔두진 않을 거야.

너는 눈을 감고 사방으로 텔레파시를 보냈다. 보이지 않는 실을 거미줄처럼 뻗어 주위 모두를 홀드할 생각이었다. 하지만 네 텔레파시는 전부 또 다른 텔레파스들에 의해 튕겨 나갔다. 이상했다. 원하는 만큼 능력이 발현되지 않았다. 누군가 너를 방해하고 있었다. 아주 가까이에 있는….

"당신 때문이군요."

"네?"

블로킹. 텔레파시의 반대 능력. 강수진이 곁에 있는 한 너는 능력을 제대로 발휘할 수 없었다. 빠져나갈 구멍이 없었다. 너는 체념한 표정으로 나직이 중얼거렸다.

"… 미안해요. 일이 이렇게 되어버려서."

그 순간, 보이지 않는 힘이 강수진의 온몸을 옭아매기 시작했다. 꼭두각시 인형처럼 줄에 매달린 강수진은 손가락 하나 까딱하지 못했다. 대체 몇 가닥의 염력 스트링이 그의 몸에 감겨 있는 걸까? 열 가닥? 스무 가닥? 아니면 백 가닥? 보이안트가 아닌 너로서는 확인할 방도가 없었다.

그들은 네게 선택을 강요하고 있었다. 이대로 강수진의 사지가 염력에 찢겨 나가는 것을 가만히 지켜보거나, 혹은 계획에 협조하거나.

너는 그들이 끔찍이도 미웠으나, 동시에 그들의 대표자이기도 했다. 일이 이렇게까지 틀어져버린 이상 달리 도리가 없었다. 이 장단에 놀아나는 수밖에. 이대로 강수진이 죽게 내버려둔다면 여론은 최악으로 돌아서고 혁명은 끝없는 나락으로 떨어지고 말 터였다. 달리 선택지가 남아 있지 않았다. 이 엉망진창인 상황을 어떻게든 수습해 유리하게 활용하는 것 외엔.

"미안해요… 미안해요… 이러려던 건 아니었는데…."

여전히 어리둥절한 표정을 짓고 있는 강수진에게 사과하며, 너는 콘솔박스를 열었다. 그 안에 총알이 장전된 리볼버 권총이 들어 있었다. 너는 필사적으로 눈물을 참아야 했다.

너는 권총을 집어 강수진의 손에 쥐여주었다.

"저는 저 사람들도 지켜야 해요."

그제야 강수진은 상황을 파악했고, 다음 순간 그는 미소를 지어 보였다.

"이해합니다."

염력 스트링이 강수진의 손가락을 당기기 시작했다. 권총이 겨누어졌다. 너는 질끈 눈을 감았다. 총성이 울리고 피가 튀었다. 너는 피가 흐르는 팔뚝을 움켜쥐고 차 밖으로 뛰쳐나왔다. 어느새 얼굴에서 슬픔을 지운 너는 사람들에게 도망치라 소리쳤다. 뒤따라 차에서 내린 강수진이 인형처럼 삐걱거리며 다시금 네게 권총을 겨누었다. 몇 차례 방아쇠가 당겨졌지만 탄환은 모조리 빗나갔다. 이 또한 의도된 결과였다.

기다렸다는 듯 사방에서 군인들과 시위대가 함성을 지르며 쏟아져 나왔다. 군인들은 강수진의 신변을 보호하기 위해, 키넨시스들은 네 안전을 지키기 위해 대치하듯 두꺼운 벽을 형성하기 시작했다. 좁은 골목이 순식간에 인파로 빼곡히 채워졌다.

머리 위에서 최루탄이 폭발하는 소리가 들렸다. 매캐한 가루가 하늘에 흩뿌려지자 시위대는 입과 코를 감싸쥐고 기침하며 바닥에 웅크렸다. 흥분한 키넨시스 몇 명이 반사적으로 능력을 휘둘렀고, 군인 한 무더기가 분수처럼 하늘로 솟아올랐다. 덩그러니 노출된 강수진의 몸이 시위대 쪽으로 끌려왔다. 뒤이어 발포가 일어났다. 가슴에 구멍이 뚫린 사람들이 바닥에 픽픽 쓰러졌다. 조준사격이었다. 양측은 괴성을 지르며 더욱 격렬하게 충돌했다. 그동안 누적된 모든 증오와 폭력을 되돌려주겠다는 듯이.

혼란 속에서 너는 유영을 발견했다. 눈이 마주치자마자 유영은 웃으며 양손으로 스마트폰을 들어 올렸다. 영상이 촬영되고 있었다.

빌어먹을.

너는 스마트폰 앞까지 걸어갔다. 그리고 렌즈를 노려보며 소리쳤다.

"강수진이 절 죽이려고 했어요!"

#혁민이들 #소외된모두예카테린부르크로
기록 | 예카테린부르크의 혁명가들
조회수 421,841,251회 / 2036. 11. 15.

👍 1571만 👎 1억 1263만

2036년 8월부터 10월까지

92일간의 기록

특별기획 인터뷰

예카테린부르크의 혁명가들

Day 1
"노래의 날"

요한나 (23, 독일) //
사랑해 널 이 느낌 이대로!
정말, 정말, 신나요!
당신도 카메라 내려놓고 이리 오세요. 같이 춤춰요.
내 손 잡아요.

필립 (22, 영국) //
여러분, 함께 외칩시다! Remember Jean-Paul! Remember Elisabeth!

Remember Ludmila! Remember Maria! Remember Iris!

(사람들) Remember! Remember! Remember!

슈잉 (32, 중국) //

아이리스가 죽었다는 소식을 듣고 너무 놀랐어요. 그는 제 영웅이었거든요. 정신을 차리고 보니 이곳에 도착해 있었어요. 제가 이렇게 먼 거리를 도약할 수 있을 줄은 몰랐어요. 기적이에요. 아이리스가 도운 걸 거예요, 분명.

아이작 (22, 호주) //

세상에, 이런 건 처음 봤어요. 우리가 이렇게나 많았다니.

다들 어디에 있었던 거죠? 대체 어디에 있었던 거예요?

우리는 이길 거예요. 확신해요.

Day 6
"거리"

채령 (22, 한국) //

어… 한나, 이거 어떻게 읽는 거였지? Ulitsa Azina? Ulitsa가 거리 이름이지? 아, 그게 Street라고? 음, 알아냈어요. 오늘은 Azina Street에 있는 장갑차와 군인들을 밀어낼 거예요. 여기 스마트폰 지도 앱을 보시면… 이건 또 어떻게 읽는 거지? Mami… na-Sibi… ryaka에서 Luna… char… skogo까지. 그쪽에 텐트 칠 공간이 부족하다고 해서요.

마스크 없어요? 이거 쓰세요. 하하, 괜찮아요. 남는 거니까. 가스 필터는 여기다 끼우면 돼요. 그리고 고글 꼭 구해요. 어제부터 최루탄이 더 독해졌어요. 러시아 군이 최루탄을 다 써서 한국산을 수입해 쓰기 시작했대요.

안토니오 (23, 브라질) //

거기 위험해요! 바리케이드 뒤로 숨어요!

저쪽 골목은 이미 최루탄으로 엉망이에요!

한나 (22, 벨라루스) //

채령! 정신 차려! @$%@#(벨라루스 욕설) 누가 여기 좀…

안토니오 (23, 브라질) //

많이 다쳤어요? 설마 죽… 후아, 다행이에요.

걱정 말아요. 제 친구들이 역까지 데려다줄 거예요.

Day 21

"예카테린부르크역"

유나 (27, 일본) //

우리가 하고자 하는 일을 좀 더 진지하게 생각해줬으면 좋겠어요. 재밌어보여서 구경 왔다는 한가한 사람들 볼 때마다 짜증 나요. 아이돌 콘서트도 아니고 정말. 확실히 말하죠. 신화경은 여왕벌이 아니에요. 우린 그녀를 따를 이유가 없어요.

Roo_D.A (17, 한국) //

오! 드디어 스마트폰 전원이 돌아왔어요! 만세! 만세!

소셜 페이지 라이브를 다시 시작할 수 있겠어요.

디에고 (23, 멕시코) //

마리오. 방금 말씀은 동의하기 어렵군요. 체제를 전복하는 것만으로는 이 사태를 해결할 수 없습니다. 설령 우리를 핍박하는 인간을 전부 몰아내고 데비안트가 모든 권력을 잡는다 해도 아무것도 달라지지 않을 거예요. 우리도 똑같이 비리를 저지르고 혐오와 폭력을 저지를 테니까. 어떤 훌륭한 체계도 미숙한 인격들에 의해 붕괴될 수 있어요. 계급을 나누고 서열을 세우는 사람들의 습성. 그걸 없애지 않으면 결국 모두 제자리로 돌아갈 겁니다. 텔레파스들이 나서서 사람들을 계도해야 해요.

마리오 (26, 이탈리아) //

디에고. 그거야말로 폭력이죠. 사람들을 계도하다니. 지금 정신 개조라도 하자는 건가요?

Roo_D.A (17, 한국) //

팔로워 여러분! 여러분의 아이돌 Roo_D.A예요!
제가 방금 멋진 안무를 떠올렸는데, 한번 보실래요?

유나 (27, 일본) //

다들 꿈 같은 소리만 하시네요. 그런 이론적인 얘기 말고 좀 더 현실적인 문제를 토론했으면 좋겠어요. 정치가들만 설득하면 끝인가요? 그래 봤자 관료들이 버틸 거예요. 관료들을 교체하면 세상이 멈출 거고요.
지금 일하고 있는 사람들을 전부 쫓아내면 세상은 누가 움직이나요? 행정 시스템은 누가 운영하죠? 법은 누가 만들고, 재판은 누가 하죠? 은행은요? 수도와 전력은? 인터넷 통신망은? 그 모든 걸 우리끼리 운영할 수 있나요? 냉정하게 판단하세요. 우린 기득권과 공존해야 해요.

마리오 (26, 이탈리아) //

유나. 그런 건 시간이 지나면 어떻게든 될 거라 봐요. 오히려 제가 걱정하는 건 데비안트 차별 문제가 자꾸만 뒷전으로 밀리고 있다는 겁니다. 신화경은 왜 데비안트 차별 문제에 집중하지 않죠? 우리 혁명이 누구 덕분에 여기까지 왔는데요. 지금 가장 절박한 건 우리….

디에고 (23, 멕시코) //

마리오. 모두가 절박해요. 모두가 필요하고요.

Roo_D.A (17, 한국) //

원. 투. 쓰리. 포. 원. 투. 쓰리. 포. 후후, 어때요? 제 신곡 안무.

와우! 루다사랑님, 100코인 후원 감사합니다! 짝짝짝!

소피 (??, ???) //

저는 데비안트가 아니에요. 그냥 휘말린 피해자일 뿐이죠. 기차를 타고 여행 중이었는데 어쩌다 보니 이곳에 갇히게 됐어요. 밖은 너무 위험해요. 무서워요. 됐나요? 이제 그만 찍어요.

Day 45

"사람들"

채령 (22, 한국) //

광장파요? 아무것도 안 하면서 입만 터는 머저리들이죠. 진짜 싸움은 여기서 일어나요. 죽고 다치는 건 전부 우리라고요.

몇 번 광장에 가서 들어봤는데 웃기지도 않더라고요. 완전한 자유? 절대적 평등? 새로운 질서? 사람들이 뭐 그런 거창한 걸 원하는 줄 아나 본데, 전혀 아니거든요? 우리가 원하는 건 그런 게 아니에요. 그냥 너무 힘드니까, 당장이라도 죽을 거 같으니까 사람처럼 살 수 있게만 해달라는 건데. 그게 그렇게 어렵게 토론해야 할 문제인가요?

한심한 사람들.

유나 (27, 일본) //

현장파가 그런 소릴 한다고요? 멋대로 떠들고 다니라죠. 자기 무식을 스스로 증명하는 꼴이니까. 그래도 민들레파보단 낫죠. 아무것도 하지 않기 위해 이곳에 왔다니, 여기가 무슨 하와인 줄 아는 모양이던데. 지금이 어느 시대인데 히피가 있어요? 부디 광장엔 오지 않았으면 해요. 대마초 냄새가 지독하니까. 하야? 혐오라니. 그건 아니죠. 그냥 가까이 있기 싫은 것뿐이라니까요. 제가 그 사람들을 때리길 했나요, 욕하길 했나요? 전 그들을 혐오하지 않아요. 그냥… 좀 불편할 뿐이에요.

9ru_Krish (??, ??) //

어리석은 존자시여. 우리는 그런 낮은 차원의 문제를 논하기 위해 이곳에 모인 것이 아닙니다. 위대한 정신을 고양하기 위해서지요. 정신이 고고함으로 충만하기만 하다면 생의 모든 고민은 자연히 해소되는 법입니다.

10만 수행자들의 마음이 거룩한 우주의 정신과 일치되어야 합니다. 그것이 별의 가르침입니다. 그곳에는 광장도 현장도 없지요. 모두 한데 이어져 홀로 완전하니 오고 감이 없으며, 안도 밖도 없이 동일합니다. 나와 너의 구분 없이 매끄럽고 둥그니 매사 기울어짐 없이 늘 그대로지요. 그것이 곧 여여(如如)함의 마음입니다.

명상합시다.

"거리"

슈잉 (32, 중국) //

암살 시도라니, 깜짝 놀랐어요. 화경은 괜찮은가요? 아, 다행이에요. 강수진 그 사람은 자신도 데비안트면서 대체 왜… 죗값을 톡톡히 치르길 바랄게요. IAEDA 도요.

총에 맞은 희생자 이야기 혹시 들으셨나요? 이름이 다리오라고 했던가, 그랬던 것 같아요. 다행히 죽진 않았지만 여전히 깨어나지 못하는 상태라고요. 사람들이 크게 화가 났어요. 이번엔 쉽게 가라앉지 않을 거예요.

아이작 (22, 호주) //

이제 돌이킬 수 없습니다. 저쪽이 먼저 공격했으니 맞서 싸워야죠.
우리도 무장해야 해요.

디에고 (23, 멕시코) //

인정할 수밖에 없군요. 광장에 모인 사람들은 나이브했어요. 이제 저도 현장으로 나가서 싸울 겁니다. 평화는 끝났어요.

필립 (22, 영국) //

여러분, 함께 외칩시다! Remember Jean-Paul! Remember Elisabeth! Remember Ludmila! Remember Maria! Remember Iris!

(사람들) Remember! Remember! Remember!

채령 (22, 한국) //

돌격! 복수하자! (함성 소리) 살인마 강수진의 목을 광장에 걸어라!

안토니오 (23, 브라질) //

바리케이드 팀! 밀어붙여요! 하나, 둘!

(총성) (최루탄 터지는 소리) (비명)

Roo_D.A (17, 한국) //

팔로워 여러분! 저도 지금 현장에… 콜록, 콜록,

저는 무사합니다! 구독과 좋아요 잊지 말고….

Day 73

"예카테린부르크역"

채령 (22, 한국) //

승리가 코앞이에요! 처음으로 끝이 보인다고 생각했어요. 우리는 승리할 거예요. 저는 혁민이들의 결정에 결코 동의하지 않아요.

마저 싸워야죠. 아직 끝난 게 아니에요.

디에고 (23, 멕시코) //

겁쟁이. 그들은 겁쟁이예요. 어떻게 강수진을 풀어주겠다는 제안을 할 수가 있죠? 역시 여자들에게 이런 큰일을 맡기는 게 아니었… 음.

아무튼 도저히 믿을 수가 없네요. 혁민이들이 변절할 줄이야. 그럴 수 없죠. 끝까지 가야죠. 어떻게든 막을 겁니다.

승리할 때까지 우리는 결코 멈추지 않아요.

한나 (22, 벨라루스) //

제도가 된 혁민이들은 죽었다! 기득권과 타협한 조유영을 타도하라!

어? 저기 변절자가 온다!

어서 둘러싸! 마이크 가져와! 자, 어서 변명해보시지!

유영 (19, 한국) //

꺼져요.

Day 75

"분노한 사람들"

한나 (22, 벨라루스) //

… 사기꾼들.

그들에게 감쪽같이 속았다니. 믿을 수가 없네요. 지독한 배신감을 느껴요.

마리오 (26, 이탈리아) //

혁민이들이 우리 혁명을 완전히 망쳤어요. 이건 전부 그들 책임이라고요. 그들을 진심으로 믿었는데. 그런 일을 하라고 힘을 빌려준 게 아니었어요. 그 탐욕스럽고 사악한 일에 가담한 저 자신을 저주하고 싶어질 지경이에요. 그들이 그런 악마 같은 사람들이었을 줄은….

혁명은 이제 끝났어요.

Roo_D.A (17, 한국) //

팔로워 여러분, 포인트 걸고 베팅 한번 붙어볼까요?

혁명 일주일 안에 끝장난다 vs 아직이다.

응, 그렇긴 해. 정배가 너무 뻔하긴 한데. 그래도 꼭 역배 가는 사람 있더라니까.

오, '아직이다' 찍으신 분들 완전 초대박이네. 10배도 더 먹잖아?

유나 (27, 일본) //

후우, 결국 아무것도 이루지 못했네요. 뭐, 이럴 줄 알았지만.

당신도 그만 포기해요. 이런다고 세상은 바뀌지 않아요.

요한나 (23, 독일) //

네. 보시다시피. (웃음) 저희는 오늘 중에 떠날 거예요.

이곳엔 더는 희망이 없으니까요.

9ru_Krish (??, ??) //

어리석은 존자시여. 기대가 없으면 흔들릴 일도 없다 하지 않았습니까.

… 명상합시다.

Day 92
"혁명이 멈추는 날"

디에고 (23, 멕시코) //

지금 사방이 불바다예요! 어서 대피하세요!

빨리 역 밖으로 나가요!

필립 (22, 영국) //

저길 봐! 피터슨이야! 피터슨이 왔어!

이젠 전부 끝장….

'선정성 및 부적절한 폭력' 사유로 부분 차단된 영상입니다.

검토 완료 시까지 이후 영상 내용은 재생이 불가합니다.

불편을 끼쳐드려 죄송합니다.

▶ 관련 영상 : 기록 | 치열했던 선거, 일주일간의 기록 ①

댓글 입력이 금지된 영상입니다. ─────────────────

종착역

한 무리의 사람들이 강수진을 데리고 역 안으로 들어왔다. 시위대가 아니었다. 모두 소총으로 무장했고, 하나같이 처음 보는 얼굴이었다. 중동 해방군. 대다수가 아랍계 여성들로 구성된 군인들 사이에서 너는 단숨에 그들의 리더를 알아보았다.

"당신이 무니야군요?"

"만나서 반가워요, 신화경 씨."

자신감으로 꾸민 거짓 미소. 무니야가 악수를 청했으나 너는 무시했다.

"그래요. 앞으로 잘 부탁해요."

아무래도 상관없다는 듯, 무니야는 손을 흔들어 인사하며 성큼 지나쳐 갔다. 걸음을 옮길 때마다 허리에 매달린 권총이 달그락 소리를 내며 네 신경을 긁었다. 무니야의 뒤를 따라 병사들이 강수진을 거칠게 잡아끌었다. 너는 곁눈질로 강수진의 상태를 살폈다. 단정했던 머리가 엉망으로 헝클어져 있었다. 군데군데 피가 나고 옷이 찢어지긴 했지만 다행히도 큰 상처는 없는 듯했다.

한발 늦게 역에 도착한 태빈이 헐떡이며 네 곁으로 다가왔다.

"이게 다 무슨 일이야? 강수진 총에 맞았다며? 괜찮아?"

"괜찮아. 전부 가짜였으니까."

"가짜?"

"속아서 함정에 빠진 것뿐이야. 쟤한테."

"쟤?"

너는 눈짓으로 유영을 가리켰다. 태빈은 여전히 어리둥절한 표정이었다. 태빈의 어깨 너머로 레이리의 얼굴이 보였다. 휘둥그레진 눈으로 달려온 레이리는 네 상태를 확인하자마자 뒤돌아 헤드폰을 뒤집어쓰곤 스케이트보드에 발을 얹었다. 너는 병사들의 뒤를 쫓아 걸음을 옮겼다.

무니야 일당은 강수진을 역 건물 지하로 데려갔다. 염력으로 철근을 구부려 만든 감옥 속에 강수진을 던지듯 집어넣었다. 조잡한 쇠창살 어디에도 출입문은 존재하지 않았다. 탈출은 불가능했다.

감옥에 갇힌 강수진을 바라보며, 너는 유영에게 말했다.

"언젠가 오늘 일을 후회하게 될 거야."

"응. 나중에 꼭 후회할게. 언젠가는. 하지만 지금은 협조해줘."

"싫어."

"싫어도 해줄 거잖아? 순둥이 넌 그런 애니까."

"그렇게 부르지 마."

"순둥이. 순둥이. 존나 순해빠진 맹화경."

흥분한 너는 어설피 주먹을 뻗었다. 하지만 무니야에게 붙들렸다.

"진정해요. 신화경 씨."

너는 무니야의 손길을 뿌리쳤다.

"당신이죠? 유영이를 부추긴 게."

"작전은 처음부터 끝까지 유영 씨가 주도적으로 계획했어요. 저희는 약간의 조언만 제공했을 뿐이에요. 일종의 컨설팅이라고 생각해주면 좋겠네요."

"거짓말."

무니야가 잠시 유영의 눈치를 살폈다.

"정말이에요."

"어떻게 딱 맞춰서 러시아군이 나타났죠? 한참 안쪽 구역이었는데."

"그쪽 내부에 줄이 좀 있어요. 한 번 슬쩍 잡아당겨 봤죠."

무니야는 그렇게 말하며 검지를 까딱였다.

"저쪽에도 충돌을 원하는 부류가 있거든요. 하루빨리 당신들을 쓸어버릴 건수만 기다리는 호전적인 지휘관들이요. 말하자면 적대적 공생관계랄까."

"당신 계획 때문에 사람들이 다쳤어요."

"그거라면 걱정 말아요. 총에 맞은 건 전부 사이버네틱 휴머노이드거든요."

"사이버네틱 뭐요?"

"저희가 배치한 로봇이에요. 사람처럼 생겼지만 인형이죠."

"처음부터 끝까지 전부 거짓이네요."

"그렇죠."

"정말 대단하시네요."

"칭찬 고마워요."

"칭찬하는 거 아니에요."

"알아요. 고맙다는 말도 거짓말이었고요."

병사 하나가 다가와 무니야에게 귓속말했다. 무니야는 주머니에서 스마트폰을 꺼내 내용을 확인하더니, 화면이 켜진 상태 그대로 네게 건넸다.

"뉴스 채널은 확인하셨나요? 화경 씨가 총에 맞았다는 소식이 벌써 쫙 퍼졌죠. 덕분에 여론이 급변했죠. 실시간 여론 집계 사이트에선 전 세계 인구의 73퍼센트가 우리를 지지하고 있네요. 어제는 몇 퍼센트였죠? 한 12퍼센트 됐었나? 고맙다는 말은 제가 들어야 할 것 같은데."

"전부 가짜잖아. 거짓으로 얻은 지지율이 얼마나 가겠어요?"

"상관없어요. 압도적인 지지율로 단숨에 찍어 누르면 돼요. 당분간 IAEDA는 우리가 무슨 요구를 하건 들어줄 수밖에 없을 거예요."

한참 전부터 불편한 기색을 드러냈던 태빈이 결국 끼어들었다.

"그래서, 그쪽 계획은 뭡니까?"

"사우디아라비아 전역에 우리 동지들이 고립된 채 흩어져 있어요. 연합군에게 바그다드를 빼앗겼을 때 통신 상태가 별로 좋지 못했거든요."

"그 사람들 여기로 데려와 달라는 거면 절대 협조 못 합니다. 당신들이 여기 있다는 사실이 알려지면 미국이 마이클 피터슨을 보낼 거예요. 그럼 전부 끝장이에요."

"아아, 피터슨. 미국의 슈퍼맨. 그가 그렇게 두렵나요?"

"네, 두렵습니다. 무고한 사람들이 수도 없이 죽을 테니까. 죄책감을 짊어지고 평생 살아가야 한다고 생각하면 겁이 날 수밖에요."

"후후, 순진하긴."

무니야는 태빈을 마치 어린아이 대하듯 웃으며 바라보았다.

"이봐요. 온순한 보이안트 씨. 내가 그 두려움을 극복할 방법을 알려줄게요. 당신도 같이 죽으면 돼. 그럼 죄책감을 짊어질 필요가 없거든."

"무슨 그딴…."

무니야는 양 손바닥을 들어 태빈을 진정시켰다.

"알아요, 알아. 웃자고 해본 소리예요. 피터슨은 우리도 두려워요. 몇 년 동안 지겹도록 상대했으니까. 그 괴물이 여기로 점프하면 우린 30분 안에 전부 시체가 되겠죠. 제가 그 정도로 멍청해 보이나요? 우리를 무슨 전쟁 광신도로 생각한다면 그건 큰 오해예요. 여자들의 목소리는 이기는 싸움을 추구할 뿐이에요. 많이 이겼고요."

"그럼 뭘 원하죠?"

"여러분이랑 같아요. 종전이죠."

"연합군의 종전 제안을 거부했다고 들었는데요."

"최근에 생각을 바꿨어요. 협상을 받아들일 생각이에요. 그들이 우리 안전만 보장해준다면요. 전쟁으로 주인을 잃은 땅이 많아요. 특히 예루살렘 부근은 사람이 살 수 없는 폐허가 되어버렸죠. 그곳에 데비안트만의 독립국을 설립할 생각이에요."

"팔레스타인 사람들이 동의하지 않을 겁니다."

태빈이 반박하자 무니야는 고개를 살짝 기울이며 눈동자를 굴렸다.

"글쎄, 쌍둥이는 수에즈에서 죽었잖아요. 하마스는 이제 가진 무기가 없죠."

"힘으로 눌러버리겠다고요? 그럼 거꾸로 이렇게 묻겠습니다. 세계가 당신들에게 그 땅을 양보할 이유는 뭐죠? 힘으로 눌러버리면 그만인데."

"그 부분은 따로 대책이 있어요."

"이런 미친⋯."

유영의 입에서 저도 모르게 욕설이 튀어나왔다.

"건국 얘긴 없었잖아요."

무니야는 뭐가 문제냐는 표정이었다.

"거기까지 알려드릴 정도로 우리가 신뢰를 쌓은 것 같진 않은데요. 신경 쓸 필요 없어요. 그건 어차피 우리가 알아서 해결해야 할 부분이니까."

"아무도 당신들 계획에 동의해주지 않을 거예요."

네가 말했다.

"알아요. 우린 소수 중에서도 소수죠. 하지만 강력하고 급진적인 소수예요. 상황은 우리가 주도해요. 누군가 한 명은 빨리 가야 남들이 뒤따라오죠."

"따르지 않겠다면요?"

"진실을 폭로하겠어요. 암살 시도는 조작이었고, 혁민이들은 배후에서 중동 해방군의 지령을 받아왔다고. 신화경이 세상을 속여왔다고요. 그래 봐야 우린 아무것도 잃을 게 없어요. 다시 사막으로 돌아가면 그만이죠. 하지만 당신들은 모든 걸 잃을 거예요."

무니야가 차갑게 요구했다.

"마저 협상을 끝내세요. 합의서 내용 따위는 아무래도 상관없어요. 종전을 얻어낼 수만 있다면 우리는 전적으로 혁명에 협력하겠어요. 필요하다면 테러든 암살이든 뭐든."

너는 쓴웃음을 지었다.

"차별금지법 하나 관철시키는 데만도 한 달 가까이 걸렸어요. 그런데 이젠 저더러 전쟁을 끝내라고요?"

"네."

"전 못 해요."

"할 수 있어요. 오직 당신만 할 수 있는 일이죠."

"이건 또 무슨 거짓말인가요?"

"이번엔 거짓말이 아니에요. 물론 칭찬도 아니고요. 화경 씨에겐 협상을 성사시킬 능력이 처음부터 있었어요. IAEDA가 대화를 시작했다는 것 자체가 그 증거죠. 다만 요구를 받아들일 만큼 분위기가 충분히 무르익지 않았을 뿐이에요. 이젠 여론까지 받쳐주고 있으니 IAEDA도 웬만하면 요구를 들어줄 거예요."

"… 전 못 해요."

너는 고개를 가로저었다. 무니야는 잠시 너를 노려보더니, 다음 순간 이렇게 물었다.

"화경 씨, 마지막으로 잠을 잔 게 언제죠? 예카테린부르크에 온 뒤로 한숨도 못 자고 있지 않나요?"

"그걸 왜 묻죠?"

"궁금하지 않나요? 당신에게 무슨 일이 일어나고 있는지."

"……."

"왜 2차 데비안트 전쟁이 아니라 2차 텔레파스 전쟁이라 불리는지 생각해본 적 있나요? 왜 장 폴 패거리 중 아이리스만 감옥에 갇혀 있었는지 고민해본 적은요? 이상하지 않나요? IAEDA와 연합군은 바그다드에 한 달 동안 폭탄을 퍼부었어요. 지상에 건물이 단 한 채도 남아 있지 않을 정도였죠. 그런데 왜 예카테린부르크에선 그렇게 하지 않을까요?"

"무슨 말을 하고 싶은 건데요?"

"저 사람에게 물어봐요."

무니야가 엄지로 강수진을 가리켰다.

"IAEDA가 왜 전쟁 대신 협상을 택했는지, 그 이유를 물어보라고요. 그럼 알게 될 거예요. 당신이 생각보다 더 큰 협상력을 가졌다는 사실을요."

* * *

모두를 지하실 밖으로 내보낸 너는 누구도 내부를 훔쳐보지 못하게 강력한 감각 교란 파장을 발산했다. 이곳엔 오직 강수진과 너 둘뿐이었다.

철창 앞으로 다가선 너는 어색한 인사를 건넸다.

"몸은 좀 괜찮아요?"

"그럭저럭요."

"미안해요. 나 때문에."

"괜찮아요. 이 정도쯤은."

너는 망설였다. 질문을 던지면 어떤 대답이 돌아올지 두려웠다. 하지만 알아야 했다. 진실을. 엉망진창인 이 상황을 끝낼 방법이 그것뿐이라면.

"갑작스럽지만 뭐 하나만 물을게요."

"뭐죠?"

"왜 이 일을 맡으셨죠?"

"전에 설명했던 것 같은데요."

"IAEDA가 수진 씨를 선택한 이유 말고. 수진 씨가 이 일을 수락한 이유요."

강수진이 한숨을 쉬었다.

"그 여자가 쓸데없는 얘길 했나 보군요."

"무니야 때문만은 아니에요. 어느 정도는 예감하고 있었어요."

"……."

"솔직하게 말해줘요."

강수진은 수갑을 찬 손으로 흐트러진 머리를 쓸어 넘겼다.

"당신들은 위험해요. 언제 터질지 모르는 핵폭탄이죠."

"우리가요?"

"손을 잡으면 능력이 증폭되는 현상을 겪어본 적 있나요? 우리는 모이면 모일수록 강해져요. 하지만 동시에 불안정해지죠. 임계질량 이상의 데비안트가 한자리에 모이면 그건 세상을 파괴할 힘이 돼요."

"과거에도 비슷한 경우가 있었나요?"

"이스라엘을 무너뜨린 팔레스타인 쌍둥이는 또 다른 혁명을 일으키기 위해 이집트로 떠났어요. 마치 체 게바라처럼. 쌍둥이는 수천 명의 데비안트들과 함께 수에즈 운하를 점거했어요. 화경 씨가 예카테린부르크를 점거한 것처럼요. 그리고… 재앙이 일어났죠. 최후의 12명이 끝까지 남아 저항한 결과 수에즈 운하는 붕괴해 지도에서 사라졌어요. IAEDA가 설립된 계기입니다."

"거기서 대체 무슨 일이 있었던 거죠?"

"몰라요. 그 자리에 있던 사람들은 대부분 죽었고, 극소수의 생존자들도 모두 기억을 잃었어요. 하지만 한 가지는 분명해요. 그들의 중심에 뛰어난 텔레파스가 있었다는 거."

"팔레스타인 쌍둥이도 텔레파스였나요?"

"아주 뛰어난 허브였어요. 화경 씨만큼은 아니지만."

"데비안트가 한자리에 모일 때마다 세상엔 끔찍한 일이 일어나요. 평양, 예루살렘, 홍콩… 그 도시들은 사람이 살 수 없는 땅이 되어버렸어요. 위험을 인지한 IAEDA 회원국들은 슈퍼 데비안트의 수를 더 이상 늘리지 않기로 협약을 맺었어요. 또 다른 재앙을 방지하기 위해서요. 그게 NPT-ND 협약의 진짜 의미예요. IAEDA가 감추고 있는 가장 큰 비밀이죠. 우리 모두가 핵폭탄을 가졌다는 사실을 알게 된다면 지구는 두 동강이 나고 말테니까."

강수진은 마른세수를 하며 흘러내린 머리를 다시 쓸어 넘겼다.

"당신을 보호하고 싶었습니다. 실은 저 자신을. 데비안트 모두를요. 이 비밀이 알려지면 세상은 우리를 미워하게 될 거예요. 예전처럼 다시 두려워하기 시작할 거예요. 어떻게든 충돌 없이 협상을 타결시키고 싶었습니다. 비밀이 지켜질 수 있게. 그래서 이 일을 수락했어요. 이제 답변이 됐나요?"

"네. 충분히요."

너는 요동치는 감정을 누르며 답했다. 목소리가 심하게 떨리고 있었다.

"제 협상력이 훨씬 높아졌다는 뜻이잖아요."

"화경 씨. 제 앞에서까지 강한 척할 필요 없어요. 솔직하게 불안을 드러내도 괜찮아요. 보다시피 이제 저는 협상 담당자도 아니잖아요."

강수진이 어깨를 으쓱였다. 너는 그 어깨에 기대고 싶은 욕망을 억누르기 위해 최선을 다해야 했다. 어지러웠다. 너는 양 손바닥으로 눈두덩이를 짚으며 철창에 등을 기댔다.

"… 저는 앞으로 어떻게 되는 거죠?"

"점점 다른 사람들의 생각이 들리기 시작할 겁니다. 원치 않는 생각까지도요. 나와 너의 구별이 애매해지고 마치 하나의 영혼이 된 것처럼 느껴질 겁니다. 완벽하게 상대를 이해한 것 같은 착각이 들 겁니다. 아주 행복한 경험이죠. 그즈음이 가장 위험해요. 동질감이 강해질수록 사소한 차이마저 참을 수 없게 되거든요. 조금이라도 다르게 느껴지는 존재를, 조금이라도 다른 의견을 가진 사람들을 하나씩 잘라내고 싶어질 겁니다. 당신이 느끼는 그 순결한 일체감을 지키기 위해서요."

강수진은 떨리는 숨을 천천히 뱉었다.

"하지만 그건 결코 이루어질 수 없는 목표고, 이질감은 사라지지 않을 겁니다. 당신을 통해 영혼이 결합된 사람들은 서로에게 어느 때보다 강한 유대감을 느끼겠지만, 그렇게 내면 깊은 곳을 들여다보면 들여다볼수록 서로의 차이를 더 크게 실감할 겁니다. 똑같다고 믿었던 상대가 속으로는 자신과 전혀 다른 생각을 품고 있었다는 사실에 크나큰 배신감을 느끼게 될 겁니다. 멀리 떨어진 적들보다 눈앞의 동지를 미워하게 될 겁니다. 서로를 굴복시켜 그 힘만을 취하고 싶어질 겁니다. 결국 모두를 파괴하기 시작할 겁니다."

"어떻게 그리 확신하시죠?"

"경험자거든요."

"시간이 얼마나 남았죠?"

"글쎄요. 내일이 될지, 1년 뒤가 될지."

"······."

정적이 무겁게 내려앉았다. 너는 입을 닫고 아무 말도 하지 않았다. 강수진은 포기하지 않고 너를 설득하려 했다.

"화경 씨, 인간은 본래 외로움을 타고난 존재예요. 연결이 가져다주는 유대감은 마약에 중독되는 것과 비슷하죠. 텔레파스에겐 더욱 그렇고요. 하지만 끊어야 해요. 여기서 멈춰야 해요."

"이미 멈출 수 없는 지점까지 와버렸어요."

"아뇨. 아직 멈출 수 있어요."

"어떻게요?"

"우리가 하는 일은 서울에서 파리까지 운행하는 열차와 같아요. 다 함께 열차를 타고 있지만 내리는 곳은 모두 다르죠. 누군가는 신의주에서 내리고, 누군가는 베이징에서 내려요. 누군가는 예카테린부르크에서 내리길 원하고요. 다 함께 파리까지 가자고 말해봤자 소용없어요. 각자 자기 표에 인쇄된 목적지까지만 갈 수 있을 뿐이니까. 꼭 모두가 결말까지 달려야 하는 건 아니에요. 어차피 종착역까지 함께할 수 있는 사람은 많지 않아요."

"그래도 파리까지 가야 하는 거잖아요."

"파리엔 다음 열차로 가도 돼요."

"다음 열차가 있긴 해요?"

"모르죠. 그건 다음 사람들이 결정할 문제니까. 이건 원래부터 그런 싸움이에요. 완벽한 승리 같은 건 없죠. 언제나 원하는 곳까지 못 가고 미끄러져요. 그렇게 실패를 쌓아나가는 거예요. 실패하기 위해 싸우는 거예요."

"그럼 무슨 의미가 있는데요?"

"그래서 세상이 안 바뀌었나요?"

"… 충분하지 않아요."

"알아요. 충분하지 않다는 거. 그래도 아이들은 섬 밖으로 나왔잖아요. 그 변화는 돌이킬 수 없어요. 한 번 풀려난 아이들은 다시는 섬으로 돌아가지 않을 겁니다. 그 아이들은 자유를 아는 어른으로 자라날 테고, 우리와는 전혀 다른 방식으로 세상을 바라보겠죠. 미약하지만 한 걸음 전진했어요. 다음 싸움은 거기서부터 시작될 거고요. 그렇게 조금씩 나아가는 거예요."

"그럼 우리는요? 지금 당장 우리는 어쩌고요?"

강수진은 한숨을 쉬었다.

"화경 씨는 어떤 때는 하태빈 씨 같다가 어떤 때는 조유영 씨 같군요. 대체 둘 중에 어느 쪽입니까?"

"둘 다 옳은 걸 어쩌라고요."

"아무튼 제 말은… 화경 씨가 전부 짊어질 필요는 없다는 거예요. 이건 수도 없이 반복되어 온 여정이에요. 세상은 이미 수천 번 열차를 갈아타며 여기까지 온 거라고요. 하지만 종착역까지 단숨에 도착한 적은 한 번도 없었어요. 그러니 이제 그만 차를 세워요. 짐을 내려놓으세요."

너는 고개를 가로저었다.

"이미 운전대 뺏겼어요."

충돌

붉은 체크무늬 지붕 위로 뾰족한 첨탑들이 가시처럼 박힌 구舊
예카테린부르크역. 지금은 철도박물관으로 쓰이고 있는 낡은 건
물 상공에 라이브 캠 드론 3대가 수직으로 날아올랐다. 드론들
은 사전에 입력된 알고리즘대로, 잠시 후 모습을 드러낼 목표를
감싸듯 원을 그리며 카메라의 초점을 맞추었다.

점프.

스케이트보드에 올라탄 레이리가 허공에 모습을 드러냈다. 레
이리는 한 손을 날개처럼 가로로 뻗어 균형을 잡으며, 다른 손으
로는 보드의 코를 움켜쥐고 활강하듯 낙하했다. 그 모습을 잠시
도 놓치지 않겠다는 듯, 드론들이 사방에서 프로펠러를 붕붕거
리며 레이리를 촬영했다. 가까운 렌즈를 향해 레이리가 신호하
듯 윙크했다. 등 뒤를 떠다니는 투명 패널에 [두근두근 겁이나! ドキ
ドキ 怖いよ!] 라는 문구가 빠르게 깜빡거렸다.

레이리가 천천히 보드에서 손을 떼고 일어나 춤을 추기 시작
했다. 빙그르르 회전하며 현란하게 스텝을 옮겼다. 지상이 가까
워지기 시작하자 레이리는 상체를 낮추며 자세를 고쳐 잡았다.
비스듬한 역 지붕을 경사로처럼 미끄러지며 무사히 광장에 착
지하자 주위에서 환호성이 터져 나왔다. 레이리는 구경꾼들 사
이를 빠르게 한 번 가로지른 뒤, 허리에 양손을 얹고 의기양양한
미소를 지어 보였다.

한참 떨어진 곳의 그늘에 앉아 그 모습을 지켜보며, 너는 내
게 물었다.

"넌 알고 있었지?"

"응."

"지금도 내 감시역인 거지? IAEDA를 배신한 게 아니라."

"그래."

"혹시 내가 더 알아야 할 정보가 있다면 전부 말해줘."

나는 크게 숨을 들이마셨다.

"아마 강수진한테 들어서 알겠지만, 현재 예카테린부르크는 지극히 불안정한 상태야. 당장 폭발해도 전혀 이상하지 않을 정도로. 그 중심엔 화경이 네가 있어. IAEDA의 전문가들이 추측하기로 허브인 네가 재앙의 원점이 될 가능성이 가장 높아."

"대체 왜 이런 일이 일어나는 거야?"

"정확한 이유는 아무도 몰라. 다만 내 개인적인 추측을 말하자면 이래. 너처럼 강력한 텔레파스는 또 다른 텔레파스를 무의식적으로 지배해. 그렇게 빼앗은 텔레파시 능력으로 또다시 주위의 텔레파스들을 지배하길 반복해. 이런 식으로 끝없이 이어지는 연쇄반응을 통해 너는 10만 명의 데비안트를 모두 장악할 수 있게 돼. 모두가 하나로 결합해 어떤 소망이든 이룰 수 있는 초월적인 존재로 거듭나게 되는 거야."

"그런 일이 일어나기 전에 날 죽이는 게 네 임무겠지?"

"응."

"지금 바로 죽여주면 서로 편하고 좋을 텐데."

"미안하지만 그 부탁은 들어줄 수가 없어. 어쩌면 네 죽음이 폭주의 트리거가 될지도 모르니까. 나는 마지막 카드야. 다른 모든 시도 끝에 널 죽이는 것 외엔 아무 방법이 남지 않았을 때 IAEDA가 마지막으로 꺼내 들 여분의 카드."

"부탁해. 그때가 되면 확실하게 끝내줘. 망설이지 말고."

"그럴게."

멀리서 사람들이 환호하며 박수를 쳤다. 레이리가 다시 한번 묘기를 부린 모양이었다. 너는 의기양양한 표정을 짓고 있는 레이리를 뚫어져라 바라보았다.

"아이리스도 이런 심정이었을까?"

"아마도."

"그 사람도 알고 있었어?"

"응. 홍콩에서도 비슷한 일이 있었으니까. 홍콩에서의 실패를 계기로 네 어머니와 친구들은 IAEDA와 비밀 거래를 했어. 각자 하나씩 조건을 거는 대신 다시는 여섯이 한자리에 모이지 않기로. 엘리자벳이 계약서의 초안을 썼고, 그게 훗날 NPT-ND 협약의 뼈대가 됐어. 장 폴과 친구들은 바로 그 약속을 깼기 때문에 죽은 거야. 죽게 될 줄 알면서도 네 부탁을 들어준 거야."

너는 잠시 말이 없었다.

"조건이 뭐였어?"

"장 폴과 엘리자벳은 둘만이라도 함께 있게 해달라고 했어. 류드밀라는 조국의 정치적 독립을 요구했고, 마리야는 밴드 활동의 자유를 보장받았어. 그리고 아이리스는… 자신의 죗값을 치르게 해달라고 했어. 아이리스는 스스로 원해서 감옥에 들어갔어."

"그랬구나."

"네 어머니는 계약서에 사인하지 않았어. IAEDA는 네 자유와 안전을 제안했지만, 유민아는 끝까지 타협을 거부했어."

"그랬을 거 같아. 엄마는 그런 사람이었어."

너는 잠깐 쓸쓸한 미소를 지었다. 하지만 금세 표정을 지워버렸다.

"부탁한 건 좀 알아봤어?"

"무니야 말이지? 개인적인 인맥으로 이것저것 파보긴 했는데, 특별한 건 없더라. 딱히 거짓말을 하는 것 같진 않아. 한 가지만 빼고."

"예루살렘 말이지?"

"IAEDA의 최우선 목표는 데비안트가 한자리에 밀집하는 걸 막는 거야. 예루살렘에 모일 수 있게 해달라는 요구와 이곳에서 해산하겠다는 제안. 이 둘은 서로 모순돼. 무니야에게는 분명 다른 목적이 있어."

"나도 그렇게 느껴졌어. 구체적인 것까지 읽어내진 못했지만. 우리 혁명이 이대로 끝나지 않길 바라는 것 같아. 적당히 장작을 공급해서 계속 타오르길 원하는 것 같았어."

너는 지친 표정으로 한숨을 뱉었다.

레이리가 다시 한번 자세를 잡았다. 그러자 점퍼들이 레이리의 주위를 둥그렇게 감싸고 서로 손을 잡았다. 토스. 10여 명의 점퍼들이 능력을 집중하자 단숨에 레이리가 하늘 높은 곳으로 전송되었다. 우리는 손으로 눈가에 그늘을 만들며 하늘을 올려다보았다. 푸른빛이 감도는 건조한 가을 하늘 가운데, 작은 점으로밖에 보이지 않는 레이리가 스케이트보드를 타고 낙하하고 있었다.

"근데 저거 좀 위험…."

"저 미친년!"

네가 말을 끝내기도 전에 나는 자리를 박차고 달리기 시작했다. 레이리는 고글 대신 안대로 눈을 가리고 있었다. 앞이 보이지 않아 엉망으로 휘청이는 상황에서도 레이리는 춤을 췄다. 그러다 스텝이 꼬였다. 발에 헛맞은 보드가 제멋대로 핑그르르 돌았다. 레이리는 균형을 잃고 허우적대며 빠르게 아래로 추락했다.

겨우 보드를 붙잡은 레이리가 방패처럼 어깨에 보드를 대고 지붕과 격돌했다. 충격으로 튕겨 나간 레이리의 몸은 위험한 포물선을 그리며 광장 쪽으로 떨어졌다. 나는 겨우 레이리를 받아낼 수 있었다. 바닥을 몇 바퀴나 굴렀다. 입 안에서 피 맛이 났다.

"레이리! 괜찮아?"

정신을 차리자마자 레이리의 상태를 살폈다. 바닥에 대자로 드러누운 모습을 보니 어디가 부러진 것 같지는 않았다. 서둘러 안대를 벗겼다. 레이리는 생글거리며 웃고 있었다. 태평한 얼굴을 쳐다보니 속이 끓었다.

"너 방금 염력 안 썼지? 미쳤어?"

레이리는 무어라 대답하려다가, 그대로 털썩 팔을 내려놓았다. 말할 기운도 없는 모양이었다. 바닥에 부딪혀 쩌억 금이 가버린 투명 패널에도 글씨가 표시되지 않았다.

뒤늦게 쫓아온 너와 함께 조심스레 레이리의 몸을 일으켰다. 레이리는 여전히 킥킥거리며 웃음을 멈출 줄을 몰랐다.

"이야, 겁난다. 화경아. 이거 겁나."

부들거리는 두 팔로 레이리가 말했다.

"자꾸 반복하면 좀 무뎌질까 했는데. 아니네. 알수록 점점 더 겁나네."

"레이리, 진짜 괜찮은 거 맞아?"

네가 걱정스러운 표정으로 물었다. 레이리는 양반다리를 한 채 구부정한 자세로 어깨를 추욱 늘어뜨렸다. 레이리의 시선 끝에는 완전히 박살나버린 스케이트보드가 나뒹굴고 있었다.

"어릴 적에 말이야. 할 게 없어서 매일 만화만 봤어. 그것도 내가 태어나기도 전에 나온 애니메이션들. 창고에 그런 것밖에 없었거든."

아아. 레이리가 입으로 한탄하듯 소리를 냈다.

"거기 나오는 주인공들 하나같이 멋있더라. 강하고, 상냥하고, 서로를 지키고, 친구를 위해서 목숨도 척척 걸고. 나도 그러고 싶어. 그러고 싶은데……."

텔레파시를 통해 레이리의 불안이 고스란히 전해졌다. 산들바람에도 부스러질 것 같은 얇은 감정이 손바닥 위에서 나풀거리고 있었다. 우리는 숨조차 편히 쉬지 못했다.

"레이리 지금도 충분히 멋있어."

네가 말했다.

"오늘처럼 멍청한 짓만 안 하면 말이지. 자, 이리 와서 업혀."

나는 투덜거리며 레이리를 들쳐 업었다. 우리는 레이리를 교대로 업으며 천천히 역으로 되돌아왔다.

* * *

10월이 되자 날씨는 거의 영하에 가깝게 추워졌다. 얇은 옷차림을 하고 침낭과 텐트로 버텨온 사람들은 결국 추위를 견디지 못하고 하나둘 빈집을 점거하기 시작했다. 남겨진 옷가지들을 멋대로 꺼내 입고 가구와 목재를 뜯어내 불을 피웠다. 매일 밤 사방에서 연기가 피어올랐다. 텐트에 불티가 옮겨 붙는 사고가 빈번하게 일어났다. 동상과 열병을 호소하며 의료진을 찾는 사람들이 늘어났다.

이런저런 우여곡절에도 투쟁은 이어졌다. 도시를 점거한 상황이 두 달 넘게 지속되자 이제는 이 생활이 자연스러운 일상처럼 느껴졌다. 마치 평생을 이렇게 살아왔던 것만 같았다. 어쩌면 이대로 영원히 점거가 계속되리라는 상상에 빠져들 때도 있었다.

여전히 우리는 서로를 헐뜯고 다투었다. 달라진 점이 있다면 '강수진 사건' 이후로 현장파의 목소리가 훨씬 더 커졌다는 점 정도. 분노한 사람들이 대부분 현장파로 돌아서게 되자, 광장파는 소수 세력으로 전락하고 말았다. 태빈을 중심으로 뭉친 그들은 혁명의 비폭력 노선을 고수하기 위해 분투했으나 중과부적이었다. 이미 예카테린부르크의 절대 다수가 유영과 현장파의 노선을 지지하고 있었다.

소그룹 회의 때마다 현장파 강경주의자들은 '거봐라', '내가 뭐랬냐' 같은 쓸데없는 소리로 광장파를 조롱하며 발언 시간의 대부분을 낭비했고, 발끈한 광장파는 '애초에 현장의 강경한 대응이 이런 결과를 낳았다'며 응수했다. 논의는 한 걸음도 앞으로 나아가지 못했다. 그러자 유영은 만장일치제였던 회의 방식을 거수 투표제로 변경해 현장파의 머릿수로 모든 의사결정을 눌러버렸다.

유영의 독단적인 행동에 광장파는 불만을 쏟아냈다. 특히 유영이 멋대로 추가한 예루살렘 안건을 타깃으로 삼아 격하게 저항했다. 이런 무리한 요구를 끼워 넣는 이유가 무엇인지 집요하게 추궁했다.

유영은 그 질문에 답하는 대신 창고에서 무기를 꺼내 측근의 현장파 멤버들을 무장시켰다. 소총을 어깨에 멘 사람들이 병풍처럼 도열하자 광장파는 당혹감을 드러내며 황급히 회의장을 이탈했다. 밤마다 광장파 핵심 멤버들이 괴한에게 린치를 당했다는 소식이 들려왔다. 유영은 이에 대해 극성 지지자들이 멋대로 저지른 사건일 뿐 자신과는 무관하다며 선을 그었다. 며칠간 이런 일이 반복되자 더는 누구도 유영에게 저항하지 못했다. 오직 한 사람, 태빈만이 회의실에 남아 무력한 반대를 이어갈 뿐이었다. 광장파에 속했던 사람들은 하나둘 예카테린부르크를 떠나기 시작했다.

반면 IAEDA와의 협상은 상대적으로 순조롭게 흘러갔다. 레이리를 제외한 우리 네 사람이 다시 협상 테이블에 앉게 되었으나, 실질적으로는 무니야의 비호 아래 유영이 거의 모든 협상을 주도했다. 너는 협상 내내 입을 꾹 다물었다. 침묵으로 유영을 지지했다.

새로 꾸려진 협상팀과는 온라인으로 미팅을 진행했다. 보안 문제가 우려되긴 했으나 달리 방법이 없는 모양이었다. 사건 이후 IAEDA는 상당히 전향적인 태도를 보였다. 강수진의 입에서 '안 된다'는 대답이 튀어나왔던 요구 사항들은 하나둘 '알겠다'로 답변이 바뀌어갔다. 전체 요구안의 절반 이상이, 명목상의 선언까지 포함하면 대부분의 요구가 받아들여졌다. 유영은 이 모든 진전이 자신의 성취라 믿으며 점점 더 오만해졌다. 만족을 모른 채 100퍼센트를 향해 폭주했다.

무니야의 말이 사실이었던지 IAEDA는 종전에 대해서도 꽤 진전된 제안을 가져왔다. 연합군과 해방군 양측이 점령지에서 단계적으로 철군하여 2년 내로 전쟁을 끝내겠다는 계획이었다. 물론 예루살렘 문제에 대해서만큼은 여전히 격렬한 다툼이 진행 중이었다. 해방군은 데비안트 독립국 설립에 대해 UN이 승인해 줄 것을 줄기차게 요구했지만, 연합군과 IAEDA는 이에 대해 일

언반구 대꾸조차 하지 않고 있었다. 살짝 우려스러웠으나 우리가 신경 쓸 문제는 아니었다.

이제 양측은 협상의 마지막 몇 조각을 두고 팽팽하게 맞섰다. 양측 모두 더는 물러설 수 없는 지점에 이르렀다. 이제는 선택해야 했다. 여기서 멈출 것인지, 혹은 판을 엎을 것인지.

마지막까지 유영의 발목을 잡은 사안은 강수진의 신변에 관한 논의였다. IAEDA는 강수진의 무사 석방을 요구했지만, 예카테린부르크에 모인 사람들의 절대다수가 극악무도한 범죄자 강수진을 이대로 풀어줄 수 없다는 입장이었다. 강수진에겐 아무 죄가 없었지만, 그 사실을 알릴 방법이 없었다. 알려서도 안 됐고. 강수진은 결국 유영의 정치적 아킬레스건이 되었다. 유영은 차마 강수진을 죽게 내버려두지 못했다.

강수진을 석방하려 한다는 소식이 들리자 아이러니하게도 가장 크게 불만을 터뜨린 것은 유영의 최측근이던 사람들이었다. 전부 얻어내지 못하면 영원히 만족하지 못하는 부류의 극단주의자들. 지금껏 가장 열렬한 지지자였던 그들은 어느새 가장 극렬한 반대자로 돌아섰다. 그들은 유영이 가는 곳마다 따라다니며 변절자라 욕하고 민들레 꽃잎을 던져댔다. 골목마다 유영을 조롱하는 낙서가 휘갈겨졌고, 유영의 뭉개진 귀를 우스꽝스럽게 묘사한 캐리커처가 소셜 페이지에 흩뿌려졌다. 백 가지가 넘는 요구 사항 중 단 한 가지 요구를 제외했다는 이유로 말이다.

유영이 흔들릴 때마다 너는 최선을 다해 설득했다. 논란이 더 커지기 전에 차라리 서둘러 석방하는 게 낫다고. 필요하다면 자신이 직접 나서서 사람들을 설득하겠다고. 피해자인 네가 용서의 메시지를 전한다면 사람들도 더는 불만을 갖지 않을 거라고.

그러자 옆에서 듣고 있던 무니야가 끼어들었다.

"좋아요. 대신 조건이 있어요."

"뭐죠?"

"풀어주기 전에 입을 막아야겠어요. 비밀이 새어나가면 안 되니까. 자기들이 속았다는 걸 알면 IAEDA는 협상을 어그러뜨릴 거예요."

네가 불편한 반응을 보이자 무니야는 미소로 너를 안심시켰다.

"그런 표정 짓지 말아요. 혀를 뽑겠다는 뜻이 아니니까. 우리 병사 중에 기억을 건드릴 줄 아는 텔레파스가 있어요."

"그 사람, 블로커예요. 텔레파시가 안 통한다고요."

"보니까 둘이 꽤 가까워 보이던데, 그 정도로 유대감을 쌓았으면 이제 어느 정도 블로킹을 뚫을 수 있지 않나요? 아주 살짝만 도와주면 돼요. 그럼 나머진 우리가 알아서 할게요."

너는 망설였다.

"… 생각할 시간을 줘요."

* * *

늦은 밤. 모두가 잠든 시간. 너는 적막을 뚫고 지하실로 향했다. 조용히 잠긴 문을 열고 들어가 철창 앞으로 다가섰다. 앙상해진 몰골이 뜬눈으로 앉아 있었다.

"왜 찾아왔어요? 들키면 많이 곤란해질 거예요."

강수진이 말했다.

"이미 곤란해졌어요."

너는 그렇게 말하며 팔을 휘둘렀다. 그러자 네 텔레파시에 억압된 키넨시스 둘이 염력으로 쇠창살을 벌렸다. 입구가 생겼다.

"저 사람들은 누구예요?"

"입구를 지키던 사람들이요. 말했잖아요. 이미 곤란해졌다고."

너는 손을 뻗었다.

"자, 빨리요."

하지만 강수진은 꼼짝하지 않았다.

"일 복잡하게 만들기 싫습니다. 어차피 결국엔 풀려날 텐데."

"기억을 지울 거라고 했어요."

"그게 걱정됐나요? 괜찮아요. 어차피 지워질 기억인걸요. 모든 IAEDA 요원은 임무가 끝나면 기억 소거 조치를 받게 되어 있어요. 전부 잊고 새로운 신분으로 일상을 살아가는 거죠."

"누구 맘대로요?"

말하는 동시에 화가 치밀었다. 너는 지하실 밖 복도까지 들릴 만큼 쩌렁쩌렁한 목소리로 소리쳤다.

"나는 허락 못 해요! 지금까지 우리가 어렵게 쌓은 신뢰를 전부 없었던 일로 만들라고요? 절대 그렇게 놔두지 않을 거예요. 도망쳐요. 멀리. 아무도 찾을 수 없는 곳에 틀어박혀서 당신 인생을 지키란 말예요!"

너는 억지로 강수진의 손을 잡아끌었다. 얼떨결에 감옥에서 빠져나온 강수진은 허탈한 미소를 지으며 옷에 묻은 먼지를 털었다.

"이렇게 금방 풀어줄 거 뭐 하러 가뒀습니까? 어렵게 쌓은 신뢰요? 그 신뢰를 누가 먼저 깼더라?"

"실수였어요. 지금 바로잡으려는 거고요."

"애초에 실수를 하질 말았어야죠."

"……."

"후회하나요?"

"후회해요."

"사과는?"

"… 미안해요."

"옆구리 찔러 절 받기군요."

"보통은 엎드려 절 받기라고 말해요."

"그렇군요. 아무래도 교재를 바꿔야겠어요. 이제 뭘 하면 되는 거죠?"

"따라와요."

너는 아이리스처럼 손뼉을 쳤다. 그러자 곁에 있던 키넨시스들이 스르륵 의식을 잃고 바닥에 쓰러졌다.

너는 강수진을 데리고 역을 빠져나왔다. 누군가와 마주칠 때마다 너는 그들의 감각을 교란시켰다. 마치 투명인간이 된 것처럼 사람들의 눈을 피해 골목을 이동했다. 주르륵 코피가 흘렀지만 손등으로 쓱 닦아내며 무시했다.

"무리하지 말아요."

"별거 아니에요. 원래 코피 자주 흘려요."

"아니잖아요."

강수진이 걸음을 멈추었다. 너는 돌아보지 않았다. 얼굴을 보면 전부 포기해버릴 것 같았으니까.

"저는 주위의 텔레파스를 망가뜨려요. 홍콩이 붕괴하던 날, 저는 아이리스 쳉과 결합된 정신을 도려내기 위해 제 능력을 이런 식으로 뒤틀어야만 했어요. 그렇게 살아남았죠. 그 후로 제 능력은 다시는 원래대로 돌아오지 않았어요. 화경 씨, 세상은 비가역

적이에요. 어떤 상처는 영원히 회복되지 않죠. 한 번 선택한 결과는 다시 돌이킬 수 없어요."

"그래서요?"

"무리하지 말아요."

"같은 말 좀 그만해요!"

"이런 짓을 해봤자 소용없단 뜻이에요. 혁명은 끝났어요. 한 번 부서진 신뢰는 아무리 노력해도 회복되지 않아요. 깨진 유리를 다시 이어붙일 수 없는 것처럼요."

"그걸 제가 모르겠어요? 그래서 뭐요? 평생 후회만 하고 살라고요? 저는 그렇게 못 해요. 계속할 거예요. 퍼즐을 처음부터 다시 쌓는 한이 있더라도."

또 한 번 울컥 코피가 쏟아졌다. 너는 소매로 피를 닦았다.

"따라오기나 해요."

강수진은 말없이 네 뒤를 따라 걸었다. 두 블록도 나아가기 전에 기적이 느껴졌다. 익숙한 살의. 무니야의 병사들이었다. 너는 그들 중 하나를 텔레파시로 제압하며 조심스럽게 걸음을 옮겼다. 하지만 빠져나갈 수 없었다. 그들은 이런 일에 숙련된 데비안트 병사들이었다. 멀리서부터 촘촘하게 포위망을 좁혀 너를 한 방향으로 몰아넣고 있었다.

너는 금세 막다른 길에 갇혔다. 등 뒤에 감추듯 강수진을 벽에 세웠으나, 너보다 훨씬 큰 키를 숨기기는 어려웠다. 골목 입구에서, 그리고 지붕 위에서 다양한 초능력으로 조합된 병사들이 네게 소총을 겨누었다.

그 순간 익숙한 목소리가 들렸다.

— 주인공 등장!

목소리는 네 발아래, 지하철이 지나다니는 통로 쪽에서 들려왔다. 태빈과 손을 잡은 레이리가 바닥을 관통해 염력 스트링을 뻗었다. 병사들의 발목을 묶어 휘두르자 단번에 10여 명의 병사들이 넘어졌다. 나는 손가락을 튕겨 그들의 몸에 불을 붙였다.

너는 강수진의 손목을 잡아끌었다. 바둥거리는 병사들을 뒤로한 채 골목을 빠져나왔다. 등 뒤에서 총성이 울렸다. 빗발치는 탄환은 모두 레이리의 염력에 붙잡혀 아래로 미끄러졌다.

"조금만 더 가면 돼요!"

너는 머릿속 지도를 따라 복잡하게 꺾인 골목을 어지러이 달렸다. 이제 곧 피의 성당이었다. 경계만 넘으면 더는 쫓아오지 못할 터였다. 경계선까지. 그곳까지 강수진을 데려가기만 하면 됐다. 하지만 그다음엔? 함께 선을 넘어야 할까? 아니면 거기서 헤어져야 하는 걸까? 결정하기 어려웠다. 혼란스러웠다.

총알이 발치를 때렸다. 갑자기 모든 고민이 사치처럼 느껴졌다. 너는 생각을 멈추고 더 빨리 달리기 시작했다. 강수진 역시 허겁지겁 네 뒤를 따랐다.

대로로 빠져나가는 길이 보이기 시작했다. 이미 이렇게 될 걸 예상했다는 듯 길목이 바리케이드로 차단되어 있었다. 바리케이드 앞에서 유영과 무니야가 너를 기다리고 있었다. 발걸음을 멈춘 너는 강수진을 지키듯 양팔을 펼쳐 앞을 막아섰다. 아무리 무니야라도 널 쏘진 못할 거라 생각했다.

그러나 무니야는 입꼬리를 비틀며 소총을 겨누었다.

질끈 눈을 감고 마지막 능력을 쥐어짰다. 너는 텔레파시를 실처럼 뻗어 무니야의 정신에 매듭을 묶었다. 무니야를 지키고 있는 텔레파스들의 방해를 뚫고 손가락을 정지시키려….

그보다 먼저 총구가 불을 뿜었다.

강수진이 신음하며 무릎 꿇었다. 바닥에 후두둑 핏방울이 떨어졌다. 무니야는 멈추지 않고 계속 방아쇠를 당겼다. 너는 최선을 다해 조준을 방해했지만 소용없었다. 염력에 묶인 탄환은 뱀처럼 기묘한 곡선을 그리며 교묘히 너를 피해 강수진의 몸에 박혔다.

"전부 멈춰!"

한발 늦게 무니야의 몸을 차지하는 데 성공했다. 네 능력에 제압된 무니야가 총구를 자신의 턱에 들이밀었다. 부들거리는 엄지가 방아쇠에 얹어졌다.

"멈추지 않으면 진짜 쏠 거예요!"

네가 외쳤다. 그러나 무니야는 태연했다.

"그 사람, 여섯 발이나 맞았어요. 이미 늦었어. 곧 죽을 거예요."

"닥쳐!"

너는 강수진을 둘러업으려 했다. 하지만 힘에 부쳤다. 너는 거친 숨을 뱉으며 억지로 걸음을 옮겼다. 업었다기보단 질질 끌고 가는 것에 가까웠다. 엉망으로 후들거리는 다리가 당장이라도 풀려버릴 것만 같았다.

정신이 혼미해진 강수진이 귓가에 같은 말을 끝도 없이 중얼거렸다.

"… 씨, 무리하지 말아요. 나중에 또 싸워야 되니까. 살다 보면 원래 이기기도 하고 지기도 하고 그러는 거예요. 너무 열망하지 말아요. 실망하지만 않으면 돼요. 그럼 또 싸울 수 있어요. 싸우고 또 싸우다 보면 언젠가는 이길 거예요. 그때를 위해 마음을 아껴요. 화경 씨, 무리하지 말아요. 언젠가…."

"그게 대체 언제인데요?"

너는 거의 울먹이고 있었다.

그 순간, 누군가 개머리판으로 네 뒤통수를 내려쳤다.

* * *

사람은 생각보다 쉽게 기절하지 않는다. 너는 바닥에 쓰러졌으나, 정신을 잃진 않았다. 입에서 피를 쿨럭이는 강수진의 얼굴이 코앞에 보였다. 눈에 초점이 없었다.

우리는 한발 늦게 현장에 도착했다. 네 곁으로 다가가려 했으나 무니야의 병사들이 우리에게 총을 겨누었다. 나와 레이리, 그리고 태빈은 너와 강수진을 가운데에 둔 채 유영과 대치했다. 우리가 노려보자 유영은 시선을 회피했다.

유영의 곁에 서 있던 무니야가 천천히 네 앞으로 다가가더니, 권총을 뽑아 다시 한번 네 뒤통수를 내려쳤다.

"어때? 이제 제압할 수 있겠어?"

주위에 서 있던 텔레파스 병사들이 일제히 고개를 끄덕였다. 뇌에 충격을 받아 제대로 능력을 발휘할 수 없는 너를 텔레파스 대여섯이서 억누르고 있었다.

"혁명의 지도자 신화경이 사실은 적과 내통하고 있었다니. 와, 배신감 장난 아니네. 셰익스피어를 너무 열심히 읽은 거 아니에요? 사람들은 목숨 걸고 싸우고 있는데, 당신은 지금 여기서 철없는 로맨스나 찍고 있어요? 오늘 일이 알려지면 어떻게 될 거 같아요? 이러고도 사람들이 예카테린부르크에 붙어 있을 거라 생각해요? 제가 막아드린 걸 다행으로 아세요."

무니야가 권총으로 나와 레이리를 번갈아 겨누며 손짓으로 경고했다. 다가오면 쏠 거야. 나는 팔을 뻗어 레이리를 제지했다. 우리는 한 걸음도 움직일 수 없었다.

무니야가 네 주위를 서성이며 권총을 까딱거렸다.

"이 일을 대체 어떻게 수습하면 좋을까… 음, 이런 스토리는 어때요? IAEDA의 협상관 강수진은 신화경의 순진한 호의를 배신하고 그녀를 인질로 삼아 감옥을 탈출했다. 혁명단은 새벽 내내 강수진을 추적한 끝에 그를 다시 붙잡았으나, 그 과정에서 총격전이 벌어졌다. 그리고 그 결과,"

탕. 권총이 불을 뿜었다.

"안타깝게도 강수진은 사망했다."

미처 반응할 틈도 없이 순식간에 벌어진 일이었다. 머리에 구멍이 뚫린 강수진은 그대로 힘없이 바닥에 쓰러졌다. 너는 그 모습을 망연히 바라보다가, 뒤늦게 상황을 깨닫고 비명을 질렀다.

너는 괴성을 지르며 무니야에게 달려들었다. 하지만 허무하게도 주먹은 빗나갔다. 무니야는 다섯 살 아이의 손목을 비트는 것만큼이나 손쉽게 너를 제압해 무릎 꿇렸다.

"아직 안 끝났어."

무니야가 네 머리에 총구를 겨누었다.

"뭐? 잠깐만! 당신 미쳤어?"

유영이 소리쳤다. 무니야는 고개를 갸웃거렸다.

"뭐가? 신화경은 순교자로 남아야 해. 배신자가 아니라. 그게 내가 해줄 수 있는 최선의 배려야. 그래야 혁명이 끝까지 갈 수 있어. 지금 타이밍에 딱 죽어줘야 사람들이 이성을 잃고 폭발할 거라고."

"다른 방법이 있을 거야."

"세상을 바꾸는 건 분노야. 항상 그랬어. 다른 방법은 없어."

무니야가 유영에게 권총을 던졌다. 유영은 가까스로 총을 받아 들었다.

"직접 선택해. 끝까지 갈지. 여기서 포기할지. 이건 당신들 혁명이잖아."

유영은 멍하니 권총을 내려다보며 손가락으로 금속의 표면을 매만졌다. 한참 고민하던 유영은 천천히 총구를 들어 너를 겨누었다가, 결국 다시 떨어뜨렸다.

"… 못 해."

무니야는 웃었다.

"그래, 너도 끝까지 가진 못하는구나. 조금 기대했는데. 다들 대의를 이야기하다 결국 개인적인 이유로 멈추더라고. 너도 마찬가지야. 네 혁명도 여기까지인 거야."

"당신도 여기까지야."

태빈이 말했다.

"지하실에서 대화했던 거 기억나? 그거 전부 녹음됐어. 우리는 방송 때문에 항상 마이크를 차고 있거든. 1시간 전에 그 파일을 뉴스 채널에 흘렸어. 당신들이 한 짓 전부 내 이름으로 폭로했다고."

"하태빈! 너 미쳤어?"

놀란 유영이 소리쳤다. 하지만 무니야는 아무래도 상관없다는 표정이었다.

"멍청하긴. 결국 너희들 손으로 전부 망치는구나. 진심으로 성공하길 바랐는데. 나야 아무래도 상관없어. 망한 건 너희지 우리가 아니니까. 내 목적은 이미 이뤘거든."

멀리서 웅성거리는 소리가 들렸다. 총성을 들은 사람들이 몰려오고 있었다. 무니야는 병사들이 한자리에 모이도록 했다.

"그럼 알아서 잘 수습해봐."

무니야 일행이 서로 손을 맞잡고 점프해 사라졌다. 그와 거의 동시에 사람들이 골목으로 몰려왔다. 하나둘 우리를 가리키며 놀란 표정으로 소리쳤다.

"강수진이다!"

"신화경이야! 혁민이들도 있어!"

"여기서 대체 무슨 일이 일어난 거야?"

사람들의 시선은 자연히 네게 집중되었다. 피투성이가 된 너는 강수진의 시신을 끌어안고 서럽게 오열하고 있었다. 사람들은 그런 너의 행동을 의구심 가득한 표정으로 내려다보며, 우리에게 눈빛으로 해명을 요구했다.

유영이 황급히 달려와 네 모습을 몸으로 가렸다.

"여러분, 이건…."

유영은 쉬이 입을 열지 못했다. 그저 말라붙은 입술을 달싹거리기만 할 뿐이었다. 대체 무슨 말을 해야, 어떻게 말해야 저들을 납득시킬 수 있을까. 유영은 답을 머뭇거렸고, 의심의 눈초리는 더욱 거세어졌다.

결국 태빈이 대신 입을 열었다.

"여러분, 드릴 말씀이 있습니다."

"들어가."

네가 철창을 가리키자 유영은 머뭇거렸다.

"화경아, 꼭 이래야겠어? 너 강수진이….."

"닥쳐."

너는 유영의 뺨을 때렸다.

"살인자."

"나도 이렇게 될 줄 몰랐….."

너는 한 번 더 뺨을 때렸다. 유영은 붉어진 뺨을 매만지며 눈을 치켜떴다. 너 역시 지지 않고 유영을 노려보았다.

"조유영. 빨리 들어가. 강제로 집어넣기 전에."

태빈이 재촉하자 유영이 느릿느릿 철창 안으로 들어갔다. 레이리가 염력을 휘두르자 찌그러진 철창 틈새가 다시 원래대로 좁혀졌다. 너는 지하실 구석에 조용히 웅크렸다.

"진짜 다 된 거였는데. 너네가 망쳤다, 배신자 새끼들."

철창에 갇힌 유영이 빈정거렸다. 그러자 태빈이 삿대질하며 반박했다.

"망친 건 너야, 이 멍청아."

유영이 창살 너머로 팔을 뻗어 태빈의 먹살을 잡으려 했다. 나는 서둘러 둘 사이에 끼어들었다.

"유영아, 이래야 널 보호할 수 있어. 화경이 다쳤을 때 강수진 죽이겠다고 몰려왔던 사람들, 뉴스 뜨자마자 너 죽이겠다고 다시 몰려올 거야. 최소한 널 가둬놓기라도 해야 그 사람들 진정시킬 수 있어. IAEDA 쪽에도 협상을 재개할 명분이 필요하고."

"여기저기 참 눈치도 많이 본다. 넌 대체 누구 편이야?"

"이건 그렇게 편 가르기 식으로 생각할 문제가 아니야."

"예카테린부르크에 모인 인간들, 너네들, IAEDA, 전부 구제 불능이야. 다들 멋대로 행동하고 자기 하고 싶은 얘기만 하잖아. 이런 식으론 절대 혁명 못 해."

"흐."

구석에 웅크려 있던 네가 갑자기 헛웃음을 뱉었다.

"뭐? 왜?"

"너는 안 그런 사람인 것처럼 이야기하네?"

"… 그래, 나만 못된 년이지."

유영은 바닥에 털썩 주저앉아 팔짱을 꼈다.

"그래서, PD님. 수습할 방법은 생각해봤어?"

"아직 고민 중이야. 솔직히 잘 모르겠어. 수습이 가능하긴 한 건지."

나는 솔직히 답했다.

"고민할 거 없어. 그냥 솔직하게 잘못 인정하고 사과하자. 무너진 신뢰는 다시 처음부터 쌓아나가는 수밖에 없어."

태빈이 말했다.

"하답답, 너는 그게 문제라니까. 솔직한 게 밥 먹여주냐?"

유영이 빈정거렸다.

"이 짓 시작한 지 벌써 70일이 넘었어. 다들 지칠 대로 지쳐서 도망칠 핑계만 찾고 있단 말이야. 뉴스 뜨면 우리 말은 듣지도 않고 짐 싸서 튀어버릴걸?"

"다른 방법 있어?"

"방법이야 많았지. 아니, 다른 방법이 필요하지도 않았지. 니

가 배신만 안 했으면. 물어나 보자. 대체 왜 그랬어? IAEDA한테
뒷돈이라도 받았냐?"

"이게 진짜!"

나는 흥분한 태빈을 뜯어말려 벽 쪽으로 데려갔다. 그러는 사
이 유영은 태빈에게서 눈을 떼고 네 쪽으로 고개를 돌렸다.

"신화경."

"왜?"

"이 상황, 지금이라도 수습할 수 있어. 너랑 내가 손을 잡으면
돼. 우리 능력을 결합하는 거야. 광장에 모인 사람들 정신에 통
로만 뇌주면 돼. 나머진 내가 알아서 할게. 마음속에 생각을 심
어서 우릴 의심하지 못하도록 하는 거야. 우리가 어릴 때 교장한
테 했던 것처럼."

너는 대꾸하지 않았다.

"어감이 좀 그러면 설득하는 거라고 생각해. 구제불능들이 낭
비하고 있는 능력을 의미 있는 곳에 활용하는 거야. 화경아. 딱
한 번만 눈감으면 돼. 우리가 세상을 바꿀 수 있어. 그것도 단둘
이서. 지금 상황 수습하려면 그 방법뿐이야."

"조유영. 너 지금 독재를 말하고 있어."

태빈이 강한 어조로 경고했다.

"독재하자는 게 아니야. 모든 게 정상으로 되돌아올 때까지
아주 잠깐만 상황을 통제하자는 거야."

"하하, 진짜 웃기네."

"넌 또 왜 웃어?"

"독재자들은 처음에 다 그렇게 말하니까."

유영이 발끈했다.

"날 그딴 놈들이랑 비교하지 마. 난 데비안트야. 항상 약자로 살아왔어. 어려서, 성별이 이래서, 귀가 불편하단 이유로 평생을 핍박받으며 살기만 했어."

"그게 네 인격에 대해 뭘 보증해주진 않아."

태빈이 지적했다.

"조유영. 정말 자신 있어? 개인적인 감정을 결부시키지 않고 버텨낼 수 있겠어? 매번 옳은 선택을 할 수 있다고 확신해? 혼자서 10만 명의 목숨을 책임질 자신 있냐고. 실 한 가닥에 올라탄 외줄타기야. 사소한 실수 한 번이면 흔적도 없이 무너져버리고 말 거야. 권력은 집중하는 게 아니야. 나누는 거지."

"사람들에게 백번 나눠줘봐야 누군가 그걸 다시 주워 모을 거야. 더 최악의 인간이."

"그래도 나눠야 해."

"뭐 어쩌라고? 하태빈 너가 한번 말해봐. 방법이 있으면 가르쳐달란 말이야. 이 빌어먹게 복잡한 세상을 어떻게 하면 바꿀 수 있는데?"

"사람들을 준비시켜야지. 조금씩. 느리더라도 천천히 설득하며 나아가야지."

"설득? 천천히?"

유영은 폭발했다.

"언제? 대체 언제까지 기다려야 하는데? 도무지 빠져나올 방법이 없는 촘촘한 빈곤에 대해 네가 알아? 존재조차 부정당하는, 당장이라도 숨 막혀 죽을 것 같은 사람들 앞에서도 그렇게 말할 자신 있어? 나중에 하자고? 배부른 소리 하지 마. 의사 부모 밑에서 편하게 살아온 주제에….."

딱.

참다못한 레이리가 태빈과 유영의 이마에 염력으로 딱밤을 날렸다. 두 사람은 악 소리를 내며 이마를 감싸쥐었다.

"너네들 진짜 최악이다."

레이리가 말했다.

"대체 니들이 무슨 자격으로 떠들어? 화경이한테 전부 떠넘기고 도망친 주제에. 잘 들어. 이 언니가 정답 딱 알려준다. 너네 그냥 아무것도 하지 마. 쓸데없이 맷돌 굴리지 말고 정신머리나 똑바로 챙겨. 사람들이 떠받들어주니까 아주 기고만장 신났지? 근데 어쩌냐? 밖에 있는 사람들 너네 때문에 모인 거 아닌데. 저 사람들 전부 화경이 때문에 모인 거야. 처음부터 끝까지 화경이가 끌고 왔어. 책임도 전부 화경이가 졌고."

유영과 태빈은 푹 고개를 숙인 채 입을 다물었다. 레이리는 천천히 네 곁으로 다가가 몸을 숙였다. 너와 눈높이를 맞추었다.

"화경아, 고민하지 마. 그냥 하고 싶은 대로 행동해. 그러면 돼. 나는 무슨 일이 있어도 널 지지할 거야. 어… 아마 쟤들도 할 거야. 말은 저래도."

너는 레이리의 얼굴을 가만히 바라보기만 했다. 레이리는 그런 너를 안심시키려 열심히 웃음을 지어 보였다.

"… 나, 어떻게 해야 할지 모르겠어."

"이리 와."

레이리가 팔을 벌리자 너는 그 품에 기댔다. 레이리는 너를 안고 가볍게 등을 토닥였다.

"너는 잘하고 있어. 하던 대로 하면 돼. 강수진 그 능구렁이도 설득했잖아. 무니야 그 미친년도 잠시나마 네 혁명이 성공하길 바랐어. 네 안에는 설명할 수 없는 뭔가가 있어. 널 보면 자꾸만 돕고 싶어져. 응원하고 싶고, 함께하고 싶어. 자꾸 신경 쓰여서 안 달이 나. 그게 네 진짜 능력이야. 텔레파시 따위가 아니라. 너는 초능력으로 사람들을 움직인 게 아니야. 나는 그렇게 생각해."

"레이리, 나는⋯."

"끼어들어서 미안한데."

나는 너희의 대화를 중단시켰다.

"방금 뉴스 떴어."

* * *

"뉴스에선 뭐래?"

너는 천천히 계단을 오르며 내게 물었다. 앳된 얼굴에 지난밤의 눈물 자국이 여전히 선명하게 남아 있었다.

"IAEDA는 사태를 파악할 때까지 협상을 중단하겠다고 선언했어. 지지율은 급락 중이고. 광장에 모인 사람들이 해명을 요구하고 있어. 밖에 욕하는 소리 들리지?"

"수진 씨는?"

"시신은 최대한 수습해서 IAEDA 측에 전달했어. 네 유감도 정확히 전달했고."

"유감이 아니라 사과라고 했잖아. 죄송하다고."

"협상에 '죄송하다'라는 말은 없어. 그 정도면 우리가 할 수 있는 최선의 표현을 쓴 거야."

"넌 참 좋겠어. 제삼자니까. 뭐든 냉정하게 바라볼 수 있어서."

내가 걸음을 멈추자 너는 움찔 놀라며 움츠러들었다.

"너 방금 나한테 실례한 거야. 알지?"

"… 응."

"네 기분 충분히 이해해. 근데, 정신은 똑바로 챙겨. 싫어도 너는 여전히 혁명의 책임자야. 다들 너만 바라보고 있어. 이제부터 네 입에서 나오는 한 마디 한 마디가 우리 운명을 완전히 바꿔놓을 수 있어. 어쩌면 세상의 운명까지도."

네 표정이 차츰 예전의 단단한 모습으로 되돌아갔다.

"알겠어."

"이제 말해봐. 어쩔 셈이야?"

"사과해야지."

"그다음엔?"

"모르겠어. 해봐야 알 것 같아."

"알았어. 다녀와."

"응, 다녀올게."

너는 옥상 무대로 향하는 철문을 열어젖혔다.

* * *

광장은 미움과 적의로 가득했다. 아주 잠깐만 긴장을 놓아도 마음을 잡아먹혀버릴 것만 같았다. 그러나 너는 스스로를 보호하지 않았다. 오히려 능력을 최대한 열어젖히고 모두와 한층 강하게 연결됐다. 모두의 정신에 깊이 뿌리내렸다. 너의 진심을 전하기 위해.

마이크를 움켜쥔 너는 크게 숨을 들이마셨다.

"여러분, 신화경이에요."

금세 모두가 입을 다물고 숙연해졌다. 드문드문 소리치는 목소리도 있었으나, 이내 사람들의 눈총 세례를 받고 사그라들었다. 여전히 많은 사람들이 널 믿고 있었다. 혁명의 지도자인 너를 지지하고 있었다. 달리 대신해줄 사람이 없었으므로.

"오늘 발표된 뉴스 때문에 많이 혼란스러우시겠지요. 진실이 무엇인지. 누구 말을 믿어야 하는지."

너는 잠시 뜸을 들이고 설명을 이어갔다.

"얼마 전 저는 총에 맞았습니다. 그리고 총을 쏜 범인은 IAEDA의 협상관 강수진으로 알려졌습니다. 하지만 그건 사실이 아닙니다. 총이 발포된 순간, 강수진은 누군가에게 몸을 조종당하고 있었습니다. 텔레파스가 아닌 키넨시스들에게요. 텔레파시가 통하지 않는 강수진의 특이체질 덕분에 모두가 감쪽같이 속아 넘어가고 말았습니다.

이미 뉴스를 통해 알고 계신 분도 있겠지만, 이 사건의 배후에는 중동 해방군이 개입되어 있었습니다. '여자들의 목소리'라는 분파에 속한 무니야 알 바크르라는 인물이 계획한 함정이었습니다. 그리고…."

너는 잠시 말을 멈추고 사람들의 눈빛을 살폈다. 모두가 네 입만 바라보고 있었다. 다음에 무슨 말이 튀어나올지. 어떤 메시지를 전달할지. 앞으로 우리는 무얼 해야 하는지. 불안에 떨고 있는 20만 개의 눈동자들이 오직 너 하나만을 의지하고 있었다.

너는 떨리는 목소리로 진실을 고했다.

"그리고 저와 조유영도 이 일에 연루되어 있습니다."

'저'라는 말이 튀어나오자마자 광장은 아수라장이 되었다. 어디선가 돌이 날아왔다. 너는 묵묵히 돌에 맞았다. 아팠다. 이마에서 피가 흘러내렸다. 그러나 참아야 했다. 너는 한 손으로 옷 자락을 움켜쥐고 버텼다. 두 번째 날아온 돌은 몸에 닿지 않았 다. 너를 지지하는 키넨시스들이 대신 나서서 막아주고 있었다. 여전히 너를 지지하는 사람들의 함성과 너를 비난하는 사람들의 야유가 엉킨 실타래처럼 뒤섞여 광장을 혼잡하게 뒤흔들었다.

너는 혼란을 수습하려 최선을 다해 목소리를 높였다. 스피커 에서 터져 나오는 네 목소리가 사람들의 목소리와 날카롭게 충 돌했다.

"비록 협박에 의한 것이었으나, 저희는 잘못된 음모에 협조했 습니다. 여러분을 속이고 부정한 자들과 결탁했습니다. 저희의 경솔한 판단이 강수진 씨를 죽음으로 내몰았습니다. 이는 명백 히 저희의 실수입니다. 특히, 저의, 실수입니다. 죄송합니다. 진 심으로 사과드립니다. 제가 모든 책임을 지겠습니다."

너는 깊게 고개를 숙였다.

"뭘 어떻게 책임질 건데? 쪼그만 게!"

혼잡한 와중에도 목청 좋은 누군가의 외침이 또렷이 귀에 박 혔다. 너는 천천히 고개를 들고 목소리의 주인을 노려보았다. 온 세상이 모두 접히고 그 남자만 남은 것처럼 느껴졌다. 남자는 널 쳐다보지도 않고 가까이 오라는 손짓을 했다.

"그만하면 됐다! 내가 고생 안 하게 해줄게. 어여 오빠한테 시 집이나 와라!"

남자의 조롱. 그리고 동조하는 자들의 킥킥대는 비웃음. 모두 또렷이 네 눈에 담겼다. 마지막으로 널 지탱하던 끈마저 툭 끊어 졌다. 미웠다. 무책임한 얼굴로 네게 전부 떠넘기기만 하는 모두 가. 미동조차 없이 방관하기만 할 뿐인 세계가. 바닥없는 증오가 심리의 가장 어두운 곳까지 가라앉았다. 살면서 무언가를 이토록 미워해본 적 있었을까 싶을 정도였다.

그 순간 너는 결정했다. 세상의 운명을 바꾸게 될 한마디를.

"저는 그만할래요. 이제 알아서들 하세요."

너는 마이크를 놓아버렸다.

쿵, 소리가 스피커를 통해 울려퍼졌다. 반응은 싸늘했다. 아니, 반응이 없었다고 말하는 편이 정확하리라. 사람들은 한참 후에야 네 발언의 의미를 이해했다. 누구도 예상하지 못한 결말이었다. 너의 지지자도, 반대파도, 심지어 IAEDA의 심리분석가들조차 이런 식으로 끝이 찾아오리라곤 생각해본 적 없었을 것이다.

뒤늦게 사람들의 얼굴에 분노가 터져 나왔다. 비난과 욕설이 퍼부어졌다. 다시금 돌이 날아들었다. 온갖 물건들이 염력에 실려 하늘로 치솟았다 비처럼 쏟아졌다. 날붙이 하나가 네 눈앞을 스쳤지만 너는 미동조차 없었다. 고아하고 차가운 눈으로 가만히 광장을 내려다볼 뿐이었다. 마치 네 주변만 시간이 정지해버린 것만 같았다.

갑자기 코피가 터졌다. 당황한 너는 손바닥으로 피를 막아보려 했지만 평소보다 훨씬 양이 많았다. 울컥 쏟아지는 핏물이 소매를 붉게 물들였다. 어지러웠다. 너는 춤추듯 휘청거리다 그대로 정신을 잃고 바닥에 쓰러졌다. 네 모습이 보이지 않자 사람들은 더 크게 흥분하며 고함질렀다.

우리가 쌓아올린 모든 것들이 꼭대기부터 허물어지고 있었다.

(비공개) 인물탐구 | 화경 (a.k.a. 신이)

조회수 0회 / 2036. 9. 30.

인물탐구

그 마지막 시간

아마도 영원히 공개되지 않을

너의 기록

PD: 시간 내줘서 고마워.

화경: 괜찮아.

PD: 바로 시작할게. 어서 끝내고 쉬어야지.

화경: 응.

Q. 자기소개 부탁해. 널 모르는 사람은 없겠지만.

안녕하세요. 신화경이에요. 어쩌다 보니 혁명에 참여하게 됐어요. 열아홉 살이고,

국적은 한국인. 혈액형은 A형. 데비안트예요. 능력은 텔레파스. 좋아하는 건….

잘 모르겠다. 헤헤.

Q. 가벼운 질문부터. 텔레파스는 대체 어떻게 통역을 하는 거야?

음… 설명하기 어렵다. 통신을 연결한다고 설명하면 좀 이해가 될까? 와이파이

공유기랑 좀 비슷해. 사람들이 나한테 접속해서 서로 이어지는 거지. 나는 중간에서 그 사람들의 신호를 조정해주는 거고.

Q. 그 많은 사람들을 한번에? 머리가 터질 거 같아.

실제로 한 명 한 명 통역을 한다면 그렇겠지. 그래서 텔레파스 통역가들은 특별한 훈련을 받아. 우선은 텔레파스들의 공용어를 배워야 해. 세계 모든 언어의 문법과 어휘를 담을 수 있도록 형식을 갖춘 인공 언어. 생각보다 배우기 쉬워. 기본은 영어인데 예외나 굴절이 아예 없거든. 정해진 어순도 없고, 발음 편의를 위한 변형도 없어. 왜냐면 이 언어는 마음속 의미로만 기능하면 되니까. 발음하는 방법도 없어서 입으로 소리 내는 게 불가능해. 배우는 것도 텔레파시로만 가능하고.

그다음 단계는 통역하는 훈련. 사람들의 언어나 생각을 내 머릿속에서 텔레파시 언어로 변환하는 거야. 이건 어렵지 않아. 텔레파스라면 숨 쉬듯 하고 있는 일이니까.

마지막 단계는 이걸 다시 사람들 머릿속 언어로 바꾸는 거야. 이때는 각자 머릿속에 있는 언어 엔진을 활용해. 나는 의미만 보내고, 자기 언어로 번역하는 건 각자의 몫인 거지.

Q. 잘 이해할 순 없지만 우리도 함께 노력한다는 거네.

응. 혼자서 할 수 있는 건 아무것도 없어. 특히 텔레파스는.

Q. 조금 조심스럽긴 한데⋯

응. 엄마 이야기 말이지? 해볼게.

우리 엄마, 유민아는 원래부터 활동가는 아니었어. 피해자였지. 젊은 나이에 남편을 잃은 유가족. 아빠가 암이라는 걸 알자마자 직감하셨대. 산재라고. 우리 아

빠 원전에서 일하셨거든. 근데 회사는 끝까지 책임을 인정하지 않았어. 나라에
선 협력업체가 알아서 해결할 문제라고 잡아뗀 모양이고.

다행히 엄마는 혼자가 아니었어. 많은 사람들의 도움을 받았대. 그분들 도움으
로 10년 넘게 법정에서 싸울 수 있었다고. 물론 혼자 싸우실 때도 많았어. 농담
처럼 그러시더라. 엄마가 대한민국 1인 시위 최고 권위자라고. 서서 멍 때리기
노하우 장난 아니라고.

그렇게 오랜 싸움 끝에 엄마는 승리했어. 아니, 결국은 패배한 걸까? 그러는 사
이에 아빠가 돌아가셨으니까. 나도 태어나버렸고.

아무튼 그 후로 엄마는 남의 싸움에 뛰어들기 시작했어. 도움받은 만큼 다른 사
람에게 도움으로 갚아야겠다고 생각하셨대. 내가 기억하는 엄마의 모습은 이
즈음부터야. 강하고, 멋지고, 외롭고, 애처롭고, 딸이 잠든 걸 확인한 뒤에야 몰
래 눈물 흘리는 사람.

Q. 자, 손수건. 눈물 닦아.

… 고마워.

실은 나도 엄마랑 같아. 혁명 같은 걸 할 생각은 없었어. 그냥 내가 여기 존재한
다고, 사람들이 아파한다고 말하고 싶었던 것뿐이었는데. 사람들 마음속을 들
여다볼 때마다 엄마가 생각 나. 누구나 마음속에 하나쯤 비슷한 아픔이 있더라.
태빈이에게도, 유영이에게도, 레리에게도, 너에게도.

우주는 원래 그렇게 설계되어 있는 건가 봐. 비슷비슷한 슬픔을 생산하도록 계
획되어 있나 봐. 이 세상을 살아가는 누구도 고통받지 않았으면 좋겠어. 누구도
삶을 포기하지 않았으면 좋겠어. 죽게 내버려두지 않을 거야.

다시는 누구도 자신의 머리에 휘발유를 끼얹지 않아도 되는 그런 세상을 만들
고 싶어.

…

근데 진짜 너무 힘들다. 사람들이 정말….

Q. 너무하지?
….

Q. 괜찮아. 하고 싶은 말 자유롭게 해도 돼. 나중에 지우면 되니까.
정말? 진짜 한다?

Q. 얼마든지.
개새끼들!
… 왜에? 웃지 마아.

Q. 미안. 너 욕하는 거 처음 봐서.
나도 욕할 줄 알거든?

Q. 욕 이렇게 못하는 사람 처음 봐. 귀여워서 깨물어주고 싶다니까.
아, 진짜. 너 이럴 거야?

Q. 힘들지? 사람 상대하는 거.
(한숨) 솔직히 너무 힘들다.
나가서 IAEDA랑 싸우는 건 아무것도 아니더라. 진짜로 날 힘들게 하는 건 우리 쪽 사람들이더라고. 10만 명이 10만 가지 다른 결말을 원하는데 그걸 어떻게 다 맞춰. 딱 하나만 마음에 안 들어도 악플이 몇천 개씩 쏟아지지, 외모 품평에, 질투에, 왜 그거 하나 딱딱 못하냐고 투덜거리지. 뭘 어떻게 하라는 건지 모르겠어. 나 대신 한번 해보라고 말하고 싶어.

Q. 그런 것치곤 너무 열심히 하던데. 잠도 제대로 안 자고.

못한다는 소리 들을 때마다 왠지 자존심이 상해. 나 그런 캐릭터 아니었는데 말야. 우리 편이 미워서 열심히 하게 될 줄은 몰랐어. 진짜 내가….

…

…

흐흐, 나 대체 무슨 소릴 하고 있는 거람.

화경: 근데 아무래도 이 영상은 공개 못 하겠다, 그치?

PD: 응, 지금은. 그래도 나중에 꼭 할 거야. 언젠가 혁명이 끝나면. 나중에라도 사람들이 알았으면 좋겠어. 네가 어떤 사람인지. 어떤 마음으로 혁명에 임했는지.

화경: 그래, 그런 날이 오면 좋겠네.

PD: 고생했어. 어서 자. 내일 또 강수진이랑 싸워야 하잖아.

화경: 응. 또 신나게 싸워야지.

화경: 있잖아.

PD: 응?

화경: 이거, 실은 인터뷰 아니지?

PD: 그게….

화경: 위로해줘서 고마워. 웨이.

▶ 관련 영상 : CLIP | 미방영분 ①

스파이들

잘 알려지지 않은 사실이지만, 보이안트의 시야에는 맹점盲點이 존재한다. 고도로 훈련된 점퍼는 상대 보이안트의 사각에서 사각으로 침투하는 능력을 갖추고 있으며, 이는 데비안트 간의 전투에서 승패를 가르는 첫 번째 요소가 된다. 아군의 맹점을 상시 파악하고 방비하는 일은 현대 전장에 투입된 병사의 중요한 미덕 중 하나다.

놈들은 태빈의 시야를 피해 예카테린부르크역의 맹점인 3층 안쪽 창고 방으로 점프했다. 손을 맞잡은 포메이션으로 보아 점퍼, 키넨시스, 보이안트, 그리고 텔레파스 둘로 조합된 이상적인 침투조였다. 나는 이미 방 안에 몸을 숨기고 그들을 기다리는 중이었다. 그 지점은 상대 보이안트의 맹점이기도 했다.

놈들이 도착하자마자 나는 제일 가까이 보이는 놈의 뒤통수에 총구를 들이밀었다.

"움직이지 마."

상대가 양손을 들고 항복 자세를 취했다.

"아, 당신이군요."

놈은 돌아보지도 않고 내 정체를 알아챘다. 보이안트였다. 나역시 상대의 정체를 곧바로 눈치챘다.

"반가워, P."

"신화경은 어디에 숨겼죠? 대체 여기서 무슨 꿍꿍이를⋯."

"시끄럽고. 나머지 넷은 벽으로 붙어. 벽 보지 말고 내 쪽으로서. 간만에 얼굴이나 보게."

놈들은 마지못해 벽으로 향했다. P, 우마르 하산, 시노다 아이,

스미스 P. M. 스미스… 몇 번이고 마주친 지긋지긋한 멤버들이었다. 타고난 스파이들.

"뭐야, 다 아는 얼굴들이잖아. 하긴. IAEDA가 돌려쓰는 자원이야 뻔하지."

나는 총구로 놈들의 얼굴을 빠르게 훑었다.

"다들 뇌세포 하나도 까딱하지 마. 내 능력 알지? 너희들 전부 한번에 불태워버릴 수도 있어."

물론 거짓이었다. 내 능력은 그런 식으로 작동하지 않는다. P도 그 사실을 알고 있었다. 하지만 그는 입을 열지 않았다. 내가 뒤통수에 총구를 대고 있었으니까. 나는 벽의 일부에만 아주 미세하게 온도를 달리해 보이안트에게만 보이는 글씨를 썼다. 내 능력에 대해 한마디만 흘려도 머리에 구멍이 뚫릴 줄 알아.

"심리 분석관들은 대체 무슨 생각인 거야? 지금 신화경을 죽이면 어떤 일이 터질 줄 알고. 당신들 대체 뒷감당 어떻게 하려고 이래?"

그러자 하산이 입을 열었다.

"죽이진 않아요. 기억만 지울 거예요."

"그거나 그거나. 충격은 그게 더 셀걸?"

"의식을 잃은 지 벌써 열흘째예요. 이미 지발임계Delayed Critical 상태에 도달했을 거예요. 오늘 당장 폭주가 일어나도 전혀 이상하지 않습니다. 하루라도 빨리 상황을 수습해야 해요."

"상황은 내가 충분히 제어하고 있어."

"얘."

하산 옆에 서 있던 여자가 끼어들었다.

"애초에 니가 일을 똑바로 했으면 우리가 여기까지 올 필요도

433

없었거든?"

나는 여자를 노려보았다. 왠지 익숙한 얼굴. 기분 나빴다.

"너지? 기억을 지운다는 텔레파스가."

"오, 어떻게 알았어?"

"널 보면 화가 나거든."

"흐흐, 반가워. 나는 최…."

"집어치워. 어차피 또 지울 거잖아."

최 어쩌고는 머쓱한 표정으로 손가락을 꼼지락대며 악수를 청하려던 손을 거둬들였다. 팡. 큰 소리에 깜짝 놀라 옆을 돌아보니 시노다가 입술에 붙은 풍선껌을 떼어 내고 있었다. 망할. 키넨시스 놈들은 왜 하나같이 제멋대로인 거야? 하마터면 방아쇠를 당길 뻔했잖아.

"웨이, 우리도 이러고 싶지 않아요. 하지만 위에서 명령이 떨어진걸요. 이번엔 아주 높은 곳에서 내려온 명령이에요. 현명하게 판단해요."

언제나처럼 스미스가 중재자로 나섰다.

"너희야말로 현명하게 판단해. 너희도 데비안트잖아. 이 난리를 쳤는데 뭐 하나라도 얻어가야 하지 않겠어? 솔직히 이대로 끝내긴 아쉽잖아?"

나는 그들을 설득하기 위해 말을 쥐어짰다.

"신화경 때문에 세상의 평형추가 크게 흔들렸어. 이제 원래 상태로는 못 돌아가. 둘 중 하나야. 솟아오르거나 바닥에 처박히거나. 이대로 아무것도 못 하고 끝나버리면 앞으로 상황이 훨씬 나빠지게 될 거야. 일주일만 기회를 줘. 지금 진행 중인 협상만이라도 마무리할 수 있게."

스미스가 팔짱을 꼈다.

"협상은 현재 어떻게 되어가고 있죠?"

"차별금지법안에 모든 자원을 집중하고 있어. 아마 타결될 거야. 만약 성사된다면 우리도 이제 법적으로 인간이 되는 거야. 살면서 처음으로."

"저희끼리 의논할 시간을 주세요. 잠깐이면 돼요."

나는 P의 머리에서 권총을 치웠다.

"좋을 대로."

놈들은 자기들끼리 소곤거리기 시작했다. 드문드문 목소리가 들렸다.

"… 정도만 더 지켜보면 어떻겠습니까?"

"진심이야? 그게 말이 된다고…."

"… 소용없습니다. IAEDA가 여론 조작에 쏟아부은 돈만 벌써 15억 달러가 넘어요. 각국에서 사들인 언론사가 몇 개나 되는지 아십니까?"

팡.

"웃겨. 그럴 거였으면 애초에…."

"… 헛소리야. 이놈들 이미 끝났어. 파벌끼리 싸우느라 기본적인 것도 안되고 있잖아."

팡.

좀처럼 의견이 좁혀지지 않는 모양이었다.

"5분 지났어. 결정해. 어떡할 거야?"

스미스가 고개를 절레절레 흔들었다.

"어쩔 수 없군요. 평소처럼 하지요. 저는 찬성입니다. 처음 한 번은 작전이 실패한 척 위장할 수 있을 겁니다. 웨이가 배신자

연기만 제대로 해준다면요."

나는 어깨를 으쓱였다.

"기꺼이."

"위에는 뭐라고 보고하죠?"

하산이 물었다.

"돌아가자마자 여기서 있었던 일에 대한 기억을 전부 지워. 그럼 꼬리 잡힐 일 없을 거야."

내 제안을 들은 하산은 미간을 찌푸리며 검지로 이마를 두드렸다. 이윽고 그가 고개를 끄덕였다.

"좋아요. 저도 찬성입니다."

나머지 셋은 답이 없었다.

"P, 너는?"

내가 재촉하자 P는 크게 한숨을 쉬었다.

"그래. 나도 차별받는 건 싫어."

"난 차별 좋은데."

최 어쩌고가 킥킥댔다.

"아이 참, 농담이야. 그렇게 노려보지 마. 무서우니까. 좋아, 나도 찬성."

팡. 시노다의 입에 또 풍선껌이 달라붙었다.

"저건 찬성한다는 의미예요."

스미스가 말했다. 대체 뭘 보고 알 수 있는 건지 궁금했다.

"근데, 그거 알아? 피터슨이 온대."

최 어쩌고가 말했다.

"바그다드 정리 끝났다고 들었어. 조만간 이쪽으로 배치될 거래. 우리가 빈손으로 돌아가면 다음번엔 그놈이 투입될 거야. 어쩌면 내일 당장 올 수도 있고."

하산이 슬며시 손을 들었다.

"피터슨이라면 맡겨주세요. 다루는 법을 압니다. 일주일 정도
는 어떻게든 막아볼게요."

하산은 최 어쩌고에게 부탁했다.

"기억 지우실 때 메시지 하나만 남겨주실 수 있나요? 이유는
모르지만 피터슨이 예카테린부르크로 가는 걸 막아야 한다는 강
한 확신이 들게요."

"나야 가능하지. 아예 걔를 사랑하게 만들어줄 수도 있는데,
어때?"

"굳이 그러지 않아도⋯."

시간이 없었다. 나는 놈들을 재촉했다.

"그럼 합의된 거지?"

다섯 모두 고개를 끄덕였다.

잠시 후, 놈들은 처음 이곳에 점프했을 때와 똑같은 포메이션
으로 손을 잡았다. 나는 점프 왜곡에 휩쓸리지 않도록 조금 뒤로
물러났다. 주위 공간이 잡아당겨지는 감각이 뺨에서 느껴졌다.

"딱 일주일이야."

최 어쩌고가 웃으며 경고했다. 그리고,

점프.

방 안엔 나 혼자만 남았다.

연쇄 반응

헛된 미련이라는 것쯤은 알고 있었다. 일주일이 더 주어진다고 해서 뭔가 달라지는 일 따위 없으리란 것도. 하지만 마지막 협상의 기회를 이대로 흘려보내고 싶지 않았다. 어떻게든 너희에게 발버둥 칠 시간을 주고 싶었다.

주머니에서 진동이 울렸다. 나는 스마트폰을 꺼내 알림을 확인했다. 어제 업로드한 영상에 또 댓글이 달렸다.

PD추적7 3분 전
대체 왜 자꾸 내 계정 차단함? 어서 PD 얼굴이나 공개해.

IAEDA가 또 암호를 보냈다. 얼굴을 공개하라는 댓글은 언더커버 임무를 끝내고 암살 작전에 돌입하라는, 다시 말해 널 죽이라는 명령이었다.

대답 대신 아이디를 차단했다. 그러자 곧바로 진동이 울렸다.

PD추적8 1분 전
진짜 마지막 경고야.

나는 스마트폰을 던져버렸다. 스마트폰은 벽에 붙은 태빈의 사진을 때린 뒤 바닥에 떨어졌다. 사진 속 태빈은 진지한 표정으로 미소 짓고 있었다. 기호 1번 하태빈. 광장의 뜻을 모아 협상을 마무리하겠습니다. 공식 선거 포스터였다.

네가 쓰러진 순간 사람들은 공포에 휩싸였다. 중심을 잃은 우리가 순식간에 와해될지도 모른다는 두려움. 이대로 아무것도 못하고 끝나버릴지도 모른다는 위기감이 우리를 다시금 한데 뭉치게 했다.

우리에게 새로운 길을 제시한 건 태빈이었다. 네가 무사하다는 걸 확인하자마자 태빈은 즉시 옥상으로 달려가 마이크를 움켜쥐고 모두에게 선거를 제안했다. 공식적인 절차를 통해 권력을 이양하자는 제안은 너무나 정론 그 자체여서 누구도 반박할 수 없었다. 사흘간의 후보등록 기간을 거쳐 일주일간의 선거운동이 시작되었다.

선거는 크게 삼파전으로 흘러가고 있었다. 우선 광장파는 태빈을 중심으로 뭉쳤다. 충격적인 첫날의 분위기로는 태빈 역시 책임론을 피해 가기 어려워보였으나, 태빈은 노련하게 소그룹들과의 연정을 추진하며 약해진 영향력을 빠르게 회복해나갔다.

반면 현장파에는 이상한 일이 벌어지고 있었다. 떠난 줄 알았던 '여자들의 목소리'가 다시 돌아와 현장파 내부를 사실상 장악해버린 거였다. 그들의 전략은 쉽고 단순했다. 모든 일을 음모론으로 치부해버리는 것. 그들의 세계관 속에서 태빈은 IAEDA와 결탁한 스파이였고, 너와 유영은 함정에 빠진 가련한 희생자였다.

기절하기 직전 신화경이 보인 태도는 누가 봐도 이상하지 않았느냐. IAEDA가 슈퍼 텔레파스를 동원해 광범위한 기억 조작을 시도하고 있다. 코피를 쏟은 이유는 독극물이다. 당시 하늘에 사람 형상이 떠 있는 걸 목격한 사람들이 있다. 하태빈은 가끔 눈동자가 파충류처럼 좁혀진다… 앞뒤가 하나도 맞지 않는 허무맹랑한 이야기들이었지만, 누군가에겐 그게 속 시원한 진실처럼 느껴지는 모양이었다.

물론 음모론만이 그들의 무기는 아니었다. 그리움. 유영이 협상을 주도했던 기간은 전체 혁명 기간 중에서도 기대감으로 가장 충만했던 시기였다. 누가 뭐래도 그때가 가장 분위기가 좋지 않았느냐, 협상이 가장 진전되지 않았느냐는 주장이 의외로 많은 사람들의 마음을 움직였다. 사람들은 어느새 유영의 잘못을 잊고 다시금 과거로의 회귀를 희망했다. 자신감을 얻은 현장파는 아예 유영의 석방을 제1 공약으로 걸었다.

그리고 민들레파는… 그야말로 아비규환이었다. 20명이 넘는 디지털 구루들이 너도나도 출사표를 던지더니, 서로를 향해 질 낮은 비방을 잔뜩 쏟아냈다. 십수 년 전 소셜 페이지 발언까지 발굴해 조롱하는 적나라한 프라이버시 공격에 후보들이 하나둘 나가떨어지고, 이제는 차츰 후보가 압축되어가는 분위기였다. 현재는 인기 아이돌 Roo_D.A와 크리슈나무르티의 환생을 자처하는 명상 모임 강사가 치열하게 1, 2위를 다투고 있었다. 두 후보는 오늘 단일화 문제에 대해 담판 짓기로 합의했다. 양측 모두 제대로 된 공약 하나 없이 레이리와의 친분만 강조하고 있는 걸 보면, 이들 역시 너희의 그늘에서 전혀 벗어나지 못하고 있는 모양이었다.

"근데 정작 레이리 애는 어디 틀어박힌 거야?"

네가 쓰러진 이후 레이리는 완전히 끈을 놓아버렸다. 모두가 돌아가며 수행하는 경계 임무마저 거부하고 텐트에 틀어박혔다. 나는 하루에도 몇 번씩 텐트에 찾아가 레이리가 잘 있는지 확인하곤 했다. 그런데 오늘은 레이리의 텐트가 텅 비어 있었다.

갑자기 젊은 남자 하나가 가까운 건물에서 뛰쳐나왔다. 상의가 반쯤 벗겨진 남자는 피가 흐르는 입을 손으로 틀어막은 채 비틀비틀 달리다 철푸덕 넘어졌다. 보이지 않는 염력이 남자의 발목을 끌어당겨 하늘로 들어 올렸다.

"아──!"

레이리의 외침 소리였다. 남자의 뒤를 쫓아 걸어나온 레이리는 잔뜩 흥분해 있었다. 레이리가 능력을 휘둘러 남자를 벽으로 날려버렸다.

"레이리?"

목소리를 들은 레이리가 내 쪽으로 고개를 돌렸다. 당혹스럽게도, 레이리는 울고 있었다. 나는 레이리의 곁으로 달려갔다.

"무슨 일이야?"

레이리가 무어라 말하려 했지만 부들부들 떨고 있는 손가락의 움직임을 잘 알아보기는 어려웠다. 스스로도 답답했던지 레이리는 목소리를 내기까지 했다.

"저, 저, 띠, 때히….."

"레이리. 침착해. 천천히. 그래. 숨부터 쉬고. 이제 말해봐."

조금 흥분을 가라앉힌 레이리는 얼굴을 잔뜩 찌푸리며 손말로 내게 말했다. 여전히 반쯤은 알아듣기 어려웠다.

"저 썹새끼가 목소리 들려달라고… 내 목소리, 좋다고…."

"뭐?"

"어린애 같아서 흥분된다고…."

나는 그 말을 듣자마자 남자에게 걸어가 턱을 걸어찼다. 턱뼈가 부러지는 소리가 났다. 놈의 머리채를 끌어당겨 억지로 몸을 일으켰다. 아는 얼굴이었다.

"너구나? 겁먹은 여자애들만 골라서 꼬시고 다닌다는 난봉꾼 새끼가. 이름이 안토니오 맞지? 너 같은 놈들 많이 봤어. 좀 유명해졌다고 꼴값 떨다 평생 쌓은 이미지 한 방에 날려먹는 멍청이들. 어쩜 이렇게 한 치도 예상을 벗어나질 않지?"

놈은 깨진 턱을 부여잡고 최선을 다해 고개를 가로저었다.

"오해는 무슨, 새끼야. 오늘 안 죽이는 걸 다행으로 알아."

나는 손바닥에 능력을 집중해 놈의 정수리를 불로 태워버렸다.

"꺼져. 다시 눈에 띄면 내가 먼저 죽여버릴 거야. 알아들었어?"

놈은 고개를 끄덕이더니 순식간에 골목 저편으로 사라졌다. 나는 레이리 곁으로 돌아갔다. 레이리가 내 품에 머리를 파묻고 서럽게 울음을 터뜨렸다. 손바닥에 잔열이 남아 있었다. 나는 가만히 레이리의 어깨에 손을 얹었다.

갑자기 화가 치밀었다. 레이리가 이룬 그 많은 성취에도 안토니오라는 놈은 레이리를 그저 성적 흥분의 대상으로만 바라볼 뿐이었다. 레이리가 왜 그리 자주 파트너를 바꿔왔는지 조금은 이해가 되었다. 자유로움을 추구해서만은 아니었겠지.

놈은 레이리의 털끝 하나 건드리지 못할 하찮은 존재였다. 손짓 한 번으로 찢어죽일 수 있는 벌레였다. 그런데도 레이리에겐 크나큰 상처를 남겼다. 전차를 맨손으로 찌그러뜨리는 강한 힘의 소유자조차 사람의 악의 앞에서는 이토록 무력했다. 열려 있기에. 상냥하기에. 섬세하기에. 둔감한 그들은 그 끔찍한 악취를 속에 품고도 아무렇지 않은데, 우리는 왜 이런 사소한 악의에도 이토록 취약한 걸까.

마음. 그게 우리의 약점이었다.

울음을 그친 레이리를 바라보며, 나는 되지도 않는 위로를 했다.

"괜찮아. 저런 하찮은 놈한테 신경 쓸 필요 없어. 우린 굉장한 일을 하려고 모인 거잖아."

"왜 저런 놈이 여기 있는 걸까? 왜 저런 인간이 우리랑 함께…"

나는 실없이 웃었다. 달리 어떤 표정을 지어야 할지 모르겠어서.

"그게 우리가 하는 일의 가장 좆같은 부분이지."

* * *

접전 끝에 결국 태빈이 당선되었다. 군소 후보들을 끌어안고 적과의 결합마저 감수하며 연정에 임했음에도 결과는 득표율 32.8퍼센트의 찝찝한 승리였다. 패배한 그룹 사람들이 예카테린 부르크를 떠나려 하자, 태빈은 그들을 붙잡기 위해 대연정을 제안했다. 결국 선거를 치렀음에도 모두가 조금씩 권력을 나눠 갖는 형태가 되고 말았다.

"이제 대체 어떡할 생각인데?"

유영이 팔짱을 낀 채 빈정거렸다.

"차별금지법 하나에 집중할 거야. 거기다 최대한 포괄적으로, 다른 요구 사항들을 녹여서 빠르게 협상을 타결하려고."

"흐흐, 하나 빼고 다 들어주겠단 상황이었는데, 이제는 하나만이라도 들어달라고 매달려야 하는구만."

"너 때문이잖아."

"아니, 너 때문이지. 이 배신자야."

"… 말을 말자."

태빈은 뒤돌아 지하실을 빠져나가려 했다.

"왜 왔어? 할 말은 마저 하고 가야지."

태빈이 걸음을 멈추고 뒤를 돌아보았다.

"현장파 사람들이 꾸준히 무기를 들여오고 있어. 전에 못 보던 수준의 중화기들이야. 무늬야 그 사람 짓이 분명해."

"그래서?"

"그 사람들을 억제해줬으면 해."

"내가? 여기서?"

유영은 양손 검지로 자신과 바닥을 번갈아 가리켰다.

"아직 연락 닿는 거 알아. 그쪽 그룹 텔레파스들이랑."

"아, 나도 너처럼 배신자 되라고? 네가 하면 되잖아. 그러려고 선거 이긴 거 아냐?"

"정치적 입장이라는 게 있어. 내가 현장파 사람들이랑 직접 부딪치면 협상 재개하기도 전에 내부에서 먼저 무너질 거야."

"즈응치적 웝장이라는 게 있어."

유영이 놀리듯 태빈의 말을 따라 했다.

"하태빈, 아주 말이 청산유수야. 내년엔 IAEDA 의장도 하겠어. 잘됐네. 권력은 나누는 거라면서. 전부 네 말대로 됐는데 뭐가 불만이야? 어디 권력 열심히 나눠봐. 잘 돌아가는지 한번 보게."

"부탁이야. 한 번만 설득해줘. 그 사람들도 네 말은 들을 거야."

"싫은데?"

"유영아. 레이리가 떠나겠대. 화경이는 아프고. 이제 남은 건 우리 셋뿐이야. 우리끼리라도 힘을 합쳐야 하지 않겠어?"

"우리?"

유영은 나를 가리켰다.

"쟨 스파이잖아. 넌 우리 팔아먹은 배신자고. 아, 나는 살인자구나."

"그만 삐딱하게 굴어."

"봐, 쟤 지금도 암말 안 하잖아. 쟤는 그냥 구경꾼이라니까. 처음부터 우리랑은 입장이 달랐어. 내 말 틀려? 어차피 넌 의견도 없지?"

나는 침묵했다. 그 말이 맞았으니까.

"됐다. 너한테 뭘 기대한 게 잘못이지."

태빈은 다시 몸을 돌려 떠나려 했다. 유영은 태빈의 등에 대고 다시 한번 빈정댔다.

"하태빈. 긴장해. 권력은 사람들이 거기 있다고 믿는 곳에 생기는 거야. 투표한 곳이 아니라."

* * *

대체 어디쯤에서 멈췄어야 했을까? 아니면 모든 걸 잃을 각오로 끝까지 밀어붙였어야만 했던 걸까? 그랬다면 성공했을까? 모르겠다. 그 후로 몇 년이 흘렀지만 나는 한 번도 생각해보지 않았다. 구경꾼에게 너희를 평가할 자격 같은 건 없으니까.

너는 다시 눈을 떴지만 눈을 뜨지 않은 것이나 마찬가지였다. 몸이 식물처럼 굳어 외부 자극에 아무 반응도 보이지 않았다. 눈꺼풀 한 번 깜빡이지 않고 겨우 목숨만을 이어갔다. 매일 새벽 나는 너를 휠체어에 앉히고 몰래 역을 빠져나와 도시를 산책시켜주었다. 식은땀에 흠뻑 젖은 몸을 물수건으로 닦고 때때로 기저귀와 수액을 갈아주었다. 마치 인형놀이를 하는 기분이었다.

기나긴 설득 끝에 태빈은 겨우 IAEDA를 다시 협상 테이블에 앉혔다. 하지만 협상안은 아득히 후퇴했다. 강수진과 네가 합의한 선에서도 한참 뒤로 물러난 상태였다.

태빈은 너희를 원망하지 않았다. 그저 묵묵히 협상에 임했다.

친구로서 너희의 실수를 대신 수습하기 위해. 바닥에 떨어진 부스러기 하나라도 더 챙기려 온 힘을 다해 노력했다. 연정에 참여한 소그룹들의 요구 사항을 차별금지법 문구에 교묘히 녹이는 식으로 한 조각이라도 더 얻어내려 발버둥 쳤다. 그저 공허한 선언에 불과하더라도 말이다.

필연적으로 아무도 만족할 수 없는 협상이었다. 한 가지 결정이 이루어질 때마다 실망한 소그룹들이 하나둘 자리를 박차고 떠나버렸다. 한 번 떠난 그룹들은 다시는 돌아오지 않았다. 세간의 여론 역시 나빠질 대로 나빠졌다. 결국 아무것도 이루지 못한 게 아니냐고. 온 세상이 지지해주었음에도 신화경과 혁민이들은 제 발로 그 대단한 기회를 걷어차버렸다고. 아무것도 해준 것 없는 주제에 손가락으로만 떠들어댔다. 결국 협상은 중단되었다.

11월이 되자 기온이 영하로 떨어졌다. 매일 밤 많은 수의 사람들이 조용히 종적을 감추었다. 버려진 텐트가 회전초처럼 굴러다녔다.

모두가 동의했던 기본 규칙마저 붕괴하고 있었다. 아무도 경계 임무에 나서지 않았다. 키넨시스들의 자발적 봉사로 유지되던 발전기는 작동을 멈추었다. 전력이 끊기고 물과 식량도 바닥을 드러냈다.

아무것도 남지 않았다. 무엇을 위해 협상하고 있는지 알 수 없게 되어버렸다. 태빈이 홀로 힘겨운 싸움을 이어갔으나, 공허한 발버둥일 뿐이었다. 시간만 잡아끌린 채 약속한 일주일이 흘러갔다. 마지막 기회는 허망히 손아귀를 빠져나갔다.

91일째의 석양이 저물고 있었다.

그렇게 우리 혁명의 마지막 날이 찾아왔다.

너는 여전히 꽃이 되어버린 몸에 갇혀 있다.

하지만 그런 상황에서도 너는 허물어지려는 정신을 붙들고 놓아주지 않는다. 모두와 뿌리 깊게 연결된 채 그들의 생각과 행동을 바라보고 있다. 혁명이 시작될 때부터 조금씩 미끄러지기 시작한 너의 정신은 이제 인간 마음의 형상 밖으로 끄트머리가 살짝 밀려나간 모습으로 작동한다. 인격이 모조리 삭제된 관조자. 차라리 자동 관찰 기계라고 불러야 마땅할 부서진 영혼.

너는 그저 지켜볼 뿐이다.

한밤중. 골목마다 드문드문 모인 사람들은 여전히 다투고 있다. 술에 취해 소리치며 떠나느냐 마느냐로 서로의 멱살을 밤새 드잡이한다. 그들이 뭐라 하건 떠날 사람들은 스스로를 추슬러 배낭을 둘러멘다. 배낭에 매단 민들레 모양의 장식물이 짤랑거린다. 사람들은 조용히 광장을 벗어나 남쪽으로 걷는다. 피의 성당. 군인들이 그곳을 비워두고 암묵적으로 탈출을 용인하고 있다는 소문이 널리 퍼진 지 오래다.

소피라는 여자가 못내 마음에 걸린다. 가진 거라곤 타고난 미모뿐인 이 프랑스 여자는 며칠 동안이나 안토니오라는 남자가 돌아오기만을 기다려왔다. 그는 이미 이 도시를 떠난 지 오래인데도 여자는 그 사실을 모른다. 여자는 결국 오늘 떠날 결심을 했다. 너는 참 다행이라 생각한다.

트렌치코트를 입은 스파이들이 도시 곳곳에서 사람들을 유혹한다. 여비라면 충분히 챙겨드릴 수 있어요. 이 카드를 주머니에 지니고 있으면 오늘 밤 누구도 당신의 죄를 묻지 않을 거예요.

447

오늘이 마지막 기회예요. 이제 곧…….

혁민이들이 이미 예카테린부르크에서 도망쳤다는 소문이 퍼진다. 입에서 입으로, 영상에서 영상으로. 조직적으로 살포되는 가짜 정보가 진실을 덮는다. 조금씩 우리를 우습고 혐오스러운 존재로 격하시킨다. 분란을 조장하고 명분을 쌓으려는 목적도 있지만, 그보다 더 큰 목적은 병사들에게 전투 의지를 불어 넣기 위함이다. 너희는 정의로운 전쟁에 참여하는 거라고. 너희가 죽이게 될 적들은 악당이라고. 아니, 인간조차 아니라고.

침공이 임박했다는 의미다.

그러나 누군가는 아무래도 좋다는 듯 모닥불을 피워 악기를 연주한다. 현악 연주자 주위로 삼삼오오 모여든 이들이 나른한 눈으로 음악을 감상한다. 플라멩코 춤과 전통 창법의 노랫말이 더해지자 주위는 한층 쓸쓸해진다. 한쪽 구석엔 화가가 앉아 있다. 화가는 수첩을 펼치고 공연하는 사람들의 모습을 스케치한다. 화가의 이름은 타반 압델 나세르다. 그는 화가가 되고 싶었으나 군인이 되었다. 군인으로 살고 싶었으나 도망쳤다. 도망치고 싶었으나 결국 이곳에 왔다. 이곳에서 결국 화가가 되었으나, 오늘 화가를 포기할 작정이다. 그는 수첩을 품에 넣고 일어선다. 광장이 그를 기다리고 있다.

레이리는 텐트에 웅크린 채다. 빵과 생수가 텐트 구석에 수북이 쌓여 있지만 입도 대지 않았다. 레이리는 이 도시를 떠나고 싶다. 하지만 차마 떠나지 못한다. 너희 때문에. 밤이 깊어질수록 추위가 점차 몸을 파고든다. 여름용 레저 텐트는 러시아의 겨울을 이겨낼 수 있도록 설계되지 않았다. 덜덜 떨리는 양팔로 무릎을 꽉 조여보지만 소용이 없다.

나는 레이리의 곁을 지킨다. 미지근한 손을 어깨에 얹어 따스하게 감싸주려 한다. 내 반쪽짜리 능력으로 할 수 있는 일이라곤 고작 그 정도뿐이다. 불씨를 지피는 일. 그러나 손이 닿기도 전에 레이리가 속삭인다.

오늘은 싫어.

너는 눈을 돌린다. 예카테린부르크역 옥상에서 태빈은 도시를 훑는다. 광장에는 마지막까지 희망을 부여잡은 수천 명의 인파가 마이크를 붙잡고 서로를 독려 중이다.

무니야가 광장에 숨어 있다. 인파 사이에 자신의 진짜 무기를 감추기 위해. 태빈의 시선조차 속일 정도로 교묘한 무기다. 무니야의 무기가 무엇인지 궁금하지만, 그 정보는 짙은 마음의 장막 아래 깊이 감추어져 있다. 너는 그것이 무엇인지 알 수 없다. 다리오라는 이름 외에는.

하지만 광장에 모인 사람들은 태빈의 관심사가 아니다. 태빈은 보이안트 능력으로 떠나가는 사람들을 바라본다. 그들의 표정 하나하나를 훑으며 자신의 책임을 통감하는 것. 이런 가학적인 취미를 갖게 된 지도 꽤 되었다. 숨을 뱉을 때마다 입김이 나온다. 코끝이 찢어질 듯한 매서운 추위조차 감사할 따름이다. 자신을 채찍질하는 모든 것들이 자신에게 응당 주어져야 할 벌이라 착각한다.

같은 시각. 한 무리의 데비안트가 역 지하실로 점프한다. 여자들의 목소리. 그리고 개인적으로 유영을 지지하는 키넨시스들. 기다렸다는 듯 유영은 자리에서 일어난다. 보이지 않는 힘이 철창을 통째 찌그려 박살 낸다. 사방으로 흩어진 철근 조각들이 시끄러운 소리를 낸다. 유영은 감출 생각이 없다.

그들은 앞장서서 걷는 유영의 뒤를 따른다. 유영의 무리는 서두르지 않고 계단을 오른다. 밖에서 누군가의 이름을 연호하는 외침이 울려퍼진다. 타반! 타반! 소란이 인기척을 지워주리라. 만족한 유영은 발걸음을 재촉한다. 무리는 금세 3층에 도착한다. 회의실. 네가 있는 그곳으로.

유영은 문을 열고 너를 본다. 인형처럼 굳은 몸으로 휠체어에 앉은 너의 깜빡이지 않는 눈동자를 응시한다. 너 역시 유영을 바라본다. 육안으로 보는 것은 오랜만이다. 또르르 한 방울 눈물이 뺨을 타고 떨어진다. 유영은 엄지로 네 눈물을 쓱 닦아낸다.

유영은 가만히 너를 내려다본다. 언제나 잔뜩 날 서 있던 표정이 많이 누그러졌다. 마치 전부 포기해버린 사람처럼.

유영이 힘 빠진 목소리로 네게 말한다.

"야, 맹화경. 괜찮냐?"

너는 답이 없다.

"바보야. 뭐 하러 그런 소릴 했어? 사람들이 듣고 싶은 얘길 했어야지. 너가 하고 싶은 얘길 하면 어떡해."

내 진심을 이야기한 것뿐이야.

"이제 좀 알겠니? 솔직한 게 무조건 다 좋은 건 아니라는 거."

솔직하지라도 않으면 내가 할 수 있는 게 뭐가 있는데?

"우리가 어쩌다 이렇게 됐을까. 너나 나나 평범한 열아홉일 뿐인데. 다른 열아홉들보다 딱히 나은 점도 없는데. 이제 겨우 세상에 대해 배우기 시작했을 뿐인데."

날 그렇게 봐주는 건 너뿐이야.
모두가 답을 내놓으라고만 해.

"… 밖에 나오니까 힘들지?"

응. 네 말이 맞더라. 바깥도 학교랑 똑같더라.

짧은 침묵.
"에휴, 이렇게 끝나는 건가보다."
말없이 너를 바라보기만 하던 유영은 크게 기지개를 켠다.
"내가 곧 끝내줄게. 널 끌어들인 건 나잖아. 그러니까 책임도
내가 져야지."
유영은 네 몸에 덕지덕지 붙은 영양제와 수액들을 떼어 내려
한다. 그러자 곁에 서 있던 여자가 유영의 어깨를 붙잡으며 제지
한다.
"아니잖아."
"뭐가?"
여자가 유영의 손목을 움켜쥔다.
"손잡아. 그게 계획이잖아. 신화경은 오늘 최후의 노래를 불러
야 해."
"노래는 너나 불러."
유영이 거칠게 뿌리친다. 여자가 차갑게 노려본다.
"무니야는 네 생각보다 무서운 사람이야."

"지랄 마."

"조언이야. 무니야 약속을 어기고 죽은 사람은 없어."

"한국어 다시 배워. 그럴 땐 살아남은 사람은 없다고 말하는 거야."

"그 뜻 맞아. 무니야는 네가 죽게 놔두지 않아."

"… 상관없어. 내가 하고 싶은 대로 할 거야. 알아들었어?"

여자는 답이 없다. 유영이 다시 몸을 돌려 네 몸에서 수액을 떼어 낸다. 하지만 그 순간, 네 주위를 포위하듯 10여 명의 데비안트가 점프해 온다. 서로 손을 맞잡은 데비안트들 사이엔 태빈이 있다.

"조유영. 그 손 떼."

태빈이 말한다.

"흐, 역시 들켰네. 처음부터 다 보고 있었나 봐?"

"난 마지막까지 기회를 줬어. 네가 여기까지 올라왔어도 모른 체 내버려뒀어. 너도 화경이가 보고 싶을 거라 생각했으니까."

"생각해줘서 눈물겹게 고맙네."

"화경이를 건들지만 않았으면 끝까지 눈감아줬을 거야. 어딘가로 도망쳐버린다 해도 조용히 보내줄 생각이었어."

태빈은 유영에게 한 걸음 다가선다.

"그런데 이건 선 넘었어. 화경이는 여기 있어야 해."

"여긴 끝났어. 나랑 화경인 떠날 거야."

"아직 안 끝났어. 협상 진행 중이야."

"지랄하네. 하나부터 열까지 전부 다 내주고 있으면서 협상은 무슨 협상이야? 하태빈 네가 배신만 안 했어도 우리가 벌써 이겼어."

"이건 이기고 지는 문제가 아니야."

"아니긴 뭐가. 세상은 다 똑같아. 이기는 쪽이 독식하는 거야."

"……."

태빈 곁에 서 있던 텔레파스가 귓속말을 전한다. 태빈의 얼굴에 자신감이 감돈다.

"이기는 쪽이 먹는 거랬지? 오늘은 내가 먹겠네."

"뭐?"

"그 많은 폭약을 정말 끝까지 숨길 수 있을 거라고 생각했어? 너희가 여기 몰려오느라 자리를 비운 동안 우리 쪽 점퍼들이 전부 회수했어. 너희는 이제 빈털터리야."

유영은 어이없다는 표정이다.

"무장은 안 된다면서? 무기 같은 거 필요 없는 거 아니었어?"

"맞아. 필요 없어. 하지만 쓸모는 있지."

"너 설마…."

"그게 협상의 마지막 조건이야. 예카테린부르크에 들여온 무기랑 폭약만 넘겨주면 IAEDA가 한 달 안에 차별금지법을 통과시킬 거야."

"미쳤어? 그 말을 믿는다고? 태빈아, 그거 절대 넘겨주면 안돼. 그 폭약 때문에 지금 폭격 못 하고 있는 거란 말이야. 폭탄 없는 거 알면 진압 부대가 당장 밀고 들어올 거야. 중동에 파견된 군인들 철수시킨다는 빌미로 점점 이쪽에 재배치하고 있는 거 너도 알지? 얼마 전엔 미군도 들어왔잖아. 그 마이클 피터슨이랑 같이."

"아니, 그 무기들이 여기 있기 때문에 군대가 몰려오는 거야. 우리가 무장만 포기하면 그쪽도 공격할 이유가 없어. 깔끔하게 합의서에 도장 찍고 끝날 거라고."

"하태빈, 너 진짜 신중하게 생각해. 저쪽이 약속 지킨다고 100 퍼센트 확신할 수 있어? 만에 하나라도 네 생각이 틀렸으면 그때는 어쩔 건데? 너 지금 여기 있는 사람들 전부 사지로 몰아넣고 있는 거야."

유영은 초조해한다. 반면, 태빈의 믿음은 군건하다.

"이미 늦었어. 우리 점퍼들이 벌써 전달하러 떠났을 테니까."

"미쳤어? 너 대체 누구 편이야? 진짜 배신이라도 하려고 그래?"

"나는 모두의 편이야."

"그딴 게 어딨어. 이쪽 아니면 저쪽이지."

"네 그런 사고방식이 매번 문제를 복잡하게…."

"쫑알쫑알 잔소리 좀 하지 마, 이 배신자 새끼야!"

둘 다 그만해.

너는 애써 소리쳐보지만 아무 소용이 없다. 꽃이 되어버린 너는 그저 바라볼 뿐이다. 네 눈앞에서 서로를 찌르며 산산이 부서져가는 마음들을.

"여긴 너무 위험해. 지금 당장 떠나야겠어."

유영이 네 몸에 꽂힌 바늘을 뽑으려 하자 태빈이 거칠게 유영을 밀친다.

"화경이는 아무 데도 못 가. 화경이 없이는 혁명도 없어."

"뭐래, 미친 새끼가."

유영이 반발하며 몸으로 태빈을 밀어낸다. 예민해진 유영의 무리가 각자 품에 숨겨둔 무기를 꺼내 든다. 그러자 태빈의 무리

역시 양손을 펼치며 능력을 전개한다. 너를 중심으로 양측의 대
치가 시작된다. 각자가 지닌 능력을 풀어 서로를 견제한다. 텔레
파시 파장이 서로를 흔들고 염력 스트링으로 서로의 몸을 묶었
다 풀기를 줄다리기처럼 거듭한다. 당장이라도 폭발할 듯한 힘의
파도가 회의실을 가득 메운다. 이 힘이 충돌한다면 인간의 연약
한 몸뚱어리 따위는 두부처럼 쉽게 으스러져버릴 것이 분명하다.

제발 멈춰.
부탁이야.

어느 쪽도 멈추지 않는다. 오히려 압박의 수위가 점점 높아진
다. 유영과 태빈이 불꽃처럼 맞부딪친다. 너는 질끈 눈을 감아버
리고 싶다. 하지만 그 간단한 동작조차 마음대로 되지 않는다.
유영이 태빈의 뺨을 향해 팔을 휘두른다. 하지만 유영의 힘줄 하
나하나까지 읽어낸 태빈은 손쉽게 유영의 손목을 붙잡는다.

어디선가 폭발음이 들려온다. 총성도. 곳곳에서 전투가 벌어
지고 있다. 폭약을 지키려는 자들과 빼앗으려는 자들 사이의. 어
디에도 적은 없다. 분열한 우리 사이의 내전일 뿐이다.

"어머, 어떡해. 생각대로 잘 안됐나 보네? 우리도 너네 이럴
거 예상했어. 가만히 당하기만 하진 않아."

유영이 빈정거린다.

"지금 무슨 짓을 한 거야? 지금 폭탄을…."

"그래. 터뜨렸다. 소총이랑 탄환도 전부 나눠줬어. 눈 뜨고 뺏기
느니 우리가 먼저 써먹어야지. 우리 몸은 우리가 스스로 지켜…."

그 순간,

양측 보이안트가 거대한 공간 왜곡을 감지한다. 텔레파시를 통해 시야를 공유받은 그 자리의 모두가 고개를 들어 천장 너머 하늘을 본다. 마이클 피터슨. 하늘에서 떨어져내리는 대량 살상 무기를. 유영과 태빈은 적의를 담아 서로를 노려본다. 복잡하게 뒤섞인 감정이 바늘처럼 상대의 미간을 매섭게 찌른다. 적의가 서서히 살의로 바뀌어간다.

"하태빈, 너네가 무슨 짓을 했는지 이제 알겠어?"

"조유영, 너 때문이잖아."

둘은 서로를 향해 으르렁대지만 말은 서로에게 의미가 되어 닿지 못한다. 결국 두 사람은 서로를 향해 목이 찢어질 듯 소리친다.

"너 때문에 결국 이렇게!"

"이 배신자 새끼야!"

4부 ——————— 모두를 파괴할 힘

다시, 달

별.
검은 하늘에 흩뿌려진,
정신이 아득해질 정도로 많은 별들.
마음이 빨려들어버릴 것만 같아.

멍하니 별을 헤아리다 퍼뜩 정신을 차렸다. 폭발에 휩쓸려 몇 번이나 회색 대지 위를 구르던 기억이 되살아났다.

발끝부터 손끝까지 천천히 하나씩 움직여보았다. 많이 욱신거리긴 해도 다친 곳은 없었다. 다행히 우주복도 멀쩡했다. 단말기 화면이 거미줄처럼 깨져 있을 뿐, 공기가 새거나 생명유지 기능이 망가지진 않았다.

내가 대체 얼마나 기절해 있었지?

천천히 몸을 일으켜 주위를 살폈다. 한참 떨어진 곳의 암석에 기대어 앉은 타반이 보였다. 화경은 타반에게 다가가 상태를 살폈다.

<가망이 없소.>

헬멧에서 타반의 목소리가 들렸다.

<허리 아래로 감각이 느껴지지 않는구려.>

타반의 옆구리에 날카로운 파편이 박혀 있었다. 공기 유출을 막느라 파편을 뽑지도 못한 채 테이프를 감아버린 모양이었다. 살아남기 위한 조치가 아니었다. 죽음을 잠시 유예하기 위한 방책일 뿐. 수류탄이 폭발하기 직전 그 앞을 막아서던 타반의 모습이 떠올랐다. 죄스러웠다.

<피터슨도 죽었더군. 심장이 멎은 게 여기서도 보이오. 그 대단한 자가 그리도 허망히…>

타반이 기침했다. 핏방울이 헬멧 앞 유리에 맺혔다.

<그나마 나는 화경 씨가 깨어날 때까진 버텼구려.>

<타반, 말하지 말아요. 피가…>

계속 기침이 터지는데도 타반은 대화를 멈추지 않았다.

<화경 씨가 알아야 할 사실이 있소.>

타반이 멀리 지평선을 바라보았다. 한쪽 눈에 담긴 두 눈동자는 마치 아득한 시간마저 뛰어넘어 또 다른 시공간을 바라보는 것만 같았다.

<전부 기억났소. 그날, 본인은 무니야의 부하들을 쫓아 불바다가 된 예카테린부르크를 헤맸소. 모조리 찾아 죽였지. 그러다 우연히 놈들의 목적을 알게 됐소. 핵탄두 말이오. 놈들은 우리 사이에 로봇을 숨겼소. 그러고는 혁명을 점차 폭력으로 물들였지. 몰래 무기를 공급하며 전쟁을 부추기기까지 했소. 유혈사태가 일어나길 기대하며 말이오. 그리하면 IAEDA가 위험한 데비안트들을 달에 유폐하리라는 걸 놈들은 알고 있었소. 핵 발사 코드가 내장된 로봇이 이윽고 달 궤도에 도착하면 명령어를 전송해 우주선을 장악하고 핵탄두를 탈취할 작정이었소. 하지만 계획은 실패했소. 왜냐면 그 계획을 알고 있던 자들은 모두 내 손에 죽었으니까. 딱 한 놈만 빼고 말이오.>

다리오.

<아시겠소? 나는 스스로 원해 이곳까지 온 것이오. 기꺼이 놈과 함께 잠의 감옥에 갇히길 택했단 말이오. 샤하드가 죽은 뒤로 내 삶의 유일무이한 목적은 무니야의 계획을 막는 것이었소. 방금 전 그 목적을 달성했다오. 놈을 찾아냈고, 파괴했으니.>

타반이 갑자기 화경의 팔을 붙잡았다.

<화경 씨, 그 핵탄두들은 결코 사용되어서는 안 되오. 저것들이 발사되는 순간, 우리가 예카테린부르크에서 노력한 모든 일들은 허사가 되오.>

<알아요. 저도 알아요. 그러니까 그만 말해요. 제발 힘을 아껴요.>

타반은 아랑곳하지 않고 손가락으로 어딘가를 가리켰다.

<그림자가 생기는 방향으로 쭉 나아가시오. 3킬로미터만 걸으면 핵기지가 있소.>

<같이 가요. 제가 업을게요.>

<그럴 필요 없소. 어차피 나는 살지 못할 게요. 내 몸 속이 어떤지는 내가 제일 잘 알지. 설령 운 좋게 지구까지 도착한다 해도 마찬가지요. 나는 암에 걸렸소. 왕을 섬긴 죄의 대가지요.>

<이렇게 당신을 두고 떠날 순 없어요.>

타반은 한숨을 쉬었다.

<이제 그만 포기하시오. 우리를 살리고 싶어 하는 화경 씨의 진심은 잘 알고 있소. 그 마음이 무척 고맙긴 하지만, 마음만으로 모두를 구할 수는 없다오. 실제로도 당신은 누구 하나 구하지 못했소. 텔레파스라는 사람들은 하나같이 그렇더군. 당신들은 이상만을 좇소. 어찌할 수 없이 죽어가는 모든 것들을 사랑하기에, 결국 그 누구의 편도 아니지요. 2차 텔레파스 전쟁 때도 그랬소. 당신들의 그 순수한 이상을 지키느라 많은 사람들이 죽어나갔지.>

반박하려 했지만 논리가 떠오르지 않았다. 망설이는 사이 타반이 쐐기를 박았다.

<나는 곧 죽을 거요. 그렇게 되기 전에 멀리 떨어지시오. 우린 너무 깊이 연결됐소. 가까이 있으면 내 고통이 고스란히 전해질 거요.>

타반은 숨을 깊이 들이마셨다.

<이제 떠나시오.>

<그럴 수는…>

<제발.>

화경은 한참을 머뭇거리다 힘겹게 고개를 끄덕였다.

<… 미안해요.>

몸을 일으키자 현기증이 났다. 다리가 휘청거렸다. 전부 포기해버리고 다시 잠에 빠져들고 싶었다. 당장이라도 잃어버릴 것만 같은 정신을 억지로 추슬러 묶으며, 화경은 천천히 걸음을 옮겼다.

<화경 씨.>

등 뒤에서 타반이 중얼거렸다.

<어쩌면 이 모든 일들은, 사실 당신이 꾸며낸 꿈에 불과한 것은 아니오?>

화경은 대답하지 않았다.

* * *

다리오는 죽은 지 오래였다. 아무도 헬멧을 씌워주지 않았기에 온몸이 와이어에 묶인 채 진공에 내던져져 질식당했다. 상관없었다. 육체는 죽어도 전자칩은 죽지 않으니까.

유영이 다리오의 곁에서 자신의 우주복 단말기를 조작하고 있었다. 단말기에 연결된 데이터 케이블은 로봇의 뒤통수를 뚫고 두개골 안쪽까지 이어졌다.

<지금 뭐 하는 거야?>

유영이 고개를 돌려 화경을 바라보았다.

<로봇 안에 있는 전자칩이랑 우리 우주복 단말기는 같은 코어 아키텍처를 기반으로 설계된 제품이야. 둘 다 트라이플래닛제 표준 SOC를 사용하

고 있어. 혹시나 했는데 정말 되더라고.>

<뭐가?>

<여기 들어 있던 프로그램을 내 단말기에 백업했어. 데이터도 함께.>

<정신을 거기로 옮겼단 말이야?>

<비슷해. 로봇에게 정신이 존재하는지는 모르겠지만. 뭘 놀라고 그래. 누구는 사람 마음도 복사하고 편집하는데, 컴퓨터 데이터 정도야 별것도 아니잖아?>

유영이 팔을 들어 단말기 화면을 보여주었다. 새카만 액정에 초록색 커서가 깜빡이더니 빠르게 움직이며 글씨를 써내려갔다.

Hello, World! ^_^

<가자.>

유영이 일어나며 말했다.

<사람들은 어쩌고?>

<다 죽었잖아.>

<이대로 버려두고 가자고? 제대로 묻어줘야지. 추모할 시간이 필요해.>

<그럴 시간 없어.>

화경은 움직이지 않았다. 유영이 한숨을 내쉬었다.

<네가 날 못마땅해한다는 거 알아. 근데 지금은 빨리 움직여야 해. 남은 산소가 많지 않아. 우릴 습격한 군인들이 언제 다시 쫓아올지도 알 수 없고.>

<전부 좋은 사람들이었어.>

화경이 말했다.

<타반은 평생 우리 같은 사람들을 위해 싸워왔어. 죽은 동생의 명예를 지키기 위해서. 피터슨은 비록 적이었지만 악의를 품은 사람은 아니었어.

마지막 순간엔 총에 맞아가면서도 우리 목숨을 지켜줬고. 소피에겐 연인이 있었어. 썩 괜찮은 파트너는 아니었지만. 그래도 소피는 최선을 다해 버티 며 살아왔어. 추락하는 비행기를 막으려고 팔이 부러질 때까지 참고 버텼 어. 그날, 소피가 우리 모두를 구했어.>

유영이 실없이 웃었다.

<누가 누굴 구했다고? 아무것도 모르면서 멋대로 지껄이지 마. 열받으니 까. 그 여잔 아무것도 안 했어.>

유영은 단말기 화면을 보았다.

<이제 2시간 뒤면 산소가 떨어질 거야. 그 전에 '낫 엔드 베이스'에 도착 해야 해.>

<낫 엔드 베이스?>

<핵탄두가 보관된 기지 이름이야.>

<알고 있었구나. 처음부터.>

<응.>

<내가 정확한 위치를 알아. 타반이 죽기 전에 나한테 알려줬어. 그러니까 나한테 협력해. 죽은 사람들부터….>

<위치는 나도 알아. 널 거기로 데려가는 게 작전 목표니까.>

<작전?>

<네 구출 작전.>

커다란 비밀을 말하면서도 유영은 태연한 표정이었다.

<네가… 우주선을 추락시킨 거야?>

<그래. 내가 추락시켰어. 널 구하려고.>

<너….>

화경은 흥분해 소리 질렀다.

<너 대체 누구야!>

<조유영.>

<유영이는 절대 너처럼 긴 머리 안 해. 귀를 숨기면 졌다고 생각하니까. 유영이는 그렇게 쉽게 사람 못 죽여. 그리고 유영이는…>

죽었잖아?

<그래. 조유영은 죽었어. 하지만 믿어줘. 나는 조유영이 맞아. 어떤 측면에서는.>

<그게 무슨 말이야?>

<나도 설명하기 어려워. 지금은 그냥 따라와줄래?>

<싫어.>

화경은 제자리에 웅크리고 앉아 양팔로 무릎을 감쌌다.

<나는 안 가. 갈 거면 너 혼자 가.>

갑자기 눈앞이 캄캄해졌다. 고개를 들자 유영이 햇빛을 등지고 서서 화경을 가만히 내려다보고 있었다. 눈썹이 슬픈 모양을 하고 있었다.

<다들 널 구하려고 해. 기꺼이 목숨을 버리면서까지. 너는 우상이야. 희망이고. 구원자야. 언제 어디서나 모두에게 사랑받아. 항상. 오직 너만. 이게 다 우연이라고 생각해?>

<닥쳐.>

<네 책임이야. 전부 네가 한 거야. 만족할 줄 모르고 끝없이 사랑을 갈망하는 네 망가진 마음이 사태를 이 지경으로 만든 거라고.>

화경은 귀를 틀어막으려 했지만 헬멧 안에 부착된 스피커를 막을 방도가 없었다. 유영은 억지로 화경의 팔을 끌어당겼다.

<뭐 대단한 일이라도 있었던 것 같지? 아니. 인간의 역사도 안 끝났고,

465

세상의 종말도 안 찾아왔어. 그냥 똑같은 하루야. 누구나 흔히 겪는 뻔한 좌절일 뿐이야. 그러니까 주접 그만 떨고 일어나. 일어서서 살아남아. 언제나 그랬던 것처럼 뻔뻔한 얼굴로 다시 처음부터 하란 말이야.>

<싫어.>

유영은 화경의 뒷덜미를 붙잡아 억지로 끌어당겼다. 지구의 6분의 1밖에 되지 않는 가벼운 중력 덕분에 화경의 몸은 너무나도 쉽게 붙들려 갔다. 바둥거리는 다리가 질질 끌리며 달의 모래 위로 길게 자국을 남겼다.

결국 두 발로 걸을 수밖에 없었다.

낫 엔드 베이스

2시간쯤 걸어 기지에 도착했다. 산소 부족 경보가 귀를 자극했지만, 단말기에 표시된 수치로는 아직 조금 여유가 있었다. 테두리에 노랑과 검정 줄무늬를 두른 거대한 철문을 올려다보며 유영이 말했다.

<애초에 우주선을 여기로 추락시켰으면 일이 쉬웠을 텐데. 망할 새끼가 실수하는 바람에.>

<망할 누구?>

<있어. 짜증 나는 놈. 어때? 안에 사람 있어?>

화경은 텔레파시 파장을 쏘아 사람의 흔적을 확인했다.

<아니, 없는 것 같아.>

<다행이네. 어서 들어가자.>

유영이 단말기를 두드리자 육중한 정문이 진동을 일으키며 좌우로 갈라졌다. 뒤이어 은은한 황색 비상 조명이 켜지며 어두컴컴한 터널이 모습을 드러냈다. 끝을 알 수 없는 내리막길. 두 사람은 노란 불빛에 의지해 말없이 걸음을 옮겼다. 긴긴 통로를 걷는 내내 유영의 허리춤에 매달린 권총이 눈에 밟혔다. 그 혼란스러운 상황에서 잘도 챙겨 왔구나 싶었다.

복도 끝에 다다르자 또 철문이 나타났다. 여전히 거대했지만 입구에 설치된 문보다는 작았다. 두 사람은 체중을 실어 힘껏 문을 열어젖히고 안으로 들어섰다. 수십 년째 방치된 시설인데도 기지는 방금 새로 지은 것처럼 깨끗했다. 진공 상태가 유지된 덕분에 먼지가 쌓일 일도, 녹이 슬거나 곰팡이가 필 일도 없었다.

상황실처럼 보이는 방에 도착했다. 복잡한 기계식 버튼과 아날로그 레버가 달린 콘솔 장치들 옆으로 커다란 투명창이 뚫려 있었다. 창 너머에 원통형 수직 통로가 보였다. 미사일 사출구인 모양이었다. 아래쪽에 뾰족한 탄두들이 잔뜩 모여 있었다.

유영이 콘솔 전원을 켜고 키를 몇 번 두드리자 방 안이 한층 밝아지며 산소가 공급되었다. 유영은 헬멧을 벗고 크게 심호흡했다. 억지로 구겨 넣었던 긴 머리칼이 아래로 차르르 쏟아졌다. 화경도 천천히 헬멧을 벗었다.

"서둘러. IAEDA에 이미 신호가 갔을 거야. 군인들이 언제 들이닥칠지 몰라. 그러니까 빠르게 움직여야 해."

"빠르게 뭘? 뭘 어쩌려는 건데?"

"말했잖아. 핵탄두. 터뜨리자고."

"미쳤어?"

"화경아. 네가 생각하는 그런 거 아니야. 핵탄두는 폭파 고도를 설정할 수 있어. 지상에 영향을 주지 않는 높은 고도에서 터질 거야. 교란 작전일 뿐이야."

"정말 그 방법뿐이야?"

"피터슨이 죽은 이상 함대를 직접 노리는 건 불가능해졌어. 대량의 핵폭발로 전리층 교란*을 일으키는 게 현재로선 IAEDA의 대공 감시망을 벗어날 유일한 방법이야. 방공 체계가 마비될 정도로 지구 전역을 혼란에 빠뜨려야 해."

"나 하나 때문에 그런 미친 짓을 하겠다고?"

"화경아, 넌 충분히 그럴 만한 가치가 있는 사람이야."

화경은 유영의 두 눈을 마주보았다. 유영의 눈빛은 흔들리지 않았다.

"화경아. 아무도 다치지 않을 거야."

"정말 설정한 대로 작동한다고 확신해? 지상에 떨어지면?"

"떨어지면 떨어지는 거지. 어차피⋯."

유영은 머뭇거렸다.

"어차피 뭐?"

"어차피 무슨 상관이겠어. 지상에선 이미 전쟁이 한창인데. 결국 3차 텔레파스 전쟁이 시작됐어. 네가 여기서 속 편하게 잠들어 있는 동안에 말이야. 사람들은 지금도 널 기다리고 있어. 네가 이 전쟁을 끝내주기를. 너는 이 전쟁을 끝낼 수 있는 유일한 존재야. 아니, 책임지고 이 전쟁을 끝내야만 해. 이건 너 때문에 시작된 전쟁이니까."

무슨 말을 하는 건지 하나도 이해되지 않았다.

---

* 고도 80킬로미터 이상의 전리층 대기에 발생한 혼란으로 무선 통신, 레이더 등에 사용되는 전파신호가 굴절, 왜곡되는 현상. 이온층 교란이라고도 한다.

"거짓말. 못 믿겠어."

"거짓인지 아닌지는 돌아가서 네 눈으로 직접 확인해. 일단 발사 준비부터 할게. 카운트다운이 시작되면 10분 내로 사일로_{silo}에 내려가서 탄두 하나를 비워야 해. 그걸 타고 지구에 내려가야 하니까."

유영은 그렇게 말하며 콘솔을 조작하기 시작했다. 의미를 알 수 없는 복잡한 문구들이 모니터 위로 빠르게 지나갔다. 유영은 당황하지 않고 능숙하게 작업을 이어갔다. 핵 발사 장치를 세팅하고 있는 유영이라니. 생소했다. 자신이 알던 유영과는 전혀 다른 모습이었다.

"정말 군인이 되었구나. 3년 동안 대체 무슨 일을 겪은 거니?"

"이것저것. 많이 바빴지."

"지구는 어떤 상황이야? 전쟁은 심각해?"

유영이 대화를 자르듯 엔터 키를 탁 두드렸다. 부서질 것처럼 큰 소리가 났다.

"준비 끝났어. 이제 발사 코드만 입력하면 돼."

"잠깐만, 유영아. 일단 얘기부터 해."

"화경아, 다른 방법은 없어. 니가 무슨 말을 해도 나는 쏠 거야. 무슨 수를 써서라도 널 지구로 데려갈 거야."

"잠깐만 멈춰줘. 제발. 아주 잠깐만이라도."

간절한 부탁에도 유영은 멈추지 않았다. 화경에게서 완전히 등을 돌린 채 발사 코드가 저장된 우주복 단말기를 콘솔에 연결하려 했다. 화경은 질끈 눈을 감았다.

방아쇠를 당겼다.

적막한 공간에 총성이 메아리쳤다. 상황을 파악하지 못한 유영이 옆구리를 만졌다. 손끝에 새빨간 피가 묻어 나왔다. 총알이 관통한 배에 붉은 자국이 번지고 있었다. 뒤늦게 몸이 휘청거렸다. 유영은 넘어지지 않기 위해 콘솔 모서리를 붙잡았지만 피 묻은 손이 주르륵 미끄러지며 바닥에 쓰러졌다.

"미안해, 유영아. 핵을 발사하게 놔둘 수는 없어."

힘겹게 콘솔에 등을 기댄 유영은 가만히 자신의 상처를 내려다보더니, 고개를 들어 화경을 노려보았다.

"다음부턴 제대로 쏴."

유영이 움찔거리자 화경은 매섭게 총구를 겨누며 경고했다.

"움직이지 마. 이번엔 제대로 쏠 거야."

"상처를 지혈하려는 것뿐이야."

유영은 피가 배어 나오는 옆구리를 손바닥으로 꾹 누르며 신음을 뱉었다. 어느새 이마에 땀이 맺혔다. 들썩이는 호흡이 거칠었다.

"권총은 언제 가져간 거야?"

"기지에 들어오자마자 네 머릿속에 환각을 심었어."

"후우, 그래서 어쩔 생각인데? 이대로 포기하려는 건 아니지?"

"군인들이 찾아오길 기다렸다가 그 사람들 정신을 지배할 거야. 우주선을 훔쳐서 지구로 돌아가면 돼. 여기까지 오는 동안 능력이 꽤 회복됐어. 지금 컨디션이면 우주선 한 대 정도는 장악할 수 있을 거야. 그러니까 이제 그만하자, 유영아."

유영은 고개를 가로저었다.

"소용없어. 특수전 병사들은 전투봇과 함께 투입되니까. 그놈들 전술도 3년 동안 많이 발전했지. 정말 일이 잘 풀려서 우주선을 훔친다 쳐도 결과는 마찬가지야. 착륙하기도 전에 방공망에

요격될 거야. 그놈들은 네가 죽은 걸 확인하기 전엔 결코 추적을 멈추지 않을 거야. IAEDA 놈들은 언제나 널 못 죽여서 안달이 었지만, 그래도 지금처럼 심각한 상황은 아니었어. 전부 네 책임 이야. 너 때문에 상황이 이 지경까지 온 거라고."

"대체 뭐가 나 때문이라는 건데?"

"정말 하나도 기억을 못 하는구나?"

유영은 허탈한 웃음을 뱉으며 천천히 몸을 일으켰다. 몸을 움 직일 때마다 입에서 거친 신음이 흘러나왔다. 온몸이 부들거리 는데도 유영은 억지로 버티고 서서 화경과 눈높이를 맞추었다.

"궁금해?"

유영이 손을 내밀었다.

"잡아."

"이번엔 또 무슨 수작이야?"

"직접 확인해. 그날 예카테린부르크에서 무슨 일이 있었는지."

망설여졌다. 몸을 빼앗으려는 속임수인지도 몰랐다. 하지만….

마지막으로 한 번만 더 믿어보고 싶었다. 화경은 조심스레 유 영의 손을 움켜잡았다. 어지러이 메아리치기만 했던 유영의 마음 이 처음으로 열렸다. 망설일 틈은 없었다. 화경은 정신의 문을 활 짝 열어젖히고 내면의 어둑한 심해로 단숨에 뛰어들었다. 실타래 처럼 엉킨 복잡한 감정들이 서로 모순을 일으키며 거세게 회오 리치기 시작했다. 정신이 아득해질 정도로 흠뻑 젖어버린 기억의 홍수 속에서, 화경은 이윽고 그리운 이름 하나를 발견했다.

리웨이李伟.

그래, 바로 나.

리웨이

실은 아무것도 기억나지 않는다.

언제부터 그곳에 있었는지. 왜 그곳에 있는지. 정확히 무슨 훈련을 받았는지. 어떤 임무를 수행했는지. 임무를 수행하기 전엔 무얼했는지. 몇 살인지. 어디에서 태어났는지. 어떻게 자라왔는지. 친구는 있는지. 사랑은 해보았는지. 이게 내 이름이 맞긴 한 건지.

텅 비어 있다.

나의 시간은 처음부터 끝까지 너희로 채워져 있다.

* * *

남자가 방으로 들어왔다. 그가 테이블에 앉을 때까지 뚫어져라 얼굴을 바라보았지만 결국 이름이 생각나지 않았다. 하지만 분명 익숙했다.

"오랜만이야, 리웨이. 그동안 잘 지냈나?"

답하지 않았다. 잘 지냈는지 기억나지 않았으므로. 머쓱해진 남자는 목청을 한 번 가다듬고는 곧장 본론으로 들어갔다.

"브리핑 시작하지. 이번 임무는….."

"이번이 몇 번째죠?

남자는 의아하다는 표정이었다.

"그건 왜 묻지?"

"임무를 열 번 수행하고 나면 은퇴할 기회를 준다고 하지 않았나요?"

"아아, 그랬지. 이번이 열 번째일세. 축하하네."

거짓말이다.

남자가 사진 한 장을 내밀었다. 나는 사진을 집어 들고 가만히 네 얼굴을 바라보았다. 낯설었다. 처음 보는 얼굴이었다. 하지만 어딘가 그리운.

"누구죠?"

"이번 임무의 타깃일세. 이름은 신화경. 트리거가 될 가능성이 있는 대한민국의 텔레파스야. 반년 뒤 학교를 졸업하고 사회로 나오게 돼."

남자가 또 다른 인물의 사진을 내밀었다.

"조유영. 신화경의 친구일세. 아마도 말이지. 신화경은 이 인물과 행동을 함께하게 될 가능성이 높아. 우선 조유영에게 접촉해 친분을 쌓게. 의심받지 않도록."

"친해진 다음엔 뭘 하죠?"

"지켜봐. 일단은."

"그다음엔요?"

"간단해. 선을 넘을 경우 처분하면 돼. 따로 명령이 갈 걸세."

뭐가 간단하다는 건데.

"또 알아야 할 정보가 있나요?"

"음? 기억 담당 텔레파스 요원이 이미 다녀가지 않았나? 지난 임무 기억을 정리할 때 새 임무에 필요한 자료 일체를 심어주었을 텐데. 만났다는 기억까지 지워졌나보군. 찬찬히 잘 생각해보게. 자네가 알아야 할 내용은 이미 전부 머릿속에 들어 있을 테니까. 일단은…."

남자는 턱을 쓰다듬으며 생각하는 척을 했다.

"영상 편집하는 법부터 배우는 게 좋겠군."

* * *

"너 영상 진짜 못 만들더라. 조잡해서 못 봐주겠더라고."

정보 하난 확실했다. 누가 언제 주입해주고 갔는지는 몰라도. '조유영의 이목을 끌고 싶다면 자존심을 긁는 것이 효과적'이라던 보고서 내용 그대로였다. 괜히 싸움을 거는 게 아닐까 걱정했는데, 오히려 한 번 들이받은 덕분에 빠르게 친해질 수 있었다. 유영은 그런 아이였다.

"허이구, 그럼 네가 한번 해보시던가."

입씨름 끝에 고기 낚듯 그 한마디를 건져냈다. 나는 미리 준비해둔 영상을 보란 듯 너희에게 내밀었다. 유영의 얼굴에 은근한 감탄이 떠올랐다. 입으로는 절대 인정하진 않았지만 말이다. 태빈도 만족한 듯했다. 레이리는 쾌활한 표정으로 나를 끌어안으며 반겼지만 결코 경계를 풀지 않았다. 머릿속에 심어진 정보대로였다. 하태빈은 남을 쉽게 믿는 편. 사노 레이리는 겉으론 가볍게 굴지만 경계심이 강한 타입. 셋 중 가장 주의 깊게 대할 것.

그렇게 나는 너희의 활동에 합류했다. 유영과는 동갑이라 속이고 친구가 되었다. 정말로는 대체 몇 살일까. 하지만 영영 알 방법은 없겠지.

나는 스스로를 PD라 지칭하며 카메라 뒤로 숨었다. 타고난 사고뭉치인 너희의 활동을 기획해 촬영하고, 영상을 편집해 채널에 업로드하는 일을 도맡았다. 꽤 재미있었다. 사람이 죽지 않아도 되는 일이라니.

그로부터 얼마 후, 네가 학교를 졸업했다. IAEDA의 심리 분석관들이 예측한 대로, 유영은 네가 섬 밖으로 나왔다는 소식을 들자마자 곧장 네 집 앞으로 달려갔다. 당연한 일이다. 너는 한번 마음이 얽힌 이들을 결코 놓아주지 않으니까. 유영은 네 끈적한 거미줄에 붙들린 첫 번째 나비였다.

함께 활동하자는 우리의 제안에 너는 눈을 반짝이며 흔쾌히 고개를 끄덕였다. 그렇게 처음으로 다섯 멤버가 모였다. 멤버가 늘어난 김에 채널명도 바꿔보자는 유영의 성화에 못 이겨 이름 도 새로 지었다. 혁명하는 민들레. 혁민이들. 네 제안이었다.

민들레. 유민아가 제일 좋아하는 꽃. 유민아라는 이름을 발음 할 때마다 왜 이렇게 익숙한 느낌이 드는 걸까. 향기처럼 입 안 을 맴도는 이름을 몰래 삼키며 나는 상냥한 미소로 네게 접근했 다. 순진한 너는 금세 나를 친구로 받아들였다. 그러나 나는… 여전히 너를 어떻게 대해야 할지 모르겠다. 우리의 관계를 대체 무어라 규정해야 옳을까.

매일 밤 고민했다. 유민아라는 세 글자에 대해. 그 이름이 왜 이렇게 친근하게 느껴지는지에 대해. 네 얼굴을 볼 때마다 그리 운 느낌이 드는 이유가 무엇인지 알고 싶었다. 그건 아마도 네가 유민아를 닮았기 때문이겠지. 내가 유민아의 얼굴을 본 적이 있 다는 뜻이고.

머릿속 작전 파일을 펼쳐 유민아에 대해 알아보았다. 장 폴, 엘리자벳, 류드밀라, 아이리스와 함께 홍콩을 해방하려 했던 혁 명의 주역. 신화경의 모친. 자신은 비데비안트면서 데비안트 해 방 운동의 중심에 섰던 활동가. 세계 각지에 신출귀몰 출현해 고 통받는 아이들을 구해낸 진짜 슈퍼히어로.

나는 유민아와 만난 적이 있다. 하지만 그게 언제인지 기억나 지 않는다. 임무였다는 뜻이다. 내가 맡게 되는 임무의 내용은 비슷비슷하다. 누군가를 관찰하고 죽이는 일. 유민아의 사망 원인은 분신焚身이다. 그리고 내 능력은⋯.

오랜 추론 끝에 나는 유일한 논리적 귀결에 도달했다.

나는 네게 빚이 있었다.

* * *

장 폴이 파리를 점거하자 처음으로 명령이 떨어졌다. 유민아의 딸인 네가 장 폴과 만나지 못하게끔 사보타주하라는 내용이었다. 네게는 비공식적인 출국 금지 명령이 내려졌다. 출입국 관리소는 어떤 핑계를 대서든 너의 출국을 막을 것이다. 거부할 경우 그 자리에서 사살할 가능성마저 있었다. 당황스러웠다. 이런 사실을 모르는 너희는 들뜬 표정으로 서둘러 한국을 떠나려 했고, 나는 어떻게 행동해야 할지 갈피를 잡지 못했다.

결국 네 신분증을 위조하기로 마음먹었다. IAEDA 몰래 스미스의 도움을 받았다. 스미스는 뛰어난 점퍼이자 믿을 만한 프리랜서 해커로, 이런 일에서 손꼽히는 전문가였다. 기억이 지워져 전후 사정은 알 수 없지만, 예전에도 그에게 몇 번 비슷한 도움을 받은 적이 있었다. 스미스는 외교부 서버의 퍼스널 코드를 조작해 너와 나를 베트남 국적의 여행객으로 위장했다. 전산상 우리 둘은 여전히 한국에 남아 있게 되는 셈이었다.

이런다고 IAEDA의 감시망을 피할 수는 없겠지만, 적어도 출국장에서 붙잡히진 않으리라 판단했다. 그다음 상황까지 고민할 여력은 없었다. 겉으로는 냉정한 척 떠들지만 결국 나는 이런 인간이다. 대책 없이 비틀거리는 멍청이. 우여곡절 끝에 우리는 신의주를 통과해 베이징으로 향했다.

허술했던 내 계획은 결국 하루를 넘기지 못하고 발각됐다. 새로 업로드한 동영상에 너를 사살하라는 명령이 댓글로 남겨져 있었다. 자포자기한 나는 아직 댓글을 발견하지 못한 체하며 네 모습이 담긴 영상을 줄줄이 업로드했다. 베이징에 도착하자마자 실시간 방송도 켰다. 적어도 카메라가 돌아가는 동안에는 너를 죽이지 못할 테니까. 무얼 어떻게 해야 하는지도 모르는 상황 속에서 나는 필사적으로 너희를 보호하기 위해 최선을 다했다.

베이징 광장에서 네가 붙잡혔을 때는 전부 끝났다고 생각했다. 이제 너는 고문받다 죽임을 당하고, 나는 처분될 거라고. 누군가에게 기억되는 일조차 없이 세상에서 깨끗이 지워지리라고. 겁이 났다. 세 사람에게 전부 털어놓고 싶었으나 차마 그러지 못했다. 그 애들마저 위험에 빠뜨릴 수는 없었다. 다행히도 너는 그 지옥을 무사히 빠져나왔고, 우리는 많은 사람들의 도움으로 다시 여정을 이어갈 수 있었다.

류드밀라의 기차에 올랐을 때는 솔직히 고통스러웠다. 불안한 미래가 계속되리라는 사실이 말이다. 나는 살면서 한 번도 결정이란 것을 해본 적이 없었다. 명령 없이 모든 걸 스스로 개척해야만 하는 상황이 내게는 감당할 수 없이 버거웠다. 차라리 베이징에서 죽고 끝났더라면 좋았을걸, 하고 헛된 후회가 들기까지 했다. 하지만 동시에 안도감을 느꼈다. 너희와 계속 여행할 수 있다는 사실이 기뻤다. 너희는 내게 삶의 전부나 다름없었다. 나는 너희에게 어린아이처럼 마음을 의존한 채 모든 결정을 내맡겼다.

* * *

너희에게 숨긴 사실이 하나 있다.

마리야가 죽은 날. 마리야와 멤버들을 묻어주고 다시 열차에 올랐던 그때. 내 소셜 페이지 계정으로 영상 메시지가 하나 도착했다.

파일을 재생시키자 장 폴, 엘리자벳, 류드밀라, 아이리스, 그리고 마리야의 얼굴이 작은 액자처럼 떠올랐다. 다섯이 함께 통화하며 녹화한 모양이었다.

영상이 시작되자마자 마리야가 소리쳤다.

<듣고 있냐? 이 똥구멍 같은 년아!>

<쉿. 내가 그런 경박한 말 쓰지 말랬지?>

<Сука блять!>

마리야가 흥분해 더 크게 소리쳤지만 입만 뻥끗거릴 뿐 목소리가 들리지 않았다. 아이리스가 강제로 마리야의 마이크를 차단한 모양이었다. 장 폴이 손가락을 흔들며 내게 인사했다.

<반가워요, PD님. 저희가 따로 연락드린 이유는…>

<Блять! 너 때문에 민아가…>

마리야의 목소리가 장 폴의 인사말을 뚫고 들어왔지만 곧 다시 차단됐다.

<바보야, 다른 사람 말할 땐 조용히 좀 해.>

말리는 아이리스의 목소리에도 미묘한 분노가 담겨 있었다. 아이리스뿐 아니라 다섯 모두의 시선에서 적대감이 느껴졌다. 어쩌면 내 착각인지도 모르지만.

<장, 빨리 끝내. 시간 별로 없어.>

엘리자벳이 창밖을 내다보며 재촉했다. 장 폴이 고개를 끄덕였다.

<인사 생략하고 바로 본론으로 들어갈게요. 알다시피 우린 NPT-ND 조약을 깼어요. 일주일 안에 다섯 모두 죽임을 당하겠죠.>

"당신들, 전부 알았으면서⋯⋯."

나는 녹화된 영상이라는 사실도 잊고 중얼거렸다.

<따라서 우리는 지금부터 24시간 내내 실시간으로 방송 카메라를 돌릴 거고, 우리의 최후는 반드시 기록될 겁니다. 어쩌면 당신이 이 영상을 보고 있는 시점엔 이미 시체가 되어버렸을지도 모르겠군요. 하하하.>

<얘, 너는 웃음이 나오니?>

아이리스가 한숨을 쉬었다.

<우리가 사망하는 즉시 우리 명의의 소셜 페이지와 영상 채널들은 전부 PD님 계정으로 포워딩될 거예요. 전 세계 10억 명이 넘는 시청자들이 여러분에게 유입될 거란 얘기죠. PD님. 우릴 이용해요. 우리의 죽음을 여러분이 하고자 하는 일에 철저하게 써먹어요. 우리 이름으로 무슨 짓을 해도 용납할게요. 성대한 추모제를 지내든, 악성 루머를 퍼뜨리든, 사람들에게 억지 감동을 팔아먹든 조금도 개의치 않을게요. 우리가 혁명의 연료가 될게요.>

류드밀라가 이어받아 목소리를 냈다.

<미안해. 우린 선을 넘지 못했어. 세상이 끓어넘치게 될까 봐 두려웠어. 정치는 타협의 예술이라고, 온갖 현실적인 문제들을 방패 삼아 멈춰 서고 말았어. 넬슨 만델라와 아웅 산 수 치도 타협하지 않았냐면서. 아옌데의 실패를 보지 않았냐면서. 내심은 정말로 승리하게 돼버리면 어쩌나 두려웠어. 세상을 근본부터 갈아엎을 자신이 없었어. 뭐가 잘못되었는지는 알아도 뭘 해야 옳은지는 알지 못했거든.>

엘리자벳이 이어받았다.

<후배님. 우린 우리의 선택을 지키는 대신 너희의 꿈을 지켜주기로 했어. 그것뿐이야. 부디 친구들을 잘 이끌어줘. 당신이 리더니까. 부탁할게.>

<부탁해. 부탁해요. 부탁. 그래. 나도 부탁한다, 시발!>

그들은 더 이상 아무 말도 하지 않았다. 나는 앞머리를 감싸쥐었다.

"… 무책임한 인간들아. 이러면 내가 고마워하기라도 할 줄 알았어? 이딴 식으로 몇 마디 던져놓고 전부 뒈져버리면 나보고 대체 어쩌라는 건데? 왜 하필 나야? 왜?"

손에 쥔 태블릿이 견딜 수 없이 무겁게 느껴졌다. 갑자기 모든 게 버거워졌다. 나는 창문을 열고 태블릿을 밖으로 던져버리려 했다. 하지만 그 순간, 아이리스가 다시 입을 열었다.

<리웨이.>

허겁지겁 태블릿을 다시 펼쳤다.

<미안해. 큰 짐을 떠넘겨서. 네 임무가 뭔지 알아. 경험자로서 한마디만 조언하자면, 감당할 수 없는 상황이 오기 전에 꼭 방아쇠를 당기렴. 화경이도 분명 그걸 원할 거야. 제때 멈추지 않으면 너도 화경이도 반드시 후회하게 돼.>

"……."

<하지만 그렇게 되기 전까진 너는 최선을 다해 친구들을 도울 거야. 맞지?>

"… 응."

<아, 그 얘길 안 했네.>

갑자기 무언가 생각난 듯 아이리스가 손뼉을 쳤다. 가짜로 연기하고 있다는 게 뻔히 보였다. 능구렁이 같은 사람. 나는 눈살을 찌푸리며 아이리스의 얼굴을 노려보았다.

아이리스는 나른한 표정으로 입을 열었다.

<민아 죽은 거, 너무 신경 쓰지 마. 네 잘못 아니니까.>

"뭐… 라고?"

<차라리 그랬으면 좋았을 텐데. 마음 편히 미워할 수 있게.>

"그게 무슨 소리야? 무슨 뜻이냐고!"

나도 모르게 큰 소리를 냈다. 하지만 아이리스는 굳게 입을 다문 채 움직이지 않았다. 영상은 이미 끝나버린 뒤였다. 나는 태블릿을 천천히 침대에 내려놓았다.

"말해줄 거면 제대로 말해주고 가란 말이야…."

* * *

이윽고 열차는 예카테린부르크에 도착했다.

우리는 장 폴과 친구들의 죽음을 장작처럼 불살라 혁명을 시작했다. 함께 모여 노래를 불렀고, 거리에 바리케이드를 세웠다. 토론하는 사람들이 서로를 미워하지 않게 열심히 싸움을 말리고 다녔다. 나는 최선을 다해 너희를 보좌했다.

너와 함께 있지 않을 때는 대부분의 시간을 레이리와 보냈다. 불안에 떨고 있는 그 애를 가만히 놔둘 수가 없었다. 레이리는 보기보다 섬세한 아이다.

한번은 몰래 레이리의 헤드폰을 훔쳐 들어본 적이 있었다. 레이리는 음악을 듣고 있지 않았다. 레이리가 듣고 있던 건 밀리터리를 주제로 다루는 소셜 캐스트였다. 각국이 보유한 무기들, 전차들, 미사일과 포탄의 시시콜콜한 스펙을 하나하나 읊어주는 악취미적인 채널. 레이리는 열심히 공부하고 있었다. 너희를 지키기 위해.

뛰어난 키넨시스는 엄청난 일들을 해내지만, 결국 그 원리를 뜯어보면 지렛대에 손이 묶인 인간에 불과하다. 들어 올릴 수 있는 무게 이상을 들어 올릴 경우 여지없이 팔이 부러지고 만다. 이 때문에 레이리는 공부하고 또 공부했다. 예카테린부르크에 떨어질 수 있는 모든 물체들의 무게와 생김새를 구별할 수 있을 때까지 말이다. 자신이 들어 올릴 수 있는 물건인지, 혹은 몇 명이 함께 달라붙어야 막아낼 수 있는지. 아슬아슬한 한계 상황에서 적확한 판단을 내리기 위해 레이리는 연습하고 또 연습했다. 거리에서 벌인 온갖 기행들도 자신의 한계 중량을 파악하기 위한 훈련이었으리라. 물론 꼭 그것만은 아니었겠지만.

굳은 표정으로 레이리에게 헤드폰을 돌려주자, 레이리는 언제나처럼 웃으며 이렇게 말했다.

"애들 지켜야지. 맏이니까."

해 질 녘이면 레이리는 조용히 역을 빠져나갔다. 사생활은 간섭하지 말자며 어설프게 둘러댔지만, 나는 그게 아니라는 것을 알고 있었다. 나는 거짓말을 알아채는 재능이 있다.

어느 지붕 위에 걸터앉아 복면을 뒤집어쓰려는 레이리를 발견했다. 나는 몰래 레이리의 뒤로 다가가 권총 모양으로 쥔 손가락으로 등을 쿡 찔렀다.

"잡았다, 요놈."

레이리는 흐흐, 하고 힘 빠진 웃음을 터뜨렸다.

"에고, 잡혀버렸네. 경찰 언니."

"여기서 뭐 하고 있었어?"

레이리는 대답 대신 내게 복면 하나를 내밀었다. 마리야가 썼던 것과 비슷했다.

"너도 하나 써."

"이거 쓰고 뭐 할 건데?"

"어… 모두의 다정한 이웃?" [🕷☀]

* * *

"그렇게 안 보이겠지만, 나도 학생 때는 많이 싸웠어. 거기서 별꼴을 다 봤다니까. 거기나 여기나 규모만 커졌지 굴러가는 원리는 똑같아. 일단 사람이 많이 모이면 뒤끝이 별로 안 좋지."

복면을 뒤집어쓴 레이리는 그렇게 말하며 가까운 지붕에 염력 스트링을 엮었다. 우리는 서로의 옆구리를 꽉 붙들며 동시에 점프했다. 레이리의 품에 안긴 채 거미 인간처럼 호를 그리며 반대편 지붕에 착지했다.

"나중 되면 제일 미운 사람이 누구게?"

"누군데?"

"먼저 포기한 사람들. 함께하다 갈라서게 된 사람들. 그 사람들이 그렇게 밉더라고. 그럴 만한 사정이 있다는 거 뻔히 아는데도."

"……."

"우리가 뭐 취미가 맞아서 모인 동호회는 아니잖아. 잘 안 맞는 사람끼리 부대끼다 보면 서로 미워질 수밖에. 우릴 힘들게 하는 회장님은 얼굴 한번 본 적 없는데, 동지들은 당장 코앞에서 싫은 꼴 잔뜩 떨어대고 있으니까."

레이리가 다시 한번 스트링을 걸었다. 나는 레이리의 몸을 끌어안았다. 건너편 철탑으로 향하며 우리는 아래를 내려다보았다. 모닥불 주위에 삼삼오오 모여 앉은 사람들이 잔뜩 술에 취해 떠들고 있었다. 분위기가 심상치 않았다.

"너네가 그 로지스틱 점퍼인가 하는 그놈들이냐?"

한 무리의 키넨시스들이 점퍼들을 둘러쌌다.

"조까튼 놈들아! 너네 점퍼 새끼들이 국제 물류 하겠답시고 설쳐대는 바람에 우리 쪽 물량이 싹 날아가버렸다! 선적 작업하던 키넨시스 기사들 죄다 일자리 잃게 생겼다고!"

"그래서 뭐? 그럼 우리는 손가락만 빨까? 정부에서 위험하다고 여객을 못 하게 하는데 우리 보고 어쩌라고? 따질 거면 정부한테 따져."

"시벌 놈들이 핑계는!"

키넨시스들이 염력을 휘두르려 손에 힘을 주었다. 하지만 점퍼들도 꿀리지 않았다. 그들도 똑같이 취해 있었고, 다들 입이라도 거칠지 않으면 살아남을 수 없는 현장을 10년 넘게 굴러온 이들이었다.

레이리는 그들을 멀찌감치 바라보며 말했다.

"왜들 저렇게 싸워대는 걸까?"

나는 별일 아니라는 듯 답해주었다.

"투쟁은 당연한 거야. 우린 각자 다른 세상을 사니까. 그리고 그 세상들은 항상 부딪혀. 각자의 세계가 서로를 밀어내는 힘이 교착상태인 그 일시적인 경계가 바로 우리가 사는 현실인 거겠지. 투쟁이야말로 사람 사는 세상의 본질이야. 원래 싸우는 게 당연한 거라고."

"세상에 원래 그런 게 어딨니."

갑자기 심장이 뛰었다. 왜 그 한마디가 이렇게 가슴을 찌르는 걸까.

"그 말, 어디서…."

"쳐봐, 새끼야! 치라고!"

"치라면 못 칠 줄 알아? 오늘 머리통 한번 뽀개줄까?"

두 무리의 다툼이 점차 격해지고 있었다. 점퍼들이 손끝으로 툭툭 어깨를 밀치자 한껏 흥분한 키넨시스들이 당장이라도 힘을 뿜어낼 것처럼 여기저기에 염력 스트링을 감고 매듭을 묶어대기 시작했다.

"저, 저, 또 시작이네. 염력은 선 넘었지."

레이리가 투덜거리며 몰래 염력을 날렸다. 실랑이를 벌이던 사람들 중 하나가 갑자기 휘청거리더니 서로 다리가 엉키며 도미노처럼 우르르 쓰러졌다. 그들은 다시 일어나지 못했다.

"뭐, 대충 이런 거지." [🖐]

"매일 이러고 다녔던 거야?"

"이 정도야 완전 약과지. 진짜 나쁜 놈들도 있거든. 절도, 방화, 마약, 소매치기, 성추행… 지네가 점령군인 줄 착각하는 놈들은 또 얼마나 많다고. 1만 명 중에 하나만 나쁜 짓을 해도 하루에 10건이야. 그중 하나만 뉴스 채널에 떠도 10만 명 전부 죽일 놈 되는 거고."

레이리가 그렇게 말하며 주머니에서 꼬깃꼬깃한 궐련을 꺼내 입으로 가져갔다. 나는 손가락을 튕겨 불을 붙여주었다.

"오."

레이리가 입 모양으로 감탄사를 뱉었다.

"왼손을 튕기면 불이 붙는 거야? 꼭 연금술사 같네."

"연금술이랑 이거랑은… 아, 너 또 무슨 만화 얘기 하는 거지?"

"정답."

레이리가 웃으며 고개를 살짝 기울였다. 나는 그 미소에 화답하듯 웃으며 쥐고 있던 복면을 뒤집어썼다.

그날 밤, 우리는 함께 예카테린부르크의 어둠 속을 날았다. 점퍼 그룹의 마약 유통 현장을 급습한 뒤, 빈집을 털고 있는 도둑을 제압했다. 몰래 도시를 빠져나가는 텔레파스 사기꾼을 붙잡아 주인에게 돈을 찾아주었고, 좁은 골목에서 데이트 폭력을 저지르던 남자의 손목을 부러뜨렸다.

* * *

내가 할 수 있는 거라곤 겨우 이런 것뿐이야. 불안의 싹을 제거하는 일. 더 나빠지지 않게 버텨내는 일. 세상을 어떻게 바꿔야 사람들이 행복해지는지 그런 어려운 건 나는 모르니까. 적어도 그 애들이 후회하진 않게 해주고 싶어.

혁명은 결국 끝날 거야. 원하는 곳까진 가보지도 못할 테고. 그래도 열 번 싸우고 지는 것보단 열한 번 싸우고 지는 편이 낫잖아. 그럼 혹시 한 걸음이나마 더 나아갈지도 모르니까.

혹시나.

조금이라도 세상이 더 나아질지도 모르니까.

너도 마찬가지 아냐?

* * *

하루는 레이리가 내게 물었다.

"있잖아. 나머지 반쪽은 뭐야?"

"응?"

"네 키네시스 능력이 반쪽인 이유는 또 다른 반쪽 능력이 있기 때문, 맞지?"

나는 솔직히 인정했다.

"맞아."

"텔레파스?"

깜짝 놀랐다.

"오, 찍었는데. 어쩐지 눈치가 빠르더라."

"실은 반쪽짜리도 못 돼. 그냥 조금 분위기를 읽는 정도? 기쁜지, 슬픈지, 화났는지, 외로운지. 그래도 딱 하나는 확실히 알아. 거짓말인지 아닌지."

"지금 내 기분은 어떤 거 같은데?"

"좀 별로야."

"아닌데? 지금 완전 최곤데? 너랑 있잖아."

"거짓말."

레이리는 퀄런을 검지로 튕기며 몸을 일으켰다.

"가자."

"어딜?"

"무서운 초능력 악당들이 로미오와 줄리엣을 쫓고 있잖아. 우리가 구해줘야지."

나는 복면을 뒤집어썼다.

"네, 네, 그러셔야죠. 슈퍼히어로 나으리."

"그럼, 가보자고 사이드킥 양."

그날 우리는 실패했다. 강수진은 죽었고, 너는 보이지 않는 치명상을 입고 말았다.

나는 너를 지키지 못했다.

* * *

어쩌면 나는 너를 서서히 태워 죽이고 있는 건 아닐까. 네 엄마에게 그랬듯이. 다만 아주 천천히 말이다. 이 혁명의 불길에 너를 던져놓고 노릇하게 구워지기만을 바라고 있는 것은 아닐까. 차마 내 손으로 저지르기 두려워 이런 구차한 방식을 택한 것은 아니었을까.

잠든 너의 얼굴에 몇 번이나 총구를 들이댔었는지 모른다. 단지 손가락을 까딱이기만 하면 끝날 일이었다. 하지만 나는 방아쇠를 당기지 못했다.

밀랍인형처럼 굳어버린 너를 내려다보며 나는 고민했다.

널 어떻게 해야 할지 알 수 없었다. 아니, 어디까지 해줘야 할지. 너를 죽여주는 것이 옳은지, 살려주는 것이 옳은지. 대체 너는 둘 중 무엇을 바라고 있는지. 나는 네게 빚이 있었다. 적어도 그 빚을 갚기 전까진 네 편이 되어주고 싶었다.

나는 알아야 했다.

내가 정확히 얼마만큼의 빚을 졌는지.

* * *

너를 죽이러 찾아왔던 스파이들을 돌려보내기 직전, 나는 최어쩌고의 옷자락을 붙잡았다. 최 어쩌고는 얄미운 표정을 지으며 막대 사탕 하나를 꺼내 입에 물었다.

"왜에?"

"기억을 돌려받고 싶어."

"없는데."

"거짓말."

"맞다. 그게 네 능력이지. 좋아. 무슨 기억을 갖고 싶은데?"

"유민아."

"아, 네 첫 임무."

"그게… 첫 임무였어?"

"그래. 그 기억을 돌려받고 싶은 거야?"

"무슨 일이 있었는지 알아야겠어."

쪽. 최 어쩌고는 막대 사탕을 입에서 빼내며 웃었다.

"싫은데."

"부탁이야."

"말로만?"

나는 최선을 다해 고개를 숙였다. 끔찍이도 싫었지만.

"음… 좋아. 그것도 재밌을 거 같으니까. 네가 어떤 표정을 짓게 될지 아주 볼만하겠어."

최 어쩌고가 물고 있던 막대 사탕을 내밀었다. 나는 찝찝해하면서도 사탕을 받아 입에 물었다. 최 어쩌고는 흡족한 표정으로 내 머리를 쓰다듬었다. 화가 났지만 참았다.

"착하다."

총 모양으로 쥔 손가락이 내 이마를 향했다. 나는 천천히 눈을 감았다.

"빵야."

나는 꿈을 꾸었다.

* * *

그거 아니? 임무가 끝날 때마다 너는 날 찾아와 간절하게 매
달려.

제발 기억을 지워달라고.

기억을 지웠다는 사실조차 완전히 잊게 해달라고.

부탁이라며 내 다리에 매달려.

너는 그런 애야.

눈 하나 깜짝 않고 휙휙 그렇게 쉽게 사람을 죽여놓고는 금세
돌아서서 후회하더라. 네가 한 짓을 감당하질 못해. 그래. 그렇
지. 바로 그 표정이야. 그렇게 허물어진 얼굴로 너는 매번 나를
찾아와. 몇 번이고, 몇 번이고. 어쩜 매번 그럴까.

예뻐.

애처롭게 매달리는 모습이 예뻐서 견딜 수가 없다니까.

근데 이제 좀 질린다.

네가 진짜로 망가지는 걸 보고 싶어졌어.

아마 곧 보게 되겠네.

기대된다.

바이바이, 즐거운 악몽을 꾸길.

* * *

언제 여름이 있었냐는 듯 싸늘한 가을 공기로 물든 광화문 광

장. 유민아는 여전히 하루도 빠짐없이 광화문 광장에 나와 피켓을 들었다. 매일 똑같은 시간에 똑같은 구호를 외쳤다. 아이들을 구합시다. 데비안트 차별 철폐.

나는 후드를 깊게 뒤집어쓴 채 말없이 유민아의 곁에 섰다. 인기척을 눈치챈 유민아가 복화술하듯 달싹이지 않는 입술로 중얼거렸다.

"대체 언제까지 졸졸 따라다닐 거니?"

"그만두실 때까지요."

"그럴 일 없어."

그 말에는 두 가지 의미가 내포되어 있다. 절대 포기하지 않겠다는 의지와, 그럼에도 결코 승리하는 일은 없으리라는 비관이. 따돌림을 당하던 키넨시스 아이가 같은 반 아이들의 목을 뽑아버린 사건 이후로 여론은 극명하게 기울었다. 폭탄 같은 아이들이 사회로 풀려나오길 누구도 원치 않았다. 유민아는 이미 정치적으로도 궁지에 몰려 있었다. 아이리스 챙이 제멋대로 폭주해 홍콩을 집어삼킨 탓에.

안타까운 사람.

"전부 끝났어요. 이제 그만 포기하고 합의서에 도장 찍어요. 매일 이렇게 광장에 나오는 거 지겹지도 않아요?"

퍽. 날계란 하나가 날아와 유민아의 머리를 맞혔다. 썩은 내를 풀풀 풍기는 노른자가 질척이며 머리카락에 들러붙었다. 사방에서 험악한 욕설이 쏟아졌지만 유민아는 계란을 던진 사람을 쳐다도 보지 않고 손으로 노른자를 닦아냈다.

"어쩌겠니. 이게 내 직업인데."

"보통은 직업이라고 생각 안 해요."

"나한텐 그래."

유민아는 쿵쿵 옷에 묻은 썩은 내를 맡으며 웃었다.

계란 정도로는 닳디닳은 마음에 흠집 하나 나지 않는 모양이었다. 전략을 바꿔야 했다. 나는 수신호로 섭외한 사람들을 물러가게 했다.

"무인도에 갇힌 딸이 불쌍하지도 않나요? 도장만 찍으면 IAEDA는 당장이라도 따님을 밖으로 내보내줄 거예요. 새로운 신분과 얼굴 성형도 제공하고요. 새 인생을 시작하기에 충분하고도 남을 정착금이 현금으로 지급될 거예요. 원한다면 그보다 많이 드릴 수도 있어요. 어려운 요구도 아니잖아요. 딱 5명만 만나지 말라는 건데."

"요구가 문제가 아니야."

"그럼요?"

"내 딸을 거기서 데리고 나오면, 그 애는 나한테 이렇게 물을 거야. '엄마, 다른 애들은?' 그럼 뭐라고 답해야 하지? 나는 그 질문에 대답할 자신이 없어."

"솔직하게 말하면 되잖아요. 기회가 모두에게 공평하게 주어지는 건 아니라고. 원래 다 그런 거라고."

"세상에 원래 그런 게 어딨니?"

"어쨌든요. 그냥 딱 한 번만 눈감아요."

"그렇게 한 번 눈감았다가 나는 남편을 잃었어. 이번엔 또 무얼 잃게 될지 어떻게 알겠어."

유민아는 나를 흘기듯 바라보았다.

"그리고, 무엇보다 널 다시 볼 면목이 없잖니. 딱 봐도 우리 딸이랑 비슷한 또래 같은데. 내 딸만 구해서 도망치고 나면 평생 눈에 밟힐 거야. 그런 식으로 후회하며 살고 싶진 않아."

그런 말을 들어봐야 하나도 고맙지 않았다. 고맙기는커녕 화만 치밀었다.

"그래서, 그렇게 잘난 척해대면서 내린 결론이 겨우 이거예요?"

나는 턱짓으로 유민아의 손을 가리켰다. 조그만 손에 작은 휘발유 통이 쥐어져 있었다.

"그래. 이런 것밖에 안 떠오르더라. 나도 옛날 사람인가 봐. 다른 방법을 모르겠어."

유민아는 가만히 통을 내려다보았다.

"근데 막상 하려니까 좀 무섭다. 얘, 너 파이어스타터랬지? 나 대신 불 좀 붙여줘."

"내가 왜…."

"그게 네 진짜 임무잖아. 적성에 별로 맞는 것 같진 않아 보이지만."

"……."

제정신이 아니다. 스스로는 이 선택을 이성적인 판단이라 생각하고 있겠지만, 전혀 그렇지 않다. 유민아는 심리적으로 몰려 있었다. 차분히 다른 가능성을 고민할 수 있는 상황이 아니었다. 내면의 치열한 싸움 끝에 노력이 소진되어 다른 선택지를 생각할 수조차 없는 상태가 되고 말았다.

"착각하지 마. 널 위해서 이러는 거 아니니까. 분명히 하자. 어디까지나 내 딸을 위해서야. 이건 내가, 너에게, 부탁하는 거라고. 알겠니?"

거짓말.

나를 위해서다. 내 손으로 임무를 완수해야만 내가 안전해지리라는 걸 알아서다.

반박할 새도 없이 유민아가 자신의 정수리에 콸콸 휘발유를 붓기 시작했다. 코를 자극하는 냄새를 풍기며 온몸을 축축하게 적신 기름이 피부를 타고 주르륵 아래로 흘러내렸다.

"저기 저 사람 봐!"

"어떡해…."

가연물질에 푹 젖은 유민아를 발견한 주위 사람들이 웅성대기 시작했다.

"누가 말려야 하는 거 아냐?"

사람들이 조심스레 한 걸음씩 다가와 유민아를 설득했다. 그러나 유민아는 보란 듯 라이터를 꺼내 들었다. 변명할 수 없는 확실한 기회였다. 자살로 위장할 완벽한 기회. 불특정 다수의 목격자마저 갖추었다. 이 기회를 가만히 흘려보낸다면 분명 문책받게 될 것이다. 나는 나의 과거를 모른다. 가진 기억이라곤 오직 요원으로서 받은 훈련뿐. 두려웠다. 그마저도 잃어버릴지 모른다는 생각에. 쓸모를 잃은 나는 어떤 처분을 받게 될까. 돌아갈 본래의 삶이 있기는 한 걸까.

"어서."

유민아가 나를 재촉했다. 나긋한 미소로. 속으로는 겁에 질렸으면서도.

한참 고민한 끝에, 결국 나는 손가락을 튕겼다.

이제 알겠지?

나는 네게 빚이 있다.

아주 큰 빚이.

* * *

혁명 마지막 날.

태빈과 유영이 너를 두고 다투던 바로 그 순간. 사방이 폭발해 불바다로 변하고 비명이 도시를 가득 채우던 그 순간에도 나는 레이리와 함께 있었다. 우리는 서둘러 계단을 올랐다. 네가 안전한지 확인하기 위해. 역으로 가는 동안 레이리를 추종하는 사람들이 하나둘 우리의 뒤를 따르더니 무리는 어느새 수십 명이 되었다.

벌컥 회의실 문을 열자마자 레이리는 단숨에 모든 상황을 파악했다. 그리고 처음으로 화를 냈다. 나는 레이리의 어깨를 타고 흐르는 강렬한 떨림에서 분노를 느꼈다.

"너네 지금 뭐 하냐?"

레이리가 빠르게 손말로 항의했다.

"밖에서 무슨 일이 일어나고 있는지는 알아? 피터슨이 쳐들어왔어. 지금 이러고 있을 때가 아니잖아. 사람들부터 지켜야지."

그러나 태빈도 유영도 물러서지 않았다.

"레이리. 그건 아는데. 지금은 여기가 더 급해. 나 좀 도와줘."

태빈이 먼저 입을 열었다. 그러자 질세라 유영도 끼어들었다.

"아니, 날 도와야지. 하태빈 이 새끼 배신자야. 이 새끼가 지금 화경이 팔아넘기려고 수작 부리고 있다니까."

"모함하지 마. 너야말로 화경이 데려가려고 했잖아."

둘은 으르렁대며 동시에 레이리를 향해 손을 뻗었다.

"레이리, 도와줘."

"레이리, 넌 내 편이지?"

레이리는 실소를 터뜨렸다.

"너네 지금 뭐 하냐?"

"지금 하태빈 이 새끼가 화경이를…."

"아——!"

레이리는 입으로 고함을 지르며 격하게 손말을 뱉어냈다.

"밖에서 사람들이 죽어가고 있다니까! 제발 정신 좀 차려 이 미친것들아."

짧은 정적.

레이리는 쉼 없이 사람들을 설득했다.

"나는 갈 거야. 이딴 쓸모없는 말다툼보다 중요한 일이 있으니까. 모두 잘 들어. 밖에서 동지들이 죽어가고 있어. 당신들이 누구든, 어느 쪽 그룹이든 나는 아무 상관 안 해. 함께 싸울 사람은 나를 따라와."

레이리의 양옆에 점퍼들이 섰다. 그러자 하나둘 레이리의 곁으로 사람들이 모여들기 시작했다. 전부는 아니지만 꽤 많은 수였다. 태빈과 유영은 움직이지 않았다. 레이리를 따르기엔 차마 자존심이 허락하지 않았겠지.

레이리가 고개를 돌려 나를 보았다.

"너는 어떻게 할 거야?"

"나는…."

"부탁이야. 나랑 같이 가줘."

나는 결국 레이리의 곁에 섰다. 레이리가 눈짓으로 신호하자 사람들은 서로 손을 잡았다. 점퍼들이 서로의 힘을 한데 엮자 거대한 공간 왜곡이 주위를 감싸기 시작했다.

우리는 점프했다.

* * *

역 앞 광장에서 한참 떨어진 넓은 옥상. 그곳에 도착한 수십 명은 우르르 넘어지며 다 함께 바닥을 굴렀다. 다급한 점프였기에 착지가 불안정했다.

서둘러 몸을 일으킨 나는 역 쪽을 바라보았다. 도시 전역이 무인 전투봇들의 공격으로 엉망진창이 되었다. 사방에서 총성과 비명이 울리고 하늘이 붉어질 정도로 화염과 연기가 치솟았다.

"꼭 TV판 애니메이션 마지막 회 같은 풍경이네."

레이리가 말했다.

"결국 나도 주인공 노릇 한번 해보는구만."

"살아남아야 주인공이지. 여기서 죽으면 그냥 조역이야. 마지막에 스태프롤 올라갈 때 주인공이 무덤 찾아가서 비석에 꽃 한 송이 올려놓고 툭 털어버리는 그런 조역."

"보통 그런 조역이 제일 인기 좋거든?"

"주인공 다음으로 말이지."

"알았어. 살아남으면 되잖아."

레이리는 몸을 돌려 모두를 향해 섰다.

"있잖아. 여기까지 와서 이런 말 하긴 그런데, 우리 이미 진 거 같아."

모두가 동의하는 눈빛이었다. 레이리는 그들 하나하나의 눈을 똑바로 바라보며 최후의 연설을 이어갔다.

"그래도 마지막 순간까지 선을 행하자. 한 사람이라도 더 많은 생명을 구하자. 그게 우리가 할 일이야. 부탁해. 믿자. 모두의 힘을 믿자. 함께 서로를 지키자. 반드시 예카테린부르크역을 지켜내는 거야."

레이리의 말에 모두가 고개를 끄덕이며 서로의 손을 맞잡았다.

우리는 하늘을 올려다보았다. 피터슨의 새카만 실루엣이 허공에 나타났다 사라지기를 반복하고 있었다. 레이리는 가까이 있는 소녀를 불렀다. 무니야 측 그룹의 멤버였다는 걸 용케도 기억하고 있었다.

"저놈 약점이 뭐야?"

"없어. 약점 같은 건. 그런 게 있으면 우리가 전쟁에서 졌겠어?"

"그럼….."

"그나마 조명탄으로 눈을 가리는 전법이 효과적이야. 놈은 시선유도 미사일을 즐겨 쓰거든. 최소한 우리 위치를 들키진 말아야 해. 그럼 진짜 끝장이야. 1초 안에 폭탄이 떨어질걸?"

그 말을 듣자마자 우리는 허겁지겁 옥상 난간에 몸을 숨겼다. 그런다고 도움이 될지는 모르겠지만.

그 순간, 하늘이 번쩍이며 허공에 전차가 나타났다.

미처 반응하기도 전에 포신이 불을 뿜었다. 첫 발은 다행히도 텅 빈 광장을 때렸다. 폭음을 뚫고 레이리가 마음속으로 소리쳤다. 텔레파스들이 레이리의 생각을 모두에게 전했다.

— 무인화 개조된 미육군 에이브람스 전차. 전장 8미터, 전폭 3.7미터, 무게는 맥시멈 60톤… 키넨시스들은 각자 자기가 짊어질 수 있는 최대치를 공유해줘. 객기는 부리지 마. 할 수 있는 만큼만. 무게가 정확하기만 하면 돼.

텔레파시를 통해 정보가 빠르게 교환되었다. 레이리는 순식간에 계산을 마쳤다.

— 거기 왼쪽부터 열셋. 나랑 손잡아. 직렬로 힘을 이어!

키넨시스들이 서로 손을 잡고 줄다리기하듯 일렬로 늘어섰다. 선두에 선 레이리가 모두의 힘을 한데 모아 보이지 않는 힘을 채찍처럼 휘둘렀다. 전차가 콜라 캔처럼 비틀려 부서졌다. 레이리는 다시금 힘을 휘둘러 전차가 추락하는 궤적을 미끄러뜨렸다. 우랄 의용 전차대대 동상 위로 찌그러진 고철 덩어리가 굴러떨어졌다.

잠시 후, 피터슨이 이번엔 열 발의 미사일과 함께 나타났다 사라졌다. 허공에 남겨진 미사일들은 사방으로 복잡한 궤적을 그리며 빠르게 강하했다. 레이리는 그물처럼 염력 스트링을 엮기 시작했다.

— *세 명이 하나씩 맡아!*

텔레파시를 통해 레이리가 목표를 지정해주었다. 키넨시스들은 각자 자신이 맡은 미사일에 최선을 다해 능력을 집중했다. 홀드. 역으로 향하던 미사일이 모두 멈춰 섰다. 레이리는 바들바들 떨리는 손가락을 구부려 기다란 미사일의 몸체를 꺾었다. 나는 레이리의 손을 잡아 능력을 더했다. 새빨갛게 과열된 미사일이 허공에서 폭발하며 사방으로 불씨를 퍼뜨렸다.

미사일을 모두 처리하기도 전에 피터슨이 되돌아왔다. 이번엔 훨씬 많은 미사일과 함께. 모두가 최선을 다했으나 미처 홀드하지 못한 몇몇 미사일이 역 주위를 때렸다. 하지만 대부분은 허공에 멈춰 있었다. 레이리는 서둘러 미사일을 꺾었다.

"빨리!"

키넨시스 하나가 무릎을 꿇으며 소리쳤다. 팔이 부러져 뼈가 밖으로 드러난 채였다. 한계 이상의 무게를 감당한 탓이었다. 깜짝 놀란 레이리는 서둘러 남은 미사일을 무력화했다. 모두가 지친 표정으로 바닥에 무너져내렸다.

그 순간, 하늘에서 거대한 쇳덩어리가 나타났다.

에어프랑스 로고가 새겨진, 상상 이상으로 거대한 여객기. RC 리모컨을 든 피터슨이 날개 근처에서 함께 자유낙하하며 역 쪽으로 여객기를 몰아가고 있었다. 이토록 가까운 거리에서 정면으로 마주한 비행기의 모습은 주위 모든 사물의 원근감을 비현실적으로 일그러뜨렸다. 이번에도 레이리는 마음속으로 무게를 헤아렸다. 레이리의 머릿속에는 이미 자신이 들어 올려야 할 모든 물체의 무게가 목록화되어 있었다.

― 에어버스 A380-800. 전장 73미터. 전폭 79.9미터. 무게 276톤. 게다가 화물칸에 납덩이를 잔뜩 채워놨어. 내 최대 악력은 45킬로그램. 키넨시스 능력의 최고 기록은 87레버리지. 팔이 부러질 각오로 덤비더라도 들어 올릴 수 있는 최대 무게는 대략 3.9톤. 여기 있는 모두의 힘을 잇는다 해도 최대치는….

1초가 채 되지 않는 짧은 시간에 레이리는 판단을 마쳤다. 어차피 저 거대한 쇳덩이를 막을 방법은 하나뿐이었다. 어려울 것은 없었다. 단지 각오가 필요할 뿐.

"마이클 피터슨이 얼마나 대단한 괴물인지는 몰라도, 저 커다란 걸 옮겨 왔으니 곧바로는 점프 못 할 거야! 그렇지? 리웨이."

레이리가 간절히 내 이름을 부른다.

주위 모든 것이 느려진다.

…

··

·

결국 이 순간에 도달했다.

이 기억을 떠올릴 때면 매번 모든 것이 한없이 느리게 느껴진

다. 고통의 순간이 영원히 잡아 늘려진 것처럼. 레이리의 눈동자
가 향하던 방향. 입술을 삐죽이는 횟수. 머리칼의 흔들림. 속눈썹
의 떨림과 눈꼬리에 맺힌 주름. 잊고 있던 세부 사항 하나하나가
떠올라 마치 시간이 멈춰버린 것만 같다.

두 팔을 늘어뜨린 레이리가 몸을 돌려 나를 바라본다. 축축하
게 젖은 머리칼 사이로 피인지 땀인지 눈물인지 모를 것들의 범
벅이 주룩 뺨을 타고 흘러내린다. 레이리는 내게서 잠시도 시선
을 떼지 않는다. 눈동자에 담긴 감정이 너무나 빼곡하고 복잡해
도저히 언어로 표현할 길이 없다. 전부 읽어낼 방법이 없다.

레이리가 검지로 자신의 심장을 가리키며 눈빛으로 말한다.

— 나를 쏴. 리웨이.

그제야 깨닫는다. 레이리가 굳이 나를 지목해 여기로 데려온
이유를. 나는 방아쇠다. 하지만 쏠 수 없다. 쏘고 싶지 않다. 너는
내 세계야. 너에게 그런 짓을 할 수는….

— 어서.

레이리가 재촉한다.

— 애들 지켜야지. 맏이니까.

나는 재킷 아래 감춰둔 권총을 꺼내든다. 레이리는 안심한듯
내게서 몸을 돌린다. 훅 숨을 뱉고는 여객기를 향해 팔을 뻗는
다. 보이지 않는 팽팽한 힘이 손끝에 걸리는 것이 내 눈에도 선
명히 보인다. 나는 권총의 안전장치를 해제한다.

제트 엔진이 굉음을 내며 회전하기 시작한다. 여객기가 더욱
강한 힘으로 추락을 가속한다. 망설일 틈조차 주어지지 않는다.
이제 나는 선택하는 수밖에 없다. 시야가 번진다.

방아쇠를 당긴다.

등에 구멍이 뚫린 가여운 몸이 휘청이지만, 넘어지지 않고 버틴다. 오히려 뜨겁게 달아오른다. 최후의 노래. 레이리는 들어본 적 없는 괴이한 비명을 지르며 연기가 피어오르는 양손을 박수치듯 부딪친다. 폭주한 힘이 거대한 에어버스 여객기를 단숨에 좌우로 찢어발긴다. 충격파에 휩쓸린 피터슨이 파리채에 맞은 날벌레처럼 의식을 잃고 아래로 추락한다. 비행기 내부에 가득 차 있던 항공연료가 눈물처럼 흩뿌려진다. 희뿌연 가연 물질에 촉촉하게 적셔진 도시는 한층 강렬한 화염에 휩싸여 눈물마저 불사를 증오로 모든 것을 불태운다.

이제 너도 내게 빚을 졌다.

임계

그것은 싸움이라 부르기조차 민망한 몸부림이다. 제대로 다투어본 적조차 없는 아마추어들이 통제되지 않는 힘을 제멋대로 휘둘러 주위를 엉망으로 만들 뿐인 난장. 적의 등 뒤로 이동하려던 점퍼는 바닥에 몸이 끼었고, 적을 노린 키넨시스의 염력은 아군의 팔을 부러뜨렸다. 텔레파스는 스스로 패닉에 빠져 온 사방에 불필요한 공포와 환각을 퍼뜨릴 뿐이다. 결국 하나둘 능력을 포기한 채 뒤엉켜 볼썽사나운 주먹을 휘두르기 시작한다. 눈앞의 상대가 아군인지 적군인지조차 제대로 구별하지 못한다. 아니,

애초에 눈앞에 누가 있는지 확인은 하고 주먹을 휘두르는 건지.

꽃이 되어버린 너는 그 모든 촌극을 가만히 지켜볼 뿐이다. 외면할 수조차 없다. 굳은 목은 돌아가지 않고, 열린 눈꺼풀은 내려가지 않으므로. 모든 활력을 잃은 채 기계처럼 사람과 사람 사이를 이을 뿐인 너는 아무것도 할 수 없다. 아무것도 느끼지 못한다. 감정마저 고갈된 너는 마치 왕좌에 앉은 지배자처럼 가만히 휠체어에 앉아 모두의 발버둥을 내려다본다.

그런 너의 눈앞에서 태빈과 유영이 충돌한다. 유영의 노림수는 오직 하나뿐이다. 어떻게든 태빈의 손을 붙잡는 것. 작은 몸집으로 품 안에 파고들며 집요하게 태빈의 손을 노린다. 태빈은 타고난 투시 능력과 월등한 신체로 유영을 압도한다. 하지만 단 한 번의 실수만으로도 전세는 뒤집힐 수 있기에 둘의 다툼은 필사적이고 팽팽하다. 멀리서 지켜보는 사람에게는 그저 우스운 율동처럼 보일 뿐이지만.

이윽고 체력이 다한 유영을 태빈이 제압한다. 양 손목을 움켜쥐고 무릎으로 유영을 깔아뭉갠 태빈은 유영에게 경고한다.

"넌 너무 위험해."

유영은 비웃는다.

"너는 뭐 다를 거 같지?"

흥분한 태빈이 무릎으로 목을 짓누른다. 유영의 숨이 막힌다. 하지만 그 순간, 사방이 굉음으로 뒤흔들린다. 레이리에 의해 파괴된 비행기의 꼬리 날개가 스치듯 역 지붕을 덮친 것이다. 충격으로 쓰러진 태빈의 몸이 바닥을 구른다.

다시 정신을 차리고 고개를 든 두 사람은 뻥 뚫린 하늘을 본다. 커튼으로 가려져 있던 한쪽 벽면과 천장이 파괴되어 밖이 훤히 내다보인다. 마치 막이 바뀐 연극무대처럼 두 사람을 둘러싼 배경이 새롭게 바뀐다. 처음으로 불바다가 되어버린 도시와 마주한다. 도시 전체가 잿더미로 변해가는 광경을 망연히 바라보며 둘은 그제야 정신을 차린다. 대체 우리가 무슨 짓을 한 거지?

그런 그들 앞에 내가 점프해 나타난다. 나는 망연한 표정을 짓고 있는 너희 앞에 피투성이가 된 채 겨우 숨만 헐떡이는 레이리를 내려놓는다. 레이리가 울컥 피를 토한다. 나는 고개를 돌리며 미간을 찌푸린다. 빌어먹을. 한번에 제대로 쐈어야 했는데. 힘겨워하는 레이리를 바라보는 것이 끔찍이도 괴롭다. 손에 쥔 권총을 꽉 움켜쥐어 보지만 다시 총을 쏠 용기는 없다.

레이리를 이렇게 만든 너희가 원망스럽다.

"잔치 끝났어?"

내 물음에 너희는 아무 말도 하지 않는다. 태빈도, 유영도, 그리고 너도.

"실망이야. 둘 중 하나는 죽어 있길 기대했는데."

나는 손가락을 튕겨 사방에 불을 지른다. 바닥을 나뒹굴던 머저리들이 비명을 지르며 몸에 붙은 불을 끄기 위해 바둥거린다. 나를 데려다준 점퍼들도.

"나는 PD야. 한낱 연출가에 지나지 않아. 아무리 포장하고 꾸며준다 해도 너희 내면의 본질까지 어떻게 해줄 수는 없단 말이야. 이 상황은 전부 너희가 선택한 결과야. 알겠니?"

나는 나지막이 한마디를 덧붙인다.

"이렇게 되지 않길 바랐어."

나도 모르게 진심이 되어버렸다. 너희가 해내리라 믿었다. 그 결과로 인해 내가 어떻게 된다 해도 상관없었다. 그런 시시콜콜

한 일 따위는 전부 잊어버렸다. 돕고 싶었다. 지키고 싶었다. 너를. 너희를. 레이리를. 유민아의 바람을. 장 폴과 친구들이 내게 남긴 부탁을.

그런데 결과가 이게 뭐야.

나는 죽어가는 레이리를 바라본다. 레이리, 정말 네 말이 맞더라. 나는 너희가 제일 미워. 나와 갈라서게 된 너희가. 서로를 포기해버린 너희가.

나는 권총을 들어 너를 겨눈다.

가장 먼저 상황을 파악한 태빈이 몸을 던져 너를 감싼다. 하지만 나는 아랑곳 않고 방아쇠를 당긴다. 태빈의 등에 몇 번이고 구멍이 뚫린다. 여전히 너는 반응이 없다. 눈앞에서 친구가 죽어가는 데도 인형처럼 굳어 있다. 이성을 잃은 유영이 소리치며 나를 향해 달려오지만, 권총 손잡이에 턱을 맞고 쓰러진다. 너희는 아무것도 아니다. 아무것도….

뒤늦게 정신을 차린 키넨시스 몇 명이 힘을 합쳐 염력으로 나를 친다. 나는 허공을 날아 벽에 부딪힌다. 갈비뼈가 부러진 것 같다고 생각한다. 점퍼들이 너희 네 사람을 질질 끌고 한자리에 모아 탈출시키려 한다. 나는 바닥에 쓰러진 채 권총을 들어 점퍼들을 쏜다.

다시 힘겹게 몸을 일으켜 너를 겨눈다.

하지만 그보다 레이리가 한발 빨랐다. 죽어가는 와중에도 레이리는 마지막 힘을 쥐어짜 너희를 지키려 한다. 그런 아이다. 레이리는.

바닥이 무너지며 너희는 아래로 아래로 추락한다. 지하실 바닥마저 뚫고 더 깊은 나락까지 떨어진다. 구멍 속으로 빨려들어간 너희의 모습이 더는 보이지 않는다. 나는 그 검고 짙은 어둠을 가만히 바라볼 뿐이다.

* * *

그 눅눅하고 어두운 땅속 깊은 곳에서 너는 비로소 눈을 뜬다. 다시 정신을 차릴 수 있었던 이유는 슬프게도 너의 동지들이 많이 죽어버렸기 때문이다. 한계를 넘어버린 동지들의 수가 줄고 또 줄어 감당할 수 있는 용량 아래로 떨어지자 너는 세상에 빼앗긴 너의 자아를 되돌려 받는다. 동시에 미루어둔 고통도. 너의 내면 깊이 뿌리내렸던 동지들은 모두 죽어 사라졌으나, 이미 네 안에는 그들이 겪었을 부정적 감정이 빼곡히 쌓여 감당할 수 없이 정신을 파괴하고 말았다. 너는 돌이킬 수 없이 망가져버린 기계다. 애석하게도.

이제 너는 혼자다.

* * *

나는 너희가 어디로 향했는지 이미 알고 있다. 탈출 계획을 세운 건 바로 나였으니까. 역사 아래, 남북을 가로지르는 지하철 노선을 따라 이동 중인 너희를 뒤쫓는다. 나는 이내 너희를 발견한다. 유영이 너의 옷자락을 끌어당기며 앞장서 달리고 있고, 너는 누구에게 쫓기는지도 모른 채 멍하니 이끌려간다. 그 뒤로는 레이리를 업은 태빈이 뒤따르고 있다.

딱.

나는 손가락을 튕겨 태빈의 다리에 불을 붙인다. 태빈이 비틀거리다 쓰러진다. 레이리가 힘겹게 팔을 뻗어 너희를 지키려 하지만 소용이 없다. 온몸의 내장이 불에 익고 뼈가 으깨져 생물로서의 한계를 이미 한참 전에 넘었다. 보기만 해도 괴로울 정도다. 나는 레이리의 존경스러운 의지에 마음속으로 경의를 표한다. 이제야 알겠다. 너희는 절대 이 도시를 살아나가선 안 된다. 너희는 이런 일을 겪고도 절대 포기하지 않을 민들레 같은 인물들이고, 아무리 짓밟고 뿌리를 잘라도 끈질긴 생명력으로 다시 처음부터 더 큰 비극을 꽃피우고 말 테니까. 이제까지보다 더 슬프고 괴로운 삶을 살아가게 될 테니까. 차마 더는 지켜볼 수가 없다. 너희 모두를 죽여야겠다. 그래야만 이 혁명이 끝날 테니까.

나는 방아쇠를 당긴다. 레이리의 이마에 구멍이 뚫린다. 내 어딘가에도.

눈물을 닦아내기도 전에 태빈이 소리 지르며 내게 육박해 온다. 나는 서둘러 태빈의 머리를 겨누고 쏜다. 태빈이 총알을 피하며 내 몸을 덮쳐 쓰러뜨린다. 충격으로 놓쳐버린 권총이 바닥에 미끄러진다.

태빈의 얼굴이 새하얗다. 피를 너무 많이 흘린 탓이다. 태빈은 한 손으로 내 왼손을 부여잡고 다른 손으로 내 목을 조른다. 숨을 참으며 손을 뻗어보지만 권총에 닿지 않는다. 태빈이 분노에 사로잡혀 고함친다.

"나도 불태워봐! 못 하겠지? 이 반쪽짜리야. 내 눈은 못 속여. 손가락 튕기는 거. 그거 눈속임이잖아. 너 사실은 불 한 번 붙이는 데 한참 시간이…."

태빈은 더 이상 말하지 못한다. 부츠에서 뽑은 단검으로 폐를

쑤셨으니까. 단검을 비틀자 육중한 몸이 움찔하며 바닥에 드러 눕는다. 나는 천천히 일어나 권총을 집어 들고 태빈의 얼굴을 겨 눈다.

"응. 맞아. 전부 속임수야. 나처럼."

방아쇠를 당긴다.

멀리서 비명이 들린다. 태빈의 죽음을 감지한 네가 지르는 비 명이다. 나는 철길을 따라 걸으며 네 뒤를 쫓는다. 인기척이 점점 가까워진다. 철길이 갈라지며 꺾이는 지점. 기차를 잠시 대피시키 기 위해 만들어진 막다른 통로다. 너희는 더 이상 도망칠 곳이 없 다. 나는 양손에 단검과 권총을 쥐고 앞을 겨누며 나아간다.

그 순간 세상이 뒤집어진다. 어느새 나는 바닥에 쓰러져 있다. 몰래 숨어 있던 유영이 내 손을 붙잡은 모양이다. 나는 내 얼굴 을 올려다본다. 내 얼굴이 나를 마주 보며 의기양양한 표정으로 선언한다.

"십월, 너도 끝났어."

내 얼굴을 한 유영이 손에 쥔 단검으로 자신의 배를 찌른다. 한 번, 두 번, 세 번, 네 번… 살을 찌를 때마다 움찔 굳어버리는 몸짓 에서 통증이 고스란히 전해진다. 고통으로 얼굴을 일그러뜨리면 서도 유영은 멈추지 않는다. 유영은 미쳤다. 멈춰야 한다. 몸을 바 꾸려 할 거라곤 예상했지만 이런 미친 짓까지 벌일 줄은 몰랐다.

몸이 바뀌기 직전 나는 유영의 주머니에 몰래 권총을 집어넣 었다. 권총을 꺼내 든 나는 유일한 해법을 시도하려 한다. 권총 을 나의, 유영의 관자놀이에 갖다 댄다. 이걸 쏘면 무슨 일이 일 어날지 알 수 없지만.

"안 돼!"

너는 목이 찢어져라 소리친다. 하지만 이미 방아쇠는 당겨졌다. 탄환이 두개골을 꿰뚫는 기분 나쁜 소리와 함께 시야가 되돌아온다. 배에서 극심한 통증이 느껴진다. 서둘러 권총을 집어야 한다. 네가 차지하기 전에. 나는 배를 움켜쥐며 서둘러 유영이 있는 쪽으로 기어가려 한다. 어라. 잘되지 않는다. 조유영이 내 몸을 너무 많이 손상시켰다. 치명상은 아니지만 몸에 힘이 들어가지 않는다. 신화경. 이제 너만 죽이면 되는데.

네가 소리치며 달려온다.

"유영아!"

너는 커다란 구멍이 뚫린 유영의 얼굴을 품에 끌어안는다. 권총을 떨어뜨린 유영의 손이 위를 향해 있다. 너희가 손을 잡으면 무슨 일이 벌어질까. 궁금하다. 하지만 필시 좋지 않은 결말일 것이다. 아이리스가 그랬듯이. 나는 필사적으로 너희를 막으려 한다. 너희가 온 세상에 미움으로 기억되는 일만은 피하고 싶다. 하지만 몸이 움직이지 않는다.

너는 울먹이는 목소리로 소리치며 식어가는 유영의 손을 꽉 부여잡는다.

그리고.

신화경

그것은 모든 것을 지배하고 또 지배하기를 반복하는 연쇄작용 끝에 더 이상 신화경도 조유영도 그 누구도 무엇도 아니게 되었다. 그저 텔레파시로 엮인 거대한 덩어리일 뿐.

예카테린부르크에 남아 있는 모든 사람들, 데비안트들, 군인들, 동성애자와 이성애자들, 이러한 분류에 담길 수 없는 성별을 가졌거나 아예 갖지 않은 사람들. 흑인, 황인, 백인과 이 분류로는 규정할 수 없는 피부색을 가진 사람들. 농인들, 자폐인들, 다양한 마음의 형태를 지닌 사람들. 휠체어에 탄 이들과 타지 않은 이들. 부자와 가난한 자들. 어느 사막 신을 믿는 몇 가지 종교의 신자들, 그 종교와는 다른 신을 따르는 사람들. 신을 믿지 않는 사람들. 신을 믿지만 그를 증오하는 사람들. 혁명가와 민족주의자들. 히피와 무정부주의자들. 자본주의자와 공산주의자들. 여전히 왕정복고를 주장하는 부류들. 시민과 비시민들. 인간과 인간이 아닌 것들. 그 모두가 꼬인 실타래처럼 복잡하게 엉겨 붙었다.

그 중심에서 화경은 그들 모두의 삶을 하나하나 처음부터 끝까지 경험하고, 기억과 감정을 끝도 없이 되새기고, 고통받고, 고뇌와 절규와 무의미한 지껄임을 반복했다.

구제하지 못할 모순 덩어리들. 독재에 맞서는 숭고한 존재인 동시에 누군가를 성적으로 음행하는 존재며, 여성 인권을 위해 싸워왔으면서도 트렌스젠더를 혐오하는 존재며, 퀴어 퍼레이드를 주관하면서도 인종이 다른 누군가를 우스개 삼는 존재며, 전쟁 난민을 포용하는 일에 기부금을 내면서도 타국에서 온 소녀의 몸을 돈으로 희롱하는 존재며, 자신의 가족에게 최선을 다하기 위해 누군가의 가족을 파괴하는 존재며….

이들 모두가 폭죽처럼 허공으로 날아올랐다. 꽃가루처럼 하늘을 부유하는 몸들이 손에 손을 잡고 먼지처럼 뭉쳐 스스로를 불

태우기 시작했다. 빠르게 회전하는 직경 수 킬로미터의 거대한 인
간 고리가 빛과 열을 내뿜으며 최후의 노래를 부르기 시작했다.

혼란 속에서 화경은 생각했다.

왜 우주는 텅 비어 있지 않고 항상 무언가가 존재할까.
전부 비워버리고 싶었다.

왜 세계는 매번 무의미한 헛걸음을 반복할까.
전부 포기해버리고 싶었다.

왜 머릿속이 감당할 수조차 없는 충돌로 가득할까.
전부 치워버리고 싶었다.

왜 항상 주변엔 미운 사람들이 가득할까.
전부…

숨이 막혔다.

텔레파시 덩어리가 시험하듯 힘을 휘둘렀다. 사람들의 목숨을
연료로. 그저 자신의 존재감을 확인하기 위해 수십 수백의 생명
을 장작처럼 허망히 불살라버렸다. 한 번 힘을 휘두를 때마다 생
명이 한 뭉텅이씩 재가 되어 스러졌다.

아무도 미워하지 마.
혐오하지 마.

그게 그렇게 어려워?
너희들은 대체 뭐가 문제야?

억눌린 분노가
미움이
세상을 향해 쏟아졌다.

아이러니였다.
미워하지 않기 위해 미움을 키우다니.
증오를 지우려 증오하다니.

눈에 보이지 않는 거대한 염력이 주먹으로 내려치듯 도시를 때리자 블록 하나가 벌레처럼 짓뭉개졌다. 시내 곳곳이 공간 왜곡에 휩쓸려 아이스크림 스쿱으로 떠낸 것처럼 점프해 소멸해버렸다. 텔레파시 덩어리는 그 모든 광경을 보이안트의 눈으로 바라보았다. 관찰 지점이 존재하지 않는 그 시선은 마치 관조하는 신의 시선 같았다.

흡족하다. 충분한 힘이다. 세상을 바꾸기에. 혹은 파괴하기에.

어디선가 목소리가 들렸다.

자,
소원을 말해봐.

무엇이든 이루어줄 테니.
사람들의 목숨을 전부 불살라서라도.
무엇을 원하니?

슬픔이 없는 세상을 원해.

간단해.
슬퍼하는 사람을 모두 죽이면 돼.

…

이걸론 부족해?
그럼, 다시 물을까?

말해봐.
무엇을 원하니?

빈부도, 차별도, 다툼도, 학대도,
아픔도, 슬픔도 없는 세상.
누구도 누구의 위에 서지 않고,
누구도 누구를 올려다보지 않는 세상.

모두가
서로를
동등하게

증오하고 파괴할

514

그런 세상.

아,
그거라면
간단해.

모두에게 나눠주면 돼.
공평하게.
한 사람 앞에 하나씩.

세상을 파괴할 힘을.

...
아직 부족해?
또 무엇을 원하니?

내가 느낀 이 기분을
모두가 똑같이 느꼈으면 좋겠어.

아,
그건 더 간단하지.

점차 빠르게 가속하며 회전하던 고리가 감당할 수 없는 고온으로 붕괴하기 시작한다. 모든 파장 영역에서 뿜어져 나오는 빛과 열이 예카테린부르크 전역에 내리쬔다. 빌딩들이 높은 곳에서부터 양초처럼 녹아 흘러내린다. 이제 곧 모두를 파괴할 힘이 임계에 도달하리라. 너는 허물어져가는 세계를 내려다보며, 증오를 담아 중얼거린다.

너희도 전부 잃어봐.

모두를 파괴할 힘

아니, 그게 아니야.

다시 잘 생각해봐. 넌 아무것도 파괴하지 않았어. 아무도 죽이지 않았어. 결국 전쟁이 벌어졌지만 적어도 그날은 아니었어. 그 기억은 조작된 거야. 너는 그런 아이가 아니야.

나는 그걸 전하기 위해 이곳까지 온 거야. 너의 진짜 기억을.

자, 다시 내 손을 잡아.

* * *

그곳에서 나는 너였다.

동시에 너는 나였다. 우리였고, 모두였다. 그날, 그 도시에 남아 있던 모두가 하나가 됐다. 40만 명. 자그마치 40만 명이 서로의 진실과 마주했다. 내면에 감추어진 감정을 고스란히 드러냈다.

서로에 대해 잘 알게 될수록 우리는 한층 서로를 미워하게 됐다. 그런 이유로 그런 주장을 하다니. 그런 표정으로 웃으며 속으로는 그런 생각을 하고 있었다니. 그런 숭고한 행동을 하면서도 속으로는 그런 추잡한 욕정을 품고 있었다니. 나와 네가 다르다는 사실이 견딜 수 없이 미웠다. 우리는 다시없을 정도로 서로를 증오하기 시작했다. 서로를 때리고 불태우고 쏴 죽이고 싶어졌다. 네가 원했던 것처럼.

그건 너의 증오이기도 했다. 네 세상의 전부였을 친구들을 잃고 너는 우리 모두를 증오하기 시작했다. 네가 우리를 증오한다는 사실에 화가 난 우리 역시 너를 증오했고, 우리가 너를 증오한다는 사실을 알게 된 너 역시 우리를 한층 증오했다. 수십만의 생과 죽음을 되풀이하며 누적된 감정이 서로 공명하며 한없이 증폭되기 시작했다. 마치 스피커에 마이크를 댔을 때처럼.

토할 것 같았다.

하지만 그 속에서 다른 흔적들을 발견했다. 눈앞의 죽음을 용납할 수 없는, 도저히 어찌할 수 없는 상냥함을. 눈물을. 그것과 비슷한 다정함을. 증오와 비탄처럼 눈에 띄게 뾰족하진 않았지만 그보다 월등히 많고 거대한, 가장 낮은 자리에 당연한 듯 자리 잡은 어떤 설명할 수 없는 감정들을.

나는 그들의 목소리에 귀를 기울였다.

가루는 다시 뭉쳐진단다.
적당히 물을 섞어주기만 한다면.

시체가 썩어가는데도 벌레들은 침묵하네.
다음은 자기 차례인 줄도 모르고…

도망치자. 어디든. 몇 번이든.
할 수 있어. 너와 함께라면.

좋은 친구들을 됐구나.

내 눈동자처럼 지켜줄게요.

우린 그 꽃을 지킬 의무가 있어요.
화경 씨, 바로 당신을 말예요.

우린 선을 넘지 못했어.
세상이 끓어넘치게 될까 봐 두려웠어.

그렇다면 정말 무능한 신이겠지.
바라보기만 할 뿐이라니.

움벨트가 전혀 다르죠.

마지막 순간까지 선을 행하자.
한 사람이라도 더 많은 생명을 구하자.

나는 이 살인을 멈추고 싶어. 지금 당장.

전 세계를 점거하라!
Occupy Earth! Occupy World!
우리는…!

무리하지 말아요.
나중에 또 싸워야 되니까.

그냥 원래… 그러니까.
세계는 매끄럽지도 상냥하지도 않아.

세상에 원래 그런 게 어딨니?

피를 토하며 눈을 떴다.

탄내가 났다. 온몸이 뜨겁게 불타고 있었다. 하지만 괜찮다. 불은 내게 익숙한 아픔이니까. 비틀거리며 겨우 몸을 일으켰다. 어지러웠다. 내쉬는 숨결이 불길처럼 뜨거웠다. 통증이 전신을 휘감았다. 당장이라도 허물어질 것만 같다. 무릎이 꺾여 쓰러질 것만 같다.

고개를 돌려 너를 보았다. 단단히 움켜쥔 너와 유영의 두 손을.

아마 이성이라고 부를 만한 건 남아 있지도 않겠지. 전부 포기해버리고 싶겠지. 전부 눈앞에서 치워버리고 희망을 닫아버리고 싶겠지. 불안과 고통뿐인 삶을 더는 살고 싶지 않겠지. 알아. 이해해. 너를 공감해. 나는 너였으니까.

아팠겠구나. 많이.

나는 한 걸음 앞으로 내디뎠다. 그러자 목소리가 나를 막아서기 시작했다. 머릿속으로 밀려드는 수십만의 목소리가, 분노가, 혐오가, 미움과 고통과 후회와 고독이, 모두를 파괴할 감정의 연쇄반응이 해일처럼 내 가슴을 때리고 쓸려 나가길 반복했다. 그 충격에 나는 몇 번이나 구겨지고 찌그러졌다. 네 엄마가 그랬던 것처럼.

억지로 걸음을 내딛는다. 너를 향해.

한 걸음.

또 한 걸음.

생각을 멈추고
그저 번갈아 발을 움직인다.

그저 한 걸음.

빌어먹을 메이슨!

왜 그랬냐고 새끼야!

입 닥쳐

한 걸음.

아무것도 판단해선 안 돼

하나 같이 위험한 테러리스트들이지

또 한 걸음.

괴물 발견

괴물이었어?

죽여라, 죽여 전부 죽여버려라

더러워

괴물

괴물

소름

당장 대가리 박아!

인간 아니었네?

괴물

저리 가

괴물

우웩 징그러

괴물 괴물

다시 한 걸음.

십월, 우린 다 좆됐는데

여자애들 속옷이나 훔쳐보는 눈깔충들?

꺼져! 이 잡종아!

샤하드는 친구가 많았어요

네가 뭔데

싫어

그래서 뭐?

차라리 죽음을

시끄러워

잡종

내 몸에 손대지 마!

나와는 상관없는 일이야

606명의 스위스 사람이 606개의 소시지를 먹었는데, 6명은 소스를 뿌려 먹었고, 600명은 소스를 뿌려 먹지 않았다. 606명의 스위스 사람이 606개의 소시지를 먹었는데, 6명은 소스를 뿌려 먹었고, 600명은 소스를 뿌려 먹지 않았다. 606명의 스위스 사람이 606개의 소시지를 먹었는데, 6명은 소스를 뿌려 먹었고, 600명은 소스를 뿌려 먹지 않았다. 606명의 스위스 사람이 606개의 소시지를 먹었는데, 6명은 소스를 뿌려 먹었고, 600명은 소스를 뿌려 먹지 않았다. 606명의 스위스 사람이 606개의 소시지를 먹었는데, 6명은 소스를 뿌려 먹었고, 600명은 소스를 뿌려 먹지 않았다. 606명의 스위스 사람이 606개의 소시지를 먹었는데, 6명은 소스를 뿌려 먹었고, 600명은 소스를 뿌려 먹지 않았다. 606명의 스위스 사람이 606개의 소시지를 먹었는데, 6명은 소스를 뿌려 먹었고, 600명은 소스를 뿌려 먹지 않았다. 606명의 스위스 사람이 606개의 소시지를 먹었는데, 6명은 소스를 뿌려 먹었고, 600명은 소스를 뿌려 먹지 않았다.

606명의 스위스 사람이 606개의 소시지를 먹었는데, 6명은 소스를 뿌려 먹었고, 600명은 소스를 뿌려 먹지 않았다. *(배경 반복 문장)*

Niquer

당신들 다 미친광이야 깨똥 같은 미치광이들이라고

심심해

시시한 남자

뭐래, 지가 제일 미쳤으면서

나랑은 아무 상관도 없는 일이야

나는 이런 말을 쉬을 이유가 없어

시시해 한가하긴

혐오스러워, 억지로 그의 비위를 맞추고 있는

죽고 싶어 하지만 사실은 조금 무서워 그러니까

당신이 날 죽여줬으면 좋겠어

거 참 제대로 미친 여자네

쟤 짓 제 짓해 여기도 데비안트

싫어! 왜 나한테만 이런 일이

심심해

이기지도 못할 거면서

너도 똑같아 똑같이 시시한 사람이야

그저 너와 이어진 실을 더듬어

나는 널 살려야겠어 이 여자를 죽여서라도

혁민이들이 장 폴 티베리의 시대정신을 독식했다!

혁명은 그들만의 것이 아니다!

더러운 병균이나 퍼뜨리는 것들의

문란하게 해대니까 퍼지는 거잖아

그러게 공부를 열심히 했어야지

초능력으로 자기 차치만 해

세금 까먹고 사회나 좀먹는

명청이들

혁명의 씨 녀석들 박멸시켜 왔게

변종 놈들

데퀴벌레

앞으로 나아간다

돼지안트

데퀴벌레를 아직도 박멸 안 됨?

너희는 인간이 아니야

네 다음 데퀴벌레

돼 징 징~

징징징~ 벌레들 또 줄자네~ 빼쓰면 다 해결되는 줄 아나~

7월은 데비안트 자진 신고의 달

능력발현 신고는 ☎199

괴벌레=돼지다

괴임들 벽에 걸어버리자

찌각 찌각 찌각 찌각 찌각 찌각 찌각 찌각 찌각

그때 처음으로 알게 됐어 내가 인간이 아니라는 걸

못생긴 귀 좀 가려라 돼징징은 돈이 돼지

얘들 왜 얼굴 공개 안하는지 앎?

가면 벗으면 완전 메기같이 생김

그래 많이도 죽였지, 평양이 아주 피칠갑이 됐어

"시끄러워."

　마지막 한 걸음을 내딛는다. 이윽고 너희와 손이 닿는다. 서로를 움켜쥔 채 다른 모든 존재를 거부하는 너와 유영의 두 손을 양손으로 감싸쥔다. 뜨겁다. 용광로 속에 손을 집어넣기라도 하는 것처럼 손바닥이 녹아내린다. 하지만 놓지 않는다. 놓을 수 없다. 나는 양손에 힘을 준다. 너희의 손을 억지로 떼어 낸다.
　"너희는 이런 모습으로 역사에 기억되어선 안 돼."
　맞잡은 손이 찢겨 나간다.

　"… 네가 그토록 세상을 증오하고 있을 줄은 몰랐어. 네 안에 그토록 어둡고 쓰라린 감정을 품고 있을 줄은. 화경아. 우린 모두 너였어. 깨지 않는 꿈속에서 같은 아픔을 추억했어. 네 미움이 우리 마음속에도 똑같이 자리 잡았어."
　유영이 아니, 웨이가 쓰린 통증에 몸을 뒤척였다. 상처 주위로 새빨간 원이 점점 크게 번져갔다. 웨이는 상처를 더욱 세게 압박하며 떨리는 목소리를 이어갔다.
　"화경아, 너는 괴물이었어."
　"닥쳐!"
　화경은 방아쇠를 당겼다. 거친 총성과 함께 탄환이 웨이의 귓가를 때렸다. 그러나 웨이는 눈썹 하나 까딱하지 않고 차분히 말을 이어나갔다.

"그리고 이젠 모두가 괴물이 됐어. 우리도 같은 미래를 원해. 지금의 세계를 증오해. 네가 사람들의 머릿속에 심어놓은 진심이 씨앗이 되어서 마음과 마음을 타고 세상 전체로 퍼져나가고 있어. 민들레처럼. 이제 사람들은 변화를 피하지 않아. 소외된 모두는 멈춰 있지 않아."

거짓말이야. 화경은 그렇게 말하고 싶었다. 하지만 아무런 반박도 할 수 없었다. 웨이의 머릿속에선 한 줌의 거짓도 찾아볼 수 없었다. 그 말이 진실이라면 모든 원인은 자신에게 있다. 무거운 책임이 어깨를 짓눌렀다.

"변화의 바람이 시작된 거야. 우린 그걸 '민들레 혁명'이라고 불러. 어떤 이들은 3차 텔레파스 전쟁이라고 부르기도 하지만."

웨이의 목소리는 어느 때보다 편안했다.

"이렇게 말하면 좀 위로가 될까? 그날 네가 흩뿌린 감정은 증오만이 아니었어. 모든 미움이 빠져나간 자리에 또 다른 감정이 숨겨져 있었던 거야. 눈에 띄지 않게. 그게 정확히 무슨 감정인지는 설명하기 어렵지만."

"……"

"이 전쟁을, 네가 만들어낸 미움을 어떻게든 막아보려는 사람들이 있어. 비록 소수지만 네 숨겨진 감정을 이해한 사람들. 어찌할 수 없는 상냥함을 지닌 사람들. 그 사람들이 힘을 합쳐 날 우주로 보냈어. 널 다시 지구로 데려오기 위해서."

웨이가 크게 숨을 들이켰다.

"알겠니, 화경아? 이건 네 전쟁이야. 너는 네가 만들어낸 미움과 싸워야 해. 사람들에겐 네가 필요해. 신은 재앙과 기적을 함께 준비하는 법이니까. 넌 반드시 이 전쟁을 마무리해야 해. 세상에 번진 비극을 수습해야 해. 널 위해 죽어간 사람들을 위해서. 그건 명백한 네 의무야."

"대체 나더러 그걸 어떻게 하라는 거야?"

화경은 크게 소리쳤다.

"나도 몰라. 하지만 해야 해. 이렇게 끝나선 안 돼. 팔레스타인 쌍둥이는 증오로 스스로를 파괴했어. 아이리스는 증오로부터 살아남았지만 멈추진 못했어. 하지만 너는 멈췄어. 더 큰 비극만은 막아냈어. 우린 조금씩 나아지고 있어. 다음엔 좀 더 잘할 수 있을 거야. 그럴 기회만 주어진다면."

"또 하라고? 처음부터 다시? 그게 얼마나 고통스러운 일인지 알아?"

"알아. 그래도 해야 해."

화경은 고개를 가로저었다.

"아니. 아니야. 난 못 해. 지쳤어. 더는 아무것도 하기 싫어. 아무것도…."

화경은 자신의 턱에 권총을 겨누었다.

"화경아! 안 돼!"

"이게 옳아. 여기서 끝나야 해."

화경은 망설임 없이 방아쇠를 당겼다.

하지만 세상은 끝나지 않았다.

시야가 크게 한 바퀴 돌며 누군가 풀썩 쓰러지는 모습이 보였다. 여자는 턱에 구멍에 뚫린 채로 눈물범벅이 된 눈동자를 힘겹게 깜빡거렸다. 겨우 초점을 맞춘 두 눈이 화경을 바라보았다. 화경은 여전히 무슨 일이 일어난 것인지 이해하지 못했다.

— 맹화경이… 지 몸이 바뀐 줄도 모르고… 내가 언제… 긴 머리 한 적… 한 번이라도 있었… 멍청아.

"어, 어떻게… 이게 무슨……."

목소리가 달라진 것을 깨닫자마자 옆구리에서 격렬한 통증이 느껴졌다. 지혈을 멈춘 상처에서 피가 흘러나오고 있었다. 화경은 그제야 자신에게 무슨 일이 일어났는지 이해할 수 있었다. 대체 언제부터?

화경은 엉금엉금 기어 웨이의 곁으로 다가갔다. 손을 움켜쥐어도 다시 몸이 바뀌는 일은 없었다. 밀랍 인형처럼 움직임을 멎은 웨이는 그저 천천히, 눈동자를 깜빡일 뿐이었다.

"웨이! 미, 미안해… 내가 너를……."

절반이 채 남지 않은 웨이의 뇌가 힘겹게 마지막 생각을 쏟아 냈다.

— 이제 지상으로 돌아가. 다시 혁명을 시작할 시간이야. 나의 신. 나의…

"미안해… 미안해……."

발작처럼 튀어오른 웨이의 손바닥이 화경의 상처를 움켜쥐었다. 손안에 그러모은 마지막 열망이 뜨거운 불꽃을 일으켰다. 영혼마저 정화할 화염을. 살이 타는 고통에 화경은 몸부림쳤다.

동시에, 웨이의 마음속에 죽음의 공포가 솟아올랐다. 한없이 뾰족하게 정제된 고독한 감정이 화경의 예민한 텔레파시 감각 사이로 날카롭게 파고들었다. 하지만 화경은 마지막까지 웨이를 끌어안고 연결을 끊지 않았다.

비명이 세계를 가득 채웠다.

epilogue

각국의 함대가 낫 엔드 베이스를 향해 진형을 갖추어 서서히 접근하기 시작했다. 그 움직임에 맞추어 사전에 대기하고 있던 무인봇과 군인들이 폭약으로 강철 문을 부수고 소총을 겨누며 통제실 안으로 쇄도했다.

그러나 같은 시각, 기지의 반대편에서 이미 발사 준비를 마친 37발의 미사일들이 각기 다른 궤도를 그리며 날아올랐다. 위험을 감지한 함대에서 발사한 광선 무기가 일부 미사일을 제압했지만, 대부분은 순식간에 포위망을 뚫고 지구 대기권을 향해 돌진했다. IAEDA와 각국 정부는 비상대응체제에 돌입했다.

* * *

극심한 가속에 정신을 잃었던 화경은 다시금 눈을 떴다. 대체 얼마나 시간이 흘렀을까. 단말기 화면을 두드려봤지만 액정엔 아무것도 표시되지 않았다. 메모리에 들어 있던 프로그램이 모두 삭제됐다. 벽돌처럼 죽어버린 상자엔 박제된 로봇의 영혼이 담겨 있을 뿐이었다.

되찾은 몸속에 파편처럼 기억이 박혀 있었다. 화경은 흩어진 기억의 조각들을 낙엽처럼 그러모아 친구들을 추억했다.

어느샌가 화경은 노래를 흥얼거리고 있었다.

수많은 알 수 없는 길 속에
희미한 빛을 난 쫓아가
언제까지라도 함께하는 거야
다시 만난 우리의…

새카만 단말기 화면에 메시지 한 줄이 떠올랐다. 하, 지금 무슨 소리를 하는 건지 모르겠군요. 화경은 피식 웃으며 다정하게 액정을 쓰다듬었다.

이윽고 미사일이 지구 대기권에 가까워지자 각각의 탄두가 다시 여러 조각으로 갈라져 세계 각지로 뿔뿔이 흩어지기 시작했다. 진짜 탄두와 교란용 디코이를 구별하지 못하는 지상의 탐지 시스템은 모든 탄두를 무차별적으로 요격하기 위해 분주히 계산을 시도했다. 그러나 요격 레이저가 미처 조준을 끝마치기도 전에 허공에서 일어난 핵폭발이 지구의 밤을 낮처럼 환하게 비추었다. 10여 개의 폭발이 내뿜은 강렬한 전자기 펄스와 엑스선이 대기 전리층을 교란시킨 탓에 조기 경보 위성들과 지상의 센서들은 잠시간 먹통이 되었다.

쏟아지는 감마 방사선의 축제를 비집고 교묘히 감시망을 피한 탄두 하나가 대기권 돌입 절차를 개시했다. 대기가 거칠게 마찰하며 탄두 끝이 붉게 달아올랐다. 마치 지구가 탄두를 거부하기라도 하는 것처럼. 그럼에도 탄두는 요동치는 손길로 공간을 헤집으며 서서히 지구를 향해 가라앉기 시작했다. 화경은 둥글게 몸을 웅크리고 눈을 감았다.

지상고도 1000킬로미터 지점에서 뒤늦게 탄두를 포착한 지상의 MD시스템은 이미 늦어버린 요격 단계들을 빠르게 건너뛰고 최종 단계인 사드THAAD미사일을 다급히 쏘아올렸다. 초속 2.8킬로미터에 달하는 속도로 타깃을 향해 육박하는 미사일이 탄두의 궤적을 예측하는 데 할애할 수 있는 시간은 고작 0.5초 전후의 짧은 순간뿐이다. 하지만 발사가 늦었던 탓에 요격 미사일에는 그보다도 훨씬 짧은 여유밖에 주어지지 않았다. 지상고도 200킬로미터 높이에 도달한 탄두는 이제 무작위로 추진제를 내뿜으며 최후의 회피 기동을 시작했다.

이제껏 겪어본 적 없는 강렬한 압력이 육체를 짓눌렀다. 숨이 막혔다. 화경은 터질 것 같은 상처를 움켜쥐며 이를 꽉 깨물었다.

탄두의 궤도를 정확히 계산하려면 아직 더 많은 시간이 필요했지만, 사드 미사일은 어쩔 수 없이 요격체를 분리했다. 4개의 로켓 추력기가 미심쩍은 의심을 뒤로한 채 마하 21의 속도로 요격체를 내던졌다. 결국 요격체는 탄두와는 완전히 동떨어진 엉뚱한 곳에서 폭발했다.

이제 완전히 안전해진 것을 확인한 탄두의 겉면이 네 조각으로 갈라지며 그 안에 감추어둔 치명적인 폭탄을 지상에 드러내 보였다.

* * *

눈을 뜨자 새카만 우주가 시야를 가득 채우고 있었다. 화경은 온몸의 힘을 빼고 밤하늘을 가득 메운 수천억 개의 별들을 그저 가만히 바라보았다. 한없이 펼쳐진 우주의 시공간에 비하면 한 사람의 몸속에 내재된 힘이란 너무나도 하찮고 보잘것없게만 느껴졌다.

이 막막한 세상 속에 나는 혼자야.

지금은.

대지가 점차 가까워졌다. 불꽃놀이하듯 점멸하는 도시의 조명들이 화경을 빠르게 아래로 끌어당겼다. 화경은 가슴에 매달린 고리를 만지작거렸다. 중력이 느껴질 리 없는데도 몸이 점차 무거워졌다. 그 무게감을 도저히 참지 못하고 무심결에 고리를 잡아당기고 말았다.

등 뒤에서 새하얀 낙하산이 펼쳐지며 추락하는 몸을 거칠게 멈춰 세웠다.

한 줄기 민들레 씨앗처럼.

낙하산은 바람을 타고 대지를 향해 미끄러지기 시작했다.

데비안트 능력에 대해

❖ **데비안트**Deviant

2020년대 한반도에서 시작해 전 세계적으로 발견되기 시작한 일련의 초능력 현상 및 능력자들을 일컫는 용어로, 2031년 IAEA가 IAEDA로 확대 개편되면서 공식 용어로 채택되었다.

정상에서 벗어났다는 다소 좋지 않은 의미를 내포한 용어이지만, 뮤턴트 Mutant나 코리안 프릭Korean Freak 등의 혐오 표현이 광범위하게 자리 잡고 있던 당시에는 어쩔 수 없는 차선택이었다. 이후 데비안트들이 적극적인 캠페인을 벌여 데비안트라는 단어는 그들의 프라이드를 상징하는 단어로 자리 잡았다.

데비안트 발현의 원인은 여전히 명확히 규명되지 않았다. 다만 분명한 것은 방사능과 데비안트 능력 사이에 높은 통계적 상관관계가 나타난다는 점. 그리고 불안, 스트레스, 우울 같은 부정적 감정이 능력 발현을 촉진시킨다는 점이다. 대개는 정서 불안이 심해지는 청소년기에 능력이 처음 발현하며, 30세 전후를 기점으로 능력이 점차 약해지기 시작한다.

데비안트 능력의 종류와 크기는 발현 시점에 거의 결정되나, 그 능력을 제대로 활용하기 위해서는 오랜 숙달 과정이 필요하다. 데비안트에게 능력은 몸의 일부이며, 마치 걸음마를 떼거나 언어를 배우는 것과 비슷한 발달 과정을 거친다.

대중 앞에 능력을 드러내 보이는 것이 금기시되는 사회 분위기 탓에 데비안트가 다루는 능력의 다양한 기법 역시 비공개 커뮤니티와 뒷골목 등을 통해 알음알음 전수되며 발전해왔다. 이러한 특성 때문에 과학적 훈련법이나 엘리트 체육의 트레이닝 방식보다는 스케이트보드나 브레이킹, 파쿠르 같은 스트리트 스포츠 문화와 유사한 양상을 보이게 되었다.

현재까지 알려진 데비안트 능력은 점퍼, 텔레파스, 키넨시스, 보이안트 네 종류이며, 각각 노랑, 보라, 청록, 초록의 상징색으로 표현된다. 이는 프라이드 플래그 전통에 기반한 것으로, 데비안트들은 네 가지 색을 조합한 깃발이나 팔찌 등을 통해 그들 스스로의 정체성과 자긍심을 드러내곤 한다.

최초의 네 가지 능력이 정립된 이래로 십수 년간 새로운 종류의 능력은 발견되지 않았다. 다만 네 가지 능력의 범주 아래 둘 이상의 능력이 섞여 발현되거나, 다양한 심리 요인이 복합적으로 작용하게 되면 기존에 없던 현상이 일어나는 경우도 드물게 존재한다고 알려져 있다.

데비안트 능력의 상세한 분류는 아래와 같다.

❖ **점퍼**Jumper

점퍼의 능력은 단순하다. 공간을 뛰어넘어 단숨에 이동하는 것. 점퍼들은 더 멀리, 더 빨리, 더 큰 규모로 이동하기 위해 스스로의 능력을 가다듬고 또 가다듬는다. 군사적, 산업적으로 활용도가 높은 능력이기에 초기부터 많은 주목을 받아왔고, 오랜 연구 끝에 특수한 응용법 두 가지가 추가로 개발되었다.

점프Jump: 점퍼 본인과 주위의 존재가 함께 목적지로 이동하는 기법. 점퍼의 기초이자 모든 것.

토스Toss: 점퍼 본인을 제외한 주위의 존재들만 이동시키는 기법. 이유는 알 수 없지만 극소수의 점퍼만이 이 기법을 익힐 수 있다.

캐비닛Cabinet: 캐비닛은 기법이라기보다는 점프 능력의 활용 방식에 가깝다. 유능한 점퍼들은 자기만의 안전가옥을 만들어 그곳에 물건들을 보관해

두고, 필요 시 즉각 꺼내어 활용한다. 이 비밀 공간은 점퍼 본인 외엔 누구도 그 위치를 알지 못한다. 어쩌면 지구가 아닌 다른 행성일 수도 있고, 3차원적 인식체계로는 설명할 수 없는 이상한 공간일지도 모른다.

❖ **텔레파스**Telepath

텔레파스는 네 가지 능력 중 가장 이해하기 어려운 능력이다. 텔레파스가 아니면 이해할 수 없는 그들 능력의 특성상, 폐쇄적인 데비안트 사회 내에서도 더욱 폐쇄적인 성향을 지닌다. 같은 텔레파스여도 능력이 발현하는 방식이나 적성에 개인차가 크게 나타나며 능력을 사용하는 시점의 심리상태에도 많은 영향을 받는 것으로 알려져 있다.

텔레파스 능력에는 기초가 없다. 아래는 텔레파스 능력이 발현되는 예시일 뿐이며, 개인에 따라 전혀 다른 형태의 능력이 나타날 수 있다.

허브Hub: 심리적 중심점이 되어 주변 사람들의 정신을 하나로 잇는 기법.

스포크Spoke: 허브의 응용. 뻗어나가는 바큇살Spoke처럼 자신을 중심으로 주변 사람들의 정신을 빠르게 포착해 연결하는 기법.

바인드Bind: 허브의 응용. 상대와 심리적 매듭을 묶는 기법. 강하게 연결될수록 상대와 자아를 구별하기가 힘들어지며, 연결을 해제하기도 어려워진다.

바벨 피시 Babelfish: 주위 사람들의 언어를 통역하는 기법. 바벨 피시의 이용자들은 상대가 자신의 모국어로 이야기하는 것 같은 착각에 빠진다.

콜드리딩Coldreading: 상대의 생각과 기억을 읽어내는 기법.

에디트Edit: 콜드리딩의 응용. 상대의 생각 또는 기억을 조작하는 기법.

이레이즈Erase: 콜드리딩의 응용. 상대의 기억을 삭제하는 기법.

센스트릭Sensetrick: 상대의 감각을 속이거나 교란시키는 기법.

홀드Hold: 상대의 운동 능력을 빼앗아 움직이지 못하게 하는 기법.

오버라이드Override: 상대의 운동 능력을 가로채 인형처럼 조종하는 기법.

블로킹Blocking: 텔레파스 능력을 차단하는 안티 텔레파스 능력.

❖ **키넨시스**Kinensis

키넨시스라는 이름의 어원은 명확치 않다. 염력을 뜻하는 사이코키네시스 Psychokinesis나 텔레키네시스Telekinesis에서 비롯된 용어임은 분명해보이나, 왜 키네시스Kinesis가 아닌 키넨시스Kinensis가 되었는지는 누구도 알지 못한다. 가장 유력한 설은, 초창기 이 능력을 발현한 누군가가 맞춤법을 잘못 표기하는 실수를 저질렀고, 그 실수가 현재까지 그대로 유지되고 있다는 것이다. 충분히 가능성 있는 이야기다.

키넨시스 능력은 실과 도르래에 빗대어 표현할 수 있다. 키넨시스의 손끝에 연결된 보이지 않는 실—염력 스트링Kinensis String—을 특수한 공간 축에 도르래처럼 걸침으로써 힘의 작용 방향을 바꾸거나 적은 힘만으로 큰 물체를 움직일 수 있는 것이다. 물론 이는 은유일 뿐이며 능력의 작용 방식을 인식하는 이미지는 개인마다 다르다. 사용자의 주관이 크게 개입하는 탓에 능력의 정확한 작동 원리 역시 밝혀지지 않고 있다.

네 종류의 데비안트 능력 중 가장 화려하기에 데비안트의 꽃이라 불린다. 사용자의 즉흥적인 임기응변에 따라 응용 방식이 무궁무진하다. 가장 기초적인 기법은 아래와 같다.

노트Knot: 염력 스트링을 원하는 목표에 묶는 것. 모든 키넨시스 능력은 노트에서 시작한다. 매듭의 개수에 따라 싱글 노트Single Knot, 트윈 노트Twin Knot, 멀티 노트Multi Knot 등으로 구분해 부르기도 한다.

푸시-풀 Push-Pull: 목표에 매듭을 묶어 원하는 방향으로 힘을 가하는 기법으로, 노트와 함께 키넨시스 능력의 기본기를 이룬다. 본래 모든 키넨시스 작용은 당기는Pull 힘이지만, 멋 부리기를 좋아하는 키넨시스들이 마치 미는Push 것처럼 손짓을 연기하며 능력을 연출하곤 했고, 이런 행동을 본따 이 기법의 이름은 푸시-풀이 되었다.

휩Whip: 재빨리 힘을 집중해 채찍처럼 때리는 기법. 푸시-풀의 응용.

트위스트Twist: 하나의 목표에 두 개의 매듭을 묶어 서로 다른 방향으로 힘을 가하는 기법. 목표를 비틀린 캔처럼 찌그러뜨려서 트위스트라는 이름이 붙었다. 단순하지만 치명적이다.

해머Hammer: 가능한 한 많은 매듭을 묶어 단숨에 강한 타격을 가하는 기법. 1차 텔레파스 전쟁에 참전한 러시아의 전쟁영웅 마리야 사무체예바가 사용하면서 처음으로 알려졌다. 마치 거대한 망치로 내려친 것 같은 흔적이 남기에 해머라는 이름이 붙었다.

홀드Hold: 목표를 염력 스트링으로 묶어 움직이지 못하게 하는 기법.

스윙Swing: 특정 위치에 염력 스트링을 걸고 줄에 매달리듯 이동하는 기법. 어느 코믹북 슈퍼히어로의 기술이 모티브가 되었다.

보드Board: 염력 스트링을 꼬아 보이지 않는 보드를 탄 것처럼 허공을 나는 기법. 고난도 기법이라 이를 익히기 위해 많은 키넨시스들이 스케이트보드를 갖고 다니며 연습하곤 한다.

파이어스타터Firestarter: 이유는 알 수 없으나 매듭을 제대로 묶지 못하는 키넨시스들이 존재하며, 이들의 능력은 끝없이 미끄러지며 물체에 마찰을 일으킨다. 강한 마찰열로 불을 일으키는 키넨시스를 파이어스타터라 부른다. 키넨시스 사이에서 이는 멸칭에 가깝다. 말하자면 차별 속의 차별인 셈이다.

❖ **보이안트**Voyant

보이안트는 말하자면 투시 능력자다. 그들은 눈앞의 장애물을 뚫고 그 너머를 볼 수 있다. 많은 보이안트가 자신의 능력을 발휘할 때 마치 관점이 사라지는 것처럼, 세상을 모든 방향에서 동시에 바라보는 것처럼 느낀다고 한다. 때때로 먼 곳을 내다보는 천리안 능력으로 오인받기도 하는데, 이는 남들보다 먼 곳을 응시하며 자란 덕에 얻게 된 부차적인 효과에 불과하다.
보이안트 능력에는 특별한 기법이 없다. 그저 얼마나 멀리까지, 정확히 볼 수 있는지에 따라 태생적으로 한계가 결정된다.

작가의 말

앨프리드 베스터의 『타이거! 타이거!』에서 주인공 걸리버 포
일은 PyrE라는 신물질을 세상 사람들에게 무작위로 뿌려버린다.
PyrE는 생각만으로 점화할 수 있는 폭탄이다. 그것도 지구를 소
멸시킬 수 있는 초강력 폭탄. 말하자면 모두가 평등하게 핵무기
를 가진 세상이 도래한 것이다.

핵은 평가 내리기 복잡한 도구다. 가장 끔찍한 독성물질이자
인류가 만들어낸 궁극의 기술. 모두를 파괴할 도구이자 동시에
전쟁을 억제하는 가장 훌륭한 우산. 과거 공산권 국가들이 미국
이라는 자본주의 괴물에 맞설 수 있었던 유일한 이유 역시 핵 때
문이었다. 나는 가끔 베트남이, 칠레가 핵을 가졌더라면 그들에게
어떤 미래가 주어졌을까 생각해보곤 한다. 나아가 소외된 모두에
게 핵을 쥐여준다면 아마 세상은 무척 흥미롭고도 끔찍하겠지.

소외된 이들에게도 힘을 나눠주고 싶었다. 세상의 변혁을 바
라는 모두가 동등하게 핵폭탄을 갖게 된다면 무슨 일이 벌어질
지 궁금했다. 『모두를 파괴할 힘』은 그런 이야기다.

물론 소외됨이 옳음을 보장하지 않는다는 것을 안다. 어쩌면

옳고 그름이란 구분 자체가 허상인지도 모르겠다. 화경에게 피터슨이 괴물이듯, 피터슨에게 화경이 테러리스트이듯. 그럼에도 우리는 각자 옳다고 믿는 선을 향해 있는 힘껏 세상을 끌어당겨야 한다. 진흙탕 속에서 나만의 진주를 찾는 게 아니라, 조금이라도 깨끗한 진흙을 만들어 그 위로 꽃을 피워야만 한다. 싸워야 한다. 지더라도. 끝없이 패배를 쌓아가는 투쟁의 과정 속에 삶이 있다.

남들보다 겁이 많은 탓에, 나는 작가의 말에 작품에 대한 변명을 쓸데없이 길게 늘어놓곤 한다. 하지만 이번엔 가능한 한 그러지 않으려 한다. 여러분 각자의 결론을 지켰으면 해서다. 그 대신, 이 이야기를 이해하는 데 도움이 될 법한 정보들을 나열해보려 한다.

소설을 쓴다는 것은, 특히 장르 소설을 쓴다는 것은 기나긴 세월 동안 쌓아올린 돌탑 무더기의 맨 위에 작은 조약돌 하나를 얹는 행위와 비슷하다. 작가의 삶도 그의 예술도 과거의 탄탄한 계보 위에서만 작동할 수 있다.

이 이야기 역시 두 편의 SF 소설에서 큰 영향을 받았다. 하나는 댄 시먼스의 『히페리온』으로, 『모두를 파괴할 힘』의 액자식 구성과 미스터리가 맞물리는 플롯 구조는 이 작품의 강한 영향 아래 탄생했다.

또 하나의 작품은 듀나의 『아직은 신이 아니야』와 후속작 『민트의 세계』다. 초능력 묘사를 포함한 배터리 우주의 많은 재료들이 내게 헤아리지 못할 영감을 주었다. 『모두를 파괴할 힘』이라는 제목 역시 해당 시리즈의 첫 번째 챕터인 '우리 모두의 힘'에서 따온 것이다.

이 외에도 앞서 언급한 베스터의 『타이거! 타이거!』, 로버트 A. 하인라인의 『달은 무자비한 밤의 여왕』, 이서영의 「노병들」, 그리고 내가 사랑하는 초능력 영화 「푸시」와 애니메이션 「신세기 에반게리온」의 영향도 빼놓을 수 없다. 흥미가 생기셨다면 이 작품들을 찾아보셔도 좋으리라.

정확히 반대의 이유로 마블 코믹스의 영웅담들을 깊이 참고해야 했다. 이 이야기는 슈퍼히어로 스토리여서는 안 됐다. 슈퍼히어로 이야기는 현실에 존재할 리 없는 해법을 들이밀며 우리를 끝없는 환각에 빠뜨리기 때문이다. 비록 '슈퍼'한 능력은 없지만, 우리가 사는 현실에도 히어로들이 존재한다. 그들의 이름은 전태일이고, 박종철이고, 이한열이다. 어쩌면 그레타 툰베리이고, 김연아이고, 이효리일 수도 있다. 임종린일 수도, 민주노총일 수도, 이름 모를 유기묘 구조자이거나 추적단 불꽃일 수도 있다. 어쩌면 우리 모두가 조금쯤은 영웅일지도 모른다. 어쨌든 우리의 주인공들은 스파이더맨이나 매그니토여서는 안 됐다.

말이 나온 김에 인물들 이야기를 마저 해보자. 이 작품에는 정말 많은 인물과 단체가 등장한다. 그들에게서 현실의 인물이나 상황을 떠올리는 분이 계실지도 모르겠다. 그러나 작중에 등장하는 모든 요소들은 결코 현실을 일대일로 투영하거나 대변하지는 않는다는 점을 알아주셨으면 좋겠다. 작중 인물들은 모두 가상의 존재이며, 현실의 무언가를 직접적 상징하지 않는다.

매사에 충돌하는 태빈과 유영의 관계는 살바도르 아옌데와 피델 카스트로에게서 모티브를 가져왔다. 정확히는 칠레 혁명과 쿠바 혁명이 갖는 방향성의 차이를 캐릭터로 체화한 것에 가깝다. 반면, 레이리와 리웨이에게는 특정한 모티브가 없다. 어쩌면 나의 일면이 영향을 주었을지도 모르겠다. 반쯤은 방관자이면서 반쯤은 발을 담근 비겁한 내 모습 말이다.

그리고 이야기의 중심에 선 화경은, '너'는… 이렇게만 말해두겠다. 이 소설은 '내'가 '너'에게 하는 이야기다. 제가, 당신들에게.

장 폴의 이름은 사르트르에게서 따왔다. 하지만 이 인물은 사르트르와는 영 딴판이다. 오히려 68혁명 시기 유럽의 대학생들이나 체 게바라의 일화 등을 많이 참고한 것 같다. 반면, 엘리자벳은 특별한 모티브가 없다. 시몬 드 보부아르를 모티브 삼아 이야기의 외연을 넓히고 싶은 욕구도 있었으나, 원고를 쓰다보니 캐릭터에게 역할을 맡길 서사적 공간이 너무 부족했다. 고민 끝에 어떤 모티브도 채택하지 않기로 결정했다. 엘리자벳에겐 언제나 미안한 마음이 크다.

아이리스와 마리야는 본래 다른 이름을 갖고 있었다. 실존하는 운동가들의 이름을 조합해 만들었는데, 현재 살아 있는 사람들을 작품 속에서 죽이면 안 된다는 황모과 작가님의 의견을 듣고 이름을 변경하게 되었다. 피드백을 듣고 머리를 한 대 맞은 기분이었다. 전적으로 옳은 의견이라 생각한다. 이 외에도 많은 부분에서 황모과 작가님의 친절한 도움을 받았다. 황모과 작가님이 아니었다면 이 작품은 지금보다 많이 후진 이야기였을 것이다.

류드밀라 오렌지는 우크라이나 오렌지 혁명에서 따온 이름이다. 오렌지 혁명 당시의 키이우를 촬영한 사진들은 홍콩의 독립운동과 더불어 예카테린부르크 장면을 구상할 때 시각적으로 가장 많이 참고한 자료였다. 우크라이나가 어서 평화를 되찾기를 간절히 희망한다.

샤하드와 친구들이 벌이는 온라인 여성 인권 운동은 소셜 미디어에서 실제 진행 중인 해시태그 운동들을 모티브로 하고 있다. 작중의 해시태그는 구기연의 논문*을 바탕으로 작품에 맞게 조금씩 수정했다.

작중 혁민이들 채널의 영상 연출 형식은 여러 인기 유튜브 채널과 트위치 스트리머들을 참조해 구성했다. 특히 〈여락이들〉과 〈중년게이머 김실장〉의 편집 방식을 많이 참고했다. 댓글들 역시 실제 유튜브 영상에 달리는 댓글들을 살짝 변형해본 것이다. 작중에 쓰인 악플들은 온라인에서 직접 수집한 내용 중 그나마 덜 괴로운 것들을 추렸다. 퇴고 과정에서 다섯 번 정도 톤 다운을 시켰던 것 같다. 실제 현실은 훨씬 더 끔찍하다.

이 외에 내가 주로 참고한 책과 자료는 다음과 같다. 좋고 나쁨을 가리지 않고 관련된 자료는 가능한 한 많이 읽으려 노력하는 편이다.

카를로스 레예스·로드리고 엘게타, 정승희 옮김, 『아옌데의 시간』, 아모르문디, 2020.

호안 E. 가르세스, 김영석·박호진 옮김, 『아옌데 그리고 칠레의 경험』, 클, 2020.

빅터 피게로아 클라크, 정인환 옮김, 『살바도르 아옌데: 혁명적 민주주의자』, 서해문집, 2016.

---

* 구기연(2019), "혁명 거리의 소녀들(#GirlsofRevolutionStreet)": 해시태그 정치를 통한 이란 여성의 사회운동, 비교문화연구, 25(1), pp.5~43.

자크 타르디, 홍세화 옮김, 『그래픽 노블 파리 코뮌』, 서해문집, 2016.

스티브 크로셔, 문혜림 옮김, 『거리 민주주의: 시위와 조롱의 힘』, 산지니, 2017.

잉그리트 길혀홀타이 지음, 정대성 옮김, 『68혁명, 세계를 뒤흔든 상상력』, 창비, 2009.

차명식, 『68혁명, 인간은 세계를 바꿀 수 있을까』, 북튜브, 2021.

조슈아 웡, 함성준 옮김, 『나는 좁은 길이 아니다』, 프시케의 숲, 2021.
김초엽·김원영, 『사이보그가 되다』, 사계절, 2021.

김겨울·류세아·정성광·꼬꼬·주피터, 『트랜스 해방전선 논평집』, 트랜스 해방전선, 2021.

안젤라 애커만·베카 푸글리시, 임상훈 옮김, 『트라우마 사전』, 윌북, 2020.

안젤라 애커만·베카 푸글리시, 최세희·성문영·노이재 옮김, 『디테일 사전: 도시 편』, 윌북, 2021.

박재원, 「아랍 소설의 구어체 사용에 관한 연구」, 한국중동학회논총, 30(3), 2010, pp.257~280.

현재열, 「한 여성의 삶을 통해 본 여성과 혁명 : 러시아인 '여성 코뮈나르' 엘리자베트 드미트리에프」, 여성과 역사, 13, 2010, pp.61~92.

이춘근·김종선, 「고고도 핵폭발에 의한 피해 유형과 방호 대책」, STEPI Insight, 189호, 2016.

2020년에 발의된 차별금지법안(장혜영 국회의원 대표 발의)

한 권의 책이 만들어지기까지 얼마나 많은 사람들의 도움이 필요한지. 혼자서 이 모든 일을 해내야 했다면 아마 나는 진즉에 포기하고 말았을 것이다. 이야기의 구상부터 마무리까지 언제나 함께 고민해주시는 동료 작가님들(H, H, N, C, S, L, L), 그린북 에이 전시의 김시형 대표님과 임채원 매니저님, 아랍어 및 프랑스어를 자문해주신 한국외국어대학교 오세빈 님과 파리 시민 Mattéo RÉGLAIN에게도 감사를 표한다.

이 허황된 이야기를 처음부터 믿고 함께해주신 한나래 편집자님과 이호빈 팀장님, 이 많은 분량의 원고를 한 권의 책으로 멋지게 완성해주신 박수연 디자이너님과 수려한 일러스트로 표지를 꾸며주신 산호 작가님, 출판사 다산북스의 모든 분들이 이 책의 진짜 주인이라 생각한다. 작가가 원고를 만든다면 이들은 진짜 책을 만드는 사람들이다.

무엇보다 이 책을 끝까지 읽어주신 당신께 무한한 감사를 전하며,

2022년 여름, 부산에서

이경희 올림

Cookie

긴 꿈을 꿨다. 그곳에서 나는 너와 하나였고, 잠시 너의 세계를 훔쳐볼 수 있었다. 네 안쪽은 달콤했다. 멋지고 아름다웠다. 옳은 것들로 가득 채워져 있었다. 너와 묶인 매듭을 끊고 싶지 않았다.

그러나 결국 나는 눈을 떴다.

한 여자가 나를 내려다보고 있었다. 익숙한 얼굴. 최… 이름은 기억나지 않았다. 여자는 나를 경계하며 권총을 겨누고 있었다. 나는 서둘러 몸을 일으켰다.

"얘, 이제 정신이 드니?"

"그래. 멀쩡해. 보기보단."

"저 사람들, 네가 여기 모아둔 거야?"

여자가 턱끝으로 한쪽을 가리켰다. 정신을 잃은 사람들이 일렬로 누워 있었다. 다들 예카테린부르크역 주변에서 싸우던 사람들이었다. 너는 사라지고 없었다. 아마 먼저 회수되어 어딘가로 끌려간 모양이지.

"아니. 나도 방금 깨어났어."

"하나, 둘, 셋, 넷… 서른둘? 생존자는 이게 전부야?"

"그럴걸."

"안타까워라. 그 많던 데비안트들이 전부 불타 사라지다니. 누가 일주일만 시간을 달라고 해서 말이야. 어, 뭐야. 피터슨도 살았네? 하여튼 저 괴물은 명줄도 질기다니까. 지가 죄다 죽여놓고는."

"저 사람들 기억은 지웠어?"

여자는 내 질문을 무시하며 양손을 좌우로 펼쳐 사방을 가리켰다. 잿더미가 되어버린 도시를. 웃음 짓는 입꼬리 위로 깊게 팬 보조개가 거슬렸다.

"소감이 어때? 네 실수로 사태가 이렇게까지 돼버렸는데. 그러게 신화경이 각성하기 전에 확실히 죽여버렸어야지. 걘 처음부터 네 담당이었잖아. 높으신 분들이 좌시하지 않을 거야."

여자는 신경을 긁는 재주가 있었다. 매번 그랬다. 잘 기억나진 않았지만.

"기억은 지웠나니까."

"그래. 지웠어. 전부 깨끗이 지웠어. 이제 아무것도 기억하지 못할 거야. 신나는 기차 여행도, 라이브 방송도, 베이징도, 예카테린부르크도. 심지어 너도."

전부 없었던 일이 되어버렸다.

"그럼 이곳에서 있었던 일을 기억하는 사람은 이제 너랑 나뿐인 건가."

"너도 곧 잊게 될 테고."

약 올리는 듯한 말투. 여자는 주머니에서 막대 사탕을 두 개 꺼내더니, 그중 하나를 내게 건넸다. 나는 사탕을 받아 들었다.

"그런데 너, 이름이 뭐였지?"

여자가 깔깔거리며 웃음을 터뜨렸다.

"너는 항상 그걸 궁금해하는구나. 좋아. 알려줄게. 어차피 또 잊게 될 테지만."

여자가 손을 내밀어 악수를 청했다. 다른 한 손에는 여전히 권총을 쥔 채로.

"반가워. 최서윤이야."

나는 서윤의 손을 잡았다. 다시 손을 놓는 순간 거울처럼 내 얼굴이 보였다.

"이게 뭔…."

내 얼굴을 한 서윤이 당황해했다. 나 역시도. 나는 헛웃음을 터뜨렸다.

"하, 십월. 이게 진짜 될 줄은 몰랐는데. 그때 섞여버린 건가? 아니, 그게 아니구나. 떠맡겨진 거구나. 기억을."

책임을.

너에 대한 한없는 애정을.

조유영. 내 머릿속에 대체 뭘 심어놓은 거야?

"이게 뭐야? 대체 나한테 무슨 짓을 한 거야?"

서윤이 떨리는 목소리로 추궁했다. 서윤의 얼굴을 한 나는 그 재수 없던 비틀린 미소로 똑같이 화답해주었다.

"고마워."

"뭐?"

"처음으로 네 이름을 기억할 수 있게 됐네."

"너 진짜 자꾸 못 알아들을 소리…."

내가 손에 쥔 권총을 겨누자 서윤은 뒷걸음치며 말을 멈추었다.

"너 누구야?"

나는 웃고 말았다.

"알아서 뭐 하게? 어차피 잊게 될 텐데."

권총을 머리에 대고 방아쇠를 당겼다. 풀썩 마네킹처럼 바닥에 쓰러지자마자 나는 원래의 몸으로 돌아와 있었다.

나는 굳어버린 서윤의 시체를 내려다보며 인사했다.

"바이바이, 즐거운 악몽이었길."

* * *

나는 너를 살릴 수는 있어도, 너를 이 지독한 운명으로부터 해방할 수는 없는 모양이다.

"… 과정을 복잡하게 설명드렸지만 결론은 간단합니다. 달에 올라가 신화경을 지상으로 탈출시켜주시기만 하면 됩니다."

스미스가 태블릿을 덮으며 말했다.

"누구 의뢰야?"

"민들레 혁명단이요."

"진짜 그쪽 맞아?"

"네. 다섯 번이나 체크했어요. 한 번 더 체크해요?"

"됐어. 맞겠지. 아니어도 상관없고. 다른 사람들은?"

"그들은 신화경에게 오염된 데비안트들입니다. 신화경과 장시간 텔레파시로 접촉하게 되면 또다시 3년 전의 재앙을 반복하게 될 가능성이 있어요. 지상으로 데려오기엔 너무 위험해요. 안타깝지만 모두 달에서 죽어야 합니다."

스미스는 기어이 한마디를 덧붙였다.

"당신도요."

표정 하나 안 바꾸고 잘도 지껄이네.

"말하기 전에 고민하는 척이라도 좀 하면 안 돼?"

"그럼 뭐가 달라집니까?"

"하, 씨…."

더 말해 뭐 하나 싶었다. 하루이틀 이러는 것도 아닌데.

"좋아. 작전 개요는 이해했어. 달 궤도를 돌고 있는 우주선에 몰래 잠입한 다음, 그 안에 잠들어 있는 사이버네틱 휴머노이드

에게서 발사 코드를 추출한다. 그런 다음 낫 엔드 베이스로 신화
경을 데려가 지구로 보낸다. 맞지?"

"그렇습니다. 혁명단이 알려준 정보가 사실이라면요."

"달까지는 어떻게 가?"

"예카테린부르크 인근에 우주선을 준비해뒀습니다."

스미스가 위조 여권을 내밀었다. 요즘도 이런 게 통용되는지
의문이었다. 국경 검문 따위 사라진 지 오래인데.

"거기 사람이 살긴 해?"

"물론이죠. 세상이 어디 그리 쉽게 망하나요."

* * *

스미스 이 십월 새끼. 이건 우주선이 아니라 ICBM*이잖아. 나
는 속으로 몇 번이고 스미스를 저주했다. 피로 살생부에 이름을
새겨도 모자랄 자식. 버려진 폐공장에 들어서자 거대한 집게가
미사일의 덮개를 열고 핵탄두를 끄집어내고 있었다.

"과정을 잘 봐두십시오. 달에서 똑같은 일을 하셔야 될 수도
있으니까."

운송업체 대표가 진지한 표정으로 말했다.

"저거 제대로 날기는 해요? 보아하니 냉전 시대에 빼돌린 물
건 같은데."

"그거야,"

대표는 아주 잠깐 말을 멈췄다.

---

* InterContinental Ballistic Missile. 대륙간 탄도 미사일.

"쏴봐야 알죠."

십월 새끼2.

탄두를 납 상자에 내려놓은 집게가 이번엔 의자를 하나 집어 미사일에 올려놓았다. 안쪽에서 번쩍이며 용접하는 소리가 들렸다. 저곳에 앉게 되는 모양이었다.

"조종은 어떻게 하죠?"

"아무것도 하실 필요 없습니다. 정확히 궤도를 날아 자동으로 목표와 랑데부할 테니까요."

"말이 랑데부지 그냥 갖다가 들이박는 거 아닌가요?"

대표는 대답하지 않았다.

두 번째 의자가 들어가는 모습이 보였다.

"왜 의자가 두 개예요?"

"합승객이 있다고 듣지 못하셨나요?"

대표가 눈짓으로 한쪽 구석을 가리켰다. 그림으로 그린 듯한 군인 하나가 반팔 소매를 어깨까지 말아 올려 문신을 드러낸 채 시가를 꼬나물고는, 철 지난 성인 잡지를 한 손으로 말아 쥐고 뚫어져라 흘겨보고 있었다. 그런 추잡한 모습이 자신의 남성성을 강화시켜준다고 믿는 타입이었다. 싫었다.

"저쪽은 누가 보냈는데요?"

"IAEDA에서 보낸 요원이라더군요."

"어디요?"

웃음밖에 나오지 않았다.

"천하의 IAEDA가 이딴 고철을 빌려 탄다고요?"

"그쪽도 전쟁으로 쪼들리긴 마찬가지니까요. 새 로켓을 만들 여력이 있을 리가 없죠."

"그렇다고 이딴 식으로 배짱 장사를 해요? 아무리 그래도 고객을 가려가며 받았어야죠. 우리 쪽 의뢰인이랑 저쪽 사이가 어떤지 모르는 것도 아니고."

"저희는 그런 것은 모릅니다. 그저 돈을 받고 우주선을 준비해드릴 뿐이죠. 돈이 부족하시다기에 합승을 제안해드렸고요. 양쪽 다 동의하시지 않으셨습니까?"

"들은 적 없어요."

"그건 제가 알 바 아니고요. 그리고 말이 나와서 말인데, 가려서 받아야 한다면 그쪽이 아니라 저쪽 분을 받을 겁니다."

대표가 빈정댔다.

"저쪽이 더 많이 내셨거든요."

"… 저 사람은 뭐 하러 달에 가는데요?"

"누굴 죽여야 한다더군요."

"죽여요? 달에서? 누구를요?"

"누구겠어요."

십월 새끼3.

나는 팔짱을 낀 채 놈을 노려보았다. 기다렸다는 듯 놈도 나를 노려보았고.

"양측이 동의하신 약관에 따라, 목적지에 도착할 때까지는 모든 분쟁이 금지됩니다. 우주로 올라가기도 전에 로켓이 폭발하는 꼴을 보고 싶지 않으시다면요. 아시겠습니까?"

대표가 끼어들며 주의를 주었다.

"언제부터 도착한 걸로 보면 되지?"

놈이 물었다. 그러자 대표는 관심 없다는 듯 손사래를 쳤다.

"그런 사소한 건 둘이 알아서 정하세요."

나는 고개를 끄덕였다. 놈도. 대표가 내게 우주복을 건넸다.

"입으세요. 우주선에 수용된 데비안트들이 입고 있는 것과 동일한 제품입니다. 눈에 띄지 않고 자연스럽게 녹아들 수 있을 거예요. 구하느라 힘들었다니까요."

대표의 생색을 무시하며 우주복을 받아 들었다. 새하얀 이름표가 눈에 띄었다. 리웨이. 너희와 함께하던 시절의 내 이름.

"이름까지 본명을 쓸 필요는 없었잖아요."

"아, 그게 본명이었나요? 당연히 아닌 줄 알았죠."

대표가 눈으로 재촉했다. 나는 우주복을 들고 탈의실로 향했다. 이제 곧 너와 다시 만날 거라 생각하니 가슴이 뛰었다. 그게 설렘인지 분노인지 잘 알 수는 없었지만.

* * *

조립이 완료된 로켓이 열차 위에 얹혔다. 열차 이동식 미사일 발사대라니 하나부터 열까지 참 고풍스럽기도 하지.

탄두 속으로 몸을 밀어 넣자마자 문이 닫히고 용접하는 소리가 들렸다. 먼저 들어와 자리에 착석한 '합승객'이 손을 들어 인사하며 빈정댔다.

"말씀 많이 들었습니다. 전설적인 선배님."

"입 닫지? 우리가 굳이 대화할 필요 있나?"

"서운하네요. 대단하신 선배님 적적하실까 봐 제가 말동무라도 해드리려는 건데. 아시죠? 달까지 가려면 사흘은 걸리는 거."

"그 멍청한 입만 좀 다물어주면 더 편히 갈 수 있을 거 같아."

놈이 주먹을 움켜쥐었다. 단순하긴.

"분명히 말하지. 신화경은 못 죽여도 넌 반드시 죽일 거다. 이 배신자 년아."

"아, 그래?"

딱. 나는 손가락을 튕겼다.

놈의 혓바닥에 불이 붙었다. 그리고 배 속에도. 놈은 온몸이 안전벨트에 묶인 채 고통으로 바둥거렸다. 나는 놈의 곁으로 다가가 벨트를 더 세게 조였다. 놈이 허리에 찬 권총에 손을 뻗으려 했지만, 그보다 먼저 내가 놈의 손을 걷어찼다. 놈은 입에서 연기를 뿜으며 미친 사람처럼 고함질렀다.

"이 미친년! 이 좁은 곳에다 불을 지르면 너도 같이 질식…."

"이렇게 하면 되지. 멍청아."

나는 놈의 머리에 헬멧을 뒤집어씌웠다. 얼마 지나지 않아 헬멧 안쪽이 연기로 가득 찼다. 놈은 금세 숯이 되어버렸다. 격하게 바둥거리던 팔다리도 아래로 축 늘어졌다. 나는 놈의 우주복을 조작해 산소를 차단했다. 불은 순식간에 사그라들었다.

천천히 내 자리에 앉아 벨트를 맸다. 차분히 준비를 마치고 벽면을 통통 두드리자 밖에서도 똑같이 벽을 두드렸다. 준비가 완료되었다는 신호였다.

이윽고 열차가 출발하는가 싶더니, 압도적인 중력이 나를 아래로 잡아끌었다. 카운트다운 같은 것은 없었다. 나는 준비도 없이 압력에 짓눌렸다. 귀를 찢는 로켓 엔진의 굉음이 거대한 압력이 되어 내 몸을 으스러뜨렸다. 너는 결코 지상을 벗어날 수 없다고 경고하듯이. 그러나 이윽고 중력은 사라졌다. 나는 지구를 벗어났다.

달까지 향하는 사흘은 영원과도 같이 길었다. 조명 하나 없는 어두운 적막 속에 나는 오롯이 혼자였다. 그러다 몇 번이나 정신을 놓칠 뻔했다. 몽롱해져가는 희미한 시야 한구석에서 붉은 전구가 번쩍였다. 목표 지점에 도달한 모양이었다. 그리고,

탄두가 우주선과 충돌했다.

머리 위 스테인리스 지붕이 찌그러지며 선내가 엉망으로 뒤틀렸다. 튕겨 나온 나사 하나가 합승객의 헬멧을 깨뜨렸다. 운이 좋았다. 저놈과 자리가 바뀌었더라면 내가 저 꼴을 당했겠지. 이럴 거면 내 손으로 죽일 필요도 없었는데. 아니, 안 죽였으면 사흘 동안 수다에 시달렸을 거잖아. 온갖 헛소리들을 뒤로한 채 나는 안전벨트를 풀었다. 온몸이 으스러질 듯이 아팠다.

폭약으로 지붕을 날리자 우주선 내부가 보였다. 완전 무인 시스템이라 들었지만 조심해서 나쁠 것은 없었다. 허공을 떠다니는 합승객의 시신을 먼저 밀어 넣어 안전을 확인한 뒤 우주선으로 진입했다. 다행히 선내엔 아무도 보이지 않았다.

같은 짓을 반복해 네가 있는 곳을 향해 나아갔다. 저온 수면 캡슐이 보관된 우주선의 가장 안쪽. 문을 열자 수십 명의 데비안트들이 줄지어 잠들어 있었다. 이 중 누가 로봇이지? 나는 로봇의 얼굴을 알지 못했다. 다리오라는 이름밖에는.

모두 달에서 죽어야 합니다.

스미스가 했던 말이 생각났다. 나는 실없이 웃었다. 지랄 마. 내가 하고 싶은 대로 할 거야. 그렇게 속으로 중얼거리며 콘솔을 조작해 선내에 산소를 주입했다. 모두 깨워 함께 지구로 데려갈 작정이었다.

갑자기 사방에서 붉은 경고등이 점멸했다. 스피커 소리를 듣기 위해 나는 헬멧을 벗었다. 탄두와 부딪친 충격이 예상보다 강

해 우주선이 궤도를 이탈했다. 액정 화면에 표시된 고도가 빠르게 떨어지고 있었다. 곧 달 표면과 충돌할 터였다. 모두를 구출하려던 계획은 물거품이 됐다.

서둘러야 했다. 나는 벽에 붙은 빨간색 버튼을 눌렀다. 비상 프로토콜에 따라 수면 캡슐은 작동을 중단했고 투명한 뚜껑을 열어 사람들을 하나둘 잠에서 깨우기 시작했다.

혼란에 빠진 사람들이 비틀거리며 몸을 일으키는 사이, 나는 복도를 가로질러 더 안쪽으로 향했다. 문을 열자 그곳엔 단 하나의 수면 캡슐이 놓여 있었다. 바로 네가. 인형처럼 잠든 너는 3년 전 모습 그대로다. 여전히 별처럼 아름답게 빛나고 있다. 네 얼굴을 마주하자마자 잊었던 살의가 부풀어 오른다. 그리고 무한한 애정도.

이윽고 네 앞에 서게 된 내가 말한다.

"자, 이제 눈을 떠. 혁명의 시간이 왔어."

〈끝〉

모두를 파괴할 힘

초판 1쇄 인쇄 2022년 7월 18일
초판 1쇄 발행 2022년 7월 25일

지은이 이경희
펴낸이 김선식

경영총괄 김은영
책임편집 한나래 **디자인** 박수연 **책임마케터** 배한진
콘텐츠사업6팀장 임경섭 **콘텐츠사업6팀** 박수연, 한나래, 정다움, 임고운
편집관리팀 조세현, 백설희 **저작권팀** 한승빈, 김재원, 이슬
마케팅본부장 권장규 **마케팅3팀** 권오권, 배한진
미디어홍보본부장 정명찬 **홍보팀** 안지혜, 김민정, 오수미, 송현석
뉴미디어팀 허지호, 박지수, 임유나, 송희진, 홍수경 **디자인파트** 김은지, 이소영
재무관리팀 하미선, 윤이경, 김재경, 오지영, 안혜선 **인사총무팀** 김혜진, 황호준
제작관리팀 박상민, 최완규, 이지우, 김소영, 김진경, 양지환
물류관리팀 김형기, 김선진, 한유현, 민주홍, 전태환, 전태연, 양문현, 최창우

펴낸곳 다산북스 **출판등록** 2005년 12월 23일 제313-2005-00277호
주소 경기도 파주시 회동길 490
대표전화 02-704-1724 **팩스** 02-703-2219 **이메일** dasanbooks@dasanbooks.com
홈페이지 www.dasanbooks.com **블로그** blog.naver.com/dasan_books
종이 아이피피 **인쇄** 갑우 **코팅 및 후가공** 평창피앤지

ISBN 979-11-306-9237-1 (03810)